河出文庫

シャーロック・ホームズ全集⑨

シャーロック・ホームズの
事件簿

アーサー・コナン・ドイル
小林司／東山あかね 訳
［注・解説］W・W・ロブスン／高田寛 訳

JN153945

河出書房新社

シャーロック・ホームズの事件簿 ◎ 目次

はじめに 6

シャーロック・ホームズの事件簿

小林司／東山あかね訳

前書き 14
マザリンの宝石 19
トール橋 61
這う男 121
サセックスの吸血鬼 171
三人ガリデブ 211
高名な依頼人 249
三破風館《スリー・ゲイブルズ》 307
白面の兵士 347
ライオンのたてがみ 391
隠居絵具屋 433

覆面の下宿人 469
ショスコム荘 497

注・解説 W・W・ロブスン（高田寛訳）
《シャーロック・ホームズの事件簿》注 536
《マザリンの宝石》注―540 《トール橋》注―550 《這う男》注―558
《サセックスの吸血鬼》注―565 《三人ガリデブ》注―571 《高名な依頼人》注―581
《三破風館》注―596 《白面の兵士》注―603 《ライオンのたてがみ》注―609
《隠居絵具屋》注―634 《覆面の下宿人》注―639 《ショスコム荘》注―644
解説 655 本文について 689 付録 《覆面の下宿人》の起源 691
全集への前書き 694 参考文献抄 701
「注・解説」訳者のあとがき 720 文庫版への追記 727
訳者あとがき 733
文庫版によせて 746

はじめに

日本語に訳されたシャーロック・ホームズ物語は多種あるが、その六十作品すべてを独りの訳者が全訳された延原謙さんの新潮文庫は特に長い歴史があり、多くの人に読みつがれてきた。延原さんの訳文は典雅であり、原文の雰囲気を最もよく伝えていたが、敗戦後まもなくの仕事であったから、現代の若い人たちには旧字体の漢字を読むことができないなどの不都合が生じてきた。そこで、ご子息の延原展さんが当用漢字ややさしい表現による改訂版を出された。こうして、親子二代による立派な延原訳が、個人による全訳としては存在している。

しかしながら、私どもシャーロッキアンとしては、これまでの日本語訳では満足できない面があった。どんな点に不満なのかを記すのは難しいが、一例を挙げれば、かもし出される雰囲気である。たとえば、言語的に、また、文法的に正しい訳文であっても、ホームズとワトスンや刑事などの人間関係が会話に正しく反映されていなくては困る。また、ホームズの話し方が「……だぜ」「あのさー……」などというのと、

「……だね」「それでね……」というのとでは品格がまるで違ってしまう。さらに、表現を中学生でも読めるように、なるべくわかりやすく簡潔な日本語にしたいと思った。

新訳を出すもう一つの目的は、注釈をつけることであった。既にベアリング・グールドによる大部な注釈書（ちくま文庫）が存在していたが、これはあまりにもシャーロッキアン的な内容であった。事件がおきた月日を確定するために、当日の実際の天候記録を参照するなどである。もっと偏りのない注釈を私どもの手で付けようとして準備を進めていたところへ、英国のオックスフォード大学出版部から学問的にこれ以上のものを望むことができないほどすばらしい注釈のついたシャーロック・ホームズ全集が一九九三年に刊行された。そこで、屋上屋を重ねる必要はないので、私どもの案をやめて、オックスフォード版の注釈を訳出することにした。先に、グールドの注釈を全訳し、その後ロンドンに二年近く住んでおられた高田寛さんが幸いにもその大役を引き受けてくださったので、私どもが訳した本文以外の部分はオックスフォード版から高田さんに訳していただいた。ご覧になればわかるとおり、今回のホームズ全集は小林・東山・高田の合作である。いくつかの点だけに、小林・東山による注を追加したが、オックスフォード版と意見を異にした場合もある。

この全集の底本について述べておきたい。底本に何を選ぶかについては、いろいろな考え方がある。ドイルが最初に連載した「ストランド・マガジン」。それを基にして単行本九冊にまとめた各初版本。それを合本にして、短編集（一九二八年初版発行）と長編集（一九二九年初版発行）という二巻本の形にして約七十年間も一貫して刊行し続け、ドイルが最も信頼をおいていたと言われるジョン・マリ版。新たに発掘された原稿などにも当たって、厳密に著述順に編集し直したオックスフォード版。それらには微妙な違いがあり、そのうちのどれを選ぶか。注釈をオックスフォード版から採っているのであるから、本文もオックスフォード版から採るのが当然であろう。しかし、著作権の問題があって、全集予告パンフレットにもあるように、最初はジョン・マリ版に基づくことにして『緋色の習作』の翻訳を進めてきた。しかし、著作権に触れないことがわかったので、『シャーロック・ホームズの冒険』以降は、急遽本文の翻訳もオックスフォード版に基づくことに方針を切り替えた。この点、予告とは異なったのでご了解をいただきたい。

この巻には、《シャーロック・ホームズの事件簿》（原題〝The Case-Book of Sherlock Holmes〟）を収めた。「ストランド・マガジン」の一九二一年十月号から二七年四月号まで連載された十二編である。日本語で読める全訳としては、長いあいだ新潮文庫の延原謙訳が代表的なものであり、七百万部も出版されてきたという。それで、延原訳の表題になじんだ読者も多いことを考えて、なるべくそれを踏襲するように心がけた。

原題との対照表を次に示しておく（かっこ内は、延原による旧訳で、今回採用しなかったもの）。数字は「ストランド・マガジン」に発表された年月である。オックスフォード版に従い雑誌掲載順に並べた（「『シャーロック・ホームズ最後の挨拶』注」参照のこと）。

The Mazarin Stone	マザリンの宝石	一九二一年十月
Thor Bridge	トール橋（ソア橋）	一九二二年二、三月
The Creeping Man	這う男（這う人）	一九二三年三月
The Sussex Vampire	サセックスの吸血鬼	一九二四年一月
The Three Garridebs	三人ガリデブ	一九二五年一月
The Illustrious Client	高名な依頼人	一九二五年二、三月
The Three Gables	三破風館	一九二六年十月
The Blanched Soldier	白面の兵士	一九二六年十一月
The Lion's Mane	ライオンのたてがみ（獅子のたてがみ）	一九二六年十二月
The Retired Colourman	隠居絵具屋（隠居絵具師）	一九二七年一月
The Veiled Lodger	覆面の下宿人	一九二七年二月
Shoscombe Old Place	ショスコム荘	一九二七年四月

この巻のイラストについては、「マザリンの宝石」と「トール橋」がA・ギルバート、「這う男」から「ライオンのたてがみ」がハワード・K・エルコック、「隠居絵具屋」から「ショスコム荘」がフランク・ワイルズの筆になっている。ご覧のように、ドイルの執筆年が数年にわたっているので、画家の死亡などによって変更されたものと推定される。この三人とも、やはり、シドニー・パジットの筆によるホームズにはかなわないようだ。

また、ホームズ時代の貨幣、通貨の価値についても、問い合わせが多いので、第4巻以後は、およその現在の日本円換算値を記すことにした。諸物価の研究により、一応、一ポンド二万四〇〇〇円として算出してある。

最後に、M・Dというのは医学士（医学部卒業生）の称号にすぎないし、当時の医学教育の実情を検討しても、ワトスンは医学博士号を取得していなかったと考えられるので、一貫して「ドクター・ワトスン」を「ワトスン博士」でなしに「ワトスン先生」と訳したことをお断りしておきたい。この点と、固有名詞の表記その他で私どもは高田寛さんと意見を異にする場合があったが、そのままにしてある。

小林司／東山あかね

シャーロック・ホームズ全集⑨

シャーロック・ホームズの事件簿

小林司／東山あかね訳

前書き(1)

すでに峠《とうげ》を越した人気テナー歌手が、熱烈なファンがいるために、引き際の最後の挨拶《あいさつ》を何度となく繰《く》り返しはするものの、いつまで経ってもぐずぐずと引退できないでいる、というのはよくある話だが、これと同様の状況にシャーロック・ホームズ氏も陥《おちい》ってしまっているのではないか、という危惧《きぐ》がわたしにはある。このようなことはやめて、現実の人間であれ、架空《かくう》の人物であれ、ホームズもすべからく人間の運命を甘受《かんじゅ》し、この世の舞台から退いていかなければならないのだ。想像上の人物のために特別に用意されている、夢の国リンボ(2)が、あの世にあってもいいはずだ、と夢想をたくましくする向きもあるかもしれない。そこは今でも、フィールディング(3)の創り出した洒落者《しゃれもの》たちがリチャードスン(4)の美女たちに求愛をしていて、スコット(5)の英雄たちが通りを闊歩《かっぽ》し、ディケンズ(6)の明るいロンドンの下町っ子が陽気な笑い声をあげ、サッカレー(7)の俗物どもが相も変わらず、醜悪《しゅうあく》な行動をこれみよがしに見せつけているという世界だろう。こうした主人公らが暮らしているヴァルハラ（死者の国）の狭い片隅でなら、シャーロックと友人のワトスンも今しばらく、余命を保っていることも可能かもしれないが、そのうちに、はるかに推理にたけたすばらしい名探偵と、もっと間の抜けた友人との二人組が新たに登場し、あの二人が去ってしまった舞台を賑《にぎ》わせてくれることも考えられるだろう。

彼の探偵としての経歴は長きにわたっている。もっとも、その長さは時として大げさに書かれたこともないではない。すっかり年老いた紳士《しんし》がわたしに歩み寄り、少年時代の読書はホームズの冒険物語に熱中させてもらいました、と言っても、作者のわたしからは期待したような反応が返ってこない、という経験を味わうこともあるのだ。誰でもが、自分の人生のふし目となる年をそういうそっけない取り扱いを受けて、うれしいと感ずるはずはない。厳密に事実を述べれば、《緋色《ひいろ》の習作》と《四つのサイン》に登場したのが、ホームズのデビューであった。この二冊の冊子は前者が一八八七年、後者は一八八九（一八九〇――原注）年に発表されている。「ストランド・マガジン」誌に長期間発表され続けることになった、短編小説の最初の作品は《ボヘミアの醜聞《しゅうぶん》》で一八九一年である。一般読者からは歓迎され、さらに新しい作品を求める期待はやまなかったので、その年、つまり、三十六年前の年から、今日にいたるまで、断続的に書き続けられ、五十六編もの作品が掲載《けいさい》された。それらは、単行本としてまとめられ、シャーロック・ホームズの『冒険』、『思い出』、『帰還《きかん》』、そして『最後の挨拶』となって出版された。そして、この数年間に発表された、残りの十二編が、『シャーロック・ホームズの事件簿《じけんぼ》』の題名で、今ここに出版されることになった。考えてみれば、ホームズは、ヴィクトリア朝の後半の最盛期に探偵活動を開始し、あっけなく終わってしまったエドワード朝を生き、変動やまないこの現代にも、ささやかながら持ち場を確保してきたのである。そして、青年時代にホームズ物語を読んだ読者が年を経て、今度は自分の子どもたちが成長して同じ雑誌で同じ冒険談を楽しんでいるのを目にするという構図さえもありえるのだ。これも、ひとえに、英国の一般読者が忍耐強く、義理堅いということを示す、よい例といえるだろう。

『シャーロック・ホームズの思い出』の結末で、すでにわたしはすっかり覚悟ができていたので、ホームズをお役御免にさせようとした。自分が文学へ向ける精力を、ただ一つのことのみに限って、注いでいるわけにはいかないとの強い思いを抱いていたのだ。それにしても、あの顔色の青白い、目鼻だちの整《ととの》った顔つきをして、しなやかな体に恵まれた人物に、わたしは必要以上に自らの想像力を奪われていた。たしかにホームズの命を奪ったのはわたしではあったが、幸いなことに、遺体の死亡確認をした検死医がいたわけではなかった。そこで、長い中断の時期をはさんではいるものの、ホームズをなんとしてでも生き返らせてほしい、との読者からのありがたい要望に応じ、無謀《むぼう》にも、彼をやすやすと死なせてしまった自らの行為の弁明《べんめい》をすることに、それほどの困難もなかった。また、そのことについては、後悔の念はさらさらない。こうした軽い読み物を書き連ねたことが、歴史、詩、歴史小説、心霊学研究、そして戯《ぎ》曲《きょく》といった多様な分野で、わたしの創作活動に支障をきたしたとはまったく思えないからである。だから、もしホームズが生まれてこなくても、わたしが今以上の仕事を生み出したということはなかったであろう。しかし、より本格的な純文学でのわたしの創作活動の真価を認められるために、多少の邪魔《じゃま》になったことは事実である。

さて、読者のみなさん、こうした事情から、これで、シャーロック・ホームズとはお別れだ。これまでの変わらぬご愛顧《あいこ》に感謝《かんしゃ》するとともに、ホームズ物語を楽しむことで、片時とはいえ、浮き世の憂《う》さを忘れ、気もちよい気分転換になったというのであれば、わたしとしては著者冥利《みょうり》につきる。そして、そのような効用は、冒険小説の空想の世界にだけ許されている特権なのである。

マザリンの宝石

ワトスン先生にしてみれば、ベイカー街の二階にある、取り散らかった、懐《なつ》かしいあの部屋に再び立てたというのは、うれしい限りであった。何といっても、この部屋から、華々《はなばな》しい冒険の数々に何度となく踏み出していったのだからだ。見回してみると、壁には科学に関する図表、酸で焼け焦《こ》げたあとのある、化学薬品の実験台、隅に立てかけられたヴァイオリンのケース、以前にはパイプとタバコが入れられていた石炭用の入れ物が並んでいた。そして、ワトスンの視線が最後に止まったのは、まだ若いのにも似合わず、実に賢く、機転の利くビリー(8)少年のはつらつとした笑顔だった。給仕係のこの少年がそばにいてくれるおかげで、この偉大な探偵の周囲に漂う孤独と憂《ゆう》うつの、人を寄せつけない暗い雰囲気をいくぶん和《やわ》らげてくれていた。

「すっかり昔のままだね、ビリー。君もまったく変わらない。ホームズもそうだといいのだが(9)」

ビリーは、心配げなようすで、閉じられた寝室のドアのほうにちらりと目をやった。

「ベッドにお休みのごようすです」と、彼は言った。

しかし、今は気もちのよい夏の夕べで、まだ七時なのだが、ワトスン先生にとって、旧友の生活ぶりが不規則であるのは充分承知のことであったから、その言葉にもまったく驚くふうはなかった。

「というと、また事件なのかい」

「そのとおりです。今はもう、事件にかかりっきりなのです。ぼくも、お体の具合が心配でなりません。顔色もどんどん悪くなっていきますし、やせていくばかりです。それでも、何も召《め》しあがらないのです。ハドスン夫人が『ホームズさん、何時に夕食になさいますか?』とたずねたら、『あさっての朝、七時半』とお返事されるのですからね。事件に夢中になられている時のご主人様の仕事ぶりは、もちろんご存じでしょうけど」

「ビリー、そのことは、わたしもよくわかっている」

「今は、誰かを尾行なさっているようです。きのうは、職探しをしている労働者のいでたちで、出て行かれました。きょうは、高齢のご婦人の格好でした。すっかりだまされてしまいましたよ、ぼくも、もうそろそろ、ご主人様の手法がわかってもいい頃なのですがね」ビリーは笑いを浮かべて、長椅子《いす》に立てかけられた、とても大きくふくれた女性用の日傘《ひがさ》を指さした。「あれも、お使いになった、その高齢のご婦人の身支度のひとつなのです」と、彼は言った。

「それで、どういう事件なのかい、ビリー」

ここで、ビリーは、重大な国家機密でも語る人のように声をひそめた。「先生には、お話ししてもさしつかえないと思いますが、ほかの人にもらしては絶対に困りますよ。王冠ダイヤモンドの事件なのです」

「何だって？　あの十万ポンドの強盗事件のことなのかい」

「そのとおりです。なんとしてでも宝石を取り戻さなければなりません。それで、すぐそこの、その長椅子にですよ、首相と内務大臣がお座りになっておられたのですからね。ホームズさんはお二人にあたたかく接しておられました。すぐに、安心するように、全力を尽くしましょうとまで約束をされたのです。それからです、カントルミア卿《きょう》(10)がお見えになって――」

「ほう！」

「そうなんです。それでどんなことになったかは、お察《さつ》しがつくでしょう。こう言ってもさしつかえなければ、あの方は手ごわいですからね。ぼくは、首相とは馬も合います、内務大臣ともうまくやっていけます。礼儀正しく、親切な人物のようですからね。でも、あのカントルミア閣下《かっか》だけはだめです。ホームズさんも同じでしょう。ともかく、あの方はホームズさんのことを信頼していませんから、仕事を依頼することにも反対だったのです。むしろ、ホームズさんがしくじればいいとさえ思っておられるくらいなのですよ」

「それで、ホームズもそれを知っているのかい」

「ホームズさんは、いつだって、肝心なことはご存じですよ」

「そうか、それでは、ホームズにはぜひ失敗のないようにやってもらって、カントルミア卿が泡を食う顔を見たいものだ。ところで、ビリー、窓をすっかり覆《おお》っているあのカーテンは何なのかい？」

「ホームズさんが三日前に取り付けさせたものです。あの陰にはちょっと変わったものがありますよ」

ビリーはカーテンを引いて、その奥に隠れていた、張り出し窓の付いた小部屋を見せた。

ワトスン先生は驚きの声を抑えられなかった。現われたのは、部屋着をはじめとして何もかもがすべてホームズと寸分もたがわぬ、人形であった。その顔は、窓側に四分の三ほどの角度で向かっており、一冊の本を手にして、まるでそれを実際に読んでいるかのようにうつむき、肘《ひじ》掛け椅子にゆったりと身を任せている格好であった。ビリーは、このろう人形の頭部を取り外すと掲《かか》げ持った。

「これは、本物らしく見えるように、頭の角度が自由に変えられるのですよ。でも、ぼくも、ブラインドが降りてない時には、これには絶対にさわったりはしませんよ。

ブラインドを上げてあると、通りの向こう側から、これがよく見えてしまいますから」

「前にも一回、似たようなものを使ったことがあったが[11]」

「ぼくが来る前のことでしょう」と、ビリーは言った。それから、前に歩み出て、窓のカーテンを少し開けて、下の通りを見た。「向こう側から、こちらをじっと監視している男たちがいます。今も、この窓から一人が見えますよ。ちょっとご自分でもご確認ください」

ワトスンが一歩足を踏み出した、その瞬間に、寝室のドアが開き、ひょろりとしたホームズの姿が飛び出してきた。顔色が青く、やつれてはいたが、足どりや動作は以前のとおりにきびきびしていた。ホームズはひとっ跳《と》びに窓際に駆《か》け寄ると、ブラインドを再び閉めた。

「ビリー、それでいいよ」と、彼は言った。「いいかい、おまえは危うく死ぬところだったんだよ。もしおまえがいなくなりでもしたら、ぼくは大困りだ。いや、ワトスン、久しぶりだね、君がなじみの部屋に戻ってきてくれるとは、うれしいよ。しかし、君も一触即発の危ない時に来たものだ」

「どうやら、そうらしいね」

「もう行ってもいい、ビリー。問題なのはあの子のことなのだよ、ワトスン。あの子

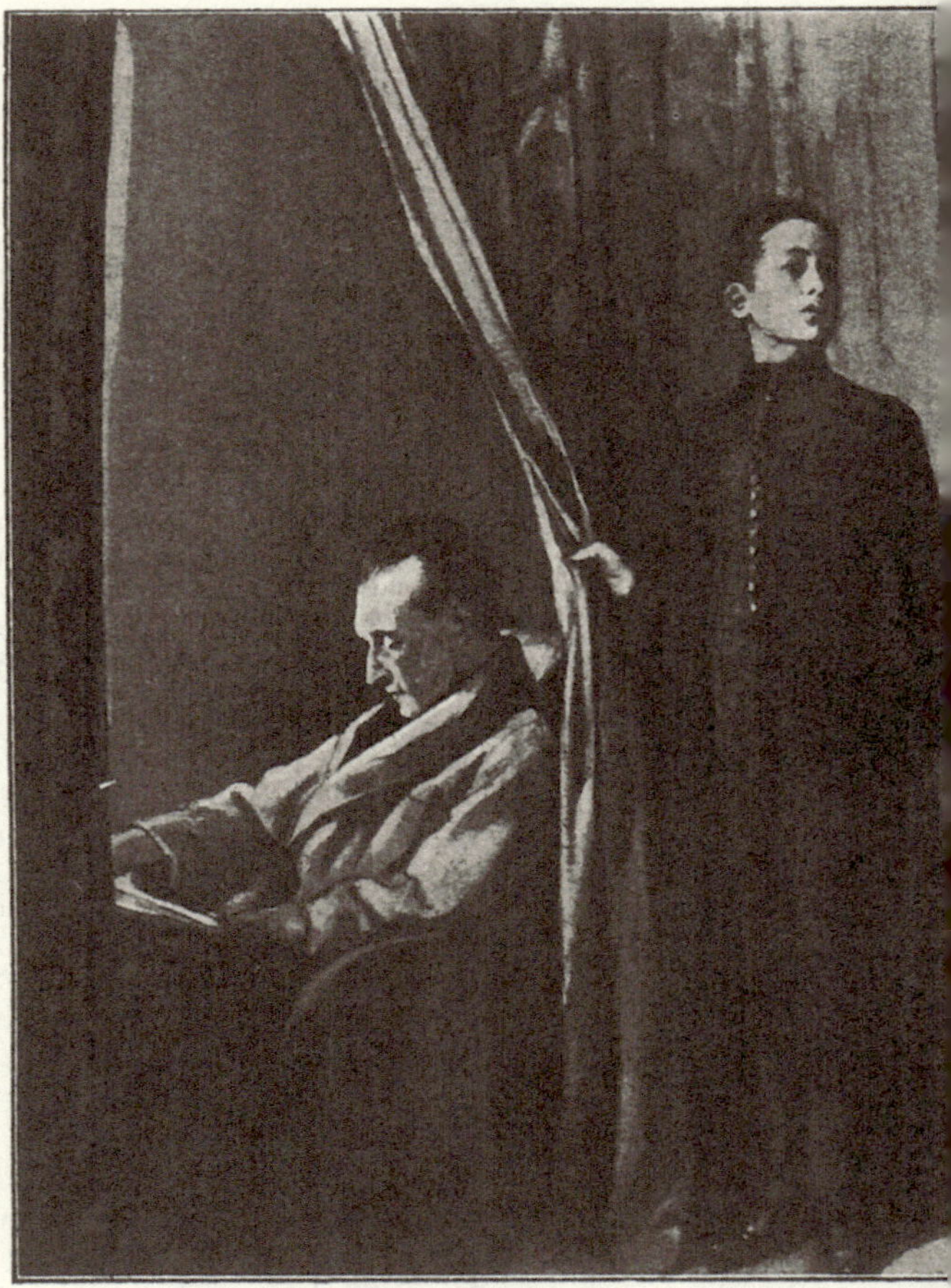

をどの程度、危険にさらしてもいいものか、迷っているのだ」

「どういう危険なのかい、ホームズ」

「いつ死ぬかもしれない危険だ。今夕あたりに、何かがおこりそうな気がする」

「何がおこりそうなのかい？」

「殺されるかもしれないのだよ、ワトスン」

「いや、やめてほしいね、冗談は、ホームズ！」

「いくら、ぼくにユーモアの感覚が乏しいからといっても、冗談ならば、もう少しましな冗談を言うさ。それはともかくとして、今しばらくは、ゆっくりしていってもいいだろうね。アルコールはどうかね。炭酸水製造機《ガツジーン》と葉巻は前と同じ所にある。昔のように、いつもの肘掛け椅子に座ってみてくれたまえ。まさか、ぼくのパイプとやめられないタバコを軽蔑《けいべつ》したりするような君にはなっていないだろうね。近頃は、これが食事の代わりにまでなっているのだからね」

「どうして食事をとらないのかい」

「絶食すると、知的能力は鋭くなるからだよ。ねえ、ワトスン、君も医者だから、血液は消化に必要になる分だけ、脳には行きわたらなくなるのを認めないわけにはいかないだろう。ぼくというのは、いうならば、脳のことだ。脳以外のぼくの体の部分は、つまらない付け足しさ。だから、ぼくとしては、気配《きくば》りしなくてはならないのは、脳のことだけなのさ」

「ところで、ホームズ、その危険というのは？」

「ああ、そうだ、万一、事がおこったら、面倒でも、下手人の名前と住所を記憶に留《とど》めておいてほしいのだ。そしてそれを、スコットランド・ヤードに伝えてほしいのだ。ぼくからの感謝《かんしゃ》の気もちとお別れの挨拶《あいさつ》といっしょにね。名前はシルヴィアス、ネグレット・シルヴィアス伯爵《はくしゃく》(12)だ。いいかい、書き取っておいてくれたまえ！　ロンドン北西郵便地区ムアサイド・ガーデンズ一三六。いいね」

表情に感情が正直に現われてしまうワトスンの顔は、不安で引きつった。彼には、ホームズの覚悟している危険がどれほどあやういものなのか、痛いほどわかっていた。また、ホームズは、誇張《こちょう》よりも控《ひか》え目な表現をすることもよく承知していた。そして、どんな時にでも行動派だったワトスンは、尻込みせずに、この機会に飛びついた。

「ぼくもひとつ加えてほしいね、ホームズ。ちょうど、きょう明日は、暇《ひま》なのだ」

「どうやら、君の道徳のほうは進歩を見せていないね、ワトスン。ほかの悪習の上に、つまらぬ嘘《うそ》をつくようになったね。どこから見ても、君は、往診《おうしん》の依頼がたえまなく舞い込む忙しい医者だよ」

「いや、たいしたものはないよ。それで、その男を逮捕するわけにいかないのかい」

「そうなのだ、ワトスン、できれば、ぼくもそうしたい。むこうもびくびくしているんだけどね」

「どうして、つかまえないのかい？」

「ダイヤモンドのありかが、わからないからなのだ」

「ああ、ビリーが教えてくれた、あの紛失した王冠の宝石[13]のことだね！」

「そう、あの豪華な黄色のマザリンの宝石[14]だ。ぼくも、網を張って、獲物はつかまえたのだが、肝心の宝石がまだなのだ。そもそも、奴らをつかまえたとしても、それがいったい何になるというのだ。たしかに、連中を牢屋《ろうや》に入れれば、世間を住みやすい所にすることはできるだろう。けれど、これはぼくが躍起《やっき》になって求めていることではない。ぼくが求めているのは、その宝石なのだ」

「とすると、シルヴィアス伯爵は君が探していた獲物の魚の一匹というわけだね」

「そう、それもサメというところかな。奴はがぶりとくるからね。もう一匹はサム・マートン[15]といって、ボクサーだ。サムは悪党じゃないが、伯爵にいいように使われている。サム[16]はサメというわけではないね。体が大きいばかりで、がむしゃらでまぬけなカマツカといったところだね。ともかく、こいつも、網にかかって、ばたついてしまっているというわけだ」

「そのシルヴィアス伯爵は今、どこにいるのかい」

「ぼくは、午前中ずっと、ぴったりと彼の追跡を続けていた。ぼくがまえにも歳をとった婦人に変装したのを見たことがあるね、ワトスン。ぼくとしても、あれ以上、真に迫った変装はできないよ。一度など、彼は、何も知らずに、ぼくが落とした日傘を拾ってくれたのさ。『マダム、まことに失礼ですが』と言ってね、彼はイタリア人の血が半分入っているからね、機嫌がいい時は、南国風の優雅《ゆうが》さをまじえた、なんともやさしい口ぶりなのさ。ところが、ご機嫌斜めになると、もう悪魔そのものといったすさまじさなのだ。まったく人生というものは、本当に奇妙なことがおこるものだね、ワトスン」

「いや、とんでもない目にあうところだったかもしれないね」

「そう、それはそうかもしれない。彼がミノリーズ[17]通りの例のストラウベンジーの仕事場[18]にまで行くのを、ぼくはつけてみた。ストラウベンジーというのは、ぼくの知っているところでは空気銃の製作で有名で、実に見事な銃を作っているのさ。どうも、たった今、その銃が向こう側の窓から、こちらに照準を合わせているようなのだよ。人形は見ただろう。そう、君には、ビリーが見せたね。この瞬間にも、その人形の立派に作られた頭に銃弾が一発撃《う》ち込まれかねないのだ。おや、ビリー、どうしたのかい」

再び部屋に姿を見せたビリーは、手に持った盆に名刺を載せていた。ホームズはこれに目をやると、眉《まゆ》を釣り上げ、おもしろそうに笑みを浮かべた。

「当のご本人だ。まさか、こうなるとは思わなかったよ。ワトスン、覚悟を決めてくれたまえ。相手は向こう見ずな男だ。君も、猛獣《もうじゅう》狩りの名手だという噂《うわさ》は耳にしているだろうね。このぼくを獲物にしとめることができれば、華々しい彼の狩りの経歴に最後の花が飾れるというものだ。こうなったのは、彼が、ぼくの追跡をすぐ背後にまで感じている証拠だね」

「警察を呼ぼう」

「呼ぶことにはなるだろう。けれども、まだその時期ではないよ。ちょっと、気をつけながら、窓の外を見てくれないかな、ワトスン。通りで、誰か、うろうろしていないだろうか」

ワトスンは、用心深く、カーテンの端から外のようすをうかがった。

「そう、ドアの近くに乱暴そうな奴がひとりいる」

「それはサム・マートンだろう。親分には忠実だが、少々頭の弱いサムだ。その紳士《しんし》はどこにおいでかね、ビリー」

「はい、待合室[19]におられます」

「呼びりんを鳴らしたら、お通ししなさい」

「はい、わかりました」

「ぼくが部屋にいなくても、通してかまわない」

「はい、わかりました」

ドアが閉まると、待ち構えていたようにワトスンは、真剣な面持ちで、友人に話しかけた。

「ねえ、ホームズ、とにかくむちゃだよ、それは。相手は凶悪な男で、何をしでかすかわからない。君を殺しに来たのかもしれない」

「驚くには当たらないよ」

「ぼくは、どうしても、君のそばにいさせてもらうよ」

「それでは、君がひどい妨げになるよ」

「奴にとってだね？」

「いや、そうではなくて、ぼくにだ」

「何と言われても、ぼくは、君のそばを離れるわけにはいかないよ」

「いや、そうはいかない、ワトスン、君にはちょっと席をはずしてもらおう。今までいつだって、事件の捜査《そうさ》では、君はしかるべき行動をとってくれたではないか。君なら、最後までやり遂《と》げてくれると、ぼくは信じている。この男はそれなりの魂胆《こんたん》があって来たわけだろうが、ぼくも、彼がここにいる間に、こちらの狙《ねら》いを果たすことができる」ホームズは手帳を取り出して、すらすらと数行を書き連ねた。「スコットランド・ヤードまで辻馬車を走らせて、これを犯罪捜査部（ＣＩＤ）のヨール[20]に渡して、警官を連れて戻って来てくれたまえ。そうすれば、男は逮捕さ」

「そういうことなら、ぼくも喜んで協力するよ」

「君が戻って来るまでに、ぼくはおそらく、例のダイヤモンドのありかを余裕で突き止めるだろうね」ホームズは呼びりんに手を伸ばした。「ぼくたちは寝室のほうから外へ出たほうがいいだろう。このもうひとつの出口というのは、まったくもって便利だ。サメの奴にはぼくの姿が見つからないようにしながら彼を観察するのさ。これは、君も知っている、ぼくの手法だ」

そして、まもなくビリーはシルヴィアス伯爵を通したのだが、当のその部屋には人気《ひとけ》がなかった。射撃の名手、スポーツマン、それに社交界の通人《つうじん》として世間に知られていた伯爵は、浅黒い肌の大男で、黒い口ひげをふさふさとたくわえ、それに隠れるようにして、冷酷《れいこく》そうな薄い唇《くちびる》があり、さらにワシのくちばしを思わせる、高く、湾曲《わんきょく》した鼻があった。身に着けた服装は上等だったが、派手なネクタイ、きらめくタイ・ピン、それに、いくつものぴかぴかの指輪が、けばけばしい印象を与えた。彼は、背後でドアが閉まると、驚きをあらわにした、すさまじいにらみを利かせて、周囲を眺めやった。ここかしこに、罠《わな》が仕掛けられているのではないかと、恐れを抱いているかのような素振りだ。すると、窓際の安楽椅子から飛び出して見える、じっとして動きを見せない人の頭と、部屋着のえりを目にし、ぎくりとした。初めは、ただ驚《おどろ》いているばかりの表情であった。しばらくすると、残酷《ざんこく》な喜びの期待に、凶悪な黒い目が一瞬輝《かがや》いた。伯爵は、再び誰にも見られてはいないかと、辺りをうかがい、物音ひとつ立てない静かなその人物に向かって、仕込み杖《づえ》である太いステッキを構え、忍び足で歩み寄っていった。そして、飛びかかり、一撃を加えようと、身をかがめたその瞬間、開いていた寝室のドアから、冷ややかで、皮肉な響《ひび》きの声が呼びかけてきたのだ。

「壊さないでくださいよ、伯爵！　壊さないで」

暗殺者は、驚きに顔をひきつらせて、思わずよろけて、後ずさりした。一瞬、鉛《なまり》を仕込んだステッキをいま一度振り上げかけて、人形から次には当人に攻撃の的を変えたように見えた。けれども、ホームズの落ち着いた灰色の目と、人をあざけるような笑みに、有無を言わせぬものを感じてか、頭上にふり上げていた手をおろしてしまった。

「それはちょっとしたものでしてね」ホームズは、自分の像に近づきながら、こう言った。「それは、タヴェルニェイという、フランスの有名な人形造りの名人(21)がこしらえたものでして。彼のろう人形造りの腕前は、あなたのご友人、ストラウベンジーの空気銃作りと同様の名人芸ですからね」

「空気銃だと！　何のことを言っているのだ」

「帽子とステッキはサイド・テーブルに置いていただきましょう。そう、ありがとうございます。どうぞ腰を下ろしていただけませんか。すみませんが、拳銃《けんじゅう》も出していただくとありがたい。まあ、いいですよ、その上にお座りになりたいとお思いでしたら。あなたがこうして来てくださったのは、まったく好都合です。と言いますのは、わたしはあなたとはほんの二、三分でいいのですが、どうしてもお話をしたかったのでね」

伯爵は、濃く、脅《おど》すように眉をひそめた。

「わしのほうこそ、あんたと話をしたかったところだ、ホームズ。それで、こうしてここにいるというわけだ。だからといって、今しがた、わしが、あんたに襲《おそ》いかかろうとしたこともなかったことにしようとは言わないがね」

ホームズはテーブルの端に座って、片足をぶらぶらとさせた。

「どうも、そのようなことをお考えだとは、こちらもうすうす察してはいましたが」と、彼は言った。「それにしても、どうしてまた、わたしごときを気にされているのですか」

「それは、あんたのほうが、ことさらにわしをいらつかせてくれるからだ。手下どもを使って、わしの後をずっとつけさせていた」

「手下どもですか！　まさか」

「いいかげんにしろ。たしかに、わしもやつらをつけさせたのさ。ふざけたまねをしていて、ただですむと思うなよ、ホームズ」

「細かいことですが、シルヴィアス伯爵、わたしに呼びかける際には、わたしの名前に、さん付けをしていただけるとありがたいです。わかっていただけることでしょうが、わたしの仕事柄、警察の犯罪者写真簿の記録に載っているような、大物の悪い連中のおおかたとは、仲よくやっていきたいと考えております。ですから、そうでない場合には少々反感を感じてしまうものでして」

「それでは、ホームズさん」

「それはありがとうございます！　ただ、はっきり申し上げておきますが、わたしの部下について誤解があります」

シルヴィアス伯爵は軽蔑したように笑った。

「あんたと同じくらい、誰だってわかるのさ。きのうは賭博《とばく》好きの年寄りだった。きょうは年配の女だったぞ。一日中、奴らはわしをつけまわしていた」

「それはそれは、なんとも、おほめの言葉をたまわりました。そういえば、かの老ダウスン男爵も、絞首刑に処せられる前日の晩に、わたしについて言うなら、演劇界が損失をこうむった分だけ、法の世界が得をしたと、そう言ってくれましたね。そして今、あなたが、つたないわたしの変装ぶりを、ありがたくもおほめくださったわけでノリーズで、うやうやしくわたしに拾ってくださいました日傘です。何の疑いも持っておいでではなかったようですね」

ホームズは肩をすぼめた。「はい、あそこの隅に、ごらんいただいているのが、ミ

「あれは、あんただったのか」

す」

「そうと知っていれば、今頃、あんたは――」

「そう、この粗末《そまつ》なわが家にも再び戻れなかった。それは、わたしも承知です。人間誰でも、後悔は先に立たずですね。あなたは見破れなかった、だから、わたしたちはこうして相まみえているわけです」

伯爵は、恐ろしい目の上でひそめていた眉を、さらに険《けわ》しくした。

「あんたがしゃべると、話はやっかいになるばかりだ。手下どもでなく、おせっかい焼きの張本人のあんただったのか！　今、あんたは、わしを尾行したことを認めた。どういうわけだ？」

「そこですよ、伯爵。あなたはアルジェリアで、ずいぶんとライオン狩りにいそしんでいらしたようですね」

「そのとおりだ」

「それでは、それはなぜですか」

「なぜかだと？　それはスポーツさ、スリルがあって、危険だからだ」

「それに、むろん、その国から害を及ぼす猛獣を退治するという目的もあるでしょう」

「そのとおりだ！」

「わたしの理由も、ひとことで申せばそれと同じです」

伯爵は飛び上がり、その手が無意識のうちにズボンの後ろのポケットに伸びた。

「どうぞお座りください、お座りになって。もうひとつ、もう少し現実的な理由があります。あの黄色のダイヤモンドを出していただきたいのです！」

シルヴィアス伯爵は悪意に満ちた笑いを浮かべて、椅子にそっくり返った。

「なんだって！」と、彼は言った。

「わたしがそれを求めて、あなたを追っていたことは、ご存じのはずです。あなたが今夜おいでになった本当の理由は、わたしがこの事件のことをどこまで知っているのか、そして、わたしを消すことが必要不可欠かどうか、ようすを探るためではないですか。まあ、あなたの立場に立って言わせてもらえれば、それは必要不可欠のことでしょう。このわたしは、今からあなたがお話しになる、ただ一つのことを除いて、事件に関してはすべて知り尽くしていますからね」

「おや、そういうことなら、そのまだわからないという、ただひとつが何かを言ってもらおうか」

「王冠のダイヤのありかです」

伯爵は相手をきっとにらみつけた。「そうか、本当に、あんたはそれが知りたいというのか。わしが、ダイヤのありかを教えられるとでも思うのか」

「あなたは教えられるはずです、そうしていただきましょう」

「しょうもない！」

「わたしを脅してもむだですよ、シルヴィアス伯爵」そうして、相手を見つめるホームズの目は、細く、光を鋭く放って、さながら二つの尖《とが》った剣先のようになった。

「あなたはまさに透明な板ガラスそのままだ。わたしは、あなたの心の奥底までも見通せるのです」

「それなら、あんたは、ダイヤモンドのありかもお見通しじゃあないのかね」

ホームズは、愉快《ゆかい》そうに手をたたいて、相手を指さし、からかった。「そういうことは、あなたは知っているということですね。知っていることをお認めになったわけですから」

「いや、わしは何も認めてはいない」

「いいですか、伯爵。あなたが道理をわきまえていただければ、取り引きは成り立ちます。さもなければ、痛い思いをすることになりますよ」

シルヴィアス伯爵は視線を天井に向けた。「脅しは無駄《むだ》だと言ったのは、あんたのほうだろう」と、彼は言った。

ホームズは王手の一手を思案するチェスの名人のように、じっと考えこみながら伯爵の顔を見つめた。それから、テーブルの引き出しをさっと開けると、分厚い小型の手帳を取り出した。

「この手帳にわたしが何を記録しているか、おわかりですか」

「いいや、知らんね」

「あなたのことです」

「わしのことだって？」

「そう、そのとおりです！ ここには、あなたに関することがすべてひかえてあります。あなたが犯した凶悪な犯罪の数々をね」

「いいかげんにしろ、ホームズ」伯爵は目を憎しみで燃え立たせ、叫んだ。「わしの我慢にも限度があるぞ！」

「伯爵、あらゆることが、ここにそろっています。あなたにブライマー屋敷を遺してくれたハロルド老夫人の本当の死因も入っている。その屋敷は、あなたがあっという間に賭《か》けごとに使い果たしてしまいましたがね」

「何か夢でも見たんだろ！」

「そして、ミニィ・ウォレンダー嬢《じょう》の生涯に関する記録もあります」

「なんだ。それがどうした」

「ここには、さらに多くの事実が記されています、伯爵。ほら、リヴィエラ(22)へ向かう豪華列車(23)でおこった、一八九二年二月十三日の強奪事件の記録もあるし、同じ年のクレディ・リヨネ銀行(24)の偽造《ぎぞう》小切手事件もありますよ」

「いや、それは、あんたがまちがってる」

「とすると、その他の事件についてはすべて、わたしの判断にまちがいないということになりますね。さあ、あなたも、カードの勝負師でしょう。相手が切り札を一手に握《にぎ》っているのなら、自分の持ち札を出すのが、時間の節約というものです」

「これと、いま言っていた宝石と何の関係があるんだ」

「まあまあ、伯爵、あせる気もちは抑えてください。わたし流の説明で退屈でしょうが、要点を話させていただきます。わたしは、いま挙《あ》げた、あなたに不利な証拠をいろいろと握っています。とりわけ、この王冠ダイヤモンド紛失事件に関するあなたと、あなたの手下の格闘技の親方の犯行は確実に立証できます」

「そうかな！」

「あなたをホワイトホール(25)で馬車に乗せた馭者《ぎょしゃ》も見つけているし、そこから戻って来た時に利用した馭者もわかっている。ダイヤモンドのケースのそばであなたを目撃したというコミッショネア[26]もいる。あなたからダイヤモンドの分割を依頼されたが、それ[27]を断ったアイキィ・サンダーズのことも知っている。そのアイキィが口を割っていますから、万事休すというわけですね」

伯爵の額に、青筋が浮き立った。激情を無理に抑えこんで、浅黒く、毛深い手がぎゅっと握りしめられた。話し出そうとするのだが、どうにも言葉にならない。

「これがわたしの手のうちです」と、ホームズは言った。「すべてをテーブルに出して、お見せしました。けれども、一枚だけ、欠けているカードがあるのです。それがダイヤモンドのキングというわけです。わたしにはその行方がわかりません」

「これからだって、あんたにわかってたまるか」

「わからないですかな。いいですか伯爵、少し考えなおされてはいかがですか。今の状況を考えてごらんください。あなたは二十年は刑務所ですよ。サム・マートンも同じこと。ダイヤモンドを持っていて、いったいどんな得があるっていうのです。何の得もありません。しかしダイヤモンドを渡してもらえれば、そう、重罪も見逃しましょう[28]。こちらが求めているのは、あなたでもサムでもない。求めているのは、あの宝石です。それを渡してさえくだされば、わたし個人としてですが、この先、あなたが不始末をおこさない限りは、自由の身にさせておきます。ただし、何かしでかせば、そう、それで一巻の終わりということになりますね。しかし、今回のわたしの任務は、あなたを捕らえることではなくて、宝石を取り返すことなのです」

「だが、もしいやだと言ったら？」

「いや、そういう場合には、残念ですが、宝石ではなくて、あなたをいただくことになります」

呼びりんに応じて、ビリーが姿を見せた。

「伯爵、わたしが考えますには、あなたのご友人のサムもこの話し合いに参加させたほうがいいようです。とにかく、彼の利害も守られなくてはいけないのですから。ビリー、玄関先に物騒《ぶっそう》な大男の紳士がいるのが見えるね。こちらに上がってくるように言っておいで」

「もし、上がってこられないときは、どうしますか」

「乱暴はだめだよ、ビリー。手荒なまねはしないように。シルヴィアス伯爵がお呼びだと言えば、まちがいなく来てもらえるはずだよ」

「それで、あんたはどうしようというのだ」と、ビリーがいなくなるとすぐに、伯爵はこう訊《き》いた。

「さきほどまで友人のワトスンがいました。網にサメとカマツカの二匹がかかったと話しました。その網をたぐり寄せて、獲物がもうすぐ現われるというわけですよ」

伯爵は椅子から立ち上がって、手を後ろにもっていった。するとホームズは、部屋着のポケットから少し飛び出していた、何物かをつかんだ。

「あんたもベッドの上で安らかな最期というわけにはいかないぞ、ホームズ」

「わたしもよくそう思ってきました。しかし、それがどうだというのですか。どう考えても伯爵、あなたの最期も、横にではなくて、ぶら下がった姿勢で迎えそうですな。こういう未来の予測は気もちのいい話ではありませんね。今のところは、せいぜい楽しむことだけに夢中になろうではありませんか」

突然、筋金入りの犯罪者の、暗く、人を威嚇《いかく》する鋭い目に、野獣のような光が走った。緊張を高め、戦闘態勢に入ったホームズの姿は、いっそう背丈が増したように映った。

「拳銃をいじり回すのは、無駄というものですよ、伯爵さん」と、ホームズは静かな声で言った。「たとえ、わたしがあなたに銃を抜くすきを与えたとしても、まさか本当に銃を使うことはしない、とご自分でもよくわかっておられるはずです。伯爵、拳銃は騒々しくて、不愉快な代物《しろもの》です。やっぱり、空気銃だけにしておいたほうがいいでしょう。ああ、あなたの頼りになる相棒が上がってくる、繊細《せんさい》な足音が聞こえてきた。こんにちは、マートンさん。外は少々退屈ではありませんでしたか」

ドアの前に立ち、周囲を困惑の表情できょろきょろ見回し、落ち着きなさそうにしているのは、頑丈《がんじょう》な巨体をしたプロ・ボクサーの若い男だった。その顔ときたら間が抜けて依怙地《いこじ》そうで、やせて細長かった。ホームズのスマートなしぐさも、この男にはまったくなじみのないものであった。そして、それが敵意を秘めていることには、うすうす気づいていたのだが、どう切り返していいものかわからなかったのだ。それで、自分よりはるかに抜け目のない仲間に助けを求めた。

「どういう魂胆なんだい、伯爵。こいつは何の用だっていうんだ。え、何だっていうんだい」そう言う彼の声は太くて、しわがれていた。

伯爵は肩をすぼめただけで、返事をしたのはホームズであった。

「ひとことで言わせていただくとですね、マートンさん、一巻の終わりということですよ」

それでもなお、ボクサーは仲間に対してだけ話しかけた。

「こいつはふざけてるんですかい？　こちとらはそういう気分にゃならねえぜ」

「まあ、そういうことでしょう」と、ホームズは言った。「夜が深まれば、どんどん愉快ではなくなると、わたしは保証しますよ。いいですか、シルヴィアス伯爵、わたしも忙しい身ですから、時間を無駄にするわけにはいきません。これからあちらの寝室に行きますから、わたしのいない間、どうぞお楽に願います。わたしが席をはずしていれば、ご友人に何もかくさず事情がお話しになれるでしょう。わたしは、ヴァイオリンで『ホフマンの舟歌』[29]でも奏《かな》でてみましょうか。そして、五分ほど経ちましたら戻って来て、ご返事を承《うけたまわ》ります。選択肢は二つに一つだということはわかっていただけますね。つまり、あなたを逮捕するか、宝石をいただくか、どちらかということです」

ホームズは部屋の隅を通る時に、そこに置いてあった自分のヴァイオリンを取り上げて出て行った。まもなく、寝室の閉じられたドアの向こうから、あの曲をもの悲しく、長く尾を引き、むせぶように奏でるヴァイオリンの音がかすかに響いてきた。

「で、いったい何だってんですかい」仲間が振り返ると、マートンは心配そうに尋《たず》ねた。「奴はダイヤのことは知っているんですかい」

「それがやけに知りすぎている。何から何まで知り尽くしているのかもしれんと、わしも思っている」

「そりゃたまげたぜ！」ボクサーの黄ばんだ顔がわずかに青くなった。

「アイキィ・サンダーズがわしらのことをばらした[30]」

「あいつがか。そんなことなら、おれは縛《しば》り首になったって[31]かまいやしませんぜ、あいつをぶちのめしてやりますぜ[32]」

「そうしたところで、わしらには何の足しにもならん。大事なのは、これからどうするかだ」

「ちょっと待ってくださいよ」と、ボクサーは寝室のドアを疑わしそうに見ながら、

言った。「奴は油断のならない[33]、抜け目ない野郎ですぜ。あっしらの話を聞いちゃあいねえですかい」

「あんなふうに音楽を奏でながら聞いているわけにはいくまいさ」

「そりゃあごもっともだ。ひょっとして、カーテンの向こうに誰かがいるんじゃないですかい。この部屋はカーテンがいやに多すぎるぜ」彼は辺りを見回し、窓辺の人形に気づいて、驚きのあまり言葉も出ず、ただ指をさしたまま茫然《ぼうぜん》として立ち尽くした。

「おい、それはただの人形だ」と、伯爵は言った。

「偽物《にせもの》ですかい。こりゃたまげたぜ。マダム・タッソー[34]もおったまげだ。ガウンから何もかも、奴とまったく瓜《うり》ふたつときたもんだ。それにしても、何ですかい、このカーテンは、伯爵」

「いや、もうカーテンなぞどうでもいい！　わしらは時間を無駄にしているんだ、時間はいくらも残っていないぞ。奴はこの宝石の一件でわしらを刑務所にぶち込めるんだ」

「くそ、そうなのか！」

「だが、奴はブツのありかさえ教えれば、わしらのことは見逃してくれる」

「何だって！　ブツをやってしまうんですかい。十万ポンド[35]のダイヤをですかい？」

「いや、他には道はないんだ」

マートンは刈《か》り込んだ頭をぼりぼり掻《か》いた。

「奴はあそこに独りっきりでいますぜ。やっちまいましょう。消しちまえば、恐いものなしだ」

伯爵は首を振った。

「奴は武器も持っているし、警戒もしている。たとえあいつを撃ち殺したところで、こんな場所では逃げおおせない。しかも、警察はあいつの握っている証拠はすべて知っているに違いない。おい、あれは何だ」

窓の方から何ともつかない音が聞こえてきた。二人の男はまわりをすばやく見回してみたが、あたりは静まり返っていた。だが、椅子に座っている奇妙な人形を別にすれば、部屋には誰もいないのは確かであった。

「通りの何かの音ですぜ」マートンが言った。「それじゃあ、旦那《だんな》。あんたにゃ頭がある。どうにかうまいやり方をみつけてくだせえよ。ぶちのめすのがだめてえんなら、あとはあんたに頼るしかねえや」

「わしは、あいつなんかよりもずっと手ごわい相手[36]を手玉にとってきたものさ」と、伯爵は答えた。「宝石はわしの秘密のポケットの中だ。どこぞに置いておいたりはしない。今夜にでもイングランドから出られれば、日曜日までにはアムステルダム[37]で四つに切り分けられるだろう。あいつはヴァン・セダーのことはなんにも知らないからな」

「ヴァン・セダーは来週になってから行くんじゃあなかったんですかい」

「そう、そのつもりだった。だが今となっては、すぐ次の船で出発してもらわなくてはならない。わしらのどちらかが、ひそかに例の宝石をライム街[38]に持って行き、奴に言いつけなくてはならん」

「だけど、二重底のからくりカバンが用意できてねえぜ」

「そうだ、だから、あぶないが、奴には、宝石をそのまま運ばせなくてはなるまい。もうぐずぐずしてはいられない」狩人特有の危険を察知《さっち》する直感が働いたのか、伯爵は一瞬動きを止め、再び窓をじっと見つめた。かすかな物音は、通りからに違いなかった。

「ホームズのことなら」と、彼は話を続けた。「あいつをだますことくらい、わけないぞ。そうだろ、あの間抜けはダイヤが手に入るとなれば、わしらをつかまえたりするものか。そうだ、奴にはダイヤを渡すと、約束を持ちかけよう。そうしておいて、宝石のでたらめのありかを教えて、奴が嘘だと気づくころには、そいつはオランダにあるし、わしらもこの国からおさらばだ」

「そいつはいいやな！」サム・マートンはにやりとして言った。

「おまえはあのオランダ人のところに行って、急いで出発するように伝えてくれ。わしはこの間抜けの相手をし、嘘の打ち明け話を吹き込んでやるぞ、宝石は今、リヴァプールにありますってね。なんだ、あの湿っぽい音楽は。ほんとにいらいらする！　ホームズが、リヴァプールに宝石がないのがわかったころには、そいつは四つに切り分けられて、わしらも青海原《あおうなばら》の上さ。あの鍵穴《かぎあな》から見えないように、ほら、近づいてみろ。これがその宝石だ」

「でもよく、まあ、持ち運んでいますねえ」

「ほかにこれ以上安全な方法があるか？　わしらがホワイトホールから持ち出せたということは、わしの住まいから持ち去ることだって大いにありえるのだ」

「ちょっと見せてくだせえよ」

シルヴィアス伯爵は手下にかなり不満そうな視線を投げかけ、自分に向かって差し出された、洗った形跡のない手を無視した。

「あっしがあんたから、こいつをちょろまかすとでも思ってるんですかい。いいかい、旦那、あっしはあんたのやり方にゃあ、もううんざりだ」

「まあまあ、いいかい、悪くとらないでほしいよ、わしらが仲間もめをしている暇はない。この戦利品をちゃんと見たいんなら、窓際まで来てみたらどうだ。ほら、光にかざすんだ！　ほおら」

「ありがとうございます」

　すると、ひとっ飛びにホームズが、人形の座っていた椅子から跳《は》ね上がり、貴重な宝石をかすめ取った。彼は一方の手で宝石をつかむと、もう一方の手で伯爵の頭に回転式自動拳銃《レヴォルヴァー》を向けた。二人の犯罪者はすっかり仰天《ぎょうてん》し、後ずさりをした。二人が気を取り直す間もなく、ホームズは電気式のベルを鳴らした。

「乱暴はされませんように、お二人さん、どうか乱暴なまねは避けてください。家具調度のことをお考えください。あなたがたはすでに何もできないということはよくおわかりでしょう。下で警察がお待ちしています」

　驚きのあまり伯爵は、怒りや恐れをすっかり忘れてしまった。

「しかし、いったいどうしてだ――？」あえぎつつ、彼はこう言った。

「驚かれるのはごもっともです。わたしの寝室には第二のドアがあって、それがあのカーテンの裏に出られる(39)ことに気づかれなかったのですね。わたしが人形を動かした時に立てた音を聞かれたはずだと心配していたのですが、運はどうもこちらに味方してくれました。そこで、運よくあなたがたの活発な会話を耳にさせていただけることになりました。わたしがいることを知っていたら、話の内容もひどく限られたものになっていたでしょうね」

　伯爵は参ったという身振りを示した。

「あんたには降参だ、ホームズ。あんたはまさに、悪魔そのものだ」

「まあ、当たらずといえども遠からずというところですかな」と、ホームズは上品そうな笑みを浮かべた。

頭の回転の遅いサム・マートンもさすがに、徐々にではあるがこの事態をのみこみ始めた。そうして、部屋の外にある階段をどしんどしんと上がってくる足音が聞こえてくると、ようやく沈黙を破った。

「ぱくられた！」彼は言った。「ちぇ、だけど、いったいどういうわけなんだ！　まだ、あのひでえヴァイオリンの音が聞こえてくるじゃねえか」

「そうですよ」と、ホームズは答えた。「まったく、あなたのおっしゃるとおりだ。まあ、そのまま鳴らしておきましょう。この最新の蓄音機《ちくおんき》(40)はまったくすばらしい発明品です」

警察がなだれ込んできて、手錠《てじょう》をかける音がした。そして犯罪者らは下で待機している馬車に引き立てられていった。ホームズとともに部屋に残ったワトスンは、いわばホームズの栄誉《えいよ》に、また新たにもう一つ、勝利の月桂冠《げっけいかん》が加えられたことをほめたたえた。二人が話を交わしていると、相も変わらず落ち着いているビリーが名刺受けの盆を持って現われたので、再び、会話が中断した。

「カントルミア卿がおいでですが」

「お通ししておくれ、ビリー。この方は、最も高貴な方々を代表されている貴族なのだよ」と、ホームズは言った。「立派な人物で、忠誠心に篤《あつ》い方ではあるが、なにぶん、旧体制の時代の堅物《かたぶつ》でもあらせられる。で、少しばかりやわらかくなっていただこうかな。ちょっと、思い切って失礼に当たることをさせていただこうか。状況が今どのようになったか、まったくご存じないようだからね」

ドアが開いて、やせて、厳格な雰囲気の人物が入ってきた。細面《ほそおもて》の尖った顔つきで、ヴィクトリア朝中期によく見受けられた、てかてかと光る、真っ黒な頰《ほお》ひげ(41)を垂らしているものの、このひげがまた、まる味をおびた肩とおぼつかない歩みとに似つかわしくなかった。ホームズは愛想よく進み出て握手をしたが、相手の貴族の手には何の感情もなかった。

「よくいらっしゃいました、カントルミア卿。この時期にしては、どうも肌寒い陽気ではありますが、家の中はちょっと暑いようです。オーバーをお預かりしましょうか」

「いや、けっこうだ。わたしは脱がない」

ホームズは執拗《しつよう》に相手のそでに手をそえた。

「どうぞ、そうさせていただきます。わたしの友人のワトスン先生も、温度のこうした急激な変化は間違いなく、体にさわると、あなたに進言させていただくことでしょう」

卿はじれったそうに、ホームズの手を払いのけた。

「いや、わたしはこれでまったく具合がいいのだ。それに、長居はしない。ただ、君が自分から買って出た任務の進みぐあいがどうなのか、それを見に来ただけだ」

「むずかしいです――ひどくむずかしいです」

「そんなことだろうと、わたしも心配していたのじゃ」

長く宮廷に仕えた高齢の男の言葉と態度には、明らかにあざけりの気もちが感じられた。

「人は誰でも自分の限界というものがあるのだ、ホームズさん。しかし、それのおかげで、うぬぼれるという、われらの弱点を正す効果があるのだよ」

「はい、それはおっしゃるとおりです、わたしもたいへん思い悩んでおります」

「それはそうだろうな」

「とくに、ある一つのことに関してなのです。どうぞ、その点についてお力添えをお願いできないでしょうか」

「君は今ごろになって、わたしに助言を求めようというのかね。君には絶対万能の方法があると思っていたのだが。まあいいだろう、君の助けになるのにやぶさかではない」

「それでは、カントルミア卿、宝石を盗んだ張本人に対しては、事件立件が可能ということにまちがいありませんね」

「それは犯人を捕らえたあとの話だろう」

「まさにそのとおりです。しかし、問題はですね、盗品の宝石を持っている人間に対して、どういう法的手段をとるべきかなのですが」

「そういうことは時期尚早《しょうそう》といえるのではないかな」

「計画は早目に立てておいたほうがよろしいかと思いまして。としますと、その人間を捕らえる決定的証拠となるのは何だとお考えでしょうか」

「現にその宝石を所持していることだろう」

「では証拠があれば、あなたは逮捕されますか」

「それは、もちろんだ」

ホームズはめったに笑うことがなかった。しかし、旧友ワトスンが覚えている限りでは、この時ほど彼が笑いに近い表情を浮かべたことはなかった。

「それでは、よろしいでしょうか。警察にあなたの逮捕をお願いするという、つらい役目をわたしは果たさなくてはなりません」

カントルミア卿は激しく怒った。いつもは青白い頬に、高齢の身に宿っていた激情が赤く燃え上がった。

「それは無礼ではないか、ホームズさん。わたしは公務についてこのかた五十年にもなるが、こういうとんでもない事態になったことはない。わたしは多忙の身で、重要な懸案《けんあん》をいくつもかかえているのだ、どうしようもない冗談の相手をする暇も、またそういう趣味も持ち合わせてはいない。はっきり言わせてもらえれば、わたしは、君に才能があるなどと信じたことはまったくない。だから、今回の事件も正規の警察に任せるほうがはるかに安全だとずっと考えていた。今の君の行動を見て、わたしの考えにまちがいがないのが確信できた。それでは、これで失敬させてもらう」

すばやくホームズは、立つ位置を変えて、貴族とドアの間に割って入った。

「しばらくお待ちください」と、彼は言った。「現実にマザリンの宝石を持ち逃げなさるというのは、それを一時所持しているよりもはるかに重い罪になると思いますが」

「いいかげんにしてくれ、もう我慢がならない。さあ、そこを通してもらおうか」

「あなたのオーバーの右ポケットにお手を入れてください」

「いったい何を言っているのだ」

「まあ、いいですから、言うとおりになさってください」

一瞬ののち、仰天した貴族は、震《ふる》えるその手のひらに立派な黄色の宝石をのせたまま、目をしばたたかせ口ごもったまま、立ちつくしていた。

「何ということだ、これは！　何なのだ、いったい、何なのだ、ホームズさん」

「お気の毒です。カントルミア卿、まったくお気の毒です」ホームズは声をあげた。「わたしにはいたずら好きの悪い癖《くせ》があることは、ここにいる旧友もよく知っています。それに、わたしは劇的な展開には目がないのです。そこで、この面談の最初に、ご無礼しまして、たしかにとんだご無礼だったとは思いますが、問題の宝石をあなたのポケットに忍び込まさせていただいたというわけです」

高齢の貴族は宝石から視線を移して、眼前の笑顔をじっと見つめた。

「いや、驚きました。しかし、これは、正真正銘のマザリンの宝石だ。君にはたいへん世話になった、ホームズさん。もっとも、君のユーモアの感覚は、君も認めているとおり、少々変わってるうえに、それを披露《ひろう》するのも、きわめて場をわきまえないものであった。しかし、少なくとも、専門家としての君の驚くべき能力については、わたしが述べた前言はすべて撤回《てっかい》しよう。それにしても、どうして君は――」

「事件の解決はまだ半分終わったばかりでして、いずれ詳細は明らかになることでしょう。カントルミア卿、あなたが高貴な方々の世界にお戻りになり、そこで今回の満足のいく成果をお話しいただくことで、わたしがこのようないたずらをしたことは帳消しにしていただけるでしょう。ビリー、お客様をお見送りして。それから、ハドスン夫人に、夕食を二人分、できるだけ早く用意してほしいと、伝えておいておくれ」

トール橋

チャリング・クロス[42]にあるコックス銀行の大金庫[43]の片隅には、長年の旅で、すっかり傷んでしまった、ブリキ製の文書箱が入っていて、そのふたには、元インド軍所属[44]医学士ジョン・H・ワトスンとわたしの名前が記されているはずである。その中には書類がぎっしり詰まっていて、そのほぼすべては、シャーロック・ホームズ氏が折々に取り組んだ、不思議な謎を語るさまざまな事件記録である。そうした事件の中には、おもしろい事件であっても、未解決のまま終わってしまったため、最終的解明がなく、物語るには不適当なものもあった。未解決事件はたしかに、犯罪学の研究者の関心を呼ぶだろうが、一般読者にはとまどいを与えるだけである。このように解決をみなかったものの中には、自宅に傘《かさ》を取りに戻ったまま、忽然《こつぜん》と消えてしまったジェイムズ・フィリモア氏[45]の事件も含まれている。これらと同様に驚《おどろ》くべき事件としては、ある春の朝、霧《きり》の中へ航海したきり、二度と姿を見せなかった、カッター「アリシア」号の一件[46]もある。その後も船の消息は、乗組員とともに不明である。注目すべき三番めの事件としては、ジャーナリストとして、さらに数々の決闘でも名を馳《は》せたイサドラ・ペルサノの事件(47)が挙《あ》げられる。彼は目の前に置かれたマッチ箱を凝視《ぎょうし》したまま、全く気が違った状態で発見された。そして、そのマッチ箱には、今日の科学では未知の奇怪な虫が一匹入っていたのである。こうした未解決の事件(48)のほかには、家庭内の秘密が深くかかわる事件であるため、それが印刷されて公《おおやけ》にされるかもしれないと思うだけでも、高貴な方々の社会に激震を呼びおこすような種類のものがある。わたしは改めて言うまでもなく、依頼人の信頼を裏切るなどということは少しも考えていない。もしわが友に余裕ができれば、そうした事件記録は選び出されて破棄《はき》されてしまうことになるだろう。こうした事件のほかにも、おもしろさの点ではいろいろではあるが、一般読者に飽きられたり、誰よりも尊敬してやまない人物の名声に傷をつけかねないという心配さえなければ、わたしが書き上げていただろうという事件も相当数ある。さらにまた、わたし自身がかかわり、目撃者として語ることのできる事件もある。また、わたしが立ち会うことがなかったり、果たした役割が少なすぎて、三人称でしか物語れない事件もあるのだ。(49)ここに掲《かか》げる物語は、わたしが自らかかわった事件である。

十月の荒々しい天気のある朝のこと、身仕度を整《ととの》えながら眺めていると、激しい風が、わたしたちの家の裏庭をわずかに彩る、一本のプラタナスの木から、最後まで残っていた数枚の葉を吹き飛ばしていった。朝食をしに下へ降りながら、偉大な芸術家たちの例にもれず、環境に影響《えいきょう》されやすいわが友のこと、さぞかしふさぎ込んでいるものとわたしは覚悟していた。ところが、彼は食事も終わりかけていて、ことさらに明るく、楽しそうだった。しかも、彼が陽気な気分の時には必ずそうであるように、いくぶん無気味さをたたえた陽気であった。

「ホームズ、事件だね」わたしはこう言った。

「推理能力というものは伝染するとみえるね、ワトスン」と彼は答えた。「それで、ぼくの隠していた秘密を探り出したというわけだ。そのとおり、事件だよ。一ヶ月もの間、平凡なことばかりで沈滞《ちんたい》していたが、ようやく車輪が回り始めたよ」

「ぼくも一口乗せてくれないかな?」

「乗せてあげるほどのこともないけれど、とにかく、ぼくたちの新しい料理人が作った固ゆで卵を二つ、君が食べ終わったら、一緒に話をしてみよう。このゆで卵のゆでかげんも、ぼくがきのう、玄関のテーブルの上で見た『ファミリー・ヘラルド』(50)誌とつながりがないわけではないのだよ。卵を調理するような実にささいなことでも、時間の経過をきちんと意識している集中力が必要なのだが、あのすばらしい雑誌の恋愛物の小説を読みふけることとの両立はむずかしいらしいよ」

十五分ほどして、食卓が片づけられると、わたしたちは向き合って座った。ホームズはポケットから一通の手紙を取り出した。

「金鉱王《きんこうおう》のニール・ギブスンのことは聞いたことはあるだろうね」彼は言った。

「アメリカの上院議員のことかな」

「そう、以前、西部のどこやらの州の上院議員[51]だったが、世界一の金鉱王としてのほうが有名だね[52]」

「そう、聞いてはいるよ。たしか、イングランドにはここしばらく住んでいたとか。名前はよく耳にするよ」

「そう、ハンプシア[53]に宏大《こうだい》な家屋敷を購入して、かれこれ五年くらいになる。君も彼の夫人の悲劇的な最期については聞いているね」

「もちろんさ。ぼくもいま思い出したところだ。だから名前をよく聞いたというわけだ。と言っても、詳《くわ》しい事実は何も知らないよ」

ホームズは手で、椅子《いす》の上の書類を指した。「まさか、事件がぼくのところに来るとは思っていなかったよ。そうなると思えば、切り抜きの収集も整えておいたさ」と、彼は言った。「事件はきわめて刺激的なものだけれど、とくに困難な点は見られないというのが実情だ。容疑者の特異な性格も、証拠の確実性を揺るがすものでもない。またそれが、検死陪審[54]がとる見解であり、警察裁判所[55]の裁判過程で明らかにされた見方でもあるのだ。この事件は現在、ウィンチェスターの巡回裁判所[56]に預けられている。しかも、これは報われることのない仕事になるような気がするのだ。ぼくには事件の事実関係を新しく見つけることはできるけれど、事実そのものを変えることはできないからね、ワトスン。これまでのものとは違う、まったく予想外の新しい情報が出てこない限りは、依頼人が期待するような成果は望めないよ」

「依頼人というのは」

「ああ、そう、君に言うのを忘れていた。どうも、話を逆の順序で語るという、君の理路整然としない癖《くせ》が、ぼくにうつってしまったらしいね。まずは、これを読んでもらうのがいいだろう」

彼が渡してくれた手紙には、太い達筆な字が書かれていた。

クラリッジ・ホテル[57]、十月三日

シャーロックホームズ様

拝啓《はいけい》

神がこれまでお造りになった女性の中でも、最もすばらしい女性が、その命を救うための何の手段も講じられずに、死んでいくことを、わたしはとても正視できません。事情については、わたしは説明できません——説明しようと試みることさえもできませんが、とにかくわたしはダンバー嬢《じょう》[58]が無実であることだけは、堅く信じております。事件についてはご存じだと思います——知らない人がいるはずもないでしょう。国中に知れわたったゴシップでした。しかも、彼女を弁護《べんご》する声は、一つとして挙がらなかった！ そうしたとんでもない不正に対してわたしは気も違わんばかりなのです。なんと申しましても、あの婦人はハエ一匹、殺すことのできないやさしい心の持ち主です。そこで、明日の十一時にお伺《うかが》いし、あなたがこの事件の闇に光明をもたらしていただけるかどうかを確かめたいと思っております。このわたしが手がかりになるようなことをつかんでいるかについては、自分では何とも申せません。ともかく、あなたが彼女をお救いくださるのならば、わたしが知っていることはすべて、所有しているものならなんなりと、そしてわたしという人間をあますことなくお役に立てたく思っております。今までと同じく、あなたのお力を、今回のこの事件で発揮して頂きたく存じます。

敬具《けいぐ》

J・ニール・ギブスン

「というわけさ」と、朝食後の一服のパイプから灰をたたいて落とすと、ゆったりと新しいタバコを詰めながら、シャーロック・ホームズは言った。「これが、ぼくが待ち受けている紳士《しんし》だ。事件の経緯をつかむために、君がここにある資料を全部読み通す時間はないだろうから、もし事件の経過に好奇心を持っているなら、ぼくが君にあ

らましを説明しなくてはならないというわけだね。この男は世界一の大富豪で、ぼくが知っている限りでは、きわめて狂暴で恐ろしい男さ。結婚していて、その夫人が今回の悲劇の被害者だ。この夫人に関しては、女ざかりを過ぎていたことと、二人の幼い子どもの教育をする住込み家庭教師《ガヴァネス》がことのほか魅力《みりょく》のある女性だったことから、不幸な状況が発生したのだということしか、ぼくは知らない。この三人が当事者で、舞台はイングランドの由緒《ゆいしょ》ある大き

なマナー・ハウスの中心だ。そして悲劇は次のようなものだった。この夫人の遺体は邸宅から半マイル（約八〇〇メートル）近く離れた現場で、深夜に発見された。ディナー・ドレスをまとい、肩にはショールをかけていて、銃の弾丸が頭を貫通していた。近くで凶器は発見されず、現場には殺人の手がかりもなかったし近くで凶器が発見されなかった――このことを頭に入れておいてくれたまえ！　犯行は夕刻の遅い時刻に行なわれたと思われる。死体は猟場の番人に十一時頃に発見されている。そして、まもなく警察の検証と医師の検死が行なわれ、その後、邸内に運ばれた。少し省略が過ぎたかな、それとも、よく理解してもらえたかね」

「話はよくわかったよ。しかし、どうして住込み家庭教師が疑われたのだろうか」

「そう、それにはまず、そうとう明白な証拠があるのだよ。ピストルが一丁、彼女の衣装戸棚の底で発見された。しかも、その弾倉が一つ発射済みで、その口径《こうけい》も犯行に使われた弾丸と一致しているのだ」ホームズの視線は宙の一点に注がれ、途《と》切《ぎ》れ途切れに言葉を繰《く》り返した――「彼女の――衣装戸棚の――底に」そして、彼は黙り込んでしまった。彼のなかでまとまった思考がすでに展開されているのに気づき、ここで邪魔《じゃま》をするようなおろかなことはさしひかえた。と、はっと我に返ったように、いきなり、彼はきびきびとした元の態度に戻った。「そうだよ、ワトスン、それは発見されているのだ。のっぴきならない証拠だろう？　二つの審判の陪審員《ばいしんいん》(59)たちはそう考えたということだ。そして、亡くなった夫人は、まさにその現場で、人と会う約束を示す短い手紙を持っていて、それには家庭教師の署名が記されていた。どうだろうか。最後に、犯行の動機もある。ギブスン上院議員は魅力のある人間だ。仮に彼の妻が亡くなったとなれば、どう考えても、雇《やと》い主のギブスンからすでに熱っぽい関心を寄せられていたあの若い女性以外に、後釜《あとがま》にすわる可能性のある女がいるだろうか。愛情、富、権力そのすべてが、ひとりの中年の生命にかかっていたわけだ。いやだね、ワトスン、いやな話だ！」

「本当にそのとおりだ、ホームズ」

「そのうえ彼女はアリバイも立証できなかった。そればかりか、彼女は、事件発生の時刻の頃に、トール橋——これが事件の現場なのだが——の近くにいたことを認めている。しかも、通りがかった村人の目撃者がいるために、このことを否定することはできない」

「それはもう、決定的としか思えないね」

「そう、ワトスン、そうなのだがね。この橋は両側に手すりの欄干《らんかん》の付いた、橋げたのない、幅広い大きな石造りの橋でね、橋の周囲は、葦《あし》の生い茂った細長く深い池になり、そこがこの池で(60)いちばん狭い地点になっていて、その上を馬車も通るようになっている。池はトール池と呼ばれているのだ。そして、この橋のたもとに、夫人の死体が横たわっていたというわけだ。こういったところが主な事実関係だ。そう、ぼくのまちがいでなければ、あれは依頼人だ、ずいぶんと早いお越しだね」

ビリーがドアを開けて入ってきたが、告げられたその名前は予想外のものであった。マーロウ・ベイツ氏というのは、わたしたち二人のまったく知らない人物であった。やせこけて、か細い体格の、神経質な男で、怯《おび》えたような目をして、ひくひくと震《ふる》え、ためらいがちな物腰であった。医者としてわたしが見たところ、極度の神経衰弱《すいじゃく》による崩壊寸前といった状態であった。

「どうも気が動転なさっているようですね、ベイツさん」ホームズは言った。「どうぞ、お座りください。しかし、申しわけありませんが、あなたにさける時間はわずかです。十一時に約束が入っていますので」

「それは、わたしも存じております」依頼人は、呼吸が困難な人のように、短い言葉を切れぎれに、あえぎつつ、あたふたと続けた。「ギブスン氏が来るのですね。ギブスン氏はわたしの雇い主です。わたしは彼の土地建物の管理を任されています。ホームズさん、彼は悪人です——極悪人ですよ」

「それはまたきびしいお言葉ですね」

「強く言わざるをえないのですよ、ホームズさん。持ち時間が限られていますからね。わたしがここにいるのをさとられるわけにはいきません。もうそろそろ来るころでしょう。でも、わたしにも事情があって、もっと早く来ることができなかったのです。ギブスン氏の秘書のファーガスンさんから今朝、彼があなたと会う約束をしたということを聞かされたばかりなのです」

「しかし、あなたは彼の管理人ではないのですか」

「すでにわたしは、辞職願いを提出してあります。二週間もすれば、わたしはもう、あの男のいまいましい奴隷《どれい》の身から逃れられるのです。あいつは冷酷《れいこく》な男ですよ、ホームズさん、まわりの誰に対しても冷酷です。あの外むきの彼の慈善《じぜん》活動は、私生活の不法を隠す隠れ蓑《みの》にすぎません。しかし、何といっても奥様がその最大の被害者でした。あの男は奥様になんと酷《むご》い仕打ちをしたことでしょう、酷いものでしたよ。奥様がどういう状況で亡くなられたかは、わたしにはわかりませんが、彼が奥様の人生をめちゃめちゃにしたことに、絶対にまちがいありません。奥様は熱帯地方のお方で、ブラジル生まれということは、もちろんご存じのことだとは思いますが」

「いいえ、その点については見逃していました」

「生まれが熱帯ですから、性格も熱帯そのものでした。太陽と情熱が合体したような女性でした。まさしく、そういう女性らしい愛しかたでギブスン氏を熱愛したのですが、次第に肉体の魅力が衰《おとろ》えを見せはじめると――聞くところでは、昔は大変魅惑的だったそうなのですが――彼をひきつけるものが何もなくなってしまったのです。わたしたちは奥様が大好きで、同情を寄せて、ひどい扱いをするあの男を憎みました。しかし、何といっても、あの男は口がうまく、巧妙《こうみょう》です。このことを、どうしてもあなたにお伝えしたかったのです。ですから、けっして、あの男の言うことを真に受けないでください。裏があるのです。わたしはもう行きます。いえいえ、引き止めないでください。もうすぐあの男が来ます」

おどおどした視線で時計を見ると、わたしたちの見知らぬ客は、ドアの方へ文字どおり突進したかと思うと、姿を消した。

「おや、おや」しばし沈黙の後、ホームズは言った。「ギブスン氏も、ずいぶん結構な雇い人に恵まれておられるようだ。しかし、あの警告《けいこく》は役に立つね。とにかく、今は、その男、ご本人が現われるのを待つとしよう」

約束の時刻ちょうどに、階段を上がる重々しい足音が聞こえたかと思うと、かの有名な億万長者が部屋へ案内されてきた。彼の容貌《ようぼう》を一瞥《いちべつ》しただけでわたしは、先ほどの管理人の感じた恐怖と嫌悪ばかりか、数多くの商売がたきが彼に向かって浴びせた呪いの言葉もすぐに理解できた。もし、わたしが彫刻家で、冷酷非情で良心のかけらもなく、名をあげた実業家の典型的な像を作ろうと思ったなら、迷わずニール・ギブスン氏をモデルとして選んだことであろう。背が高く、やせて、荒々しい顔つきには、欲望と飽くなき貪欲《どんよく》さが感じられた。アブラハム・リンカーン(61)から崇高な理想を取り去り、あさましさを加えれば、このような人物像になるといえば、いくぶんかは雰囲気が伝えられるだろう。そして、花崗岩《かこうがん》に刻《きざ》まれる彼の顔は、無慈悲《むじひ》で荒々しく、冷酷で、さらにその顔には数多くの危険な場をくぐり抜けてきた証《あかし》の傷跡である、深いしわが刻まれるであろう。灰色の冷たい眼は、黒々と生えた眉毛《まゆげ》の下から油断なくのぞき、わたしたち一人ひとりをじっくりと探った。彼は、ホームズがわたしを紹介すると、形だけの会釈《えしやく》をした。それから、堂々たる態度でわたしの友に向かって椅子を引き寄せると、骨ばった膝頭《ひざがしら》をつけんばかりに近づき、腰を下ろした。

「まず言わせてもらおう、ホームズさん」と、彼は話し始めた。「この件について、わたしは金に糸目をつけない。少しでも、真相を解明するためになら、金は湯水のように使ってもらっていいのだ。このご婦人は無実なのだから、疑惑の汚名は晴らされなければならないのだ。それができるかどうかは、すべてあなたにかかっているのだ。とにかく値段を呈示《ていじ》したまえ！」

「わたしの捜査《そうさ》費用には一定の規準がありますので」ホームズは冷ややかに言った。「それをまったく頂戴《ちようだい》しないときは例外ですが、むやみに変えることはいたしません」

「そうか、金に関心がないというんなら、名声はどうかな。この事件をうまく解決すれば、イングランドはもとより、アメリカ中の新聞がこぞって君をほめたたえるだろうから、君の景気もよくなるだろう。二大陸は君の話題で持ち切りになるぞ」

「お言葉はありがたいのですが、ギブスンさん、わたしには、おほめにあずかる必要はありません。お驚きになるかもしれませんが、わたしはできることなら名前を出さずに仕事がしていたいのです。わたしの興味《きょうみ》は事件そのものにあります。どうやら、わたしたちは時間を無駄《むだ》にしているようですね。とにかく、事件の事実関係に入りましょう」

「いや、主な事実関係は新聞の報道ですべてわかっているはずだ。あなたの役に立てるような事実は一つも付け加えられないのだ。しかし、何か明らかにしておきたいことがあるのなら、聞いてくれたまえ。そのために、わたしがここに来ているのだから」

「それでは、一つだけおうかがいしたい点があります」

「何だそれは」

「あなたとダンバー嬢の正確なご関係はどのようなものでしたか」

金鉱王は激しい動揺を見せて、椅子から半ば腰を浮かせた。そして、彼は驚くほど冷静になった。

「あなたはその質問が自分の権限だと、あるいはそういうことをたずねるのが義務だと考えるのかね、ホームズさん」

「そうお考えいただきましょう」と、ホームズは言った。

「それなら、きっぱりと断言できる。わたしたちの関係は、雇い主と雇われている若い女性という関係であって、これにいっさいまちがいない。彼女とは、子どもたちといる時にだけ会い、会話を交わしたことがあったというだけだ」

ホームズは椅子から立ち上がった。

「わたしも少々忙しい身でしてね、ギブスンさん」と、彼は言った。「わたしは、無駄話をする暇《ひま》も趣味も持ちあわせてはおりません。では、お引きとり願いましょう」

訪問客も立ち上がり、彼の巨大で、しなやかな体がホームズを見下ろし、圧倒した。ごわごわとした濃い眉毛の下にのぞく眼には怒りがみなぎり、土気色の頬《ほほ》が赤く染まった。

「いったい、あなたは何を言いたいのだ、ホームズさん。わたしの事件には取りあわないというのか」

「そのとおりです、ギブスンさん、すくなくともあなたには取りあいません。わたしの言い分ははっきりしていると思いますが」

「まったくはっきりしている。しかし、あなたの本当の魂胆《こんたん》は何なのだ？　法外な額をふっかけようというのか、それとも事件に立ち向かえずに尻ごみしているのか、それとも、いったい何だというんだ。こちらにも、はっきり答えてもらう権利があるはずだ」

「まあ、そうかもしれませんね」と、ホームズは言った。「では、お答えします。今回の事件はそうとうに錯綜《さくそう》していて、初動捜査も、これ以上誤った情報が提供されたりすれば、開始できません」

「このわたしが嘘《うそ》をついているというのか」

「そうです。わたしは極力気配《きくば》りをして、表現したつもりです。しかし、あなたがその表現にこだわるなら、当方もあえて否定はいたしません」

わたしは飛び上がった。億万長者の顔には、悪鬼を思わせる烈《はげ》しい怒りの表情が現われ、ごつごつとした大きな拳《こぶし》を振り上げたからである。ホームズはけだるそうな笑みを浮かべ、パイプを取ろうと手を伸ばした。

「騒々《そうぞう》しいことはやめにしてください、ギブスンさん。朝食の後は、どのようにささいな口論も体にさわるもので。さわやかな朝の空気の中を散歩し、静かな思いに耽《ふけ》るというのはいかがでしょうかな、それはご自身のためにもなると思いますが」

金鉱王は、かろうじて怒りを抑えた。自己抑制の極を発揮して、彼は瞬時に、熱く燃える炎のような怒りから、相手など眼中にないといった、冷えびえとした、まったくの無関心に一転したのだ。これには、わたしもただただ感心するばかりであった。

「そうだ、それもあなたのご自由だ。あなたの商売のやり方は、あなたが百も承知しているはずだ。だから、わたしはあなたの意に反してまで、この事件を手がけてもら

おうとは思わない。けれども、あなたも今朝は、いささかとんでもないことをしでかしたようだね、ホームズさん。わたしは、あなたよりもっと手ごわい相手を手玉にとってきた。しかし、だれにもわたしを邪魔することができなかった。またそんなことをして、ろくな目にあった者はいないぞ」

「これまでも、あなたと同じせりふを言い残した者は数限りなくありましたが、わたしはここにこうしております」ホームズは、微笑しながら言った。「さあ、ごきげんよう、ギブスンさん。あなたにはまだまだ、学ぶべきことが多いようですよ」

訪問客は騒音をたてながら出て行ったが、ホームズはなんの感情の動揺も見せず沈黙を守り、夢心地のような目つきで部屋の天井をじっと眺めたまま、タバコをくゆらせていた。

「何か意見はあるかね、ワトスン」彼は、ようやくこう尋《たず》ねた。

「そうだね、ホームズ。正直に言えば、あの男が行く手をさえぎる邪魔者は確実に払いのけて進むような男だという事実を考えると、たぶん妻が邪魔者となって、嫌悪の対象となっていたと思えるのだよ。あのベイツという男がぼくたちに露骨《ろこつ》に語っていったように、ぼくもそんな気がするけどね」

「たしかにそのとおりなのだ。ぼくも同じ印象だ」

「しかし、彼と女性家庭教師はどういう関係なのだろうか。君はそれをどうして探りだしたのかな？」

「こけ脅《おど》しだよ、ワトスン、こけ脅しさ。手紙の激しい感情と、常規《じょうき》を逸した事務的ではない調子と、彼の抑制された物腰とを比べてみれば、どうしても、事件の被害者ではなく、被疑者の女性に何かしら強い感情が注がれていることは明らかだった。真相を突き止めるためには、ぼくたちはこの三人の正確な関係をつかむ必要がある。君は、ぼくが彼に正面攻撃をかけた時、彼がどれほど動揺を見せずにそれを受け止めたかを見ていたね。だから、ぼくが絶対の確信を持っているかのような素振りを見せて、彼を脅したのだ。実際のところは、かすかに疑いを感じていたにすぎないのだけどね」

「もしかして、彼は戻って来るだろうか」

「必ず戻って来る。戻って来ざるをえないはずだ。このままで、放っておくわけにはいくまいからね。そら、ね、呼びりんの音だよ。ほら、彼の足音がする。はい、ギブスンさん、ちょうどいましがた、お戻りが少し遅いと、ワトスン先生と話していたところです」

再び部屋に入ってきた金鉱王は、出ていった時よりはかなり冷静なようすであった。たしかに自尊心が傷ついたようすが恨《うら》みがましい目つきからうかがえたが、常識が働き、自分の狙《ねら》いを達するには、ここはどうしても折れなくてはならないと悟ったようであった。

「わたしはじっくり考えました、ホームズさん。そうしたら、わたしも性急で、あなたの発言を誤解していたことに気づきました。あなたが、どういう内容であれ、事実関係に執着するのも当然のことです。その点は、さすがだと見直しました。しかし、ダンバー嬢とわたしの関係は事件とはまったく関わりはない、とはっきりと断言できます」

「それを決めるのはわたしではありませんか」

「それはそうかもしれない。あなたは、診断を下すのにあらゆる症状の報告を求める外科医のようだ」

「そのとおりです。それはまったくおっしゃるとおりです。ですから、外科医をだますという目的でもなければ、自身の病状をあれこれと隠す患者はいないでしょう」

「それにしても、ホームズさん、あなたにもこういうことは認めてもらいたいですな。男はたいてい女性との関係を面と向かって詰問《きつもん》されたら――その関係が今回のようにいくぶん真剣な感情であれば、なおさらのこと、少々逃げ腰になるものです。おそらく、たいがいの男には、心の片隅のどこかに他人が入り込むのを喜ばない、自分だけの秘められた小さな場所があるものだ。その場所にあなたは突如《とつじょ》侵入してきたのですよ。けれども、それが彼女を助ける目的というのなら、許されるべきでしょう。このとおり、すでに防御の杭《くい》も倒されて、一切の制限はなくなった、好きな所を探るがい。あなたの必要なものは何だ？」

「真実です」

金鉱王は、一瞬考えをまとめているように押し黙った。そして、いかめしく、深いしわが刻まれたその顔は、いっそう悲しげな深刻度を増した。

「そのことについては、手短かに答えることができる、ホームズさん」彼は、やっとこう言った。「話しにくいばかりか、話すのもつらいことですから、必要以上のことには触れたくはないが。わたしが妻に出会ったのは、ブラジルで金の採掘をしていた時でした。マリア・ピントはマナオス市(62)の政府の官吏のひとり娘で、たいそう美しかった。わたしもその頃は、若くて、熱情に燃えていた。しかし、今でも、いくぶん冷静な頭に戻って、批判ができるような目で見ても、美しさにかけては、彼女は並ぶ者はいない実に驚くべき存在だった。また、性格は、情が深く、激しやすく、情熱にあふれ、一途《いちず》で熱烈なところは度を越しているが、わたしがそれまでに知っていたアメリカ女性とはずいぶん違っていた。それで、手短かに言うなら、わたしは彼女を愛して、結婚したというわけだ。やがて、熱愛状態がさめてみると――たしかに、何年かは愛情もどうにか続いていたのだが、わたしはお互いになんの共通点もないことに気づいたのだ――そう、まったく何ひとつとしてなかったのだよ。わたしの愛は薄れた。

もし、妻の愛情も同じように薄らいでくれれば、楽だったのだがね。しかし、あなたもご存じだろうが、女の常というものがある！　だから、わたしはどうしても、妻をわたしから遠ざけることができなかった。わたしは彼女につらく当たりました。人はそれを残虐《ざんぎゃく》な仕打ちだと言いました。しかし、上手に妻の愛情を断ち切るか、あるいは愛情を憎しみに変えるかすれば、わたしたち二人にとって、事情はいくぶん穏やかなものになっていたでしょう。いかにしても、妻を変えることはできなかったのです。イギリスのこの森にあっても、二十年前アマゾン河(63)の岸にいた時と変わらずに、わたしのことを恋い慕《した》っていたのです。わたしがどう振舞っても、妻の熱愛ぶりにはまったく変わりがありませんでした。

そのような時に現われたのがグレイス・ダンバー嬢でした。求人広告に応じてきて、二人の子どもの住込み家庭教師として来ました。新聞に報じられた彼女の顔写真はご覧になったと思う。世間では彼女をきわめつけの美人だと言っている。まあ、自分のことを人様より道徳的に立派だと偉そうに言うつもりはないので、あなたにも正直に話すが、そういう女性と一つ屋根の下に暮らして、日々顔を突き合わせていれば、わたしも熱い恋心を覚えなかったとは言わない。だからと言ってわたしのことを非難しますか、ホームズさん」

「あなたがそのような感情を覚えたとしても、非難をしたりはしません。ただ、ご自分のお気もちを口にされたとしたら、これはけしからんことですね。ある意味で、この若い女性はあなたの庇護《ひご》のもとにあったわけですからね」

「まあ、そういうことになるだろうかな」と、億万長者は口では言ったものの、こう咎《とが》められたことで、一瞬その目にはまた怒りの色が戻った。「わたしは、実際の自分よりもよく見せようなどと、厚かましいことを言うつもりはない。これまでの人生で、わたしは欲しいものは何でも手に入れてきた人間だ。そして、彼女の愛情を得て自分の手に収めたいという望みほど、大きな願いをかつて持ったことはなかった。そして、そのことは彼女に話した」

「ああ、お話しされたのですか」

感情を動かされた時のホームズは、きわめてきつい表情をするのだ。

「もしあなたと結婚できるのなら、ぜひともそうしたい。しかし、もっともそれはわたしの勝手に決められることではないが、と言った。金のことはどうでもいい、わたしはあなたを幸せにして、豊かな生活を送らせたい、とも言った」

「それはまた、気前のよろしいことですね」ホームズは薄笑いを浮かべて言った。

「いいかな、ホームズさん。わたしがここに来たのは証拠の問題についてで、道徳の問題などではない。あなたからとやかく言われる筋あいはない」

「わたしがこの一件にかかわるのは、その若い女性のためにです」と、ホームズははっきりと言った。「彼女にかけられているどのような容疑でも、あなたが今ご自分で認めた行為、つまりあなたの保護のもとにいる、誰の援助もないうら若い女性を破滅させようとした罪にまさることはありません。あなたがたお金持ちは、世の中は金を積めば、自分たちの犯した罪を見逃す人間ばかりではないと、肝《きも》に銘《めい》じていただきたい」

驚いたことだが、金鉱王はこの非難を冷静に受けとめたのである。

「今になれば、わたしにもそう思える。だから、わたしは神に、計画がわたしの意図したとおりに進まなかったのを感謝《かんしゃ》しているのだ。彼女もわたしの計画のどれをも受け入れたりはせず、すぐさま家を出て行きたいと強く望んだのです」

「どうして、出て行かなかったのですか」

「いや、それは第一に、彼女が生活を支えている人たちがいるから、出て行けば、そうした人たちの生活がたたなくなるのが、彼女にとっては忍びがたかったのだ。それに、二度とあなたを困らせることはしないと誓《ちか》った、いや本当に誓ったのだ、それで彼女は家に留《とど》まることになったのだ。さらに、理由はもう一つあった。彼女は自分がわたしにどのような影響力を持っているかを知っていた。しかもその影響力が、この世界のどれよりも強力だ、ということもだ。だから、彼女はその力を良い目的に使いたかったのだ」

「どのようにですか」

「つまり、彼女はわたしの事業のことをいくぶん知っていた。事業は巨大で、ホームズさん、いいですか、普通の人には想像もできないほど巨大なのです。食うか食われるか——まあ、たいがいはわたしが食うほうだが。相手は個人だけではなく、町や村、都市、さらには国にも関係している。ビジネスは厳しい競争の世界だ。弱い者は敗れ去る。わたしも全精力をこのビジネスに注いできた。自分で泣きごとを言ったこともないし、相手が泣きごとを言っても、気にかけたこともない。ところが、彼女は違っているのだ。今となれば、彼女の考えが正しかったのだという気がする。一人の人間が必要以上の財産を、万人が生活の糧《かて》も奪われてしまうほどにおちぶれる犠牲《ぎせい》の上に築いてはならない、そう彼女は信じ、口にしていた。だから、彼女は永続する確かなもののために金が流れていくのを見定めることができたのだ。わたしが彼女の話に耳を傾けることに気づくと、わたしの行動を左右することによって、世の中に貢献《こうけん》できると彼女は信じた。だから、彼女は家に留まり、そして、今回のことがおこったというわけなのだ」

「事件について何かヒントになるようなことはありませんか」

金鉱王は、しばらく、身動きもせず、手で頭を抱え、深く考えこんでいた。

「彼女にはまったく不利な状況なのだ。それはわたしも否定しない。それに、女というのは秘められた内なる生活というものがあって、男には予想もつかぬ行為に出ることがあるものだ。わたしも初めは、不意のことなので、動転しており、彼女が平常の性格と相反する異常な衝動《しょうどう》に駆《か》られたのではないかと思った。そして、一つの解釈が頭に思い浮かんだ。とるにたらないことかもしれないが、ホームズさん、あなたには話しておきましょう。妻がひどく嫉妬《しっと》深かったことは確かだ。精神的なことへの嫉妬というのは、身体的なことへの嫉妬に負けず劣らず激しいものとなることがある。妻の場合も——妻もそのことはわかっていたとは思うのだが——肉体的な美しさを羨《うらや》むようなことはなかった。でも、このイングランドの女性がわたしの考えや行動に、自分がこれまで持ちえたこともなかったような影響力を発揮していたのには、気づいていた。それは良い影響力だったのだが、それで問題がかたづくというわけではない。妻は憎しみで怒りを爆発させ、アマゾンの熱血を騒がせていた。そこで、ダンバー嬢の殺害計画を立てるが、あるいはそれよりは、彼女を銃で脅しおびえさせ、家から追い出そうとしたのではないか。その後、おそらくもみ合って銃が暴発して、それを握《にぎ》っていた妻が死んだのかもしれない」

「その可能性は、わたしも考えました」と、ホームズが言った。「たしかに、それは計画的な殺人以外に考えられる、ただ一つの明白な考えでしょう」

「ところが、彼女は真っ向から否定しているのだ」

「いや、それは決定的ではないでしょう――違いますかね。そうした恐ろしい状況に置かれた女性なら、混乱状態から抜け出せずに、手には拳銃《けんじゅう》を握り締めたまま、一目散《いちもくさん》に家に向かったということは、容易に想像できます。そして、無我夢中で、自分の衣類の中に銃を放り込むという行動をとってしまった可能性も考えられます。おそらく、それが発見されて、どういう説明もつけられずに、全面否定という形で嘘をつき続けて、何とか苦境から逃げようとしたのでしょう。この仮説に何か反論でもおありでしょうか」

「ダンバー嬢本人の人柄《ひとがら》がある」

「まあ、そうかもしれませんね」

ホームズは時計に目を落とした。「午前中に必要な許可(64)をもらい、夕刻の列車でウインチェスターに着けるのはまちがいないでしょう。この若い女性に面会すれば、わたしもこの事件に関してあなたのお役に立てそうです。わたしの結論が必ずしもあなたのお望みのものになるかどうかは、お約束できませんが」

当局の面会許可証の発行はいくぶん遅れ、わたしたちは、その日のうちにウィンチェスターに行く代わりに、ニール・ギブスン氏のハンプシァのトール・プレイスの屋敷に向かった。彼自らが同行することはしなかったが、わたしたちは地元警察のコヴエントリー警部の住所を聞いていた。今回の事件の捜査を最初に行なった警部である。

長身でやせていて、死人のような顔色の青ざめた男で、はっきりと口には出さないのだが、自分はいろいろ事実をつかんでいるし、あれこれ推理をめぐらしているのだとでもいうような、妙な素振りを見せた。それにまた、何か特別重大なことでも発見したかのように、時折声を潜《ひそ》める癖があったが、その大部分はとるにたりないものであった。こうした癖を除けば、実は律儀《りちぎ》な正直者で、自分は事件に手を焼いているので、どんな手助けでも喜んで受けいれると快く認めた。

「とにかく、わたしとしては、スコットランド・ヤードからではなく、あなたがいらしていただいて、ありがたいですよ、ホームズさん」と、彼は言った。「もしもスコットランド・ヤードがこの事件に出動してくれれば、地元警察のお手柄はふいですし、失敗すればおとがめばかりですからね。その点、あなたは公平にやってくださるとお聞きしています」

「わたしが、事件の表に出る必要はまったくありません」と、ホームズは言ったが、この言葉が、いましがた知り合った憂《ゆう》うつな気分の相手をほっとさせたようであった。「もしこの事件が解決できても、わたしの名前を出してもらおうなどとは言いませんよ」

「いや、いや、それはなんとも寛大なことです。それに、ご友人のワトスン先生も信頼のおける方だと思います。ところで、ホームズさん、その現場まで歩いて行く途中で、お聞きしたい質問が一つあります。これはあなたにだけですから、そのおつもりで」警部は、そうたやすくは口にはできないとでもいうように、辺りを見回した。「ニール・ギブスン氏その人が起訴《きそ》されるようなことになるとはお考えになりませんか」

「わたしもそのことはずっと考えていました」

「ダンバー嬢にはまだお会いになっていませんね。どこから見ても、すばらしい女性です。彼が、妻がいなくなればいいと願ったとしてもおかしくありません。それにアメリカ人というのは、わたしたちのような人種とは違って、何かといえば銃をもち出す連中です。あの銃だって、彼が所有していたそうですよ」

「それはきちんと確認されているのですか」

「はい、もちろんですよ。ペアのうちの一丁です」

「二丁組みの片方ですか。とすると、もう一つはどこですか」

「そう、実は、この方は多種多様の火器類を大量に所有しているのです。ところが、問題となっているあの銃と同じものだけが、まだ見つけられないのです。ただその二丁を納める専用の飾り箱はありました」

「もし銃が二丁、対《つい》になっているもののうち一丁ということにまちがいなければ、当然それと組みになるものがあるということですね」

「はい、お調べになりたいのでしたら、屋敷のほうには銃器はすべて並べさせてありますよ」

「おそらく、後でお願いすることになるでしょう。ひとまず、ご同行いただいて、悲劇の現場のようすを見ることにしましょう」

この会話は、地元の派出所としての役目も兼《か》ねているコヴェントリー巡査部長の、質素な家の手狭《てぜま》な居間で交わされたものである。風が吹きすさび、色あせたシダと、一面の黄金色と青銅色に染まったヒースとが混じり合った野原を、半マイル（約八〇〇メートル）ほども歩くと、わたしたちは、トール・プレイスと呼ばれる地所に入る横手の入り口に着いた。そこから、細道を進み、キジの養殖場《ようしょくじょう》[65]を抜け、さらに空《あ》き地に出ると、そこからは、丘の頂上に立つ、横に大きく広がった、外面は白壁で木骨造りの、半分がチューダー朝風で、残り半分がジョージ王朝風になっている屋敷の姿が目に入った。わたしたちの足元には、葦の茂る、長く延びた池があり、その中ほどが狭くなっていて、石橋がかかり、邸の正門からの馬車道がそこを通っていた。橋の両側は、ふくらんで、小さな湖のような形をしていた。わたしたちの案内役はその橋のたもとに来ると、足を止めると、地面を指さした。

「そこがギブスン夫人の遺体があった場所です。わたしはあの石で目印を付けておきました」

「あなたは、遺体が運ばれる前に、ここに来たということですね」
「はい、すぐに、わたしが呼ばれましたもので」

「誰にですか」
「ギブスンさんご本人からです。急を知らされて、すぐに他の人たちと一緒に屋敷から駆けつけて、警察が来るまでは何ひとつ動かすな、と申しつけたそうです」
「それは賢明でした。新聞の報道によると、近距離から撃《う》たれたということでしたね」

「はい、非常に近くからです」

「右こめかみ近くでしたか」

「はい、右こめかみのすぐ後ろでした」

「遺体の置かれていた状況は」

「あお向けでした。争ったような形跡はありません。傷もありませんでした。武器も見当たりません。左手にダンバー嬢からの短い手紙を堅く握り締めていました」

「握り締めていたとおっしゃいましたね」

「はい、そのとおりです。指をやっとのことで開いたほどです」

「それはたいへん重要な点です。つまり、そのことは、誰かがにせの証拠を残そうと偽装《ぎそう》工作した可能性はなくなったということです。そうだ！　たしか、その手紙というのは、特別に短いものでしたね。『九時にトール橋に行きます。——G・ダンバー』こうではなかったですか」

「はい、そうです」

「ダンバー嬢はそれを書いたことは認めましたか」

「はい」

「どういう説明をしていますか」

「いや、彼女は抗弁《こうべん》を巡回裁判まで控《ひか》えています。ですから、何も語ろうとはしません」

「事件は確かに興味深いものです。手紙の意味がなんとも不可解ではありませんか」

「いえ」と、わたしたちの案内役が言った。「こう申し上げるのはさしでがましいのですが、この点こそが事件全体のうちで、ただ一つ、はっきりしていることではないかと思うのですが」

ホームズは首を横に振った。

「しかし、問題の手紙が本物で、実際に本人が書いたのだと仮定すると、手紙が受け取られたのは、いくぶん前のことになるはずですよ。おそらくは――一、二時間前でしょう。では、どうしてこのご婦人は相変わらず、その手紙を左手で握り締めていたのでしょうか。なぜ、それほどまでに後生大事に持っていたのでしょう。待ち合わせのときに、手紙について何か言う必要はなかったはずです。このことを妙だと思いませんか」

「まあ、そう言われてみれば、なるほど、そう思えなくもありませんね」

「わたしはしばらく、少々腰をすえて静かに考えてみたいと思います」ホームズは、橋の石の欄干に腰をかけると、鋭い灰色の目で探るようにすばやく四方を見まわしたことに、わたしは気づいた。次に、いきなりさっと立ち上がると、向こう側の欄干のところに走りより、ポケットから拡大鏡を素早く取り出し、石造りの橋の観察を始めた。

「これは不思議だ」と、彼は言った。

「はい、そうです。欄干に欠けた部分が見えます。誰か通りがかった者がつけたのだと思いますよ」

石橋は灰色だったが、この箇所だけが六ペンス硬貨《こうか》の大きさほど白くなっていた。じっと観察すると、その表面が強烈な一撃で欠け落ちたことがはっきり見てとれた。

「これは相当の力がいりますよ」ホームズは思案顔でこう言った。彼は手にしているステッキを、数回欄干に打ちつけてみたが、なにも傷は残らなかった。「相当強く叩いたのだ。それにしてもおかしな所についたものだ。傷は、上からではなく、下からつけられている。欄干の下の端についているのですからね」

「しかし、その傷は、死体から少なくとも十五フィート（約四・五メートル）は離れていますよ」

「そう、死体からは十五フィートは離れている。だから事件には関係ないかもしれないが、注意を払っておく必要はある。わたしたちはもうここでは、これ以上の発見はないと思います。足跡もなかったとおっしゃいましたよね」

「地面は鉄のように固くなっていました。足跡はまったくありませんでした」

「それでは行きましょう。まず屋敷に行って、あなたのおっしゃった武器を調べてみましょう。それから、ウィンチェスターへ向かいます。ダンバー嬢には、さらに捜査を進める前に、ぜひ会っておきたいのでね」

ニール・ギブスン氏はまだ町から戻ってはいなかったが、あの朝来訪して来た極度に神経質そうなベイツ氏に、わたしたちは屋敷で会った。彼は真意を秘めたままうれしそうに、見事に並んでいる波瀾《はらん》にみちた人生で主人が集めた、大きさも形状も実に多種多様な銃器の収集を案内してくれた。

「ギブスン氏の人柄や仕事のやり口を知っている人ならすぐに想像できると思います。敵が多いのですよ」と、彼は言った。「寝る時はいつも枕許《まくらもと》のひき出しに弾丸をこめた拳銃を置いています。粗暴《そぼう》な人で、わたしたちも何回かこわい思いをしています。お気の毒にも亡くなられたあの方も、しじゅう恐ろしい思いをされていたのはたしかです」

「あなたは、奥様が暴力を振るわれている場面を目撃しましたか」

「いいえ、そうとは言えません。しかし、暴力と同然に——しかも使用人たちの目の前で、冷酷で心を突きさすような言葉で罵倒《ばとう》されているのを聞いたことがあります」

「われらが億万長者は、私生活はどうも芳《かんば》しくないようだ」と、ホームズが駅へ向かう途中で言った。「ねえ、ワトスン、ぼくたちは役に立つ数多くの事実を、しかもいくつかの新事実も含めて、発見できた。けれども、ぼくが結論に達するにはまだ遠いようだよ。ベイツ氏が主人のギブスン氏に嫌悪を抱いているのははっきりしているが、それにしても彼の証言からすると、急が知らされた時、ギブスン氏が書斎《しょさい》にいたことに疑いはない。夕食は八時半に済み、その時間まではすべて平常どおりだった。事件の急報が入ったのは夜更けだが、悲劇がおこったのは残された手紙にあったとおりの時刻ごろであることも事実だ。ギブスン氏は五時に町から戻って来てからは、外出したという証拠はない。これに対して、ダンバー嬢はぼくの知っているところでは、ギブスン夫人と橋で会う約束をしていたことを認めている。それ以上のことは、担当弁護士が抗弁を巡回裁判まで控えるように助言しているから、ひとことも話さない。ぼくたちには、この若い女性に聞いておきたい、きわめて重要な質問がいくつかあるから、面会が終わるまで、ぼくは気が落ち着かないよ。この事件はね、正直に言うと気がかりな点がなければ、彼女にとっては不利なことばかりのように、ぼくには思えるよ」

「その、気になる点というのはどういうことなのかい、ホームズ」

「ピストルが衣装戸棚で発見されたということだよ」

「何だって、ホームズ！」わたしは叫んだ。「それは一番の動かない証拠になると、ぼくは思ったよ」

「ワトスン、いいや、そうではないのだ。最初に、ぼくがおおざっぱに新聞に目をとおした時にも、このことはずいぶん異様に思えた。今回、こうして事件の内容にいっそう関わってみると、この点が、希望を与える唯一の確実な根拠になってくるのだよ。一貫した筋道が必要なのだ。もしそれがないときには、そこにこそ、虚偽《きょぎ》が仕組まれているのではないかと疑ってみなければならないのだ」

「さっぱり、ぼくには理解できないね」

「ねえ、いいかい、ワトスン。それでは、これから宿敵を亡きものにすることを、冷静に用意周到に計画している女性の身に自分をおきかえてみたまえ。君は、連絡用の短い手紙を書いた。犠牲者となるべき相手も出て来た。武器の用意もすんでいる。犯行を実行した。見事な手際、完璧だった。それほど抜け目のない犯罪をやり遂《と》げていながら、おあつらえ向きに手近に葦の生い茂った池があり、そこに武器を投げ棄ててしまえば、永久に隠しおおせるというのに、ピストルを大事に屋敷まで持ち帰り、まっさきに捜索《そうさく》を受けそうな、自分の衣装戸棚の中に隠し置くなどという、犯罪者としてあるまじきことをするだろうか。こういうことをすれば、君の最も親しい友人たちでも、君を策士《さくし》とは呼ばないだろうが、そんな、君だってこれほど見え透いた行為をするとは、ぼくには想像もできないよ」

「ひととき興奮《こうふん》状態にあったとか」

「いや、ワトスン、そういうはずはないよ、犯行が冷静に周到な計画のもとに行なわれる場合は、犯行の隠蔽《いんぺい》工作も同様に、冷静に計画されてるはずだ。だから、ぼくは今、何か重大な思い違いをしているのではないかと考えているのだ」

「でもそうなると、説明を要することが多すぎるのではないかな」

「そう、これからその説明にとりかかってみよう。視点を変えてみると、きわめて不利な事柄が一転、真実へつながる鍵《かぎ》ともなるのだ。たとえば、あのピストルだが、ダンバー嬢はピストルのことは知らないと全面否定している。けれども、この新しい仮説で考えてみれば、彼女の言っている発言内容は真実ということになる。だからこそ、ピストルがダンバー嬢の使っている衣装戸棚に置かれていたのだ。いったい誰がそこに置いたのだろうか。彼女を罪に陥《おとし》れようとする何者かだ。まさにこの人物こそが真犯人なのだ。どうだろうか、こうしてぼくたちは、大いに有意義な捜査の手がかりに突き当たったというわけだ(66)」

公《おおやけ》の手続きが完了しないため、わたしたちはウィンチェスターに足留めされ、一晩を明かすことになった。しかし、翌朝には、この事件の弁護を依頼されている新進気鋭の法廷弁護士(67)、ジョイス・カミングズ氏に案内されて、独房に入れられている、くだんの若い女性との面会を許された。それまでわたしたちが耳にしていた話から、わたしもあらかじめ、ダンバー嬢が美人であるとは予測していたが、実際に会ってみた印象は忘れがたいものであった。だから、押しの強い億万長者のギブスン氏も、自分を操《あやつ》り、影響を及ぼすことのできる、強烈な何かを彼女に見出したというのも納得できることだとわたしは思った。彼女のきわだった、彫りが深く、しかも繊細《せんさい》な顔つきを見れば、この女性がたとえ何か衝動的な行為を犯す人間であったとしても、自分の影響力を常に善いことに向けようとする、天性の性格の気高さが感じられた。彼女は黒みがかった髪(68)で長身の、上品な姿をしていた。存在感のある女性であったが、罠《わな》に体をとらわれ、もがいても、どうにもできない、狩りで捕らえられた動物の訴《うった》えかけるような、哀れな色が、その黒い瞳《ひとみ》に見えた。しかし、こうして高名なわが友が現われ、助けの手を差し伸べてくれたのを知り、その青白い頬にわずかに血色がよみがえり、わたしたちに向けたまなざしにも、希望の光が輝《かがや》きだした。

「もしや、ニール・ギブスンさんはあなたに、わたくしたち二人の間に何があったのかをお話しになったのでしょうか」と、ダンバー嬢は動揺した小声で聞いた。

「はい、そうです」と、ホームズは答えた。「ですから、あなたはつらい思いをして、そのあたりの内容についてお話しされる必要はありません。あなたに実際にお会いして、あなたが彼に及ぼした影響力のことと、あなたと彼との間にはやましいことがないということについては、ギブスン氏の話を信じましょう。しかし、どうして事件の全容を裁判で明らかにされなかったのですか」

「わたくしに、このようなとんでもない告発が立証されるなどとても信じられなかったのです。わたくしたちが待ってさえいれば、あの家族の痛ましい内情に立ち入られることなどなく、問題はすべて自然に解決されると考えていたからです。しかし、今となりましては、問題が解決されるどころか、どんどん深刻になってしまっていることは、わたくしも承知しております」

「では、お嬢さん」と、ホームズは真剣なようすで声をあげた。「どうぞ、その点については幻想などいっさい抱かないでください。今のところ、どこもかしこもあなたにとっては不利なことばかりで、あなたが自由の身になるためには、わたしたちとしても、できることはすべてやっていかなければなりません。ここにいらっしゃるカミングズさんも、そうあなたに説明されていると思います。あなたが、非常に危険な瀬《せ》に立っていないと申し上げたりするのは、かえって残酷《ざんこく》な嘘になってしまいます。ですから、真実を突き止めるために、あなたにもできる限りの協力をお願いします」

「わたくしは、何ひとつ隠し立てすることはありません」

「それでは、あなたとギブスン夫人との本当の関係をお話しください」

「彼女はわたくしを憎んでおられました、ホームズさん。彼女は熱帯特有の気質で、わたくしを憎んでおられました。何事も中途半端ではすませない女性でしたから、ごご主人への愛情の激しさがそのまま、わたくしへの憎悪の激しさになったのです。おそらく、わたくしたちの間柄を誤解されていたからでしょう。わたくしは、彼女の非を責めようとは思いません。とにかく、彼女の愛し方というのはそれは強烈で、即物的《そくぶってき》なものでしたから、きっと、ご主人とわたくしとが結んでいた、知的な、さらには、精神的なと言っていいほどのつながりを理解できなかったのでしょう。また、わたくしの望みがただ単に、ご主人が権力を立派な目的に使ってくださるような影響を与えることだけで、そのために、わたくしがあの家庭に留まっていたということが、想像できなかったのでしょう。でも、今になってやっと、わたくしがまちがっていたことに気づきました。自分が不幸の種になっているところに居続けたこと自体がまちがいでした。ですが、わたくしがあのお宅から出て行ったとしても、不幸はそのまま続いていたのは確かだと思っております」

「それでは、ダンバーさん」と、ホームズは言った。「あの夕刻に何があったのか、正確にお話し願えますか」

「わたくしが知っている限りの真実をお話しいたします、ホームズ様、でも、わたくしには、何ひとつ証明できませんし、しかも、いくつかの事柄は――それも、いちばん重大な事柄なのですが――、わたくしには説明ができませんし、どういう説明も思い浮かびません」

「あなたが事実を見つけ出してさえくだされば、説明は他の者がつけてくれることになるでしょう」

「まず、あの夜、わたくしがトール橋にいたことについてですが、当日の朝、ギブスン夫人から短い手紙を受け取りました。手紙は勉強部屋のテーブルに置いてあり、奥様が置いておかれたようでした。それには、夕食の後であそこで会いたいというもので、わたくしに大事な話がある、そしてこのことは誰にも知られたくないので、庭の日時計のところに返事を置くようにとありました。わたくしにはなぜそれほどまで秘密にすることにこだわるのか、さっぱり合点《がてん》がいきませんでしたが、言われたとおりに約束を受け入れました。手紙は処分してくれと書かれていましたので、勉強部屋の暖炉《だんろ》で燃やしました。彼女はご主人をたいそう恐れておいででした。それは、ご主人がひどい仕打ちをなさるからです。わたくしもそのことでは、ギブスン氏をしばしばとがめておりました。奥様がこのような行動をおとりになったのも、ご主人に、わたくしたちが会うことを知られたくなかったからだとしかわたくしには思えませんでした」

「それにしても、奥様のほうはあなたの返事をずいぶんと大事に握っていたものですね」

「はい。わたくしも、奥様が亡くなられた時に、あの手紙を手に握っておられたと聞き、驚きました」

「それから、そのあとはどうなさいましたか」

「わたくしは約束どおり、出かけました。橋に着いてみると、奥様はすでにわたくしを待っておられました。本当にその瞬間まで、この不幸な方がわたくしをどれほど憎んでおられるのかが、わからなかったのです。彼女は精神に異常をきたしたようで――いいえ、本当に精神異常に陥《おちい》ったに違いないと思います。そのような精神異常者にしか見られない、人をあざむくのに非常にたけた力で、その思いを潜めていたのでしょう。そうでもなければ、どうして、無関心を装《よそお》い、毎日わたくしと顔を合わせながら、心の内ではあれほど

の激しい憎しみを抱いていることができたのでしょうか？　奥様の言葉を、とてもわたくしは口にできません。熱情的で恐ろしい言葉で、ひどい怒りを一挙にわたくしにぶつけてこられました。何の返事もできずにというより、まったく何の対応もままなりませんでした。奥様を目にしているだけでも、恐ろしかったのです。わたくしは両方の耳を手でふさいで逃げ出しました。彼女から逃れた時、彼女はそれでもなお、わたくしに罵声《ばせい》を浴びせながら、橋のたもとに立ちつくしておられました」

「その後で、夫人が発見された場所はどこでしたか？」

「いまお話しした場所から二、三ヤード（約一・八メートル～二・四メートル）も離れていない場所でした」

「それでは、あなたが夫人のもとを立ち去って、すぐに夫人が亡くなったと推定して、あなたは銃声は聞かなかったのですか」

「はい、何も聞きませんでした。ですが、ホームズ様、このすさまじい感情の暴発に、気も動転し、恐ろしくなっていましたから、わたくしは一目散に、気もちの落ち着ける自室に駆け込みましたので、どのようなことがおこったのか、とてもわかるような状態ではありませんでした」

「ご自分の部屋に戻ったというわけですね。次の日の朝までは、部屋を出ることはなかったのですか」

「はい、そのとおりです。あの方が不幸にも亡くなられたという急報が来て、わたくしもみなと一緒に外へ飛び出しました」

「ギブスン氏にお会いになりましたか」

「はい、橋から戻られたばかりの時にです。その時はすでに、あの方は医者と警察を呼びに行かせたところでした」

「あなたには、彼がひどく動揺しているように見えましたか」

「はい、ギブスンさんはとってもしっかりした、冷静沈着なお方です。感情を面《おもて》に表わしたりすることはありません。ですが、あの方のことをよくよく存じ上げているわたくしには、ひどく心配しておられるように見えました」

「それでは、いちばん重大な事柄に移りましょう。あなたの部屋で発見されたピストルの件です。それまでにそれを見かけたことがありましたか」

「いいえ、一度もありません。誓ってそう申し上げられます」

「発見されたのはいつでしたか」

「次の日の朝、警察の捜査が行なわれた時です」

「あなたの衣類の中からでしたね」

「はい、わたくしの衣装戸棚の床で、ドレスの下に隠れていました」

「ピストルはそこにどのくらい置かれてあったかは、見当はつかないでしょうね」

「あの日の朝より前ということは絶対にありません」

「どうしてそうだとおわかりなのでしょうか」

「衣装戸棚の片づけをしましたから」

「それでは、まちがいないですね。その後に、何者かがあなたの部屋に忍び込み、ピストルをそこに置いて、あなたに罪をきせようとした」

「わたくしにはそうとしか思えません」

「で、そうしますと、いつ置かれたのでしょうか」

「夕食の間か、そうでなければ、わたくしが子どもたちと勉強室に一緒にいた時かの、どちらかでしょう」

「そこで、手紙を受け取ったのと同じ頃、ということでしょうか」

「はい、そうです。その時からあと、午前中いっぱいでしょう」

「ありがとうございました、ダンバーさん。わたしの捜査に役に立ちそうなことは他にありませんか」

「はい、これ以上は何も思いつきません」

「石造りの橋の欄干に何か激しくぶっつけたような跡がありました——ちょうど死体の向こう側に、できたばかりの欠け落ちた傷です。この説明になりそうなことは、何か思い当たりませんか」

「それは、単なる偶然ではないのでしょうか」

「奇妙ですね、ダンバーさん、まことに奇妙です。よりによって、惨劇のおこった、まさにその時刻に、その場所になぜ傷がついたのか、です」

「でも、いったい何でできたものでしょうか。激しい衝撃《しょうげき》を加えなければ、そのような傷はつかないでしょうし」

ホームズは答えなかった。青白く、熱心な顔つきが急に、いつものあの緊迫《きんぱく》した、夢想でもしているような表情を帯びた。これまでの経験から、わたしにはこうした表情は紛れもなく、ホームズの非凡な才能の表出であることがわかっていた。彼の精神が緊張の一瞬を迎えているのが見てとれたので、法廷弁護士、捕らわれた女、そしてわたし、誰ひとりとして、口を開こうとせず、じっと一心に彼を見つめた。突然、気もちが昂《たか》ぶり、今すぐにも行動に移したいという、さしせまった緊迫感に武者震いをしながら、ホームズは椅子から立ち上がった。

「行こう、ワトスン、さあ行こう」ホームズは叫んだ。

「いかがなさいましたの、ホームズ様」

「お嬢さん、ご心配はいりません。カミングズさん、あなたには、のちほど連絡します。正義を司《つかさど》る神のご加護《かご》があれば、この事件はきっとイングランド中を沸《わ》き返らせるような裁判になりますよ。明日までに報告が届くはずです、ダンバーさん。暗雲は

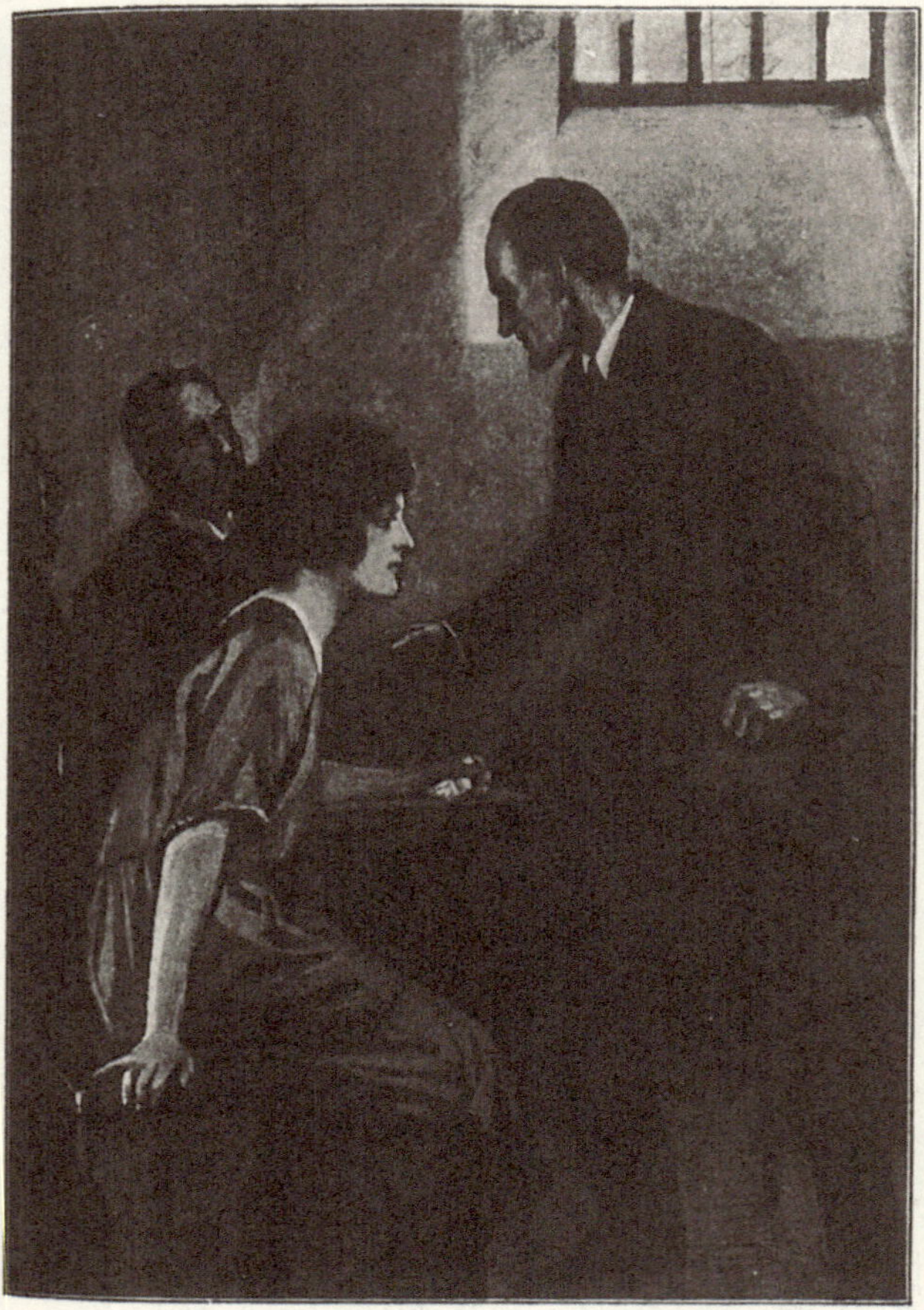

晴れて、真実の光明がその隙間《すきま》から差し込むに違いないという、わたしの言葉を信じて、ご安心ください」

ウィンチェスターからトール・プレイスまでは遠距離の行程ではなかったが、先を急ぐわたしにとっては長い行程であり、一方、ホームズにとってみれば、まぎれもなく、永遠にも近いような長旅だと思えただろう。じりじりとはやる気もちの中で、彼はじっと座っていられず、列車の車内を行ったり来たりし、脇のクッションを繊細で長いその指でとんとんと叩いているのを見ると、その気もちがよく見てとれた。

目的地にまもなく着く頃に、突然ホームズはわたしの正面に腰を降ろすと――たまたまその一等車両はわたしたちだけで占領していたのだが――わたしの両膝に手を置くと、わんぱく小僧のような気分にある時には必ず見せる、特別にいたずらっぽい眼《まな》差《ざ》しで、わたしの目を見つめた。

「ワトスン」と、彼は言った。「ぼくの記憶にまちがいなければ、こういう遠出の時には、君は武器を携帯しているね」

わたしがそうしていることは、彼のためであるのだ。事件解決に神経が集中してしまうと、自分の身の安全などいっさいかまわないので、わたしの持っていたピストルが救いとなったことは一度や二度のことではなかった。わたしはそのことを彼に告げた。

「そう、そう、ぼくはそうしたことにかけては、うかつ者だからね。ところで、今回も、君のピストルは身につけているのかい」

わたしは尻のポケットから、小さく、手ごろでありながら、たいへん重宝な小型の武器を取り出してみせた。ホームズはその安全装置[69]をはずして、弾を抜いて、丹念《たんねん》にこれを確かめた。

「重い、きわめて重い」彼は言った。

「そうだよ、頑丈《がんじょう》な造りだからね」

しばらく、彼はピストルをしげしげと眺めていた。

「ワトスン、わかるかい」と、彼は言った。「君のこのピストルが、捜査中の事件の謎の解決と深い関係があることになるのだよ」

「何だって、ホームズ、それは冗談だろう」

「いや、ワトスン、ぼくはきわめて真剣だ。ひとつテストをしてみるのだ。もしテストがうまくいけば、すべてが明らかとなる。そうして、そのテストの成否はこの小さな武器の動きで決まるというわけだ。弾は一個取り出す。あとの五個の弾はもとに入れ戻して、安全装置をかけておく。これで重さも増して、より正確な再現ができるはずだ」

　わたしには、彼が頭の中でどういう考えをめぐらせているのか、まったくわからなかったし、彼もわたしに何も教えてくれなかった。列車がハンプシァの小さな駅に停車[70]するまで、彼はひたすら考えにふけっていた。わたしたちは今にも壊れそうな二輪馬車を雇って、十五分後には、信頼できる友となった警部の家に着いた。

「手がかりですって、ホームズさん。どんな手がかりですか」

「それは、ワトスン先生のピストルの動きのいかんにかかっています」と、わが友は言った。「これです。そこで、警部、紐《ひも》を十ヤード（約九メートル）ほどいただけませんか」

　村の店で丈夫なより糸をひと玉わたしたちは購入した。

「必要になるのはこれだけだろう」と、ホームズは言った。「それでは、よろしければ、出発しましょうか。そこがわたしたちの旅の終点になることを願いたいですね」

　太陽は沈みかけ、ハンプシァの起伏《きふ》に富む荒野は見事な秋の一大絶景であった。警部はわが友の行動が正気とは思えないようで、批判的で信じられないといった視線をたびたび浴びせながらも、わたしたちの後をおぼつかない足どりでついてきた。わたしたちが事件現場に近づくと、わが友は、常の冷静さを保っているふうではあったが、実際のところは気もちをひどく昂ぶらせているのが、わたしにはわかった。

「そうだ」と、彼はわたしの言葉に答えて言った。「ぼくがこれまでも的をはずしたことがあるのを知っているね、ワトスン。ぼくには特別の勘が働くのだが、時々はそれに欺《あざむ》かれることがあったのだよ。ウィンチェスターの独房で、最初にひらめいた時には確実だと思えたのだけどね、ぼくの鋭敏な頭脳の欠点というのは、考えるつどに、別の仮説を考えついてしまい、それが誤った手がかりになってしまうということなのだよ。そうだとしても――いや、そうだとしてもだよ、まずは、ワトスン、ぼくたちは思い切って実行に移すしかないのだ」

歩きながら、ホームズは、ピストルの銃身により糸の端をしっかりと結びつけた。そうして、わたしたちは悲劇の現場に到着した。警部の指示により、死体が横たわっていた箇所に印をつけた。それから、しばらく、彼はヒースとシダの茂る野原を探しまわってようやくかなり大きな石を見つけ出した。これに、先ほどのより糸のもう一方の端を結びつけ、石を池の水面までは届かないように、橋の欄干からぶら下げた。こうしておいてから、橋から少し離れた運命の場所に立ち、手にはわたしのピストルを持った。この武器と、はるか向こう側にある重い石に引っぱられて、糸はぴんと張っていた。

「さあ、いいかな」彼は叫んだ。

この言葉とともに、彼はピストルを自分の頭に持っていき、それから、これを放した。一瞬にして、それは石の重みでさっと飛んでいき、欄干に激しい音を立てて打ち

当たり、橋の向こう側に消えていった。ピストルが消えて見えなくなるかならないかのうちに、ホームズは石造りの欄干にひざまずき、期待どおりの成果を発見して、うれしそうな声をあげた。

「これ以上厳密な再現は今までになかったよ!」彼は叫んだ。「いいかい、ワトスン、君のピストルが事件を解明したのだ!」こう言うと、石の橋の欄干の下の端に最初にあったのと、大きさも形も寸分たがわぬ、第二の傷を指さした。

「わたしたちは今夜は、宿に泊まります」ホームズは立ち上がると、驚いている警部に向かって言った。「あなたは、掛け鉤《かぎ》を用意しさえすれば、わたしの友人のピストルを難なく見つけられるでしょう。そうして、その銃の脇には、復讐心《ふくしゅうしん》に燃えるご婦人が、自ら犯した犯罪を隠蔽《いんぺい》し、罪のない女性に殺人の容疑をかけるために用いた、紐と重りも発見されることでしょう。ギブスン氏には、朝にお目にかかりたいとお伝えください。そして、その時に、ダンバー嬢の汚名を晴らす手続きも取ることができるでしょう」

その夕刻遅くに、わたしたち二人は、村の宿屋で一緒にパイプをふかしていた。ホームズはこれまでの経過をわたしにまとめて説明してくれた。

「ワトスン、ぼくが思うにはね」と彼は話し始めた。「今回のトール橋事件の記録を、君の事件記録に付け加えてもらっても、ぼくの評判が上がるとは考えられないよ。というのは、頭の働きは鈍かったし、ぼくの探偵技術の要《かなめ》である推理と、事実をまとめ上げる能力にも足らないところがあった。正直に言って、石橋の欄干の欠けた箇所が真相解明につながる充分な手がかりだった。その真相をなぜもっと早く見つけられなかったのかと、ぼくは自責の念に駆られているよ。

それにしても、この不幸な夫人の心はなかなかつかめない、陰湿なものだったので、その企《くわだ》てもひとすじなわでは解明できなかったということは認めなくてはいけないね。これまでのぼくたちの冒険の中で、歪《ゆが》んだ愛が生んだ、これほどの異様な事件に遭遇《そうぐう》した経験はなかったね。ダンバー嬢が身体的な美しさで競い合おうとしていたのか、あるいはただ単に精神的な意味においての仇《かたき》だったのか、どちらにしても、同様に許しがたいものだったのだね。実際にダンバー嬢には何の罪もないはずなのに、ダンバー嬢のせいで、夫があまりにもむき出しな自分の愛情をはねつけて苦しめる態度をとったり、おもいやりのない言葉を発したりするのだと思い込んでしまった。それでまず最初に、自死することを決めた。そして次に決心したのが、同じ自死を図《はか》るのならば、犠牲者をもっと過酷な運命にさらそうということだった。

こうして今は、かなり明確に事件の経過をたどることができるよ。こうしてみると、実に驚くべき悪知恵が働いたことがわかるね。短い手紙も、実に巧妙な手口でダンバー嬢からせしめていて、ダンバー嬢が自ら犯行現場を選んだかのように見せかけた。

ただ、その手紙が必ず見つかってほしいという思いのあまり、死ぬまで握って離さなかったのだが、これは少しやりすぎだった。このこと一つからでも、ぼくはもう少し早く、疑いをいだいても当然だったのだよ」

そして、彼女は夫の所有するピストルのうちの一つを盗み――そう、邸宅内には武器室があったのを君も見たね――、自らの計画に使うために、ずっと隠し持っていた。そしてあの朝、同種のピストルをダンバー嬢の衣装戸棚に忍ばせた。弾は一発発射済みだったが、これは邸内の森で撃ったのなら、誰にも知られずに発射することは充分可能だったろうね。それから、あの橋のところまで行き、さきほどのなんとも巧妙な仕掛けで、武器を処分するということを思いついたのだ。ダンバー嬢が姿を見せると、夫人はこれが最後と、今までの憎しみを吐き出した。そして相手にもう聞こえない距離に行ったとみるや、恐ろしい計画を実行に移した。これで、この事件の一つ一つの輪がそれぞれの場所に収まり、鎖《くさり》はすっかりつながった。最初にどうして現場の池がさらわれなかったのかと新聞は騒ぎたてるかもしれないね。でも、いい知恵は後から出てくるというではないか。ともかく、何を捜すのか、どこを捜すのか見当をつけてからでなければ、あの葦の生い茂る池を隅々までさらって調べるのはとてもできないね。さてと、ワトスン、こうしてぼくたちは、一人のすばらしい女性と、さらにもう一人、ひとすじなわではいかない男性の窮地《きゅうち》を救ったというわけだ。もしも――まず、ありえない話ではないよ、この二人が将来、手をたずさえていくことになれば、あのニール・ギブスン氏は人生というものが何かを教えられる『悲しみ』という教室で、いくばくかのものを学びとったと経済界は思うだろうね」

這《は》う男

シャーロック・ホームズ氏は、プレスベリィ教授にまつわる特異な事件の真相を、公表すべきであるとかねがねわたしにすすめていた。二十数年前にかの大学を震撼《しんかん》させ、ロンドンの学会でも噂《うわさ》を呼んで大騒《おおさわ》ぎとなった、あのスキャンダルをこれにより永久に一掃《いっそう》するという目的のためにも、そうすべきだというのだ。とは言っても、その実現には障害となることがいくつかあり、この奇怪な事件の真の経緯は、おびただしい数にのぼる、わが友の冒険の記録を納めたブリキの箱の中に、むなしく放置されるままになっていた。そうして、今ようやく、ホームズが引退する直前に手がけた、まさに最後となった一連の事件の一つであるこの事件を公表する許しを得た。しかしながら、今になっても、事件を世間に公《おおやけ》にするには、それなりの自制と配慮《はいりょ》を心がけなければならない。

わたしが、ホームズからの、例の簡潔《かんけつ》な伝言を受け取ったのは、一九〇三年、九月の初めのある日曜日の夕刻であった。「都合よければ、すぐ来い——不都合でも、すぐ来い――ＳＨ」わたしたちの関係は、後半期に当たるこの当時は、かなり特有なものであった。彼は習慣の人であり、つまり限られた、偏《かたよ》った習慣の中で暮らす人であり、わたしもそうした彼の習慣の一部に位置づけられていたのである。わたし自身も彼の生活習慣のひとつなのだ。だから、わたしは彼のヴァイオリン、シャグタバコ、古びた黒いパイプ、索引帳《さくいんちょう》、それ以外の少々役に立たないものなどを含むたぐいと同列なのだ。事件がおきて、彼が頼れる勇気のある相棒が必要なときは、わたしの役割は明らかであった。けれども、わたしの利用価値はこれだけに留《とど》まらなかった。わたしは、彼の精神を研《と》ぎ澄《す》ます砥石《といし》であった。わたしは彼に刺激を与えた。彼は好んで、わたしの前で考えをめぐらせた。彼の言葉は決してわたしに向かって語りかけていたのではないのだ――おそらくは、そうした彼の言葉の多くは、彼の寝台に向かって語りかけても、さしつかえなかっただろう。しかし、いったんそれが習慣となれば、わたしなら表情を表わしたり、合いの手を入れたりするぶんだけ、役には立つというものだ。たとえ、わたしの知性の論理的思考が鈍く、ホームズがいらだったとしても、そのいらだちが、炎のように燃え上がる彼の直観や感受性を、いっそう激しく、素早く、引き出させるのには役に立つのだ。これが、わたしたち同盟関係におけるわたしのささやかな役割であった。

ベイカー街に着いて、(71)わたしが目にしたのは、肘掛《ひじか》け椅子《いす》に膝《ひざ》を抱え、体を丸めたまま座りこみ、口にはパイプをくわえ、額に深いしわを寄せ、考えに沈みこんでいるホームズの姿であった。そのようすからは、彼が何らかの難問題に取り組んで、格闘中なのは明らかであった。彼は手で、わたしがかつて愛用していた肘掛け椅子を指し示したが、これを除けば、それから三十分ものあいだ、わたしが目の前にいることに気づいているような素振りは、少しも見せなかった。やがて、ぴくりと身動きして夢想から目を覚ましたように、いつものあの気まぐれな笑みを浮かべて、かつて慣れ親しんでいたわが家に、よく戻って来てくれた、と歓迎の挨拶《あいさつ》をした。

「君なら、ぼくが少々夢の中にいたのを許してくれるよね、ワトスン」と彼は言った。「この二十四時間のあいだに、奇妙な事件がいくつかもちこまれてね。そして、それを考えつめていくと、それぞれが、もっと一般に共通する考え(72)に発展していったのだよ。そこで、探偵捜査《たんていそうさ》における犬の利用法についての小論文を書こうと、ぼくは本気で思っているところさ」

「けれどもホームズ、それはすでに研究ずみだと思うけどね」と、わたしは言った。「ブラッドハウンドとか――警察犬とか」

「いや、いや、ワトスン、そっちの方面のことはもちろんわかりきっている。けれども、さらに微妙《びみょう》な側面が残されている。『ぶな屋敷』と名づけて、刺激的な君の筆さばきで描いたあの事件で、ぼくが、子どもの心理観察をとおして、きわめて上品で堅実そうな父親が犯罪を犯しているという推理を組み立てたのを君も覚えているね」

「そう、よく覚えているよ」

「犬をめぐる、ぼくの論考も同様のものさ。飼い犬というのは、飼い主の家庭生活を映し出しているのさ。いったい、暗い家庭で、元気な犬がいたり、逆に、幸せな家庭に寂しげな犬が見つかったりするわけはないよ。がみがみうるさい家族の犬はやはりうるさくて、危険な人物は危険な犬を飼う。それに加えて、犬のその時の気分は、家族の気分を反映しているものなのだよ」

わたしはちょっと首を振った。「でもね、ホームズ、それは少々強引すぎるよ」と、わたしは言った。

彼は、わたしの発言を無視して、パイプのタバコを詰め替えると、再び椅子に腰を下ろした。

「いま話したことの実践編は、ぼくが捜査中の事件ときわめて深い関係があるのだ。そう、それはもつれたかせ糸[73]と言えば君にはよくわかるだろうね、今その糸の端を見つけかかっているところなのだ。その糸の端となりそうなのが、今の疑問なのだよ。なぜプレスベリィ教授の忠実なウルフハウンドのロイ[74]が、主人に噛《か》みつこうなどとしたのかなのだ」

わたしは少々がっかりして、椅子の背に寄りかかった。わざわざ自分の仕事を放り出して、呼ばれて来てみれば、実は、こういうささいな疑問を解くためだったとは。ホームズはこちらに視線を投げかけた。

「君は相変わらずだね、ワトスン！」と、彼は言った。「君にはまだわからないかな、重大な問題の結論は、最もささいなことから出てくるものなのさ。しかも、どうしたことだろうか、落ち着いた年配の学者――ケンフォード大学の著名な生理学者プレスベリィ(75)のことは知っているね――そういう人物が、友でもあり、忠実な飼い犬であるウルフハウンドに、これまでに二回も襲《おそ》われたということは、なんとも不思議な話ではないかな。これを君はどう考えるかな」

「犬が病気ということかな」

「そう、それも考えに入れておかなくてはならない。けれども、犬は他の人は襲わないし、しかも特別な場合にだけ飼い主に襲いかかるというのだ。奇妙だよ、ワトスン、実に奇妙ではないか。ああ、あの呼びりんがそうだとすると、ベネット青年が約束の時刻よりも早く来たらしい。彼が来る前に、君ともう少しおしゃべりがしたかったね」

　階段を足早に上がってくる足音がして、ドアを強くノックする音が聞こえ、すぐに新しい依頼人が姿を現わした。長身で男前の若者で、歳は三十歳ほど、身なりもきちんとしていて、上品であり、立ち居振舞いには、世慣れた人間の落ち着きというので

はなく、学生らしい内気な印象が感じられた。彼はホームズと握手《あくしゅ》を交わし、そして、驚《おどろ》いたようにわたしを見つめた。「今回のこの問題は大変微妙なのです、ホームズさん」と、彼は言った。「プレスベリィ教授とわたしの現在の公私ともの関係を考えてみていただけませんか。もし、わたしが第三者の前で話をするようなことになってはかないません」

「心配はご無用です、ベネットさん。ワトスン先生はまさしく慎重そのものといっていい人物です。この事件は助手を必要とする案件だということもあらかじめ申し上げておきましょう」

「それでは、お好きなようになさってください、ホームズさん。わたしが事件にはかなりの配慮を払わねばならない状況にあることは、ご理解いただけるものと思っております」

「こちらはトレヴァ・ベネットさんといって、あの偉大な科学者の専門的な助手をされていて、同じ家に住んでおられる。そして教授の一人娘の婚約者でもあるのだ、ワトスン、これで君にもわかってもらえただろうね。もちろん、教授にしてみれば、この方にあくまでも忠実で献身的《けんしんてき》であってもらいたいと思われるのはもっともだよ。けれども、この異様な謎を解き明かすのに必要な対策を立ててさしあげることが、この方の忠実な仕事ぶりを示す一番の方法だろうと思うのだよ」

「わたしもそれを望んでいます、ホームズさん。それだけがわたしの目的なのです。ワトスン先生はこの一件のあらましはご存じなのでしょうか」

「説明する時間がありませんでした」

「それでは、新しい展開の説明を始める前に、わたしがもう一回繰《く》り返させていただいたほうが、よくありませんか」

「それでは、わたしが自分でいたしましょう」と、ホームズは言った。「事のあらましを順序よく把握しているかもわかりますからね。ワトスン、教授はヨーロッパでも名声を博《はく》しておられてね。これまでもずっと、もっぱら学究に専念されていた。スキャンダルなど一度もなかった。夫人は亡くなっていて、一人娘のイーディスさんがおられるだけだ。教授はとても男らしく、前向きで、闘志さかんな性格とでも言ったらいいだろうか。ほんの数ヶ月前までは、そういう生活に何の変わりもなかったのだ。

ところが、その彼の生活が断ち切られてしまった。彼は六十一歳なのだが、急に、同僚の学者で比較解剖学《かいぼうがく》(76)の講座を担当しているモーフィ教授の令嬢《れいじょう》と婚約したのだ。それはある程度歳のいった人間の分別のある求愛というよりは、むしろ若い者にありがちな、のぼせ上がった興奮《こうふん》状態のようなのだ。彼の恋人への思い入れは誰にもまねのできないほどのものだった。お相手のアリス・モーフィさんも、容姿も人柄《ひとがら》のどちらもまったく申し分のない完璧なお嬢さんで、教授がお熱を上げたのも、充分うなずける。そうは言っても、教授自身の家族から手放しで賛成が得られたわけではなかった」

「わたしたちも、いささか度を越しているのではと思いました」と、客は言った。

「そのとおり。いささか度が過ぎて無理があり、不自然です。プレスベリィ教授は裕福でもあるし、相手方の父親に反対はなかった。しかし、お嬢さん自身の考えは別で、社会的な地位に関しては劣っていても、年齢的にははるかにつり合う求婚者がすでに何人もいた。お嬢さんは、風変わりな性癖《せいへき》がいくつもあったにもかかわらず、教授のことを気に入っていた。唯一、障害となったのは年齢差の問題であった。

ちょうどこの頃、ちょっと謎めいた出来事がいきなりおこり、教授の日常生活に暗雲を投げかけた。それまで決してしたことのないような行動をとるようになった。行き先もまったく告げないで、家を空《あ》けたりした。一週間もいなくなったかと思うと戻って来た時には、かなり旅のやつれを見せていた。それでも、いつもは隠しだてのない人物なのに、どこに行っていたのかにはいっさい触れずじまいだった。ただし、偶然にも、ここにおられる依頼人のベネットさんは、プラハに住む学友から、プレスベリィ教授の姿をプラハでお見かけできて懐《なつ》かしい思いをしましたが、話しかけることはできませんでした、との内容の手紙を受け取った。これがきっかけで初めて、家族も、教授がどこに行っていたのかを知ったという次第なのだ。

　さて、ここからが肝心な点だ。その時から、教授には奇妙な変化が生じた。人目を忍び、こそこそするようになったのだ。周囲の人たちも、教授がそれまで慣れ親しんできた人とは別人のように感じた。何か暗い影が彼の立派な性質を覆《おお》い隠したのではないか、という印象を抱くようになった。ただ、知性には何の影響《えいきょう》もなかった。講義はそれまでどおりに、見事なものであった。ところが常に、どことなく変わった、不吉で何がおこるか予測できないような気配が漂っていた。彼の娘さんも、教授に深い愛情を抱いていたので、かつての親子の絆《きずな》を取り戻し、父親が身につけていると思われる、その仮面を取り除こうと、何回も努力した。ベネットさん、きっと、あなたご自身も同じようなご努力をされたのでしょう。しかし結局のところ、何の成果もなかった、と言ってよろしいですかね。手紙の一件についてあなたからお話し願えませんでしょうか」

「ワトスン先生、ぜひわかっていただきたいのです。教授はわたしに隠し立てなどまったくされたことはありませんでした。たとえ、わたしが教授の実の息子か、または弟だとしても、これほどまでの全幅《ぜんぷく》の信頼を頂けることはなかったろうと思います。ですから、わたしは秘書として、教授のもとに届くあらゆる書類を処理していました。手紙は開封し、仕分けをしていました。ところが、あの旅から帰られてからまもなく、こうした習慣は一変しました。消印の下にX印の付いている手紙がロンドンから届くことになっていると、教授はわたしに言い、そうした手紙は自分だけが目を通すので別にしておくようにと指示されました。実際にそのような手紙が数通来まして、わたしのところを素通りしていったと申し上げてもさしつかえないと思います。そして、手紙にはロンドンの「E・C」[77]地区の消印があり、教育のなさそうな人の筆跡でした。教授が返事をされたとしても、わたしのところは通しませんでしたし、投函《とうかん》するべき郵便物が集められて入れられる手紙用の籠《かご》にも入っていませんでした」

「それと、箱でしたね」と、ホームズは言った。

「はい、そのとおりです。箱です。教授は、旅から帰られた折り、木の小箱を持っておいででした。それは、いかにもヨーロッパ大陸を旅してきたことをしのばせる品物で、ドイツでよく見かける、古めかしい木彫り細工がしてありました。これを、教授は、研究用の器具を納めた戸棚に入れておかれました。ある日、カニューレ[78]を探していて、わたしはその小箱を持ち上げました。すると驚いたことには、教授はひどく怒り、きわめて粗暴《そぼう》な口調で、わたしに余計な詮索《せんさく》をするな、ととがめたのです。そのようなことは今までまったくなかったので、わたしも深く傷つきました。箱に触れたのは、たまたまそうなってしまったことだったと弁解に努めましたが、夕刻中、教授がわたしのことを厳しい目つきでにらんでいて、このできごとが教授の心の中にいつまでもわだかまっているのが見てとれました」ベネット氏はポケットから小さな日記用の手帳を取り出した。「それは七月二日のことでした」

「あなたは証人として見上げた方です」と、ホームズは言った。「あなたが記録されたそれらの日付は、わたしも必要になるかもしれません」

「わたしは偉大な先生からは、多くのことを学ばせていただきました、他のことと一緒にこういう手法も学んだのです。それで、教授の行動に異常が認められた時から、これを研究対象として観察するのがわたしの務めだと思っておりました。それで、ここに記してもありますが、その日、つまり七月二日に、教授は書斎《しょさい》から玄関ホールに出たところで、ロイに襲われたのです。再び、七月十一日にも同じような騒動がありまして、さらにまた、もう一度、七月二十日にも騒ぎがおこったことが記してありますす。そうしたことがありまして、ロイは馬小屋に追いやられてしまいました。かわいくて、やさしい犬でしたが――これは、どうも、あなたを退屈させてしまったようですね」

ベネット氏がとがめるような口調でそう言ったのは、ホームズが耳を傾けていなかったのが明らかだったからなのである。その顔は無表情で、うつろな目で天井を見つめていた。やっとのことで、ホームズはわれに返った。

「奇妙だ！　ひどく奇妙だ」と、彼はつぶやいた。「こうした細かい点は、わたしには初めてです、ベネットさん。さて、事件の経過のおさらいはすんだように思いますが、いかがですか。あなたは、問題に新しい展開があったとおっしゃいましたが」

　依頼人の愛想のよい顔つきが、何か嫌《いや》な記憶が蘇《よみがえ》ったためか、一瞬のうちに曇った。

「これからお話しするのは、一昨日の夜におこったことです」と、彼は言った。「その夜、午前二時頃まで、わたしは眠れないまま、横になっていました。廊下のほうから、何かくぐもったような音が聞こえてくるのに気づきました。部屋のドアを開けて、外を覗《のぞ》き見ました。教授は、廊下のいちばん奥の部屋でお休みになられることを、まずはじめに説明しておかなくてはいけませんでしたが――」

「日付は――?」ホームズは尋《たず》ねた。

　客は、的はずれの質問で口をはさまれ、明らかにいらだっているようすであった。

「はい、申しあげたばかりですよ、一昨日の晩、つまり九月四日です」

　ホームズはうなずくと、笑みを浮かべた。

「どうぞ、お続けください」と、彼は言った。

「教授は廊下のいちばん奥の部屋でお休みで、階段のところへ行くのには、わたしの部屋のドアの前を通っていくことになります。いえ、実に恐ろしい体験でした。ホームズさん。わたしは、勇気は人並みにあると思っていましたが、あの光景には度《ど》肝《ぎも》を抜かれました。廊下は、なかほどの一つの窓から光がひとすじ差し込んでいるだけで、まっ暗でした。廊下を進んでくる何か――何か黒くて、うずくまっているものが見えたのです。そして、それが光に照らし出されました。わたしにはそれが教授であるのがわかりました。教授は這っていました、ホームズさん、這っていたのです！　手と膝を床にきちんとつけていたわけではありませんでした。いえ、手と足を床につけて、前を向きながら、両手の間に頭を垂らしているとでも言ったほうがいいでしょうか。その格好で、楽々と進んでいくようすなのです。あまりの光景に、わたしは身がすくんで動けませんでしたが、教授がこちらのドアまでいらした時、やっとわたしは足を踏み出し、体をお支えしましょうかと、教授にお聞きしたのです。ところが、その反応は異常でした。さっと立ち上がったかと思うと、ひどい悪態を浴びせかけ、素早く走り抜け、階段を降りていってしまったのです。わたしは三十分ほど待ってみましたが、戻っておいでにはなりませんでした。おそらく、教授が部屋に戻られたのは、夜が明けてからのことに違いないと思います」

「どうだろう、ワトスン、君はどう思うかい」と、ホームズは、あたかも珍しい標本を発表する病理学者(79)でもあるかのように、こう訊《き》いた。

「おそらく、腰痛だろう。ひどい発作がおこって、まさにそういう格好で歩かざるをえなくなったという男性患者の症例を実際に見たことがある。それに、あれほど耐えがたい激痛はないからね」

「そうか、ワトスン。いつも君は、話を堅実なことにもっていってくれる。しかし、腰痛という説は、一瞬にして直立できたというのだから、ちょっと受け入れられないね」

「教授は今までにないほど、健康でした」と、ベネットは言った。「実のところ、長年親しく存じあげていますが、あれほどお元気だったことはありません。ともかく、事実は事実です。ホームズさん。今回の件は、警察に相談できるような性質の問題でもなく、わたしたちも、いったいどうしたらいいものやら、まったく途方に暮れています。しかも少しずつ、大変な事態に引き寄せられていくような、無気味な不安を感じているところなのです。イーディスも——プレスベリィ嬢のことですが——、わたしも同じ気もちですが、これ以上、手をこまねいて待っていてはならないと思っています」

「これはたしかに、興味《きょうみ》深く、考えさせられる事件ですね。君はどう考えるかい、ワトスン」

「医者の立場から言えば」と、わたしは言った。「どうやら、精神科の医者[80]にお願いする事例だと思われるね。教授の脳の機能は熱愛のあまりに支障をきたした。それで、そののぼせぶりを振り払おうと、海外旅行にでかけた。手紙や問題の小箱については、何らかの個人の金銭上の取り引きに関係したもの——公債《こうせき》とかおそらく株券が小箱には入っていたのではないだろうか」

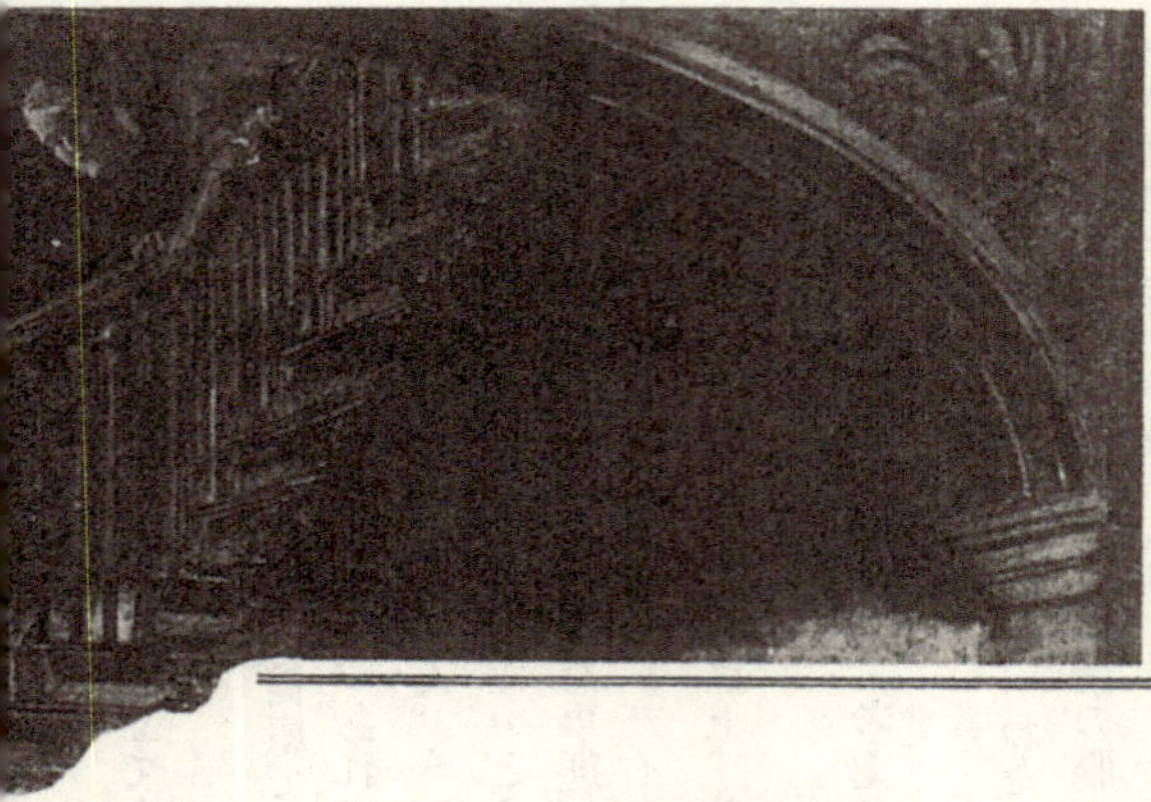

「しかし、ウルフハウンドは、経済的な取り引きを問題にしたりするわけはないよ。いや、そうではない、ワトスン。それよりもっと大事なことがある。わたしが考えるところでは――」

シャーロック・ホームズが述べようとしていた、考えるところというのは、ついにわからないままになってしまった。というのは、その瞬間にドアが開き、一人の若い女性が部屋へ案内されてきたからである。女性が姿を見せると、ベネット氏は声をあげて飛びあがり、相手が差し伸べた手をつかもうと、自分の手を突き出し、走り寄った。

「ああ、イーディス。何かがおきたというのではないだろうね」

「とにかく、あなたのあとをついて来ないでは[81]いられない気もちでしたの。ねえ、ジャック、わたくしが、どんなにひどく怖い思いをしてい

HOWARD
ELCOCK

たか。あのような所に、一人っきりでいるのは、恐ろしいわ」

「ホームズさん、こちらが、わたしの話していた若い女性です。わたしのフィアンセでもあります」

「わたしたちもそうじゃないかという結論に達しようとしていたところだったね、ワトスン」ホームズは笑みを浮かべて、答えた。「プレスベリィさん、問題に何か新しい動きがあった、そして、そのことをわたしたちが知っておいたほうがよい、と、お考えになったわけですね」

新しい訪問客は、伝統的なイングランド女性らしく、生き生きとして、大柄で魅力《みりょく》的《てき》な若い女性で、ベネット氏の脇に座ると、ホームズに微笑を返した。

「ベネットさんが、ホテルをお出になったのを知って、わたしは、すぐにここに来れば、お会いできると思いました。もちろん、わたしは彼から、あなた様に相談に乗っていただくというのを聞いていました。ホームズ様、どうぞ気の毒な父を何とかしていただけませんでしょうか」

「わたしも、そうしたいと思っていますよ、プレスベリィさん、しかし事件は、まだ明らかではありません。あなたがお話しされるその内容が、事件の解明に新たな光明を投げかけてくれることも考えられます」

「昨夜のことです、ホームズ様。父は一日中、とてもようすが変でした。きっと、何をしていたか、自分でもときどき記憶がなくなるのではないかと思います。奇妙な夢の中に生きているかのようなのです。昨日がそういう日でした。わたしが一緒に暮らしてきた、今までの父ではありません。外見はそのままなのですが、本物の父ではないのです」

「何がおこったかをお話しください」

「夜、けたたましく吠《ほ》える犬の声で、わたしは目を覚ましました。ロイはかわいそうに、今は、馬小屋のそばにつながれています。申し添《そ》えますと、わたしはいつも、部屋のドアの鍵《かぎ》をかけて寝ております。と申しますのも、ジャック――ベネットさんのことですが、おそらく話してくださるでしょうが、わたしたちは皆、危険が迫りくる予感を感じていたのです。わたしの部屋は三階にあります。その夜は、たまたま部屋の窓のブラインドは上げてあり、外は明るい月の光が照り映えておりました。わたしは横になったまま、気が違ったように鳴き叫ぶ犬の声を耳にしながら、月の光で明るくなっている四角の窓に視線を合わせておりました。すると、父の顔がこちらを覗き込んでいるのが見えるのです。わたしはぎょっとしました。ホームズ様、驚きと恐ろしさのあまりに死んでしまいそうでした。窓ガラスに実際に、顔が押しつけられ、窓を上に引き上げようとでもするように、片手をぐいと上げたように見えました。もしも、事実窓が開けられでもしていたら、わたしはきっと気が違ってしまったでしょう。

これは、絶対に幻覚などではありません、ホームズ様。そうお考えになって、見すごさないでください。身動きもできず横たわったまま、その顔を見ていたのは、おそらく二十秒そこそこのことだったでしょうか。顔は一瞬にして消えてしまいましたが、どうにもこうにも、ベッドから起き上がり、顔がどうしたのか見届けることができませんでした。後はそのまま夜が明けるまで、わたしは恐怖でふるえながら、寒々と横たわっておりました。朝食の席では、父は、とげとげとした、荒々しい態度を見せ、昨晩の無謀《むぼう》な行動については、ひとことも触れませんでした。わたしもひとことも触れずに、ロンドンへ出てくる言い訳を言っておきました——それで、こうしてここにいるわけなのです」

プレスベリィ嬢の話を聞いて、ホームズはすっかり驚いてしまったようだった。

「としますと、お嬢さん、あなたの部屋は三階だとおっしゃいましたね。庭に長いはしごはありませんか」

「いいえ、ありません、ホームズ様。それがいちばん驚く点なのです。その窓まで登っていく手段など、まったくありえないのです。それなのに、父はそこにいたのですから」

「日付は九月五日ですね」と、ホームズは言った。「これがまた状況をいっそう複雑なものにしていますね」

今度は若い女性のほうが驚くようすを見せた。「あなたがその日付のことを口にされたのは、これで二度目になりますよね、ホームズさん」ベネットが言った。「そのことが事件に何か関係があるのでしょうか」

「可能性はあります――大いに可能性はあります、しかしながら、わたしには今のところまだ、資料が完全にそろっていません」

「もしかして、あなたがお考えなのは、精神異常と月の周期との関係ではありませんか」

「いいえ、そういうことはありえません。それはまったく別の視点です。もしあなたの手帳をお預けいただけるのなら、日付を確認しておきたいのですが。さあこれで、ワトスン、ぼくたちの捜査の方向もすっかり明確になったね。こちらのお嬢さんが情報を提供くださって――わたしは彼女の直感に全面的な信頼を寄せています――、お父上が特定の日にだけ、記憶が薄れたり、または、まったく記憶を喪失《そうしつ》したりしているのがわかりました。そこで、わたしたちは、そうした特別な日に、教授がわたしたちに面会の約束をしてくれたかのようなそぶりをして、彼を訪問してみましょう。おそらくは、面会の約束を覚えていないのは、最近の記憶喪失のせいだとおっしゃるでしょう。そして、教授をしっかり観察することから、わたしたちは捜査の第一歩を踏み出します」

「それはお見事です」と、ベネット氏が言った。「しかし、ひとこと警告《けいこく》をさせていただきますが、教授は怒りっぽく、乱暴になったりすることが時々あります」

ホームズはほほえんだ。「わたしたちがさっそく訪問しようというのにもわけがありますーーもし、わたしの仮説が当てはまっているとすると、きわめて適切な理由となります。明日は、ベネットさん、わたしたちはまちがいなくケンフォードにお邪魔《じゃま》します。記憶違いでなければ、たしか『チェッカーズ』という宿屋《イン》があって、そこのポートワインもまあまあで、シーツの類《たぐい》も清潔《せいけつ》で、文句なしでした。ワトスン、ぼくたちの持ち場は、この数日は、どうやら快適とは言いかねるかもしれないけれどね」

月曜日の朝に、わたしたちはあの有名な大学町に向かっていた。この出張は、何のしがらみもないホームズにとっては気軽なものであったが、この当時すでに、開業医としての仕事もかなりの量であったわたしとしては、目も回るほどの忙しさで、あわただしく駆《か》け回らなくてはならなかった。ホームズは、彼の言っていた古めかしい宿屋に、わたしたちがスーツケースを預け終わるまでは、事件のことはいっさい口にしなかった。

「ワトスン、昼食の直前の時刻だったら、教授をつかまえられそうだ。講義には十一時に出かけて、終わると自宅で休憩《きゅうけい》をとるはずだ」

「でも、いったい何の口実をつけて訪問するのかい」

ホームズは手帳をさっとひろげた。

「八月二十五日(82)にも、興奮状態の時間があった。そういう折りには、当然、自分が何をしたか、教授の記憶がちょっとあいまいになっていると考えていいだろう。そこで、ぼくたちが面会の約束をしていたから来たと言い張れば、教授もあえて反論することはないだろう。君にはこれを切りぬける度胸はあるかな」

「挑戦あるのみだよ」

「いいよ、ワトスン！　『働き者《ビジー・ビー》』と『より高く《エクセルシオー》』との合体だ。『挑戦あるのみ』だね――ぼくたちの合い言葉にはぴったりだ。むこうではきっと、地元の親切な人が誰か、案内役を果たしてくれるだろう」

そうした案内役が、こぎれいな辻馬車《ハンサム》の後部に座った馭者《ぎよしや》として現われ、わたしたちを乗せ、由緒《ゆいしよ》ある学寮の建物の群を駆け抜け、最後には、邸内の脇の並木道の車回しに入っていき、芝生に周囲を囲まれ、紫色の藤におおわれた感じのよい家の玄関の前に馬車を停めた。まちがいなく、プレスベリィ教授の暮らしぶりには、快適さのみではなく、贅沢《ぜいたく》さがいたるところに見受けられた。馬車が止まると同時に、家の正面の窓には白髪まじりの頭が見えた。そしてわたしたちは、大きな角製のめがね越しにこちらを探る、毛深い眉《まゆ》の下にある鋭い目に気づいた。しばらくののち、わたしたちは教授の聖域に通された。そこには異常な行動のゆえにわたしたちがロンドンから呼び出されることになった、当の謎の科学者が目の前に立っていた。その物腰や外見には異常の片鱗《へんりん》も見えなかった。それというのも、恰幅《かっぷく》がよく、大造りな顔立ちに厳粛《げんしゅく》な表情、長身にフロックコートをまとい、彼には、講義を担当する大学の教師に欠かせぬ威厳《いげん》が漂っていたからだ。一番の特徴《とくちょう》は目で、鋭く、抜け目のない、狡猾《こうかつ》ともとれるほどに賢そうであった。

教授はわたしたち二人の名刺を見た。「どうぞ、おかけください。どういうご用件ですかな」

ホームズはにこやかに微笑《ほほえ》んだ。

「そのご質問は、まさしく、わたしが今、あなたにお訊きしようとしていたものです、教授」

「わたしにだって！」

「そうしますと、何かの行き違いでしょうか。わたしは、仲介役の方を通じて、ケンフォード大学のプレスベリィ教授からご依頼があると聞かされたものですから」

「ほう、そうかね！」その時、わたしには、教授の鋭い灰色の目に、悪意が見てとれた。「たしかにそう聞かれた？　それでは、その話をあなたにしたという人の名前を教えていただきましょうか」

「教授、申しわけありませんが、この件については秘密厳守ということになっております。もしも何かのまちがいだとしても、ご迷惑をおかけしたわけではありません。それでは、申しわけなかったと言うほかありません」

「まあ、いいだろう。それよりもわたしはこのことについてもっと詳《くわ》しく聞きたい。関心があるのだ。そちらの言い分を証明するような、手紙か電報か、何か書いたものでもお持ちかな」

「いいえ、持っておりません」

「まさか、わたしがあなたを呼び出したなどと言い張るつもりはないだろうね」

「わたしとしましては、どのような質問にもお答えいたしかねます」と、ホームズは言った。

「そうだろう、おそらくは」教授は毒々しく、そう言った。「そのことに関しては、あなたの協力を受けなくとも、わけなくその答えは得られる」

教授は部屋を横切り、呼びりんを鳴らした。すると、この呼び出しに応えて、ロンドンですでに知り合いになっていたベネット氏が現われた。

「入りたまえ、ベネット君。こちらのおふた方は、こちらに呼び出されたと誤解されて、ロンドンからお越しになった。君はわたしの手紙類をすべて処理しているね。ホームズという名前の人物に出した連絡事項の記録はあるかね」

「いいえ、ございません」と、ベネットは顔を赤らめて、答えた。

「それではっきりした」と言うと、教授はわたしの友を怒りを込めて、にらみすえた。「それ、ごらんなさい」彼はテーブルに手を置き、前のめりにこちらへ迫った。「あなたの立場はずいぶん怪しげになった」

ホームズは肩をすくめた。

「わたしとしましても、いらぬお邪魔をしてしまい、申しわけありませんと重ねて申すよりほかはありません」

「それだけかな、ホームズさん」異常なほどの悪意の表情を浮かべ、高齢の男は高い金切り声をあげた。そう言いながら、わたしたちとドアの間に立ちはだかると、猛烈《もうれつ》な怒りを露《あら》わに、こちらに向かって両手を振り回した。「あなたがたは、そうやすやすと逃げられはしないぞ」教授の顔はけいれんし、常軌《じょうき》を逸《いっ》した錯乱《さくらん》状態の中で、歯をむき出して笑い、わたしたちに向かって意味不明なことをわめき散らした。[83]もしベネットが間に入ってくれなかったなら、部屋から脱出するのにこぜり合いをする羽目《はめ》になったに違いないだろう。

「教授」と、ベネット氏は大声をあげた。「どうぞ、立場をお考えください！　大学内で悪い噂でも広まったら、どうなさるおつもりですか。ホームズさんは著名なお方です。そのような無礼な扱いは許されません」

わたしたちを迎えた主人役の教授は——主人役などと、そんな言い方ができればの話だが——不満げに道をゆずり、わたしたちをドアに通した。やっとのことで、家から出られ、静かな並木の車回しに出てみると、わたしたちもほっとした。ホームズは、この一件を大いにおもしろがっているようすであった。

「ぼくたちのお相手の学者さんは、神経が少しばかり異常をきたしているようだね」と、ホームズは言った。「ぼくたちは、いきなり押しかけて、少々強引だったかもしれないけれど、ぼくが強く望んでいたとおり、直接に接触ができた。おやおや、ワトスン、どうやらあちらもぼくたちを追ってきている。あいつはまだ追跡をやめていないよ」

背後から走ってくる足音が聞こえたが、それは、あの恐ろしげな教授ではなく、車回しの馬車道のカーブを駆ける教授の助手の姿だったので、わたしもほっと胸をなでおろした。息を切らせながら、彼はこちらに追いついた。

「本当に申しわけありません、ホームズさん。どうしても、お詫《わ》びをしたかったのです」

「いいえ、そのような必要はありません。職業柄、いつでもあることですから」

「わたしにも、教授はあのような剣幕《けんまく》を見せたことはありません。しかも、ますます不気味になってきているのです。これで、お嬢様とわたしが、どうして恐ろしがっているのか、おわかりいただけたでしょう。ですが、教授の知性のほうは完璧に明晰《めいせき》な

ままなのです」

「明断に過ぎますね！」と、ホームズは言った。「その点が、わたしの計算違いでした。教授の記憶のほうは、わたしの予想をはるかに超えてしっかりしているのは明らかです。それはそうと、帰る前にひとつ、プレスベリィ嬢の部屋の窓のようすを見せていただけませんか」

茂みを押し分けて先に進んでいくベネット氏について行くと、建物の側面が見渡せるようになった。

「ここがそうです。左側の二番目です」

「いやぁ、とても近づけそうなところではありませんね。ただし、窓の下にはツタがからまっている、上には足場になりそうな水道管が見えるでしょう」

「わたしにはとてもよじ登れそうにはありませんが」ベネット氏が言った。

「それはそうでしょうね。普通の人間にとってみれば、まったくもって危険きわまりないことです」

「ひとつだけ、どうしても、あなたにお話ししておきたいことがありました、ホームズさん。ここに、教授が手紙を書き送っているロンドンの相手の男の住所があります。今日も手紙を書いたようでして、わたしはこの住所を、教授の使っているインクの吸い取り紙に写ったのを取ってきました。これはなんとも、信頼されている秘書として

ませんはお恥ずかしいことですが、だからといって、わたしにはもう他にどうしようもあり

ホームズは差し出された紙を一目見ると、ポケットに押し込んだ。

「ドラークか、変わった名前ですね。スラヴ系(84)の名前でしょう。そう、これは事件を構成する鎖《くさり》の重要な環《わ》の一つです。わたしたちは今日の午後には、ロンドンに戻ります、ベネットさん。これ以上ここにいても、なんら成果があるとは思えません。教授については、逮捕するわけにもいきませんしね。犯罪を犯しているのではないのですし、また、精神に異常をきたしているとの証明もできませんから、拘束《こうそく》するわけにもいきません。ですから、どのような行動にも出られません」

「それでは、いったい、わたしたちはどうしたらいいというのですか」

「いましばらくの辛抱《しんぼう》です、ベネットさん。状況は、ほどなく動き出します。わたしの読みに誤りがない限り、来週の火曜日が山場となるでしょう。わたしたちは必ず、その日にはケンフォードにまいります。その間は、なんとも居心地の悪い状況でしょう。もしプレスベリィ嬢が今の滞在を引き伸ばすことが可能なら、まずは——」

「それは容易なことです」

「それでしたら、わたしたちのほうで、危険がすっかり過ぎ去ったと確信をもって言えるまでは、お嬢さんはロンドンにおいてください。それから、教授には、したいよ

うにさせておいて、機嫌をそこねたりしないでください。上機嫌である間は、何の心配もいりません」

「あそこに彼が！」はっとしたように、ベネットはささやいた。木の間から見てみると、長身で、直立した姿が玄関のホールのドアから現われ、周囲を見まわすのを、わたしたちも認めた。前のめりに立ち、手を前後にまっすぐ振り、頭は左右に振っている。ベネットは別れに手を振り、消えたかと思うと、まもなく、主人の元へ戻って、おそらくは、活発な、さらには興奮気味のやりとりを交わしているようすで、ふたり一緒に家の中へ入っていくのが見えた。

「どうやらあちらの紳士《しんし》もあれこれ考えをめぐらせているようだね」と、二人で宿屋に向かう道すがら、ホームズが言った。「ほんのわずかな接触からだけれど、ぼくには、彼の頭脳は特別明晰で、はっきりしていると強く感じられた。たしかに怒りを爆発させているのだけれど、当人の身になってみれば、探偵に追跡されていて、しかも、自分の家族が雇《やと》ったのかもしれないと疑っているのだから、それも当然だと言えるだろう。どうやら、ぼくらの友人のベネット君も、それはひどい目にあっているような気がするね」

ホームズは帰り道、郵便局に立ち寄り、電報を打った。その[85]夜に返事が届き、ホームズはわたしにそれを放ってよこした。「コマーシャル・ロードに行き、ドラークに会う。愛想のよい人、ボヘミア人、[86]年配。大きな雑貨屋を経営。マーサー」

「マーサーには、君がいなくなってから頼んでいるのだ」と、ホームズは言った。「なんでもこなす便利な男でね、いつも仕事の面倒をみてもらっている。あの教授が、あれほどまでにこそこそと手紙のやりとりをしているという人間の情報を得るのは、とても重要だからね。その男の国籍《こくせき》は、教授のプラハ旅行ともつながってくる」

「なるほど、一つのことがまた別のことがらにうまくつながっている」わたしは言った。「今のところ、相互にまったく関係のない、解釈不可能なできごとが次々におこってきて、その状況がぼくたちの前に立ちふさがっている。たとえば、急に獰猛《どうもう》になったウルフハウンドとボヘミア旅行とに、いったいどういうつながりがあるのだろうか、あるいは、そのどちらかと、夜中に廊下を這っていた男とは、どういう関係があるのだろうかだね。なかでもとりわけ、君の言う日付、あれが最大の謎だろうね」

ホームズはほほえみながら、手をこすり合わせた。ついでながら言い添えておけば、わたしたちは時代がかった宿屋の、これまた古めかしい居間に向かい合って座り、間のテーブルの上には、ホームズが言っていた、有名なヴィンテージ・ワイン[87]が載っていた。

「それで、まず日付の問題を取り上げてみようか」と、ホームズは両手の指を重ね合わせ、さながら学校の講義でも行なっているかのような調子で、話し出した。「この有能な青年の日記の記録によればだね、七月二日に最初の騒ぎが発生してから、それ以降、ぼくの記憶ではただ一度の例外を除くと、九日おきの周期で事がおこっているということがわかる。そうして、金曜日の最後の騒動は九月三日で、その前が八月二十五日であったことからも、この周期にぴったりと当てはまっている。このことは偶然ではない」

わたしもそうだと認めないわけにはいかなかった。

「さて、そうならば、教授が、一過性であっても、きわめて強い副作用のある、強力な薬を九日ごとに服用しているという仮説をひとまず立ててみよう。もともとの暴力的な性質がこの薬によって強められたことになる。そして、この薬を使うようになったのが、プラハに滞在していた時のことで、現在、薬の提供をしているのがロンドンにいるボヘミア人の仲介役というわけだ。これで、すべてうまく筋が通るだろう、ワトスン」

「とすると、あの犬の行動、窓に現われた教授の顔、それに廊下を這っていった男の件は？」

「まあ、それはまだだ、ぼくたちは第一歩を踏み出したばかりだからね。ぼくも、来週の火曜日になるまでは、新展開を期待するのは無理だと思っている。それまでの間は、友人のベネットと連絡を取り続け、このすてきな町(88)の居心地のよさを楽しむくらいしか、ぼくたちにすることはないね」

　翌朝、ベネット氏はひそかに抜け出して、最新情報を運んできた。ホームズが想像していたとおり、青年はつらい時を過ごしていたようだ。わたしたちが現われたことを直接追及されたわけではないが、教授は彼にたいへん粗暴で、乱暴な言葉を投げかけ、明らかにひどく恨《うら》んでいたようだ。それが今朝になってみると、教授はすっかり普通のようすに戻り、教室にあふれる学生を前にして、いつもと変わらぬ、知性あふれる見事な講義をした。「奇妙な発作を別にすれば」とベネットは言った。「教授は、わたしの記憶でもこれ以上ないというほど、精力と活気に満ち満ちていて、知性も明晰なのです。しかし、元の教授ではありません――わたしたちの存じ上げているあの方では絶対にないのです」

「しかし、少なくとも一週間ほどは、何の心配もいらないと思いますよ」と、ホームズは答えた。「わたしも忙しい身ですし、ワトスン先生も患者さんが待っています。ですから、来週火曜日、同じ時刻に、ここで再会するというのはいかがでしょうか。わたしたちが次にお会いし、そして、お別れする時には、この問題はたとえ解決が図《はか》れなくとも、何らかの説明はできると思います。そうでなければ驚きですよ。できます。当分は、最新の状況報告を続けてください」

それからの数日、わたしはわが友と顔を合わさずに過ごしたが、次の月曜日の夕刻、明日、列車の中で会おうというメモを受け取った。ケンフォードへ向かう途中聞いた話からすると、万事こともなく、教授の家の平穏も乱されることもなく、教授自身の行動も完全に正常そのものだったという。これは、ベネット氏がその夕刻に、わたしたちのなじみの宿屋「チェッカーズ」まで訪ねて来て、本人が伝えてくれた報告内容と同じものであった。「教授は今日、ロンドンから郵便を受け取りました。それは、手紙が一通、小さな小包がひとつ、そのどちらにも、貼ってある切手の下にはわたしが手を触れてはいけないとの警告の意味であるX印がついていました。それ以外には、何もありませんでした」

「それだけで充分な証拠かもしれませんよ」と、ホームズは厳しい表情で言った。「さて、ベネットさん、今夜には何らかの結論に達することができるでしょう。わたしの推理が正しければ、おそらく決着がつく機会が来るはずです。それを実現するには、教授を監視下に置いておく必要があります。ですから、あなたには、夜中に起きていて、見張りをしていただきたいのです。もし、教授があなたの部屋のドアの前を通り過ぎる足音が聞こえても、何の手出しもせずに、ただできる限り用心深く、あとをつけてください。ワトスン先生とわたしは、そう遠くない所にいきますから。ところで、お話しになっていた、あの小さな箱の鍵はどこにありますか」

「教授の懐中時計の鎖《くさり》に付いています」

「わたしたちの捜査は、この方向で進めていかなければならないと思います。最悪の場合でも、小箱の鍵を開けるのは、さほどやっかいなことではないでしょう。邸内に、他に頑丈《がんじょう》な男の人はいますか」

「駅者のマクフェイルがいます」

「彼はどこで寝ているのですか」

「馬小屋の上です」

「もしかすると、彼の助けが必要になってくるかもしれません。ただ、事が動き出すまでは、これ以上できることはありません。それでは、ごきげんよう——そう、朝になる前に、お会いすることになるでしょう」

わたしたちが、教授の家の玄関ホールの真向かいの茂みに陣取ったのは、もう真夜中に近い時刻になりかかっていた。天気のよい夜ではあったが、肌寒く、暖かいオーバーを着こんできたので、助かった。弱い風が吹き、雲が夜空を流れ、時折り、半月を隠した。ここまでわたしたちを駆り立ててきた、期待と興奮がなかったなら、そしてわが友が、わたしたちの関心を引きつけた、次々におこった奇怪なできごとも、これで必ず終幕を迎えると言って安心させてくれなかったら、何ともやり切れない寝ずの番となったことだろう。

「九日が周期だという説が正しいとなれば、おそらくは、今夜、教授の最悪の状態を目撃することになるはずだ」と、ホームズは言った。「さらにこうした奇怪な症状が、教授のプラハ訪問の後に始まったこと、また、教授がプラハの何者かの代理を務めていると思われる、ロンドンのボヘミア人商人とひそかに連絡を取り合っていたこと。そして、まさにこの日、彼が小包を受け取ったこと。これらはある一つの方向を示しているのだ。教授は何を受け取っているのか、そしてなぜそうしているのか、今のところ、それはぼくたちに知る由《よし》もない。けれどもはっきりしているのは、その品物が何らかの形でプラハから届いているということだ。薬は九日おきという確かな指示のもとで、使われている。これがぼくの注意を引いた最初の点だ。それにしても、教授の症状にはまったく驚きいるね。君は彼の指の関節を観察したかな」

わたしは、それをしなかったことを打ち明けるほかはなかった。

「厚く角のようになっていたよ。ぼくの経験では初めてだよ。いつでも、相手の手をしっかり見なくてはいけないよ、ワトスン。それからそで口、ズボンの膝と靴。そしてなんとも奇妙な指関節さ。これを説明するには、あの誰だったかが観察した進化論から説き起こさなければ――」ホームズは言葉をとぎらせて、いきなり額をぽんと叩いた。「そうだ、ワトスン、ワトスン、何とぼくは愚《おろ》か者だったのだ！　一見信じられないのだが、だが、それは真実にまちがいない。あらゆることが一つの方向を指し示している。どうして、ぼくはことがらの相互の関連を見逃してしまったのだろうか。あの指関節――なぜあの指関節のことを忘れてしまっていたのだろう。それに、あの犬。それから、あのツタのこと。ああ、穴があったら入りたいよ。ほら、ワトスン、彼が来た。ぼくたちがこの目でしっかり目撃できる、絶好の機会だよ」

玄関ホールのドアがゆっくりと開き、ランプの照明を背にして現われた、プレスベリィ教授の長身の姿が見えた。ガウン姿だ。玄関口に出て影で輪郭《りんかく》をあらわしたその姿は、まっすぐに立ってはいたが、少し前屈みに、腕をだらりと下ろしていた。わたしたちがこの前に見た時とまったく同じ姿勢であった。

そして馬車道に進むと、そこで驚くべき変化が彼を襲った。体を沈め、座り込むような姿勢をとってから、四つん這いになったかと思うと、まるであり余る元気と力があふれ出てきたかというように、時折り飛び跳《は》ねたのだ。そしてそのまま、家の正面を進むと、角を曲がっていった。その姿が見えなくなると、ベネットがホールのドアを抜け出し、静かにあとをつけていった。

「行こう、ワトスン、さあ行こう」と、ホームズは叫び、わたしたちは茂みを分け入り、半月の明りに照らし出された建物の側面が見える所まで、精一杯の静かな忍び足で進んだ。教授が、ツタのからまる壁の下にしゃがみこんでいる姿がはっきりと見えた。わたしたちがその姿をじっと見ていると、いきなり、教授は信じられないほどの敏捷《びんしょう》さで、壁面を登り始めた。ツタの枝から枝へと飛び移るのだが、足元も手元もしっかりしていて、何の目的もなく、自らの能力に酔いしれているかのような喜びにみちたようすで登っているのだ。彼の両脇にはガウンがはためき、自分の家の壁に張りついた巨大なコウモリさながらであった。そして、月光に照らし出され、明るい壁のそこだけが、大きな黒い四角の影を作っていた。ほどなく、この戯《たわむ》れにも飽きてしまったのか、枝から枝を伝い降りて、また元のしゃがみこむ姿勢に戻ると、前と同様に奇妙に這うように進み、馬小屋に向かった。こうしているうちに、ウルフハウンド犬はすでに外に出ており、猛烈に吠えていたが、主人の姿を認めると、これ以上ないというほどの興奮を見せた。犬は鎖を引っ張り、激怒のあまり、体を震わせていた。教授はきわめて用心深く、犬が届くか届かないかの位置にしゃがみこむと、ありとあらゆる方法で、犬をけしかけ始めた。馬車道の小石を何度かつかみ取り、犬の顔に投げつけたかと思えば、拾い上げた棒で突き、大きく開いた犬の口元からわずか数インチほどのところで両手をひらひらさせたりと、すでにもう限度を越えてしまった動物の怒りをいっそう刺激しようと、あらゆる試みをしたのである。冷静で、しかも威厳をそこなっていない人物が、地面にカエルのようにしゃがみこみ、そうして、その男の前で後ろ足で立ち上がり、暴れまわり、怒りに火がついて手におえなくなったハウンド犬を、さらに悪賢く、計算し尽くした、残酷《ざんこく》な手段をも用いて、いっそう怒りを露わにさせようとしているのだ。このように奇怪な光景は、わたしたちの今まですべての冒険の中でも見たことはなかった。

それは一瞬のできごとであった。犬の鎖が引きちぎられたのではなく、なんと首輪が滑り抜けてしまったのだ。それというのも、元々その首輪はもっと首の太いニューファウンドランド犬(89)用に作られたものだったからである。鉄製の物が落ちたガチャガチャという音がしたかと思うと、犬と人がひとかたまりとなって、地面を転げだし、犬は怒りのうなり声をあげ、教授は異様に甲高く、鋭い恐怖の絶叫をあげた。教授の命は、生きるか死ぬかの危うい状況だった。残虐《ざんぎゃく》な獣《けもの》は人の喉笛《のどぶえ》にがっちりとかぶりつき、その牙《きば》をずぶりと食い込ませていた。わたしたちが駆けつけ、双方を引き離すと、人は意識を失ってしまっていた。この救出は、わたしたちにとっても危険な作業であったが、ベネットが一喝《いっかつ》すると、巨大なウルフハウンドも、ただちにおとなしくなった。この騒ぎで、馬小屋の上から、驚いた馭者が眠そうな表情のまま飛んできた。

「びっくりしちゃいませんぜ」と、首を振りながら、そう言った。「前にも、あんなことをしているのを見たことがありますぜ。どのみち、犬にやられるだろうというのはわかっていましたよ」

猟犬はしっかりとつながれ、わたしたちは教授を自室まで運んでいき、そこで、ベネットが医師の資格を持っていることもあり、わたしが、教授の引き裂《さ》かれた喉に包帯を巻くのを助けてくれた。鋭い牙が頸動脈《けいどうみゃく》の近くを貫き、出血は多量であった。三十分ほどすると、危険な状態は過ぎ去り、わたしがモルヒネの注射を打つと、患者は深い眠りに入った。そうしてこの後、ようやくわたしたちはたがいの顔を見合わせて、状況を把握《はあく》することができたのである。

「一流の外科医に見せたほうがいいと思います」と、わたしは言った。

「とんでもありません、そのようなことは!」ベネットは叫んだ。「今のところ、この不祥事《ふしょうじ》は、わたしたちの家庭内で収まっています。わたしたちの間でなら、さしつかえはありません。しかし、いったん事がこの家の外に出てしまえば、あとはもう留めようがありません。教授の大学での地位、ヨーロッパに知れわたる名声、それからお嬢様のお気もちをお考えください」

「それはごもっともです」と、ホームズは言った。「これはここだけの問題にしておき、わたしたちは自由に判断できるわけですから、こうしたことの再発を防ぐことは可能でしょう。懐中時計の鎖についている鍵をください、ベネットさん。マクフェイルが患者を見守っていてくれますから、何か容態に変化があれば、知らせてくれるでしょう。教授の謎の箱に何が入っているのか、確かめてみましょう」

多くは入っていなかったが、必要にして充分であった——空《から》の薬の小瓶《こびん》、もうひとつは中身がほぼいっぱいに入っている小瓶、皮下注射器、外国人による読みにくい字で書かれた数通の手紙。これらの封筒には、秘書役のベネット氏の日常業務の慣例を乱した例の「X」印が付いていて、どの封筒にもコマーシャル・ロード局の日付印が押され、「A・ドラーク」と署名がされていた。こうした手紙も、単なる、新しい薬瓶をプレスベリィ教授に発送した送り状か、あるいは代金の受領証でしかなかった。しかし、なかに教養の感じられる筆跡で書かれ、オーストリアの切手が貼られ、プラハの郵便局の消印が押された(90)、一通の封書があった。「これがわたしたちが探していたものだ！」ホームズはそう叫んで、封書を開き、中身を取り出した。

栄誉ある同志へ［以下原文のまま］

先日のご来訪以来、あなたの症状につきさまざまに検討してみました。あなたのご状況からして、この療法を望まれる特別な理由が幾つかおありと思います。それにもかかわらず、私どもの実験結果を見ますと、必ずしもある種の危険が伴わないわけではないということをご警告申し上げます。

類人猿(91)の血清(92)のほうがより良い効果が生じた可能性はあります。しかしながら、すでにご説明申し上げたように、材料採取がより容易であるという理由で、黒面のラングール(93)の血清《けっせい》を使用しています。ご存じとは思いますが、ラングールは、這って歩く動物でして、しかも木に登ります。一方、類人猿は直立歩行をし、あらゆる点で人間に類似しております。

この薬の製法はまだ時期尚早《しょうそう》ですので、他言されることの決してないように、万全の注意をお払いください。イングランドにはもうひと方、お客様がおられますので、お二人にはドラークが代理人を務めます。

ご面倒でも、毎週ご報告を頂ければ、幸いに存じます。

敬具《けいぐ》

H・ロウェンシュタイン

ロウェンシュタイン！　その名前を聞いたとたん、わたしには、未知の方法を用いて人の若返りと不老長寿の薬(94)の秘密を探る研究に奮闘《ふんとう》しているという、無名の研究者のことを書いた新聞の切り抜きを読んだ記憶が蘇ってきた。プラハ在住の、あのロウェンシュタインだ。若返りに驚異的効果を発揮する血清を作りだしたが、それにもかかわらず、その原料成分の公表を拒《こば》んだために、医学界から異端として追放されてしまった人物である。わたしは、記憶にある内容を手短かに話した。ベネットが書棚から動物学のハンドブックを取り出した。「『ラングールとは』」と、彼は読み上げた。

「『ヒマラヤ山脈の山の斜面に生息する、大型の黒面の猿であり、這って歩く猿の中では最も大型で、最も人間に近い猿である』まだ、詳細な説明がたくさんあります。ありがとうございます、ホームズさん、ついに忌々しいできごとの原因が明白に突き止められました」

「本当の原因は」と、ホームズは話し出した。「歳不相応の恋です。せっかちな教授は、いま一度、若々しい青年に戻って、どうしても願いをかなえたいと思われたのでしょう。自然というのは、人間がこれを乗り越えようとすれば、逆に自然の道から転落してしまうものなのです。いくら高尚《こうしょう》な人間でも、人に定められた道からはずれれば、獣に逆戻りしてしまうということです」ガラスの小瓶を手に、中の透明な液体をじっと見ながら、彼はしばらく、考えに耽《ふけ》った。「この男には手紙を書いて、有害な薬物を配布しているのは犯罪行為だ、と言っておけば、もうこれ以上の問題はおきないでしょう。しかし、こういうことは繰り返されるものだ。また、他の誰かが、さらに巧妙《こうみょう》な手口を考え出すだろうからね。しかし、そこにこそ危険が存在する——それも人類全体にかかわる、きわめて深刻な危険だよ。考えてもみたまえ、ワトスン、物質、快楽、俗世間の快適さばかりを追い求める者は皆、自分たちのはかない寿命を延ばしたがる。精神を尊《とうと》ぶ人間だけが、天へのお召《め》しを避けようとはしないのだ。いわば、不適者生存の法則だね。そうならば、このあわれな人の世は、なんとひどい下水溜めとなってしまうことだろう[95]」突如、夢想家のホームズは消え、行動家のホームズが、椅子から勢いよく立ち上がった。「もう、これ以上お話しすることはないと思います、ベネットさん。これまでおこったさまざまなできごとが、事件全体の構図にきれいに当てはまるでしょう。あの飼い犬も、言うまでもなく、あなたがたよりもはるかに早く、教授の変化に気づいていたわけです。体臭で嗅《か》ぎわけたのでしょう[96]。だから、ロイが襲ったのは、教授その人ではなく、猿だったのです。それはちょうど、ロイをいじめていたのがまちがいなく、人ではなく、猿だったことと同じです。よじ登るのも、その動物には喜びですから、遊びに夢中になって、お嬢さんの部屋の窓まで、つい足を延ばしてしまったのも偶然だったのでしょう。ロンドンに向かう、朝早い列車があるけれども、ワトスン、それに乗る前に『チェッカーズ』でお茶を一杯飲むくらいの時間はあるようだね」

サセックスの吸血鬼

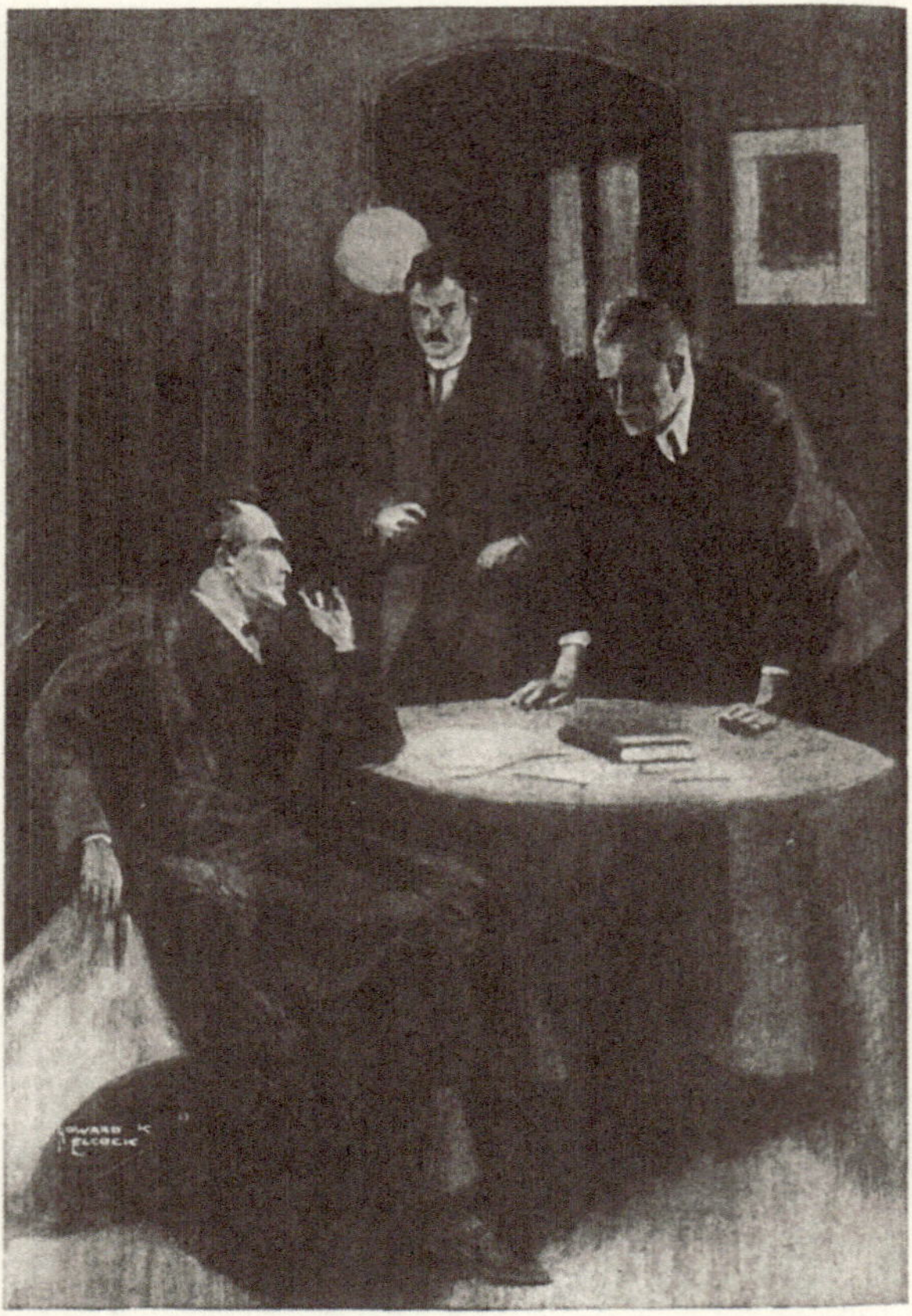

ホームズは最終便で届いた短い手紙を、注意深く読んでいた。そして、彼としては世間一般の笑いというものにいちばん近い、乾いた含み笑いをしながら、わたしに放ってよこした。

「現代と中世、現実と空想、という異質のものがいっしょになることがあるとは言っても、これはいくらなんでも、ちょっとどうかと思うね」と、彼は言った。「ワトスン、君はどう思うかい」

わたしは次のような内容を読みあげた。

オールド・ジュアリ(97)四十六番
十一月十九日

吸血鬼に関する件
拝啓《はいけい》　今回、本事務所の顧客《こきゃく》であるミンシング・レイン(98)の紅茶仲介業者ファーガスン&ミュアヘッド商会のロバート・ファーガスン氏は本日、書簡にて吸血鬼に関する問い合わせをされてこられました。本事務所は機械類の査定のみを専門としており、今般の件は本事務所の業務範囲に含まれません。そこで、ファーガスン氏には貴殿を訪問し、問題を相談することをおすすめしました。当方では、マティルダ・ブリッグズ事件での貴殿の首尾《しゅび》良きご活躍《かつやく》が記憶に留まっております。とり急ぎ用件のみ。

敬具《けいぐ》

モリスン・モリスン[99]&ドッド事務所

担当　E・J・C

「マティルダ・ブリッグズというのは、若い女性の名前などではないよ、ワトスン[100]」と、ホームズは思いおこすような口調で言った。「それは、スマトラの大ネズミと関係があった船の名前だけれども、この事件の内容は、まだ世間に公表するには時期尚早《しょうそう》でね。ところで、ぼくたちは、いったい吸血鬼について何を知っているだろうか。それこそ、ぼくたちの業務範囲に含まれているだろうか。まあ、何もしないで、くさくさしているよりはましだがね。それにしても、まるでグリム童話[101]の世界にいきなり連れていかれてしまったようだね。少し手を伸ばして、そこの『V』の項目に何が出ているか、調べてくれたまえ、ワトスン」

わたしは後ろ向きになって、ホームズの言った大きな索引帳《さくいんちょう》を取り出した。彼はこれを膝《ひざ》に落ちないように乗せると、生涯を通じて収集した資料と混じりあっている古い事件の記録を、ゆっくりといとおしむように目を通していった。

「グロリア・スコット号の航海[102]」と、彼は読みあげた。「いやな話だった。たしか、ぼくの記憶によれば、君はあの事件を記録してくれたけれど、出来ばえは、ほめられるものではなかったね。ヴィクター・リンチ、偽造《ぎぞう》犯《はん》。毒トカゲのヒーラ[103]。すごい事件だったね、あれは。ヴィクトーリア、サーカスの美女。ヴァンダビルト[104]と金庫破り。クサリヘビ。ハマースミスの怪人ヴィガー[105]。まあ、まあ、これは見事な

索引だね。なかなかのものだ。ちょっと、これを聞いてくれたまえ、ワトスン。ハンガリーにおける吸血鬼(106)だ。まだあるよ、トランシルヴァニア(107)における吸血鬼」彼は熱心にページをくって、しばし本気で目を通していたが、がっかりだと言い捨て、その大きな本を放り出した。

「くずだよ、ワトスン、くずなのだよ！　心臓にくいを打ちこむほかに、墓におとなしくさせておけない、さまよえる死者などと、いったい、ぼくたちにどういう接点があるというのだ。これはまったくありえないよ」

「いや、しかし」と、わたしは言った。「吸血鬼というのは死者とは限らないのではないかな。生きた人間だって、こういう性癖《せいへき》を有することだってありうるよ。たとえば、年寄りが若さを保とうと、若者の生き血を吸うという話を読んだことがあるよ」

「そうだろうね、ワトスン。ここにある記録の中の一つにも、そうした伝説のことが出てくる。けれども、ぼくたちはそのような類《たぐい》のことを、まじめに考えたりするべきだろうか。ぼくたちの探偵局(108)は地に足をつけた方針で行なっているのだから、それを貫いていくべきだ。この世のことで手いっぱいだよ。幽霊様の出番は不要だよ。ロバート・ファーガスン氏のことも、どうもあまりまともに受け取るわけにはいかないと思う。おそらくは、この手紙は彼からのもので、どういう問題に悩んでいるのかを教えてくれるかもしれない」

それまで、最初の手紙に集中している間には、テーブルの上にそっと置かれていた二番目の手紙を、ホームズは取り上げた。おもしろそうに笑みを浮かべて、これを読み始めると、次第に強い興味《きょうみ》と集中を示す表情に移り変わっていった。読み終わっても、しばらくは手紙を指ではさんで、ぶらつかせながら、なお考えに耽《ふけ》った。そしてようやく、彼ははっとしたように、夢想から我に返った。

「ランバリーのチーズマン屋敷[109]。ランバリーというのはどこだろうか、ワトスン」

「サセックス州で、ホーシャムの南だよ」

「とすると、さほど遠いわけではないね。というのは」

「ホームズ、その地方なら、ぼくも知っている。古い館があちこちに見られ、そうした館はどれも、何世紀も前に建てた主人たちの名前をつけて呼んでいるのだよ。オウドリィ、ハーヴィ、カーリントン屋敷などがあるのだけど――こうした人たちは忘れ去られて、名前だけがその家といっしょに生き残っている」

「そうかい」と、ホームズは冷淡に言った。こうした態度は彼の誇《ほこ》り高い、自閉的な性質の風変わりな特徴《とくちょう》のひとつで、新情報ならどんなものでも、きわめて素早く、正確に自分の頭に収めてしまうのだが、その際に、情報を提供した人間に、感謝《かんしゃ》をしないのだ。「どうやら、今回の問題をすませる頃には、ぼくらも、チーズマン屋敷のことに関しては、かなり詳《くわ》しくなりそうだね。この手紙は、ぼくが期待していたとおり、ロバート・ファーガスンからだ。ところで、彼は君とは知り合いの仲だと言っているよ」

「ぼくとかい！」

「手紙を読んでみたほうがいい」

彼は手紙を手渡した。冒頭には先ほどの住所が記されていた。

ホームズ様［と始まっていた］

あなたをご推薦《すいせん》くださったのは、わたしの顧問《こもん》弁護士たちでした。実際、問題は特別に微妙《びみょう》な内容で、ご相談申し上げることが、そもそもたいへん困難なほどなのです。当事者は、わたしが代理を務めている、ある友人であります。この紳士《しんし》は五年ほど前、ペルーの貿易商の娘と結婚しました。硝石《しょうせき》の輸入の仕事に携《たずさ》わっている関係で知り合ったそうです。その女性は非常な美人ですが、異国の生まれであることと、信仰を異にすることで、常日頃、夫婦間の関心や気もちの相違を引きおこした結果、ほどなく、妻に対する夫の愛情は冷えきり、彼は、二人の結婚は失敗だったと考えるようになったようなのです。妻の性格に、どうにも、計り知れない、あるいは、理解のできない側面があると感じたらしいのです。こうした状況は、この女性が、男性の望みうるこのうえない愛情深い妻だったので、つまり、どこから眺めてみても、献身的《けんしんてき》な妻の鑑《かがみ》だったので、いっそうつらいものとなりました。

これより要点を申し述べますが、お会いした際には、さらに明確にできる内容です。ですから、この短い手紙は、状況を大まかに知っていただき、あなたが、この件をお引き受けいただけるかどうかを確認するだけのものです。女性はふだんはやさしいのですが、穏やかな気立てとはまったく相容れない、奇妙な性癖を表わすようになったのです。この紳士は再婚で、最初の奥さんとの間に男の子がありますこの少年はいま、十五歳になります。幼い時に、不運な事故がもとで、体が不自由になったのですが、大変かわいらしく、愛らしい少年なのです。これまでに二回、その妻が、何の理由もないのに、この不幸な少年を折檻《せっかん》しているところを見とがめられています。ある時などは、杖《つえ》で打ちすえ、腕にひどいみみずばれの傷跡を残しました。

しかしながら、こうしたことも、彼女自身の、まだ一歳にも満たない、かわいい息子への仕打ちに比べれば、とるにたらないものです。一ヶ月ほど前になりますが、乳母がほんの二、三分間、この子のそばを離れました。すると、この赤ん坊の苦痛を訴《うった》えるように激しく泣き叫ぶ声が聞こえ、乳母は急いで戻りました。部屋に駆《か》けつけてみると、雇《やと》い主である夫人が赤ん坊におおいかぶさり、どうもその首に噛《か》みついていたというのです。首には小さな傷があり、そこからは血が流れ出ていました。あまりのことに驚いて、乳母はなんとしても主人を呼ばなければと思いましたが、夫人は、絶対に夫を呼ばないでほしい、と頼み込んだそうです。しかも、口止め料として五ポンド（約十二万円）を乳母に与えたのです。結局、この騒《さわ》ぎの説明はいっさいされずに、とりあえず、なかったこととして見過ごされていました。それでも、この一件は乳母の心に恐ろしい印象を残し、彼女はそれ以来、夫人の行動を油断なく監視するようになり、自らがやさしい愛情を注ぐ赤ん坊を、以前にもましてしっかりと見守るようになったのです。乳母からすれば、自分が母親を監視すると、一方、母親も負けずにこちらを監視しているようで、さらに、やむをえず、赤ん坊のもとを離れなくてはならない場合には、母親がその機会を待ち受けているようにも思われました。そうして、昼となく夜となく、乳母は赤ん坊をかばい続け、母親はあたかも小羊を襲《おそ》おうと構えている狼《おおかみ》のようだったそうです。このような話はまったく信じがたいことと思われるに違いありませんが、ぜひとも真剣にお受け取りいただきたいのです。なぜなら、ひとりの幼な子の生命と、ひとりの男の精神が正気を保てるかどうかがかかっている次第だからです。

そしてついに、この事実が、夫に隠し通せなくなった、恐ろしい日がめぐってきました。乳母の神経もすり切れて、これ以上の重圧に耐えられず、主人にすべてを明かしてしまったのです。彼にとっても、おそらく、ちょうど今、あなたが思われているのと同様に、突拍子《とっぴょうし》もない話としか思われなかったでしょう。というのは、彼の妻は愛情深く、連れ子への乱暴沙汰《ざた》をぬきにすれば、いつくしみ深い母親でもあることを、よく知っていたからです。それなのに、なぜわが子を傷つけたりするのだろうか。彼は乳母に、おまえは夢でも見ているのだろう、おまえの疑いはばかげた妄想《もうそう》だ、そういう中傷は許されない、と言ったそうです。彼らが話し合っているちょうどその時、突如《とつじょ》、苦痛に満ちた泣き声が聞こえました。乳母と主人は共に、赤ん坊のいる部屋に駆けつけました。どうぞ主人の気もちを思いやってください、ホームズさん、ベビーベッドの脇にひざまずいた姿勢から、妻が立ち上がると、見ると、赤ん坊の露《あら》わになった首とシーツには血が付いていたのです。彼は、恐怖のあまり叫び声をあげ、妻の顔を明るいほうへ差し向けてみると、その唇のまわりは血まみれでした。ほかでもない、自分の妻が――それも疑いの余地もまったくないのです――何としたことか赤ん坊の血を吸っていたのです。

事件はこういうことです。彼女は今は自分の部屋に閉じこもっています。今まで、何の説明もありません。夫のほうも半狂乱の状態です。彼もわたしも、吸血鬼のことなど、名前を聞いたことはありますが、ほとんど知りません。今まで、それはどこか異国の作り話だくらいに思っていました。それがなににしろ、イングランドのサセックスでおきたのですから。そう、詳細については明朝にお話しできます。お会いいただけるでしょうか。あなたの立派な才能を、悩み苦しんでいる、一人の男のために使っていただきたく思います。もしお会いいただけるのなら、ランバリーのチーズマン屋敷、ファーガスン宛《あ》てに電報をお願いします。そうすれば、わたしが十時までにそちらへお伺《うかが》いします。

敬具

ロバート・ファーガスン

P・S――あなたのご友人のワトスンは、わたしがリッチモンド・クラブでスリー・クォーター(110)をしていた折りに、ブラックヒース・クラブでラグビー選手をされていた方かと思います。わたしの自己紹介と言えばこのくらいです。

「もちろんぼくは、彼のことは覚えているよ」と、手紙を置きながら、わたしは言った。「巨漢《きよかん》ボブ・ファーガスン、リッチモンド・クラブ史上最高のスリー・クォーターだ。彼はいつも、気もちのいい男だったよ。友達の問題でここまで心を痛めているというのも、いかにも彼らしいね」

ホームズは考え深げにわたしの顔を見て、首を振った。

「君には計り知れないものがあるね、ワトスン」と、彼は言った。「君には、まだまだ知られざる可能性が潜《ひそ》んでいるようだ。たのむよ、電報を打ってくれたまえ。(111)『あなたの事件は喜んで調査します』とね」

「あなたの事件だって！」

「この探偵局が鈍感な人物たちの集まりだと、思われては困るからね。もちろん、これは彼の事件に決まっているよ。彼にその電報を送ってくれたまえ、そうしたらさしあたりは、明日の朝までは、問題はおあずけにしよう」

翌朝、十時ちょうどに、ファーガスンが大股で部屋に入ってきた。わたしが覚えている彼は、長身で、ひょろりとし、しなやかな手足と抜群《ばつぐん》のスピードに恵まれていて、敵方の数多くのバックスをかわして駆け抜けた選手であった。その絶頂期の活躍《かつやく》を知っている優れた選手の衰《おとろ》えた姿に対面するほど、人生でつらいことはない。彼の立派な体格は萎《な》えて、亜麻色《あまいろ》の髪もまばらになり、肩もいくぶん前かがみであった。相手もわたしに同じ思いを感じているだろうと思った。

「やあ、ワトスン」と、彼は言ったが、その声は今でもなお、張りがあり、力強かった。「ぼくがオールド・ディア・パーク(112)で、君をロープを越して、群衆の中に放りこんだことがあったけれども、あの頃とは、ずいぶん変わったね。まあ、ぼくも同様だけれどね。しかし、これほどふけてしまったのは、この一、二日のことでね。あなたのお返事の電報を見て、ホームズさん、わたしが誰かの代わりを務めているふりをしても、むだだというのが、わかりましたよ」

「率直なやりとりがなによりです」ホームズが言った。

「もちろん、そのとおりです。しかし、自分が守り、助けてあげなければならない、一人の女性のことをこうして話すのが、どんなにつらいかご想像ください。こういう話を、警察にできますか？　そうは言っても、子どもたちの身を守らなくてはなりません。精神異常なのでしょうか、ホームズさん。何かの血のなせる業《わざ》でしょうか。これまでのご経験で、何か似たような事件に遭《あ》われたことはおありですか、ホームズさん。どうぞお願いです、ご助言を授けてください。わたしはもう、困り果てています」

「なるほど、そうでしょうね、ファーガスンさん。まあ、ここにお座りになって、気をたしかにもって、いくつかの質問にはっきりとお答え願いたいのです。わたしのほうは、決して困り果ててはいませんし、解決策を見つけられる自信もあります、と断言できます。まず第一に、あなたは、どのような策をとられたのか、お話し願えますか。奥様は、今もそのお子さんのそばにおいでなのですか」

「恐ろしいことでした。妻はたいそう愛情豊かな女です、ホームズさん。女が男を全身全霊で愛するということがあるのなら、彼女はまさしく、わたしを愛しているといえます。ですから、わたしがあのおぞましい、信じられないような秘密を見つけてしまったことで、彼女は心を引き裂《さ》かれるように苦しみました。何も話そうとしません。

わたしが責めても何も答えません。野性味を帯びて、絶望の色をたたえたその目でわたしを見すえるだけです。そして、彼女は自分の部屋に駆け入り、鍵《かぎ》をかけて、閉じこもってしまいました。それっきり、わたしに会うことを拒絶したままです。妻には、結婚する前からついているメイドがひとりいて、名前をドローレスといいます――メイドというより、友人と言っていいくらいの親しさです。彼女が妻に食事を届けています」

「そうすると、お子さんにはさし迫《せま》った危険はないのですね」

「乳母のメイスン夫人が、昼も夜も、見守っている、と誓《ちか》ってくれました。夫人には、わたしも完全な信頼をおいています。わたしはそれよりも、ジャックのことが不安で仕方ないのです。手紙でもお話ししましたが、あの子はこれまで二回も、妻からひどい体罰を受けているのです」

「でも、ケガはまったくなかったのですね？」

「はい、ですが、残酷《ざんこく》な叩かれ方をしました。この子は体の不自由な子なので、よけいにかわいそうでなりません」こうして自分の息子のことを語る時には、ファーガスンのやつれた顔の表情も和《やわ》らいだ。「このかわいい男の子の体の状態を見れば、やはり誰だって、やさしい同情を覚えると、思います。幼少の頃、転落事故で、背骨が曲がってしまいました、ホームズさん。しかし、気もちは、なんともやさしくて、かわいいのです」

ホームズは昨日の手紙を取り上げ、これを読み返した。「お宅には、他にどういう人たちが住んでいますか、ファーガスンさん」

「家に勤めてからあまり長くはない使用人が二人います。それと馬小屋の番人のマイケルがいますが、寝るのは主家《おもや》のほうです。それに、妻、わたし、わたしの息子ジャック、赤ん坊、メイドのドローレスとメイスン夫人となります。これで全部です」

「あなたは、ご結婚された時に、奥様のことをよくご存じではなかったのですか」

「知り合って、二、三週間しか経っていませんでした」

「このドローレスというメイドは、奥様には、どのくらい仕えていたのですか」

「数年でしょう」

「すると、実際、奥様の性格は、あなたよりも、ドローレスのほうがよくご存じということですね」

「はい、そう言ってもいいでしょう」

ホームズはメモをとった。

「どうやら」と、彼は言った。「わたしは、ここにいるよりは、ランバリーに向かったほうがお役に立てそうです。これは、きわめて個人的な調査が必要な事件です。夫人が部屋に閉じこもっておられるなら、おそらく、わたしたちが行っても、彼女を戸惑わせたり、迷惑をかけたりはしないでしょう。もちろん、滞在《たいざい》は宿屋にします」

ファーガスンはほっとしたようすを見せた。

「大変ありがたいことです、ホームズさん。おいでいただけるのなら、ヴィクトリア駅から二時に出発の、ちょうどいい列車があります」

「もちろん、お伺いできます。今は、ちょうど余裕がありますので。わたしも、全力を注ぎます。もちろん、ワトスンもご一緒します。出発の前に、ぜひ確かめておきたい点が、一、二あります。わたしが理解するところでは、この不運な奥様は、ご自身の赤ちゃんと、あなたのご子息の二人に対して、乱暴を働いたようだというのですね？」

「そのとおりです」

「しかし、その方法は違っていたのですね。息子さんは、叩かれましたね」

「一度は杖で叩き、もう一度は、手で、ひどく叩きました」

「彼女は、どうして叩いたのか、説明されましたか」

「いいえ、ただ息子が憎いとだけ。繰《く》り返し繰り返し、彼女は言いました」

「そう、それは、義理の母親の場合には珍しいというわけではありませんね。後添《のちぞ》いの嫉妬《しっと》とはよく言われますからね。奥様は、嫉妬深い性質ですか」

「はい、非常に嫉妬深いです――熱帯特有の燃えるような愛情の強烈《きょうれつ》なぶんだけ嫉妬深いのです」

「けれど、男の子は――たしか、十五歳でしたね、おそらくは、体が自由にならないぶん、知能のほうは発達していると思いますが。彼は、乱暴をされた理由についてあなたに説明はしていないのですか」

「はい、彼は理由にはまったく覚えがないと、はっきり言っています」

「ふだんは、仲はいいのですか」

「いいえ、彼らの間には愛のひとかけらもありません」

「でも、あなたは、彼はやさしいと言っておられましたね」

「あのくらい、愛情豊かな息子はふたりといないでしょう。あの子はわたしの生きがいです。彼も、わたしの言うこと、なすことに夢中なのです」

もう一度、ホームズはメモをとった。そしてしばらく、考えにふけった。

「すると、この再婚前に、あなたと息子さんは大の仲良しだったわけですね。あなたがたは、きわめて親密な関係だったわけですね?」

「まったく、そのとおりです」

「それに、それほどやさしい性質でしたら、亡くなったお母さんの思い出に強い愛着を覚えていることに疑いはないですね」

「たいへん愛着を覚えています」

「彼がなかなか興味深い男の子なのは、確かなようです。その乱暴について、お尋《たず》ねしたい点がもう一つあります。赤ちゃんへの異様なふるまいがあったのと、あなたの息子さんへの乱暴があったのとは、同じ時期でしたか」

「一回目は同じ時でした。まるでつきものがのり移ったかのような有り様で、二人に激しい怒りをぶつけました。二回目は、やられたのはジャックだけでした。メイスン夫人は赤ん坊のことは何も訴え出ませんでした」

「それはまた、問題を確実にやっかいにしていますね」

「あなたのおっしゃることは、どうもわかりかねます、ホームズさん」

「おそらく、そうでしょう。まず、暫定的《ざんていてき》な仮説を立て、時間が経過して詳しい情報が現われるのを待って、これを解明しようとします。悪習ですよ、まったくなんと言っても、人間は弱いものですから。どうも、あなたの旧友が、わたしの科学的方法を誇大《こだい》にほめた評価を伝えていないか心配です。しかしながら、今の段階では、あなたの問題は解決不可能だとは、思えません、とだけ申しておきます。二時にヴィクトリア駅でお会いしましょう」

どんよりとした、霧《きり》の出ている十一月夕刻のことであった。わたしたちは、ランバリーの「チェッカーズ」に荷物を預けた後、サセックス特有の粘土質の大地を、長く続く、曲がりくねった小道を通って、馬車で進み、ようやく、ファーガスンの住む、古びた農場主の一軒家にたどり着いた。建物は大きな、不規則に広がった家で、その中央部分がかなり古いのに、両翼部分はきわめて新しく、チューダー様式の堂々たる煙突《えんとつ》がそびえたち、(113)ホーシャム産の石板を葺《ふ》いた、苔《こけ》がまだらにはりついた急勾配《きゅうこうばい》の屋根が載っていた。玄関の石段は、すり減ってくぼみ、ポーチを飾る古めかしいタイルには、最初の建て主であった主人の名前、チーズマンにちなんで、チーズと人間の判じ絵の紋章《もんしょう》(114)が刻《きざ》まれていた。家の中は、天井はしっかりしたオーク材の梁《はり》がずらりと走り、でこぼこの床もそこここで、大きくへこんでしまっていた。歳月と衰退《すいたい》の匂《にお》いが、崩れかけようという建物全体に満ちていた。

中央にかなり広い部屋があり、ファーガスンはわたしたちを招き入れた。そこには、巨大な、時代がかった暖炉《だんろ》が備《そな》えられ、奥には鉄の仕切りがあり、その仕切りには一六七〇年の年号が刻まれていて、薪《まき》の見事な火が勢いよく炎を上げ、ぱちぱちと音を立てていた。

まわりを眺めてみると、その部屋は、さまざまな時代と場所のものが、驚くほど入り混じっていた。小壁(115)の高さまで張られた、壁の鏡板は、おそらく、十七世紀の最初の主人であった、自由農民の所有にふさわしいものだろう。しかし、その壁面の下のほうには、選びぬかれた現代水彩画がずらりと並んで飾られていて、一方、上のほうは、オーク材が黄土色の漆喰《しっくい》にとって変わり、そこには、二階にいるペルー出身の夫人が運んできたに違いない、南アメリカの道具や武器のたぐいの立派な収集がかかっていた。ホームズは、集中した神経から生じる、鋭敏な好奇心にかられて立ち上がり、これらの品々を入念に調べた。彼は、考え深げな目つきをして、こちらに戻ってきた。

「おいで！」彼が呼んだ。「おいで！」

スパニエル犬が一匹、部屋の片隅のかごの中に横になっていた。犬は、やっとのことで歩みながら、のろのろと主人のところに来た。その後ろ足の動きはぎごちなく、しっぽは床をひきずっていた。そして、ファーガスンの手をなめた。

「何ですか、ホームズさん」

「この犬です。どうかしたのですか」

「それで、獣医も困っているのです。麻痺《まひ》の一種らしいのですが。脊髄髄膜炎《せきずいずいまくえん》だと見立てているようですが。でも、よくなってきています。ほどなく、元気になるでしょう――そうだね、カルロ」

そうですと答えるように、震《ふる》えが垂れたしっぽのほうに走った。犬の悲しげな目が、わたしたちをひとりひとり、見ていった。わたしたちが自分の体の具合のことを話し合っているのを知っているのだ。

「急にそうなったのですか」

「たった一晩でした」

「どのくらい前のことでしたか」

「四ヶ月くらい前だったでしょうか」

「とてもおもしろい。おおいに参考になります」

「それが、どういうことだというのですか、ホームズさん」

「わたしがこれまでに考えたことの確認です」

「どうぞお願いですから、いったい何をお考えなのか、お教えください、ホームズさん。あなたにはただの知的な難問かもしれませんが、わたしには、生きるか死ぬかの問題ですよ！　妻も、殺人者かと疑われているのです！――それに、子どもも、常に危険にさらされている！　わたしをからかったりしないでください、ホームズさん。本当に重大なことなのですよ」

かつてのスリー・クォーターのラグビー選手は大きな身体を震わせた。ホームズは、なだめるように、彼の腕に手を置いた。

「解決がどのようなものになっても、あなたには、つらいことになります、ファーガスンさん」と、彼は言った。「わたしとしても、できうる限りのことをあなたにしてさしあげる所存です。今は、これ以上のことは申し上げられません、この家を出るまでには、何か明確なことをつかめると思っています」

「なんとか、そう願いたいものです！　ちょっと失礼をさせていただいて、二階の妻の部屋に上がって、何かしら変化がなかったかどうか、確かめてきます」

彼は数分、その場を離れていたが、ホームズはこの合間に、壁にかかっている珍しい品々の点検を再開した。わたしたちの接待役である主人が戻った時には、うつむいたその顔を見れば、まったく事態が進展をみなかったことは明白であった。彼は、背の高い、すらりとした、褐色《かっしょく》の顔の少女を連れて戻った。

「お茶の用意ができたよ、ドローレス」ファーガスンは言った。「奥様のおいりようなものは何でも、お持ちしなさい」

「奥様、とってもぐあい、わるい」彼女は憤慨《ふんがい》した目つきで主人を見た。「奥様、たべもの、いりません。奥様、ひどくぐあいわるい。奥様、お医者がいります。わたしひとり、医者いない、奥様だけいるのはこわい」

ファーガスンは何か問いたげな目をして、わたしの顔を見た。

「お役に立てれば、わたしも大変うれしいのですが」

「奥様はワトスン先生にお会いになるだろうか」

「わたし、先生、つれていきます。ゆるし、とりません。奥様、医者、いります」

「では、君と今すぐ行ってみようか」

わたしは、強い感情の高ぶりから、体を小刻みに震わせているその少女のあとをついて、階段を上り、古風な廊下を進んでいった。廊下の奥には、鉄製の留め金がかかる、頑丈《がんじょう》で大きなドアがあった。これを見た瞬間、わたしは、ファーガスンが妻のもとに、無理にでも入るのはたやすいことではなかろうと思った。少女はポケットから鍵を出した。重く、がっしりとしたオークの分厚い板でできたドアが、古い蝶番《ちょうつがい》をぎしぎしといわせて、開いた。わたしが中に入り込むと、彼女もすばやくこれに続き、背後でドアに鍵をかけた。

ベッドには、明らかに高熱を出していると見える女性が横になっていた。意識は朦《もう》朧《ろう》としていて、わたしが部屋に入ると、おびえたような、しかし、美しい目を開き、不安なようすで、わたしの顔をじっと見すえた。こちらが見知らぬ他人であるのがわかると、彼女はほっとして、ため息をひとつつき、背の枕に体をもたせかけた。わたしは安心させようと、言葉をかけながら、彼女に近づき、脈と熱を計ったが、彼女はその間も、静かに体を横たえていた。脈は速く、熱も高く、わたしの印象では、病状は、身体の病気というよりは、精神的、神経的な興奮《こうふん》状態のように思えた。

「奥様、一日、二日、あんなに寝てばかり。わたし、こわい。奥様、死にそう」と、彼女は言った。

女性は紅潮《こうちょう》した、端正《たんせい》な顔をわたしに向けた。

「わたしの夫はどこ？」

「下にいらして、あなたに会いたいとおっしゃっていますよ」

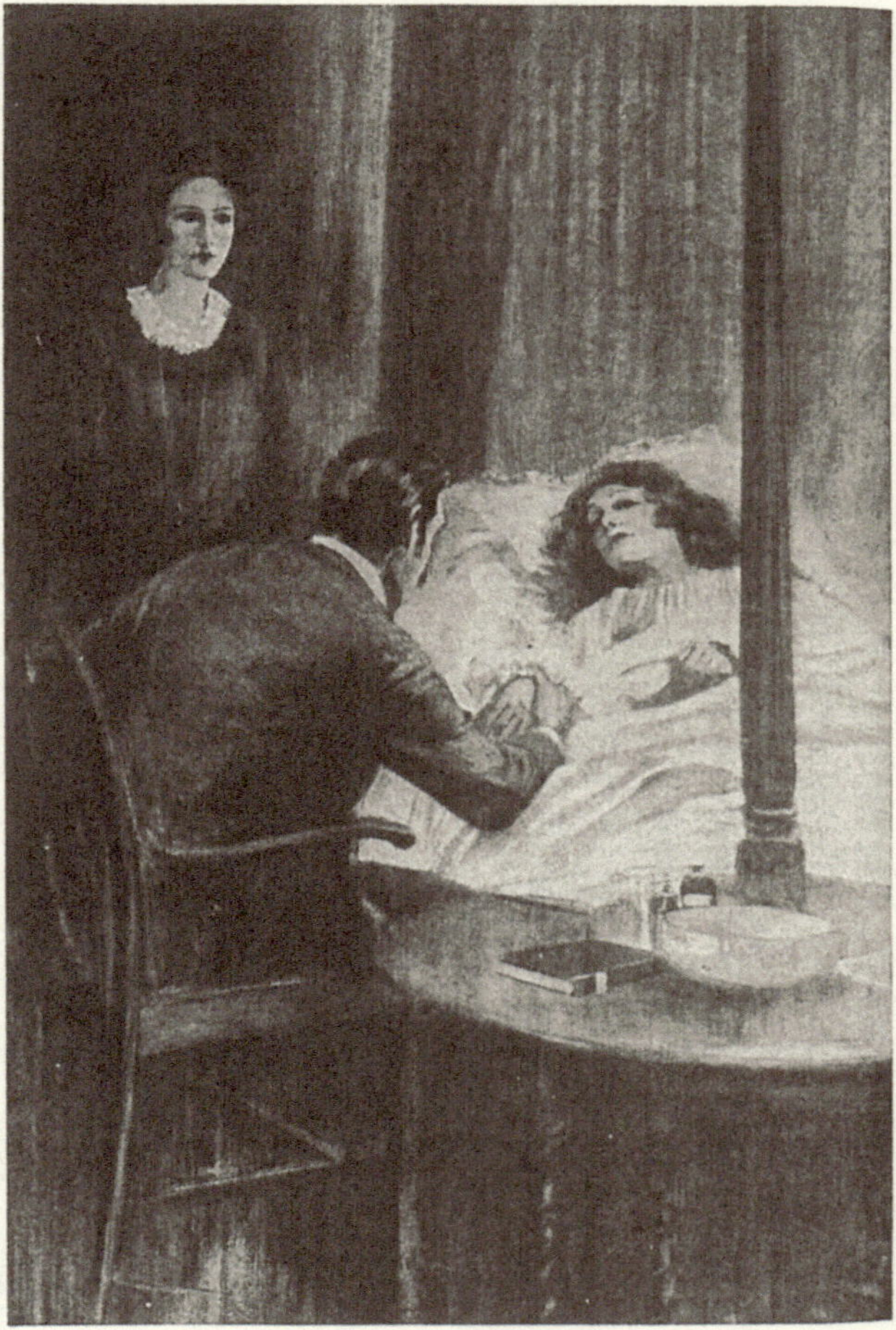

「あの人には会いません。あの人には会いません」それからは、彼女は錯乱《さくらん》状態に陥《おちい》ってしまったようだった。「悪鬼よ！　悪鬼です！　何もかも、もうだめ。わたしは、この悪魔をどうしたらよいの」

「何とかお助けしてさしあげたいのですが」

「もういいの。誰にも助けられないの。もう終わり。何もかも、もうだめ。何をしてもらっても、もうだめ」

その女性は、奇怪な幻覚にうなされているのに相違なかった。わたしには、あの実直な人物、ファーガスンが悪鬼や悪魔などとは、どうしても思えなかったのだ。

「奥様」と、わたしは言った。「ご主人はあなたのことを心から愛しておられます。今度のできごとも、深く悲しんでおられますよ」

再び、彼女は、はっとするような美しい目をわたしに向けた。

「彼はわたしのことを愛しています。はい。それでは、わたしは彼を愛していないとでも。わたしは彼が心を痛めるくらいなら、自分を犠牲《ぎせい》にしても、あの人のことを愛します。これがわたしの彼への愛の証《あかし》です。それなのに、わたしのことをあんなふうに考えるなんて――あんなことが、どうして言えるのでしょうか」

「彼も悲しみにくれていて、事情がわからないのですよ」

「そう、わかっていないのです。でも、信じてくれてもいいはずです」

「ご主人にお会いになってみませんか」わたしは勧めた。

「いや、いや。彼が言ったあの恐ろしい言葉や、あの表情が、頭から離れません。わたしは会いません。出ていってください。あなたには、何もしてもらえませんから。ただ一つだけ、彼に伝えてください。わたしの赤ちゃんを渡してほしいと。わたしには、赤ちゃんについて権利があります。伝えていただきたいことは、それだけです」

彼女は壁に顔を向けると、それ以上はひとことも話そうとはしなかった。

わたしが下の部屋に戻ると、ファーガスンとホームズは相変わらず、暖炉のそばに座ったままだった。ファーガスンは憂《ゆう》うつそうに、わたしの、今しがたの面会のようすに聞き入った。

「心配で、赤ん坊を妻のもとにやることができませんよ」と、彼は言った。「どのように、異様な衝動《しょうどう》が彼女を襲うかわからないのです。わたしはどうしても、彼女が口のまわりを血に染めて立ち上がったあの姿を忘れられません」彼はできごとを思いおこし、身震いした。「赤ん坊は、メイスン夫人と一緒ですから安全です。どうしてもそこにおいてもらわなくてはならないのです」

その家の中で唯一のモダンな存在とでも言おうか、気の利くメイドがお茶を運んできた。彼女がお茶を出していると、ドアが開き、一人の少年が部屋に入ってきた。顔は青白く、金髪の目立つ子で、その高ぶりやすい、淡い青色の目が父親の姿に注がれると、目は興奮と喜びで炎のように急に輝《かがや》いた。一目散《いちもくさん》に駆け出し、まるで相手にくびったけの若い女性のようなしぐさで、人前のはばかりもなく、父親の首にすがりついた。

「お父さん」彼は叫んだ。「もう帰ってるって、知らなかったよ。それなら、お父さんに会いに、もっと早くここに来ていたのに。ぼくお父さんと一緒で、すごくうれしいな!」

ファーガスンは、少しばかりてれて、抱擁《ほうよう》からやさしくのがれた。

「いいかね」と、彼は言って、その金髪の頭をやさしい手つきでなでた。「早く戻ってきたのはね、父さんの友達の、ホームズさんとワトスン先生にお願いして、うちへ来ていただき、一晩一緒に過ごしていただくからなのだよ」

「ホームズさんって、あの有名な探偵の?」

「そうだよ」

少年は、非常に鋭く、さらに、わたしには敵意と感じさせるような目つきで、わたしたちをにらんだ。

「もうひとりのお子さんはどうされていますか、ファーガスンさん?」ホームズが尋ねた。「赤ちゃんと対面させてはいただけないでしょうか」

「メイスン夫人に、赤ん坊を下に連れてくるように言っておくれ」と、ファーガスンは言った。少年は、奇妙な、引きずるような足どりで出ていったが、医者の目から見ると、脊髄に障害があるのは明らかであった。(116) ほどなく、彼は戻り、その背後から、長身で、やせた婦人が、アングロ・サクソンとラテンの血が見事に融合《ゆうごう》して生まれた、黒目に金髪のきわめてかわいらしい赤ん坊を抱えて現われた。ファーガスンはその赤ん坊を受け取ると、このうえなくやさしくあやした。そのようすを見ると、赤ん坊をこの上なく愛しているのは確かだった。

「この子を傷つけようなどというたわけ者がいるとは」彼はひとりごとを言って、ふっくらとした、その喉元《のどもと》の腫《は》れた、赤い小さな傷跡に目をやった。

わたしは何気なくホームズを見た。ちょうどその瞬間に、彼の表情の中に異様な集中が表われるのに気がついた。彼の顔が、あたかも、古い象牙《ぞうげ》から切り出されて、彫られた彫像のように、ぴたりと静止したままになり、その目は一瞬、父と子の顔をちらりと見た後に、強烈な興味に引かれて、部屋の向こう側の何かにくぎづけとなったのである。視線の先を追うと、わかったのは窓ガラスを通し、陰気で露《つゆ》に濡《ぬ》れた庭を見つめているらしいことだけだった。外側のよろい戸が半分おろされていて、庭の眺めをさえぎってはいたが、ホームズは窓に注意を集中していた。次に、彼は笑いを浮かべ、その目を赤ん坊のほうに戻した。まるまる太った赤ん坊の首に、あの小さな傷の跡があった。黙ったまま、ホームズは傷を入念に調べた。最後に、小さなくぼみのできている、その子の一方の手を取ると、握手《あくしゅ》してから、目の前で振った。

「バイバイ、坊や。君も不思議な人生の出発を切ったものだね。乳母さん、あなたと内々に少々お話ししたいのですが」

ホームズは彼女を脇に連れ出し、数分、熱心に話した。わたしには最後の言葉がいくらか、聞き取れたにすぎなかったが、それは、「あなたのご心配はすぐに、消えると思いますから、ご安心ください」というものだった。陰気で、口数の少ない性格の人間らしく、そのまま婦人は、赤ん坊を連れて下がっていった。

「メイスン夫人はどのような方ですか」と、ホームズは尋ねた。

「ごらんのとおり、見かけはぱっとしませんが、心やさしく、子どもを心底愛してくれています」

「君は、メイスンさんを好きかい、ジャック」ホームズは突然、少年の方を振り返った。感情をあらわにしやすい顔つきがかき曇り、彼は首を横に振った。

「ジャッキーはね、好き嫌いがひどく激しいのですよ」少年の体に手を回して、ファーガスンが言った。「幸い、わたしは好きなほうに入れてもらっていますよ」

少年は甘え声を出し、父親の胸に頭をこすりつけた。ファーガスンはそれをそっと振りほどいた。

「あっちへ行ってなさい、ジャッキー」彼はそう言って、その姿が見えなくなるまで、やさしい目で息子をじっと追った。「さて、ホームズさん」少年がいなくなって、彼は話を続けた。「どうやら、わたしは、あなたに無駄骨《むだぼね》を折らせにおいでいただいたようですね。と言いますのも、あなたにしていただけるのは、同情をお寄せいただくほかには、何もなさそうなのです。あなたからごらんになっても、この件は限りなく微妙で、複雑でしょうね」

「たしかに、微妙ではありますが」と、おもしろそうに笑みを浮かべて、わが友は言った。「しかし、複雑だとは思いませんね。これは知的な推理が試される問題でしたが、いったん、最初に立てた知的推理が一つずつ、多数の、互いに関連のなかった個々のできごとにより、証明されていけば、主観的な事象が客観的な事象に変わります。その時、わたしたちは自信をもって、目標にたどり着いたと言えるのです。実際のところ、わたしは、ベイカー街を出る以前に、すでにその段階に達していました。あとの作業はただ観察することと、証拠を確認することだけだったのです」

ファーガスンはしわが刻まれた額に、大きな手をあてた。

「どうぞお願いです、ホームズさん」と、彼はかすれ声で言った。「この事件の真相がおわかりでしたら、もうじらさないでください。わたしはどういう状況に置かれているのですか？　どうすればいいのでしょう。あなたが本当に事実を握《にぎ》っていらっしゃるのなら、それをどうやって見つけ出したかなどはどうでもいいのです」

「たしかに説明せねばなりませんし、あなたには必ず説明いたします。ただし、わたしなりの方法でさせて下さい。夫人は、面会できるだろうか、ワトスン?」
「病気だけど、気はしっかりしているよ」
「それはけっこうだ。ご夫人に立ち会っていただかないと、事件を解明できないからね。さあ、彼女のところへ行ってみましょう」
「彼女はわたしに会お

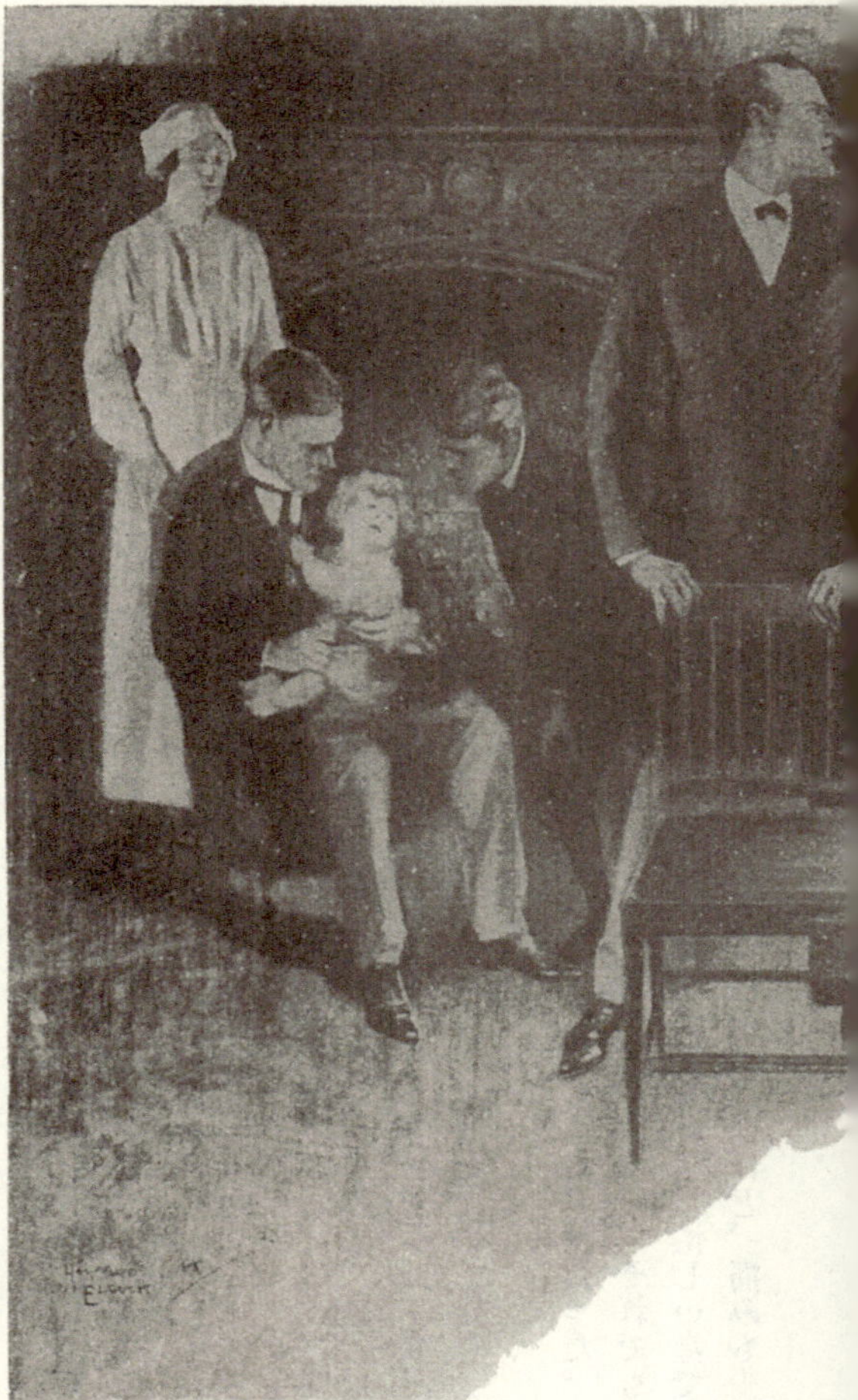

うとはしないはずです」ファーガスンは声をあげた。

「いいえ、違います、お会いになります」と、ホームズは言った。彼は一枚の紙に数行を走り書きした。「ワトスン、君は部屋に入る権利《アントレ》があったはずだ。すまないが、夫人にこのメモを渡してもらえないだろうか」

わたしは二階に上がり、ドアを用心深く開けたドローレスに、メモを手渡した。すぐに、わたしは中から、喜びと驚きの入りまじった叫びを聞いた。ドローレスは外をのぞいた。

「奥様、会います。奥様、はなし、ききます」彼女は言った。

わたしの呼び声を聞いて、ファーガスンとホームズは上がってきた。わたしたちが部屋に入ると、ファーガスンが一歩、二歩と妻に向かって進んだが、すると、彼女はベッドで身を起こし、来るなと、片手を突き出した。そこで、ファーガスンは肘掛《ひじか》け椅子《いす》に深く座りこみ、ホームズは驚きのあまり目を見開いて彼を見つめている妻に会釈《えしゃく》をすると、ファーガスンの隣に座った。

「ドローレスさんには席をはずしていただきましょうか」と、ホームズは言った。「ああ、そうですね、奥様、もし彼女にいてほしいというご希望でしたら、それでもいいですよ。さてと、ファーガスンさん、わたしも、依頼が多数舞い込む忙しい身ですから、わたしの方法は素早く、直截《ちょくさい》なものになります。手術は速いほど、痛みも少ないですからね。初めに、あなたのお心を楽にすることを言わせていただきましょう。あなたの奥様は実に立派な、本当に愛情の深い女性です。それなのに、つらい目にあっておいでです」

ファーガスンは喜びの声をあげて、座っている姿勢を正した。

「どうぞそのことを証明してください、ホームズさん、ご恩は一生忘れません」

「そうします、しかし、そうすれば、他の点であなたを深く傷つけるのが心配です」

「あなたが妻の潔白《けっぱく》を明らかにしてさえくださるのなら、わたしの傷など何でもありませんよ。潔白になるのに比べれば、この世のどのようなことも、とるにたりません」

「それでは、ベイカー街でわたしの頭によぎった推理の展開をお話しさせていただきます。まず、わたしには、吸血鬼などはありえないことだと思えました。そのようなものが、イングランドで実際の犯罪をおこしたりするはずがありません。そうは言っても、あなたが観察されたことは正確でした。奥様がお子さんのベビーベッドの脇から、唇《くちびる》のまわりに血をつけて、立ち上がったのを、現にご覧になったのでしたね」

「たしかに、見ました」

「しかし、血が出ているのは、お子さんの血を吸い取るため以外の別の目的だとは思われませんでしたか。イングランドの歴史でも、子どもの傷口から血を吸って毒を抜いたとされる女王があった[117]ではないですか」

「毒ですって！」

「南アメリカゆかりのご家庭です。わたしには直観が働いて、実際に見るまでもなく、壁に飾ってあったあの武器類の存在に気づいていました。毒の種類は別かもしれませんが、とにかく、そうしたことが、わたしにひらめいたのです。鳥撃《う》ち用の小型の弓の脇に、あの空《から》の小さな矢筒《やづつ》を見つけて、これこそ、目にするだろうと予測したとおりのものでした。もし赤ん坊が、クラーレ[118]や、あるいは、同様の他の毒に浸した矢の一本で突かれでもした時には、その毒を吸い出さなければ、直ちに死を意味するでしょう。

それから、あの犬です！　もし誰かがそのような毒を用いようとするのなら、まず、その効力が消えていないかどうかを、確かめてみるでしょう。わたしは、犬については予想していなかったのですが、あとからでも、その意味はわかりました。事件の再構築にも当てはまりました。

これで、おわかりいただけましたか？　奥様もこうした襲撃《しゅうげき》を恐れておられました。そして、その襲撃を実際に目撃され、あのように赤ん坊の命を救われたのです。しかし、あなたに真実をすべてお話しすることは、どうしてもできなかったのです。それというのも、あなたがご子息をどれほど愛しているかをご存じだったし、さらにあなたの心が引き裂かれるのを見ることを恐れたからです」

「ジャッキーが！」

「わたしは、今しがた、あなたが赤ん坊をあやしている時の彼のようすをじっと見ていました。ちょうどよろい戸が暗い背景になったので、彼の顔が窓ガラスにはっきりと映っていたのです。人の顔に、あれほどの嫉妬、あれほどの残酷な憎悪が表われているのを、わたしは目にしたことはありませんでした」

「わたしのジャッキーが！」

「事実を直視しなければいけません、ファーガスンさん。彼のあの行動のきっかけは、あなたへの、また、おそらくは亡くなった母君への愛情でした。しかし、それは歪《ゆが》んだ愛情であり、精神に異常をきたした不自然な愛情だったのです。あなたにとっては、いっそうつらいことだと思います。何よりも、彼の心は、自分自身の欠陥《けっかん》とは正反対の、健康とかわいらしさに恵まれた、申し分のない赤ん坊に対する憎悪で、燃え立っていたのです」

「まさか、そのようなはずが！　信じられない！」

「わたしの言ったとおりですよ、奥様」

夫人は枕に顔を埋めて、すすり泣いていた。それから、彼女は夫に顔を向けた。

「どうして、わたしからお話しできたでしょうか、ボブ？　あなたがどれほどひどい痛手を受けるか、よくわかっていました。ですから、わたしは待っていて、誰か他の人の口から、このことが語られればいいと思っていました。魔法の力でもお持ちの、こちらの紳士が、何もかも承知しています、と書いてくださった時には、わたしも大喜びでした」

「ジャッキー坊やには、一年ほど海で過ごさせては、というのがわたしの処方箋《しょほうせん》です[119]」と、椅子から腰を上げ、ホームズは言った。「まだ、はっきりしていないことが、一つあります、奥様。あなたがジャッキー坊やを叩いたことについては、よく納得できました。母親だとはいっても、我慢に限度がありますからね。でも、どうして、あなたは赤ちゃんをこの二日間、手放されたのですか」

「メイスン夫人には、打ち明けておきました。彼女は知っていました」

「そうですね。わたしの想像していたとおりです」

ファーガスンはベッドの脇に立ちつくしたまま、声を詰《つ》まらせ、震える両手を差し伸べた。

「これでどうやら、ぼくたちも退場の時がやってきたようだね、ワトスン」と、ホームズがささやいた。「ご主人に忠実すぎるドローレスのそちらのひじを、君がつかまえてくれたまえ、ぼくはこちらのひじをつかむからね。さあ、ほら」彼は、背後でドアを閉め、こう言い添《そ》えた。「あとは彼らが自ら解決を図《はか》るのがいいと思うよ」

この事件には、さらにひとつ書き加えることがある。それは、この物語の始まりとなった手紙に対して、ホームズが最終の返事として書き送ったものである。内容は以下のとおり。

ベイカー街
十一月二十一日

吸血鬼の件に関して

拝啓　当月十九日付けの御書簡について、貴殿の弁護事務所の顧客であられるミンシング・レインの紅茶仲介業者ファーガスン&ミュアヘッド商会のロバート・ファーガスン氏からご依頼の調査を終了したこととともに、この件が首尾よき解決を得られましたことを慎《つつし》んでお知らせいたします。ご推薦をいただき、ありがとうございました。

敬具
シャーロック・ホームズ

三人ガリデブ

それは喜劇だったかもしれないし、悲劇だったかもしれない。一人の男には知恵をしぼることを要求し、わたしには血を流すことを要求し、そしてもう一人の男には法の裁《さば》きを受けることを要求するものだった。それでも喜劇と言える要素は確かにあった。とにかく、いずれであるかは皆さんご自身で判断していただきたい。

それがいつのことだったのか、わたしはよく覚えている。というのは、いずれ説明できるとは思うのだが、ある事件でのホームズの働きに対してナイトの爵位《しゃくい》を授与しよう(120)というのを、彼が辞退したのと同じ月におこったことだったからである。この辞退については、ついでに言ってみただけで、わたしのように、パートナーであり、親友である者は、軽率な発言はしないように特に注意しなくてはならない。しかし繰《く》り返して言うが、このことのために日付が特定できるのだ。それは、一九〇二年六月末、南アフリカ戦争が終結したすぐ後のことであった。時々、習慣のようになっていたが、ホームズは数日間ベッドにもぐりこんだままであった。しかし、その朝フールスキャップ判の長い書類を手に、鋭い灰色の眼を愉快《ゆかい》そうに輝《かがや》かせて起きてきた。

「わが友ワトスン、ひと財産つくるチャンスだよ」彼は言った。「ガリデブという名前を聞いたことがないかな？」

わたしは、ないと答えた。

「そうか、もしガリデブが一人見つかれば、金になるのだけどね」

「どうして？」

「まあ、話せば長くなる――それに、すこぶる奇妙な話なのだ。これまでもぼくは人間の複雑さについていろいろ探究してきたが、これほど変わったことに出会ったことがないよ。まもなくその男がここへ現われるから、説明はそれからにしよう。とにかく、この名前の人間を探せばいいのだ」

電話帳(121)がわたしの横のテーブルの上にあったので、まあないだろうとは思いながらもページをめくった。ところが驚《おどろ》いたことに、この奇妙な名前が順番どおりのあるべきところにあるではないか。わたしは勝利の声をあげた。

「あったよ、ホームズ！　ほら、ここに」

ホームズはわたしの手から電話帳を取った。

「ガリデブ、N」彼は読んだ。「『西区リトル・ライダー街一三六番』ワトスン、がっかりさせて申し訳ないが、これは彼自身だ。彼からの手紙に書いてある住所だ。彼と同じ姓を持つ別の人間を探さなくてはならないね」

ハドスン夫人が盆に名刺を載せて入ってきた。わたしは名刺を取り上げ、ながめた。

「おや、これもガリデブだ」わたしは驚いて叫んだ。「これはイニシャルが違う。アメリカ合衆国カンザス州ムアヴィル[122]、法廷弁護士[123]ジョン・ガリデブとある」

ホームズは名刺をながめると、にっこりした。「気の毒だけれども、もうひとがんばりしてもらわなくてはならないようだね、ワトスン」彼は言った。「こちらの紳士《しんし》はすでに筋書きに入っている。もちろん、今朝会うとは思っていなかったけどね。とにかく、ぼくが知りたいことを大いに語ってくれるだろう」

しばらくして、その男は部屋に入ってきた。法廷弁護士ジョン・ガリデブ氏は、アメリカ人実務家によく見られる、丸々と太って、はつらつとしていて、ひげをきちんと剃《そ》った顔の、背の低い、活力がみなぎっている男であった。全体のつくりは丸ぽちゃで、子どもっぽく、ぎごちない笑みを顔一杯に浮かべた、かなり若い男という印象を受けた。しかし、彼の目は気になるものであった。わたしは、これほど激しく内面を物語る一対の目を、人間の顔で見たことがなかった。ひじょうに明るく、油断なく、考えが変わるたびにそれが目に現われる。アメリカなまりがあったものの、話し方に変わったところはなかった[124]。

「ホームズさんは？」わたしたちの顔を見比べながら彼は尋《たず》ねた。「ああ、そうですね！　こう申すのも何ですが、お写真どおりですよ。わたしと同姓の、ネイサン・ガリデブ氏から手紙はお受け取りですね？」

「どうぞ、おかけください」シャーロック・ホームズは言った。「いろいろお話しすることがあるようですので」彼はフールスキャップ判の紙を取り上げた。「あなたは、もちろん、この書類に書かれているジョン・ガリデブ氏その方ですね。ところで、イングランドにいらしてかなりになりますね」

「どうしてそんなことをおっしゃるのです、ホームズさん？」わたしは彼の表情豊かな目に突然疑いが浮かぶのを見たような気がした。

「あなたのお支度《したく》がすべてイングランド風だからです」

ガリデブ氏はわざとらしく笑い声をたてた。「ホームズさん、あなたの手法は読んだことがありますが、まさか自分がその対象になるとは思ってもみませんでした。どこでわかりますか？」

「あなたのコートの肩の線、そしてあなたの深靴《ブーツ》の爪先の形――誰が見てもまちがいようがありませんね」

「おや、おや、それが明らかにイングランド風だったとは、気がつきませんでした。仕事の関係でしばらく前からこちらにおりますから、おっしゃるとおり、身につけているものはほとんどがロンドン風かもしれません。まあ、あなたのお時間は貴重でしょうし、わたしたちは、わたしの靴の形を話し合うためにお会いしているわけでもありませんから、手の中の書類にとりかかってはいかがでしょうか」

ホームズの何かが客の神経にさわったらしく、彼のぽっちゃりした顔から愛想のよさが消えた。

「忍耐です！　忍耐ですよ、ガリデブさん！」わたしの友人は慰《なぐさ》めるように言った。「ワトスン先生にお聞きいただければわかりますが、こうした小さな脱線が、結局は事件に何らかの関係があったということが時にあるのです。ところで、ネイサン・ガリデブ氏はどうしてご一緒にいらっしゃらなかったのですか？」

「彼は何であなたをこの件に引き込んだのですか」客は突然怒りをあらわにして言った。「一体あなたとどういう関係があるのだ？　二人の紳士の間の仕事の話だというのに、当事者の片方が[125]探偵を頼むとは！　今朝、彼に会ったら、あなたに依頼したなどというまぬけなことをいうので、ここへ来たわけです。それにしても不愉快せんばんだ」

「ガリデブさん、あなたに対する非難は何も書いてありませんよ。これはただただ目的を達成したいという、彼の側の熱意にすぎません。お二人にとって同じくらい重要な目的なのでしょう。わたしには情報を入手する手段があるということをわかっておられる。ですから、わたしに依頼するというのはまったく当たり前のことです」

客の顔から怒りが少しずつおさまっていった。

「そうですか、それなら話は別だ[126]」彼は言った。「今朝、彼のところに会いに行ったら、探偵を頼んだと言うので、あなたの住所を聞いて、すぐにとんで来たのです。警察に個人の問題に首をつっこんでもらいたくないが、あなたが人探しに協力するだけだと言うなら、問題はありません」

「まあ、そういうところです」と、ホームズは言った。「さて、あなたがここにおいでなので、直接に、あなたの口からはっきりと説明していただいたほうがよいのではないでしょうか。ここにいるわたしの友人は詳《くわ》しいことは何も知りません」

ガリデブ氏は友好的とは言いかねる目つきでわたしを観察するように見た。

「この人も知る必要があるのですか？」彼は尋ねた。

「わたしどもはいつでも一緒に仕事をしております」

「そうですか、まあ、秘密にしておく理由もないでしょう。できるだけ手短かに事実を申し上げます。もし、あなたがたがカンザスのご出身でしたら、アリグザーンダー・ハミルトン・ガリデブ[127]とは何者かなど説明する必要もないのですが、彼は不動産で財を築《きず》き、それからシカゴの小麦相場[128]でもうけ、その金で土地を買ったのです。フォート・ドッジ[129]の西、アーカンソー河[130]に沿った、こちらならひとつの州の大きさほどの、広い土地です。牧草地あり、伐採地《ばっさいち》あり、耕作地あり、鉱山《こうざん》ありの、所有する者に富をもたらすあらゆるものが備《そな》わっている土地なのです。

彼には、親類縁者というものがまったくありませんでした。まあ、もしあったとしても、わたしは聞いたことがありません。彼は自分の名前が珍しいものであることに、ある種の誇《ほこ》りをもっていて、それでわたしたちも出会うことになったのです。わたしはトピーカ[131]で弁護士をしていまして、ある日、このお年寄りが訪ねてみえ、自分と同じ名前の人間に会ったといって大喜びされました。これが彼の道楽だったのですが、世界中にさらにガリデブという名前を持った人間がいないか、何とか探し出したいと心に決めておられました。『もう一人見つけてほしい！』と彼は言いましたが、わたしは忙しい人間だから、ガリデブを探して世界中を歩きまわることはできないと申しました。『それでも』と、彼は言いました。『わしの計画していることが思いどおりに運べば、[132] あなたもそうせざるをえないでしょう』からかっているのだと思いましたが、その言葉には大事な意味があったことがすぐにわかりました。

　というのは、それから一年もしないうちにその年寄りが亡くなり、遺言状《ゆいごんじょう》が残されていました。それがまあ、カンザス州の記録にある遺言状の中でこれほど奇妙なものはないというものでして、彼の財産を三つに分け、わたしはそのうちの一つをもらえることになっていましたが、条件がありました。それは残りの二つをそれぞれ受け取るべき二人のガリデブを見つけるということなんです。一人五〇〇万ドルの価値ですが、三人がそろうまでは指一本触れることができないのです。

「それは非常に大きなチャンスだったので、わたしは弁護士の仕事を放り出して、ガリデブ探しに出かけました。合衆国の中には一人もいません。しらみつぶしに国中を探したが、ガリデブは一人として引っかからなかったのです。それで英国本土を試すことにしたわけです。はたして、ロンドン電話帳にその名前がありました。二日前に、彼を訪ね、事情をすべて説明しました。しかし、彼もわたし同様独身で、女の親戚はいるが男はいませんでした。遺言状に書かれているのは三人の成人男子だから、もう一人空席ということになります。そこで、もしその空《あ》きを埋めるのを助けていただけるのなら、喜んで費用はお支払いします」

「ねえ、ワトスン」と、ホームズは笑いながら言った。「ぼくは奇妙な話だと言っただろう？　まずなさるべきことは、新聞の私事広告欄《らん》[133]に広告を出すことだったのでありませんか」

「すでにしましたよ、ホームズさん。応答なしです」

「おやそうですか！　とにかく、なかなか奇妙な問題ですね。わたしも暇《ひま》な時に眺めてみましょう。ところで、トピーカからいらしたというのは奇遇《きぐう》ですね。わたしも、そちらの住人と手紙のやりとりをしていたことがあります。もう亡くなられましたが、あのライサンダー・スター博士[134]、一八九〇年には市長でした」

「ああ、あのスター博士ですね！」と、客は言った。「彼の名前は今もって尊敬をもって記憶されています。ところで、ホームズさん、これからわたしたちにできることは進展状況を報告するくらいでしょうな。一両日中にはご連絡できると思います」こう言うと、アメリカからの客は頭を下げ、出ていった。

ホームズはパイプに火をつけ、奇妙な笑みを浮かべたまましばらく座っていた。

「それで？」ようやくわたしのほうから尋ねた。

「不思議だと思ってね。ワトスン——実に不思議だ」

「何が？」

ホームズは口からパイプをはなした。

「不思議だよ、ワトスン、ながながとこういう嘘《うそ》をつらねて、いったいこの男の目的は何なのだろうかと思うとね。もう少しで訊《き》くところだったよ。正面からの攻撃が最良の策ということもあるからね。しかし、彼にはぼくたちを騙《だま》しおおせたと思わせておいたほうがいいだろうと考えたのさ。ここに来たのは、一年も着つづけていたためにひじが擦《す》り切れたイングランドで仕立てたコートと膝《ひざ》が出たズボンを身につけた男だ。それなのにこの書類や彼自身の説明によれば、彼は最近ロンドンにやって来たアメリカの地方の人間だという。それに、私事広告欄にはそういう広告はなかった。君も知っているだろうけれど、ぼくがあそこで見落としをするわけはない。あの広告欄は、たとえ小さな鳥であっても、獲物を狩り出すことができるぼくのお気に入りの場所で、あれほどのオス雉《きじ》がいたのなら見逃すはずがないね。ぼくはトピーカのライサンダー・スター博士などという人間は知らない。彼のどこをとってみても偽《いつわ》りだ。あの男は本物のアメリカ人だとは思うけれども、長いことロンドンで暮らしていたために、なまりはなくなってなめらかになったのだ。それなら彼の獲物は何なのだろうか。そしてこの途方もないガリデブ探しの裏にある動機は何なのだろう？　これはぼくたちの注目に値するね。あの男が悪党だとすれば、ひとすじ縄ではいかない頭の良い悪

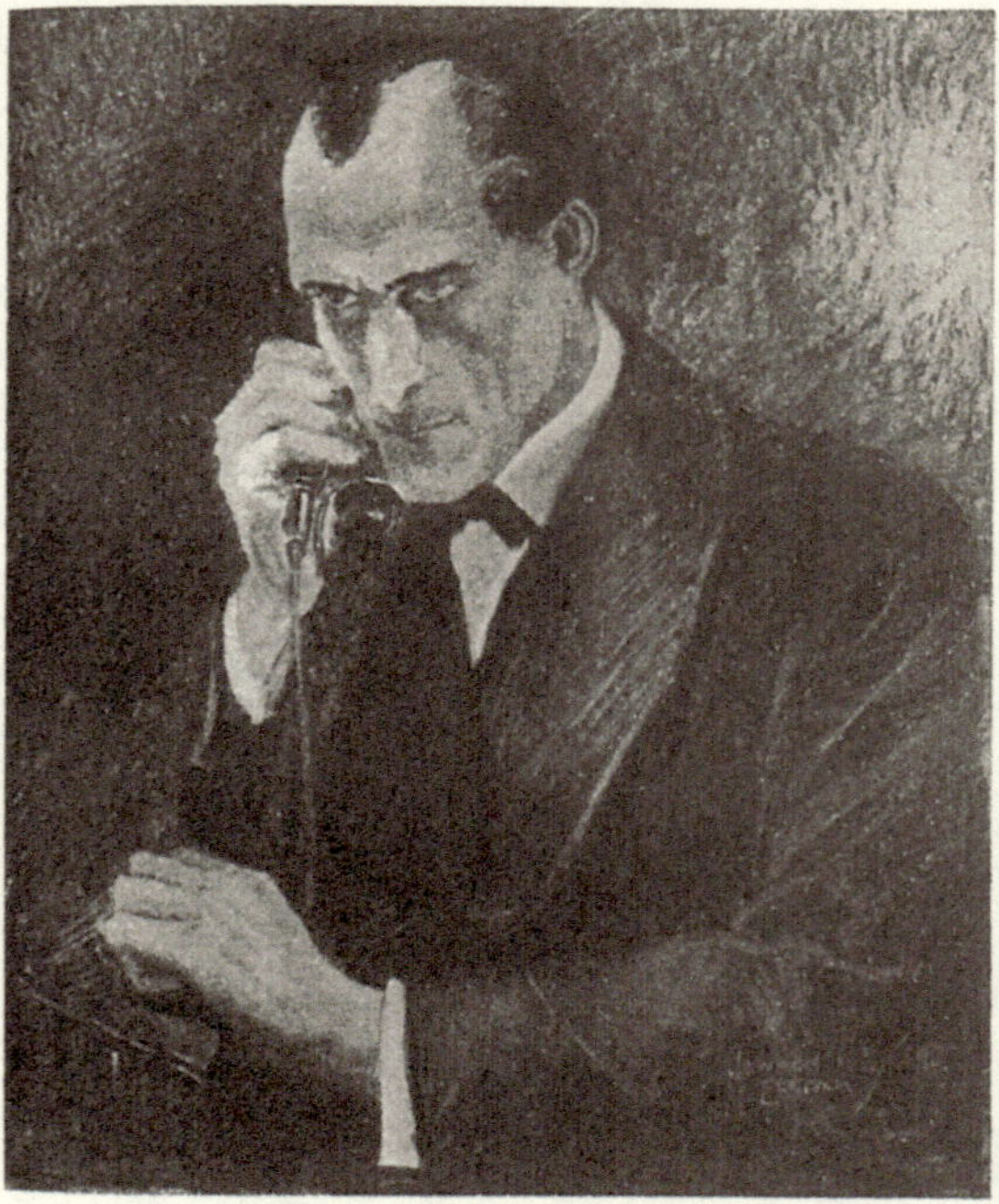

党に違いない。さてと、今度は次の一人も詐欺師《さぎし》なのかどうかを見極めなくてはならないね。電話をしてくれたまえ、ワトスン」
わたしが電話をかけると、向こうの端に細くて、震《ふる》える声がした。
「はい、はい、こちらはネイサン・ガリデブです。ホームズさんはそちらにおいでですか？　ホームズさんと少しお話がしたいのですが」

ホームズが電話をとり、いつものようにとぎれとぎれの会話が聞こえてきた。

「はい、ここに来ましたよ。彼のことはご存じないということですね……いつから？……わずか二日前に！……そう、そう、それはもう、まったくいい話ですね。今夕、お宅にいらっしゃいますか？　あなたと同姓の方はそちらにはいないでしょうね？……それは結構。それではお伺《うかが》いします。彼のいないところでお話がしたいので……ワトスン先生も一緒です……あなたのお手紙によると、あなたはあまり外出なさらないとか……それでは六時ごろ伺います。このことはあのアメリカ人弁護士にはおっしゃらないように……わかりました。それではさようなら！」

それは気もちのよい、春の夕刻であった。[135]エッジウエア通りから枝分かれした小路の一つであるリトル・ライダー街でさえも、いまわしい記憶の残るタイバーン・ツリー[136]のすぐ近くにありながら、沈みつつある太陽の光を斜めにあびて、金色に輝き、すばらしく見えた。わたしたちが目指す家は、大きくて、旧式な、初期のジョージ王朝[137]式の建物であった。壁面は平らなレンガで、一階の二つの出窓だけが大きくはり出していた。依頼人が住んでいるのはこの一階部分であって、低い窓は、彼が起きている間はいつもそこで過ごしている広い部屋の正面であることがわかった。中に入る時、あの奇妙な名前の彫ってある、小さな真鍮板《しんちゅうばん》をホームズが指差した。

「だいぶ年数を経ているね、ワトスン」色のあせた板の表面を示しながら、ホームズは言った。「とにかく、彼の本当の名前ということだ。これは心にとどめておくべき大事な点だよ」

建物には共同の階段があり、入口にはいろいろな名前が並んでいた。事務所らしいものもあれば、個人の住まいらしいものもあったが、家庭の集まりというより、俗世間にとらわれず気ままに過ごすボヘミアンの暮らしを好む独身男たちの住居といったところだった。管理人の女性は四時に帰ってしまったのでと申し訳なさそうに言いながら、わたしたちの依頼人はドアを開けてくれた。ネイサン・ガリデブ氏は六十歳を少し過ぎた、非常に背の高い、締まりのない体つきで、背中の丸い、やせて、はげた男であった。顔は青ざめ、運動とは無縁の、生気《せいき》のない肌をしていた。前かがみの姿勢で、大きく丸い眼鏡をかけ、突き出た短いヤギひげから、好奇心の強さをうかがわせた。けれども、全体の印象は、少し変わってはいるが、人の良さそうな感じがした。

その部屋は住人と同じように変わっていた。まるで小さな博物館であった。奥行きも幅も広い部屋で、地質学の標本や解剖学《かいぼうがく》の標本がごちゃごちゃと詰まった戸棚や陳列用ガラス戸棚があちこちに置かれていた。入口の両側には蝶《ちょう》と蛾《が》の標本ケースが積んであり、中央の大きなテーブルはあらゆる種類のがらくたで埋まっていて、その中から強拡大の顕微鏡《けんびきょう》の長い真鍮パイプが突き出ていた。わたしはぐるりと見渡し、この男の興味《きょうみ》の広さに感嘆《かんたん》した。こちらに古代コインの箱があるかと思えば、あちらには石器の陳列棚があった。中央のテーブルの後ろには化石骨の入った大きな戸棚があった。その上には「ネアンデルタール人」とか「ハイデルベルク人」「クロマニョン人」という名札がついた石膏《せっこう》の頭蓋骨《ずがいこつ》が並んでいた。彼が多分野にわたって研究している人間であることが見てとれた。いま、わたしたちの前に立っている彼は、右手にセーム革を持っていた。ちょうどコインを磨《みが》いているところだったのだろう。

「シラクサ(138)のもの――それも最盛期のものです」コインをかざしながら彼は説明してくれた。「滅亡の頃には次第に質が悪くなっていきましてね。アレキサンドリア(139)系のほうが良いと言う人もいますが、最盛期のものは最高だと思います。そのへんの椅子《いす》にかけてください、ホームズさん。失礼してこの骨を片づけますので。それから、あの、あなた、そうそうワトスン先生、おそれいりますがその日本製の花瓶《かびん》を横に寄せていただけますか。このまわりにあるのがわたしの人生のささやかな関心事です。医者はわたしがほとんど外出しないことをとやかくと説教しますが、ここでしなければならないことがこれほどたくさんあるのに、どうして外出なぞをしなければいけないんですか？　この陳列棚の一つのカタログをきちんと作ろうとしたら、三ヶ月はゆうにかかることは、たしかですからね」

ホームズはおもしろそうにまわりを眺めていた。

「絶対に外出されない、ということですか？」と、彼は言った。

「ときどきはサザビーやクリスティーズのオークション(140)へ馬車で出かけます。それ以外は、ほとんど部屋を離れることはありません。わたしは体があまり丈夫なほうではありませんし、研究はなかなか骨が折れるのですよ。しかし、ホームズさん、あの前代未聞の幸運の話を聞いた時の、おそろしいほどのショック——うれしくはありましたがひどいものでした——をおわかりいただけるでしょうか。条件を満たすには、あと一人ガリデブを見つければいいだけですし、ですから、絶対見つかります。わたしに兄弟がいましたが、亡くなっています。女の親類には資格がありません。しかし世界中にはほかにもいるに違いありません。あなたは風変わりな事件を扱っていると聞いたことがありましたので、お手紙をさしあげたわけです。まあ、あのアメリカ人が言うとおり、まず彼に相談すべきだったかもしれませんが、最善をめざしたつもりなのです」

「あなたの行動は非常に賢明だったと思います」と、ホームズは言った。「ところで、あなたは本当にアメリカの土地を手に入れたいとお考えなのですか？」

「いいえ、もちろん違います。わたしは、何があってもわたしのコレクションから離れることはありえません。ただ、あの紳士が、われわれの請求が確定したらすぐに、わたしの分を買い取ってくれると請《う》け合ってくれたのです。その金額は五〇〇万ドルですよ。わたしのコレクションに欠けている標本が一ダース、いま現在売りに出されていますが、二、三〇〇ポンド足りなくて買えないのですよ。五〇〇万ドルあったら、何ができるか考えてもごらんなさい。何てことだ、わたしは国家的コレクションの核となるものを所有することになるのですぞ。わたしは現代のハンス・スローン(141)になれるのですよ」

彼の目が眼鏡の奥で輝いていた。同姓の男を見つけ出すのにネイサン・ガリデブ氏がどのような苦労もいとわないであろうことは明らかであった。

「ほんのご挨拶《あいさつ》に伺っただけですから、これ以上研究のお邪魔《じゃま》をするのはやめにしましょう」と、ホームズは言った。「わたしは、仕事でおつきあいする方とも個人的な触れ合いを持ちたいと思うものでしてね。あなたのお話の詳細について書かれた手紙はわたしの胸のポケットに入っていますし、お尋ねしたかったいくつかの点はあのアメリカの紳士が訪ねて来てくれたので埋めることができましたから、質問することもありません。先週まで彼の存在は知らなかったのですね」

「そのとおりです。先週の火曜日に訪ねて来ました」

「今日わたしと会ったと彼はあなたに言いましたか?」

「はい、帰りにまっすぐにわたしのところにやって来ました。彼はかんかんに怒っていました」

「どうして怒ったんでしょうね？」

「彼は自分の名誉《めいよ》が傷ついたと思ったようですよ。しかし、帰る時には機嫌は直っていました」

「彼はこれからどうするとか言ってましたか？」

「いいえ、何も」

「あなたからお金を持っていったとか、あるいは要求したということは？」

「いいえ、そのようなことはまったくありませんでした」

「彼のもくろみについて、何か気がつかれたことはありませんでしたか？」

「いいえ、彼が言ったことのほかは何もありません」

「電話でわたしと会う約束をしたことを彼に話しましたか？」(142)

「はい、話しました」

ホームズはじっと考え込んでしまった。彼が途方にくれているのがわたしには見てとれた。

「あなたのコレクションに非常に高価なものがおありですか」

「いいえ。わたしは金持ちではありません。これはりっぱなコレクションですが、決して高価なものというわけではありません」

「泥棒のことは心配しておられませんか？」

「まったく心配してません」

「あなたは、ここに住んでどのくらいになられますか？」

「ほぼ五年です」

　ホームズの反対尋問《じんもん》はドアをはげしくたたくノックの音で中断させられた。わたしたちの依頼人が掛《か》け金をはずすやいなや、アメリカ人弁護士が興奮《こうふん》して飛び込んできた。

「ああ、いらっしゃいましたね！」頭の上で一枚の新聞を振りながら彼は叫んだ。「間に合えばいいいと思っていましたよ。ネイサン・ガリデブさん、おめでとうございます！　今やあなたは金持ちです。われわれの仕事は無事完了しました。すべてうまくいきました。ホームズさん、あなたには無駄《むだ》なご足労を願いまして、恐縮です」

　彼がわたしたちの依頼人に新聞を手渡すと、依頼人は立ったまま印のついた広告をじっと見つめた。ホームズとわたしも覗《のぞ》き込んで、彼の肩越しにそれを読んだ。それにはこう書いてあった。

ハワード・ガリデブ
農機具製造業者
結束機、汽動式及び手動式鋤《すき》付き刈《か》り取り機、条播《じょうはん》機(143)、

> 砕土《さいど》機[144]、農業用手押し車、四輪荷馬車、[145]その他農業器具各種取扱
> 掘り抜き井戸《アーテイジャン》[146]見積りいたします
> ご用命は、アストン[147]、グロヴナー・ビルまで

「すばらしい！」部屋の住人はあえぐように言った。「三番目の男だ」

「バーミンガム[148]での調査を始めていましてね」アメリカ人は言った。「そこのわたしの代理人が地元の新聞に載ったこの広告を送ってくれたのです。われわれは急いで話を片づけなくてはいけません。わたしは、この男に手紙で、明日の午後四時に、彼の事務所へあなたが伺うと言っておきました」

「わたしが彼に会いに行けとおっしゃるのですか？」

「あなたはどうお考えですか、ホームズさん？　そのほうが賢明だとは思いませんか？　わたしのほうときたらうまい話をもった、流れ者のアメリカ人ですからね。わたしの言うことを相手が信じるでしょうか？　しかし、あなたはしっかりとした身元保証がある英国人ですから、あなたのおっしゃることには耳を傾けるはずです。もしお望みでしたら一緒に行ってもいいのですが、明日はとても忙しいのです。もしお困りになるようなことになったら、すぐに駆《か》けつけますから」

「いや、わたしは何年もこういう旅行はしたことがないですから」

「心配はいりません、ガリデブさん。列車の乗り継ぎなどは調べておきました。[149] 十二時に出かけると、二時少し過ぎに向こうに着きます。そして、当日の夜には戻れます。あなたがなさるのは、その男に会って、事情を説明し、彼が存在することの宣誓《せんせい》供述書をもらってくることだけです。それに」彼は熱心に付け加えた。「わたしがアメリカの中央からはるばるやって来たことを考えれば、この話のカタをつけるために、あなたが百マイルばかり出かけていくことなどとるに足らないことでしょう」

「そのとおりです」ホームズは言った。「こちらの方がおっしゃることはごもっともだと思います」

ネイサン・ガリデブ氏は憂《ゆう》うつそうに肩をすくめた。「まあ、あなたがどうしてもとおっしゃるなら、行くとしましょうか」と、彼は言った。「わたしの人生に、あなたがもたらしてくださった輝く希望のことを考えれば、おっしゃるとおりにするしかありませんね」

「それでは、決まりましたね」ホームズが言った。「そして、結果はできるだけ早く、わたしにもお聞かせ願えますでしょうか」

「そうしましょう」アメリカ人は答えた。「さて」時計を見ながら彼は付け加えた。「わたしはこれで、失礼します。ネイサンさん、明日また来て、バーミンガムへ出発するのをお見送りしますよ。同じ方向ですか、ホームズさん？　そう、それでは、これで、さようなら。明日の夜には良い知らせがあるでしょう」

アメリカ人が部屋を出て行くとホームズの顔が明るくなり、途方にくれ、考え込むようすが消えたことにわたしは気づいた。

「ガリデブさん、あなたのコレクションを拝見《はいけん》させていただきたいのですが」ホームズは言った。「わたしのような仕事には、あらゆることについての雑多な知識が役に立つのです。この部屋はそういう知識の詰まった宝庫です」

わたしたちの依頼人はうれしさに顔を輝かせ、大きな眼鏡の奥の目が光っていた。

「あなたはたいへん知性豊かな方だと、いつも噂《うわさ》を聞いていましたよ」彼は言った。「もしお時間がおありでしたら、今からご案内しましょう」

「今日は、残念ながら急いでおりまして。しかし、ここの標本はきちんと名前がつけられ、分類されているので、あなたから直接ご説明いただく必要はなさそうです。もし明日こちらに立ち寄れたら、拝見させていただいてもかまわないでしょうかね？」

「まったくかまいません。大歓迎ですよ。もちろん部屋の鍵《かぎ》はしまっていますが、四時まではソーンダース夫人が地下にいて、鍵を持っていますので開けてくれます」

「そうですか。明日の午後はたまたま暇《ひま》ですから、もしソーンダース夫人にひとこと言っておいていただけると、都合がいいと思います。ところで、こちらの不動産管理業者はどちらですか？」

依頼人は突然こういう質問をされて驚いた。

「エッジウエア・ロードにあるホロウェー・アンド・スティールですよ。しかし、それがどうしましたか?」

「家のこととなりますと、わたしも少々[150]考古学にうるさいものでしてね」ホームズは笑いながら言った。「こちらはアン女王朝様式か、ジョージ王朝様式、どちらかなと考えているところです」

「ジョージ王朝様式ですよ、文句なしに」

「そうですか。わたしは、もう少し前のものかと思いました。まあ、確認するのは簡単です。それでは、失礼します、ガリデブさん。バーミンガムへの旅があらゆる点で成功されますことをお祈りします」

不動産管理業者はすぐ近くだったが、その日はもう閉まっていたので、ベイカー街へ戻ることにした。ホームズが事件の話をあらためて持ち出したのは夕食が終わってからであった。

「ぼくたちのささやかな事件もいよいよ終わりに近づいたね」彼は言った。「君なりの解決はだいたい考えているのだろうね」

「どこが頭で、どこがシッポなのか、ぼくにはさっぱりわからないよ」

「頭は充分にはっきりしているし、シッポはおそらく明日にはわかるだろう。あの広告の何かおかしい点に気がつかなかったかい?」

「『鋤(plows)』という字のつづりが違っていたね」

「そう、君もそれに気づいていたのだ。すごいね、ワトスン。君はいつでも進歩しているよ。そう、あれはイギリス英語(plough)としては間違いだけれど、アメリカ英語としては正しいのだ。印刷屋は受け取った原稿どおりに活字を組んだのだ。それから、四輪荷馬車(buckboards)。あれもアメリカ風だ。そして、掘り抜き井戸(Artesian wells)は、ぼくたちよりもアメリカ人に馴染《なじ》みが深い。あれは典型的なアメリカの広告なのに、イングランドの会社が出したものだと見せかけようとしたのだよ。君はどう考えるかい?」

「あのアメリカ人弁護士が自分で出した広告だと、ぼくには推測できる。だけれども、何が目的なのかまではわからないよ」

「そう、説明はいろいろある。いずれにしても彼があの人のよい、時代後れの人物をバーミンガムに行かせたい。これははっきりしている。あの人物に、あなたが追いかけているものはまったくあてにならないものだと、よほど言ってしまおうかと思ったけれども、考え直した。彼を行かせて、舞台を空《から》にしておいたほうがよさそうなのだ。明日だよ、ワトスン——そう、明日になれば自《おの》ずとはっきりするだろう」

ホームズは早く起きて、外出した。昼食に戻った時は非常に深刻な顔つきであった。

「ワトスン、これはぼくが思ったよりずっと危険な事件だよ」彼は言った。「こういうことを言えば君が危険に飛び込んでいく理由をさらに追加するだけ、ということはぼくにはわかっているのだけれども、それでも知らせておくのがフェアだろうね。ワトスン、君のことはこれまでの付き合いでよく理解しているつもりだ。けれども、これには危険があるのだ、君はそれを知っておくべきなのだ」

「危険を分け合うのは初めてのことではないよ、ホームズ。これが最後だなどということにはなってほしくないね。今回はどういう危険なのかい？」

「ぼくたちが立ち向かうのはなかなか手ごわい相手だ。ぼくは、弁護士ジョン・ガリデブ氏の正体を突き止めた。彼は誰あろう、あの『殺し屋』エヴァンズなのだ。極悪な、人殺しという評判がある」

「それを聞いてもぼくにはよくわからないよ」

「ああ、そうだね。携帯用ニューゲイト・カレンダー[151]を頭に入れて持ち歩くのは君の仕事には必要なかったね。ぼくは、ヤード[152]で友人のレストレイド[153]に会ってきたのだ。あそこは時として想像的直観力が不足しているが、徹底《てってい》さと方法では世界をリードしているからね。その記録の中に、あのアメリカ人の足跡をつかめるのではないかと思ったのだよ。思ったとおり、犯罪者写真台帳《ポートレイト・ギャラリー》[154]の中から、彼の丸ぽちゃ顔がこちらに笑いかけていたではないか。ジェイムズ・ウィンター、別名モアクロフト、別名殺し屋エヴァンズと写真の下に書いてあったよ」ホームズはポケットから封筒を取り出した。「彼に関する書類から、二、三、書き写してきたよ。歳は四十六、シカゴ生まれ。アメリカ合衆国にて三人射殺。政治的圧力により服役《ふくえき》を免《まぬが》れた。一八九三年ロンドンに現われる。一八九五年一月、ウォータールー・ロードのあるナイト・クラブでカードの賭《か》けのもつれから一人の男に発砲。男は死亡したが、喧嘩《けんか》の折りに、彼が先に手出しをしたことがわかった。死亡した男はロジャー・プレスコット[155]で、シカゴの有名な文書偽《ぎ》造犯《ぞうはん》ならびに贋金《にせがね》造りだ。殺し屋エヴァンズは一九〇一年に釈放され、以後、警察の監督下にあるが、これまでのところまじめに暮らしている。非常に危険な男で、常に武器を持ち歩き、いつでも使う準備をしている。これがぼくたちの相手なのだ、ワトスン――危険な相手だということはわかってくれたね」

「ところで、彼の目的は何なのだろうか」

「そう、それは少しずつはっきりしてきている。ぼくは不動産管理業者のところへ行ってきた。ぼくたちの依頼人は、彼が言うとおり五年前からあそこに住んでいる。そして、その前一年間は空《あ》き家だった。前の借家人はウォードロンという、おおむね紳士然とした人物であった。このウォードロンの風貌《ふうぼう》は不動産管理業者がよく覚えていたよ。彼は突然姿を消してしまい、それ以来なんの噂も聞かない。彼は非常に色黒の顔だちで、背が高く、あごひげをはやした男だった。ところで、殺し屋エヴァンズが撃《う》ったプレスコットだが、スコットランド・ヤードの記録によると、背が高く、色黒で、あごひげがあった。仮説として、この男はアメリカ人犯罪者、プレスコットだと考えることができるね。すると、こういう男が、ぼくらのお人好しの友人が博物館にしているその部屋に住んでいたのだよ。これで、ついに鎖《くさり》の環《わ》が一つ見つかったというわけだ」

「それで、次の環は？」

「そう、ぼくたちはいよいよ出かけてそれを探さなくてはならないよ」

彼は引き出しから回転式自動拳銃《レヴォルヴァー》をとりだすと、わたしに手渡した。

「ぼくは自分の古いお気に入りを持っていくよ。もし西部の友人が、名前に恥じないふるまいをしようとするなら、こちらも立ち向かう準備をしておかなくてはいけないよ。ワトスン、一時間昼寝したまえ。そうしたらライダー・ストリートの冒険に出かけよう」

わたしたちがネイサン・ガリデブの風変わりなアパートに到着したのはちょうど四時だった。管理人のソーンダース夫人は帰るところだったが、文句も言わずにわたしたちを中に入れてくれた。ドアはスプリング錠《じょう》だし、自分たちが帰る時にはすべてを点検するからとホームズが請け合ったからだ。まもなく外のドアが閉まり、夫人のボンネット帽子が弓形の張り出し窓の下を通り過ぎ、この家の一階にいるのはわたしたちだけということになった。ホームズはさっと部屋の中を点検した。隅の暗いところに、壁から少し離れて、戸棚が一つあった。結局この後ろにわたしたちは身をひそめたのだが、これからすることをホームズが小さな声で説明してくれた。

「彼はわたしたちの愛すべき友人をこの部屋から追い出したかった——これはまったくはっきりしている。そして、収集家がめったに外出しないので、そのためには何か計略《けいりゃく》が必要だった、というわけだ。このガリデブという、でっちあげ話はすべてこのためなのだよ。ワトスン、住人の変な名前が思わぬきっかけになったのだとしても、これにはある種、悪魔のような巧妙《こうみょう》さがあると言わざるをえないよ。非常な抜け目のなさで、彼は計画を練っている」

「しかし、彼は何を欲しがっているのかい？」

「さてと、それを探るためにぼくたちはここにいるのだ。状況からぼくが判断する限りでは、依頼人とはまったく関係ないよ。彼が殺した男——犯罪の共犯者だったかもしれない男と関連したことだ。この部屋には何か犯罪に関連した秘密があるのだ。ぼくはそう推理するね。初めはぼくたちの友人のコレクションに自分でも知らない高価なもの、大悪党の注意をひく何かがあるのではないかと思った。しかし、悪事で名高いロジャー・プレスコットがこの部屋に住んでいたということになれば、もっと奥深い理由があるのではないかと思えるのだ。さあ、ワトスン、じっと我慢して、これから何がおきるのかを見てみよう」

その時がくるのに長くはかからなかった。外のドアが開き、そして閉まる音を聞いて、わたしたちは暗闇でさらに体を寄せあった。そして、鍵を開けるカチッという音がすると、あのアメリカ人が部屋の中に立っていた。彼は後ろ手にドアをそっと閉め、すべて安全かどうか確かめるように、まわりをするどく見渡し、オーバーを脱ぎ捨てると中央のテーブルに向かって歩いていった。これからしなくてはならないこと、その方法ははっきりわかっているという、きびきびした歩き方であった。テーブルを脇に寄せると、床の四角いカーペットをはぎ、それを巻き上げた。次に金てこを内ポケットから取り出し、膝《ひざ》をつくと、床の上で精力的に何か始めた。やがて板を横にずらす音がしたと思うと、床に四角い穴が開いていた。殺し屋エヴァンズは、マッチをすり、燃えさしのローソクに火をつけ、わたしたちの視界から姿を消した。

いよいよわたしたちの出番が来た。ホームズがわたしの手首に触れて合図した。二人で口を開けたままになっているはね上げ戸に向かってそっと忍んでいった。そっと動いたつもりだったが、古い床が足元できしんだのだろう。アメリカ人の頭が不安そうにまわりをうかがいながら、突然穴からあらわれた。わたしたちに向けられた彼の顔は、裏をかかれた怒りで燃え上がっていた。しかし、二つの拳銃《けんじゅう》が自分の頭に向けられているのに気がつくと、それも徐々におさまり、ばつの悪そうな苦笑いに変わった。

「おや、おや」地下から這《は》い上がると、彼は冷たく言った。「相手にするには最初から一枚役者が上だ[156]とは思っていましたよ、ホームズさん。わたしの狙《ねら》いはわかっていて、最初からだますつもりだったのですな。それでは、これはあなたにお渡ししましょう。こっちの負けだ——」

あっという間に彼は胸から拳銃を取り出すと、二発撃った。わたしは、熱く焼けた鉄が太ももに押しつけられたような、鋭い痛みを突然感じた。ホームズが彼の頭上に拳銃を振り下ろし、ガンと大きな音がした。顔に血を流しながら床に大の字にのびる男の姿が見えた。ホームズは彼の体をさぐって武器を取り上げた。そして、わが友のすじばった腕がわたしを抱きかかえ、椅子のところまで運んでくれた。

「けがはないか、ワトスン？　お願いだから大丈夫だと言ってくれ！」

あの冷たい顔の裏に、深い誠実と愛があることを知ることができたのだから、怪我の一つ、いやさらに多くの怪我をする価値だってあるというものだ。澄《す》んだ、厳しい瞳《ひとみ》が一瞬うるみ、堅く閉じた唇《くちびる》が震えていた。偉大な頭脳の、偉大な心をわたしは一度だけ垣間《かいま》見た。ささやかだが、一心に務めてきたわたしの年月は、この真情の啓示の瞬間に最高点に達したのだった。

「たいしたことはないよ、ホームズ。ただのかすり傷だ」

彼はポケット・ナイフでわたしのズボンを切り裂《さ》いた。

「そのとおりだ」ほっとして、ホームズは大きく息を吐いて叫んだ。「ほんとうにかすっただけだったよ」ぼうっとした顔で体を起こして、座り込んでいる四人をにらみつけるホームズの顔は火打ち石のように冷たくなった。「ほんとうに、お前のためにもよかったのだぞ。もし、ワトスンを殺していたのなら、生きてはこの部屋からは出られなかっただろう。さてと、何か言いたいことはあるかな」

彼はぐうの音もなかった。彼は床に倒れたまま、こちらを睨《にら》みつけていた。わたしはホームズの腕にすがり、秘密のはね戸をあけて見つかった小さな地下室を覗《さ》きこんだ。エヴァンズが持って下りたローソクがまだ灯《とも》っていた。錆びついた大きな機械や、紙の大きなロール、散らばっている瓶類、それから小さなテーブルの上にきちんと並べられた、たくさんの小さな紙の束が見えた。

「印刷機だ――贋札《にせさつ》造りの設備というわけだよ」ホームズが言った。「そのとおり」四人はよろよろと立ち上がり、椅子に倒れ込んだ。「ロンドンにこれ以上のものはこれまでなかったという、最大の贋札印刷機械だ。プレスコットの機械で、テーブルの上にある紙束はプレスコットが造った贋札二〇〇〇枚、一枚一〇〇ポンドで、どこでも通用する品さ。そちらさんで、ご自由にしてくださいよ。それで取引成立というこ

とで、わたしを見逃すというのはどうですかい」

ホームズが笑った。

「エヴァンズさん、わたしたちはそういうふうには行動しないのですよ。この国にはあなたの逃げ場所はないのです。あなたがそのプレスコットを撃った、そうだね」

「そうだ。仕掛けたのはあっちだが、それで五年くらっちまった。五年だぜ――スープ皿くらいの大きさのメダルをもらったってよさそうなことをしたというのにだぜ。誰もプレスコットの贋札とイングランド銀行の紙幣《しへい》とを区別できやしない。もし、おれが奴をやっつけなかったら、ロンドン中に奴の贋札があふれることになったんだ。奴が贋札を造っていた場所を知っているのは、世界中でおれだけになった。その場所へ行こうとしたって、何も不思議じゃないだろうさ。奇妙な名前の、虫集めに熱中しているおかしなまぬけ(157)が、その上にどっかりと座り込んでいて、めったに外出しないことを知ったとき、奴を動かすために、できるだけのことをやろうとするのもあたりまえじゃねえか。奴を片づけちまったほうが、利口だったかもしれないぜ。簡単なことだったが、こちとらは気の優しい男でね、相手が拳銃を持っていなければ、こっちから撃つことなんぞできないんだ。ところで、ホームズさん、一体あっしはどんな罪を犯したというんですか？　この設備を使った(158)ことはないし、この変てこなじいさんを傷つけもしてない。わたしの罪は何ですかい？」

「今のところは、殺人未遂だけですね」ホームズは言った。「けれども、それを決めるのはぼくたちの仕事ではありませんよ。後でほかの人間が決めるでしょう。いま必要なのはあなたの身柄《みがら》だけですよ。ワトスン、スコットランド・ヤードへ電話してくれたまえ。あちらも、まったく待っていないわけではないだろうからね」

これが殺し屋エヴァンズと彼が作り出した三人ガリデブに関する事実である。その後、聞いた噂によると、わたしたちの気の毒な友人は雲散霧消してしまった夢のショックから立ち直れなかったそうだ。空中に描いた城が崩れ去ったとき、その廃墟《はいきょ》の下に自分も埋まってしまったのだ。最後に聞いた噂では、彼はブリクストン(159)にある老人ホームにいるということだ。プレスコットの設備が発見された日は、スコットランド・ヤードにとってうれしい日となった。設備が存在していることは知っていたが、プレスコットが死んで、所在がわからなくなっていたからだ。まったくのところ、エヴァンズはおおいに役に立ったわけで、ロンドン警視庁刑事部の有能な刑事たちがぐっすり眠れるようになった。あの贋金造りは比類ないほど優秀で、社会の敵だったからだ。エヴァンズが口にしていたスープ皿くらいの大きさのメダルのために、刑事たちは喜んで署名しただろう。しかし感謝心のない裁判官たちはそのような好意的な考えは持たなかったので、殺し屋は再び、出てきたばかりの暗い場所へと戻っていった。

高名な依頼人

「もう差し障《さわ》りはないだろうね」長い付き合いの間に十回目くらいだろうか、これから話す事件を公表してもよいかとわたしが尋《たず》ねた時の、ホームズの答えである。こうして、ついにわたしは、ある意味でわが友の経歴の中で絶頂を迎えた時代だった、この事件を発表する許可を得たのであった。

ホームズもわたしもトルコ式浴場(160)には目がなかった。乾燥室《かんそうしつ》の心地よい倦怠感《けんたいかん》の中でタバコをすっていると、ホームズはどこにいるときよりも、口数が増え、いっそう人間味が増した。ノーザンバランド・アヴェニュー(161)にある施設の上の階に、寝椅子《いす》が二つ並んで置いてある、人目につかない一角があった。わたしのこの話は、一九〇二年九月三日に、二人がこの寝椅子で休んでいた時から始まった。最近何か事件らしいことはあるかとわたしが尋ねると、ホームズは体を包んでいるシーツの下から、長くて、細く、筋ばった腕を抜き出し、横にかかっていたコートの内ポケットから一通の封筒を引き出した。

「騒《さわ》ぎ立てるだけの、ただのうぬぼれ屋のしわざかもしれないし、あるいは生死にか

かわる問題かもしれないね」手紙をわたしに手渡しながら、彼は言った。「そこに書いてあること以外は、ぼくも知らないのだけどね」

それは、カールトン・クラブ(162)から出されていて、前日の夕方の日付のものであった。文面は次のとおりである。

サー・ジェイムズ・デマリーよりシャーロック・ホームズ殿へ、ご挨拶《あいさつ》申し上げます。明日、四時三十分に貴殿をお訪ねしたいと存じます。貴殿にご相談したい用件は、非常に微妙《びみょう》で、たいへん重大なものであります。

したがって、この会見を実現できるように、万障《ばんしょう》お繰《く》り合わせ頂きたく、ご都合の程を電話にてカールトン・クラブまでご連絡くださいますようお願い致します。

「もちろん、承諾《しょうだく》したさ、ワトスン」わたしが手紙を返すと、ホームズは言った。「このデマリーという人物のことは何か知っているかい?」

「社交界ではよく知られた名前だということだけだ」

「それなら、ぼくのほうがもう少々詳《くわ》しいようだ。彼は新聞種にしたくない微妙な事件をうまくまとめる能力があることで有名なのさ。ハマーフォードの遺言状《ゆいごんじょう》事件のことで、サー・ジョージ・ルイス[163]と交渉《こうしょう》したことを君は覚えているだろうね。彼は生まれながらに交渉の才を持った、世事に長《た》けた人間なのだ。この用件というのは、ただの空騒《からさわ》ぎではなくて、彼はぼくたちの助力を切実に必要としていると考えざるをえないね」

「ぼくたち、のかい」

「そう、君がそれでもいいと言ってくれればだがね、ワトスン」

「それは光栄なことだよ」

「それでは、時刻は四時半だ。それまでは、事件のことを忘れよう」

その頃、わたしは、クイーン・アン街の自分の部屋で暮らしていたが、ベイカー街[164]には指定された時刻より早く着いた。四時半ちょうどに、サー・ジェイムズ・デマリー大佐[165]の到着が知らされた。彼のことを説明する必要はまったくないだろう。おおらかで、飾り気のない、誠実な人柄《ひとがら》、幅広の、きれいにひげをそった顔、何よりあの快活で、甘い声を多くの人が知っていると思われるからだ。彼の灰色の、アイルランド人の瞳《ひとみ》からは率直さがあふれ、表情豊かな、ほほ笑みをたたえている口元には、気さくさがただよっていた。ぴかぴかのシルク・ハット、黒ずんだフロック・コート、まったくの話、黒のサテンのネクタイ《クラヴァット》[166]に留められた真珠《しんじゅ》のピンから、磨《みが》かれた靴の上の薄紫色《うすむらさきいろ》のスパッツ[167]にいたるまで、彼は身に着けるものに細心の注意を払うことで有名であったが、それを如実《にょじつ》に物語っていた。大柄で、風格のある、この貴族は小さな部屋を威圧《いあつ》して立っていた。

「もちろん、ワトスン先生にもお目にかかれると思っておりました」彼はていねいに頭をさげながら言った。「先生のご協力がぜひとも必要になると思います。ホームズさん、今回のわれわれの相手は、暴力は当たり前、文字どおり何事にも躊躇《ちゅうちょ》しない男だ。ヨーロッパに、これ以上危険な人間はいない[168]と思う」

「そういう賛辞《さんじ》を呈《てい》された、同じような人間をわたしは数人は知っております」ホームズは笑いながら言った。「タバコはいかがですか？　それでは、失礼してわたしはパイプを喫《す》わせていただきます。もし、あなたのおっしゃる男が、故モリアーティ教授(169)や、今も生きているセバスチャン・モラン大佐(170)より危険だとおっしゃるなら、おおいに会ってみる価値はあるでしょう。それで彼の名前は?」

「グルーナー男爵《だんしゃく》のことはお聞き及びだろうか」

「オーストリアの殺人者のことですか?」

デマリー大佐は、笑いながら、キッドの革手袋をはめた両手を上げた。(171)「ホームズさん、あなたは何ひとつ見逃さないのですね! すばらしい! それでは、あなたはすでに、彼が殺人者だと判断なさっておられるのですな」

「大陸でおこった犯罪事件の詳細について把握《はあく》しておくのは、わたしの仕事です。プラハの事件(172)について読んだことのある人間なら、あの男が有罪であることに疑いをもつことなんてありえません。彼が裁《さば》かれなかったのは、ひとえに、法律の技術面の問題と、証人が不審な死をとげたおかげなのです。シュプリューゲン峠《とうげ》(173)で、いわゆる『事故』がおきた時、彼が自分の妻を殺したことは、わたしはこの目で現場を見たのも同様の確信をもっています。それに、彼がイングランドに来ていることも知っています。遅かれ早かれ、わたしを煩《わずら》わすことになるだろうという予感がしていたのです。それで、グルーナー男爵は、今度は何を企《たくら》んでいるのですか? 昔の、あの悲劇がまた問題になっているのではないでしょうね?」

「いいや、事態はさらに深刻なのだ。犯罪に罰を与えることは大事だ。けれども、犯罪を未然に防ぐことはもっと重要なはずだ。ホームズさん、恐ろしいできごと、ひどい状況が、眼前に着々と進行しているのをながめ、その結末がはっきりわかっているのに、それを避《さ》けることがまったくできないというのは、なんともいたたまれない。これ以上つらい立場があるだろうか？」

「お察《さっ》しいたします」

「それでは、わたしが代理を務める依頼人の気もちはご理解いただけますな」

「あなたがただの仲介人とは知りませんでした。ご依頼のご本人はどなたですか？」

「ホームズさん、これ以上は尋ねないでほしい、と頼まねばならないのだ。その方の名誉《めいよ》ある名前が話の中に絶対に持ち出されることがなかった、と報告することが大事なのだ。その方の動機はあくまでも立派で、騎士道的なものなのだが、名前を知られないでおくことを望んでおられる。申し上げるまでもなく、報酬《ほうしゅう》は約束するし、すべては任せる。これで、依頼人の実の名前は重要ではないでしょうな」

「申しわけありません」と、ホームズは言った。「わたしは、事件の片端に謎《なぞ》があることには慣れておりますが、両端に謎があるのは混乱のもとです。サー・ジェイムズ、残念ですが、お引き受けいたしかねます」

わたしたちの客はおおいに当惑していた。大きくて、感受性の強い顔が、激情《げきじょう》と失望で曇った。

「ホームズさん、あなたはご自分の行動の影響《えいきょう》がわかっておられない」彼は言った。

「あなたのおかげで、わたしはとても深刻なジレンマに陥《おちい》っている。事実をあなたに申し上げれば、事件をお引き受けになることを誇《ほこ》りに思われる、ということはわかりきっているのだが、約束のために事実をすべて明かすことができない。少なくとも、お話しできることはすべて、申し上げてもいいだろうか？」

「どうぞ、お話しください。お引き受けするかどうかは別だということで宜《よろ》しければですが」

「いいだろう。まず初めに、ド・メルヴィル将軍のことはお聞き及びだと思うが」

「カイバル峠の戦い(174)で有名になられた、ド・メルヴィル将軍のことですか。はい、聞いたことはあります」

「将軍には、ヴァイオレット・ド・メルヴィルという令嬢《れいじょう》がおられる。若くて、金持ちで、美人、洗練された、あらゆる意味ですばらしい女性だ。われわれが、悪魔の毒《どく》牙《が》から守ろうとしているのは、この令嬢、愛らしくて、無垢《むく》な娘なのだ」

「としますと、グルーナー男爵は、彼女を意のままにする、何か力でも持っているのですか？」

「女性にとっては最も効き目のあるもの——つまり、愛の力だ。ご存じとは思うが、あの男は並みはずれてハンサムなのだ。非常に魅力的《みりょくてき》な物腰、やさしい声、女性にとって大きな意味を持つ、ロマンスと神秘の雰囲気を兼《か》ね備《そな》えている。全女性は彼の意のままになるので、彼はその事実をおおいに利用しているという評判なのだ」

「しかし、ヴァイオレット・ド・メルヴィル嬢のように身分のある女性と、こういう男がどのようにして出会ったのでしょうか」

「地中海をヨットで航海《こうかい》していた時のことだ。参加者は、選ばれた人に限られていたのだが、船賃は各自で払っていた。主催者《しゅさいしゃ》は、男爵の素性《すじょう》を知らなかったが、知った時にはすでに遅かった。悪党は令嬢にひたすらつきまとい、ついに彼女の心を、完全に獲得したという次第なのだ。彼を愛しているなどという表現では充分ではない。彼女は彼を溺愛《できあい》している、彼の虜《とりこ》になってしまった。彼以外に、この世に何も存在しない。彼に対する非難にはまったく耳を貸さない。彼女の恋心をさまそうと、あらゆることが試みられたが、無駄《むだ》だった。とうとう、彼女は来月、彼に結婚を申し込むことにしているのだ。彼女はすでに成人であるし、鉄の意志を持っているので、彼女をいさめる方法はまったくないのだ」

「令嬢は、オーストリアでの一件はご存じないのですか」

「ずるがしこいあいつめは、自分の過去のすでに知られている、芳《かんば》しくないスキャンダルについても、すべて彼女に話してあるのだ。だが、いつも自分は罪のない殉教《じゅんきょう》者《しゃ》だと思い込ませる言い方でだがね。彼女は完全に彼の言い分を信じて、それ以外のものには耳を貸そうとしない」

「おや、おや！　けれども、あなたはうかつにも、依頼人の名前をもらしてしまったようですね？　そのお方はド・メルヴィル将軍にまちがいありませんね」

われわれの客は、椅子の中で、もぞもぞと体を動かした。

「ホームズさん、そうだとお答えして、あなたを騙《だま》すことはできます。しかし、そうではないのです。将軍は今や使いものになりません。今回の一件で強い軍人もまったく意気阻喪《そそう》してしまいました。戦場でいつも彼を支えていた気力も衰《おとろ》え、このオーストリア人のような、頭の良い、強力な悪漢《あっかん》に立ち向かうことなどできない、弱々しい、足元もおぼつかない高齢者となってしまっている。しかし、わたしの依頼人は、長い間将軍と親しくしている古い友人で、この若い女性がほんの子どもの時から、彼女には父親のような関心をいだいてきたお方です。このお方には、この悲劇を手をこまねいて見過ごすことはできないのだ。スコットランド・ヤードができることは何もない。あなたに援助を求めようというのは、このお方自身の提案によるものなのだ。ただ、前にも言ったとおり、このお方ご自身が事件に巻き込まれることがないようにというのが条件なのだ。ホームズさん、あなたの偉大な能力をもってすれば、本当の依頼人を突き止めることなど、容易にできるに違いない。しかし、お願いしておく。名誉の問題として、そのようなことはなさらないように、そして、この方の正体をあばこうなどとなさらないように、願いたい」

ホームズは奇妙な笑みを浮かべた。

「そのことについては、お約束してもさしつかえないかと思います」彼は言った。「それから、あなたのお話に興味《きょうみ》がわいてきましたので、調査いたしましょう。あなたのご連絡はどのようにしたらよろしいですか?」

「カールトン・クラブを訪ねてほしい。緊急の場合は、個人の電話番号へでもいい。『XXの三一』」

ホームズは番号を書き取り、再び笑いを浮かべたまま、膝《ひざ》にメモ帳を広げて座っていた。

「男爵の現在のご住所もお願いします」

「キングストン(175)に近い、ヴァーノン・ロッジ。大邸宅です。何やらあやしげな投機《とうき》であてたとかで、金持ちですよ。それだけに、敵としてはますます危険だということです」

「現在、ここに住んでいるのですか?」

「そう」

「ただ今のお話のほかに、この男について何か情報はございませんか?」

「彼は、金のかかる趣味《しゅみ》をもっているのだ。馬に夢中。短い期間だったが、ハーリンガムでポロをしていた[176]ことがある。しかし、プラハの事件で身辺が騒がしくなって、やめざるをえなくなった。書籍や絵画を収集している。性格的になかなか芸術家の面もある男のようだ。中国陶器の大家であることは認められていて、それについて本を書いたことがある」

「複雑な精神構造ですな」ホームズは言った。「大犯罪者というのはみんなそうです。ぼくの古い友人のチャーリー・ピースはヴァイオリンの名手だった[177]し、ウェインライトはたいした芸術家だった[178]。まだまだ名前を挙《あ》げることができます。さてと、サー・ジェイムズ、あなたのご依頼人には、わたしがグルーナー男爵のことに専念いたしますとお伝えください。今のところは、これしか申し上げられません。わたしは独自の情報源を持っていますので、何とか解決の手口は見つけられるかとは思います」

　客が帰ったあと、ホームズは座ったまま、長いこと考え込んでいた。わたしがいることは忘れてしまったのかと思ったが、ようやく、元気をとり戻してわれに返ったようであった。

「ところで、ワトスン、何か考えはあるかい？」

「令嬢自身に会ってみるべきだと思うのだが」

「いやいや、ワトスン、気の毒な、老いて使いものにならないという父親でも、彼女の心を動かせないというのに、他人のぼくに何ができるというのかね。まあ、他がすべて駄目なら試してみる価値はあるかもしれないな。でも、ぼくたちはまず別の角度からとりかかってみよう。シンウェル・ジョンスン[179]が役に立つかもしれない」

　これまで事件記録のなかでシンウェル・ジョンスンに触れる機会がなかったが、わたしが事件を選ぶとき、わが友の経歴の後半期から取り上げることがほとんどなかったからなのだ。二十世紀の初め、彼は貴重な助力者となった。残念なことに、彼ははじめ非常に危険な悪党として名をなし、パークハースト[180]で二回、刑期をつとめた。結局のところ、彼は改心して、ホームズと手を組み、ロンドンの巨大な犯罪組織の中で、ホームズの手先として働き、情報を集めていた。それが重大なものであったことがしばしばあった。もしジョンスンが警察の「スパイ」だったなら、すぐに身元が割れていただろうが、裁判所に直接持ち込まれるような事件は扱っていなかったので、彼の行動は仲間に気づかれることはなかった。過去に二回の有罪判決を受けたという栄光のおかげで、彼は町のどのナイト・クラブ、安宿、賭博《とばく》場にも自由に出入りでき、すばやい観察力と頭脳によって、情報収集のための理想的エージェントになったのだった。いま、シャーロック・ホームズが手助けを求めているのが、その彼なのである。

　わたしは、自分の差し迫《せま》った仕事があったので、わが友がすぐにどのような手を打ったかを知ることはなかった。けれども、ある夕方、わたしたちはレストラン・シンプスン[181]で会う約束をした。正面の窓ぎわの、小さなテーブルに座り、ストランド[182]のあわただしい人の流れを見下ろしながら、彼はこれまでにおきたことを話してくれた。

「ジョンスンがいま探っているところだよ」彼は言った。「彼は暗黒街の暗い隅にある、何かつかんでくると思う。あの男の秘密を探るには、まずはそこ、犯罪の黒い根の中心からだよ」

「しかし、すでにわかっていることでも令嬢が受け入れようとしないのに、君が新たに何か発見してきたとしても、彼女の決心を変えさせることができるだろうかね」

「それはわからないよ、ワトスン。女心というものは、男にとっては解くことのできないパズルだ。殺人さえも許せたり、説明で納得するのかもしれない。しかし、もっと小さな犯罪に腹を立てることもあるかもしれない。グルーナー男爵がぼくに言ったのだが――」

「彼が君に言ったただって！」

「ああ、そうだったね、ぼくの計画を君にまだ話してなかったね。ぼくはね、ワトスン、自分の相手とは直接に対決するのが好きなのだよ。目と目を見合って、彼がどういう人間か、自分自身で判断したいのだ。ジョンスンに指示してから、ぼくは馬車でキングストンへ出かけ、男爵に会った。彼はとても愛想がよかったよ」

「彼は君が誰だかわかったかい？」

「それは難しいことではないよ。ぼくは自分の名刺を出したからね。彼は敵ながら見事だったよ。氷のように冷たく、絹《きぬ》の手触りのような声、いま流行の、君の仲間の顧《こ》問《もん》医師さながらに、うまく心を鎮《しず》めてくれる態度なのだが、コブラのように毒をもっている。彼には生まれながらにして素地《そじ》のある、本物の犯罪貴族だ。表面は午後のお茶でもどうぞという感じなのだが、裏には墓場のような残酷《ざんこく》さを秘めている。そう、ぼくはアデルバート・グルーナー男爵と対決することにしてよかったと思うよ」

「彼は愛想がよかったって言ったね？」

「それは餌《えさ》になるネズミを見つけたと思った猫が、喉《のど》をならすのと同じことだよ。ある種の人間の愛想のよさは、態度が荒っぽい人間の暴力よりも、もっと危険なことがあるのさ。彼の挨拶は独特だった。『早晩《そうばん》お会いすると思っておりました、ホームズさん』と、彼は言ったよ。『ヴァイオレット嬢とわたしの結婚を阻止《そし》するために、父親のド・メルヴィル将軍に依頼されたのでしょう。そうですね』

ぼくは黙ったまま認めたよ。

『まあまあ』彼は言った。『それでは、あなたはせっかくの評判を台無しにするだけです。これは、あなたの手におえる事柄ではありません。無駄骨を折るだけでなく、危険がふりかかるでしょう。すぐにこの件から手をお引きになることを強くお勧めします』

『これはおもしろい』とぼくは答えた。『それはまさしく、わたしがあなたに申し上げようと思っていたことです。男爵、わたしはあなたの頭脳には敬意を持っております。あなたに短時間お目にかかったあとも、その気もちは少しも変わりません。男として、これは言わせていただきます。あなたの過去をあばいて、あなたを不必要に不愉快にさせたいとは、誰も思っておりません。それは過ぎたことで、あなたは今は穏やかに暮らしていらっしゃる。しかし、あなたがあくまでもこの結婚に固執《こしつ》なさるのなら、大勢の敵を向こうに回すことになるでしょう。イングランド中が過熱して、あなたの居場所がなくなるまで、放ってはおかないでしょう。このようなゲームをする価値があるでしょうか。令嬢にはお関わり合いにならないことが、まちがいなく、賢明なことだと思いますが。あなたの過去の事実が、令嬢に知られるというのは、あなたにとって愉快なことではないでしょう』

男爵は、昆虫の短い触角のような、先端をワックスで固めた、短いひげを鼻の下にたくわえていた。話を聞きながら、おかしいと思うと、このひげが細かく揺れていたが、ついに静かに、クスクス笑い始めた。

『笑ったりして失礼しました、ホームズさん』彼は言った。『しかし、あなたがカードをまったく持たずに、勝負しようとしているのを見ていると、まったくおかしいのですよ。ほかの誰もできないくらいお上手ではありますが、どちらにしろ、物悲しいですな。絵札は一枚もありませんね、ホームズさん。あるのは小さい数字のカード、それもいちばん小さいものだけのようだ』

『そうあなたはお考えなのですね』

『わたしは知っているのですよ。事態をはっきりさせておきましょう。わたしの持ち札は強いですから、広げてお見せできますよ。わたしは幸運にも令嬢の全幅《ぜんぷく》の愛情を得ることができました。わたしの過去のいまわしいできごとをすべて、はっきりと彼女に話したにもかかわらず、彼女はわたしを愛してくれたのです。それから、ある悪意のある、下心をもつ人物——あなたご自身の姿を見るかのように思いますが——が来て、あれこれ話をするかもしれないと彼女には言っておきました。そして、その人物をどう扱ったらいいかも教えておいたのです。催眠術《さいみんじゅつ》の術後暗示のことを聞いたことがありますか、ホームズさん？　そう、ご自身でそれがどう働くものか、いずれご覧になるでしょう。強い個性の人間は、一般の人がするように手を動かしたり、道化のようなことを言わなくても、催眠術をかけることができるのです。ですから、彼女はあなたに会う準備はできています。きっと会う約束をするはずです。なぜなら、彼女は父親の意志にはきわめて従順なのです——ただし、この小さなこと以外には、ですがね』

そう、ワトスン、ぼくはもうこれ以上言うこともないようだったので、冷静に、威《い》厳《げん》をもって出ていこうとしたのだが、ぼくがドアに手をかけた時、彼はぼくを引き止めたのだよ。『ところで、ホームズさん』と、彼は言った。『フランスの捜査員《そうさいん》のル・ブランはご存じですかな』

『ええ』と、ぼくは答えた。

『では、彼の身におきたことはご存じですか』(183)

『聞くところによりますと、モンマルトル地区で、ならず者《アパッチ》(184)たちに殴られて、生涯、体が不自由になったということでしたが』

『そのとおりですよ、ホームズさん。奇妙な、偶然の一致ですな。彼はほんの一週間前に、わたしの事件を探っていたのです。そんなことをしないことですな、ホームズさん。すれば、よくないことがおこりますよ。それはすでに何人かの人物が体験したことがらです。最後に申し上げましょう。あなたはあなたの道を行き、わたしにはわたしの道を行かせておくことです。それでは、さようなら！』

まあ、こういうわけなのさ、ワトスン。現在の状況はここまでだ」

「危険な男のようだね」

「非常に危険だよ。ぼくは、こけおどしは無視するが、彼は言った以上のことをやる

HOWARD K ELCOCK

たぐいの人間だよ」

「君がどうしても関わらなくてはいけないことなのかい。彼がこの娘と結婚したとすると、何か問題があるのかな」

「彼が先妻を殺害したことがまちがいないとすれば、それはきわめて問題だと言わざるをえない。それに、依頼人のこともある！　まあ、とにかく、ぼくたちはそのことについては議論する必要はないよ。コーヒーを飲み終わったら、一緒に来てくれるね。陽気なシンウェルが報告を持って、待っているはずだ」
[185]たしかに彼は待っていた。大きくて、粗野《そや》で、赤ら顔で、大きなかさぶたやしみのある男であった。生き生きとした、黒い目だけが、内に秘めた、抜け目のない精神を外側からうかがわせる唯一のものであった。彼は自分独自の王国とでもいう場所に、潜入《せんにゅう》してきたようであった。そして、ソファの彼の横には、彼がそこへ行って、連れてきたという証拠品[186]である、やせて、燃え立つような若い女性が座っていた。青ざめて、思いつめたような顔をしていて、若いが、罪[187]深い生活と悲しみのため、疲れ果てていた。そして、その顔にはひどい皮膚病《ひふびょう》のような跡を残した恐ろしい歳月が読み取れた。
「こっちがミス・キティー・ウィンターでさあ」シンウェル・ジョンスンは、紹介するように、丸々とした手を振りながら言った。「こいつが知らないことは——そうで

すよ、ご本人がしゃべりますぜ。ホームズさん、あっしは、あんたの伝言を聞いて一時間もしないうちに、この女を見つけたんですぜ」

「あたしを見つけることなんぞ、わけもないさ」若い女は言った。「いつだって、ロンドンっていう地獄にいるんだからさ。おデブのシンウェルと同じさ。あたしたちゃ古くからなじみさ、ねえおデブさん、あんたとあたし。でも、こんちくしょう！　この世に正義があるってんなら、いちばん深い地獄の底にいるはずの人間が、もう一人いるんだよ。そいつが、あんたがいま追っかけてる男ですよ、ホームズさん」

ホームズはほほ笑んだ。「お力を貸していただけるようですね、ウィンターさん」

「あいつをいるべきところに放りこむことができるってんなら、あたしは何だってやりますよ(188)」わたしたちの客は強い力を込めて言った。彼女の青白い顔と、燃えるような瞳《ひとみ》には、男性には絶対見られない、そして女性にもめったに見られない、激しい憎しみが見えた。「あたしの過去なんぞに構わないでくださいよ、ホームズさん。どうせ、たいしたもんじゃないんだから。だけど、こんなあたしにしたのは、あのアデルバート・グルーナー野郎なんだ。あいつをギャフンという目に遭《あ》わせることができるんだったら！」彼女は血迷ったように両手で空《くう》をつかんだ。「ああ、あいつがたくさんの人を押し込んだ、その穴の中に、あいつを引きずり込んでやりたい！」

「事情はおわかりですか」

「おデブのシンウェルが話してくれました。あいつが気の毒なおマヌケさんを追いかけていて、今度はその彼女と結婚したいってえんでしょ。あんたはそれを止めさせたいんだよね。まあ、あんたはこの悪魔のことはよく知ってるから、良家のお嬢さんが正気で、あいつと同じ教会に式を挙げに行こうっていうのを、止めさせようてんだね」

「彼女は正気を失っています。気も違わんばかりに彼を愛しています。彼に関することはすべて聞かされているのに、彼女は、まったく気にかけないのです」

「人殺しのことも聞かされているんだね」

「そうです」

「何てえこった。ずぶとい神経の持ち主だ」

「彼女は何を聞いてもそれを中傷《ちゅうしょう》だと受け取ってしまいます」

「そのまぬけな目の前に、証拠を突きつけてやることはできないのかね」

「それでは、そのために、わたしたちを助けていただけますかな」

「あたしのこの身が証拠だよ。このあたしが、あの女の目の前に立って、あいつがどんなにあたしをもてあそんだかを話してやったら――」

「そうしていただけますでしょうか」

「そうしてくれるかいだって？　あたしは、やらずにゃおかないよ！」

「それでは、試してみる価値があるかもしれません。けれども、彼は自分の犯した悪事について、ほとんど彼女に話していて、許しを得ています。ですから、彼女は問題をむしかえすようなことはしないと思います」

「あいつが、まったく話してないことをぶちまけてやろうじゃあないか」と、ウィンター嬢は言った。「大騒ぎになっている事件のほかにだって、一つや二つの殺人事件をききかじってますからね。あのビロードのような声で、ある男の話をしていたかと思ったら、じっとあたしを見て、言うんです――『一ヶ月以内に、あの男は死んだんだ』と、そいつが、まったくのほらじゃないんですよ。あたしゃ、まったく気がつかなかったよ。あのときは、あたしもあいつを愛してたからね。このお気の毒なおマヌケさんの娘と同じようにさ、あいつのやることなら、何だって受け入れちまったんです。たった一つですが、あたしを身震《みぶる》いさせたことがあるんです。そう、本当だよ！　あいつが毒をもった、嘘《うそ》つきの口で、言いわけしたり、なだめたりしなかったら、その夜出て行ってしまったでしょうよ。それは、あいつが持っている一冊の本(189)ですよ――鍵《かぎ》がついてて、茶色の革の本でね、表にゃあいつの紋章《もんしょう》が金色で付いていましたっけ。あの夜は、ちょっと酔っぱらってたんだろうね。さもなきゃ、あたしにあれを見せたりはしなかっただろうよ」

「とすると、それはどのようなものなのです？」

「それがですよ、ホームズさん、あの男は女を収集しているんですよ。蛾《が》や蝶《ちょう》を集める人間がいるように、あいつは女を収集して、そのコレクションを自慢するんですよ。あの本の中に、すべてが集められているんです。スナップ写真、名前、それからくわしい説明、女に関するあらゆることが。汚《けが》らわしい本ですよ——どんなに卑《いや》しい生まれの人間だって、とても書くことができない類《たぐい》の本ですよ。ところが、そういう本をアデルバート・グルーナーは持っているんです。『わたしが破滅させた女たち』その気があれば、本の表にそう書いたでしょうね。まあ、あの本があなたのお役に立たないなら、どうでもいいことです。役に立つって言ったって、手に入れることができないんだけどね」

「それはどこにあるのですか」

「今どこにあるかなんて、知りませんよ。別れてからもう一年も過ぎているんですから。あの頃どこにしまってあったかは知ってますよ。あいつは几帳面《きちょうめん》で、整理整頓好きの人間ですから、たぶん今だって、奥の書斎《しょさい》の、古い机の整理棚の中にあるんじゃあないですか。あいつの家は知ってるのかい」

「書斎には行ってきました」ホームズは言った。

「ああ、そうですか。今朝始めたわりには、手まわしがいいね。今度こそ、あのアデルバートに対抗できる人間が現われたようだね。表の書斎は、中国の陶器が置いてあるところでね——窓と窓の間の、ガラスのはまった、そう、大きな食器棚に陶器が入ってる。それで、机のうしろのドアを開けると、奥の書斎なんですよ——書類やら何やらを保管しておく、小さな部屋です」

「彼は泥棒のことを心配してませんでしたか？」

「アデルバートは臆病者《おくびょうもの》じゃないですよ。あいつの一番の敵だって、そうは言わないだろうね。自分のことは自分で守るってえことですよ。夜は警報《けいほう》装置がありますからね。それに、泥棒がねらうようなものがありますかね？　あの、しゃれた陶器を持って逃げるってえんなら別だけれどね」

「いいや、駄目だね」シンウェル・ジョンスンが、専門家らしく、きっぱりと言った。「盗品の買い上げ業者ってえのは、溶かしたり、売ったりできないブツは欲しがらないからな」

「そのとおりです」ホームズが言った。「さてと、ウィンターさん、明日の夕方五時にこちらへおいでいただけないでしょうか。それまでに、さきほどあなたがおっしゃったように、この女性と個人的にお会いいただけるよう手配できるか、検討してみます。ご協力、本当に感謝いたします。当然、わたしの依頼主はお礼については、充分に考慮《こうりょ》するものと——」

「そんなものはいりませんよ、ホームズさん」若い女性は叫んだ。「お金が欲しくて、やってるんじゃあないからね。あいつが泥まみれになるところを見せてくださいよ。それがあたしの望むすべてですよ――あいつの、いまいましい顔を足げにする。それがあたしへのご褒美《ほうび》です。明日ここへ来ます。あなたがあいつを追いかけている限り、いつでも。このおデブちゃんがいつだってあたしの居場所は知ってますから」

わたしが次にホームズに会ったのは、翌日の夕方、ストランドのいつものレストランで再び食事をした時であった。会見の首尾《しゅび》はどうだったかと尋ねると、彼は肩をすくめてみせた。そこで、彼が話した物語を、わたし流の方法で再現してみよう。ホームズの話し方は硬くて、無味乾燥《かんそう》なので、少々柔らかく言い換えて、うるおいをもたせる必要があると思われるからである。

「約束を取りつけるのに、何も難しいことはなかった」ホームズは言った。「令嬢は婚約によって、父親に大きく逆らったものだから、その罪滅ぼしのために、ほかのことには卑屈《ひくつ》なほど親に従順になろうとしていたからだ。将軍から準備が整《ととの》ったという電話があり、火のように熱くなっているW嬢が予定どおり現われた。そこで、五時三十分、年配の軍人が住んでいる、バークレー・スクェア一〇四番の前で、ぼくたちは馬車から降り立った――これは教会でさえもとるにたりないように見えるような、ロンドンにある、大きな、灰色の城の一つだった。使用人が黄色のカーテンのかかった、大きな客間にぼくたちを案内した。そこには令嬢がぼくたちを待っていたのさ。とりすまし、青ざめて、打ち解けないようすは、山の雪像のように、毅然《きぜん》として、よそよそしかったね。

どうしたら、彼女のようすを君に明確に説明できるか、ぼくにはよくわからないよ、ワトスン。おそらく、事件が終わるまでに彼女に会うこともあるだろう。そうしたら、君自身の表現力を発揮してみてくれたまえ。彼女は美しい。それは、心をどこか上のほうに置いたままの、いわゆる狂信者の、この世のものでない美しさなのだ。中世の老練《ろうれん》な大家の絵画のなかに、こういう顔を見たことがあるね。獣《けもの》のような男が、こういうこの世のものでないような人物に、薄汚れた手をどのようにしてかけることができたのか、ぼくにはわからない。君は、精神的なものと動物的なものとが、粗暴《そぼう》な人間と聖なる天使とがといった、両極端のものがお互い惹《ひ》かれあうのを見たことがあるだろう。しかし、これ以上にはなはだしい例は見たことがあるまい。

もちろん、彼女はぼくたちの来訪の目的は知っていた——あの悪漢は、彼女がぼくたちに反感を持つように仕向けるのに時間を無駄にしていなかったわけだ。ウィンター嬢の登場には、やや驚いていたようだが、尼僧《にそう》院長がひどい皮膚病をわずらっている二人のもの乞《ご》いを迎え入れるかのように、ぼくたちに椅子を手で示した。ねえ、ワトスン、もし君が高慢な態度をとりたくなったら、ヴァイオレット・ド・メルヴィル嬢の真似をするといいよ。

『ところで』と、彼女は氷山から吹いてくる風のような声で言った。『お名前は存じ上げております。あなたのご訪問の目的は、私のフィアンセである、グルーナー男爵を中傷なさるためですね。あなたにお目にかかることにしたのは、父の頼みだったからだけです。それに、前もって申し上げておきますが、あなたが何をおっしゃっても、わたしの気もちに何ら影響を与えるものではありません』

ぼくは彼女が気の毒になったよ、ワトスン。その瞬間、もし彼女がぼくの娘だったらという思いがよぎった。普段は、ぼくはあまり雄弁なほうではない。心よりは、頭を使う。けれども、ぼくの気質のなかにある限りの言葉の温かさを込めて、彼女に訴《うった》えた。妻になった後で初めて、その男の性格を悟った女性の恐ろしい立場を描いてみせた——血ぬられた手と好色な唇《くちびる》の愛撫《あいぶ》に身をまかせなくてはならない女の姿をね。少しも手かげんはしなかった——恥《はじ》、恐怖、苦悩、絶望、すべてを話して聞かせた。ぼくがどんなに熱く語っても、あの象牙《ぞうげ》色《いろ》のほおにわずかな赤みも、あのぼんやりした瞳に感情のわずかな輝《かがや》きももたらすことはできなかったよ。あの悪党が、術後暗示について言っていたことを思い出した。彼女はうっとりと夢を見ながら、まるでこの世離れした暮らしをしているように見えた。しかし、彼女の答えは明解そのものだった。

『ずっと我慢してお話をうかがってまいりました、ホームズ様』彼女は言った。『わたくしの気もちに対する影響は思ったとおりです。わたくしのフィアンセ、アデルバートが波乱に富んだ人生を送ってきたこと、そのため激しい憎しみと、まったく不当な中傷を受けることになったことは、よく存じております。たくさんの人が私のもとに中傷を聞かせにまいりましたが、あなたが最後ということでしょう。おそらく、あなたは善意でなさったことでしょう。もちろん、あなたが男爵の敵にも味方にもなる、お金で雇《やと》われた探偵であることは存じております。しかし、ともかく、このことははっきりおわかりいただきたいと思います。どうあろうと、わたくしは彼を愛しておりますし、彼も私を愛しています。世の中の意見は、窓の外でさえずる鳥の声以上のものではありません。もし彼の高貴な性格が一瞬でも地に落ちたとしたら、それを本当の、高いところに引き上げるために、わたくしが特別に遣《つか》わされたのでしょう。わたくしにはわからないのですが』ここで、彼女はぼくの連れに目を向けた。『こちらの若い女の方は、どちらさまでしょうか?』

ぼくが答えようとした時、あの娘がつむじ風のように割り込んできた。炎と氷が対決するとはまさに、あの二人の女性のことだったね。

『あたしが教えてやろうじゃあないか』彼女は、激情のため口角に泡をふき、椅子から飛び出しながら、叫んだ――『あたしは、ついこの間まであいつの愛人だったんだよ。あいつが誘惑し、利用し、破滅させ、ごみの山に投げ捨てた、大勢の愛人の一人なんだ。あんたもそういう目に遭わされるよ。あんたの場合は、放り込まれるごみの山は墓場だろうね。まあ、そんなところだろうよ。言っておきますがね、おマヌケなお嬢さん、もしあいつと結婚したら、あいつはあんたの死神になるだろう。心がやられるか、首がやられるか知らないが、どっちかの方法でやつはあんたを殺しちまうよ。あんたのために言ってるんじゃない。あたしゃ、あんたが死のうが生きようが、ちっともかまやしないよ。あいつが憎いからなんだ、あいつに仕返しするためさ。あいつがあたしにしたことを、お返しするためさ。まあ、どうでもいいよ。お嬢さん、あたしをそんな目で見る必要はないよ。事が終わりゃあ、あんたがあたしより下等《かとう》な人間になっているだろうさ』

『このようなことは議論したくありません』ド・メルヴィル嬢は冷たく言った。『はっきりと申し上げますが、わたくしのフィアンセの人生の中で、下心を持った女性たちと関わりあったことが三度あったことは存じております。そして、もしひどいことをしてしまったとしたら、そのことを彼は心から悔《く》いていらっしゃることを知っております』

『三度だって！』ぼくの連れは悲鳴をあげた。『あんたはマヌケだ！　言いようのないマヌケ野郎だよ！』

『ホームズ様、このご面会は終わらせていただきとうございます』令嬢は氷のように冷たい声で言った。『父があなたに会ってほしい、と申しましたので従いましたが、こちらの方のたわごとを聞かされる覚えはございません』

ウィンター嬢は、ののしりながら突進した。ぼくが彼女の手首を押さえなかったら、彼女はこの腹立たしい令嬢の髪をつかんでいただろうね。ぼくは彼女をドアのほうに引きずっていったが、人目につかないうちに、馬車に押し込むことができてよかったよ。彼女は怒りで我を忘れていたからね。冷静にだけれど、ぼく自身もおおいに怒っていたよ、ワトスン。ぼくたちが救おうと懸命《けんめい》なのに、あの女ときたら、落ち着き払って他人事のようだし、このうえなく慇懃《いんぎん》で、非常に不愉快だった。さてと、これで、君もぼくたちの現状に追いついたわけだよ。この作戦がうまくいかないとなれば、何か新しい突破口を考え出さなくてはならないことは確かだ。君にも手伝ってもらわなくてはならないことがあるだろうから、君にはまた連絡するよ、ワトスン。まあ、次の行動はこちらからではなく、先方のほうかもしれないがね」

そして、それはそのとおりであった。彼ら――というより、あの男から攻撃してきた。わたしはあの令嬢が事件に内々関与していたとはどうしても思えなかった。わたしの目はそのポスターに釘《くぎ》づけになった。恐怖のあまり激しい痛みがわたしの心を突き抜けた時に、わたしが立っていた敷石《しきいし》がどれかを今でも指し示すことができるのではないかと思うほどである。それは、グランド・ホテルとチャリング・クロス駅(190)の間で、一本足の新聞売りが夕刊を売っていた。先日の話をかわした時から二日後のことであった。黄色の地に黒い文字のそのポスターには、恐ろしいことが書いてあった——

殺人者
シャーロック・
ホームズを
襲撃《しゅうげき》す

わたしはしばらく(191)の間、呆然《ぼうぜん》として立ちつくしていたような気がする。それからあとの記憶は混乱しているのだが、新聞をつかんで、金を払わなかったものだ

から男から抗議《こうぎ》され、そのあと薬屋の入り口に立ったまま、不吉な記事を読んだ。それは次のようなものであった――

有名な私立探偵、シャーロック・ホームズ氏が、今朝、暴漢《ぼうかん》に襲《おそ》われ、危険な状態であることは、なんとも残念なことである。まだ正確な詳しい情報は発表されていないが、事件は十二時頃、リージェント街(192)の、カフェ・ロワイヤルの前でおきた模様である。ステッキを持った二人の男に襲われ、ホームズ氏は頭や体を打たれ、医者の話では重傷であるという。ホームズ氏は、チャリング・クロス病院(193)に運ばれたが、その後、本人の強い希望によりベイカー街の自室に運ばれた。氏を襲った悪漢たちは、服装はととのっていて、野次馬《やじうま》をよけ、カフェ・ロワイヤルの中を抜けて、裏のグラスハウス街に出て逃亡した。彼らが、負傷したホームズ氏の行動と非凡な才能とにしばしば泣かされていた犯罪組織の一員であることにまちがいはない。

言うまでもないことだが、わたしは記事を読み終えないうちに、辻馬車《ハンサム》(194)に飛び乗り、ベイカー街へ向かった。有名な外科医の、サー・レスリー・オークショットが玄関ホールにいて、彼のブルーム型馬車(195)が歩道の縁石のところで待っていた。

「差し迫って危険な状態ではありません」と、彼が言った。「頭に二ヶ所の裂傷《れっしょう》とかなりひどい打《だ》撲傷《ぼくきず》です。数針縫《ぬ》う必要がありました。モルヒネ(196)を打ってありますから、安静が必要ですが、短い間ならお会いになってもさしつかえありません」

この許可を得て、わたしは暗くした部屋にそっと入った。怪我人はしっかりと目をさましていた。ささやくような、かすれ声でわたしの名前を呼んだ。ブラインドは四分の三ほど下げてあったが、陽の光が一筋、斜《なな》めに差し込み、怪我人の、包帯が巻いてある頭にあたっていた。白いリネンの圧縮包帯(197)に真紅《しんく》のしみがにじんでいた。わたしは彼のそばに座り、のぞきこんだ。

「だいじょうぶだ、ワトスン、心配には及ばない」彼は、非常に弱々しい声でつぶやいた。「見た目ほどひどくはない」

「それはありがたいことだ」

「君も知ってるだろうけど、ぼくは棒術《ぼうじゅつ》の名手(198)だからね。もっぱら防戦に努めたのだが、二番目の男が少々手に余《あま》ったのさ」

「ホームズ、ぼくに何かできることはないかい。奴らをけしかけたのは、あの男に決まっている。君がそうしろと言うのなら、ぼくは奴の皮をはぎに行ってやる」

「まあまあ、ワトスン！　駄目だ、警察が彼らをつかまえるまでは、何もできない。それに、彼らの逃走はよく準備されていた。その点は確かだ。もう少し待とう。ぼくに考えがある。まず、ぼくの怪我のことを大げさに言ってくれたまえ。彼らは情報を得ようと、君のところに来るだろう。そうしたら、ワトスン、重態だと言ってくれ。一週間もてばいいほうだとか――脳しんとうとか、うわごとを言っているとか、何でもいい、君の好きなように！　どんなに大げさでも、言いすぎではないよ」

「しかし、サー・レスリー・オークショットは？」

「そう、彼のことならだいじょうぶだ。彼にはいちばん悪い状態を見せておくよ。それについてはぼくにまかせてほしい」

「他に何かあるかい？」

「そう、シンウェル・ジョンスンにあの女を隠すように言ってくれたまえ。今頃は、あの暴漢たちが彼女を追いかけているだろう。もちろん、今度のことで、彼女がぼくに味方していることを知っている。ぼくを襲うくらいの奴らだから、彼女のことを放っておくはずはないよ。急を要する。今夜中にたのむよ」

「今から行ってこよう。それからほかには」

「テーブルの上にパイプを置いておいてくれたまえ――それから、タバコが入ったスリッパ(199)も。そう、ありがとう！　毎朝来てくれたまえ。ぼくたちの作戦行動を練《ね》ろう」

その夕刻、ジョンスンと打ち合わせをして、わたしはウィンター嬢を静かな郊外にかくまい、危険が過ぎさるまで身を潜《ひそ》めているように計らった。

それから六日の間、人々はホームズは死に瀕《ひん》していると思っていた。医者の発表する容態も深刻だったし、新聞には不吉な記事が載っていた。わたしは頻繁《ひんぱん》に彼を見舞っていたので、それほど悪くはないということがわかっていた。彼の鋼《はがね》のような体と、断固とした意志が奇跡をおこしていた。彼の回復は実に早かった。彼は本当は、自分で考えている以上に回復していて、それをわたしからも隠そうとしているのではないかとさえ、思えた。この男には奇妙に隠し立てする性癖《せいへき》があって、それがさまざまな劇的な結果をもたらすことがあったが、親友にさえ、彼の本当の計画は何なのだろうかと考えさせてしまうのだった。最も安全な計画者は、一人で計画する者だ、という格言を、彼は極端に実行しているように思えた。わたしは誰よりも彼に近い人間だが、それでも二人の間の溝《みぞ》のことはいつも意識していた。

七日目、傷の抜糸《ばっし》が行なわれたが、夕刊には丹毒《たんどく》[200]ではないかと書かれていた。同じ夕刊には、わが友が元気でも、具合が悪くても、知らせなくてはならない発表が載っていた。金曜日にリヴァプールから出航する、キューナード社の船[201]「ルリタニア号」[202]の乗船客の中に、アデルバート・グルーナー男爵の名前があった。男爵は、ド・メルヴィル将軍の一人娘、ヴァイオレット・ド・メルヴィル嬢との近々行なわれる挙式の前に、合衆国で、決着をつけなくてはならない、ある重大な財政上の問題がいくつかあるという……云々。ホームズは、青ざめた顔に、冷たく、集中した表情を浮かべ、知らせに耳を傾けていた。そのようすから、彼には大きな打撃だったことがわかった。

「金曜日だって！」彼は叫んだ。「丸三日しかない。悪党め、危機を避けようとしているな。だが、そうはさせないぞ、ワトスン！　絶対にそうはさせない！　さあ、ワトスン、君にしてほしいことがある」

「何なりと、ホームズ」

「それでは、今から二十四時間、中国陶器の研究に集中してほしい」

彼は、何の説明もしなかったし、わたしも尋ねなかった。長い間の経験から、素直に従う知恵を会得《えとく》していた。けれども、部屋を出て、ベイカー街を歩きながら、このおかしな命令を一体どのようにして実行したらいいのか、頭の中で繰《く》り返し考えた。そして、わたしは、セント・ジェイムズ・スクェアのロンドン図書館[203]まで馬車で行き、友人で、副司書のロマックスに事情を話し、相当ぶ厚い一巻を抱えて、自宅へ戻った。月曜日の法廷《ほうてい》で、専門家である証人に質問できるよう、注意深く事件について知識を頭に詰め込んだ法廷弁護士が、土曜日にならないうちに無理やり詰め込んだ知識をすべて忘れてしまう、とはよく言われている。もちろん、わたしも今、陶器について権威者ぶるつもりはないが、その夕方中、そして短い休憩《きゅうけい》を除き夜中、そして翌朝と、わたしは知識[204]を吸収し、名前を暗記していった。偉大な芸術家であり装飾家である人々の刻印のこと、循環《じゅんかん》する年号[205]の謎について、洪武の紋様《もんよう》、永楽の美、唐英の銘文《めいぶん》、宋《ソウ》や元《ゲン》といった初期の時代の偉業《いぎょう》についても学んだ。翌日の夕方、ホームズを訪ねた時のわたしは、これらの情報を頭に詰め込んでいた。発表された報告からは想像できないだろうが、その時ホームズはすでにベッドを離れていた。包帯でぐるぐる巻きにした頭で頬杖《ほおづえ》をつき、お気に入りの肘掛《ひじか》け椅子に深々と座っていた。

「どうしたのだ、ホームズ」わたしは言った。「新聞が報じることを信じている人にとっては、君は瀕死のはずだよ」

「それこそ」彼は言った。「まさに、ぼくが与えたかった印象なのだよ。さて、ワトスン、勉強はすんだかな？」

「少なくとも努力はしたよ」

「それはいい。君は陶器について、まともな受け答えができるかな」

「できると思うよ」

「それでは、暖炉《だんろ》の上の小さな箱を取ってきてくれたまえ」

彼は蓋《ふた》を開け、東洋のどこかの、すばらしい絹で注意深く包まれた、小さな品物を取り出した。彼が包みを解くと、このうえなく美しい、深い藍色《あいいろ》の、繊細《せんさい》な小皿が出てきた。

「取り扱いには注意してくれたまえ、ワトスン。これは本物の、明朝《ミン》の、卵殻《らんかく》磁器(206)だからね。こういう美しいものは、クリスティーズのオークションにもかかったことがないよ。完全なセットなら、王の身代金にも値するだろう——実際、北京の紫禁城《しきんじょう》以外には、完全なセットはないかもしれない。これを見たら、真の目ききなら夢中になるはずだ」

「これをぼくはどうするのかい？」

ホームズはわたしに一枚の名刺を手渡した。「ハーフ・ムーン街三六九番、ドクター・ヒル・バートン(207)」と印刷されていた。

「これが、今夕の君の名前だよ、ワトスン。グルーナー男爵を訪問するのだ。あの男の習慣のことはちょっと知っていてね、八時半にはおおかた用事が終わっているのだ。前もって手紙で君が訪問することを伝えて、明朝の磁器の非常に珍しいセットの見本を持っていくと言うのだ。君は医者でもあるというふれ込みだ。こちらは、地でいけるだろうからね。君は収集家で、このセットが偶然手に入った。こういう物に対して男爵が関心をもっているということを耳にしたことがある。そして、値段によっては売ってもいいと思っている、とね」

「それで、値段は？」

「よくきいてくれたよ、ワトスン。自分が所有する品物の価値を知らなかったら、まちがいなく大失敗するだろう。この皿はサー・ジェイムズがぼくのために手にいれたもので、彼の依頼人のコレクションから出たものだと思う。世界にまたとないものだと言っても大げさではないだろうね」

「専門家に鑑定《かんてい》してもらうと言ってみるのはどうだろうか？」

「すばらしいよ、ワトスン！　今日は才気があふれているね。クリスティーズかサザビーの名前を出しておくといいだろう。君はつつましくて、自分で値段をつけることができないというわけだ」

「けれども、もし彼が会おうとしなかったら？」

「いや、だいじょうぶ、彼は会うよ。彼の収集熱はかなりのものだからね――それに、とくにこの品に関しては、大家《たいか》だと認められているからね。座ってくれたまえ、ワトスン。ぼくが手紙の文章を言おう。返事は必要ないとね。ただ君が行くということと、理由を書けばいいのだ」

それはすばらしい文書だった。短く、丁寧で、鑑定家の興味をそそるように書かれていた。そして、その地区のメッセンジャーに手紙を持っていかせた。その日の夕刻、貴重な皿を手に持ち、ドクター・ヒル・バートンの名刺をポケットに入れ、わたしは一人で冒険へと出かけたのだった。

美しい家と庭とからして、サー・ジェイムズの言うとおり、グルーナー男爵はなかなか裕福に見えた。珍しい灌木《かんぼく》の植え込みが両側に続き、長く、曲がりくねった馬車道を進むと、彫像が飾ってある、砂利を敷いた、大きな広場に出た。ここは、南アフリカの金鉱王《きんこうおう》が大好況時代(208)に建てたもので、四隅に小塔がついた、長くて、低い屋敷は、建築学的に見て悪夢のようなものだが、大きさといい、堅牢《けんろう》さといい、堂々としていた。主教の席についていてもおかしくないような執事がわたしを中に通して、フラシ天を着た従僕《じゅうぼく》(209)にわたしを引き渡した。そして、彼が男爵のところに案内してくれた。

彼は、窓と窓の間にある、大きな戸棚の扉を開けて、その前に立っていた。その中には、彼の中国コレクションの一部が収められていた。わたしが部屋に入ると、彼は手に、小さな茶色の瓶《びん》(210)を持ったまま、こちらを向いた。

「どうぞ、おかけください、先生」彼は言った。「わたしの愛蔵《あいぞう》の品を眺めていたところです。これに本当に追加する余裕があるかどうかと思いましてね。この小さい唐時代の一品ですが、七世紀のもので、おそらく興味がおありになるでしょう。これ以上繊細な細工も、深い色の釉薬《ゆうやく》もご覧になったことはないでしょうな。あなたがおっしゃっていた明朝の皿なるものを、お持ちになられましたかな」

わたしは注意して包装を解き、皿を彼に手渡した。彼は机の前に座り、暗くなってきたのでランプを引き寄せ、じっくり調べ始めた。そうしている彼の顔に黄色い光があたり、わたしはゆっくりと彼を観察することができた。

彼はたしかに、きわめつきのハンサムな男だった。ヨーロッパで、美しいと評判になったのもまったくうなずけた。体形は中くらい以下だが、身のこなしが優雅《ゆうが》で、溌《はっ》剌《らつ》としていた。顔は色黒で、ほとんど東洋風だった。大きくて、黒い、物憂《ものう》いような瞳は、女性を簡単に魅了《みりょう》して、抵抗できなくしてしまっただろう。髪とひげはカラスのぬれ羽色のように黒く、ひげは短く、先は細く、念入りにろうで固めていた。顔つきは整っていて、感じがよかったが、それは真一文字に結ばれた、唇の薄い口を除い

てだった。もし、人殺しの口を見たことがあるとすれば、それがこの口だ――顔の中の、残酷で、厳しい、深い裂け目。堅く結ばれ、冷酷で恐ろしい口。口を隠さずに、唇に沿ってひげをたくわえておいたのは、軽率だった。それは、彼の犠《ぎ》牲者《せいしゃ》たちへの警告《けいこく》として置かれた、神の発する危険信号になっていたのだった。声は魅力があり、礼

儀作法は完璧だった。年齢は三十を少し出たくらいと思っていたが、後に、彼の経歴を見ると四十二歳であった。

「非常にすばらしい——実にすばらしい！」ようやく彼は言った。「それで、あなたは、同じものを六個セットでお持ちだというのですね。不可解なのは、これほど見事な品について、わたしが聞いたことがなかったということです。これに匹敵するものは、イングランドにただ一組あるだけということは知っていますが、それは市場に出ることはありえない。不躾《ぶしつけ》でなければ、これをどのように入手されたか、うかがわせていただけますかな、ヒル・バートン先生」

「それは問題にならぬと思いますがね」わたしはできるだけ気楽そうに尋ねた。「品物が本物だということはおわかりでしょう。値段については、専門家に評価していただいてかまいません」

「まったく不可解だ」彼は、すばやく、疑わしそうに、黒い目を光らせて言った。「これだけの価値のあるものを扱う時は、取り引きについてすべて知っておきたいと思うのは当然のことです。品物が本物であることは確かです。それについては何の疑いもありません。けれども、たとえば——わたしはすべての可能性を考慮《こうりょ》にいれておかなければならないのです——後になって、あなたには売る権利がないことが判明したとしますと」

「その種のトラブルは一切おきないことを保証いたします」

「そうですか、それでは当然ながら、あなたの保証にどのような価値があるのかという、新しい疑問が生じますな」

「わたしの取引銀行がお答えするでしょう」

「なるほど。それにしても、取り引き全体が、かなり変わっているような気がします」

「取り引きをするか、しないかを決めていただきたい」わたしは冷淡に言った。「あなたをこの道の通《つう》だと思えばこそ、まずあなたに申し出たわけで、ほかをあたることも難しいことではないでしょう」

「誰が、わたしが通だと言ったのですか？」

「あなたには、それについてのご著書がおありかと思います」

「その本は読みましたか？」

「いいえ」

「おやおや、としますとますます理解できなくなりました！　あなたは、きわめて貴重な一品を所蔵している、その道の通で収集家だ。それなのに、あなたが所蔵しているものの、本当の意味や価値を教えてくれる、その本を開いてみることもなかった。これをどう説明なさいますかな」

「わたしは非常に忙しい人間です。開業医なものですから」

「それでは答えになりませんよ。人は趣味を持っていたら、職業が何であれ、趣味を徹底的《てっていてき》に追及するものです。お手紙の中で、あなたは目ききであるともおっしゃいました」

「そうです」

「二、三質問して、あなたを試してもよろしいでしょうかな？　先生、――まあ、あなたが本物の医者だとすると――ことはますます疑わしくなったと言わざるをえません。聖武天皇(211)についてどのようなことをご存じですか？　奈良近くの、正倉院《しょうそういん》とその天皇との関係は？　おやおや、難問ですかな。北魏《ほくぎ》王朝と、陶芸の歴史におけるその地位は？(212)」

わたしは、怒ったふりをして、椅子から飛び上がった。

「これは我慢できませんな、男爵」わたしは言った。「こちらへ来ましたのは、あなたの得になるようにと思ったからで、学校の生徒のように試験をされるためではありませんぞ。これらの問題に関するわたしの知識は、あなた以外の誰にも引けを取るものではありませんが、このような失礼な問い方では、お答えするわけにはまいりません」

彼はじっとわたしを見つめた。彼の瞳から物憂さが消えていた。突然ぎらぎら光り始めた。残酷そうな唇の間から、歯がちらりと見えた。

「目的は何だ？　ここにスパイしに来たのだろう。ホームズの密偵だな。これはわたしに仕掛けられた罠《わな》だ。奴は死にかけているという噂《うわさ》だ。それで、わたしを見張るための手先を送り込んできたというわけか。おまえは無断でここまで入り込んだ。気の毒だが、入るより出るのはもっと難しいぞ」

彼が、ぱっと立ち上がったので、わたしは後退《あとずさ》りし、攻撃に対して身構えた。彼は我を忘れていた。最初から疑っていたのかもしれない。この反対尋問《じんもん》で本当のことがわかったのに違いない。彼をだますことはできないとわかっていた。彼は机の横の引き出しに手を突っ込むと、めちゃめちゃにひっかきまわした。とその時、何かが耳に入ったのか、立ったまま、じっと耳をすましていた。

「あっ！」彼は叫んだ。「ああっ！」と叫んで、後ろの部屋へ突進した。

わたしは開いたままのドアの方へ二歩進んだ。目にした室内の光景は、一生涯忘れられないだろう。庭に通じる窓が大きく開かれていた。そして、その横に、恐ろしい幽霊のようなようすで、頭に血のにじみ出た包帯を巻き、血の気のひいた白い顔で、シャーロック・ホームズが立っていたのだ。次の瞬間、ホームズは窓から身をひるがえし、外の月桂樹《げっけいじゅ》の茂みに、彼の体がぶつかる音が聞こえた。怒りのうなり声をあげ、屋敷の主はホームズを追って、開いた窓のところへ駆《か》け寄った。

そして、その時だ！　それは、ほんの一瞬のできごとであったが、わたしははっきりと見た。一本の腕——それは女性の腕であった——が葉の間から突き出た。と同時に、男爵が恐ろしい叫び声をあげたのだ——それはいつまでも忘れられない叫び声であった。そして、彼は両手で顔をおさえ、壁にひどく頭を打ちつけながら、部屋中を駆けまわった。そして、カーペットの上に倒れ込み、転げまわり、もだえ苦しんでいた。叫び声が絶え間なく、屋敷中に鳴《な》り響《ひび》いた。

「水だ！　頼む、水をくれ！」彼は叫んだ。

サイド・テーブルのガラス製の水差しを掴《つか》むと、わたしは彼を助けに駆け寄った。同時に、執事や使用人たちが数人、玄関ホールの方から部屋に走ってきた。そのうちの一人が、わたしが怪我人の横にひざまずき、あの恐ろしい顔をランプの光の方へ向けた時に気を失ったのを記憶している。濃硫酸液が顔のあらゆる場所を浸食《しんしょく》し、耳やあごからしたたりおちていた。目の片方はすでに白くなり、どんよりとしていた。もう片方は赤く、はれあがっていた。わたしがほんの数分前にほめたたえた顔は、今や、画家が水を含んだ、汚い海綿《かいめん》で、美しい絵の上をこすった後のようであった。輪郭《りんかく》がくずれ、変色し、人間とは思えない、恐ろしいものとなった。

わたしは手短かに、硫酸をかけられたという、おこった事実を正確に説明した。ある者は窓から外へ出たり、ほかの者は芝生の方へ駆けていったりしたが、辺りは暗く

て、雨が降り始めていた。叫びながら、犠牲者は復讐者《ふくしゅうしゃ》をののしった。「あばずれ女のキティー・ウィンターの奴め！」彼は叫んだ。「ああ、悪魔だ！　仕返ししてやるぞ！　覚えてろ！　ああ、この痛みには耐えられない！」

(213)わたしは彼の顔に油をつけ、皮のむけた肌に脱脂《だっし》綿《めん》をあてがい、塩酸モルヒネを与えた。ショックのため、わたしに対する疑惑はすっかり消えてしまったようだ。こちらを見上げている、死んだ魚のような目を、今からでもまた見えるようにする力がわたしにはあるとでも言うように、わたしの手にしがみついていた。これほどにも恐ろしい変化をもたらす元になった、恥ずべき生活をしっかり覚えていなかったなら、この崩れ落ちた顔に涙することができたかもしれない。彼が燃えるような手でしがみつく、その感触は忌《い》まわしいものであったので、かかりつけの医者と、すぐ後ろから専門医が来て、仕事を代わってくれた時にはほっとした。警察の警部も到着したので、彼にはわたしの本当の名刺を出した。スコットランド・ヤードでは、ホームズと同様、わたしも顔を知られていたから、偽の名刺を出すことは無意味だし、間のぬけたことになる。それから、わたしは陰気な、恐怖の屋敷をあとにした。一時間もしないうちに、わたしはベイカー街に着いた。

　ホームズはいつもの椅子に座っていたが、非常に青ざめて、疲れ果てたようすであった。怪我のことは別にしても、その夕刻のできごとには、さしもの彼の鋼鉄のような神経もまいっていた。男爵の変貌《へんぼう》についてのわたしの話をぞっとしながら聞いていた。

「罪の代償《だいしょう》だね、(214)ワトスン――罪の代償だよ！」と、彼は言った。「遅かれ早かれ、それは必ず来る。神はご存じだ。充分すぎる罪があったのだから」彼はテーブルから茶色の本を取り上げながら言った。「これが、あの女が言っていた本だよ。これで結婚がとりやめにならなければ、ほかに打つ手はないね。まあ、そうなるだろう、ワトスン。そうならなければいけないのだ。自尊心のある女性なら、我慢できないはずだ」

「愛の記録だね」

「いや、欲望の記録と言ったほうがいいだろう。名称はどうでもいい。あの女がこの本の話をした時、もしそれが手に入れば、きわめて強力な武器になると思った。けれども、その時には自分の考えを示すようなことは何も言わないでおいた。彼女がしゃべってしまうかもしれないからね。しかし、じっとそのことは考えていたのだ。そういう時に、男爵はぼくを襲った。これは、ぼくのことは用心しなくてもいいと、男爵に思わせるよい機会になったわけだよ。すべてがうまく働いた。もう少し待っていたかったが、彼がアメリカへ行くことになって、やむをえず急ぐことになったのだ。自分の名誉を汚すような書きものを、置いていくわけがないからね。だから、ぼくたちはすぐに行動しなくてはならなかった。夜、盗みに入るのは駄目だ。彼は用心している。けれども、夕刻ならできるかもしれない。ただし、彼の注意を確実に他にそらせておけたら、ということだったのだよ。そこで、君とあの青い皿に登場を願ったのさ。けれども、本のありかは正確に知らなければならないし、行動するのに数分しかないことはわかっていた。ぼくのもち時間は、君が中国の磁器についてどれだけ知っているかで、決まるからね。それで、最後にあの女を呼んだのだよ。彼女が、マントの下にそっと抱えていた小さな包みが何かは、ぼくにわかろうはずがなかった。ぼくのために彼女は来てくれたのだと思っていたけれど、自分の用事もあったようだ」

「彼は、ぼくが君のところから来たことに気づいていたよ」

「そうだろうと思っていた。けれども、君が芝居をして彼を引き止めておいてくれたおかげで、その本を見つけることができた。まあ、こっそりと逃げ出すにはもう少し時間が必要だったがね。ああ、サー・ジェイムズ、ようこそ、お待ちしておりました」

わたしたちの貴族の友人は、前もって連絡を受けていたので、現われたのだった。彼は、ホームズが、事件の経過について話すのをじっと聞いていた。

「あなたは奇跡をおこした——奇跡だ！」話を聞き終わると、彼は叫んだ。「しかし、あちらの怪我が、ワトスン先生がおっしゃるほどひどいとしますと、この恐ろしい本を使うまでもなく、結婚を阻止《そし》するという目的は、充分に達成できるかと存じます」

　ホームズは首を振った。

「ド・メルヴィル嬢のようなタイプの女性は、そのようなふうには行動なさらないでしょう。醜くなった殉教者として、彼をますます愛するでしょう。駄目です、駄目だ。わたしたちが破壊しなくてはならないのは、彼の肉体ではなく、倫理面です。令嬢は、この本によって現実に戻られることでしょう——この本以外のものにはできないことです。彼の自筆でありますし。彼女もこれは無視できないでしょう」

　サー・ジェイムズは本と貴重な皿の両方持ち帰った。わたしも帰らなければならない時刻だった(215)ので、彼と一緒に通りへ下りていった。ブルーム型馬車が彼を待っていた。彼は馬車に飛び乗ると、花形帽章《コケイド》をつけた馭者《ぎょしゃ》(216)に急いで命令し、さっと走り去った。彼は、馬車の横についている紋章(217)を覆《おお》うように、オーバーコートを半分窓から外へさっとかけたが、いずれにしろ、建物の入り口の明かり採りの光で、わたしは見てしまった。わたしは驚いて息をのんだ。そして、踵《きびす》をかえすと、階段を上ってホームズの部屋へ戻った。

「依頼人が誰なのかわかったよ！」大ニュースではち切れんばかりになりながら、わたしは叫んだ。「それはね、何としたことか、ホームズ」

「それは、忠実な友人であり、義侠的《ぎきょうてき》な紳士ということさ」ホームズは手を挙《あ》げて、わたしを制しながら言った。「ぼくたちは、今も、これからも、それでよしとしようではないか」

わたしは、例の告白本がどのように使われたかは知らない。サー・ジェイムズがうまく扱ったのかもしれない。あるいは、あまりにも微妙な仕事であるから、あの若き令嬢の父親に任せたということもありえる。とにかく、結果は望みどおりだった。三日後の「モーニング・ポスト」紙に、アデルバート・グルーナー男爵とヴァイオレット・ド・メルヴィル嬢の結婚式はとりやめになったという記事が載った。同じ新聞には、硫酸を投げつけるという重い罪で、ミス・キティー・ウィンターに対する訴訟手続きの最初の警察裁判所審理が開かれたという記事もあった。裁判中、情状酌量《しゃくりょう》すべき事情が明らかになったため、判決は、犯罪の割には最も軽いものだったことは、今も記憶に残っている。シャーロック・ホームズは、住居侵入の罪で起訴されるおそれがあったが、目的が善良なものであり、依頼人が充分に高名であったために、厳格な英国の法律さえも人間的なものとなり、融通《ゆうずう》がきいたようである。わが友は未だに法廷の被告席には立ったことはない。

三破風館《スリー・ゲイブルズ》

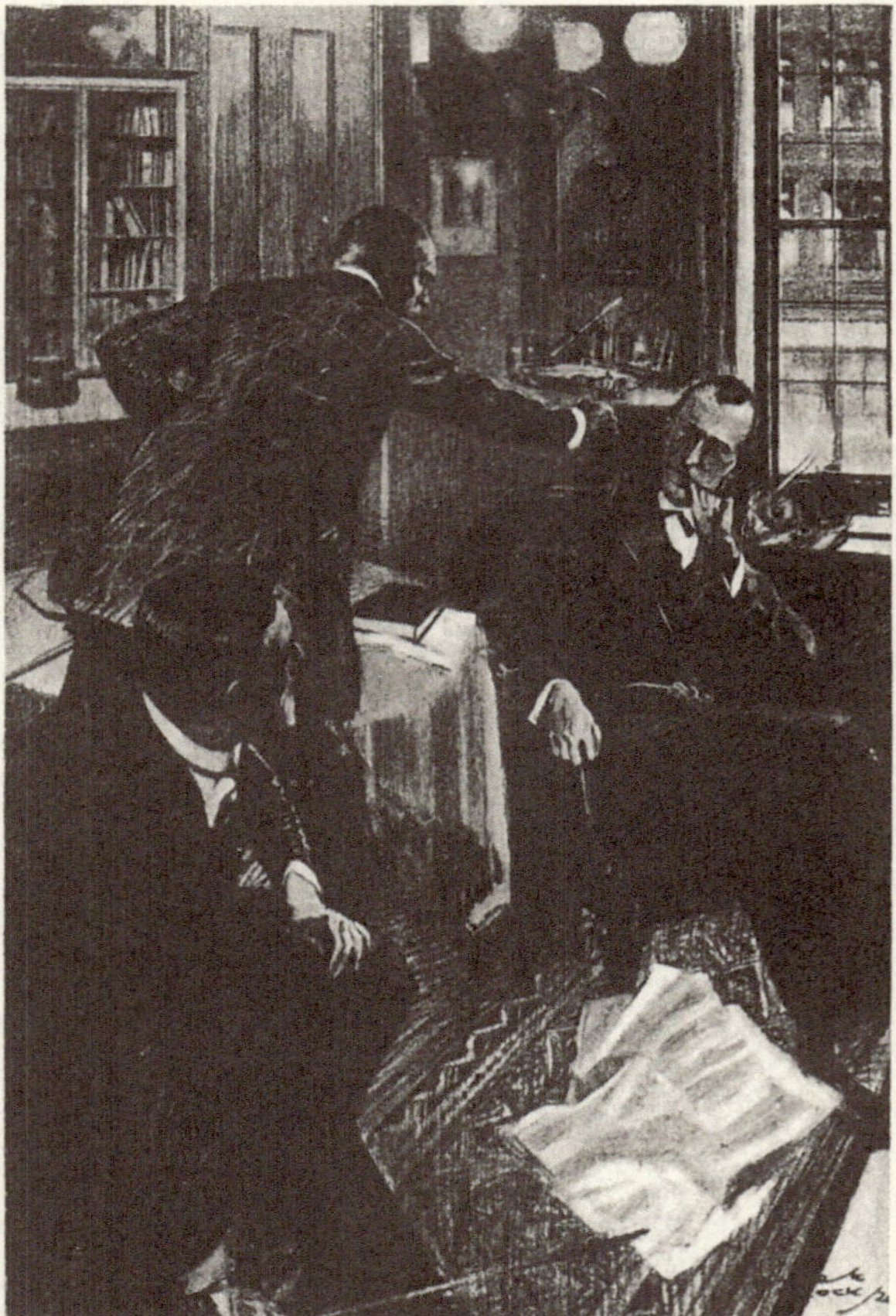

わたしがシャーロック・ホームズ氏とともにした数々の冒険の中で、この三破風館[218]の事件ほど突然に、しかも劇的な始まりを見せたものはなかった。その頃、私はホームズとは何日も会っていなかったので、彼が新しく何を手がけているのかまったく見当がつかなかった。けれども、その朝は彼は何か話をしたい気分だったようで、私を暖炉《だんろ》の側の使い古した低い肘掛《ひじか》け椅子《いす》に座らせると、自分は反対側の椅子にパイプをくわえて気持ちよくおさまり、すっかりくつろいでいた。ちょうどその時、わたしたちの客が到着した。いや、と言うよりは正気を失った雄牛が現われた、と言ったほうがよりはっきりとその場の状況を伝えているだろう。

ばたんとドアが開いて巨大なアフリカ系の人物[219]が部屋に転がり込んできた。もし彼がそれほどに猛々《たけだけ》しくなければ、大きなグレーのチェックのスーツを着てサーモンカラーのタイをひらひらさせている姿は、少々滑稽《こっけい》にすら見えたかもしれない。大きな顔とぺちゃんこに潰《つぶ》れた鼻をつきだして、その男は敵意の光る黒い眼でわたしたちをかわるがわるに見つめた。

「どっちの旦那《だんな》がホームズさんだい？」と彼は尋《たず》ねた。

ホームズは物憂《ものう》げなようすでほほえみながらパイプを上げた。

「おう、おめえさんか？」とわたしたちの客はテーブルの角を回ると、不愉快なこそこそした歩き方で近づきながら言った。「いいかい、ホームズの旦那よ、よそ様のことには、口出しするんじゃあねえぞ。よそ様のことはほっといてもらおう。わかったか？　え、ホームズの旦那」(220)

「お話をお続けください」とホームズは言った。「それはおもしろそうだ」

「なんだと、おもしれえだと！」と怪物はどなりたてた。「ちょいと、おめえさんをかわいがってやったら、おもしれえとは言ってられめえよ。前にもおめえさんのようなやつを相手にしてやったことがあったがよ、俺がちっとかわいがってやったら、おもしれえなんて言えなかったぜ。よう、ホームズさん、こいつを見てみろ！」

彼は、私の友人の鼻先にとてつもなく大きな節くれだった握《にぎ》り拳《こぶし》をつきつけた。ホームズはきわめて興味《きょうみ》深げにそれをしげしげと見つめて尋ねた。

「生まれつきですか？　それともあとでそうなったのですか」

私の友人が沈着《ちんちゃく》冷静だったため、あるいは私が火かき棒《ぼう》を拾い上げた時のちょっとした音のせいか、とにかく、わたしたちの客のようすは少し穏やかになった。

「なにしろ、おめえさんには警告《けいこく》しとくぜ」と彼は言った。「俺のダチでハロウの件に興味を持ってる奴がいてな——何の話かわかってるだろうよ——おめえさんには、首をつっこんでもらいたくねえってんだよ。わかったかな？　え、おめえさんも法なんてもんとは、てんから関わりねえかもしれねえがな、俺様にとってもちゃんちゃらおかしいもんよ。おめえがなんかやらかしたら、俺様が相手になってやるぜ。そこんとこ、忘れるんじゃねえぜ」

「ぼくは前からあなたに会いたいと思っていたのですよ」と、ホームズは言った。「座ってくださいとはお願いしません、ぼくはあなたの臭いが気になるものですから。しかし、あなたはボクサーのスティーヴ・ディクシーではありませんか？」

「そいつあ俺のことだぜ、ホームズの旦那。何か文句をつけようってのかい？　ぐたぐた言うと痛い目にあわせるぜ」

「何かと言われるのは本当にお嫌《いや》のようですね」とホームズはその男の醜《みにく》い口元を見て言った。「それでホルボーン・バー[221]の表であの若いパーキンスを殺した——おやおや、お帰りですか」

　アフリカ系の人物はさっと後ずさりしたが、その顔は鉛色《なまりいろ》になっていた。「そんなたわごとは聞きたくねえぜ」と、彼は言った。「パーキンスの野郎に俺様が一体全体なにをしたってぬかすんだ、え、ホームズの旦那？　あいつが騒《さわ》ぎをおこした時にゃあ、俺様はバーミンガムのブル・リング[222]で練習してたんだぜ」

「そうだったかね、スティーヴ。それは治安判事に言うことだろう」とホームズが言った。「わたしは君とバーニー・ストックデイルにずっと目をつけていたのだ」

「神かけて俺じゃないぜ、ホームズの旦那」

「もういいだろう。出ていきたまえ。こちらがその気になれば、いつでもつかまえられるのだ」

「かんべんしてくださいよ、ホームズの旦那。ここに来たのだって、悪く思わないでくださいよ」

「誰のさしがねか、白状するまでは許せないね」

「いやあ、そのことについちゃ、隠しごとなんぞありゃしませんぜ、ホームズの旦那。いま旦那が言ってたそいつですぜ」

「それでは、誰がバーニーをそそのかしたのかな？」

「勘弁《かんべん》してくだせえよ、俺は何も知らないんですよ、旦那。バーニーが俺に『スティーヴ、ホームズの野郎に会って、ハロウの件に首をつっこんだら、ただじゃおかねえ、と言って来い』って言うもんで。ほんとにそれだけですぜ」

それ以上の質問を待つこともなく、わたしたちの客は入ってきた時と同様に大あわてで部屋から飛び出していった。ホームズは忍び笑いをしながら、パイプの灰を落とした。

「君が、あいつのもじゃもじゃ頭を叩き割るようなことにならなくてよかったよ、ワトスン。君が火かき棒をかまえていたのがわかっていたからね。でも、君も見てのとおり、あの男は実は何の害もない、見かけは腕っ節が強そうだけれど、まぬけな空威《からい》張《ば》りばかりする腰抜けだ。スペンサー・ジョン(223)がひきいるギャングの仲間で、最近のいくつかのあくどい事件にからんでいる。その件は、いつか暇《ひま》ができたら解決したいと思っているのだがね。彼の直属の親分がバーニーで、これが少々抜け目のない人物でね。彼は暴行や恐喝《きょうかつ》まがいのことなどが専門なのだ。もっとも、ぼくが知りたいのは今回のこの事件で、彼らの後ろで操《あやつ》っているのは誰かということだがね」

「それにしても、なぜ君を脅《おど》したいのかな？」

「それは、このハロウ・ウィールド事件のためだろうね。ますます僕はやる気がわいてきた。誰だかわからない人物だが、これほど躍起《やっき》になっているのだから、絶対に何かあるに違いないよ」

「でも、そのハロウ・ウィールド事件というのは一体どういう事件なのかい」

「今、ちょうどそれを君に話そうと思っていた時に、あの妙な男が転がり込んできたのだよ。ここにメイバリー夫人からの手紙があるのだが、もし君に同行してもらえるのなら、夫人に電報を打ってすぐに出かけよう」

親愛なるホームズ様［私は読みあげた］
わたくしがいま住んでおりますこの家に関して、不思議なことが次から次へとおこっております。つきましては、何かあなた様のご助言をいただければ幸いです。おいで願えるのでしたら、明日は一日中家におります。わたくしの家はウィールド駅から歩いてすぐのところでございます。今は亡きわたくしの夫、モーティマー・メイバリーもあなた様に以前にお世話になったことがございます。

かしこ
メアリ・メイバリー

住所はスリー・ゲイブルス［三破風館］、ハロウ・ウィールド(224)となっていた。

「こういうわけだよ！」とホームズが言った。「で、ワトスン、君が時間を都合してくれるのなら、出かけてみるとしよう」

列車に短いあいだ乗り、さらにそれより短時間の馬車の旅で、わたしたちはその家に着いた。それはレンガと木材でできた大邸宅で、雑草におおわれた荒地の中に建っていた。二階の窓の上の三つの小さな突起物である破風が、この家の名前の由来となっていることがうかがえた。裏は憂《ゆう》うつな、半分しか育ってないような松林で、全体としてみすぼらしく、気が滅入るような場所であった。にもかかわらず、家の中は家具調度もよく整《ととの》っていて、わたしたちを迎えてくれた夫人も、きわめて魅力的《みりょくてき》な年配の洗練された教養豊かな女性であった。

「ご主人のことはよく記憶しております。奥様」と、ホームズは言った。「何かささいな一件でお仕事させていただきました、何年も前のことになりますね」

「息子のダグラスの名前のほうを、さらによくご存じではありませんか」

ホームズは非常に興味ありげに夫人を見た。

「ああ、そうでしたか！　あなたがダグラス・メイバリー氏のお母上でしたか？　わたしは彼のことは少々存じているだけです。もちろん、ロンドンに住んでいる者ならみな知ってますよ。何しろとてもご立派な方ですからね。今はどこにお住まいですか？」

「亡くなりました、ホームズ様、亡くなったのです。ローマで外交官[225]をしていましたが、先月、肺炎にかかりその地で亡くなりました」

「それはお気の毒なことでした。死神とは無縁の方のようにお見受けしていました。あのように元気で生き生きした方はそうはおられませんでしたよ。とてもお元気で——そう全身に力がみなぎっておられました」

「元気がよすぎたのでございます、ホームズ様。それがかえってあだになったかもしれません。あなたは息子が屈託《くったく》なく、元気だった頃を覚えておいでかもしれません。

でも、そのあと、どんなにふさぎ込んで、気難しくむっつりした息子になってしまったかはご存じないでしょうね。心がはりさけてしまったのです。たった一ヶ月のあいだにあの元気だった息子がふさぎ込み、世をすねた男に変わってしまったようなのでした」

「恋愛――女性とのことですか」

「いいえ、悪魔にとりつかれたのかもしれません。まあ、ホームズ様、わたくしが今日おいで願ったのはかわいそうな息子の話をするためではございません」

「ワトスン先生と私とは、何なりともうかがいます」

「実を申しますと、いくつか非常に奇妙なことが続きました。この家に住んでもう一年以上になりますが、隠居生活を送りたいと思っておりましたので、ご近所づきあいはほとんどございません。ところが、三日前のことです、不動産仲介業者だという男の人がみえまして、この家は自分の客の好みにぴったりだから譲《ゆず》ってほしい、金に糸目はつけないと言うのです。その申し出はとても奇妙に思えました。と申しますのは、この辺りには何軒も空《あ》き家があって売りにでていますし、どこも同じようにいい家です。それでも、ついその言葉に気をひかれまして、わたくしが買った時よりも五〇〇ポンド（約一二〇〇万円）多い金額を提示してみました。すると、彼はすぐに承知したうえ、客は家具も一緒に買いとりたいのでその値段もつけてくれと言いました。ここにある家具調度のいくつかは昔の家から持ってきたもので、ご覧のように、非常にいい品です。そこで、わたくしは相当の金額を申しました。そうしますと、彼はこれもまたすぐに承知したのです。わたくしはかねてから旅行がしたいと願っておりましたし、その取引は非常によいお話で、成立すれば本当に残りの人生は何の心配もなく暮らせそうに思えました。

昨日、その方が契約書《けいやくしょ》を持ってみえました。それをわたくしの弁護士でハロウに住んでいるストローさんにお見せしたのは、幸いでした。そうしましたら『これはきわめて変わっている書類です。もしこの書類にサインしたら、あなたは法律的にはどのような小さな品でもいっさい家から持ち出せないということになる、ということに気がついておられますか。それがたとえあなた個人の身の回りの品であってもです』とおっしゃるではないですか。それで、夕刻、その男が来た時にこの点を指摘して、家具調度だけを売るつもりだと申しました。

『いや、いや、全部でお願いします』と彼は言いました。

『それでは、わたくしの衣類は？　宝石はどうなのでしょうか？』

『ええ、まあそうですね、あなたの身の回りのものについては、多少考えてみましょう。しかし、こちらのチェックなしには、何ひとつこの家から持ち出さないでください。わたしの客はたいへん気前はよいのですが、少々うるさくて、自分の方法を通す人です。全部買うか、何も買わないかのどちらかです』

『それでは、この話はなかったことにしてください』とわたくしは申しました。そうして、この一件は終わりになりました。ですが、あまりにすべてのことが普通ではないように思えまして、それでわたくし――」

ここでわたしたちに非常に思いがけない邪魔《じゃま》が入った。

ホームズは何も言うなと、わたしたちに手で合図をすると、大股《おおまた》で部屋を横切りドアをさっと開け放ち、そこにいた大柄でやせた女の肩をつかんで部屋に引きずり込んだ。彼女はちょうど、ぶざまな大きな鶏《にわとり》が檻《おり》からひきずり出されるような格好で、ばたばたと無駄《むだ》な抵抗をしながら部屋に入ってきた。

「放しなよ。あんた、あたいをいったいどうするつもりさ」と彼女は騒ぎ立てた。

「おやまあ、スーザン、これはどうしたのですか」

「はい、奥様、あたいがお客さんのお昼はどうするのかお訊《き》きしようとしてたら、この男があたしに飛びかかってきたんです」

「いやあ、すでに五分も前から彼女がいるのはわかっていましたが、たいへん興味深いお話の途中で、話の腰を折る気になりませんでした。スーザン、少々ゼイゼイしているようだね？　この種の仕事は都合が悪いようだな」

スーザンはふてくされてはいたが、自分をつかまえた人物に驚《おどろ》いているようであっ

た。

「あんたはいったい誰なんだい？　どんな権利があって、あたいにこんなことするのさ？」

「それは、君がいるところで、質問したいことがあったからだよ。メイバリーさん、あなたは手紙を書いてわたしに相談することをどなたかにお話しになりましたか？」

「いいえ、ホームズ様、誰にも話しておりません」

「では、誰があなたの手紙を投函《とうかん》されましたか」

「スーザンです」

「そうでしょう。さてとスーザン、奥様がわたしに相談なさることを、誰に手紙を書いたり知らせたりしたのかな」

「そんなことはないよ。あたいは誰にも知らせたりしてないよ」

「いいかい、スーザン、喘息《ぜんそく》もちの人間は寿命が長くないそうだよ。知ってるね。それに嘘《うそ》をつくのは悪いことだ。さあ誰に話したのだ？」

「まあ、スーザン！」と女主人は声をあげた。「あなたはとんでもない裏切り者です。今、思い出しましたが、わたしはあなたが垣根《かきね》越しに、誰かと話しているのを見ました」

「そんなことは、ほっといてもらいましょうか」と女はふてぶてしく言った。

「それでは、君が話していたのはバーニー・ストックデイルだと言ったらどうだろうか」とホームズが言った。

「なんだよ、知っているんだったら、なんだって訊いたのさ」

「確信はなかったのだが、今はわかった。ところで、ねえ、スーザン、そのバーニーを操っているのは誰だろうか。もし教えてくれたら十ポンド（約二四万円）あげるがね」

「その人はね、あんたが十ポンドくれるってえときには一〇〇〇ポンドくれるさ」

「そう、それほどの金持ちの男なのだね？　おやっ、笑ったね。ということは金持ちの女ということか。さあ、ここまでわかってしまったのだから、名前を言って十ポンド札一枚もらったほうがためになるのではないかな」

「まっぴらだよ」

「まあ、スーザン！　言葉をつつしみなさい！」

「こんなとこは、さっさとやめてやるよ。あんたたちにはもうあきあきだ。荷物は明日にでも取りにこさせるさ」と彼女は肩をいからせてドアに向かった。

「ごきげんよう、スーザン。パレゴリック(226)はよくきくよ――さて」と、怒りで真っ赤になった女が出て行ってドアが閉まると、ホームズは今までの快活さとうって変わって急に真面目な調子になって、言った、「この一団は本気です。みな実に素早く動いているのにお気づきでしょう。あなたからの手紙には午後十時の消印が押されていました。それなのに、スーザンはバーニーに知らせ、バーニーはその雇《やと》い主のところに行って指示をあおぐ時間があったわけです。男か女か――わたしがしくじったと思ってスーザンがにんまりとしたところからみて、女だと思います。とにかく用意周到です。そして、翌朝の十一時にはアフリカ系のスティーヴが呼び出され、わたしが脅されています。これはすばやいとお思いでしょう」

「でも、その人たちは何を欲しがっているのでしょうか」

「そう、それが問題なのですね。ところで、あなたの前のこの家の持ち主はどなたでしたか」

「ファーガスンという引退した船長さんでした」

「彼について何かきわだったことでもありましたか?」

「いいえ、何も聞いたことはありません」

「彼が何か埋めたのではないだろうか、と思ったりしたものですから。もちろん、近頃では宝物を埋めたりせずに郵便局の貸金庫を利用しますからね。もっとも、どの世にも変わり者はいるものです。まあそういう手合いがいないと、この世の中もつまらなくはなりますがね。はじめ、わたしは何か価値があるものが埋められているのではないかと思いましたが、もしそうだとしても、あなたの家具調度まで欲しがる必要はありません。もしやして、ラファエロ[227]の絵とかシェイクスピアのファースト・フォリオ判[228]を所有されているということはありませんか」

「いいえ、わたくしが持っているもので珍しいものといいましたら、クラウン・ダービーのティーセット[229]ぐらいのものです」

「それではこの謎の説明にはほとんどなりませんね。それに、なぜ彼らははっきりと何が欲しいのか言ってこないのでしょうか？　もし、あなたのティーセットが欲しいというのなら、一切合財[230]を買いとるなどと言わないで、値段を提示するはずです。そう思います、あなたがそうとは知らずに所有されているもので、もしそれが何であるかおわかりになったら、絶対手放したくないという品があるのだとわたしは思います」

「わたしの考えも同様です」とわたしは言った。

「ワトスン先生も賛同ですから、そういうことにしましょう」

「それでは、ホームズ様、その品というのは何なのでしょうか？」

「それではまず、まず単純に頭の中だけで分析をしてみて、さらに細かい点がわかるか検討してみましょうか。あなたはこの家に住まわれて一年でしたかね」

「二年近くになります」

「ますますいいですね。この長い期間、あなたから何か欲しがる人は誰もいなかった。

それが、今になって、この三日か四日の間に、突然に切迫《せっぱく》した申し出があった。これらのことを、君はどうまとめるかい」

「理由は、ただ一つ」とわたしは言った、「その品が何であれ、それがこの屋敷に到着したばかりなのだ」

「これで、また一つ決まりました」と、ホームズが言った。「それでは、メイバリーさん、何か最近到着したものはありますか？」

「いいえ、今年は何も買っておりません」

「そうですか。それは大変に注目すべきことです。としますと、もう少しはっきりしたデータが揃《そろ》うまで、これがどう展開するかみていましょう。あなたの弁護士は有能な方ですか？」

「ストローさんはとても優秀な方です」

「ほかにメイドはいますか？　それとも玄関のドアを荒々しく閉めて出て行った、あの美人のスーザン一人だけですか？」

「若い娘が一人います」

「一晩か二晩、この家にストローさんに泊まってもらうよう依頼してください。ガードが必要になるかもしれません」

「いったい誰に対してですか？」

「それは誰にもわかりません。事件は霧《きり》の中です。これから先、何が狙《ねら》われているかわかりませんので、逆から事件を探って、後ろで糸を引いている主犯をつかまえるしかないでしょう。ところで、その不動産仲介業者は住所を残していきましたか？」

「名刺の名前と職業だけです。競売人・不動産鑑定士《かんていし》(231)ヘインズ－ジョンスンとありました」

「地区の住所氏名録を探しても見つからないでしょうね。まともな商売人なら事務所の所在地を隠したりはしないものです。とにかく、何か新しい展開がありましたらお知らせください。この事件は確かにお引き受けしましたので、ご心配なさいませんように。見通しはついています」

ホールを通り抜けていく時、ホームズの何物も見落とさない眼が、片隅に積み上げられたいくつものトランクやケースの山にとまった。その上にはラベルが目立つように貼ってあった。

「『ミラノ』、『ルツェルン』(232)。イタリアからのものですね」

「みな亡くなった息子のダグラスの品です」

「まだ開けておられませんね。どのくらい長く置いてありますか？」

「先週届きました」

「しかし、先ほどおっしゃったのは、いや、これは、手がかりになるかもしれない。

この中に貴重な品が入ってないということがどうしておわかりになりますか?」

「ホームズ様、貴重品などあるはずがありません。亡くなったダグラスは給料と少々の年金だけで暮らしていました。彼が高価な品など買えるはずはございません」

ホームズは考え込んでいた。

「もうぐずぐずしてはいられません、メイバリーさん」と、彼はついに言った。「これらの荷物を二階のあなたの寝室に運ばせなさい。そしてできるだけ早く、中に何が入っているか確認されることです。ご報告を聞きに、明日またお伺《うかが》いしましょう」

この三破風館が厳しく見張られていることははっきりしていた。というのは、小道の先の背の高い生け垣をまわると、例のアフリカ系のプロボクサーが物陰に隠れていた。わたしたちは突然に彼と鉢合《はちあ》わせしたが、このようなうら寂しい場所にいると、彼は不気味でぞっとするような男に見えた。ホームズの手がポケットを探った。

「拳銃《けんじゅう》をお探しかい。よう、ホームズの旦那」

「いいや、スティーヴ、香水の瓶《びん》だ」

「変な野郎だぜあんたも、ホームズの旦那」

「わたしに追いかけられたら面白いなどと言ってる場合ではなくなるさ、スティーヴ。今朝、君にはきちんと警告したはずだが」

「いや、ホームズの旦那、おれは言われたことを考えてみたんですがね、あのパーキ

ンス親分の件だけは、これ以上言わせないで勘弁してくださいよ。その代わりと言っちゃなんですが、お役に立ちますぜ、ね、ホームズの旦那」

「それでは聞くが、この事件で糸をひいているのはいったい誰なのかな？」

「それも勘弁してくださいよ、ホームズの旦那、おれはあの時も本当のことを言ったんだ。知らねえんだ。おれはボスのバーニーから言われたことだけしてるんだ」

「それでは、覚えておくといい、スティーヴ、この家のご婦人とこの屋敷の下にあるすべてのものはぼくの管理下にある。忘れてもらっては困る」

「わかりましたよ、ホームズの旦那、おぼえときますよ」

「骨の髄《ずい》まで脅したから、あの男はかなり

怯《おび》えているようだったね、ワトスン」とホームズは歩きながら言った。「もし黒幕が誰か知っているのだったら、裏切って白状したに違いないよ。スペンサー・ジョンの一味のことや、スティーヴがその仲間だということを知っていたのは幸運だった。それでは、ワトスン、これはラングデイル・パイク[233]におあつらえむきの事件なので、これから彼に会いに行こうと思うのだ。ぼくが帰ったときには、もう少しはっきりわかっているかもしれないね」

その日は、わたしは一日中ホームズと会わなかったが、私にはホームズが何をしているか手にとるようにわかった。というのは、このラングデイル・パイクという男は世の中のスキャンダルすべてについての生き字引であったからなのだ。この奇妙でだらけた男は、起きているときは、常にセント・ジェイムジズ・ストリート・クラブの出窓に陣取り、都市のあらゆるゴシップの中継基地でもあり、受信基地ともなっていたのだった。ゴシップ好きの大衆向けのつまらない新聞に毎週原稿を連載して四桁《けた》の収入を得ているというのが、もっぱらの噂《うわさ》であった。混沌《こんとん》としたロンドンの生活の底辺で何か奇妙な動きや反動があれば、この人間のセンサーが自動的に確実に作動するのだ。ホームズも目立たないようにラングデイルを助けて情報を流したり、また時には助けてもらったりもしていた。

次の日の朝早く、わたしがわが友の部屋で会った時の彼の態度から、事はすべてうまく進んでいるように見えた。しかし、それもつかのま、非常に不愉快な驚くべきできごとがわたしたちを待ち受けていたのだ。それは次の電報によって始まった。

すぐにおいでください。依頼人宅に夜間強盗侵入。警察は目下調査中。ストロー。

ホームズは口笛を鳴らした。「事件はついに山場をむかえた、それも、ぼくが思っていたよりかなり早い。この話の背後には猛烈《もうれつ》な力が動いているよ、ワトスン。ただし、あれこれ聞いたあとなので、さほど驚きはしないよ。このストローというのは知ってのとおりメイバリー夫人の弁護士だよ。いま思えば、昨日の夜、君に見張りを頼まなかったの(234)は間違いだった。この男は折れかけた葦《あし》の杖《つえ》のようにまったく頼りにならなかったね。そう、もう一回ハロウ・ウィールドに行くしか手はなさそうだ」

三破風館は昨日のあの整然としたたたずまいとは、まったく異なっていた。庭先の門のところには何人かの野次馬《やじうま》がたむろし、二人の巡査が窓やゼラニウムの花壇《かだん》を調べていた。中に入ると、自分から弁護士だと名のり出た白髪の年配の紳士《しんし》がいた。彼と一緒にいた、せかせかしている赤ら顔の警部がさも親しげにホームズに挨拶《あいさつ》をした。

「やあ、ホームズさん、この事件ではあなたの出番はありませんよ。これはごく普通の、よくある盗みです。お粗末《そまつ》なおいぼれ警官でも扱える代物《しろもの》です。専門家はおよびではありませんよ」

「この事件は、よい方が担当されました」とホームズは言った。「ありきたりの盗みだとおっしゃいましたね」

「いや、まったくそのとおりです。一味が誰かもよくわかっています、それにどこにいるかもです。バーニー・ストックデイルの一味で、大柄なアフリカ系の人物が一緒にいたということも、ここで目撃されています」

「それはよかった！　それで、何が盗まれましたか？」

「いや、それが大して盗《と》っていかなかったようなのです。メイバリーさんはクロロフォルム[235]をかがされましてね、それで家は——おや、ご当人がおいでになった」

　昨日のわたしたちの友はかなり青ざめて気分が悪そうに、小柄なメイドにすがって部屋に入ってきた。

「ホームズ様、あなたは適切なご忠告をくださいました」と、彼女は残念そうに苦笑した。「うかつなことでした。わたくしはいいつけを守らなかったのです。ストローさんをわずらわせたくなかったものですから。ですから見張りはおいてなかったのです」

「今朝になって初めてそのことをうかがいました」と、弁護士が説明した。

「ホームズ様は誰かに家へ来てもらうようご忠告されました。それを守らなかったのですから、これはわたくしのせいです」

「かなり気分がすぐれないようですね」とホームズが言った。「何がおきたかをお話になるのはご無理のようにお見うけします」

「それは皆ここに書いてありますよ」と、分厚い手帳を叩きながら警部が言った。

「しかし、もし奥様がお疲れでないようでしたら――」

「本当に、お話しすることなどございません。あの性悪のスーザンが彼らを誘い入れたに違いありません。彼らはこの家のことは隅から隅まで知っていたはずですわ。口にクロロフォルムの布を当てられた時はまだ意識があったのですが、気を失ってどのぐらい経ったかは全然見当がつきません。意識が戻った時、一人の男がベッドの脇にいて、もう一人は息子のトランクの中から紙の束を手にして立ち上がろうとしていたところでした。トランクは一部開けられて、中身が床にちらばっていました。その男が逃げようとした時、わたくしはとび起きてつかまえようとしました」

「ずいぶん危ないことをされましたね」と、警部が言った。

「その男にしがみつきましたが、振り払われてしまいました。すると、もう一人の男がわたくしを殴りつけたのだと思います。それからは何も思い出せないのです。メイドのメアリが物音を聞きつけて、窓から叫びました。それで警官が来ましたが、ならず者たちには逃げられてしまいました」

「何を盗まれましたか？」

「それがですね、価値のあるものは何もなくなってないと思います。そういうものは息子のトランクの中には、何もありませんでしたから」

「男たちは何か手がかりを残していかなかったですか？」

「紙切れが一枚ありました。それは逃げようとした男をつかまえた時、一緒に破れたのかもしれません。床にくしゃくしゃになって落ちていました。筆跡は息子のものでした」

「それはあまり役に立ちませんね」と、警部が言った。「まあ、もしそれが泥棒の筆跡なら――」

「そのとおりです」と、ホームズが言った。「まあ、常識的には当然そうでしょう。とにかく、それを拝見《はいけん》させてください」

警部は手帳から折りたたんだフールスキャップ判[236]の紙を取り出した。

「わたしは今まで、どんな細かい点も一度として見逃したことはありません」と、警部がもったいぶって言った。「これはわたしからの忠告ですよ、ホームズさん。これは二十五年の自分の経験から学んだことです。いつでも指紋《しもん》とか何かしら残っているものです」

ホームズはその紙を調べた。

「これ、なんだと思われますか、警部さん？」

「わたしの見るところでは、何か奇妙な小説の結末の部分のようですね」

「たしかに奇妙な話の結末の部分のようです」と、ホームズが言った。「お気づきになったでしょうが、紙の上に数字があります。二四五とありますね。とすると、残りの二四四ページはどこにあるのでしょうか？」

「おそらく、泥棒たちが盗んだのでしょうな。こんなものでもお役に立てば結構なことだ」

「それにしても、この紙切れを盗むために家に押し入るとは奇妙です。何か思い当たるふしはありませんか、警部」

「そうですね、彼らはあわてていたので、最初に手にしたものを盗んだのでしょうな。さぞかし価値あるもので大喜びでしょうよ」

「なぜ息子の品をかきまわしたのでしょうか」とメイバリー夫人が尋ねた。

「それは、下の部屋に金目のものがなかったので、上で何か見つけようとでも思ったんでしょう。わたしが見たところはそんなものです。どうお考えですか、ホームズさん」

「よく考えてみたいと思います、警部。窓のところに来てくれたまえ、ワトスン」そこで、わたしたちは窓際に立つと、彼はその紙片の内容を読んだ。それは文章の途中から始まって、次のようになっていた。

——顔はかなりの擦《す》り傷と打ち身で血だらけだった。しかし、それよりも、彼が命と引き換えにしてもいいと思っていたその愛らしい顔、その顔が彼の苦悩と恥辱《ちじょく》を平気で見下ろしているのを見た時、彼の心はそれとは比べものにならないほどに傷つき血を流したのだった。彼女はほほえんだ、そう何ということだ！　彼が見上げた時、彼女は無情な悪魔のように笑いかけたのだ。その瞬間、彼の愛が消滅し、憎悪がそれにとって替わった。男というものは何かの目的のために生きなければならない。愛する君よ、それが君の抱擁《ほうよう》のためでないならば、私は君の破滅と私の完全な復讐《ふくしゅう》のために生きることにしよう。

「おかしな言いまわしだ！」とその紙切れを警部に返しながら、ホームズが笑って言った。「『彼』が突然『私』に変わっているのにお気づきですか？　作者は自分の話に熱中のあまり、佳境《かきょう》に入ったところで、自分自身と主人公を混同してしまったのでしょう」

「なにやらひどい代物のようですね」と、警部が紙片を手帳に戻すと言った。「おや、ホームズさん、お帰りですか？」

「この事件は、適任の方にゆだねられていますから、さしあたって、わたしがすることは何もありません。それはともかくとして、メイバリーさん、ご旅行されたいとおっしゃいましたね？」

「それはわたくしの長年の夢です。ホームズさん」

「どちらにいらっしゃりたいですか？　カイロ、マディラ、それともリヴィエラ海岸(237)地方ですか？」

「そう、お金さえあれば、世界一周がしたいです」

「そうですか。それでは世界一周ですね。さて、わたしはこれで失礼します。夕刻にでも、ご連絡いたします」窓の横を通る時、警部がにやにやと笑って頭を振っているのが見えた。警部の笑いには「こういう賢い手合いは、いつも少々他人とは違った変わったところがあるものだ」と言っているように見えた。

「さて、ワトスン。ぼくたちのちょっとした旅行も最後の段階にきたようだよ」と、ロンドン中心部の喧騒《けんそう》の中に再び舞い戻った時、ホームズは言った。「事件は早く解決したほうがいいと思う、そのためにも君に一緒に来てもらったほうがいいね、とくにイザドウラ・クラインのような女性と対決する時は、立会人がいたほうが安全だからね」

　わたしたちは辻馬車をグロウヴナ・スクェア(238)の、とある住所まで走らせた。ホームズは道中ずっと考えこんでいたようだったが、突然身を起こした。

「ところで、ねえ、ワトスン。君にはもうすっかりわかっていると思うのだけれどね」

「いや、とんでもないよ。ただ、これからこの事件の黒幕の女性に会いに行く、ということだけはわかっているよ」

「そのとおりだ！　イザドウラ・クラインという名前を聞いて何か思い出さないかな？　もちろんあの誉《ほま》れ高い美貌《びぼう》のもち主の[239]ことだよ。彼女と並ぶような女はまずいないよ。純粋のスペイン人で、[240]偉大な征服者の血が流れているのだ。それに一族は何世代にもわたってペルナンブコの当主を務めている。彼女はドイツの砂糖王で年配のクラインと結婚したが、すぐに、この世で最も美貌の、そして最も金持ちの未亡人となった。それからは勝手きままの男漁《おとこあさ》りの時期が続いた。何人か愛人がいて、そのうちの一人が、ロンドンで最もきわだった男と言われたダグラス・メイバリーだったのさ。しかし、ダグラスのほうは本気で、どこから見てもただの遊び以上のものだったようだ。彼はいわゆる社交界の移り気な男ではなく、強く誇《ほこ》り高かったので、与えるものは与え、要求するものは要求するという男だった。ところが、彼女のほうは物語『つれなき美女』を地でいく女だった。彼女にすれば、自分の気まぐれが満たされれば、それで事は終わり、というわけだ。そして、もし相手が自分の言うことを聞かないなら、それをどうやったら思い知らせることができるかも、よくご存じというわけなのさ」

「とすると、あれは彼自身の話だったのだ――」

「そう、これで君もやっとわかったようだね。聞くところによれば、彼女は息子ほども年の違う若いローモンド公爵《こうしやく》(241)と結婚するつもりだそうだ。公爵の母君は歳の差を見逃してくれるかもしれない、しかし、大きなスキャンダルとなれば話は別だ。それで、急な行動に出たということだね。ほら、ここだよ」

そこはウェスト・エンドの角地に建つ、すばらしい家並みの一つであった。機械のようなぎくしゃくした動きの使用人がわたしたちの名刺を持っていき、戻ってきて女主人は不在だと告げた。「それでは、お帰りになるまで待たせていただきます」とうれしそうにホームズは言った。

使用人のぎくしゃくした態度は一変した。

「ご不在というのは、あなたに対してだけです」とその使用人は言った。

「いいでしょう」と、ホームズは答えた。「ということは、わたしたちも待つ必要がないということですね。それでは、このメモを女主人に渡していただけないだろうか」

ホームズは三、四語を手帳の紙に走り書きすると、それを折りたたみ、男に渡した。

「なんと書いたのかい、ホームズ？」と、わたしは尋ねた。

「『それでは、警察ざたにしてもよろしいのですね？』とだけ書いたのさ。これで中に通してもらえると思うよ」

その効果はまたたくまに現われた。一分後には、わたしたちはアラビアン・ナイト(242)に出てくるような広くてすばらしい客間に通された。その部屋はところどころピンクの電球で飾られて、薄暗い照明がほどこされていた。誇り高き美女もほの暗いところを好む年代に達しているのだ、というのがわたしの印象であった。わたしたちが入るとご婦人は長椅子から立ち上がった。背は高く女王のように凛《りん》とした完璧な姿で、その顔は仮面のように優美な美しさであった。そして、そのすばらしいスペイン風の瞳《ひとみ》がわたしたち二人をさも不快げに見すえた。

「突然おしかけていらして、いったいこれは何のまねですか？　それにこの、人を侮《ぶ》辱《じょく》したようなおっしゃりようは？」と先ほどの紙片を掲《かか》げながら夫人は尋ねた。

「なんの説明も必要ないかと存じます、マダム。わたしは長い間あなたの知性に対して非常な尊敬の念をいだいておりました。ですから説明は不要かと存じます。ただ、言わせていただければ、最近はその知性にもかげりが出たようですね」

「どのようにでしょうか？」

「あなたがお雇《やと》いになったならず者たちに脅かされて、わたしが仕事から手を引くとお考えになったことです。危険を恐れていてはこの仕事は務まりません。やはり、このメイバリー家のご子息の件で、わたしをまきこんだのはあなたでしたね」

「あなたが何をおっしゃっているのか、まったくわかりません。ならず者を雇って、わたくしがどうしたとおっしゃるのですか」

　ホームズはうんざりしたようすで顔をそむけた。

「いや、わたしはどうもあなたの知性を買いかぶっていた(243)ようでした。それではこれで失礼します」

「お待ちなさい！　どちらへいらっしゃるの？」

「スコットランド・ヤードへです」

　わたしたちがドアまでの半分も行かないうちに夫人が追いついてホームズの腕を取った。その瞬間、彼女は鉄の女からもの静か《ヴェルヴェット》な女に変身したのだ。

「おふたりとも、どうぞおかけになってくださいませ。この件について、お話し合いをいたしましょう。わたくしも、もう少し率直にお話しいたしたほうがいいと思います、ホームズ様。あなたは紳士でいらっしゃいます。それは女の本能ですぐわかります。お友達としてお話しいたしたいですわ」

「ご同感とは言いかねます、マダム。わたしは法を扱う者ではありませんが、微力《びりょく》ながら、わたしの力が及ぶところでは正義の代弁者のつもりでおります。それでは、お

話をうかがって、わたしがどうするかは、その後でお話しすることにしましょう」

「わたくしとしたことが、あなたのように勇敢《ゆうかん》な方を脅そうとしたことがそもそもまちがいでした」

「マダム、この件を、脅《きょう》迫《はく》したり裏切ったりするような、あのならず者たちにまかせたことが、そもそものまちがいでしたね」

「いいえ、わたくしはそれほど単純ではありません。何でもお話しするとお約束しましたのでそうしますが、バーニー・ストックデイルと彼の妻のスーザンのほかには、誰も雇い主が誰かは知りません。それに彼らとはこれが初めてではありませんし――」と、彼女は男心をそそるような態度で魅力的なあだっぽい笑みを見せてうなずいた。

「よくわかりました。前にもお使いになったのですね」

「彼らは、黙々と追跡する良質の猟犬《りょうけん》です」

「そういう猟犬も遅かれ早かれ飼い主の手に嚙《か》みつきますよ。彼らはこの盗みの件で逮捕されるでしょう。警察はすでに彼らを追ってます」

「そうなればなったで仕方のないことです。そのために必要な金を支払っているのですから。事がわたくしに及ぶはずはありません」

「わたしが漏《も》らさない限りですね」

「いいえ、あなたはそのようなことはなさいませんわね。紳士でいらっしゃいますもの。これは女の秘密です」

「それでは、まず初めに、あの原稿をお返しになることです」

彼女は派手に笑いながら暖炉に近づいた。そして、その中の灰になった塊《かたまり》(244)を火かき棒で突っつきながら「これをお返ししましょうか?」と尋ねた。挑戦的なほほえみを浮かべながらわたしたちの前に立った女性は、あまりにも堂々とした悪党ぶりと美貌だったので、わたしはホームズと対決した悪党たちの中で、この女こそが最も手ごわい相手ではないかと感じた。しかしながら、ホームズはそのような感情はまったく持ち合わせていないようであった。

「それでは、あなたの運命も終わりです」と、彼は冷たく言い放った。「かなり早手回しだったようですが、マダム、今回は少々それが過ぎたようです」

彼女は音をたてて火かき棒をほうり投げた。

「まあ、なんと厳しい方!」と、彼女は叫んだ。「初めから全部お話ししましょうか?」

「わたしのほうからも、最初から全部お話しできるかと思いますが」

「そうですが、わたくしの立場で見ていただかねばなりません、ホームズ様。生涯かけた野望が最後の瞬間に台なしにされそうな女の立場に立って、ご理解していただきたいものですわ。そういう女が、自分で自分を守ったからといって、責められますかしら?」

「もとはといえばあなたがまいた種です」

「はい、そのとおりです。わたくしもそれは認めます。ダグラスは、実にいとしい青年でした、ですが、彼の考えと私の思わくが合わなかっただけなのです。彼は結婚を望みました——結婚ですのよ、ホームズ様、爵位《しゃくい》もお金もない身でです。結婚しなければ救われないというのです。そして、彼はしつこくなりました。一度もらったものはまたもらえるはずで、それも独り占めできると思ったようでした。わたくしもたまらなくなりました。それで、ついにどうしてもわからせないといけない羽目《はめ》に陥《おちい》ってしまったのです」

「ごろつきどもを雇ってあなたの屋敷の窓の下で殴らせたのですね」

「なんでもご存じですね。はい、そのとおりです。バーニーとその子分たちが彼を追い払ってくれました。それは、わたくしも少々手荒すぎたかとも思いましたわ。そうしましたら、彼はどうしたと思われますか。紳士でしたら決してこのようなことをするとは思えません。彼は自分の話を小説にしたのです。もちろん、わたくしが狼《おおかみ》で彼が子羊の役です。名前は変えてありますが、すべてがそこに書かれているのです。ですからロンドンにいる者なら誰のことだかがまちがいなくわかります。そのことについてはどうお考えになりますか、ホームズ様？」

「そうですね、書くのは、彼の権利でしょう」

「それはまるでイタリアの空気が彼の血の中に入り込み、それとともに古代の残酷《ざんこく》なイタリアの精神が混じりあったようでした。彼は、私に手紙を書いてきて、私が先のことを考えて苦しむようにと本の原稿も送ってきました。彼によりますと、原稿は二部あって、一部はわたくしのためで、もう一部は出版社用とのことでした」

「どうして、出版社用の原稿が出版社に届いてないのをお知りになったのですか」

「彼の出版社がどこなのかを知っておりましたから。それに、ご存じでしょうが、彼の小説はこれだけではありません。また、彼がイタリアから、出版社に何も言ってきてないこともわかりました。そうしているうちに、ダグラスは突然、亡くなってしまいました。ですが、もう一部の原稿がこの世にある限り私は心が休まりません。その原稿は彼の遺品の中にあるはずでしたし、母親のところに返されたに違いありませんでした。それでわたくしはギャングを雇って取り返そうとしたのです。ギャングの中の一人は、使用人としてあの家に入り込みました。でも、私は正直に片づけようと思っていました。そして実際に、そういたしました。それで、わたくしはあの家を、その中のもの全部を含めて買おうとしたのです。母親の言い値で買おうとしました。それでも、万策《ばんさく》が尽きたときに、他の方法をとろうとしただけのことです。そう、ホームズ様、これはダグラスには少々きびしすぎる仕打ちだったかもしれませんが——はい、神かけて、わたくしはそれについて申しわけないことをしたと思っています。でも、わたくしの将来が危険にさらされているような時に、他にどのような方法がありますかしら?」

シャーロック・ホームズは肩をすくめた。

「いや、いや」と、彼は言った、「そうですね、いつものとおり、重罪人を示談《じだん》という手で見逃さなければならないようですね。それでは、ファーストクラスの旅行で世界一周するにはどのくらいかかると思われますか?」

夫人は驚いてホームズを見つめた。

「五〇〇〇ポンド(約一億二〇〇〇万円)もあればだいじょうぶでしょうかな」

「そう、わたくしもちょうどそのくらいかと思います」

「いいでしょう。それでは、その金額で小切手をお切りください、私がメイバリー夫人にお届けいたしましょう。あなたは彼女に少々転地療養《りょうよう》をさせてあげなくてはいけませんね。それにしても、マダム」と、ホームズは人差し指を警告するように振りながら言った。「ご用心! ご用心! もう二度と刃物遊びはなさらないでください。この次は、その優雅《ゆうが》な手が傷なしではすまないことになるでしょう」

白面《はくめん》の兵士

わが友ワトスンの考え方は、ある点に限ってだが、きわだって頑固《がんこ》なのである。長い間、彼は私に経験談を書くようにと、しつこく迫《せま》り悩ませ続けてきた。おそらく、ワトスンにこういう態度をとらせたのも、私自身のせいなのかもしれない。というのは、ワトスンに向かって、彼の書き方が表面的であることや、事実や数字をはっきり書くのを犠牲《ぎせい》にして大衆の好みに迎合《げいごう》しすぎる、などと私が常に非難していたからであろう。「それなら、自分で書いてみるがいい、ホームズ！」と、彼は反発したものだった。ところが、いざ自分でペンをとって書いてみると、どうしても、読者の興味《きょうみ》を引くようにまず書かなければならないことがわかったのを認めざるをえない。しかし、これから私が紹介する事件は、ワトスンが自分の記録の中に書き留める機会がなかったものであるが、読者が必ず興味を示すことは確かである。というのもこれは、私が手がけた事件の中で最も奇妙なもののうちに入るからである。それに、旧知の友で私の伝記作家である人物のことであるが、この場をかりて少々言わせていただきたい。それは、私のさまざまなちょっとした調査に、わざわざ一人の仲間を引き込んだのは、単にきまぐれや感傷的な気もちからではなく、ワトスンがすばらしい性格の持ち主だからである。謙虚《けんきょ》な人柄《ひとがら》なので、私の仕事には第一級の賛辞を与え、自分のことには何ひとつ触れようともしないのだ。パートナーとして、事件を自分勝手に結論づけたり、これからの行動などを予測するような協力者は常に危険な存在だが、逆に、どのような展開に対しても絶えることなく驚《おどろ》いてくれ、閉じられた本のように、これから先、次にどんなことがおきるかまったくわからない白紙状態でいてくれる者こそが真に理想的な助手となりうるのだ。

私の手帳によると、それは一九〇三年の一月のこととある。ちょうどボーア戦争[245]終結の直後のことであった。ジェイムズ・M・ドッドという、大柄で元気がよく、日に焼けた姿勢[246]のいい英国人が訪ねてきた。その頃はあの良き友ワトスンはといえば、結婚していて私とは疎遠《そえん》になっていた。これは思い出せる限りの私たちの長い付き合いの中でたった一度の彼の勝手な行動であった。私はひとり寂しく過ごしていた。

私は習慣で窓に背を向けて座り、客には反対側の椅子《いす》をすすめて、光が客の前面にさし込むようにしていた。ジェイムズ・M・ドッド氏は話をどこから切り出していいかわからず、とまどっているように見えた。私があえて助け舟を出さなかったのは、その沈黙のあいだに観察できるからなのだ。かねてより、依頼人には私の力量を印象づけるのが賢い方法だと思っていたので、まずは彼に関する私の結論をいくつか披露《ひろう》した。

「南アフリカから、ではありませんか」

「はい、そうです(247)」と、彼はいくぶん驚いたように答えた。

「帝国騎馬義勇兵とお見うけしますが」

「そのとおりです」

「ミドルセクス隊、で間違いないですね」

「そのとおりですよ、ホームズさん。まるで魔法使いだ」

私は彼の不思議そうな顔にほほえみかけた。

「男らしい紳士《しんし》がイングランドの太陽では絶対できない日焼けをして、ハンカチをポケットではなく、そで口に入れて、私の部屋に入っていらしたら、どこから来たかを当てるのは難しいことではありません。そのうえに、短いあごひげをはやしておられる、ということは正規兵でなかったということですからね。洋服の仕立てを見て、馬に乗る人だとわかりました。ミドルセクス隊は、あなたの名刺ではスロッグモートン街の株式仲買人となってましたので。あの地区の方が、ほかの隊にいたとは考えられません」

「いやあ、なんでもお見とおしですね」

「私はあなたと同じように見ているだけですが、ただ、いつも見るものに注意を払うように、自分自身を訓練しているのです。ところで、ドッドさん、今朝こちらにいらっしゃったのは、私と観察の科学について討論するためではありませんね。タックスバリー・オールド・パークで何があったのですか」

「ホームズさん――！」

「いやいや、なんの不思議もありません。あなたの用箋《ようせん》のヘッドにその住所が入っていましたし、こちらへいらっしゃる予約を入れる時にも、かなりあせっておいでのようでした。なにか急で重大なことがおこったことは明確です」

「はい、まったくそのとおりです。しかし、その手紙を書いたのは午後で、そのあともいろいろなことがおこりました。エムズワース大佐がわたしを追い出しさえしなかったら――」

「追い出したとは？」

「そう、そう言っていいと思います。エムズワース大佐という人は、ひどい頑固者です。若い頃は軍隊でも規律に厳しい人物で、そのうえ、あの頃といったら、荒っぽい言葉の時代でしたから。ゴドフリーのためと思わなければ、とてもあの大佐に我慢はできません」

そこで、私はパイプに火をつけて、椅子の背に寄りかかった。

「何をお話しになりたいのか、もう少し説明していただけませんか」

私の依頼人はいたずらっ子のように、にやりと笑った。

「あなたは、わたしの話など聞かなくとも、なんでもおわかりかと思いましたよ」と、彼は言った。「それでは、事実をお話ししますので、それがどういうことなのか教えていただきたいのです。実のところ、一晩中頭がかきまわされて眠れませんでした。考えれば考えるほど、信じられないことなのです。

一九〇一年一月、わたしが入隊した時のことです。今からちょうど二年前です。ゴドフリー・エムズワース青年も同じ隊にいました。エムズワース大佐――クリミア戦争でヴィクトリア十字勲章《くんしょう》を受けたあのエムズワース(248)の一人息子ですから、彼の中に戦争好きな血が流れているのでしょう、志願したのもごく当然のことです。あれほどいい仲間は連隊にはほかにいませんでした。わたしたちは友情をはぐくみました。それも運命を共にし、苦楽を共にした者だけに宿る友情です。彼はわたしの戦友でした。そして、それは軍隊ではたいへん意味のあることなのです。一年もの激しい戦闘の間中、つらい時も楽しい時も一緒に過ごしました。そのあと、彼はプレトリア郊外のダイヤモンド・ヒル(249)近くでの戦闘中に象撃《ぞうう》ち銃で狙撃《そげき》されたのです。ケープ・タウンの病院から一通、サウサンプトン(250)の病院からもう一通手紙が来ました。そしてそれ以来ひとこともです、ただのひとこともないのです、ホームズさん、わたしの大の親友だというのに六ヶ月もの間ですよ。

それで、戦争が終わって、わたしたちも全員引き上げてきました。わたしは彼の父親に手紙を書いて、ゴドフリーの居所を尋《たず》ねました。返事はありませんでした。少し待ってから、また手紙を書いてみました。その時は返事がありましたが、それが短く取りつくしまもないようなものでした。ゴドフリーは世界一周の旅行に出て、一年は戻らないであろうと、それだけしか書いてありません。

それでは納得できません、ホームズさん。すべてのことが何か不自然に思えてきました。彼は本当にいい仲間だから、友をこうして見捨てることはありえません。まったく彼らしくないのです。それからまた、わたしはふとした機会に、彼が莫大《ばくだい》な財産の相続人であること、父親とはあまりうまくいってないことを聞き込んだのです。父親は時折り、つらくあたるらしいのです。若いゴドフリーは血気盛んですから我慢がならなかったのでしょう。それで、わたしにはまったく合点《がてん》がいかなかったので、このことを徹底的に調査してみようと思いました。ところが、二年も留守にしていたものですから、わたしにもいろいろなことがありましてね、やっと今週、ゴドフリーの件を調べられるようになったというわけです。この際、いったんとりかかり始めたからには、事をはっきりさせるまで、他のことを後回しにしてでも、と思っています」

ジェイムズ・M・ドッド氏は敵にまわすより味方にしておきたい種類の人物に思われた。話をしている間、彼の青い目は決心の強さを示し、話すときは四角ばったあごが熱意を表わした。

「そうですか、それでどうなさいましたか？」と、(251)私は尋ねた。

「わたしが最初にとった行動は、まずベッドフォードの近くのタックスバリー・オールド・パークにある彼の家に行くことでした。そしてこの目でどうなっているのか見てみようと思ったのです。まず、彼の母親に手紙を書きました――父親のあの気難しさにはお手あげでしたから。それで、はっきりと正面攻撃をしました。ゴドフリーはわたしの親友です。それで二人の共通の体験談をぜひお聞かせしたい。近くまで行くので、その折りに、お目にかかりたいがご都合はいかがか、などなど。母親からはとても親切な返事をもらいまして、泊まっていくようにと言ってきました。それで、月曜日に出かけました。

タックスバリー・オールド館は交通不便[252]なところでして、どこからも五マイル（約八キロ）はかかるのです。駅には二輪馬車もいなかったので、わたしはスーツケースを抱えて歩くはめになりました。ですから到着する頃にはもうほとんど夜になっていました。屋敷はかなり広大な庭園のある、大きいだけの、とりとめのないものでした。まあ、わたしが見たところでは、あらゆる時代様式の寄せ集めで、半分木でできたエリザベス朝様式の基礎《きそ》[253]から始まってヴィクトリア朝様式の玄関先の柱廊《ちゅうろう》までがあるのですよ。中は羽目板《はめいた》張りで、タペストリーや半分ぼやけたような古い[254]絵がかかっていて、幻影とミステリの家とでもいいましょうか。年配の執事のラルフがいましたが、彼はまた屋敷と同じぐらい歳をとってみえました。それに、彼の妻というのはさらに歳がいってるように見えました。ゴドフリーの乳母だったそうで、ゴドフリーが彼女を母親の次に大事に思っていると聞いたことがあったので、彼女の風変わりな外見にもかかわらずひきつけられました。母親にも好感がもてました。やさしい小さな白いネズミのようなひかえめな女性でした。が、大佐だけはやはりだめでした。

すぐに、大佐とわたしはちょっとした口論になってしまったのですが、もし、彼がわざとそうしむけているのではないかと感じなかったら、すぐさま駅まで歩いて戻っていたかもしれません。わたしはまっすぐに彼の書斎《しよさい》に通されました。そこにいたのが大佐で、顔色が悪く、ごま塩のあごひげをはやした、背の曲がった大柄の男で、散らかった机の向こう側に座っていました。赤く血管が浮き出た鼻がまるでハゲタカのくちばしのように突き出て、もさもさの眉毛《まゆげ》の下の二つの鋭い灰色の目がわたしをにらみつけていました。その時、なぜゴドフリーが父親のことをほとんど話さなかったのかわかりました。

『さて』と、彼は耳障《みみざわ》りな声できりだしました。『ここに来た、本当の目的は何か、教えてもらいたいものだ』

わたしはそのことはすでに夫人に手紙で説明してあると答えました。

『そうだ、そうだ、アフリカでのゴドフリーをご存じだったとか。もちろん、わしらはあなたの言葉を信じるしか、ほかには方法がないが』

『わたしに宛《あ》てた彼の手紙がポケットにありますが』

『見せてもらえるかな』

彼はわたしの渡した二通の手紙にざっと目を通すと、それを投げて返しました。

『それで、何なのかね?』と、彼は尋ねました。

『わたしはあなたの息子さんのゴドフリーが本当に好きでした。わたしたちは多くの思い出と絆《きずな》で結ばれているのです。ですから何も音沙汰《おとさた》がないのを不思議に思い、どうしたのかと知りたがるのは当然のことです』

『たしかわしの記憶では、あんたにはもう手紙を書いてやったはずだ、せがれは世界一周の旅に出た。アフリカの生活から戻ると、健康がすぐれなかったので、母親とわしとで相談して、完全な休息と転地療養が必要だということになった。ほかにも友達で気にかけている人がいたら、すまんが教えてやってくれ』

『もちろんです』と、わたしは答えました。『それでは、彼の乗った汽船《きせん》の名前や航《こう》路《ろ》、それと出航した日付など教えていただけませんでしょうか。そうすれば彼のところに手紙を送ることができると思います』

ところが、わたしのその願いが大佐を当惑させ、不愉快にさせたようなのです。彼は太い眉毛をぐっと寄せて、いらついて指で机の上を叩いていました。そして、最後に目をあげてわたしを見たのですが、その表情はちょうどチェスの戦いで敵がきつい一手を打ち込んできたのを見つけ、どうやってそれに対決するかを決めた人のもののようでした。

『ドッドさんといったかな』と彼は言いました。『あんたがあまりしつこいのにへきえきだ、こんなに強引にされたのでは、我慢も限界だ』

『あなたのご子息のことを心から思っているのですから、お許しください』

『そのとおりだ。そういうことだったから、大目にみてきたのだ。しかし、もうこれ以上の詮索《せんさく》はやめにするのだ。どのような家族にも、内輪《うちわ》の事情やそれぞれの考えがあって、いくら親切心からといっても、外の者には明かせないことがあるのだ。家内はゴドフリーの過去の話を君から聞きたがっている。だが、現在のことや未来のことは放っておいてほしい。そのようなことを聞いても何の役にも立たないし、わしたちを当惑させ、困らせるだけだ』

そういうわけで、わたしは万策《ばんさく》つきてしまいました、ホームズさん。もうどうしようもありませんでした。事情がわかったように見せかけましたが、心の中では友達の運命がはっきりするまで決して調査の手をゆるめないと誓《ちか》ったのでした。退屈な夕べでした。わたしたち三人は陰気な古ぼけた部屋で食事をしました。夫人は熱心に息子のことをあれこれ聞きましたが、大佐のほうはむっつりしてふさぎこんでいるように見えました。私はすべてのなりゆきにうんざりしていましたので、失礼にならないよう言いわけをして、自分の寝室に引き取りました。その部屋は一階にある広い寒々とした部屋で、屋敷のほかの部屋と同じように陰気くさいところでした。しかし、ホームズさん、一年も南アフリカの草原で寝泊りをすれば、寝るところになどこだわらなくなるものです。わたしはカーテンを開けて、庭をながめました。明るい半月のすばらしい夜でしたよ。それから、そばの机の上にランプを置いて、勢いよく燃える暖炉《だんろ》の火のそばに陣取って小説でも読んで気晴らしをしようとしました。そこに、あの年取った執事のラルフが、補充の石炭を持ってきたのです。

『夜に切れてしまうかと思いまして、旦那様《だんな》。悪い天候で、部屋も冷えましょう』

彼は部屋を出ていく時にちょっとためらっているようでした。わたしが振り向くと、そのしわだらけの顔で思いつめたように私の前に立っていたのです。

『旦那様、失礼は承知のうえですが、お食事の時にゴドフリー坊っちゃまのことを話していらっしゃるのが耳に入ってしまったものですから。あなた様もご存じでいらっしゃるとは思いますが、わたしの家内は坊っちゃまの乳母でした。言ってみればわたしも坊っちゃまの育ての親のようなものです。それでございますから、坊っちゃまのことが気になるのはしごく当然のことでございます。先ほどのお話では、坊っちゃまは立派なお働きだったそうですが、どうだったんでございましょうか?』

『連隊中に彼ほどの勇敢な男はいませんでした。一度、ボーア人のライフル攻撃からわたしを助け出してくれたりもしました。そうでなければ、今、わたしはこうしてここにいられませんよ』

年取ったその執事は骨ばった手をこすりあわせました。

『そうでございますとも、そのとおりでございます。それでこそ、ゴドフリー坊っちゃまでございます。坊っちゃまはいつでも勇敢でいらっしゃいました。ここのお庭で登られなかった木は一本もございませんです、はい。いったんこうと決められたら、どんなことも坊っちゃまをおとめできなかったのです。本当にいいお子さんでございました。……いや、立派な青年だったのです』

わたしは飛び上がりました。

『なんだって！』と、叫びました。『今、あなたは彼が立派な青年〝だった〟と言いましたね。まるで、彼が死んだような言いまわしではないか。いったい何を隠しだてしているのだ？　ゴドフリー・エムズワースに何がおきたのだ』

わたしはその年配の男の肩をつかんだのですが、彼は恐れてしり込みするばかりでした。

『何をおっしゃっているのかわたしにはさっぱりわかりませんです、ゴドフリー坊っちゃまのことはどうぞご主人様にお聞きください。ご存じでいらっしゃいます。わたしがとやかく言うことではございません』

彼は部屋を出ていこうとしましたが、わたしは彼の腕をつかまえました。

『いいかな』と、わたしは言いました。『行く前に一つだけ質問に答えてもらおう、答えてくれなかったら、一晩中でも君はこのままだぞ。ゴドフリーは死んだのか？』

彼はわたしと目を合わせられませんでした。ちょうど催眠術《さいみんじゅつ》にかかった男のようで、彼の口からその答えを引っぱり出したといっても過言ではありません。しかも、その答えは考えてもみなかったような恐ろしいものでした。

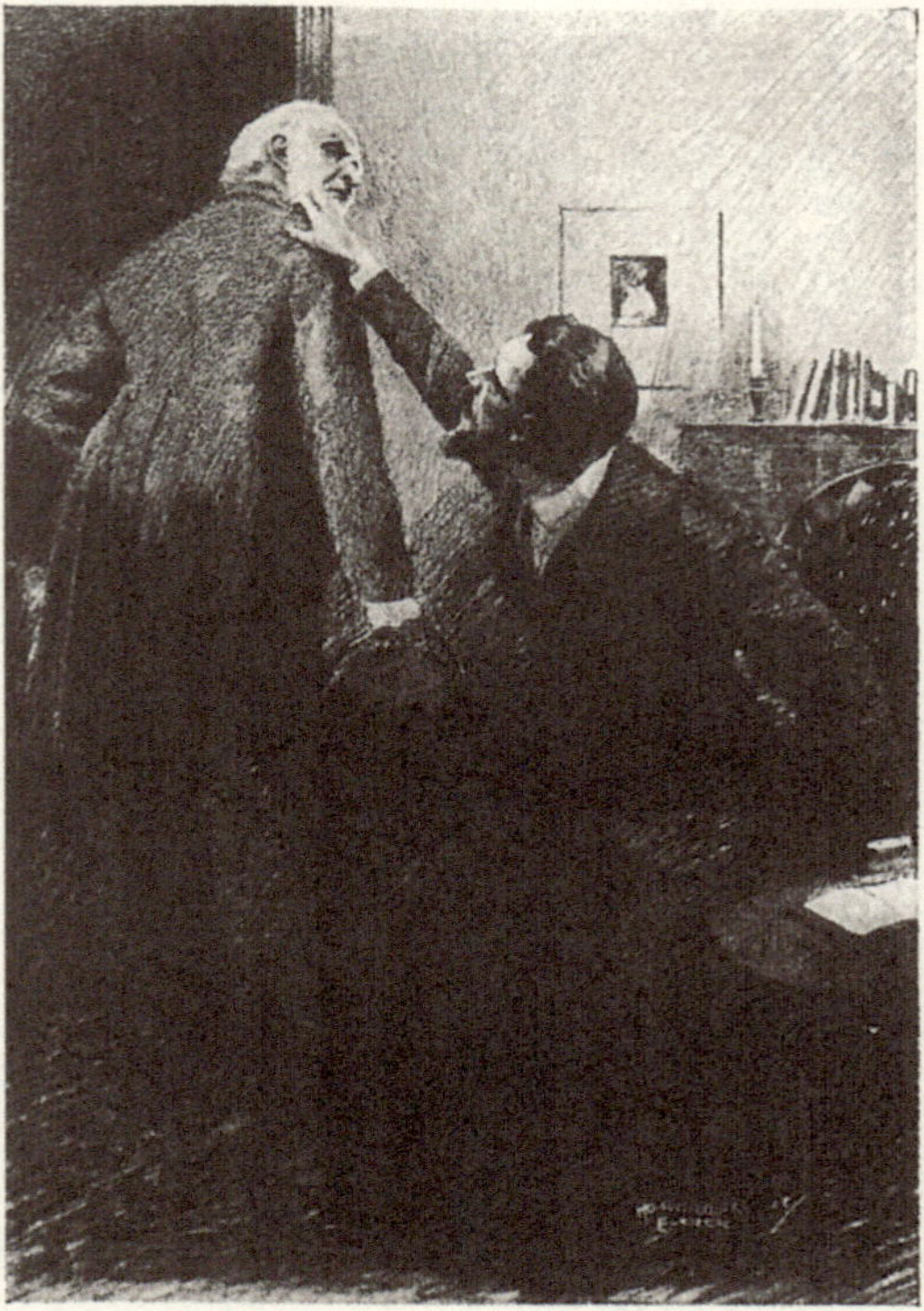

『神に召《め》されていらしたらよかったのです』そう叫んで、彼はわたしを振り切って脱《だっ》兎《と》のごとく部屋から出ていきました。

ホームズさん、わたしがどんなに不幸な思いで再び椅子に座ったか、おわかりいただけると思います。わたしにはあの年配の執事の言葉の意味するものは、たった一つの事柄だけのように思えました。明らかにわたしの気の毒な友達は家族の名誉《めいよ》に関わるような、何らかの犯罪事件か、すくなくとも、汚名となるようなできごとにまきこまれてしまったのです。あの厳格な父親がスキャンダルにならないように息子を遠ざけて世間から隠してしまったのでしょう。ゴドフリーは向こう見ずな奴です。それに、まわりの連中から簡単に影響《えいきょう》をうけやすい性格ですし、きっと悪いやつらの手中に落ちて、道を誤《あやま》ったに違いありません。もしそうだとしたら、悲しむべきことですが、しかし、今からでも、彼を見つけ出し助け出すのがわたしの友人としての義務だと思いました。そういうことをあれこれじっくり考えながらひょっと目をあげると、ゴドフリー・エムズワースがわたしの前に立っていたのですよ」

依頼人は深い感慨《かんがい》に陥《おちい》ったように一瞬言葉をとぎらした。

「どうぞ、お続けください」と、私は言った。「あなたの事件には、いくつかの奇怪なところがあるようです」

「彼が窓の外にいたのです、ホームズさん、ガラスに顔を押しつけていました。わたしがその夜、外を見ていたことはさきほど話しましたね。その時に、カーテンを少し開けたままにしておいたのです。彼の姿はちょうどそのカーテンの隙間《すきま》いっぱいに現

われました。窓は床までの大きなものでしたから、全身を見ることができました。そして、わたしの目をぐぎづけにしたのは彼の顔でした。死人のように蒼白《そうはく》なのです。後にも先にもあれほど白い人間は見たことがありません。幽霊というのはあのようなものかと思います。けれども、彼の目とわたしの目が合った時には、それは生きている正真正銘《しょうしんしょうめい》の人間の目でした。彼はわたしが見ていたことに気がつくと、急に飛び退《すさ》ると暗闇の中に消えてしまいました。

ホームズさん、その男にはわたしをぎょっとさせるような何かがありました。それはただ単に暗闇でチーズのように白く光る幽霊のような顔のことだけではありません。それより、もっと陰気で、なんとも言いようのないものなのですが、なにかこそこそとしてうさん臭いような、罪を犯しているかのようでした。とにかくわたしの知っていたあの率直な男らしい青年とは似ても似つかない感じでした。心は恐怖におののきました。

しかしですね、一年も二年もあのボーア人相手に戦っていたら、人は神経も太く、行動も速くもなるものですよ。ゴドフリーの姿が見えなくなる前に、わたしは窓際まで行きました。(255)やっかいな留め金がかかっていたので、それをもち上げるのにちょっと時間がかかりましたが、窓から飛び出して、彼が逃げていったと思う方向に庭の小道を走って追いかけました。

道は長いし、明りも充分ではなかったのですが、それでも、何かがわたしの前を動いていることはわかりました。わたしは走りながら彼の名前も呼んでみましたが、無《む》駄《だ》でした。道の最後まで行きましたが、そこからは何本かに分かれていて、その先がそれぞれ離れ家に向かっているのです。ちょっとためらって立っていると、ドアの閉まる音がはっきりと聞こえたのです。それはわたしの後ろの母屋《おもや》からではなく、前から、それもどこか暗闇の方向からでした。わたしが見たものが幻《まぼろし》ではなかったことを確信するにはそれで充分でした、ホームズさん。ゴドフリーはわたしから走って逃げて、離れ家に入り、ドアを閉めたのです。それはまちがいないことでした。

それ以上、わたしにできることはありませんでした。それからは、頭の中で何度もそのできごとを繰《く》り返して、その裏に何があるかを考えて、眠れない夜を過ごしました。翌日は、大佐の態度が少し好意的に感じられました。それに、夫人が近所にいくつかおもしろそうな場所がある、と言い出したのをこれ幸いに、もう一晩泊めてもらっても、ご迷惑ではないかと尋ねました。大佐はいやいやながらも、どうにか承諾《しょうだく》してくれましたので、わたしは一日中を調査にあてることができるようになりました。その時点で、わたしはゴドフリーはどこか近くに隠れているに違いないと確信していましたが、どこに隠れているのか、そしてなぜなのかはわかりませんでした。

母屋は宏大《こうだい》で平屋建てでしたので、たとえ一個連隊が隠れていても見つけだせるようなものではありません。もし母屋に何か秘密があったとしても、それを見抜くことはかなり難しいことでした。しかし、確かにわたしの聞いたあのドアの閉まる音は母屋の中からではありませんでした。ですから、何かを発見できるかもしれないので庭を探ってみるべきだと思いました。大佐たちは自分のことで忙しくわたしを放っておいてくれましたから、思うように動きまわることができました。

いくつか小さな離れ屋があり、庭の外れには、かなりの大きさの一戸建ての建物がありました。庭師や猟場の番人[256]が住むには充分な大きさの家でした。あのドアの閉まる音はここからだったのだろうか、私は何気ないようすでぶらぶらとあてもなく庭を散歩しているような感じで近づきました。ちょうどその時です、きびきびした動作の、小柄であごひげをたくわえ、黒のコートに山高帽子の男が――どう見ても庭師とは言いがたいタイプでした――そのドアから出てきたのです。驚いたことに、彼はそのドアに鍵《かぎ》をかけて、その鍵をポケットにしまいました。それから、わたしを見つけて驚いたようでした。

『こちらのお客さまですか?』と、彼は尋ねました。

わたしはそうだと言って、ゴドフリーの友人だと言いました。

『ゴドフリーが旅行中なのは本当に残念ですよ、わたしと会えたら喜んでくれたでしょうに』と、わたしは続けて言いました。

『まったく、本当にそのとおりでございますね』と、彼は答えましたが、その言い方にはなんとなく後ろめたそうなようすが見られました。『もう一度、ご都合のよい時にでもいらっしゃることですね』彼はそのまま通り過ぎていきましたが、振り返ってみると、庭のずっと先にある月桂樹《げっけいじゅ》の木に半身を隠してわたしを見張っているのがわかりました。

その家の脇を通り過ぎながらよく観察してみましたが、窓には厚いカーテンが掛かってましたし、見る限りでは誰もいないようでした。見張られているのがわかってましたので、あまり露骨《ろこつ》に探っては、せっかくの骨折りを無駄にするだけでなく、追い出されてしまうかもしれません。それで、わたしは母屋までぶらぶらと戻り、夜が来るのを待って調査を続けることにしました。辺りがすっかり暗くなり、寝静まった頃、窓から抜け出たわたしは、できるだけ物音を立てないように、その謎めいた建物をめざしました。

先ほどは、分厚いカーテンが掛かっていたと言いましたが、今回はその上によろい戸で閉ざされていました。それでも、窓の隙間から光が漏《も》れていたので、そこから覗《のぞ》いてみました。幸運にも、そこはカーテンがしっかりと引かれてなかったのです。そして、よろい戸に少し割れ目があり、わたしは部屋の中をのぞくことができました。明るいランプと暖炉の火があかあかと燃えている気もちのよさそうな部屋でした。ちょうど、私の真向かいには今朝会った、あの小柄な男が椅子に腰かけていました。パイプをくわえて新聞を読んでいました」

「何新聞でしたか？」と、私は尋ねた。

依頼人は話の腰を折られて気にさわったようだった。

「それは大事なことなのですか？」と、彼は尋ねました。

「何より重要なのです」

「気にもとめませんでした」

「それでも、大きな判の新聞か、小さなタイプで週刊誌のようなものかはおわかりになったでしょう？」

「そう言われてみれば、それほど大きくはなかったですよ。スペクテイター紙だったかもしれない。ともかく、そういう細かな点に注意する間もなかったのです。というのは、窓に背を向けてもう一人、男が座っていたのです。誓《ちか》ってもいいですが、この二人目の男こそゴドフリーでした。顔は見えなかったのですが、肩の線に見覚えがありました。ひじをついて、ひどくふさぎこんでいるようすで、暖炉に体を向けていました。わたしがどうしようかとためらっていると、突然鋭く肩をたたかれました。エムズワース大佐が脇に立っていたのです。

『こっちに来たまえ！』と、彼は低い声で言いました。そして、母屋に向かって歩きだしました。無言のままです。その後からわたしもついていくと、わたしの寝室に入りました。彼はもうホールにあった時刻表を持っていました。

『ロンドン行きの列車は八時三十分』と、彼は言いました、『二輪軽馬車が八時に玄関に来るようになっている』

大佐は怒りで顔色が青ざめていました。そして、まったくのところわたしも自分がひどく難しい立場にいると感じていたので、友人に対する心配からだと言いわけがましく、つじつまのあわないことを二、三、口ごもりながら言うよりしかたがありませんでした。

『何を言っても始まらん』と、彼はぶっきらぼうに言い放ちました。『よくもまあ、わが家のプライバシーにずかずかと土足で踏み込んでくれたものだ。客として来たのに、スパイをするなんて断じて許せん。これ以上何も言うことはないし、もう二度とあんたの顔など見たくもない』

ホームズさん、わたしの堪忍袋《かんにんぶくろ》の緒もここに来てついに切れました。それでわたしもかっとなって言い返したのです。

『わたしはご子息を見ました。なんだかわからない自分勝手な理由でご子息を世間から隠しているのですね。これまでしてゴドフリーを閉じ込めている理由がなんだかはわからないが、彼が自由でないことははっきりしています。エムズワース大佐、わたしの友人の安全と幸せが確かめられるまでは、この秘密を暴《あば》く努力をわたしは惜しみません。たとえ、あなたが何を言っても、脅《おど》かしてもそれは無駄というものです』大佐は悪魔のような形相《ぎょうそう》で、今にもわたしに向かってくるかと思いました。彼はやせてはいるが、荒々しく大柄な男であることはお話ししましたね。わたしも決して弱いほうではありませんが、彼に立ち向かったら勝てるかどうかわかりませんでした。ところが、彼はわたしを怒りをこめた目で長い間にらみつけると、くるっときびすを返して、部屋から出ていきました。翌朝、わたしは言われた列車に飛び乗ったのですが、前に手紙でお願いしていたように、あなたのご忠告とご助言をいただきたいという一心で、列車を降りてそのまままっすぐこちらに伺《うかが》いました」

以上が私の依頼人の語った事件のあらましであった。賢明な読者は、すでにお気づきかもしれないが、このような事件では、解決への道はそれほど難しいものではない。というのは、その原因を見つけだすためにとる方法は限られたものであるし、それも非常に数が少ないからである。けれども、その解決方法がどんなに初歩的なものであっても、この事件には興味深い一風変わった奇妙なところがいろいろあったので、こうして私の事件記録に収めている次第なのである。さてそれではこれからは、私の得意とする論理的な分析方法を使って解決に向かって一つずつ掘り下げてみたい。

「使用人は」と、まず私は尋ねた。「母屋に何人いましたか？」

「わたしが見たところでは、例の年とった執事とその妻君だけです。あの夫婦は非常に簡素な生活をしているようです」

「そうしますと、離れのほうには使用人はいないようでしたか？」

「いませんでしたね。もっとも、あのあごひげの小柄な男がそうでないとするならの話です。しかし、彼は使用人には見えませんでした」

「それはたいへん意味深いことに思えます。何か食べ物が母屋からその家に運ばれているようすはありましたか？」

「そう言われてみますと、年寄りのラルフがバスケットを提《さ》げて庭を通ってあの家の方に行くのを見ました。その時には、食べ物のことは、頭に浮かびませんでしたが」

「近所で何か聞き込んでみましたか？」

「はい、あたってみましたよ。駅長と村の宿屋の主人に訊《き》いてみました。わたしは昔の戦友のゴドフリー・エムズワースについて、何か知らないかどうかを訊いただけです。二人とも、彼が世界一周の旅に出ていると言ってました。家に帰ったかと思うと、すぐ出発したようだというのです。あの話が辺り一帯では明らかに信じられているようでした」

「あなたの疑いについては何も話さなかったのですね？」

「何も話しませんでした」

「それは賢明でした。この件はたしかに調べてみる必要があります。一緒にタックスバリー・オールド・パークに行ってみましょう」

「今日ですか？」

その頃、私はわが友ワトスンが「アビ学校事件」として記録したグレイミンスター公爵《こうしゃく》が深く関わった事件[257]を調査していたし、そのうえ、トルコ皇帝[258]からの緊急の依頼も受けていた。それは後回しにできないような頼み事だったし、そういうことをすれば政治的に重大な危機に陥ることは火を見るよりも明らかだった。というわけで、私の日記を見ると、ジェイムズ・M・ドッド氏と連れ立ってベッドフォードシァに向かうことができたのは次の週の初めになっていた。馬車でユーストン駅[259]へ行く途中、威《い》厳《げん》のある口数の少ない、かすかに緑がかった灰色の面持《おもも》ちの紳士を乗せた。私はその人物と必要な取り決めをすでに交わしてあった。

「こちらは古くからの友人です」と、私はドッド氏に言った。「この方をお連れしても、まったく関係なかったということになるかもしれません。しかし、また逆にいちばん重要になるかもしれません。今のところ、これ以上言う必要はないでしょう」

ワトスンの語り口に慣れておられる読者諸氏には、私が事件を実際調査しているあいだに、うかつに物を言ったり、自分の考えをやたら口にしたりしないということはわかっておられると思う。ドッド氏はこういう私に驚いたようであったが、それ以上はなにも言わなかった。そして、私たち三人はそのまま一緒に旅を続けた。列車の中で、私はドッド氏に向かってもう一つだけ質問した。これはぜひとも、もう一人の連れにも聞いてほしかったからである。

「窓際でご友人の顔をはっきりご覧になったとおっしゃいましたが、それが本当に彼だということは、はっきりしていますか」

「それはもう、絶対にまちがいありません。鼻を窓ガラスに押しつけていましたが、ランプの光も充分にあたってました」

「ご友人によく似た誰かというようなことはありませんでしょうか？」

「いいえ、絶対にありませんよ。あれは彼でした」

「でも、変わっていたとおっしゃいましたが」

「顔色ですよ。彼の顔色です――なんと表現したらいいのでしょうか――魚の腹のような白さだったのです。ちょうど漂白《ひょうはく》されたようでした」

「顔全体が同じように白かったのですか？」

「そうではありません。額です、額は窓に押しつけていたのではっきりと見えました」

「彼に呼びかけましたか」

「一瞬、あまりに驚いてすくんでしまったのですが、お話ししたとおり、彼を追いかけました。でも、無駄でした」

これで事実上、事件は解決したも同然であった。完全な結末を迎えるには、あともう一つだけ残った、ちょっとしたことをしなければならなかった。馬車でかなり長い間走ると、私の依頼人が言ったとおりの風変わりな古いまとまりのない屋敷に着いた。ドアを開けたのは年配の執事のラルフであった。馬車は一日借り切っていたので、年上の友人には呼ぶまで馬車の中で待つように頼んだ。小柄な、しわだらけの年寄りのラルフは黒いコートと霜降《しもふ》りのズボンという伝統的なスタイルであったが、一つだけ変わったところがあった。彼は茶色の革手袋をはめていたのだ。私たちの姿が目に入ると即座にはずして、私たちが中に通った時には、ホールのテーブルの上に置いていた。わが友ワトスンも前に述べていただろうが、私は異常なまでに感覚がするどいのだ。だから、かすかだったがその時、つんと鼻を刺《さ》すような臭いにすぐに気がついた。ホールのテーブルからそれは漂ってきているらしいのだ。私は戻ると、帽子をテーブルに置き、わざとそれを落とし、拾い上げようとしてかがんだ。そして、手袋から一フィート（約三〇センチ）のところに鼻を近づけようとした。そう、それは思ったとおりで、奇妙なタールの臭いは、やはりその手袋から漂ってきていた。こうして、私は事件を完全に解決してから、書斎に入った。ああ、しまった、こうして自分で話を書いていくうちに、全部手のうちをさらけだしてしまいそうだ。これがワトスンだったら、このような一連のできごとのつながりを伏せておいて、華やかな大団円の幕切れまでうまく持っていくことができるであろうに。

エムズワース大佐は部屋にはいなかったのだが、ラルフの知らせでかなり早くに出て来た。早足の重い足音が廊下から聞こえてきた。ドアが音をたてて開き、顔をゆがめ、すごい勢いであごひげを震わせた、高齢の男が入ってきた。私が今までに見たこともないような恐ろしい形相だった。手にわたしたちの名刺を持っていたが、それをびりびりと破り捨て、足でぐりぐりと踏みにじった。

「この我慢のならないおせっかい野郎が！　ここに近づかないようにと言っておいたはずだ！　おまえのいまいましい顔など、もう二度と見たくはない。わしの許しもなしに今度また来たら、何をしたって文句は言わせん、わしには当然の権利があるのだ。そうさ！　撃ち殺してやる、神かけて、殺してやるぞ！　それに、あんた！　あんただ」と、私に向かって言った。「あんたも同じだ！　わしはあんたのような下劣な職業にも詳《くわ》しいが、あんたの評判の才能はどこかほかで使ってもらおう、ここはあんたの出る幕ではないぞ」

「おいとますることはできません」と、私の依頼人はきっぱりと言った。「ゴドフリー自身の口から、何の束縛《そくばく》もされていないと聞くまでは」

私たちの反撃を受けた主人はベルを鳴らした。

「ラルフ」と、彼は言った。「郡警察に電話して、警部に頼んで巡査を二人よこしてもらいなさい。家に強盗が入ったというのだ」

「少々お待ちください」と、私は言った。「ドッドさん、エムズワース大佐には正当な権利がありますし、私たちには大佐のお屋敷内では何の法的な権利もない、ということはおわかりいただかなければなりません。そうではありますが、大佐も彼の行為が心底ご子息を思ってのことだと、お認めになるべきでしょう。ここで、少々言わせていただきたいのですが、もし、エムズワース大佐と五分間だけお話しさせていただくことができれば、大佐のこの件に関するご意見を私が変えてみせましょう」

「わしはそう簡単に意見なぞ変えんぞ」と年配の軍人は言った。「ラルフ、言ったとおりにするのだ。何をためらっているんだ。警察へ電話だ！」

「それはいけません」と、背中でドアをふさぎながら私は言った。「警察ざたになれば、それこそあなたが恐れていらっしゃる破滅の道です」手帳を取り出した私は、一枚の紙を破り、そこにある言葉を走り書きした。「このためです」と、その紙をエムズワース大佐に渡しながら私は言った。「このために私たちはこちらへ伺ったのです」

彼はその書きつけを呆然《ぼうぜん》と見つめていた。驚きの表情だけが顔に現われていた。

「どうしてわかったのだ？」と、彼は喘《あえ》ぎながら言ってどさりと椅子に倒れこんだ。

「ものごとを知るのが私の仕事です。それが私の商売です」

大佐は骨ばった手であごひげをしごきながら、深く物思いに沈んでいたが、しばらくすると、あきらめたようすを見せた。

「そう、ゴドフリーに会いたいなら、会ってくれたまえ。わしがそうさせたのではない。あんたたちがぜひと言ったからだ。ラルフ、ゴドフリーとケントさんに五分したらわしたちが行くから、と言ってきなさい」

五分たってから、私たちは庭の小道を通って、突き当たりのあの謎に満ちた離れ家の前に着いた。小柄なあごひげの男がドアのところにひどく驚いたような顔をして立っていた。

「本当に突然ですね、エムズワース大佐」と、彼は言った。「こんなことをしたらわれわれの計画はみなめちゃめちゃになりますよ」

「どうしようもなかったのだ、ケントさん。無理やり、こうさせられてしまったのだ。ゴドフリーと会えるかな?」

「はい、中で待っておられますよ」彼は後ろを向いて、私たちを広い、簡素な飾りつけの表側の部屋に通した。暖炉に背を向けて男が立っていたが、私の依頼人はその姿を見たとたん手をさしのべながら走り寄った。

「やあ、ゴドフリー、懐《なつ》かしいよ! うれしいなあ」

ところが、かけ寄られたほうのもう一人は手でそれをさえぎって彼を遠ざけた。

「ぼくにさわるな、ジミー。離れてくれ。そうだ、よく見てくれよ！　ぼくがあのB騎兵大隊のスマートなエムズワース伍長《ごちょう》に見えるかい？」たしかに彼の風采《ふうさい》は異常だった。以前はアフリカの太陽で日焼けしたすっきりした姿の本当にきりっとした男だったことは、はっきりと見てとれたが、今、その浅黒い皮膚《ひふ》の表面は、奇妙な白い斑点《はんてん》で一面に覆《おお》われて、肌を漂白したようであった。

「だから、誰にも訪ねてほしくないのだよ」と、彼は言った。「君ならかまわないけどね、ジミー、でも君の連れがいないほうがよかったよ。きちんとしたわけがあると思うけど、まあ、困ったことをしてくれたね」

「ぼくは君が無事かを知りたかっただけだよ、ゴドフリー。あの夜、君がぼくのところの窓から覗き込んでいただろう、あれを見てからは、事態がはっきりするまでは、そのままにしておくことができなかったのだ」

「ラルフ爺《じい》が、君が来てると言ったので、どうしても、君をちょっとだけ見ずにはいられなかったのだよ。君に見つからないようにと思ったけどね。窓を開ける音を聞いた時には、この隠れ家まで走ってくるほかしようがなかった」

「でも、一体全体どうしてなのだい？」

「そうだね、これは、そんなに長い話ではないよ」と、タバコに火をつけながら彼は言った。「イースタン鉄道のプレトリア郊外にあるバッフェルススプルートでの、あの朝の戦いを覚えているかい？　ぼくが撃たれたのを聞いたかな」

「そう、聞いていたよ、詳しいことはわからなかったけどね」

「ぼくら三人が仲間からはぐれてしまって、君も覚えているだろうが、あの辺りは地形が山あり谷ありだったからね。シンプスン——ほら、ぼくらが禿《はげ》のシンプスンなんて呼んでいた、それと、アンダースンとぼくの三人だった。ぼくらはボーア人を追い払っていたところだった、ところが、ボーア人が低地に隠れていて、ぼくらは三人とも格好の標的になってしまった。他の二人は殺されたが、ぼくは肩に象撃ち銃の弾をくらった。でもそのまま馬の背にしがみついて、数マイル走ったが、気を失って鞍《くら》から落ちてしまった。

　気がついたときはすでに真っ暗になっていた。なんとか立ち上がってみたが、ひどく弱って気分もよくなかった。驚いたことに、ぼくのすぐ後ろに家が一軒あったのだ。広いヴェランダがあって、たくさん窓のある大きな家だった。やたらと寒かったよ。君も覚えているだろうけど、夜になると感覚がなくなるほどの寒さになったよね。霜《しも》が降りたときに寒く感じる、あのきりっとしたのとはまったく違った、やりきれないようなうんざりするあの寒さだよ。そう、そんなわけで、骨までこごえてしまったので、その時のただ一つのぼくの望みといったら、その家までたどり着くことだった。なんとか立ち上がって、足をひきずりながら歩き出してみたものの、自分が何をやってるかまったく意識がなかった。ぼんやり覚えていることといったら、どうにかこうにか、ゆっくりと階段を上がって、大きく開いたドアから、いくつかベッドの並んでいる大きな部屋に入って、喘《あえ》ぎながら、これで助かったと思って、そのうちの一つのベッドに転がり込んだということだけだった。ベッドはきちんと整《ととの》ってなかったけど、そんなことはまったくかまわなかった。震《ふる》えている体に布を何枚もひっかけて、そのまま横になったとたんに正体もなく眠りこんでしまった。

目がさめたのは朝だったけれど、健全な世界に戻ったというよりも、何かひどい悪夢の中に入り込んでしまったような感じがした。アフリカの太陽がカーテンのかかってない大きな窓からさしこんでいたので、家具も飾りもないがらんとした、白塗《しろぬ》りの共同寝室の細部まではっきりとわかった。ぼくの前では、巨大な球根のような頭をした小柄で小人のような男が、オランダ語で興奮《こうふん》したようにまくし立てていた。気味悪い二本の手を振りながら何かしゃべっているのだが、それがまたぼくには茶色の海綿《かいめん》のように見えた。その男の後ろでは、何人かがこの情景をおもしろそうに見物していた。でも、ぼくは彼らを見た時にぞっとしたよ。一人として普通の人間ではなかった。誰もかれもがどこか曲がっていたり、膨《ふく》らんでいたり、おかしな格好にねじまがっていたりしていた。こんな変わった奇怪な一団が笑った時はまさに身の毛がよだったね。英語の話せる者もいないようだったが、それでもどうにかして説明しておかなければばならなかった。あの大頭の人物はだんだんひどく怒ってきて、獣《けもの》のような叫び声をあげるし、傷口からまた出血するのもおかまいなしで、ねじれた手でぼくをつかんでベッドからひきずり出そうとするのだ。小さい割に、牛のように力が強い。明らかに責任者だとわかる年配の人が騒《さわ》ぎを聞きつけて部屋に来てくれなかったらぼくはどうなっていたかわからなかった。彼が二言、三言オランダ語できびしく言ってくれたので、ぼくにつかみかかっていた連中はおとなしくなった。それから、その人は、ぼくの方を向くと、心底から驚いたようにじっと見つめたんだよ。

『一体どうやって、ここへたどり着いたのです?』と、彼は驚いて尋ねた。『ちょっと待ちなさい! 君はすっかりまいっているようだし、肩の傷の手当てもいる。わたしは医者だから、すぐに包帯をしてさしあげます。でも、まあなんということだ! 君はここにいるほうが、戦場で戦っているよりずっと危険なのですよ。ここは『ハンセン病病院』で君はハンセン病の患者さんのベッドで寝ていたのですよ』

もうこれで充分わかっただろうね、ジミー。戦闘が近いとみて、気の毒な患者たちは、前の日に避難していたらしいのだ。そして、英軍が進攻してきたので、その医者に連れられて戻ってきていたということだった。その医者が言うのには、自分はこの病気の免疫《めんえき》があると思うが、その彼でさえ、ぼくのように患者の寝たベッドで寝ようとは思わないそうだ。彼はぼくを個室に移して、親切に治療《ちりょう》してくれた。それから一週間ぐらいだったかな、そのぐらい経った頃、ぼくはプレトリアの総合病院に移された。

これで、君もぼくの悲劇がわかっただろう。万に一つの可能性を願っていたのだが、家に帰るとすぐに、顔に君も知ってのとおりの、この恐ろしい徴《しるし》が現われたのだ。ぼくも病気から逃げることができなかった。ぼくはどうしたらよかっただろうか？　まず、隣り近所から離れたこの屋敷にいたし、絶対信用できる使用人も二人いた。住める家もあった。秘密厳守を誓って、外科医のケントさんがぼくと一緒にいてくれることになった。こうすればうまくいきそうだった。けれども、それとは別に恐ろしいことがあった——赤の他人の中で一生隔離《かくり》されて暮らさなければならないし、それに絶対帰れる希望もないのだからね。それには、絶対に秘密を守るということが必要だった。もし知れたら、たとえこういう静かな田園でも、大騒ぎになることはうけあいだし、ぼくも恐ろしい運命へと追いやられてしまうに違いない。だから、たとえ君でもだ、ジミー、君にまでも、秘密にしておかなくてはならなかったのだよ。それなのに、なぜ父が許したのか、ぼくには理解できないよ」

エムズワース大佐は私を指さした。

「こちらの紳士のせいだよ」と、彼は私が『ハンセン病』という言葉を書いたあの紙切れを広げた。「この人がそこまで知っているなら、かえって全てを知ってもらった

ほうが安全だと思ったのだ」

「そうです、そのとおりですよ」と、私は言った。「かえって良い結果が出てくるかもしれません。それでですが、ケントさんだけが患者を診《み》ておられたようですね。失礼ですが、私の見るところでは、これは熱帯性か亜熱帯性の病気かと思いますが、あなたはこの種の病気の専門家でいらっしゃいますか？」

「きちんとした医学教育を受けた医師が知っている程度の一般の知識はあるつもりです」と彼は少々気分を害して述べた。

「もちろんですよ、あなたの能力をほんの少しも疑っているわけではありません。しかし、あなたも同意してくださると思いますが、こういう場合には他の医者から意見を聞くことも必要ではありませんか。それをなさらなかったのは、患者を隔離しなくてはならなくなることが怖かったからではありませんか？」

「そのとおりだ」と、エムズワース大佐が答えた。

「そうだろうと思っていました」と、私は説明を続けた。「ですから絶対に信用のおける友人を一緒に連れてきたのです。かつて、彼の事件を解決したことがありますので、専門医としてよりは、友人として忠告してくれるはずです。サー・ジェイムズ・ソーンダズといわれます」

ほやほやの少尉《しょうい》になりたての男があのロバーツ卿《きょう》(260)に謁見《えっけん》できるとわかったとしても、この時のケント氏の顔に浮かんだ驚きと興奮ぶりには及ばないだろう。

「まことに光栄の至《いた》りです」と、彼は口ごもりながら言った。

「それではサー・ジェイムズにこちらに来ていただきます。今は外の馬車の中にいらっしゃいます。それでは、その間に、エムズワース大佐、あなたの書斎に集まって、そこで必要な説明をさせていただきたいと思います」

そして、またしても、あのワトスンがいないのが悔《く》やまれるのだ。彼なら巧《たく》みに質問をしたり、不思議そうに合いの手を入れたりして、単なる常識を系統だてただけの私の捜査術(261)を、誰もが感嘆《かんたん》の声でうなるような非凡の才能に見せてくれるからなのだ。もちろん、私が自分自身の話をする時には、そのような助けは期待できない。それでもしかたなく、エムズワース大佐の書斎で、ゴドフリーの母親も交じえた数少ない聴衆を相手に、私の推理の展開を説明したものを次に記すことにしよう。

「私のやり方は」と、私は言った。「不可能なことを全て消していって、後に残ったものが何であれ、どんなにありそうもなくとも、それが真実に違いない、と仮定するところからスタートするのです。もちろん、そのようにしても、まだいくつもの説が残るかもしれません。でも、その場合は、それを一つずつ何回も何回も推考《すいこう》して、多くの確実な裏づけがあるものだけを探し出します。さて、それでは、この理論を今回の事件にあてはめてみましょう。最初に、この事件を聞いた時、こちらの紳士が父君の屋敷の離れ家に隔離か幽閉状態にあることについては、三点の可能性のある説明を考えつきました。犯罪を犯して隠れている、あるいは精神に異常をきたしたが精神病院に入れたくない、または隔離する必要のある病気にかかっている、のいずれかです。そのほかには適当な説明は考えられませんでした。そこで、この三点をふるいにかけて、おたがいに比較検討してみました。

犯罪を犯したからだ、という説明は検討する余地もありませんでした。この地域には未解決の犯罪は報告されていません。この点に関しては確実です。もし、それがまだ発覚していない犯罪のためだったら、家族にとっては罪人を家にかくまうより、外国にでも逃がすほうがずっといいわけです。ですから、一連の行動はこの説明では解決できません。

精神に異常をきたした、という説明のほうがさらにありそうなことでした。離れ家の第二の人物が番人かもしれません。外へ出ていくときに鍵をかけていったという事実はその仮定を裏づけるものですし、拘束《こうそく》していることかもしれません。その一方で、この拘束はそれほど厳しいものではなかったこともわかりました。そうでなければ、その若者が抜け出して、友人をひとめ見に行こうなどということはできません。ご記憶にあるでしょうがドッドさん、私は問題点を探ろうとしたのですが、たとえば、ケントさんが読んでいらした新聞の名前をあなたに尋ねましたね。もし、それが医学雑誌の『ランセット』や『ブリティッシュ・メディカル・ジャーナル』[262]だったら問題解決への助けになったでしょう。しかし、資格を持った人がきちんといて、当局が正式に許可をすれば、精神病者を個人の屋敷内に住まわせるのは、違法ではありません。それでは、これほどまでに秘密にしたいのは何のためなのだろうか。ここでもまた、私は事実と合う説明は見つけられませんでした。

とすれば、残ったのは第三の可能性ということになります。きわめてまれで、ありそうもないことだったのですが、でも、全てのことが当てはまるように見えました。ハンセン病は南アフリカではそれほど珍しいものではありません。なにかとんでもないことで、この若者はその病気にかかったのかもしれません。ご家族は彼を隔離させたくないので、たいへん困難な立場に立たれたのでしょう。噂《うわさ》が広まったりして、当局が何か言ってこないように絶対的な秘密保持が必要になります。充分な報酬《ほうしゅう》を出せば、病人を治療してくれる献身的《けんしんてき》な医者は簡単に見つけられますし、暗くなっていれば、病人を自由にしても困るようなことはないでしょう。皮膚《ひふ》が漂白されたようになるというのも、この病気の一般的な症状です。そういうわけで、この説がいちばん有力でした。かなり有力な説だったので、私は実際それが証明されたとして行動してみようと思いました。こちらに着いた時、執事のラルフが食事を運ぶ時に消毒薬をしみこませた手袋をはめているのに気づきました。これで私の最後まで残った疑問も解決されたのです。たったひとことで、あなたの秘密ももう隠しおおせなくなってしまったことがおわかりだったようですね。それに、口に出さずに紙に書きつけてお知らせしたことで、私が信頼できる思慮《しりょぶか》深い人間だとおわかりいただけると思いました」

こうして、私が事件の簡単な分析を終えようとしているところに、ドアが開いて、堂々とした風貌《ふうぼう》の偉大な皮膚科医(263)が案内されてきた。ところが、今日ばかりはいつものスフィンクスのような厳しい表情もゆるんで、その目には温かい人間性のかがやきが宿っていた。彼はエムズワース大佐に歩み寄ってその手を取った。

「わたしはおおかたが悪いお知らせをする役で、良い知らせの役はほとんどないのですが」と、彼はきりだした。「今回の場合は本当にうれしいことです。あれはハンセン病ではありません」

「何！　何ですと？」

「擬似《ぎじ》ハンセン病魚鱗癬《ぎょりんせん》(264)のはっきりとした症例です、肌に魚の鱗状《うろこじょう》のものができる病気で、見ても気もちのよいようなものではありませんし、かなりしつこいものですが、治らないものではありませんし、勿論感染もしません。そう、そのとおり、ホームズさん。偶然とは驚くべきものですな。でもはたして偶然と言えるのでしょうか。われわれがほとんど知らないような不思議な力が働いてこうなったのですかな。この若者があの伝染病の恐怖にさらされた時からずっと悩み苦しんでいたのはまちがいないことです。そのために自分が恐れていたのと同じような体の反応をよびおこしてしまったとでもいうようなことでしょうか。まあ、ともかくも、わたしの医師としての名誉にかけて太鼓判《たいこばん》を押します。おや、夫人が気を失われたようですな。この喜びのショックから、夫人が回復されるまでつきそってあげるのは、ケントさんがいちばん適役のように思われます」

〔訳者より〕

この《白面の兵士》は一九二六年に発表されたもので、当時の医学知識に基づいて書かれています。ここで「ハンセン病」と訳した病気は当時は「らい病」と呼ばれていました。ノルウェーの医師ハンセン（一八四一～一九一二）が「らい菌」という病原菌を発見したことから、現在ではハンセン病といいます。伝染病であることから、世界各地で隔離政策がとられていましたが、一九四三年にプロミンという治療薬が発見され、治る病気となりました。現在は隔離されることもありませんし、その伝染力もきわめて低いことがわかっています。

日本でも遅まきながら一九九六年「らい予防法」が廃止され、隔離政策の誤りを国も認めています。

ハンセン病に対して誤まった概念を持たないようにお願いします。

ライオンのたてがみ

私の長い現役生活の間に直面したのと負けず劣らずの難解で異常な事件が、引退後に、それも引き寄せられたように私の目の前でおきたのは、非常に奇妙なめぐり合わせである。その事件というのは、私がサセックスの小さな家に引きこもってからおきたのであった。その頃の私は、長年の陰鬱《いんうつ》なロンドン生活の中で、たびたび憧《あこが》れていた自然に親しむ生活を送っていた。私の生涯でこの時期は、あの良き友ワトスンとはほとんど会うこともなく、たまの週末に訪ねて来てくれる時が、唯一その機会であった。そういうわけで、私が自分自身の事件簿《じけんぼ》の記録者にならざるをえなかった。ああ、もしワトスンがいてくれたなら、この驚《おどろ》くべき難事件と、あらゆる困難を乗り越えた私の最後の勝利を、さぞかしうまく、ものの見事に書き記《しる》してくれただろうに！　しかし、実際に、「ライオンのたてがみ」の謎を探りながら、私が一歩一歩目の前に横たわる困難な道をいかにきわめていったかを、自分自身の平凡でおぼつかない方法で書き留めていかなければならないのだ。[265]

私の別荘は丘陵《ダウンズ》[266]の南側斜面に位置し雄大な景観の英国海峡《かいきょう》を見下ろすところに建っ

ていた。このあたりの海岸線は白亜《はくあ》の崖《がけ》が遥《はる》かに続き、その崖から険《けわ》しく滑りやすい一本の長い曲がりくねった道だけが海岸までずっと続いていた。その道の行きつくところは満潮《まんちょう》の時にも潮《しお》が上がってこない一〇〇ヤード（約九〇メートル）にも及ぶ小石と砂利の浜辺であった。しかしながら、そこここには湾曲《わんきょく》した水たまりや窪《くぼ》みがあり、潮の満ちてくるたびに海水が入れ替わり、非常に上質な天然のスイミング・プールとなっているのだった。このすばらしい海岸は両方向に何マイルも続き、海岸線の切れたところが小さな入り江になっていて、そこがフルワース村であった。

私の家は人里離れた一軒家である。私と、年老いた家政婦と、そして、私のミツバチだけがここの住民である。しかしながら、半マイル（約〇・八キロ）ほど行った所にハロルド・スタックハーストの「ゲイブルズ校」という有名な訓練施設[267]がある。そこはかなり広い場所に二十人ほどの若者たちがさまざまの職業を目指して、数人の教師[268]とともに寝泊りしている。スタックハースト自身も大学時代はボート選手の代表にもなった有名な男で[269]、すべての分野で優秀な学生であった。私がここの海岸に来て以来ずっと親しくしていて、お互いに夕刻に招きがなくとも立ち寄る間柄《あいだがら》の、気のおけないつきあいをしていたのは、彼とだけであった。

一九〇七年の七月も終わる頃、ひどい暴風雨がこの地を襲《おそ》った。強風が英国海峡から吹き上がり、崖下まで海水が渦をまいて押し寄せ、そして、潮が引いた後に潟湖《せきこ》を残していった。事件のおきたその朝は風もおさまり、大自然は洗い清められ、生き生きとしていた。このようにすばらしい日に働くのはもったいないので、私は朝食前に新鮮な空気を吸いに散歩に出た。海岸まで通じる急な崖の小道を歩いていると、後ろから大きな声で呼びかけられた。ハロルド・スタックハーストが元気よく手を振って挨拶《あいさつ》してきた。

「いや、すてきな朝ですね、ホームズさん！　きっと会えると思ってましたよ」

「泳ぎに行くようですね」

「また、見抜かれましたね」と彼はふくれあがったポケットを叩いて笑った。「そのとおりですよ。マクファースンは先に行っているので、あちらで一緒になると思いますよ」

　フィッツロイ・マクファースンは科学の教師で、顔立ちのよいすらりとした若者だったが、リューマチ性熱の後、心臓の病気を患い、健康とは言いがたい生活をしていた。しかし、彼はもともとスポーツ好きだったので、自分の体に無理な負担がかからないような運動を、どれも上手にこなしていた。夏でも冬でも、彼は泳ぎに行っていたし、私自身も泳ぎを得意としていた[270]ので、ときどき彼とは一緒に泳いだりもした。

　ちょうどその時、私たち二人はその本人を見つけた。小道の先の崖の上に彼の頭が現われた。そして、全身がちょうど酔っ払いのような感じで現われたかと思うまもなく、次の瞬間両手を突き出して、恐ろしい叫びをあげて顔を下にして前に倒れた。スタックハーストと私は、そこまで五十ヤード（約四五メートル）もあっただろうか、大急ぎで駆《か》け寄って、彼を仰向けにした。彼が瀕死《ひんし》であることは明らかだった。どんよりとくぼんだ目、恐ろしいほどに鉛色《なまりいろ》になった頬《ほほ》を見れば、それはひと目でわかった。一瞬、生命の灯が顔に現われて、何か私たちに注意しようとして[271]一生懸命、二言、三言、警告《けいこく》を発した。それが何だか不明瞭《ふめいりょう》ではっきりしなかったが、私の耳には彼の唇《くちびる》からしぼり出された[272]最後の言葉は「ライオンのたてがみ」と聞こえた。それは何の脈絡《みゃくらく》もない理解[273]に苦しむ言葉であったが、どう考えても、私にはそうとしか聞こえなかった。そして、彼は地面から半身を起こすと、空に向けて両腕を突き出したかと思うと[274]、脇から前に向かって倒れ込んだ。彼は死んだのだ。

　私の連れは突然の恐怖に放心状態であったが、私はと言えば、ご想像いただけるだろうが、すべての感覚が張りつめ、緊張していた。私たちが異常な事件に遭遇《そうぐう》していることはすぐにわかったので、心してかからなければなるまいと思った。死んだ男はバーバリーのオーバーコート[275]にズボンだけで、それに紐《ひも》が解けたままのズック靴といういう姿だった。倒れた時に、肩にはおっていたバーバリーのコートが滑り落ち、胴体《どうたい》が見えた。それを見た私たちは思わず息を呑《の》んだ。ちょうど、細いワイヤーの鞭《むち》でひどく叩かれたかのように、彼の背中は何本もの濃い赤い線で覆《おお》われていた。長く痛ましいみずばれが肩先から肋骨《ろっこつ》まで曲線を描いている。このような傷を与える道具は、きっと何かしなやかなものに違いない。苦しみに身もだえしている時に、下唇を噛《か》んだのか、頬に血が流れていた。彼の引きつり、歪《ゆが》んだ顔に、苦痛のすさまじさが現われていた。

私は死体のそばにひざまずき、スタックハーストは立ちすくんでいたのだったが、その時、人影を頭の上に感じた。イアン・マードックがそばに来ていたのだ。マードックも同じくその施設の数学教師で、背が高く色黒の細身の男だった。非常に無口で打ち解けない性格だったので、友人と呼べるような人もいなかった。無理数や円錐《えんすい》曲線[276]などという普通の生活とはほど遠い、高尚《こうしょう》で抽象的な世界に生きているように思われていた。生徒たちからは変わり者とみられ、嘲《あざけ》りの的になっていた。しかし、その漆黒《しっこく》の目や浅黒い顔、そして、凶暴《きょうぼう》としか表現のしようがない、時々おこすかんしゃく発作をあわせ考えると、彼の中には、ある不思議な異国からの血が流れているようであった。ある時など、マクファースンの小さな飼い犬にいらいらして、それをつかむとガラス窓から外に投げ出したこともあった。もし、彼がほかでは見つけることのできない貴重な教師でなければ、スタックハーストは彼をそのままにしておかなかったであろう。今、私たちのそばに現われたのは、そういう風変わりな複雑な性格をもった男なのである。例の小犬の一件でもわかるように、死んだマクファースンと彼の間には、何の心のつながりもなかったようだが、目の前の光景に彼は強いショックを受けた。

「これは、ひどい！　気の毒な男だ！　何かわたしにできることは？　何をお手伝いしましょうか」

「彼と一緒だったのですか？　何がおきたかわかりますか？」

「いえ、いえ、わたしは今朝は遅くなったので、海岸には行きませんでした。今、学校からまっすぐここへ来ました。何をしましょうか[277]」

「それではフルワースの警察に急いで行ってください。この件を報告するのです」

彼は何も言わずに、全速力で駆け去った[278]。私はすぐさま事件の調査を始めて、スタックハーストはこの悲劇に放心状態のまま死体の脇に残った[279]。最初にしなければならないことは、誰が海岸にいたかを調べることであった。小道のいちばん高くなっている所から、海岸の全景を見下ろすことができた。二、三の黒い人影がフルワースの村に向かっていくのが遠くに見えることを除けば、海岸はまったく荒涼《こうりよう》としていた。この点をはっきりさせてから、私はゆっくりと小道を下り始めた。その小道は粘土と白亜土の混じった柔らかな泥土だったので、そこここに、同じ足跡が降りて登っているのがよくわかった。その日の朝は、ほかには誰もその小道を降りて海岸まで行った者はいなかったようだ[280]。ある場所で指を広げた手の跡が斜面に上向けに残っているのを発見した。これはあの気の毒なマクファースンが坂を登ってくる時に倒れたことを意味しているに違いない。いくつかの丸いくぼみもあったが、これらは彼が一度ならずひざをついたことを示しているように見えた。小道の行き着いた所に[281]、潮が引いた後でできたかなり大きな潟湖があった。岩の上にタオルが置かれている[282]ところから、その横でマクファースンは服を脱いだのだろう。タオルはたたんであり、乾いていたので、彼は水にはまったく入っていなかったように見えた[283]。一、二回、私は硬い砂利のなかを探し回っている時に、小さな砂地の上に、彼のズック靴の跡や裸足《はだし》の跡が残っているのを見つけた。この事実は、マクファースンが泳ぐつもりだったことを証明していた。しかし、タオルの状態からすると、実際にはまったく泳がなかったことになる[284]。

ここまできて、この問題はかなり明確になってきた。つまり、これは私が今までかつて体験したことがない、奇怪な事件であるということだ[285]。あの男は最長でも十五分間以上は海岸にいなかった。スタックハーストが「ゲイブルズ校[286]」からずっと彼のあとを追ってきていたのでそのことにまちがいはない。裸足の足跡からわかるようにマクファースンは海水浴に行き、服を脱いだ。そして突然、再び、服をあわててひっかけた[287]――というのは、着衣は乱れていてボタンも留められていなかった――まったく泳がなかったのか、少なくともタオルで体を拭《ふ》くひまさえもなかったのか[288]、とにかく海岸から戻ってきたということである。そして、彼が目的を突然変えた理由は、なんだかわけのわからない未開の、人間とは思えない何者かに鞭打たれ、苦しさで唇まで噛みきり、死に場所を求めて這《は》って逃げるだけの力しか残らない(289)ほどに痛めつけられたのだ。いったい誰がこのような残忍な行為をしたのか？　崖の下には、たしかに小さな洞穴や洞窟《どうくつ》が点在しているが、低い太陽の光が直接さし込んでいるので隠れるようなところはどこにもなかった(290)。それでは、海岸のはるかかなたの人影はどうだろうか(291)。しかし、彼らは事件と結びつけるには遠く離れすぎているようであるし、それにマクファースンが泳ごうとした広い潟湖がその人たちとの間にあって、崖の下まで広がっている。海上には釣りの船が二、三艘《そう》それほど遠くない距離に浮かんでいた(292)。折りをみて船員の都合に合わせて調べてみればいいだろう。調査する道(293)はいくつかあったが、どれもがはっきりしたゴール(294)につながっているものはなかった。

私がやっと死体のそばに戻った時には、まわりにはちょっとした人垣ができていた。スタックハーストももちろんまだその中にいた(295)。イアン・マードックが、大柄で黄褐《おうかつ》色《しょく》の口ひげをたくわえた動作の鈍そうな、いかにもサセックスの人らしい村のアンダースン巡査とともに到着したばかりであった。サセックスの人というのは、表向きはひどく無口なのだが、その陰に、大いに良識を備《そな》えているのである。彼は事件のあらましを聞き終わると、私たちの言ったことをすべて書き留めてから、最後に私を少し離れたところに引っぱっていった[296]。

「ホームズさん。何かご忠告いただければうれしいのですが。この件はわたしにはだいぶ荷が重すぎます。まちがったことをしたら、ルーイス[297]の本部からも何かと言われますし」

とりあえず、直属《ちょくぞく》の上司と医者に来てもらうこと、何も動かしてはならないこと[298]、彼らが来るまではできる限り新しい足跡をつけないこと[299]、などを私は彼に助言した。そしてその間に、死んだ男のポケットを調べると、ハンカチ一枚、大きなナイフ[300]一本、そして小さな二つ折りの名刺入れが見つかった。それを開けると中から一枚の紙片が出てきたので、私はそれを広げて、アンダースンに渡した。それには女性の筆跡でこのように走り書きされていた。「必ず行きますから、あなたも必ず来て。モーディ」時と場所は書かれていなかったが、恋愛中の、デートの約束のような文面であった。巡査は名刺入れの中にそれを戻すと、ほかのものと一緒にバーバリーのポケットに返した。それ以上ほかには何も出てきそうもなかったので、私は崖の下の捜索《そうさく》を徹底的にするように依頼して[301]、朝食をとりに家に戻った。
一、二時間もするとスタックハーストが回ってきて、遺体がゲイブルズ校に移され[302]、そこで取り調べがあると教えてくれた。さらに彼はいくつかの重要で決定的なニュースを知らせてくれたのだ。私が思っていたとおり崖の下の小さな洞穴の中には何も見つからなかったが、マクファースンの机の中を調べると[303]、フルワース在住のモード・ベラミーという女性との親密な手紙が何通か見つかったというのだ。これで、私たちにはあの紙片の主が誰だかわかった。

「警察が見つかった手紙を持っていったので[304]」と、彼は説明した。「ここに持参できなかったのです。とにかく、まちがいなく真剣な恋愛です、ですから、あの恐ろしい事件と結びつくようなことはありません。しかし、もちろん、その女性が彼と会う約束をしていた、ということを除けばですが」

「そうは言っても、あなたがたが、誰でも使う海水浴場で会うとは思えませんがね[305]」と私は言ってみた。[306]

「学校の生徒たちが」と、彼は言った。「マクファースンと一緒でなかったのも単なる偶然ですし[307]」

「それは本当に、単なる偶然だったのですね」

スタックハーストは眉《まゆ》を寄せて考えこんだ。

「イアン・マードックが[308]生徒たちを引きとめたのです」と、彼は言った。「彼は、朝食前にある代数の論証説明をすると言い張ったものですから。かわいそうに、マードックはそのことをかなり気にしています」

「けれども、二人は仲がよくなかったのではないですか？」

「ひとときはそういうこともありましたが、この一年ほどは、マードックはマクファースンと誰よりも仲がよかったようです。彼はもともと人とうまくやれるタイプではないのですがね」

「私もそう理解しております。この間[309]、犬にひどいことをして二人の間でけんかになったとかおっしゃっていましたよね」

「あの件は終わってます」

「しかし、わだかまりが残っているのではありませんか？」

「いえ、いえ、二人は本当に仲がよかったと思います」

「としますと、次に、その女性のほうを調べてみなくてはなりませんね。彼女をご存じですか？」

「誰でも知ってますよ。このへんで一番の美人[310]です、実にきれいな人です、ホームズさん、彼女ならどこにいても注目の的ですよ。マクファースンが惹《ひ》かれていたことは知ってましたが、あの手紙のような関係に進んでいたとはまったく知りませんでした」

「それで、どういう女性[311]なのですか」

「フルワースの貸しボートや貸脱衣所の元締めをしている年寄りのトム・ベラミーの

娘です。はじめは漁師だったのですが、いまではちょっとした小金を貯め込んで息子のウィリアムと一緒に商売[312]をしてます」

「私たちはフルワースに行って彼らに会ったほうがいいでしょう」

「何と言って会うのです」

「いや、それはなんとでも言えますよ。とにかく、この気の毒な男が自分自身をあのひどい方法でいためつけた[313]とは考えられない。もし、あの傷をつけたのが実際に鞭[314]だとしたら、その鞭を使った人間がいるはずですからね。このような寒村《かんそん》では、彼の知り合いは限られているでしょうから、それを、すべて洗っていけば、動機を見つけるのは簡単でしょうし、そうすれば犯人は必ず見つかるはずです」

　私たちの目にした悲劇で気もちが乱されてなければ、タチジャコウソウの香りに満ちた丘を横切っていくフルワースへの道はさぞかし心地よいものであったに違いない。半月になった湾《わん》沿[315]いにフルワースの村はひろがっていた。昔ながらの小さな村落の後ろの高台[316]に何軒かのモダンな家が建っていた。スタックハーストが案内したのはそのうちの一軒であった。

「あれが『ヘイヴン荘』です、ベラミーがそう呼んでいるのですよ。隅に塔があるスレートの屋根の家です。無一文から始めた男が建てたにしては、悪くないですよ、でも――いや、どうしたのだ、見てくださいよ！」

ヘイヴン荘の庭の門が開いて男が現われた。背の高い、骨ばった、どこかだらしのない姿は見違えるまでもなくあの数学教師のイアン・マードックであった。すぐに、私たちは路上で彼と顔を突き合わせることになった。

「やあ！」とスタックハーストが挨拶した。(317)マードックはうなずいただけで、その奇妙な黒い目で私たちを横目でちらりと見て通り過ぎようとしたが、(318)校長が呼びとめた。

「ここで何をしてたのかね？」と、彼が訊《き》いた。

マードックの顔は怒りでぱっと赤くなった。「先生、わたしは学校ではあなたの部下ですが、私的な行動についてまであなたに説明する必要はないと思います」

スタックハーストの神経は我慢の積み重ねに耐えかね、限界に達していた。そうでなければ、おそらくもう少し抑えることができたかもしれなかった。ここにきて、彼は完全に爆発してしまった。

「こういう大変な時に、君の言い方はまったく無礼ではないかな、マードック」

「あなたの質問のほうがそうではありませんか？」

「君の無礼を見逃さなければならなかったのは、これが初めてではない。しかし、それもうこれで終わりにしてもらおう。できるだけ早く新しい就職口を探してくれたまえ」

「こちらもそう思っていたところですよ。今日、わたしはゲイブルズ校になんとかとどまっているよりどころだった、[319]ただ一人の友を失いましたからね」

そう言い捨てると、マードックは大股で歩き去った。スタックハーストは怒りに満ちた目で[320]彼が去っていくのをにらみつけて立っていたが、「なんと非常識な、我慢のならない男だ」と、大声で叫んだ。

このことで、イアン・マードック氏は犯行現場から逃げる最初のチャンスを得たのではないか、と私は強く[321]感じた。それはまだはっきりしない漠然《ばくぜん》としたものではあったが、疑惑が心の中でだんだんと一つの形をとり始めてきていた。おそらくベラミー家を訪ねれば、それはさらにはっきりするかもしれない。スタックハーストも気を取り直したので、私たちはその家に向かった。

燃えるように真っ赤なひげをはやした中年の男がベラミーだった。彼はとても怒っていたようすで、すぐにその顔もひげと同様、真っ赤になった。

「いいや、どんな説明だって聞きたかありませんや。うちのここにいるせがれだって――」と居間の片隅に座っていた、いかつい陰気な顔をした力の強そうな若者を指差しながらベラミーは言った。「わしと同じ意見だ、マクファースンさんのモードへの気もちはわしらをないがしろにしたもんだったってことですよ。そうじゃあねえかい、『結婚』なんてことは言わないでよ、そんでもって、手紙だのどっかで会おうだのってぬかしやがって、わしらにゃ、てんから賛成できなかったんだ。母親のいない娘なんで、わしらのほかにゃ守ってやるもんはいねえんだよ。そんで、わしらは決めてるんだ――」

　しかし、そのご婦人本人が現われたので、父親は口を閉ざした。この女性ならどの世界でも華やかで優雅《ゆうが》なものに変えてしまうだろう。これだけたぐいまれな美しい花が、この根から、この環境の中で育つと誰が想像するだろうか？　私の感情はいつも知性が支配していたので、女性というものに惹かれることはほとんどなかったが、彼女の完璧なまでの美しい顔や、丘陵《きゅうりょう》独特の繊細《せんさい》な肌の柔らかく、みずみずしいさまを見た時には、若者なら誰でも彼女に心を奪われない者はいないと思えた。[322]ドアを開けて、ハロルド・スタックハーストの前に目を見開き緊張して立ったのは、このような女性であった。

「フィッツロイ[323]が亡くなったことはもう知っています」と、彼女は言った。「詳《くわ》しくお話しくださっても大丈夫です」

「もう一人のひとが知らせてくれたんでね」と、父親が説明した。

「何もうちの妹まで巻き込むことはないんだよ」と、若いほうの男が不平を言った。妹がきっとした顔で振り返って彼に言った。「わたしのことだからほっといて、ウイリアム。お願いだからわたしの好きにさせてちょうだい。どっちにしても事件はおきたのだし、もし犯人を探すのにわたしが役に立つのなら、それがせめてもの亡くなったあの人へのわたしのなぐさめよ」

彼女は私の連れの手短かな説明を落ち着いて注意しながら[324]聞いていた。そういうことからも、彼女はたぐいまれな美しさだけでなく、しっかりした性格もかね備えた女性だということがわかった。モード・ベラミーは最も完全なすばらしい女性として、常に私の記憶の中に残ることになるだろう。彼女はすでに私の顔をよく知っていたようすで、話が終わるとこちらに向いた。

「犯人たちに裁《さば》きを与えてください、ホームズ様。たとえ彼らが誰でも、わたしは、いつでもあなたの味方ですし、お役に立ちたいと思ってますわ」彼女がそう言いながら父親と兄を挑戦的にちらりと見すえたように私には感じられた。

「ありがとうございます」と、私は言った。「こういう事件では女性の直観が一番だと思っています。あなたは『彼ら』という言葉をつかわれましたけど、複数の人間がこの件に関わっているとお考えですか？」

「わたしはマクファースンという人をよく知っていましたけど、とても勇敢で強い方でした。一人の人間では、あの人にあれほどのひどい傷を負わせることは無理ですわ」

「あなたとだけでお話しできませんでしょうか」

「だからわしが言っただろう、モード、深入りするんじゃねえぞ」と、父親が怒って叫んだ。

彼女は私をためらいながら見た。「どういたしましょうか?」

「すぐに知れ渡ってしまうのですから、ここでお話ししてもどうということはないのですが」と私は言った。「ですが、私は個別にお話ししたかったのです。しかし、お父上がだめだとおっしゃるのでしたら父上にも他言はしないという約束でお願いします」そして、私は遺体のポケットから見つかった紙片について話した。「この紙片はまちがいなく検死審理の時に提出されます。それについて何かお話しくださいますか?」

「隠すようなことは何もありません」と、彼女は答えた。「わたしたちは結婚を約束していました、ただ、それ(325)を秘密にしていたのは、すごくお年寄りで、もう危ないと言われているフィッツロイのおじさんが、自分の気に入らない結婚をすればフィッツロイに遺産を残してくれないかもしれなかったからです。ほかに理由はありません」

「早くそう言えばよかったんだよ」と、ベラミーがうなるように言った。

「もっとものわかりがよければ、とっくにそうしていたわ、お父さん」

「わしは自分の娘が身分違いの男とくっつくのがいやだっただけさ」

「そういうこじなことばかり言ってるから、わたしたちも話せなかったのよ。(326)それから手紙にある約束のことですけれど」と彼女は服の中を探ってくしゃくしゃになっ

た紙片を取り出した。「この手紙への返事だったんです」

愛しい人よ、「と手紙は始まった」

火曜日、日没後すぐに海岸のいつもの所で。その時しか出られないのです。――

F・M

「今日がその火曜日なので、今晩、彼と会うはずでした」

私はその紙を裏返した。「これは郵便で来たものではありませんね。どうやって受け取ったのですか？」

「それについてはお答えしないほうがいいと思います。あなたがお調べになっていらっしゃることとはまったく関係のないことです。ほかのことで、関係のあることは何で[327]もお答えします」

彼女は言葉どおりに協力的だった[328]が、それ以上私たちの調査に役立つものは何もなかった。婚約者に隠れた敵がいたとは思えないと、彼女は言ったが、ほかに彼女には何人かの熱い求婚者があったことも認めた[329]。

「もしかすると、イアン・マードックさんもその一人だったのでしょうか？」

彼女は顔を赤らめて、困ったようだった。

「そう思った時期もありました。けれども、フィッツロイとわたしの間がわかった時(330)からは、がらりと変わりました」

ここで再びこの不思議な男をめぐる疑惑がさらにくっきりと浮かび上がってきたように思えた。彼の履歴を調査しなければならない。彼の部屋も密かに調べなければならない。スタックハーストも内心あやしいと思い始めていたので、喜んで協力すると言ってくれた。事件のもつれた糸の先をこれで手にしたという浮きうきした気分で、私たちはヘイヴン荘訪問から戻った。

一週間が経った(331)。検死審理は事件に何の解決の糸口も与えることなしに、さらなる証拠を探すため、延期となった(332)。スタックハーストはマクファースンにそれとなく探りを入れたり、彼の部屋もざっと調べたりしたが、何の結果も得られなかった。私自身はといえば、もう一度すべてのことを、物質的な面、精神的な面と両面から洗いなおしてみたが、格段何の新しい発見もなかった(333)。私のすべての事件記録の中で、これほどまでに能力の限界を思い知らされた事件は初めてだったということは、読者にもおわかりいただけるだろう。私の想像力をもってしても、この事件の謎を解く方法は何も思いつかなかった。そして、それからあの犬の事件が発生したのだ(334)。

最初にその話を聞き込んだのは年老いた家政婦で、こういう人たちの得意とする、くだんの田園地帯の噂受信機にひっかかってきたのだ。

「悲しい話でございますよ、あのマクファースンさんの犬のことですよ」と、ある夕べに彼女は言った。

私はこの種の会話にはあまり気をそそられないのだが、その言葉が私の注意を引きつけた。

「マクファースンさんの犬とは、何のことかな？」

「死んだのですよ。ご主人が亡くなってその悲しみのあまりに」

「誰に聞いたのかね？」

「まあ、そんなこと、みんなが話してますよ。ひどく落ちこんで、一週間というもの何も食べなかったそうですよ。それで、今日、ゲイブルズ校の若い学生がその犬が死んでいるのを見つけたのですよ。それもあの海岸の、ご主人が亡くなったちょうどその場所でです」

「ちょうどその場所で」という言葉が私の記憶をはっきりよみがえらせた。それはきわめて重大だという考えが、かすかに心に浮かんだ。犬が死んだという事実は、あの美しい、主人に忠実であるという犬の特質[335]からであろう。だが、よりによって「ちょうどその場所で」とは！　どうしてこの寂しい海岸でその犬が最期をむかえなければならなかったのだろうか？　それともこの犬まで何か恨《うら》みをかうような争いごとの犠《ぎ》牲《せい》になったのだろうか？　それとも——そう、はっきりと何かをつかんだというわけでもなかったが、すでに何かが私の心の中で形作られつつあった。二、三分のうちに私はゲイブルズ校に向かっていた。そこで、スタックハーストが書斎《しょさい》にいたので、その犬を発見したサドバリーとブラントという二人の学生を呼んでくれるように頼んだ。

「はい、あの犬は海水浴場の一番はずれに横になっていました」と一人が言った。

「きっと亡くなった主人のあとを追ったのでしょうね」

ホールに入ると、その忠実な小さな動物であるエアデイル・テリア(336)がマットの上に横たわっているのが目に入った。体は硬直し目は飛び出して、足はといえばねじまがっていた。苦痛のあとがどの部分にも現われていた。

ゲイブルズ校から歩いて海水浴場まで降りてみた。太陽は沈み、巨大な崖の影がちょうど鉛《なまり》の板が鈍く光るような感じで水面に黒く映っていた。事件現場には人影もなく、二羽のかもめが頭上で鳴きながら回っているのを除いては、生き物のいる気配すらなかった。暗くなっていく、たそがれのなかで、私はかろうじて、あの小さな犬の足跡が砂の上に残っているのを見つけた。それはマクファースンがタオルを置いたその岩のまわりをとりまいていた。それから長い時間、まわりの影が暗闇に溶け込んでしまうまで、その場にたたずんで考え込んでいると、心にはさまざまな考えがよぎった。誰もが悪夢で経験したことがあると思うのだが、何か非常に重要なものを探していて、それがそこにあることがわかっているのに、永遠に手が届かないと感じるもどかしさ。それが、その夕刻に、死の現場に一人立って感じたことであった。それから、やっと私は方向を変えてゆっくりと家路についた。

それが頭に浮かんだのは、ちょうど道のいちばん高いところに来た時であった。今まで熱心に探しながら、ぼんやりとしかつかみきれなかったそのことを、ひらめくフラッシュのように思い出したのだ。すでにご存じかとも思うが、ワトスンも何度も著書に書いているとおり、私は科学的な体系には欠けているが、多方面にわたる知識をたくわえている。しかも、その知識は私の仕事には必要かつ不可欠なものなのだ。私の頭の中は、ちょうど乱雑になっている収納室と同じようなものなのだ。ありとあらゆる包みがその中にしまわれているので、その数があまりにも多すぎて、何があったかぼんやりとしか覚えてない状態である。しかしずっと、この事件を解決する何かがそこにあるということは感じていた。その時、それはまだはっきりとした形をなしていなかったが、少なくとも、どうすれば解決できるかがわかった。それがまったく信じられないようなことでも、可能性はつねにあるのだ。私は徹底的にそれを追及してみようと思った。

私の小さな家には大きな屋根裏部屋があって、そこは本で埋まっていた。そこで一時間ものあいだ没頭《ぼっとう》して探しまわり、ついにチョコレート色と銀色で装丁された一冊の小さな本を探し当てた。うろ覚えの章を熱心に繰《く》っていった。そう、それは到底ありそうもない、考えられないことなのだが、それが確実だと自分で納得するまでは床《とこ》につく気にもなれなかった(337)。結局、私が屋根裏から引きあげたのはかなり遅くになっていたが、頭の中は明日の仕事がうずまいていた。

しかし、その仕事には困ったことに邪魔《じゃま》が入った。朝のお茶もそこそこに海岸に行こうとしていたところに、サセックス州警察のバードル警部が訪ねてきたのだ。警部は牛のようながっちりした体格の男で、その目は思慮《しりょ》深そうだった。そして今、その目がとても困ったといった調子で私を見つめていた。

「ご経験が豊かなことはよく存じあげています」と、彼は切り出した。「これはまったく非公式なので、ここだけの話にしていただきたいのですが、とにかくこのマクファースン事件では、わたしはかなり参っています。問題は、逮捕するかしないかなのです」

「イアン・マードックさんを、という意味ですか?」

「そうです。考えてみれば、誰もほかにはいませんからね。それが、この人里離れた場所の利点なのです。かなり狭い範囲にまで絞《しぼ》り込めるのです。もし、やったのが彼でないとすれば、それなら誰だということですよね」

「何か証拠があるのですか?」

警部も私がたどったのと同じあとをたどって、少しずつ情報を集めてきたのだ。まず、マードックの性格、そして、あの男にまつわるさまざまな不可思議なこと。例の犬の一件に見られるような、彼のすぐかっとする性格。過去にマクファースンと仲たがいしていたこと、ベラミー嬢へのマクファースンの気もちに彼が憤慨《ふんがい》していたかもしれないことなど、警部と私はすべての点で考えが一致していた。しかし、マードックが出発の準備をあれこれしているようだという点を除けば何も新しい情報はなかった。

「これだけ彼に不利な証拠があるのに彼をとり逃がしでもしたら、わたしの立場はどうなりますかね」いかつく、冷静な感じのこの男はひどく気にかけているようであった[338]。

「よく考えてみてください」と私は言った。「あなたのおっしゃることは基本的なところで欠陥《けっかん》があります。あの事件がおきた朝、彼には確かなアリバイが証明されています。なにしろ最後まで生徒たちと一緒にいたのですよ。それにマクファースンさんが現われて、ほんの数分後に、私たちの後ろから彼が来たのです。自分と同程度の強い男に、彼が一人で、これほどのひどいことをやってのけるのは不可能だ、ということを考えてごらんなさい[339]。最終的には、あのひどい傷を負わせた道具[340]が問題となるでしょう」

「なにか鞭[341]、それも、よくしなう種類のもの以外には考えられないでしょうな」

「傷あとをお調べになりましたか?」と、私は尋《たず》ねた。

「調べました、医者[342]も調べています」

「しかし、私もルーペできわめて念入りに調べましたが、あの傷には特別なところがありました」

「それは何ですか? ホームズさん」

私は机のところに行って一枚の大きく引き伸ばした写真を持ってきた。「これが、このような事件の時の私の方法です」と、私は説明した。

「あなたはとにかく徹底的におやりになりますね、ホームズさん」

「このようにしてきたからこそ、今日の私があるというものです。さあ、この右肩のまわりまで伸びている、みみずばれをご覧ください。何か特別なことに気がつきませんか?」

「いやあ、わかりませんね」

「強さが均一ではないことがよくわかります。点々と、ここもそこも、内出血[343]しています。ここにある、もう一つのみみずばれのところも同じようです。これは何だと思いますか?」

「まったくわかりませんよ。あなたはどうなのです」

「おそらく、わかっているでしょう、いや、もしかすると、違うかもしれない。[344] いますぐに、さらにお話しできるはずですよ。その傷をつけたものが何であれ、それが特定できれば、犯人はすぐわかりますからね」

「そう、とすると、これは、いささかありえないことだが、たとえば」と、警部は言った。「もし真っ赤に焼けた網《あみ》を背中に押しつけたら、網目がお互いに重なり合ったところが、そのはっきりとあとがついているところになるのではありませんか？」

「それはなかなか独創的な思いつきですね。[345] それとも、小さくて硬い結び目をつけた九尾ネコ鞭[346]とかですね」

「それだ、それだ、ホームズさん、それに違いありませんよ」

「それともまったく違った原因なのかもしれませんよ、バードルさん。[347] 残念ですが、あなたの論理では逮捕するには[348]根拠が弱すぎます。それに私たちは、最後に『ライオンのたてがみ』という言葉を聞いています」

「それは、もしかしてイアン……と言おうとしたのではありませんか」

「そう、私もその点について考えてみました。もしも、二番目の単語が少しでもマードックに似ていたならばですが、実際はまったく違ってましたね。彼はほとんど叫んだようでした。それは『メイン』（たてがみ）だったのは確かです[349]」

「ほかに何か考えられませんか、ホームズさん」

「ほかにもおそらくあるでしょう、しかし、さらに確実なことが出てくるまでは、お話をさし控《ひか》えさせていただきます」

「それでは、それはいつでしょうか？」

「一時間ほど、いや、もっと早いかもしれません」

警部はあごをなでながら、私の方を疑い深そうな目つきで見た。

「あなたの心の中がのぞけたらと思いますよ、ホームズさん。とすると、あそこの漁船にでも関係あるのでは」

「いや、いや、少々遠すぎますよ」

「ええ、とすると、ベラミーとあのでかい息子かな？　彼らは、マクファースンには愛想よくなかったですからね。彼らが悪事をしたのですかね？」

「いえ、いえ、私のほうの準備が整《ととの》うまでは何もお話しできません」と、私は笑って言った。「ところで、警部さん、私たちはお互いに自分なりの方法がありますからね。それでは、お昼にまた、ここにおいでいただければ――」

ここまで話した時、途方もない邪魔が入り、それが結末にむけての事の始まりとなった。

私の家の外に出るドアが音をたてて開いたかと思うと、誰かがよろめいて歩いてくるような音が廊下から聞こえ、イアン・マードックが部屋に転がり込んできた。顔は青ざめ、髪は乱れ、衣服は汚れていて、その骨ばった手で家具につかまってどうにか体を支えようとしていた。

「ブランデー！　ブランデー！」と、彼は喘《あえ》ぎながら言うと、唸《うな》り声とともにソファの上に倒れ込んだ。

彼は一人ではなかった。そのすぐ後ろからスタックハースト[350]が入ってきたが、帽子もなしに、ひどく喘ぎながらマードックと同じくらい取り乱していた。

「そう、そう。ブランデーだ！」と、彼は大声で叫んだ。「この男は死にそうだ。ここに連れてくるのがやっとだった。来る途中二回も気を失ったのですよ」

コップに半分のブランデーで驚くような変化がおきた。マードックは片腕で自分をぐっと支え、肩からコートを振り落とした。「頼む、お願いだ[351]、油でも、アヘンでも、モルヒネでも！」と、彼はわめいた。「何でもいい、この地獄の苦しみから救ってくれ！」

警部と私はその光景に固唾《かたず》をのんだ。その男の裸の肩に十字に交差していたのは、まぎれもなくフィッツロイ・マクファースンの死の徴《しるし》を意味した、あの真っ赤に腫《は》れ上がった線で作られた、不思議な網状の形であった。

痛みは明らかに恐ろしいもので、それも部分的なものではなかった。時には息も止まり、顔が真っ黒に変色したりして、ひどい喘ぎ方で心臓の上を手でたたいたりして

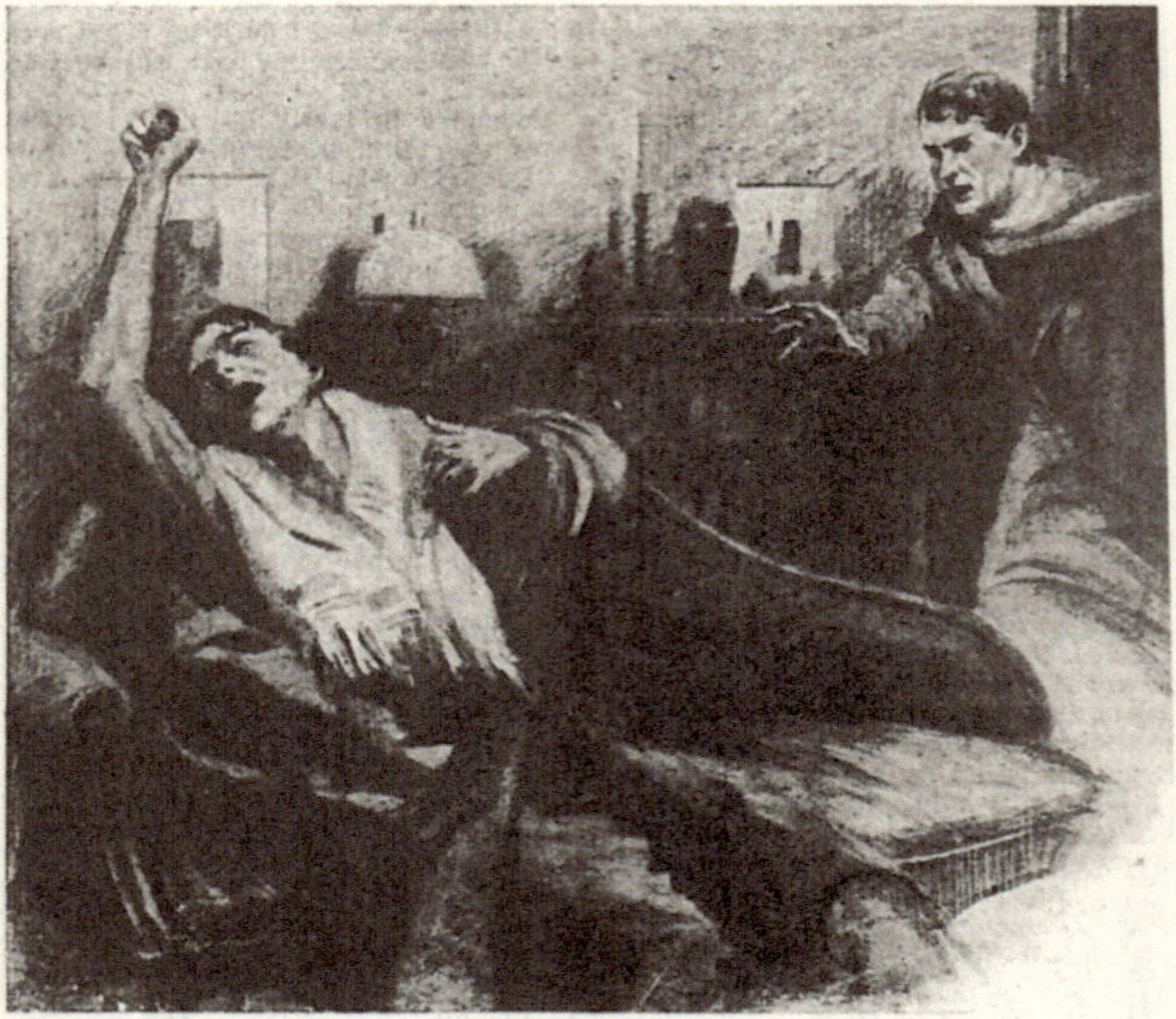

いた。眉間《みけん》には汗がどっと噴《ふ》き出していた。いつ死んでもおかしくない状況だった。ブランデーをどんどんのどに注ぎ込むと、そのひと口ごとに彼の生気が戻ってくるようであった。この不思議な傷からの苦しみを、サラダ油を染《し》み込ませた脱脂《だっし》綿《めん》が和《やわ》らげたようであった。ついに彼の頭がクッションの上に崩れ落ちた。あまりの苦痛で精根つきはて、本能が生命の最後の砦《とりで》へと導いたに違いない。半分は寝て半分は気を失っていて、少なくとも、苦痛は感じなくなったようだ。

彼に訊くのはとても無理だっ

たが、どうやらこれで大丈夫とほっとした時、スタックハーストが私の方を向いた。
「何ということだ！」と、彼は叫んだ。「何でしょうか、ホームズさん？　どうしたというのでしょう[352]」
「どこで彼を見つけましたか？」
「海岸に降りたところです。まさしく、あの気の毒なマクファースンが最期を遂《と》げたところです。この男がマクファースンのように心臓が弱かったら、彼もだめだったかもしれませんね。ここに連れてくる途中、一度ならずも、もうだめかと思いましたよ。ゲイブルズ校までは遠すぎるのでこちらに来ました」

「海岸で彼に会ったのですね？」

「彼の叫び声を聞いた時、ちょうど崖の上を歩いていたのです。彼は[353]水際で、酔っ払いのように、ふらふらしていました。わたしは走って崖を降りて、彼に洋服をかけて連れてきたのです。お願いです、ホームズさん、あなたの力でどうにかこの場所の呪いをといてください。さもないと暮らせなくなってしまいます。あなたは世界的な名声がおありだ、できないわけはないでしょう」

「できると思いますよ、スタックハーストさん。さあ、私と一緒に来てください。あなたもね、警部さん、来てください。この殺人犯をあなたの手に渡すことができるか見てみましょう」

　気を失っている男を家政婦に任せて、私たち三人は恐怖の潟湖へ降りていった。砂浜には、襲われた男のタオルや衣服が小山になって残されていた。私は後ろに一列縦隊をひきつれて、ゆっくりと水際をまわった。ほとんどの潟湖は本当に浅いのだが、崖下の海岸が食い込んでいる所は四、五フィート（約一・二〜一・五メートル）の深さがあった。そこはクリスタルのように澄《す》んだ美しい緑の透明な水浴場になっていて、こういう場所こそ、誰でも泳ぎに来たい場所であった。崖下の岩がその潟湖のへりを一列にとりまいていたので、それに沿って、私は水の中を熱心に覗《のぞ》き込みながら進んでいった。いちばん深くいちばん静かな潟湖まで来た時、私はついに探していたものを捕らえた。そして、私は勝ち誇《ほこ》って叫んだ。[354]

「サイアネア[355]！」私は叫んだ。「サイアネアだ！　ご覧ください、これが『ライオンのたてがみ』です」

　私が指差したそのなんとも奇妙なものは、ライオンのたてがみからちぎりとられた毛のかたまりと言ってもいいような物体だった。ちょうど三フィート（約一メートル）ほど水面下の岩棚の上に横たわって、黄色の房に所々銀色が混じったその毛むくじゃらの生き物はゆらゆらと揺れながら、ゆっくりとそして重々しくふくれたり縮んだりして脈うっていた。

「これの仕業《しわざ》でした。これで終わりだ！」と、私は叫んだ。「手伝ってください、スタックハースト！　私たちで殺人犯の息の根を永久に止めてしまいましょう[356]」

　ちょうど、岩棚の上に大きな丸い石があったので、二人でそれを水の中へ突き落とすと、石はすさまじい水しぶきをあげて、海中に落ちていった。水面にできた波紋《はもん》が消えた時、その石が水中の岩棚の上にのっているのがわかった。黄色の膜《まく》のようなものがひらひらとその下から現われて、私たちがねらった相手がその下敷きになったのは明らかであった。石の下から濃い油のようなものが浮き、石のまわりの水を汚しながらゆっくりと表面まで上がってきた。

「おや、これはまいった！」と警部が叫んだ。「何だったのですか、ホームズさん。この土地で生まれ育ったわたしですが、こういうものにはお目にかかったことがありませんよ。これは、サセックスのものではないですね」

「そう、サセックスのものでなくて幸運でしたね」と、私は説明した。「あの南西の暴風のせいでここまで打ち上げられたのでしょう。私の家まで戻りましょう、お二人とも。海で同じ危険に遭《あ》って、それが忘れられなかったという人物の、恐怖の体験をお話ししたいと思います」


私たちが書斎に戻った時、マードックは自分で座れるぐらいまでに回復していた。まだ頭がぼんやりとしているらしく、時々おとずれる苦痛の発作に身をよじっていた。彼が言葉も途切《とぎ》れ途切れに語ったところによると、まったく何がおこったのかは見当もつかなかったが、何しろ突然激痛に襲われ、岸までたどり着くのも、死ぬ思いだったそうだ。

「ここに一冊の本があります」と、言いながら私は薄い本をとりだした。「迷宮入りになったかもしれない事件に、最初の光を与えてくれたものです(357)。あの有名な自然観察者J・G・ウッドの『野外生活』です。ウッド自身もこのいやな生き物にさわって、あやうく非業《ひごう》の死をとげるところだったらしく、そのためか非常に詳しくこの本に書き残しています。サイアネア・カピラータというのがその悪党の学名でしてね、コブラに噛まれるのと同じくらい生命に危険を与えるし、それ以上に苦痛をともなうものです[358]。手短かに抜粋《ばっすい》しておいたものを読みあげましょう。

『もし、海水浴の人が黄褐色の膜と繊維《せんい》組織がゆるくからみついている、ライオンのたてがみと銀紙によく似た、大きな掌《てのひら》に余るような塊《かたまり》を見た時は注意すること。これこそが、あの恐ろしい針を持つサイアネア・カピラータである』と、この一節こそがあの不吉な生物をよく表現しているではありませんか？

このあと、彼はケントの海岸で水泳中にこの生物と出会った自分自身の体験[359]を述べています。彼によると、この生物は周り五十フィート（約一五メートル）にほとんど見えないような糸状のものをはりめぐらしていて、恐ろしい中心部分からはりめぐらされたその範囲に入れば、死の危険があるのだそうです。かなり離れていたにもかかわらず、ウッドの受けた症状は致命的なものだったようですよ。『そのたくさんの糸状のものが皮膚《ひふ》にあざやかな赤い線を何本もつける。その線はよく見ると、たいへんちいさな点や膿胞《のうほう》の集まりだということがわかる、そして、その一つ一つの点が、いわば真っ赤に焼けた針のように神経まで到達するような痛みを与える』

彼の説明によりますと、局部的な痛みは、その激しい責め苦のほんの一部分にすぎないのだそうです。そして『胸部を貫く激痛で、まるで拳銃《けんじゅう》の弾にあたったようにわたしは倒れた。脈が止まり、それから心臓が六回か七回胸から飛び出さんばかりに跳《は》ね上がった』とあります。

彼はほとんど死にかけたようです。もっとも、彼が襲われたのは荒れた海の真ん中で海水浴場のような狭い静かな場所ではなかったらしいですが。そのあと、自分で自分がわからないくらい変わってしまって、顔面蒼白《そうはく》になり、ひどいしわがよってしなびてしまったとか。ブランデーを一本全部飲み干《ほ》したのが命を救ったらしいです。警部さん、(360)この本を置いていきます、これで、気の毒なマクファースンさんの悲劇の全容がはっきりとおわかりになることでしょう」

「そして、その本は、また、はからずもわたしへの嫌疑をはらしてくれますね」とイアン・マードックが皮肉っぽく顔をゆがめて言った。「あなたを責めているわけではないですよ、警部さん。もちろんあなたをもですよ、ホームズさん。お疑いはごもっともでしたから。あの気の毒なわたしの友人と同じ運命をたどったので、逮捕されるちょうどその夕べに、やっとその疑いを晴らすことができたのですね」

「いいえ、それは違います、マードックさん。私はすでに正しい方向で推理をしていました。予定どおりに、もっと早く外出していたら、このようなひどい体験をあなたにさせなくてよかったはずです」

「でも、どうしておわかりになったのですか、ホームズさん？」

「私は手当たり次第に何でも読む読書家でして、ささいなことでも不思議によく覚えているのです。あの言葉、例の『ライオンのたてがみ』が私の頭の中から離れませんでした。どこか思いもかけないようなところで、それを読んだようなことは覚えてました。それがあの生き物を示すことは、あなたがたもおわかりですね。マクファースンさんがそれを見た時には、海中に浮かんでいたことは確かだったのですし、この言葉でしか、自分の死の原因になった生き物への警告を、私たちに伝えることができなかったのでしょう」

「それでは、これで少なくともわたしへの疑いも晴れたということですね」とゆっくりと立ち上がりながらマードックが言った。「一つ二つ、わたしにも付け加えさせていただきたいですね。というのは、あなたがたの取り調べがどちらの方向を向いていたのかは、わかっていましたから。あの女性をわたしが愛していたのは本当です。ただ、彼女が友人のマクファースンを選んだその日から、わたしは彼女が幸せになるために、手助けをしようと思ってました。二人の仲がうまくいく役割で充分に満足していました。時々、わたしは二人の手紙を届けたりもしました。二人ともわたしを信頼してくれてましたし、それに、彼女はとても親切にしてくれましたから、わたしは友人が死んだことを話しに急いで行ったのです。誰かがわたしの先を越して突然ひどい言い方で教えないようにです。あなたがたがこのことを変に思って、わたしに迷惑がかかるかもしれないと彼女は考えたのでしょう、わたしたちの関係のことは話さなかったのですよ。それでは、このへんで失礼して、ゲイブルズ校に帰ります。やっぱり自分のベッドのほうがいいですからね」

スタックハースト(361)は手を差し伸べて言った。「わたしたちは二人とも神経がひどく高ぶっていたのでね、過去のことは許してくれたまえ、マードック、これからはお互い上手につきあっていけると思うよ」二人は友人のように腕を組み合って去った。警部はその牛のような目で、私をじっと見つめながら立ちつくしていた。

「いや、さすがですね！」と、彼はしばらくして叫んだ。「あなたのお話は読んでいましたが、信じていなかったのですよ。いや、実にすばらしい！」

私としては、しぶしぶうなずいたが、このような誉《ほ》め言葉に耳をかすことは、私の本来望んでいるものではなかった。

「最初はもたもたしてましたし、何か言われても返す言葉がないくらいひどかったのです。もし死体が海中で見つかっていたら、見逃すようなことはなかったでしょうが。タオルのことで勘違いをしてしまいました。あの気の毒な男は、自分の体を拭く暇《ひま》もなかったのですが、わたしはそれを水に入らなかったと思い込んでしまったのです。それで、水中動物が襲ったなどとは考えつきませんでした(362)。その点がまちがったところでした。そうなのですよ、警部さん、私はいつも警察のお歴々をからかったりしますが、このサイアネア・カピラータには、すんでのところでスコットランド・ヤードの仇《かたき》をとられるところでしたよ(363)」

隠居絵具屋

その朝、シャーロック・ホームズは物うげな悟りきった気分であった。彼の生来の、ぴりぴりした実際的な気分の反動なのである。

「あの男を見たかい？」と、彼は尋《たず》ねた。

「あの男というのはいま出て行ったお年寄りのことかな？」

「そのとおり」

「そう。ドアのところですれちがったよ」

「彼のことをどう思うかい？」

「哀《あわ》れで、とるにたりない、気落ちしている男だね」

「そのとおりだ、ワトスン。哀れで、とるにたりない。しかし、とどのつまりは、誰の人生も哀れでとるにたりないものではないかな。彼の話はこの世のすべての縮図ではないだろうか？　ぼくたちは何かを欲しがり、手に入れる。そして、結局、最後にぼくたちの手の中に残るものは何か？　影だよ。いや、影よりもっとしまつにおえないもの、つまり、惨《みじ》めさだよ」

「彼は君の依頼人かい?」

「そうだね、そう呼んでもいいかもしれない。スコットランド・ヤードから回されてきたのさ。まあちょうど、医者が治療不能な患者を偽医者のところに回すようなものさ。これ以上手の打ちようがないなら、偽医者のところで何がおころうと、その患者はもうそれ以上悪くならない、というようなものだね」

「一体どうしたのかい?」

ホームズはテーブルの上から、かなり汚れている名刺をとりあげた。「ジョサイア・アンバリー。彼が言うには、ブリックフォール・アンド・アンバリー社の共同経営者だったそうで、その会社は画材の製造をしている。君もその名前は絵具箱についているのを見ていると思うよ。ちょっと小金を貯め込んだので、六十一になったとき仕事から引退して、ルイシャム(364)に家を買って落ち着いた生活を送ろうというわけだ。休みなく、毎日毎日働き続けたあとの生活だ。彼の未来はかなり保証されていると、誰もが思っただろうね」

「そうだろうね」

ホームズは封筒の裏に走り書きしたメモをながめた。

「一八九六年に引退だよ、ワトスン。一八九七年の初めに二十も若い女性と結婚している。もし、この写真のとおりならかなり見目麗《みめうるわ》しい女性だ。財産と、妻と、余暇《よか》と

——平坦な道がどこまでも続くようにみえた。ところが、二年もしないうちに（365）、君も見たような、この世に辛《かろ》うじて生きているような気落ちした、みじめな生き物となってしまったのだ」

「ところで、いったい何がおきたというのかい」

「よくある話だよ、ワトスン。友の裏切りと、移り気な妻。アンバリーのたった一つの趣味《しゅみ》がチェスだったらしい。ルイシャムで彼の家からそう遠くないところに、チェス好きの若い医者が住んでいる。このメモに書いてとっておいたが、レイ・アーネスト医師というのだ。アーネストがたびたび家に来ているうちに、アンバリー夫人と親密になるのもきわめて自然の結果だった。君も認めるだろうが、ぼくたちのあの不幸な依頼人は内面にはいいところがあるのかもしれないが、外見は見られたものではないからね。先週、この二人はともに姿を消して、その後の行方もわかっていない。そのうえ、その不実な配偶者はその歳とった夫が生涯かけて貯めた金の大部分が入った書類箱を、自分のものにして持ち出したのだ。ぼくたちが夫人を発見できるか、金を取り戻せるか、だが。今まで見た限りでは、ありきたりの事件だけれども、ジョサイア・アンバリーにとっては、生死がかかっている重大事だよ」

「どうするつもりかね？」

「そうだね、親愛なるワトスン、いま一番さしせまった問題は、君はどうするかということだね。もし、よかったらぼくの代わりをしてもらえないだろうか？　君も知っているだろうけれど、ぼくはいま『二人のコプト人長老事件』[366]に関わっていて、その事件が、今日、重要な展開をしそうなのだ。だから、ルイシャムまで行く時間がまったくとれないのだ。けれども、現場で集めた証拠は特別重要な価値があるものだからね。あのご仁《じん》はぼくが来るべきだと強調していたが、行かれないことは説明しておいた。彼は、代理でもかまわないと言っている」

「いいだろう」と、わたしは答えた。「どこまで役に立つかわからないけど、できるだけのことはしてみるよ」そういうわけで、夏の日の午後、わたしはルイシャムに向けて出発した。それが一週間もしないうちに、わたしの受け持ったその事件がイングランド中に話題の種をまくことになろうとは、その時は露《つゆ》ほども思わなかった。

ベイカー街に戻って[367]、頼まれた仕事の報告をしたのは、その夜も遅くなってのことだった。ホームズは深々と自分の椅子《いす》にやせた体をのばして横たわり、パイプをくゆらせ、強い臭《にお》いのタバコの輪をゆっくりとはきだしていた。大儀《たいぎ》そうな感じで、まぶたは目にほとんどおおいかぶさっていたが、わたしの報告が止まったり、ちょっとおかしいようなところでは、それが半分持ち上がって二つの灰色の眼が、フェンシングの剣のように鋭い光で、問いかけるようにわたしを見つめた。それがなかったら、ほとんど眠っているようにしか見えないだろう。

「『安息荘《ヘイヴン》』というのが、ジョサイア・アンバリー氏の家の名前でね」と、わたしは説明を始めた。「君も興味《きょうみ》をひかれるかと思うけど、ホームズ、その家はちょうど、どこかの落ちぶれた貴族が下層階級の仲間の中に混じっているという感じなのだ。あの特別な地区を知っているだろう。同じようなレンガ造りの家が並ぶ、うらぶれた郊外の街道筋だ。その真ん中に古代の文化と安息の小さな島といった感じで、この古い家が建っていた。まわりは陽の光で色あせた高い壁、その壁には、地衣類がところどころにからみつき、上部は苔《こけ》でおおわれていて、あたかもその壁は――」

「詩はやめにしてくれたまえ、ワトスン」と、ホームズは冷たくさえぎった。「つまり背の高いレンガ造りの壁だったのだね」

「そのとおり。通りでタバコを吸いながらぶらぶらしていた男に訊《き》かなかったら、どこに『安息荘《ヘイヴン》』があるのかもわからなかったと思うよ。その男のことを話すのにはわけがあるのだ。彼は背の高い、色が浅黒くてひげの濃い男でね、どちらかと言えば、軍隊にいたように見えた。ぼくの質問にうなずいて教えてくれたが、ぼくの方を奇妙にもの問いたげに見ていた。これはまた、あとでも思いだすことになるのだがね。

門を入るかはいらないうちに、アンバリー氏が車寄せからこちらへ来るのが見えた。今朝、ちらっと見ただけでも、変な人という感じだったが、昼の光で見ると、いっそ

う異様な感じを受けたよ」

「もちろん、ぼくもそれは観察したけれど、君の印象も聞きたいね」と、ホームズが言った。

「彼は、そうだね、苦労のあまりまったく背が曲がってしまった男のようだったね。本当に重いものを持っているように背中が湾曲《わんきょく》していた。けれども、ぼくが最初に思ったような弱々しい男ではなく、肩幅や胸はがっちりとして、大男だったが、足にかけては細く、体全体が先細りの感じがしていた」

「左の靴はしわが寄っていて、右はつるりとしていたね？」

「そこまで見なかったよ」

「そうか、わからなかったか。ぼくは義足だと見抜いたよ。まあ、先を続けてくれたまえ」

「古い麦わら帽子の下から出ている、灰色の蛇《へび》のような巻き毛が目についたよ、顔もしわがはっきりと刻《きざ》み込まれていて、荒々しい顔つきが印象的だった」

「いいね、ワトスン。それで、彼はなんと言ったかな？」

「堰《せき》を切ったように、自分の惨めな物語を話し出した。ぼくたちは車寄せを一緒に歩いたのだが、もちろん、ぼくはまわりの観察もきちんとした。しかし、あれほど荒れ放題のところを見たのも初めてだ。庭も全部ほったらかしで、植木は手入れするより、自然にまかせてかまわないという風だった。まともな女性ならああいう状態に我慢できるはずがないと思う。家のほうもひどくだらしがなかったが、あの気の毒な男はそういう状態に気づいていたようで、なんとかしなければと思ったらしいね。ホールの真ん中に緑色の大きなペンキの缶が置いてあり、左手には厚い刷毛《はけ》を持っていた。木製の部分を塗っていたのでね。

　彼はぼくを自分の薄汚い書斎《しょさい》に案内して、そこでぼくたちはかなり長い間話をしたよ。もちろん、君が来なかったのでがっかりしていた。『期待はしていませんでしたがね』と、彼は言った。『わたしのように貧乏なつましい人間が、それも、あんな大金をなくしてしまったあとで、シャーロック・ホームズさんのように有名な方にかまってもらおうなど虫がよすぎますな』

そこで、ぼくは彼に金銭的なことは問題にしないと言った。そうしたら、彼は『そう、もちろんですよ。あの方はいわば芸術のための芸術家ですからね』と言うのさ、『それでも、ここにホームズさんがおいでになれば、犯罪の芸術的側面について何か発見されたかもしれませんな。それにしても、人間性と言いますかね、ワトスン先生――よくよくの恩知らずとでも言うのですかね！　一度でもわたしが彼女の頼みを断わったことがありましたか。あれほど勝手気ままに過ごしていた女など、見たこともありませんよ。それにあの若者だ――自分の息子のように思っていたのに。私の家に自由に出入りさせていました。それなのに、このわたしに対してこの仕打ちですよ。ねえ、ワトスン先生、ひどいじゃあありませんか、こんな世の中はありませんよ』一時間、いやそれ以上だったかな、繰《く》り返し、繰り返しのたわごとでね。で、不倫《ふりん》についてはまったく疑っていなかったらしい。昼間に来て、夕方六時に帰る手伝いの女を除けば、彼らは二人だけで暮らしていた。あの事件のおきた夕刻に、アンバリーは奥さんを喜ばせたいと思って、ヘイマーケット劇場(368)の二階の桟敷席《さじきせき》の切符を二枚買っていた。それが、行く間際になって、彼女は頭痛がすると言い出して、行かなかった。彼は一人で行った。これは確からしいよ、と言うのは、細君のために買った未使用の切符を見せてくれたからね」

「それは注目すべきだ――最も注目すべきこと、と言っていいね」と、ホームズは言った。この事件への彼の興味は、次第に深まってきているようだった。「続けてくれたまえ、ワトスン。君の話は実におもしろい。その切符を君は自分で確かめてみたかな？　番号は記憶していないのかい？」

「偶然だけど、覚えている[369]のだ」と、ちょっと得意げに、わたしは答えた。「ぼくの学校時代の出席番号と同じ、三十一だった、だから頭に残っていたのさ」

「すばらしいね、ワトスン！　とすると、彼の席は三十か、三十二になる」

「そういうことだね」と、わたしはちょっと不思議に思いながら答えた。「B列だった」

「それは、完璧だ。ほかに彼は何か話したかい？」

「それから、彼の言うところの金庫室にぼくを案内してくれた。そこは本当に金庫室だったよ、ちょうど、銀行みたいでね、鉄の扉と、シャッターがあって、盗難防止になっていると公言してはばからなかったけど、奥さんも合鍵《あいかぎ》を持っていたらしく、およそ七〇〇〇ポンド（約一億六八〇〇万円）の現金と有価証券を持ち逃げしたそうだ」

「有価証券ね！　それをどうする気なのかな？」

「彼が言うには、警察にリストを渡してあるので、売却《ばいきゃく》はできないだろうということだった。深夜に劇場から戻って、金庫室が荒らされているのがわかったそうだ。ドアと窓が開けられていて、逃亡者たちの姿はどこにも見えなかった。もちろん手紙も伝言も何も残っていなかったし、それ以後、ひとことの連絡もないそうだ。警察にはすぐに知らせたと言っていた」

ホームズはしばらく考え込んでいた。

「君は、彼がペンキ塗りをしていたと言ったね。何を塗っていたのかな?」

「そう、廊下を塗っていたよ。それから、今ぼくが話した部屋のドアと、木製の部分はもう塗り終えていた」

「こういう時に変わった仕事をしていると思わなかったかい?」

「『心の傷を癒《いや》すには何かしていないと』と、自分で言い訳していたよ。実に奇妙だけど、はっきり言って彼自身も変人だからね。彼は奥さんの写真をぼくの目の前でびりびりに破ったけれど、それが、ひどく怒っていてすさまじいようすだった。金切り声で叫ぶのさ、『二度とあの女のいまいましい顔は見たくもない』」

「ほかにも何かあるかい、ワトスン?」

「そう、とにかく最も印象的だったことがひとつある。ぼくは馬車でブラックヒース駅まで行って、そこで列車に乗った。発車まぎわに、ぼくの隣の車両に男が飛び乗るのが見えた。ぼくが人の顔について目ざといのは君も知ってるね、ホームズ。彼はぼくが道で話しかけたあの背の高い、色の浅黒い男にまちがいないのだ。ロンドン・ブリッジ駅[370]でもう一度見かけたけど、それから、人ごみの中で見失ってしまった。とにかく、彼はぼくのあとをつけていたに違いないよ」

「それに違いないないよ！　まちがいないないね！」と、ホームズが言った。「背が高くて、色の浅黒い、ひげの濃い男と言ったね？　灰色のサングラスをかけていたかな？」

「ホームズ、君は魔法使いだよ！　ぼくはそうは言わなかったけど、たしかに灰色のサングラスをかけていた」

「それと、フリーメイスン[371]のネクタイピンを付けていなかったかな？」

「ホームズ！」

「これはまったく簡単な

ことさ、ワトスン。とにかく、まず実際的な話からとりかかってみよう。君に白状しなければいけないのだが、この事件は、ぼくがのりだすほどの値打ちがない単純なものに思えていた。けれども、ここにきて、急に全く違う様相を呈《てい》してきたようだね。代わりに行った君が、大事なことをすべて見落としてきてしまったのははっきりしているけど、君の注意をひいたものだけでも充分真剣に検討する余地があるね」

「ぼくが何を見落としたっていうのかい？」

「ねえ、君、まあまあ、そう怒らないでくれたまえ。ぼくがつき放した物の見方をするということは、君も知ってのとおりだよ。もちろん、他の誰が行っても、君以上にうまくはいかなかったさ。もっとひどかっただろうね。でも、君が大事な点をいくつか見落としたこともはっきりしているのさ。このアンバリーという男と奥さんの近所での評判はどうだったか？　これは確かに重要なことだよ。アーネスト医師についてはどうだったか？　ぼくが、人が言うところの女たらしだったのか？　君の生まれつきの魅力《みりょく》をもってすれば、どの女性でも助けてくれたり、協力してくれると思うがね。郵便局の女の子や八百屋のおかみさんなどはどうかな？　『ブルーアンカー』で若い女性に甘いことを言って、その代わりに重要な情報をひきだしている君の姿が目に浮かぶよ。こういうことをすべて、君はやらなかったのだよ」

「今からでもできるよ」

「もうすませたよ。電話[372]とスコットランド・ヤードの助けで、この部屋にいながらでも、常に必要な事柄を手に入れることができるのだ。ぼくの手に入れた情報によると、この男の話は本当らしい。彼は近所でも、守銭奴《しゅせんど》で口やかましく厳しい夫で通っているようだ。あの金庫室に大金を貯め込んでいたのもまちがいない。若い独身のアーネスト医師とアンバリーがチェスをしてたのも確かだし、その医師がおそらく奥さんとねんごろになっていたことも事実らしい。こういう、すべてのことがはっきりしているし、もうほかには何もさしはさむものはないと思うだろうね。ところが、まだあるのだ！」

「どこに問題があるのかな？」

「これはぼくの想像にすぎないのだけどね。まあ、それはともかく、ワトスン、音楽という横道にそれて、このうんざりするような日常の世界から逃れようではないか。カリーナが今夜アルバート・ホールで歌うのだよ。[373]着替えて、食事をする時間もあるし、楽しむことにしよう」

その朝、わたしは早く起きたつもりであったが、トーストのくずと二個の卵の殻があったので、わたしの相棒はすでに起きていたことがわかった。テーブルの上には走り書きのメモが残されていた。

親愛なるワトスン
ジョサイア・アンバリー氏の件について、一つ二つ会って確証したい。そうすれば、この事件の捜査《そうさ》を続けるかどうかも決まる。三時ごろには家にいてくれたまえ。君の助けが必要になるかもしれない。

SH

その日は一日中ホームズを見かけなかったが、予定していた時刻になると、危機をはらんではいるが、心はここになく、よそよそしい感じで帰ってきた。こういう時は放っておくに限るのだ。

「アンバリーがここに来たかい?」

「いいや」

「そう、ではもう来る頃だよ」

彼が思っていたとおり、やがて、その問題の人物がいかめしい顔に、きわめて心配そうな当惑した表情を浮かべて到着した。

「ホームズさん、わたしのところに電報が来たのです、何のことやらさっぱりわかりませんよ」彼はそれを手渡したので、ホームズは声を出して読み上げた。

必ず、すぐにおいでを願う。あなたの、最近の紛失物についての情報あり。――エルマン。牧師館。

「リトル・パーリントン[374]から二時十分に出したものですね」と、ホームズが言った。

「リトル・パーリントンはたしかエセックス州でしたね、フリントン[375]からそう遠くなかったように思います。そうです、もちろん、すぐにご出発されたほうがいいですよ。これはそこの牧師さんからですよ、信頼できる人に違いありません。ええと、聖職者《クロック》名簿《フォード》[376]はどこだったかな？　そう、ほら、ここに出ていますよ、J・C・エルマン、MA、モスマーとリトル・パーリントン両地区の聖職担当。ワトスン、列車の時刻を調べてくれたまえ」

「リヴァプール・ストリート駅[377]から五時二十分がある」

「それはいい。君も一緒に行ってくれるとありがたいよ、ワトスン。何かお手伝いしたり、助言してさしあげることがあるかもしれないからね。いよいよこの事件も山場にさしかかってきたのはまちがいないね」

ところが、わたしたちの依頼人はまったく動こうとしなかった。

「ホームズさん、これはまったくお話になりませんよ」と、彼は言った。「いったい、何がおこったかを、この男が知っているのですか？　時間と金の無駄《むだ》づかいですよ」

「もし、何も知らなければ、電報など打つわけがないでしょう。すぐ、そちらに向かうと電報を打ってください」

「わたしは行きませんよ」

ホームズは厳しい表情になった。

「アンバリーさん、明らかに事件解決の糸口が見つかっているのに、それをたどらないというのでは、警察にもわたしにもひどく悪い印象をあたえかねません。わたしたちは、あなたがこの捜査活動に実は熱心ではなかった、と思わざるをえません」

依頼人は発言にふるえ上がったようだった。

「そうです、もちろんです、そんなふうにとられるのなら、行きますよ」と、彼は言った。「まあ、はっきり言って、この牧師が何か知っているなどと思うのは、まぬけとしか思えませんよ、でも、まあ、あなたがそうお考えなら――」

「そう考えますよ」と、ホームズは強調した。ということで、わたしたちは旅に出ることとなった。部屋を出る時に、ホームズはわたしを脇に連れていって、ひとこと注意してくれたが、それで、彼がこの旅を本当に重要なものと考えているのがわかった。

「何をしてもかまわないから、彼がきちんと行くのを見届けてくれたまえ」と、彼は言った。「もし彼が逃げたり、舞い戻ったりしたら、いちばん近くの電話局で、ただひとこと『逃げた』と知らせてくれたまえ。ぼくがどこにいても、必ず連絡がつくようにしておく」

リトル・パーリントンは支線の駅だったので、たどり着くのは容易ではなかった。その旅でわたしの覚えていることで、愉快なものは何もなかった。天気は暑く、列車は遅い、そのうえ、わたしの相棒ときたらむっつりと黙りこんで、ほとんど何も話さなかった。ときどき皮肉を込めて、このようなことをしても無駄だ、と言うのがせいぜいであった。やっとの思いでその小さな駅に着いたが、牧師館まではさらに馬車で二マイル（約三・二キロ）もあった。牧師館では、大柄で真面目《まじめ》な、というか、もったいぶったようすの牧師が書斎にわたしたちを招き入れた。彼の前にはわたしたちが打った電報が置かれていた。

「さて、お二人様」と、彼が訊《たず》ねた。「どのようなご用むきでしょうかな？」

「わたしたちはあなたからの電報で伺《うかが》ったのですが」わたしは説明した。

「わたしからの電報！　わたしは電報など何も打っていませんよ」

「あなたがジョサイア・アンバリー氏に宛《あ》てたもので、彼の奥さんと財産についてとおっしゃっていたものですが」

「もし、それが冗談だとしても、それはかなり問題となるようなひどい冗談ですな」と、牧師は憤然《ふんぜん》と言い放った。「わたしはそのような紳士の名前も聞いたことはあり

ませんし、ましてや、電報など誰にも打った覚えはありません」
依頼人とわたしは思わず驚いて顔を見合わせた。
「おそらく何かまちがいがあったのでしょう」と、わたしは言った。「もしや、牧師館が二軒あるのではありませんか？　ここにエルマンと署名されている電報があるのですが、牧師館発信となっています」
「牧師館は一つだけですし、牧師も一人しかいません。この電報はまったくけしからん偽物《にせもの》です。その出所《でどころ》は必ず警察に調べてもらいましょう。とにかく、もうこれ以上お話を続ける必要もありません」

そこで、アンバリー氏とわたしは、表に追い出されたのだが、そこはイングランドの中で最も未開発な村のように思えた。わたしたちは電報局に行ってみたが[378]、すでに閉まっていた。小さな『レイルウェイ・アームズ』という宿屋に電話があったので、そこからホームズに電話をかけたが、彼もわたしたちの旅の結末に、同じように驚《おどろ》いているようすであった。

「まったく不思議なことだよ！」と、遠くの声が言った。「これは、まったく驚くべきことだ！　それに、ワトスン、今夜はもう帰りの列車がないだろうね。ぼくは知らないうちに、君を田園のひどい宿屋に泊まらせるはめに陥《おちい》らせてしまったようだ。でも、自然に恵まれたところだろうね、ワトスン、自然とジョサイア・アンバリー――君ならこの両方とうまくやれるだろうよ」彼が電話を切る時に、くっくっと忍び笑っているのが聞こえた。

それからすぐに、わたしの同行者が守銭奴だという評判は、そのとおりだとはっきりわかった。彼は旅費について文句を言い、三等車で来ようと言い張っていたが、今度は宿の支払いについて文句を言っていた。翌朝、やっとロンドンに到着した時は、二人とも最悪の気分であった。

「通りがかりに、ベイカー街に寄ったほうがいいのではありませんか？」と、わたしは言った。「ホームズから、何か新しい話があるかもしれませんよ」

「このあいだのような話なら、もう結構だ」と、アンバリーは露骨《ろこつ》に悪意むきだしの、いやな顔をしながら言った。しかし、とにもかくにも、彼はわたしについて来た。わたしはすでに電報で到着時刻をホームズに伝えてあったが、待っていたのは、自分はルイシャムにいるので、そこに二人で来るようにと書かれた一通の置き手紙であった。そのことにも驚いたが、さらに驚いたのは、わたしたちの依頼人の家に行くと、その居間にいたのがホームズ一人だけではなかったことだ。厳しい顔つきの男が無表情でホームズの隣に座っていた。色は浅黒く、灰色のサングラスをかけ、大きなフリーメイスンのネクタイピンが目立っていた。

「こちらは、私の友人のバーカーさんです」と、ホームズが言った。「こちらも、あなたの事件に関心をもっていらっしゃいましてね、ジョサイア・アンバリーさん、もっとも、わたしたちは別々に調査してきたのです。それにもかかわらず、わたしたち二人は同じ質問をあなたにしたいのです！」

アンバリー氏はどかっと椅子に腰をおろした。彼は迫《せま》りくる危険を察知《さっち》したのだ。彼の緊張した目つきや、ひくひくとひきつっている顔でそれがわかった。

「質問と言いますと何ですか？　ホームズさん」

「ただ、これだけです、つまり、死体をどうしたのか、ということです」

男はのどからしぼり出したような悲鳴をあげて飛び上がった。そして、骨ばった手で空中をかきむしった。口を開けていたので、その瞬間、彼は何かとてつもなく恐ろしい怪鳥のように見えた。一瞬だが、ジョサイア・アンバリーの真実の姿を垣間《かいま》見ることができた。体と同様に魂《たましい》までもが歪《ゆが》んだ悪魔がそこにいたのだ。彼は椅子にまた倒れこみながら、ちょうど咳《せき》をとめるように手で口をおおった。ホームズは虎のようにアンバリーののどもとに飛びついて、彼の顔を下にねじ曲げた。白い丸薬《がんやく》[379]が彼のあえいでいるくちびるから落ちた。

「手っ取り早くすませるのはだめです、ジョサイア・アンバリー。『すべてを適切に、秩序正しく行ないなさい』[380]という聖句もありますからね。どうしましょうか、バーカーさん」

「玄関に馬車が待っています」と、口数の少ない相手は答えた。

「署まではほんの二、三〇〇ヤード（約一八〇～二七〇メートル）ですから、ご一緒しましょう。ワトスン、君はここにいてくれたまえ。三十分で戻ってくるよ」

年寄りの絵具屋は大きな体をしてライオンのような力があったが、二人の手馴《てな》れた男たちにかかってはひとたまりもなかった。もがいたり体をひねったりしながらも、彼は待っていた馬車までひきずられていった。そして、わたし一人、この不吉な家に監視役で取り残されたのだった。しかし、ホームズは言っていたよりも早く、若いきびきびした警察官とともに帰ってきた。

「バーカーは手続きのために残してきたよ」と、ホームズが言った。「ワトスン、君はバーカーと知り合いになってはいなかったね。サリー州の辺りでは、彼はぼくの手強い商売敵でね。背の高い、色の浅黒い男と君が言った時に、彼だというのがすぐわかったよ。いくつかの事件を彼は見事に解決していたと思うよ、そうでしたね、警部さん？」

「数回にわたり事件に乗り出しています」と、警部は遠慮《えんりょ》がちに答えた。「彼の方法は、わたしと同様に変則的ですからね。でも、ご存じのように変則的なのも時には役立つものです。例えば、法に則《のっと》って、彼にどんなことでも自分の言うことは法廷《ほうてい》で不利に使われるかもしれない、などと言って尋問《じんもん》したところで、あの悪党から事実上の自白を引き出すことなど、絶望的だったでしょう」

「おそらく、そのとおりでしょう。しかし、それでも、そこまでやってみせますよ、ホームズさん。この事件ですが、わたしたちには何にもわからなかったとか、この男をつかまえることができなかった、などと思わないでくださいよ。あなたが急に割り込んできて、わたしたちが使えないような手を使って手柄を横どりされたのでは、いい気もちはしませんからね」

「いや、これからはこのようなことはありませんよ、マキーナンさん。これからは、目立たないようにしますからご安心ください。それに、バーカーも、私が言った以上のことは何にもしていません」

警部は大いにほっとしたようであった。

「ホームズさん、まったくありがたいことです。あなたにとっては、賞賛されても非難されてもどちらもとるにたりないことでしょうが、わたしたちには大きな違いです。しかも、新聞があれこれ詮索《せんさく》し始めると、やっかいなのですよ」

「まったく、そのとおりですね。けれども、いずれにしても彼らが訊いてくるのは確かでしょうから、答えを用意しておかなくてはいけないでしょう。例えば、頭のいい、敏腕《びんわん》記者が、あなたに一体どこで疑いを持ったか、とか、どうやって最後に真相がこれだとわかったのかと訊いてきたら何とお答えになりますか？」

警部は困りはてたようだった。

「ホームズさん、わたしたちにはまだ真相についてわかってないようです。犯人がここにいる三人の目の前で自殺を図ろうとしたこと、それが妻と愛人を殺したことを告白したも同然だと言われました。そのほかにはどういう事実を握《にぎ》っておられるのですか？」

「捜査の手配はおすみですか？」

「巡査が三人来る手はずです」

「それでは、すぐにすべてがはっきりするでしょう。死体はそれほど遠くにあるはずはありません。地下室か庭を探してみてください。怪しい場所を掘り起こすのに手間はかからないでしょう。この家は水道が敷かれるより前のものです。どこかに使われなくなった井戸があるはずです。そこも探してごらんなさい」

「しかし、どうしておわかりになったのですか？　どのようにして事件はおきたのでしょうか」

「まず初めに、事件がどのようにしておこったかを、お話ししましょう。それから、事件の説明をします。これは、あなたのためでもありますが、それよりも大役を果たしてくれたのに、ずっとほったらかしにしていた、ここにいるわたしの友人のためにです。とにかく、まずはじめに、あの男の精神構造について意見を述べたいと思います。きわめて異常なものです。あまりにも異常ですので、行き先は絞首台《こうしゅだい》よりはむしろブロードムア精神病院(381)のようなところかと思います。彼の精神は現代の英国人ではなく、中世のイタリア人の気質とでも言いましょうか。ひどい守銭奴で、それを押しつけたので、奥さんも気の毒に大胆な行動をとるような状態に追いこまれていたのでしょう。そこにチェス好きの医者という人物が登場したわけです。アンバリーは、チエスが大得意でした。これは、ワトスン、彼が策略的《さくりゃくてき》な頭をもっているということでもあるのだよ。守銭奴というものは誰でも、そして、彼もご多分にもれず嫉妬《しっと》深い。彼の嫉妬は強烈で病的になっていったのです。二人が本当はどういう関係だったのかはわかりませんが、とにかく彼は二人の仲をあやしんだのです。それで復讐《ふくしゅう》を企《くわだ》て、悪魔のようなずる賢さで計画を立てた。こちらへおいでください」

ホームズは、自分がずっとこの家に住んでいるような確かな足どりで、わたしたちを廊下に案内し、開け放たれた金庫室のドアの前に立ち止まった。

「うう！　ひどいペンキの臭いだ！」と、警部が叫んだ。

「それがわたしたちの最初の手がかりとなったのです」と、ホームズは言った。「ワトスン先生の観察力に感謝《かんしゃ》しなくてはいけません、とはいえ、彼もここから推理を引き出すのには失敗したようでしたが。しかし、ここからわたしの捜査が始まりました。なぜこのような時に、あの男はペンキの強い臭いを家中に充満させなければならなかったのか。それは、明らかに、なにかほかの臭い、隠したいと思っている臭いを消すためなのです。つまり犯罪の疑惑を呼び起こすような臭いを消したかったに違いありません。そして次に、あなたがたがごらんになっている、鉄の扉とシャッターのあるこの部屋です、完全に密閉されている部屋です。この二つの事実を一緒にしたら、どういうことになるでしょうか？　しかし、わたし自身がこの家を調べてみなければはっきりとした判断は下せませんでした。しかし、その時すでに、この事件がたいへん重大であるという確信がわたしにはありました。と言うのは、ヘイマーケット劇場の座席表を調べてみました。これもまた、ワトスン先生のお手柄ですが——二階座席のB三十も三十二もその夜は空席だったことは確認済みです。ということは、アンバリー氏は劇場には行かなかったということです。ですから彼のアリバイはくずれました。細君のために取った席の番号を、わたしの機敏《きびん》な友人に見られてしまったことは、彼にとって大きな誤算でした。さて、そうなると、どうしたらわたしがこの家を調査できるかが問題となりました。そこで、およそ考えられるうちで、最もとんでもない村に行かせ、そこに着いたら帰ってこられないような時刻を設定して、彼を呼び出すことを、代理人《エージェント》に依頼したのです。何か手違いがおこらないように、ワトスン先生に同行してもらいました。その牧師さんのお名前は、もちろんわたしの聖職者名簿《クロックフォード》からいただいたものです。これですべてがおわかりになりましたか?」

「いやあ、お見事です!」と、警部は心底恐れ入ったように答えた。

「そういうわけで、もはやなんの邪魔《じゃま》がはいる心配もなくなったので、この家に押し入って捜索《そうさく》を進めました。押し込みというのは探偵と表裏一体でして、もし、わたしがその気になっていれば、その道でも成功していたはずです。そこで、わたしが見つけたものをご覧ください。この壁の幅木《はばき》に沿ってガスの管があるのがおわかりですね。

そうです。これが壁と同じ角度でたちあがっていて、この隅に栓《せん》があります。ガスの管は金庫室に入ってそして、ご覧になればわかるように、天井の真ん中の石膏《せっこう》のバラの飾り(382)に入って終わっていますが、先はその飾りで隠されています。その先は広く開いているのです。ですから、外の栓を開けると、すぐにも部屋中をガスでいっぱいにできるのです。ドアとシャッターを閉めて、あの栓をいっぱいに開けば、あの小さな部屋に閉じ込められた人間は誰でも二分とはもたないでしょう。彼がどのような悪巧《わるだく》みをして二人をそこに誘いこんだのかは知りませんが、中に入れば、あの男の思うままです」

　警部は注意深くその栓を調べた。「うちの署の者が一人、ガス臭いと言ってました」と彼は言った。「しかし、その時はもちろん窓もドアも開いていたものですから、それに、ペンキ塗りが部分的にですが、すでに塗ってありました。彼の話では、あの前日から、ペンキ塗りを始めたそうです。それで、ホームズさん、話の続きはどうなったのですか?」

「そう、そして、わたし自身が予想もしていなかったことがおこったのです。明け方早くのことでしたが、食品貯蔵室の窓から出ようとした時に、えり首をつかまれてしまったのです。そして、『おい、悪党め、一体ここで何をしているんだ?』と大声がするではありませんか。頭をどうやらひねって後ろを向くと、わたしの友でライバルでもある、灰色のサングラスをかけたバーカー氏と目が合ったのです。妙な遭遇《そうぐう》に思わず二人で笑ってしまいました。彼はレイ・アーネスト医師の家族から調査を依頼されたそうで、わたしと同様に、違法行為が行なわれたという結論に達していたようでした。この家を数日間見張っていたようで、そこに、ワトスン先生が訪れたので、明らかに疑わしい人物と思ったのです。しかし、それだけではワトスンを逮捕することはできなかったのですが、さらに食品貯蔵室の窓から男が出てくるのをその目で見た時には、もう我慢できなかったのでしょう。もちろん、わたしは彼に事の次第を話して二人で一緒に調査を続けることにしたのです」

「なぜ彼と、だったのですか？　わたしたちとではいけなかったのですか？」

「それはわたしの考えで、あのちょっとしたテストをしてみたかったからです。それはものの見事に答えがでました。しかし、あなたがたがそこまでするのはどうかと思ったからです」

警部はほほえんだ。

「そう、そうでしょうね。ところで、ホームズさん、あなたはもうこの件から手をひいて、その結果はすべてわたしたちにゆだねるとおっしゃったのではなかったですか？」

「そうです、それがわたしのいつもの方法です」

「それでは、警察を代表してお礼を申し上げます。あなたのおかげで、事件もはっきりしてきたようです。それに、遺体についても探すのはそう難しいことではないでしょう」

「背すじの寒くなるような、ちょっとした証拠をお目にかけます」と、ホームズは言った。「これに、アンバリー自身も気がついていないのは確かです。警部さん、相手の立場に立って、その時自分はどうするかを考えれば、成果は得られるものです。いくぶんかの想像力がいりますが、それだけの値うちもあります。さて、そこで、あなたが、この小さな部屋に閉じこめられたとしましょう、あと二分しか生きられないとしたら、そして、ドアの向こうでおそらくあなたをあざ笑っている悪魔に仕返しをしたいとしたら、あなたならどうしますか？」

「書置きをします」

「そのとおりです。どのようにして死んだかを、他の人たちに知らせたいでしょうね。紙に書くのはだめですね。それは見つかってしまいます。壁に書いたとしたら、誰かの目に止まるかもしれません。さてと、ここをご覧ください！　幅木の上のところに紫色の消えない鉛筆で書いてありますよ、『わたしたち、わたしたち（“We we”）――』これだけです」

「それをどうお考えですか？」

「そう、これは床からほんの一フィート（約三〇センチ）のところですね。その気の毒な犠《ぎ》牲者《せいしゃ》はそれを書いた時には、床に横たわっていて死んでいくところだったのです。書き終わる前に意識を失ってしまったのでしょう」

「『わたしたちは殺された（"We were murdered"）』と、書こうとしていたのでしょう」

「私もそう考えます。それに、もし、死体から消えない鉛筆が出てきたら[383]――」

「わたしたちが探し出しますよ。見ていてください。でも、それでは、有価証券はどうしたのでしょうか？　盗みの線はまったく考えられないし、でも、彼がもっていたことも確かです。わたしたちもその事実は確認しています」

「どこか安全なところに隠したに違いないですね。この駆《か》け落ち事件全体が人々の記憶から忘れ去られた頃をみはからって、突然それを発見することにするのです。不倫の二人が罪を悔《く》いて送り返してきたとか、逃げる途中で落としたとか、言えばいいですから」

「どういう難問もあなたは何でもお見通しだ」と、警部が言った。「もちろん、彼がわたしたちに連絡してきたのはわかりますが、それにしても、なぜあなたのところへ行ったのか、理解に苦しみますよ」

「それは、うぬぼれからです！」と、ホームズは答えた。「うまくやったという自信もあったし、つかまるはずはないと思ったのでしょう。自分を怪しむ近隣の人たちへも『どんなにわたしが八方手を尽くしたか見てください。警察は言うに及ばず、あのシャーロック・ホームズにまで相談したのですよ』と言うつもりだったのでしょう」

警部は笑った。

「あなたに『あのホームズにまで』と言われても、わたしたちも仕方ありませんね、ホームズさん」と彼は言った。「こういう手際のよい事件の解決ぶりは初めてですよ」

数日後、わたしの友は隔週刊《かくしゅうかん》の地方紙「ノース・サリー・オブザーヴァー」を投げてよこした。そこには「安息荘《ヘイヴン》の恐怖」で始まり「警察の目をみはるような捜査」で終わる一連の華々しい見出しの下に、初めて事件の記事が詳《くわ》しく順序だてて記《しる》されていた。その最後の一節が全体の記事の調子を表わしていて、こういう調子であった。

マキーナン警部の、ペンキの臭いは他の臭い、例えばガスの臭いを消すためのものかもしれないとみたすばらしい洞察力《どうさつりょく》、そして、金庫室がすなわち、また死の部屋かもしれないという大胆な推理、その後の捜査での、犬小屋で上手に隠された古井戸からの死体発見。これらは警察捜査陣の頭脳がいかにすばらしいものであるかを示す例として、犯罪史に永遠に残るものであろう。

「まあ、まあ、マキーナンはいい仲間だからね」とホームズは余裕のある笑いを浮かべながら言った。「これはぼくたちの事件記録に入れておいてくれたまえ、ワトスン。いつの日にか真実が語られるかもしれないからね」

覆面《ふくめん》の下宿人

シャーロック・ホームズが二十三年間にわたり探偵として活動し、そのうち十七年間はわたしが協力し、業績《ぎょうせき》を記録することを許されたことを考えれば、わたしの手許には、自由に使える資料が大量にあることは明らかなことであろう。そのため、問題となるのは、探すことではなく、選択することであった。棚一段いっぱいには年鑑《ねんかん》がずらりと並び、書類が詰まった書類箱がある。これは後期ヴィクトリア朝の犯罪を研究している者にとってだけではなく、社会や官界のスキャンダルを研究する者にとっても完璧な情報の宝庫である。後者に関して言えば、家族の名誉《めいよ》や高名な先祖の名声が傷つくことがないよう願う、苦悩の手紙を書いてきた人々には、何も心配する必要はない、と申し添《そ》えておきたい。常に、わが友をわが友たらしめた、思慮深《しりょぶか》さや職業に対する強い誇《ほこ》りは、事件記録に採り上げる事件を選ぶ時にも同様に働いているので、いかなる信頼も損なわれるものではない。しかしながら、最近これらの書類を手に入れ、破棄《はき》してしまおうとする試みがあったが、これについてはわたしは強く非難するものである。この不法行為の出どころはわかっている。もし繰《く》り返されることがあれば、政治家、灯台、そして調教された鵜《う》(384)に関する事件の全容を公《おおやけ》にすることについて、わたしはホームズの許可を得ている。こう言えば、何のことかわかる人間が、読者の中に一人はいるはずである。

わたしが今までの事件記録の中で述べようと努めてきた、ホームズの直観力、観察力というまれな才能が、すべての事件において発揮する機会を与えられたと考えるのは当たっていない。ある時は、良い結果を得るために多大な努力をしたし、またある時は、それは簡単にホームズの膝《ひざ》の上に落ちてきた。しかし、最も恐ろしい人間の悲劇というものは、ホームズが個人的に関与する機会をすこししか与えられなかった事件の中にしばしば収まっているのである。わたしが今から記録しようとしているこの事件は、その類《たぐい》の一つである。事件を語る上で、人名や地名は少々変えてあるが、それ以外の事実は記載されているとおりのものである。

ある日の午前中(385)――それは一八九六年も終わりに近い頃――わたしはホームズからすぐ来てほしいという急ぎのメモを受け取った。行ってみると、ホームズはたちこめるタバコの煙の中に座っていた。彼の向かい側の椅子《いす》には、年配の優しそうな、ふくよかで、下宿の女主人といったタイプの女性が座っていた。

「こちらはメリロウ夫人でね、サウス・ブリクストン(386)からお見えだ」わが友は手を振りながら言った。「ワトスン、夫人はタバコを喫《す》ってもかまわないとおっしゃる。もし君が望むのなら、君の不潔《ふけつ》な習慣もほしいままにしていいよ。メリロウ夫人は興味《きょうみ》深い話をもってこられたのだが、場合によっては君がいてくれると、助かることになりそうなのだ」

「ぼくにできることなら、何でもするよ」

「メリロウさん、ご理解いただけるかと思いますが、ロンダ夫人のところへ出向く場合、証人に立ちあってほしいのです。わたしどもが到着する前に、そのことをロンダ夫人にご説明願えますか」

「承知しました、ホームズさん」わたしたちの客は言った。「彼女はとてもあなたに会いたがっておられますから、たとえ教区中の人間を引き連れてきたとしても大丈夫でございますよ！」

「それでは、午後早くにお伺《うかが》いいたしましょう。出かける前に、事実を正しく理解しているかどうか確認しましょう。そうすれば、ワトスン先生が状況を理解する役にも立つでしょうからね。ロンダ夫人は七年前からおたくの下宿に住んでいて、そのあいだ顔を見たのはたった一度だけだ、ということでしたね」

「はい、それも見ないですめばよかった、本当に！」メリロウ夫人は言った。

「それは、ひどく損なわれていたのですね」

「そうです、ホームズさん、あれは顔などと言えるものではございません。見えたものはそのようなものでした。一度など、うちの牛乳屋は、上の階の窓からのぞいている彼女の顔をちらっと見て、ブリキ缶(387)を取り落とし、前庭を牛乳だらけにしてしまいました。そういう顔なのです。わたしが見た時も——偶然なので、そういうつもりはなかったのですが——彼女は急いで顔を隠すと、『ねえ、メリロウさん、これでわたしがなぜヴェールを絶対にあげないか、ようやくおわかりでしょう』と、言いました」

「彼女の経歴については、何かご存じでしょうか?」

「何も知りません」

「あなたの下宿にいらした時、身元保証人はありませんでしたか?」

「ありません。そのかわり現金を、それもかなりの額でした。三ヶ月分の家賃を前払いしてくれ、それに条件についても何もおっしゃいません。こういう時代ですからね、わたしのように貧しい女は、こういういい話を断わることはできませんよ」

「あなたの家を選んだ理由はおっしゃいましたか?」

「わたしのところは通りからだいぶ引っ込んでいて、他のところより人目につきません。それから、うちは下宿人を一人しかおきませんし、わたしには家族がありません。他のところも当たってみて、うちがいちばん希望にかなっていることがわかったんだと思いますよ。あの方が求めているのは、人目につかないことで、そのためなら喜んでお金を払うということでしょうね」

「ただ一度の例外を除いて、彼女は最初から最後まで、顔をあらわさないのですね。なるほど、これはきわめて奇妙なお話です、このうえなく奇妙なことです。調べてほしいと思われるのも無理はありませんね」

「いいえ、違うのです、ホームズさん。わたしは家賃を払ってもらっている限り、まったく満足しています。これ以上静かで、面倒をかけない下宿人はいませんからね」

「それでは、相談にみえた目的といいますと？」

「それは、彼女の健康なのです、ホームズさん。どんどんやせ衰《おそろ》えているようなのです。それに、何か恐ろしいことが心にかかっています。『人殺し！』って彼女は叫ぶのですよ。『人殺し！』とね。それに一度は、『残忍な畜生め！　化け物野郎め！』と、叫ぶのも聞きました。夜のことで、家中にはっきりと響《ひび》き渡ったものですから、わたしは体が震《ふる》えました。それで、朝になってロンダ夫人のところへ行きました。『ロンダさん』わたしは言いました。『もし何か心配なことがあるんでしたら、牧師さんにでも相談したらいかがですか』と、わたしは言いました。『それに、警察もあります。どちらでも、あなたを助けてくれるはずです』『警察など、とんでもありません！』彼女は言いました。『それに、牧師さんでも過去のことを変えることはできませんわ。それでも』と、彼女は言いました。『わたしが死ぬ前に、誰かに真実を知っていただければ、心が安まるでしょうね』『それでは』と、わたしは言いました。『警察がおいやなら、何かで読んだことがある、あの探偵の人はどうですか』――すみません、ホームズさん。そして、あの方はすぐにその話に飛びついてきました。『その方だわ』、彼女は言いました。『どうして今まで考えつかなかったのかしら。メリロウさん、その方をここへお連れしてください。もし、駄目《だめ》だとおっしゃったら、わたしは猛獣ショーのロンダの妻だと伝えてください。それと、アッバス・パルヴァ(388)という名前も申し添《そ》えてください』これが、彼女がお書きになったものです、アッバス・パルヴァと。『わたしが考えているようなお方なら、これでお見えになるはずです』」

「これは、そういうことになりそうですね」ホームズは言った。「よくわかりました、メリロウさん。ワトスン先生と少々話がしたいと思います。昼頃までかかるでしょうから、三時頃にブリクストンのお宅にお伺いしましょう」

わたしたちの客がよたよたと部屋を出ていくやいなや――メリロウ夫人の歩き方を表現するのにこれ以上の動詞はない――シャーロック・ホームズは部屋の隅にある、備忘録《びぼうろく》の山にものすごい勢いで突進した。しばらくは紙をめくる音を絶えず立てていたが、やがて満足の声をあげ、探しているものにたどり着いた。あまりに興奮《こうふん》していたので、ホームズは立ち上がらずに、奇妙な仏像のように足を組んで床に座っていた。たくさんの本をまわりに置き、膝には一冊の本を広げていた。

「あの時は、この事件で苦労したものだよ、ワトスン。その証拠に自分が欄外《らんがい》に書いた注がある。白状すると、この事件のことはまったく理解できなかったのだよ。しかし、検死官がまちがっていることは確信していた。アッバス・パルヴァの悲劇のことは、覚えていないのかい？」

「覚えてないね、ホームズ」

「いや、あの時は、君はぼくと一緒にいたのだけどね。まあ、たしかにぼく自身の印象も表面的なものなのだ。判断のよりどころになるものが何もなかったし、被告側からも原告側からも、ぼくに依頼はなかった。よかったら、君もこの書類を読んでみないかい？」

「要点を言ってみてくれないかな？」

「お安いことだよ。ぼくが話しているうちに、君も思い出すかもしれないしね。ロンダは、もちろんよく知られた名前だった。ウームウェルや、当時の優《すぐ》れた興行師の一人、サンガー(389)のライバルでもあった。しかし、記録によると、彼は酒に溺《おぼ》れ、あの大きな悲劇がおきた時には、彼も彼のショーも下り坂だった。その夜、ショーの一座はバークシァの小さな村、アッバス・パルヴァに滞在していた。その時、この恐ろしい事件がおこったのだ。彼らはウィンブルドンに向かって、街道を旅していた。そこではキャンプをはっているだけで、ショーは行なっていなかった。そこが小さな村で、

開いても割に合わなかったからだ。

一座の見世物の中に、北アフリカ産の非常にすばらしいライオンがいた。サハラ・キング(390)という名前で、ロンダと彼の妻の二人が檻《おり》の中で芸を披露《ひろう》するのが彼らの日常だった。ほら、ここに公演の写真がある。ロンダは巨大な豚のような人物で、彼の妻のほうはすごい美人だということがわかるだろう。検死裁判での宣誓証言によると、ライオンが危険だという兆候はみられたそうだ。けれども、世の常で、慣れが侮《あなど》りを生むというのだろうね、このことには何ら注意が払われなかった。

いつも、ロンダか妻が夜中にライオンに餌《えさ》を与えていた。時に一人で行くこともあれば、二人で行くこともあったが、いずれにしても、ほかの人間にはさわらせなかった。彼らが餌を与えている限り、ライオンは二人を保護者とみなし、襲《おそ》うことはないだろうと考えたからだ。七年前のこの夜は、二人一緒に行き、とても恐ろしいできごとが発生したのだが、いまだに詳《くわ》しいことは明らかになってはいないのだよ。

真夜中近くに、キャンプの一行は、ライオンのうなり声と女の悲鳴でとび起きたらしいね。馬の飼育係や使用人たちが、それぞれのテントからランタンを手に手に飛び出してきたが、その光によって浮かび上がったのは、実に恐ろしい光景であった。ロンダは、檻から十ヤード(約九メートル)ほどのところに、後頭部をつぶされて倒れていた。彼の頭の皮には、爪の跡が深々と残って、檻の扉は開いていた。ロンダ夫人は、檻の扉近くに、あお向けに倒れていた。ライオンが彼女の体の上にうずくまり、うなっていた。ライオンに顔をめちゃめちゃに引き裂《さ》かれ、夫人が生きているとはとうてい思えなかった。怪力男のレオナルド[391]と道化師のグリッグズを先頭に、サーカスの男たち七、八人が、棒でライオンを追い払い、檻に逃げ込んだところを、すぐに錠《じょう》をかけた。どうやって檻から出たのかは不明だ。二人が檻に入ろうとし、扉を開けた時、ライオンが飛びかかったのではないかと推測された。証拠にはほかに興味を引く点はないが、二人が暮らしていたほろ馬車[392]に運ばれる時、夫人は苦痛のあまりうわごとで、『卑怯者《ひきょうもの》！　卑怯者！』と、叫び続けていたそうだ。証言できるほど体力が回復したのは六ヶ月後だったが、検死裁判は型どおりに開かれ、偶発事故による死というありきたりの判決が出た」

「ほかにどういう判決が考えられるのかい」わたしは尋《たず》ねた。

「君がそう言うのも無理ないね。けれども、バークシァ警察管区の若い刑事エドマンズには、一つ二つ気になる点があった。まったく頭のいい若者だよ！　彼はその後アラハバード[393]に赴任したがね。彼がここに立ち寄って、パイプを一、二服しながら事件の話をしたものだから、ぼくもこの事件に関わるようになったのさ」

「やせた、髪の黄色い男かな？」

「そのとおりだよ。君はそのうち、きっと思い出すと思ってたよ」

「それで、彼は何が気になったのかな」

「ぼくたち二人とも気になっていたのだがね。事件を再現することは、ひどくむずかしいのだ。事件をライオンの視点から見てみよう。彼は自由になった。彼はどうするだろうか？　六歩も跳《と》べばロンダのいるところだ。ロンダは逃げようとする——爪の跡は彼の後頭部にあったことからわかる——そして、ライオンは彼を殴り倒す。そして、そのまま跳んで逃げる代わりに、彼は檻の近くにいた女のところに戻ってきた。彼は彼女を打ち倒し、顔の肉を噛《か》み切った。そして、彼女の叫び声は、夫がなぜ自分を助けられなかったのかと暗示しているようなのだ。彼女を助けるために、あの哀《あわ》れな男に何ができたというのだろうか？　難しいということはわかるね」

「なるほど」

「そして、ほかにもあるのだ。よくよく考えているうちに思い出した。ライオンがうなり、女が悲鳴をあげた時に、恐怖で叫ぶ男の声がしたという証言があるのだ」

「その男はロンダに違いないよ」

「だが、もし頭蓋骨《ずがいこつ》を打ち砕かれていたら、再び声は出せないと思うがね。女の叫び声と男の叫び声が混じっていたという証人が、少なくとも二人はいるのだよ」

「その時はキャンプ中に叫び声があがっていたのだと思うよ。ほかの点については、ぼくにも一つ解釈があるのだけれども」

「喜んで拝聴《はいちょう》するとしよう」

「ライオンが自由になった時、檻から十ヤードのところにその二人は一緒にいた。男は背を向け逃げようとしたが、打ち倒された。女のほうは檻に逃げ込み、扉を閉めようと考えた。そこが唯一の逃げ場所だったからだ。檻に向かったが、たどり着いたちょうどその時、猛獣《もうじゅう》が飛びかかり、彼女を打ち倒した。夫が背を向けたことで、動物の怒りに油を注いだことになったので、彼女は夫に腹を立てていた。二人で立ち向かえば、おどしてなだめることができたかもしれなかったからだ。それで彼女は『卑怯者！』と叫んだ」

「すばらしいよ、ワトスン！　けれども、君の解釈に一つだけ欠点があるよ」

「どういう欠点かな、ホームズ？」

「もし二人が檻から十歩離れたところにいたとしたら、ライオンはどのようにして自由になったのかな」

「何らかの敵が放した、ということは考えられないだろうか」

「それに、檻の中では二人と芸をするのが常だったライオンが、なぜあれほどにも残《ざん》酷《こく》に彼らを襲ったのだろうか」

「おそらく、その同じ敵が怒らせるような、何かをしたのではないだろうか」

ホームズは考えこんでいるようで、しばらく黙っていた。

「そうだね、ワトスン、君の理論を援護《えんご》する、こういうことがあるのだよ。ロンダは敵の多い男だったそうだよ。エドマンズの話によると、彼は酔うとひどかったそうだ。手のつけられない暴れ者で、出会う者には誰でも、口汚なく罵《ののし》ったり、鞭《むち》で打ちかかっていった。ぼくたちの依頼人が言っていた、化け物とかいう叫び声は、亡くなった夫を夜中になると夫人が思い出していたのだと思う。けれども、こういうふうにあれこれ言ったところで、事実をすべて手に入れてからでなくては無意味だよ。ワトスン、サイドボードにヤマウズラの冷肉とモンラシエ(394)が一本ある。二人を訪ねる前に、エネルギーを補給して、気分を一新して出かけよう」

わたしたちの馬車がメリロウ夫人の家に到着すると、丸々と太った夫人が、質素だがひっそりした家の開け放たれたドアをふさいで立っていた。彼女の最大の関心事は、大事な下宿人を失うのではないかということであるのは、はっきりしていた。そこで、わたしたちを上に案内する前に、そのような望ましくない結論につながるようなことは、言ったり、したりしないでほしいと懇願《こんがん》した。彼女を安心させると、粗末《そまつ》なカーペットが敷いてある、急な階段を彼女について上り、謎の下宿人の部屋に通された。

その部屋は、住人がめったに外出しないため、想像どおり、閉め切った、カビ臭い、風通しの悪い部屋であった。獣を檻に閉じ込めていたために、運命の仕返しを受けたのか、彼女は自分自身が檻の中の獣になってしまったようであった。彼女は、部屋の暗い隅の、壊れた肘《ひじ》掛《か》け椅子に腰をおろしていた。長いこと動かなかったために、身体の線はくずれてはいたが、ある時期には美しかったに違いなく、また今もって豊かで、なまめかしいものがあった。厚い、黒のヴェールが顔を覆《おお》っていたが、上唇《うわくちびる》ぎりぎりのところで切ってあり、完璧に整《ととの》った形の唇と、繊細《せんさい》な丸みをおびたあごを見せていた。彼女がかつて並はずれた美人であったに違いないことは、すぐに見てとれた。声も、抑揚《よくよう》があり、耳に心地よかった。

「わたしの名前はよくご存じですね、ホームズさん」彼女は言った。「名前を申しあげれば、おいでいただけると思っておりました」

「そのとおりです、マダム。しかしながら、わたしがあなたの事件に関心があるということを、どうしてご存じなのかわかりません」

「それは、わたしが健康を回復し、州警察のエドマンズ刑事の取り調べを受けた折りに知りました。申し訳ないことに、わたしは嘘《うそ》をつきました。真実を告げていたほうが、よかったのでしょうね」

「いつでも、真実をお話しになるのが賢明でしょう。けれども、なぜ彼に嘘をおっしゃったのですか？」

「それは、ある人の運命がかかっていたからです。彼がまったく、とるにたりない人間だということはわかっておりました。でもわたしのせいで、彼を破滅させることはしたくなかったからです。わたしたちはとても親しい仲だったのです——そう非常に親しかったのです」

「それでは、その障害も今はなくなったのですか？」

「はい。その方は亡くなりました」

「では今なぜ、あなたが知っていることを警察にお話しにならないのですか？」

「なぜなら、考慮《こうりよ》しなくてはならない人間がもう一人いるからなのです。それは、わたし自身です。警察で取り調べられれば、スキャンダルになり、世間であれこれ言われますでしょう。わたしには耐えられません。わたしはもう長くは生きられません。静かに死を迎えたいのです。しかし、わたしの恐ろしい話を聞いていただける判断力のある人物を見つけ、わたしが死んでしまったあと、すべてが理解されるようにしておきたかったのです」

「お言葉いたみいります、マダム。それにしましても、わたしも責任感のある人間です。お話をうかがった後、事件を警察に報告することが自分の義務であると、判断しないとはお約束できません」

「そのようなことはないと存じます、ホームズさん。長いあいだあなたのお仕事ぶりは拝見してまいりましたから、ご性格も方法もよくわかっております。運命がわたしに残しておいてくれた唯一の楽しみは読書だけで、世間でおこっていることは、何一つ見過ごしてはおりません。いずれにしても、わたしの悲劇をどのように利用されるかは、あなたのお心次第です。わたしは話をすれば、心が休まります」

「わたしの友人もわたしも喜んでお話をお聞きいたしましょう」

夫人は立ち上がると、引き出しから一人の男の写真をもってきた。見るからに職業曲芸師で、すばらしい肉体の持ち主だった。盛り上がった胸の前で、太い腕を組み、濃い口ひげをたくわえ、笑っていた――たくさんのものを征服した男の、自己満足といった笑いであった。

「これはレオナルドです」と、彼女は言った。

「証言をした、怪力男のレオナルドでしょうか」

「そのとおりです。そして、こちらがわたしの夫です」

それはおそろしい顔であった――人間豚、というよりその獣性のすさまじさから、人間イノシシと言ったほうが当たっていた。怒った時にはその下品な口が歯ぎしりし、泡をとばすことは想像がついたし、あの小さな、悪意のこもった目で世間を見れば、敵意がまぎれもなく発せられることは想像にかたくなかった。悪漢《あっかん》、暴れ者、けだもの――これらすべてが、がっしりしたあごを持つ、その顔から見てとれた。

「この二枚の写真をご覧いただければ、わたしの話をよくご理解いただけるかと思います。わたしは、おが屑《くず》の上で育った、哀れなサーカス少女で、十歳にもならないうちから輪抜けの芸をしておりました。一人前の女に成長すると、この男はわたしを愛しました。もし彼の欲望を愛と呼べるなら、ということですが。そして、不幸にもわたしは彼の妻となりました。その日から、わたしは地獄の中におりました。そして、彼はわたしを責めさいなむ悪魔でした。一座の中でこの仕打ちを知らない者はおりません。彼はわたしを棄てて、ほかの女に走りました。わたしが文句を言うと、わたしを縛り上げ、乗馬の鞭で打ちました。誰もがわたしに同情し、みな彼を憎んでおりました。でも、彼らに何ができるというのでしょうか？　彼らは、一人残らず彼を恐れておりました。彼は常に恐ろしかったのですが、酔った時には人を殺しかねないほどでした。何回も暴行の罪や、動物虐待《ぎゃくたい》の罪でつかまりましたが、彼は充分に金を持っておりますので、罰金などなんのこともございません。良い人たちはみんな去ってしまい、ショーは下り坂になり始めました。ショーを支えていたのは、レオナルドとわたしだけでした。それに、道化師のジミー・グリッグズがおりました。気の毒な人です、あまりおかしくもないのですが、ショーの場つなぎに、できるだけのことはしておりました。

そして、そうこうするうちに、レオナルドがわたしの生活に次第に入り込んでまいりました。彼の姿、形はご覧になりましたでしょ。今となりましては、あのすばらしい肉体に隠された、貧弱な精神がわかりますが、夫と比べますと、彼はまるで大天使ガブリエル[395]のように見えました。彼はわたしに同情し、助けてくれました。そして、ついに、親しさが愛に変わりました——深い、深い、情熱的な愛です。わたしが夢に見ていた、そして手に入れることができるとは思ってもみなかった愛なのです。夫は疑っておりました。しかし、彼は暴れ者ではありましたが、臆病者《おくびょうもの》でもありましたので、レオナルドだけは怖かったのだと思います。夫はこれまで以上にわたしをいじめ、彼なりの方法で復讐《ふくしゅう》を企《くわだ》てました。ある夜、わたしの叫び声を聞いて、レオナルドがわたしたちの馬車の扉近くまで来ました。その夜、もう少しで悲劇がおこるところでした。そして、わたしと愛する人は、その悲劇は避《さ》けがたいものであることを悟ったのです。夫は生きるに値しない。わたしたちは、彼を殺す計画を立てました。

　レオナルドは、賢く、計画に長《た》けた頭脳を持っておりました。計画を立てたのは彼です。彼のせいにするために言うのではありません。どこまでも、彼と一緒に行く覚悟をしておりましたが、わたしには、こういう計画を考えつく知恵はございません。わたしたちは——レオナルドが作ったのですが——棍棒《こんぼう》を作りました。そして、鉛《なまり》を入れた先の部分に五本の長い釘《くぎ》を打ち込みました。尖《とが》った先を外に向け、ライオンの手のように広げておいたのです。これは夫に致命的な一撃を与えるためのもので、そして、わたしたちが檻から出しておいたライオンの仕業《しわざ》だという証拠を残すためのものです。
それは漆黒《しっこく》の闇の夜のことでした。夫とわたしはいつものように獣に餌を与えに行きました。わたしたちは亜鉛《あえん》のバケツ(396)に生肉を入れて運んでいきました。レオナルドは、わたしたちが檻に行くのにどうしても通らなくてはならない大きな馬車のところで待ちぶせしておりました。ぐずぐずしていたので、彼が打ちかかる前に、わたしたちは彼の前を通り過ぎてしまいました。それでも、彼は忍び足であとをつけてきて、棍棒が夫の頭蓋骨を打ち砕く音が聞こえました。その音を聞き、わたしの心は喜びではずみました。わたしはとんで行って、大ライオンの檻の扉を押さえていた留め金をはずしました。

そして、その時、恐ろしいことがおこったのでございます。このような動物たちがどれほどすばやく人間の血の臭いをかぎつけることができるか、またそれがどれだけ動物たちを興奮させるか、お聞きになったことがおありだと思います。何か不思議な本能のようなもので、人間が殺されたことがすぐにわかったのでしょう。わたしがかんぬきをはずすやいなや、ライオンは飛び出して、あっという間に、わたしにのしかかったのです。レオナルドはわたしを助けようと思えば助けられたのです。もし、彼が突進して、あの棍棒で獣をなぐれば、おとなしくさせることができたかもしれません。でも、あの男は気後れしてしまったのです。彼が恐怖のあまり叫ぶのを聞きました。そして、わたしは彼が背を向けて、逃げて行くのを見ました。その時、ライオンがわたしの顔にかぶりついたのです。熱くて、不潔なライオンの息のために、わたしはほとんど気を失っていたので、痛みはまったく感じませんでした。両方の手で、湯気の立つ、血まみれの大きなあごをなんとか押しのけ、叫び声をあげ、助けを求めたのです。キャンプが、がやがやし始めたことには気がついていました。そして、レオナルド、グリッグズなど大勢の男たちが、ライオンの足の下からわたしを引きずり出してくれたことは、かすかに覚えています。ホームズ様、それからの退屈な長い月日の間、わたしが覚えていた、これが最後の記憶でございます。ようやく立ち直り、鏡を見た時、わたしはあのライオンを呪いました――そう、どんなに呪ったことでしょうか！――それがわたしの美貌《びぼう》を奪ってしまったからではなく、わたしの命を奪わなかったからなのです。ホームズ様、わたしにはたった一つの望みがありました。そして、それを実現するのに充分なお金を持っておりました。それは、わたしのみじめな顔が誰にも見られないように、自分を覆い隠してしまうこと、そして、自分がかつて知っていた人と出会わない場所で暮らすことでした。それしか、わたしにはすることが残されていませんでした――そして、わたしはそのようにしてきました。死ぬために、穴の中に転げ込んだ、哀れな、傷ついた獣――これがユージニア・ロンダのなれの果てです」

わたしたちは、不幸な女性が身の上を語り終えた後、しばらく黙っていた。それから、ホームズは長い腕を伸ばして、彼女の手をやさしく叩いた。これほどの同情を彼が示すのを、わたしはほとんど見たことがなかった。

「なんとお気の毒な！」彼は言った。「気の毒なことでした！　運命のすることは、まったく理解できません。もし、この後で、何らかのよいことがないとするならば、世の中などというものは、残酷な冗談です。それで、あのレオナルドはどうなったのですか？」

「彼とは二度と会うことも、便りをもらったこともございません。おそらく、彼をあのように恨《うら》みに思ったのは、まちがいだったのかもしれません。ライオンが食べ残したような女より、わたしたちが国中を連れまわしていた、体が異形の見世物《フリーク》のうちの誰かを愛したほうがましだったのかもしれませんね。それでも、女の愛情はそれほど簡単にはなくならないものなのです。彼はわたしを獣の足の下に残したままにしました。必要な時にわたしを見捨てました。それでも、わたしは、彼を絞首台《こうしゅだい》に送る気にはなれませんでした。わたし自身については、どうなろうともかまいません。この自分の現在の生活以上に恐ろしいものがあるでしょうか？　しかし、わたしは、レオナルドと彼の運命の間に立ちふさがっておりました」

「そして、彼は死んだのですね」

「先月、マーゲイト(397)の近くで泳いでいて溺れたのです。新聞に載っておりました」

「あなたのお話の中でいちばん変わっていていちばん巧妙《こうみょう》だった、五本爪の棍棒を、彼はどうしたのでしょうかね？」

「存じません、ホームズ様。キャンプのそばに白亜《はくあ》坑《こう》があり、その底に緑色の深い水《みず》溜《た》まりがありました。おそらく、あの水溜まりの底にでも――」

「まあ、それは今となりましてはそれほど重大なことではありません。事件は終わっています」

「そう」と、彼女は言った。「事件は終わっています」

わたしたちは立ち上がり、出て行こうとした。しかし、彼女の声の何かが、ホームズの注意を引いた。ホームズはすばやく振り向いて、彼女に向き合った。

「あなたの命はあなただけのものではありません」と、彼は言った。「それから手を離しなさい」

「この命が他の人にどのように役に立つとおっしゃるのですか？」

「神のみぞ知る、です。忍耐心のない世間にとって、苦しみに耐えている実例は、それ自体が、このうえなく貴重な教訓となります」

その女の返事は恐ろしいものであった。彼女はヴェールを上げ、光の中に進み出た。

「あなたなら耐えられますか？」彼女は言った。

それは恐ろしいものだった。顔そのものがなくなっている、その顔の輪郭《りんかく》を表現する言葉はない。ぞっとするほどすさまじい廃墟《はいきょ》から、生き生きした、美しい茶色の瞳《ひとみ》が悲しそうに見つめているだけに、その光景はいっそう見るに耐えないものとなった。ホームズは、同情と抗議《こうぎ》を込めて片手を上げ、わたしたちはともにその部屋をあとにした。

二日後、わが友を訪ねてみると、彼は少々自慢そうに暖炉《だんろ》の上の、青い小さな瓶《びん》を指差した。わたしはそれを取り上げてみた。毒薬を示す赤いラベルが付いていた。(398) 蓋《ふた》を開けると、心地よいアーモンドのような香りが立ちのぼった。

「青酸(399)かな？」わたしは言った。

「そのとおりさ。郵便で送られてきた。『わたしを誘惑するものを、あなたに送ります。あなたのご忠告に従います』この手紙が添えられていたよ。これを送ってくれた勇気ある女性の名前は、ワトスン、ぼくたちにはすぐにわかるね」

ショスコム荘

シャーロック・ホームズは長い間、低倍率の顕微鏡《けんびきょう》の上にかがみこんでいた。そして、ようやく体を起こすと、勝ち誇《ほこ》ったようにわたしの方を見た。

「これはニカワだね、ワトスン(400)」と、彼は言った。「まちがいなくニカワだ。視野(401)の中に散らばったものを見てみたまえ」

わたしは身をかがめて接眼レンズに目をあて、自分の目に合わせて調節した。

「その細いのがツイードのコートの繊維《せんい》だよ。不揃《ふぞろ》いの灰色の塊《かたまり》はほこりだ。左にうろこ状の上皮細胞(402)。真ん中の茶色のしみはまちがいなくニカワだ」

「そうかい」わたしは笑いながら言った。「君の言葉を信じるとして、それが何に関係があるのかな」

「これはとてもすばらしい証明なのさ」彼は答えた。「セント・パンクラス事件(403)で、死んだ警察官のかたわらに、帽子が落ちていたのを君は覚えているかね。容疑者は自分のものではないと言っていた。しかし、彼は絵画の額縁《がくぶち》職人で、常にニカワを使っているのだ」

「君が扱っている事件なのかい？」
「いいや、友達の、スコットランド・ヤードのメリヴェールに調べてほしいと頼まれたのさ。カフスの縫《ぬ》い目につまった亜鉛《あえん》と銅のやすり屑《くず》から、あの贋金《にせがね》造りをつき止めて以来、彼らも顕微鏡(404)の重要性を認識したようだね」彼はいらいらと時計を見た。「新しい依頼人が来ることになっているのだが、遅れているようだ。ところで、ワトスン、君は競馬には詳《くわ》しいかな」
「そのはずだ。ぼくの傷痍《しょうい》年金のほぼ半分はつぎこんでいるからね[405]」

「それでは、君に『競馬案内[406]』になってもらおうではないか。サー・ロバート・ノーバートンについてはどうかな？　この名前で何か思い出すことはあるだろうか」

「そう、おおありさ。彼の住まいはショスコム・オールド・プレイスにあって[407]、ぼくはその場所をよく知っている。昔、夏をそこで過ごしたことがあるからね。ノーバートンは一回、君の世話になりそうなことがあったのだよ」

「それはまたどういうことで[408]」

「ニューマーケット・ヒースで、サム・ブルーワーというカーゾン街の有名な金融《きんゆう》業者[409]を、馬の鞭《むち》で打った時のことだった。もうすこしで、殺してしまうところだったのでね」

「いや、おもしろそうな男だね。彼はしばしば、そのように我を忘れることがあるのだろうか」

「そう、彼は危険な男だという評判だよ。イングランドで一番の向こう見ずな騎手と言ってもいいだろう――二、三年前のグランド・ナショナルでは二着だった。彼は言ってみれば生まれてくるのが遅すぎたという人間だね。摂政《せつしょう》時代[410]だったらさぞかし伊《だ》達男《ておとこ》だっただろう――ボクサーで、スポーツマンで、競馬では無茶な賭《か》けをする人間、美人には目がなく、いずれにしても経済的に追いつめられていて、そこから抜け出せないという男なのさ」

「上手だよ、ワトスン。まるで簡潔《かんけつ》に描かれた肖像画《しょうぞうが》といったところだ。その男を見てきたような気になったよ。それでは次に、ショスコム・オールド・プレイスについてすこし話してもらえるかな」

「話せるのはショスコム・パークの真ん中にあるということくらいだね、あの有名なショスコム種馬飼育場と調教所があるところだ」

「そしてその、主任調教師は」と、ホームズが言った。「ジョン・メイスンだ。ぼくが名前を知っていても驚《おどろ》くことはないよ、ワトスン。いま広げている手紙は彼からのものなのだ。まあ、もう少しショスコムの話を聞かせてくれたまえ。どうやら豊かな鉱脈《こうみゃく》を掘りあてたようだ」

「ショスコム・スパニエルという犬の種類がある」わたしは言った。「どこのドッグ・ショーでも耳にする犬だよ。イングランドで一番の純血種で、ショスコム・オールド・プレイスの女主人が特に自慢にしているものだ」

「とすると、サー・ロバート・ノーバートンの妻ということかな！」

「サー・ロバートは結婚したことがない。まあ、ぼくは彼の将来を考えればそのほうがよかったと思うね。妹で未亡人の、レイディ・ベアトリス・フォールダと暮らしているのだ」

「ということは、彼女が彼のところで暮らしているということかな」

「いや、いや。あの土地は彼女の亡くなった夫、サー・ジェイムズの所有だった。ノーバートンにはまったく権利がないよ。一代限り認められているものだから、いずれ彼女の夫の兄弟の所有に戻るものなのだ。今のところは毎年地代は彼女が徴収《ちょうしゅう》しているのさ」

「そして、その地代は兄のロバートが使っているということかな？」

「まあ、そういうところだね。彼は悪魔のような男だから、彼女もひどく不安な暮らしをしているに違いないよ。それでも、彼女は兄に献身的《けんしんてき》に尽くしているそうだ。ところで、ショスコムで何かあるのかい？」

「そう、それがちょうどぼくも知りたいことなのだ。そして、ほら、そのことを教えてくれる人物のご到着だ」

ドアが開き、給仕が背の高い、ひげをきちんと剃《そ》った男を案内してきた。その固く、厳しい顔つきは、馬の使用人たちをしつけなくてはならない人間だけが持つものであった。ジョン・メイスン氏はその双方を支配下におき、さらにその仕事に有能のように見えた。冷たく、落ち着いた態度で頭をさげると、ホームズが指示した椅子《いす》に腰をかけた。

「わたしの手紙は受け取っていただけたでしょうか、ホームズさん？」

「はい、しかし、何もわかりませんでしたが」

「かなり微妙《びみょう》な問題なので、詳しいことを書くことができませんでした。とても込みいっているのです。お目にかかって直接でないと、説明できないのです」

「さあ、どうぞお話しください」

「まずはじめに申し上げます、ホームズさん、わたしは雇《やと》い主のサー・ロバートは気が変になったのだと思うのです」

ホームズは眉《まゆ》を上げた。「ここはベイカー街です、ハーリ街[411]ではありませんよ」彼は言った。「ですが、なぜそうおっしゃるのでしょうか？」

「それは、おかしなことの一つや二つはしても、それには何か意味があるのかもしれないと思えるでしょうがね。けれども、やることがすべておかしいとなったら、不審に思うのも無理はないでしょう。ショスコム・プリンス号とダービー[412]が彼の頭をおかしくしたと、わたしは思います」

「あなたが調教している小馬のことですね？」

「イングランドで最高です、ホームズさん。誰よりもわたしがわかっています。ホームズさん、今から、わたしはあなたにあらいざらいお話しいたします。あなたが名誉《めいよ》を重んじる紳士《しんし》であり、話はこの部屋より外に洩《も》れることはないと考えているからです。サー・ロバートはこのたびのダービーで優勝しなくてはならないのです。首まで借金につかった状態ですから、これが最後のチャンスなのです。集められるだけの金、借りられるだけの金を全部馬に注ぎ込んでおられます。それも結構な掛《か》け率でしてね！　今なら一対四十で買えますが、彼が賭け始めた時は一対百にも近かったですからね」

「しかし、その馬がそれほど良いのなら、どうしてそういう率になるのですか？」

「世の中の人は、どれだけ良いか知らないのですよ。サー・ロバートは予想屋(413)よりはるかに上手《うわて》です。プリンス号には腹違いの兄弟馬がいまして、毎日の遠乗りではこちらを走らせていました。二頭は区別がつきません。けれども早駆《はやが》けをさせれば、一ファーロング（約二〇一メートル）で二馬身の差がつきます。彼の頭には馬とレースのことしかありません。彼の全人生がそれにかかっているんです。レースまでは高利貸しを近づけません。プリンス号が負ければ、彼はお終いです」

「かなり無茶な賭けのように見えますが、頭が変になったという話とはどう関係するのですか」

「とにかく、ごらんになればわかります。夜寝ていないのだと思います。いつも廐舎《きゅうしゃ》にいて、目は血走っています。神経がやられているのです。それに、レイディ・ベアトリスに対する振る舞いのこともあります」

「それはどういうことでしょうか」

「お二人はとても仲がよかったのです。お二人とも趣味《しゅみ》が同じで、彼女も馬がお好きでした。毎日、同じ時刻に馬を見に、馬車でおいででした。特に、プリンス号はお気に入りでした。馬のほうも、砂利道に馬車の轍《わだち》の音が聞こえてくると耳を立てて、角砂糖をもらうために毎朝馬車に向かって駆けていったものです。しかし、もうすべて終わりです」

「どうしてですか？」

「それは、夫人が馬への関心をまったくなくしてしまわれたようだからなのです。この一週間は、『おはよう』ともおっしゃらず厩舎を馬車で通り過ぎていかれます！」

「喧嘩《けんか》でもされたとお考えですか？」

「そう、それも激しく、悪意に満ちた喧嘩でしょう。そうでもなければ、ベアトリス様がご自分の子どものようにかわいがっていたペットのスパニエル犬を、サー・ロバートがよそへやってしまうはずがないでしょう。二、三日前に、二、三マイル（約三～五キロメートル）離れたクレンドール(414)の町で『グリーン・ドラゴン』という宿屋を経営している年寄りのバーンズに、犬をあげてしまったのですからね」

「それは確かにおかしいですね」

「もちろん、夫人は心臓が弱くて、浮腫《ふしゅ》(415)もありましたから、兄上と歩き回るなどということはできません。しかし、サー・ロバートは毎晩二時間、夫人の部屋で過ごしておられました。夫人が兄上のことを貴重な親友のようにしておられたのですから、できるだけのことをされるのは当然でしょう。けれども、それもすべて終わりです。サー・ロバートは夫人のそばにも近づきません。そしてそれが夫人の心にはこたえているようなのです。物思いにふけり、むっつりと不機嫌で、お酒を飲んでおられるんですよ、ホームズさん。それもがぶ飲みです」

「仲違いをされる前は夫人は飲んでおられましたか」

「そうですね、飲まれることはありましたが、しかし、今は一晩でボトル一本あけることがしばしばだそうです。執事のスティーヴンズが話してくれました。すべて変わってしまったのです、ホームズさん。何かうさんくさいのです。それに、夜中に古い教会の地下納骨堂《のうこつどう》で、ご主人様は何をされているんでしょうか？　そこで会っている男は誰なのでしょう？」

ホームズは両手をこすりあわせた。

「どうぞお続けください、メイスンさん。ますます興味《きょうみ》深くなってきた」

「ご主人が出かけるのを見たのは執事でした。夜中の十二時にです、雨が激しく降っていました。そこで次の夜、わたしが屋敷の中で起きて待っていますと、案の定、ご主人は再び出かけていきました。それで、スティーヴンズとわたしはあとをつけていきました。それはもうはらはらしました。もし見つかれば、具合の悪いことになります。カッときたら相手かまわず、拳《こぶし》が飛んでくる恐ろしい人ですからね。怖くてそれほどには近寄れませんでしたが、姿は見失いませんでした。ご主人が向かっていたのは、幽霊が出そうな地下納骨堂で、そこには男が一人、彼を待っていました」

「幽霊が出そうな地下納骨堂とは何です？」

「はい、公園に古い礼拝堂の廃墟《はいきょ》があります。あまり古くて年代ははっきりしません。その地下に、わたしたちの間では幽霊が出そうだという、悪名高い納骨堂があるのです。昼間でも暗くて、湿っぽくて、さびしい場所でして、夜中にそこへ行くような勇気ある人間はあの辺りにはいません。けれどもご主人は怖いもの知らずですからね。人生で怖いものなぞないのでしょうよ。しかし、夜中にあのようなところで何をしていたんでしょうか」

「少々待ってください」と、ホームズが言った。「そこにはもうひとり男がいた、とおっしゃいましたね。それはあなたの厩舎の人間か、屋敷の誰かに違いない。誰だかを突き止めて、あとで質問すればいいのではありませんか」

「それがわたしの知らない人物なのです」

「どうしてそう言えますか」

「わたしは彼の顔を見たのですよ、ホームズさん。それは二日目の夜でしたが。サー・ロバートが向きを変え、わたしたちの横を通り過ぎていきました。その夜は月が少し出ていたので、わたしとスティーヴンズはウサギのように草むらの中で震《ふる》えておりました。もうひとりの男が、わたしたちの後ろで動き回っている音がしました。彼のことは怖くはありませんでした。それで、サー・ロバートが行ってしまうと立ち上がり、月明りの中を散歩していたとでもいうように、できるだけさりげなく、そしら

ぬ顔をして彼に近づきました。『今晩は！　どちらさんですか？』わたしは言いました。わたしたちが近づくのは聞こえなかったようで、肩越しにわたしたちを振り返った顔は、地獄から現われた悪魔でも見たような顔つきでした。彼は叫び声をあげると、暗闇の中を一目散《いちもくさん》に逃げて行きました。それはものすごい走りでした。いや、たいしたものでしたね。あっという間に姿も見えなくなり、音も聞こえなくなりました。それで、何者なのか、何をしている人間なのか、わからずじまいというわけです」

「それでは、月明りの中で彼の顔ははっきり見たのですね？」

「はい、それは確かです。黄色い顔でしたよ——下品な男とでも言いましょうか。サー・ロバートとどういうかかわりがあるのですかね」

ホームズはしばらく考え込んでいた。

「レイディ・ベアトリス・フォールダに付き添《そ》っているのは誰ですか？」ようやく彼は尋《たず》ねた。

「メイドのキャリー・エヴァンズです。彼女のもとに付き添って五年になります」

「としますと、きっと、献身的に仕えておられるでしょうね」

メイスン氏は居心地悪そうに体を動かした。

「充分に献身的です」彼はやっと答えた。「誰に、とは言いませんがね」

「おやおや！」と、ホームズは言った。

「内々の恥《はじ》をさらすわけにはまいりません」

「よくわかりました、メイスンさん。もちろん、状況ははっきりつかめます。ワトスン先生がサー・ロバートの人物像については説明してくれました、どの女性でも彼の手から逃れることはむずかしいことはよくわかります。きょうだい喧嘩の原因もそのあたりにあるのではないでしょうか？」

「ですが、このスキャンダルは長いあいだ噂《うわさ》になっていましたから」

「しかし、夫人は以前は気がつかれなかったとか。突然気がつかれた、と仮定してみましょう。夫人はその女を辞めさせたかった。兄はそれを許さない。心臓が弱く、動き回れない不自由な体の彼女は、自分の意思を実行する手段がない。嫌われたメイドは今もって彼女についている。それで、レイディは口をきくことを拒否し、むっつりし、酒を飲むようになる。サー・ロバートは怒って、彼女のペットのスパニエル犬をとりあげてしまった。これでつじつまが合わないでしょうか」

「そうですね、ここまでは」

「そのとおり！　ここまではなのだ。これらのことと、夜中に古い納骨堂へ出かけるのと、どういう関係があるでしょうか。わたしたちの説明にうまく当てはまらないですね」

「そうです。それに当てはまらないことがまだあります。サー・ロバートはなぜ死体を掘り出したいのですか」

ホームズはぎくりとして座り直した。

「昨日わかったばかりなのです。あなた様に手紙を書いた後でした。昨日、サー・ロバートはロンドンへお出かけになりましたので、スティーヴンズとわたしは納骨堂へ行ってみました。きちんと片付いておりましたが、ただ人間の体の一部が片隅にありました」

「警察にお知らせになったとは思いますが？」

依頼人は気味の悪い笑い方をした。

「いやあ、警察は興味を示さないと思いますよ。ミイラの頭と骨が二、三本あっただけですから。千年ほども経っているのではないですかね。ただ、以前にはそこにはなかったのです。それは誓《ちか》って言えます。スティーヴンズも誓えるはずです。それは隅に積み上げられ、板で覆《おお》いがしてありましたが、あの隅には今まで何もありませんでした」

「それをどうなさいましたか」

「いや、そのままにしてあります」

「それは賢明でした。サー・ロバートは昨日お出かけになったということでしたね。お戻りになられましたか？」

「今日お帰りのはずです」

「サー・ロバートが、妹さんの犬をよそへ連れていったのはいつのことでしたか？」

「今日でちょうど一週間になります。古い井戸小屋の外で吠《ほ》えていました。それで、あの朝はサー・ロバートの機嫌が悪かったので、彼が犬をつかまえた時は殺してしまうのではないかと思いましたよ。犬を騎手のサンディー・ベインに渡すと、二度と見たくないから『グリーン・ドラゴン』の年寄りのバーンズのところへ持っていくように言いつけたのですよ」

ホームズはしばらく静かに座ったまま考え込んでいた。彼は、彼のパイプの中で最も古くて、最もよごれたパイプに火をつけた。

「メイスンさん、この件でいったい、わたしに何をしてほしいのか、まだはっきりしないのですが」彼はようやく言った。「もう少し明確にしていただけませんでしょうか？」

「おそらく、これでさらにはっきりすると思います、ホームズさん」と、依頼人は言った。

彼はポケットから紙を取り出すと、注意深く広げ、炭化《たんか》した骨のかけらを見せた。

ホームズは興味深そうに骨を調べた。

「どこで入手されたのですか？」

「レイディ・ベアトリスの部屋の下の地下室に、セントラル・ヒーティング用の炉《ろ》があります。しばらく使っていなかったのですが、サー・ロバートが寒いと不平を言われまして、また使うことになりました。ハーヴィーといって、わたしの下で働いている廏務員《きゅうむいん》の一人が世話をしています。ちょうど今朝、灰を掻《か》き出していて見つけたと言って、わたしのところに持ってきました。気味が悪いと言ってました」

「わたしも同感ですね」と、ホームズは言った。「何だと思う、ワトスン？」

真っ黒に焦《こ》げてはいたが、解剖学《かいぼうがく》的特徴《とくちょう》は見まちがいようがないものだ。

「人間の大腿骨《だいたいこつ》の上部関節顆《じょうぶかんせつか》だ(416)」わたしは言った。

「その(417)とおり」ホームズはかなり深刻なようすになった。「その廏務員が炉の世話をするのはいつですか？」

「毎夕火をおこして、それから出ていきます」

「それでは夜の間に誰かがそこへ行くことができますか？」

「はい、できます」

「外からはそこへ入れますかね？」

「外へ通じるドアがあります。もう一つのドアはレイディ・ベアトリスの部屋がある廊下に通じる階段に出ます」

「これは非常に難しい事件ですね、メイスンさん。難しくて、不愉快な事件です。サー・ロバートは昨夜は留守だったとおっしゃいましたね？」

「はい、そのとおりです」

「それでは、誰が骨を燃したにしても、彼ではありませんね」

「はい、そのとおりです」

「先ほどおっしゃった宿屋の名前は、何といいましたかね？」

「『グリーン・ドラゴン』です」

「バークシァのあの辺りで、良い釣り場はありますかね？」

真面目な調教師の顔には、悩み多い自分の人生に、またもう一人、頭のおかしな人間が登場したのではないか、という気もちがはっきりあらわれていた。

「そうですね、水車用流水溝にはマスがいて、ホール湖にはカワカマスがいると聞いていますが」

「それで充分です。ワトスンもわたしも釣り師としては有名でしてね、そうだね、ワトスン。このあとからは『グリーン・ドラゴン』にご連絡ください。わたしたちは今夜から行っております。申すまでもありませんが、わたしたちはあなたにはお目にかかりませんが、メイスンさん、メモをお届けくださってもいいし、必要な時はわたしのほうからご連絡します。もうすこし事件のことを調べて、検討したうえで、考えをお伝えすることにしましょう」

こうして五月の明るい夕刻、ホームズとわたしは一等車の車両を二人で独占し、「要求あり次第、停まります」という小さな駅(418)、ショスコムへ向かった。わたしたちの頭上には釣《つ》り竿《ざお》、リール、籠《かご》が雑然とのっていた。目的地に着き、そこから少し馬車に乗り古めかしい宿屋に着いた。そこではスポーツ好きの主人、ジョサイア(419)・バーンズが近隣の魚を釣りつくすつもりだ、というわたしたちの計画に熱心にのってきた。

「ホール湖でのカワカマス釣りはどんなもんでしょうかね」ホームズは言った。

宿屋の主の顔が曇った。

「お客さん、それは駄目だろうね。釣らないうちにお客さんたちのほうが湖の中だ」

「それはまたどうして?」

「サー・ロバートですよ。予想屋をひどく警戒《けいかい》してますからね。お二人のようによそ者が、自分の調教所に近づこうものなら、しつこく追いかけまわすにきまってますよ。あの人は危ないことは見逃さない人間ですよ。サー・ロバートはそういう人ですよ」

「話に聞くと、ダービーに馬を出走させるそうだね」

「そう、とてもいい馬ですよ。おかげで、あたしらも、あるだけの金をレースに賭けていますよ、サー・ロバートも全財産を賭けています。ところで」——急に、疑わしい目つきでわたしたちを見た——「それで、お二人さんはまさか競馬関係の方じゃあないでしょうな」

「いやいや、とんでもない。バークシァのきれいな空気をめいっぱい吸いに来た、二人とも疲れたロンドンっ子ですよ」

「それならば、ここはうってつけの所ですよ。いい空気ならたくさんある。けど、いま話したサー・ロバートのことは忘れないようにな。あいつは口より先に手が出るほうだから。庭園には近づかないことです」

「もちろんですよ、バーンズさん。そうします。ところで、ホールで哀《あわ》れっぽくクーンと鳴《な》いているのは、すごくきれいなスパニエル犬ですね」

「そのとおりです。純粋なショスコム犬で、イングランド一ですよ」

「わたしも愛犬家なんでね」ホームズは言った。「ところで、もしお尋ねしてもよろしければですが、あのような賞をとる犬はいくらくらいするものですかね」

「わたしにはとうてい払い切れないほどですよ。あれはサー・ロバートがご自分でわたしに下さったものです。だから、紐《ひも》でつないでおかなくてはならないんです。紐を離すとすぐにお屋敷へ戻って行ってしまうんでね」

「手札がそろってきたようだよ、ワトスン」宿の主人がわたしたちから離れると、ホームズは言った。「楽ではない勝負だが、一両日中には見通しがつくだろうね。ところで、サー・ロバートはまだロンドンにいるということだ。今夜なら、殴られる心配なしに聖域に入ることができるだろう。一つ、二つ、確かめたい点があるのでね」

「何か推理がまとまったのかい、ホームズ？」

「これだけは言えるよ、ワトスン。一週間くらい前に、ショスコム荘での暮らしに深い影響《えいきょう》を与える『何か』がおこったのだ。その何かとはなにか？　それが引きおこした結果から推測できるだけなのだけれど、それは奇妙にいろいろなものが混じりあっている。しかし、この特徴はぼくたちの助けになることなのだ。絶望的なものは特色のない、大したことがおこらない事件のほうだからね。

まず、ぼくたちの持っているデータを検討してみよう。兄は病弱な、愛《いと》しい妹を訪問することをやめた。彼女がかわいがっていた犬をよそにやってしまった。彼女の犬をだよ、ワトスン！　これで何か考えつかないかな？」

「兄の憎しみのほかには、何も思いつかないよ」

「そう、そうかもしれないね。また、あるいは――そう、ほかの考え方もある。そこで、喧嘩があったとして、喧嘩の後の状況の検討を続けてみよう。レイディは部屋に閉じこもり、習慣を変え、メイドと一緒に出かけるとき以外は姿をあらわさない。彼女のお気に入りの馬に声をかけるために、馬小屋に立ち寄ろうともしない。明らかに酒に溺《おぼ》れている。これで事件全体を言いつくしているだろうか？」

「地下納骨堂でのできごとが抜けているよ」

「それは別の思考ラインにしよう。二つの思考ラインがあるから、二つをもつれさせないでくれたまえ。ラインA、これはレイディ・ベアトリスの関係。こちらは少々不吉な感じがしないかい？」

「ぼくにはさっぱりわからないよ」

「それでは、サー・ロバート関係のラインBにとりかかってみよう。彼はダービーに勝つことに夢中で、気も違わんばかりだ。彼の生活は金貸しの手に握《にぎ》られていて、全財産を競売にかけられて、廏舎も債権者に押さえられてしまうかもしれないという状況だ。彼は向こう見ずだが、追い詰められている。彼の収入源は妹で、彼女のメイドは彼の意のままになる人間だ。これまでのところは、かなり確実だと思わないかい？」

「とすると、地下納骨堂は？」

「ああ、そうだ、その地下納骨堂だ。こう考えてみてはどうだろうか、ワトスン――不名誉な仮定だから、議論するためだけの仮説だけれど――サー・ロバートが妹を亡きものにしてしまったとしたら」

「何てことを、ホームズ。それは論外《ろんがい》だよ」

「かなりの可能性はあるよ、ワトスン。サー・ロバートは名家の出だが、ワシの中にハシボソガラス[420]が紛《まぎ》れているということはよくあることだ。少しこの仮定を検討してみようか。彼はもうけるまではこの土地を離れられない。そのためにはショスコム・

プリンス号の賭けに勝たなくてはならない。だから、まだこの地にいなければならない。このためには犠牲者《ぎせいしゃ》の遺体を処分しなければならない。それから、妹に扮《ふん》する代役を探さなくてはならなくなる。メイドが共犯者なら、これは不可能ではない。女性の遺体は地下納骨堂に運ばれる。そこはめったに人が来ない。遺体は夜中にこっそりと炉で燃やされる。そしてぼくたちが見たような証拠が残った。これはどう思う、ワトスン？」

「そうだね。もとになっている恐ろしい仮定が当たっているとすれば、可能性はあるね」

「ワトスン、事件を解明するために、明日試してみたい小さな実験があるのだが。今は、ぼくたちの役割に忠実になるために、宿屋の主人を呼んでハウス・ワインでも飲みながら、ウナギやウグイ[421]の話をしようではないか。こういう話が彼に気に入られる近道のようだ。そうするうちに、地元の役に立つゴシップが聞けるかもしれないよ」

　朝になって、ホームズはカワカマスの幼魚用の擬似餌《ぎじえ》[422]を持ってくるのを忘れたことに気がついた。おかげで、わたしたちはその日は釣りをしないですんだ。十一時頃、わたしたちは散歩に出かけた。主人は黒のスパニエル犬を一緒に連れていくことを許可してくれた。

「ここだ」紋章のグリフィン(423)が見下ろしている公園の二本の高い門柱のところまで来ると、ホームズが言った。「バーンズさんが話してくれたのだが、あのご婦人は昼頃に馬車でお出かけだそうだ。門が開くまで、馬車はスピードを落とさざるをえないだろう。だからワトスン、馬車が門を通って、スピードが上がる前に、君は馭者《ぎょしゃ》に何か質問して、馬車を止めてほしい。ぼくのことは気にしないでくれたまえ。ぼくはヒイラギの茂みの後ろに隠れて、きちんと見ているから」

長いあいだ待たずにすんだ。十五分もしないうちに、幌《ほろ》をたたんだ、大きくて、黄色のバローシュ型馬車(424)が長い道を近づいてきた。灰色の二頭のりっぱな馬が、足を高くあげて馬車を引いていた。ホームズは言ったとおりに、茂みに犬と一緒に身をひそめた。わたしは何気なさそうに杖《つえ》を振りながら道路に立っていた。門番が走り出てきて、門を大きく開いた。

馬車は速度を落として並み足になっていたので、乗っている人間の顔をよく見ることができた。亜麻色《あまいろ》の髪で、生意気な目つきの、化粧《けしょう》の濃い、若い女が左側に座っていた。その右側には背中を丸め、顔や肩をショールでおおった、見るからに病弱そうな年配の人物がいた。馬車が広い道に出てくると、わたしは命令するように手をあげて、馭者が馬車を止めると、サー・ロバートがショスコム・オールド・プレイスにご在宅かどうかと尋ねた。

それと同時にホームズが茂みから現われて、スパニエル犬を解き放した。犬はうれしそうに吠えると馬車に向かって全速力で駆けていき、ステップに飛びついた。しかし、この熱烈な歓迎はすぐに激しい怒りにかわり、垂れていたスカートに嚙《か》みついた。

「出発！　早く馬車を出すのよ！」鋭い声が叫んだ。馭者は馬に鞭をあて、わたしたちは道路に取り残された。

「ねえ、ワトスン、上出来だったよ」興奮《こうふん》したスパニエル犬の首に紐を結びながらホームズが言った。「この子は自分の女ご主人様だと思ったのに、他人だということがわかったのだよ。犬はまちがいはしないからね」

「しかし、あれは男の声だった」わたしは叫んだ。

「そのとおりだ！　これでまた一枚カードが手に入ったよ、ワトスン。けれども、そのカードの使い方には気をつけなくてはいけないね」

わが友にはその日の予定はもうないようだったので、わたしたちは水車用流水溝で本当に釣りをした。その成果として、夕食のテーブルにマス料理が並んだ。食事がすむと、ようやくホームズが新たに行動を起こすきざしを見せた。もう一回、わたしたちは今朝と同じ道路に行った。公園の門に通じる道だ。そこでは、背の高い、黒い影がわたしたちを待っていた。わたしたちとロンドンで会った、調教師のジョン・メイスン氏であった。

「今晩は」彼は言った。「メモをいただきました、ホームズさん。サー・ロバートはまだお戻りではありませんが、今夜お帰りの予定ということです」

「屋敷からあの地下納骨堂まではどのくらい距離がありますか?」ホームズが尋ねた。

「たっぷり四分の一マイル(約四〇〇メートル)はありますね」

「それなら彼のことはまったく気にしなくていいでしょう」

「わたしはご一緒できません、ホームズさん。ご主人様が戻れば、ショスコム・プリンス号の最新の情報を知るために、わたしに会いたいとおっしゃるでしょうから」

「わかりました! それではあなた抜きで行動しなければならないでしょう、メイスンさん。地下納骨堂にわたしたちを案内してくださったら、帰ってくださって結構です」

月のない、真っ暗な闇夜だったが、メイスンは牧草地を進み、黒い塊がわたしたちの目の前に立ちはだかるところまで案内してくれた。それが古い礼拝堂だった。かつてはポーチだった崩れた割れ目から中に入り、わたしたちのガイドは、ぐらぐらする石や煉瓦《れんが》の山につまずきながら建物の隅まで進んで行った。そこには地下納骨堂に降りる、急な階段があった。彼はマッチをすると、陰鬱《いんうつ》な場所を照らし出した――気味の悪い、いやな臭いのする場所だ。古い、荒削りの石壁がぼろぼろと崩れ、あるものは鉛製《なまりせい》で、あるものは石造りの棺《ひつぎ》が片側に積み上げられ、天井のアーチや穹窿《きゅうりゅう》(425)まで届いていた。天井の上のほうは影になって見えない。ホームズがランタンに火をつけると、明るい黄色い光が小さなトンネルのようになり、寂しい光景を照らし出した。光は棺についた名札に反射した。その多くには、死の入り口までにも家の名誉《めいよ》を持っていくとでもいうような、この古い名家の紋章《もんしょう》のグリフィンと宝冠がつけられていた。

「骨のことをおっしゃってましたね、メイスンさん。お帰りになる前に、どこにあるのか教えていただけますか」

「この隅にありました」調教師は大股に近づいたが、ランタンの光がその場所を照らすと、驚いて黙ったまま立ちつくした。「なくなっている」彼が言った。

「思ったとおりです」ホームズはくすくす笑いながら言った。「その灰は、前に一部が焼かれた、あの炉の中に今でもあると思いますよ」

「しかし、千年も前に死んだ人間の骨を、いったいなぜ焼こうとしたのですかね」ジヨン・メイスンが尋ねた。

「それを探るためにここにいるんです」と、ホームズが言った。「時間がかかる捜査《そうさ》になると思いますし、もうあなたをお引き止めする必要はありません。朝までには解決できると思います」

　ジョン・メイスンが帰ってしまうと、ホームズは墓を注意深く調べ始めた。中央にある、サクソン(426)時代のものと思われる非常に古いものから、ノルマンのユーゴウやオド(427)らの墓がたくさん続き、ようやく十八世紀のサー・ウィリアムやサー・デニス・フォールダにたどり着いた。地下納骨所の入り口の手前に立てかけてあった鉛製の棺にたどり着くまでに一時間以上かかっていた。ホームズが満足げに小さく声をあげるのが聞こえた。慌《あわ》ただしい、目的を持った動き方から、彼が目標に到達したことがわかった。ルーペを取り出すと、ホームズは重たい蓋《ふた》の縁を熱心に調べた。そして、ポケットから短い金てこ(428)を取り出し、隙間《すきま》につっこみ、二つのかすがいで留められているだけといったようすの正面蓋全体をこじ開けようとした。蓋は引き裂《さ》くような、ちぎれるような音をたてて開いていった。ついに中が部分的に見えたと思った瞬間に、予期せぬ邪魔《じゃま》が入った。

誰かが頭上の礼拝堂の中を歩いていたのだ。しっかりと足早に歩く足音は、はっきりとした目的を持ってここに来た人間、自分が歩いている場所のことをよく知っている人間のものであった。一筋の光が階段を降りてきたと思う間もなく、それを手にした男が通路をおおうゴシック様式のアーチを背景にしてあらわれた。背は高く、態度は荒々しい、恐ろしい姿だった。彼が体の前に持っている厩舎用ランタンは、強い意思を持った、ひげの濃い顔と怒りのこもった目を上向きに照らしていた。地下納骨堂のあらゆるくぼみをギラギラした目でながめまわし、ついにわが友とわたしの上に憎悪に満ちた目を留めた。

「おまえたちは誰なのだ?」彼は雷のような声でどなった。「おまけにわたしの地所で何をしている?」そして、ホームズが何も答えないので、二歩ほど前に踏み出すと持っていた重そうな杖《つえ》を振り上げた。「聞こえているのか?」彼は叫んだ。「何者だ?ここで何をしている?」彼の杖が宙で震えた。

しかしホームズはひるむどころか、彼に対峙《たいじ》するために前に出た。

「わたしにもお尋ねしたいことがあります、サー・ロバート」彼は非常に厳しい調子で言った。「これは誰ですか? そして、ここで何をしようとしているのですか?」

彼は振り向くと、後ろにある棺の蓋を引き開けた。ランタンの光の中にわたしが見たのは、頭から足の先までシーツに包まれた死体であった。恐ろしい、魔女のような、鼻とあごだけの顔が一方の端から突き出ていて、変色して、崩れかけたその顔から、ぼんやりとよどんだような目が見つめていた。

准男爵《じゅんだんしゃく》[429]は叫び声をあげると、後ろによろめいて、石の棺[430]にもたれて体を支えた。

「どうして、このことがわかったのだ?」彼は叫んだ。そして、攻撃的な態度をすこし取り戻して言った――「あなたたちの知ったことではない」

「わたしの名前は、シャーロック・ホームズです」わが友は言った。「おそらくあなたもご存じの名前でしょう。いずれにしろ、わたしの務めはすべての善良な市民と同様に、――そうです、法を守ることなのです。ご説明なさらねばならないことがいろ

いろおありのようですね」

サー・ロバートはしばらく目をギラギラさせていたが、ホームズの穏やかな声と、冷静で自信のある態度が功《こう》を奏《そう》したようであった。

「ホームズさん、誓《ちか》って言うが、これには何もやましいことはないのだ」彼は言った。「一見したところはわたしが不利であることは認める。しかし、ほかにどうしようもなかったのだ」

「わたしもそう考えたいのですが、釈明《しゃくめい》は警察にしていただかなくてはなりません」

サー・ロバートは広い肩をすくめた。

「そうしなければならないなら、やむをえまい。屋敷に来て、あなたご自身で事のなりゆきをご判断いただきたいものです」

十五分後には、わたしたちは、ガラス戸の奥に磨《みが》かれた銃身が並んでいることから判断して、古い屋敷の銃器室だと思われる部屋に通されていた。気もちのよい家具類が置かれた部屋だった。サー・ロバートはそこにしばらくわたしたちを残して出て行った。そして、彼が戻った時、二人の人物をともなっていた。一人は馬車に乗っていた派手な若い女性で、もう一人は小柄な、ネズミのような顔つきの男で、態度が不愉快なほど卑屈《ひくつ》だった。この二人がひどく当惑しているようすからすると、准男爵は状況が変わったことを説明する暇《ひま》がなかったようであった。

「こちらは」サー・ロバートは手で示しながら言った。「ノーレット夫妻です。ノーレット夫人は結婚前はエヴァンズといいまして、長い間わたしの妹のお気に入りのメイドでした。二人に来てもらったのは、あなたに真実をお話しするのが、わたしの最善の道だと思ったからです。そして、わたしが言うことを立証できるのはこの世で、この二人だけだからです」

「こんなことしていいんですか、サー・ロバート？　今あなたが何をしているのか考えたほうがいいんじゃあないですか？」女が叫んだ。

「わたしには、まったく何の責任もありませんよ」彼女の夫が言った。

サー・ロバートは軽蔑《けいべつ》の目を彼に向けた。「責任はすべてわたしがとる」彼は言った。

「さて、ホームズさん、事実をはっきり申し上げます。どうぞお聞きください。あなたがわたしの事件に深く関わられているのは、はっきりしています。さもなければ、あのような場所でお会いするはずがありません。ですから、おそらくもうご存じでしょうが、わたしはダービーにダーク・ホース[431]を出走させるつもりでいて、そこで勝つことにすべてを賭けています。もし勝てば、事は簡単です。もし負ければ——そのようなことは考えてもみたくありません！」

「お立場はよくわかりました」ホームズが言った。

「わたしはすべてを妹のレイディ・ベアトリスに頼っております。しかし、よく知られているように、土地に対する彼女の権利は彼女一代限りのものなのです。わたしはと言えば、金貸したちに追いかけまわされているしまつです。もし妹が死にでもしたら、債権者たちがハゲタカの群れのようにわたしの不動産を差し押さえに来ることはよくわかっていました。すべてが差し押さえられてしまうでしょう——わたしの廐舎、わたしの馬——すべてです。ところが、ホームズさん、わたしの妹はちょうど一週間前に、本当に亡くなってしまったのです」

「そしてあなたはそれを誰にも言わなかった！」

「どうしてそんなことができますか？ 完全な破滅が迫《せま》っているのです。事態を三週間延《の》ばすことができれば、すべてがうまく運ぶのです。妹のメイドの夫——ここにいるこの男ですが——は役者です。彼なら、それくらい短い間なら妹に化けることができるのではないかと、わたしたち、いや、わたしが考えついたのです。メイド以外に誰も部屋に入る必要はありませんから、毎日馬車に乗って姿を見せるだけのことです。妹は長いこと患っていた浮腫で亡くなりました」

「それを決定するのは検死官の仕事です」

「彼女の症状から、この何ヶ月か、こういうことになる恐れがあったことは、彼女の主治医が証明してくれるでしょう」

「それで、どうされたのですか?」

「遺体を屋敷に置いておくわけにはいきません。最初の夜に、ノーレットとわたしで、今はまったく使われていない古い井戸小屋へ運びました。けれども、妹のペットだったスパニエル犬があとをついてきて、小屋のドアのところでキャンキャン鳴き続けるので、もっと安全な場所に移す必要を感じました。スパニエル犬はよそへ連れていき、遺体を教会の地下納骨堂へ移しました。ホームズさん、これには侮辱《ぶじょく》する気もちとか、不敬な気もちはありませんでした。わたしは死者を冒瀆《ぼうとく》したとは思っていません」

「あなたの行為は、わたしには許しがたいものに思えますが、サー・ロバート」

准男爵はいらいらと首を振った。「説教するのは簡単だ」と、彼は言った。「もし、わたしの立場になったら、おそらく違うように感じるでしょう。すべての希望と計画が最後の瞬間に微塵《みじん》に砕けようとする時に、手をこまねいてはいられないものです。彼女の夫の先祖の棺の一つにしばらく彼女を入れて、今も聖域とされる場所に横たえておくのは、休息の場所としてふさわしいのではないかと思いました。そこで、そういう棺の一つを開け、中のものを取り出し、妹を入れたのはあなたがご覧になったとおりです。取り出した古い遺骸《いがい》は、納骨堂の床に放り出しておくわけにもいきません。ノーレットと二人で運び出し、夜中に彼が降りていって、地下のセントラル・ヒーティング用の炉で燃やしました。これでわたしの話は終わりです、ホームズさん。それにしても、あなたがどうやって、わたしが話さざるをえないようにしたかはわかりかねますが」

ホームズはしばらく考え込んだまま座っていた。

「あなたのお話には一つ欠点があります、サー・ロバート」彼はようやく言った。「競馬の賭け、すなわち将来への望みについてですが、もし債権者たちがあなたの財産を差し押さえたとしても、これは有効でしょう」

「あの馬も財産の一部とみなされるでしょう。わたしの賭けのことなど、奴らにとってかまったものではない。出走させないこともありえます。それに不幸なことに、最大の債権者はわたしの一番の敵なのです――サム・ブルーワーという、ごろつきでして。一度、ニューマーケット・ヒースで奴を馬の鞭で叩きのめすはめになりました。そんな男がわたしを助けようとするとでもお考えですか？」

「わかりました、サー・ロバート」ホームズは立ち上がりながら言った。「この件は、もちろん警察に報告しなくてはなりません。わたしの仕事は事実を明るみに出す、そこまでです。あなたのなさったことの道徳性、妥当性について意見を申し上げる立場にありません。ワトスン、もう真夜中近い。われわれの埴生《はにゅう》の宿へ戻ることにしよう[432]」

この奇妙な事件が、サー・ロバートの所業のわりには、幸運な結末を迎えたことは広く知られている。ショスコム・プリンス号はダービーで優勝し、賭け好きな馬主は純益で八万ポンド（約一九億円）の賭け金を手に入れた。レースが終わるまで手を出さないでいた債権者たちには全額借金が返済された。そのうえ、サー・ロバートの人生を立て直すのに充分なだけのものが残った。警察も検死官も寛大な処置をとり、レイディの死亡を報告するのが遅れたことについては軽いおとがめがあっただけで、この幸運な馬主はこの奇妙な事件のために[433]経歴に傷をつけずに済み、今や事件も忘れられ、彼には名誉ある晩年が約束されているのである。

注・解説

W・W・ロブスン（高田寛訳）

《シャーロック・ホームズの事件簿》注

↓本文該当ページを示す

英国における『シャーロック・ホームズの事件簿』の初版本は十二編の短編を収め、一九二七年六月十六日にジョン・マレイ社より、初刷一万一五〇部で出版された。「マレイ・インペリアル・ライブラリー」中の一冊であった外地版（初刷五〇〇〇部）、並びに米国における初版本（版元はニューヨークのジョージ・H・ドーラン社）も、この日に発売された。『シャーロック・ホームズの事件簿』所収の物語は、「ストランド・マガジン」誌一九二一年十月号から二七年四月号にかけての掲載が初出である。このオックスフォード版全集では、発表の順（これは執筆の順番を反映するものであり、わかる限りではこの順を採用した）に短編を並べている。マレイ社から出版された際には、作品の配列は以下のようになっていた。

《高名な依頼人》
《白面の兵士》
《マザリンの宝石》
《三破風館》

《サセックスの吸血鬼》
《三人ガリデブ》
《トール橋》
《這う男》
《ライオンのたてがみ》
《覆面の下宿人》
《ショスコム荘》
《隠居絵具屋》

1　前書き
この前書きは、元々は『ストランド・マガジン』誌一九二七年三月号に掲載されたものだった。同年四月号に、《ショスコム荘》が掲載される手はずになったため、『ストランド・マガジン』誌の編集部によってわずかながらも手が加えられている。この文章は、「シャーロック・ホームズ・コンペティション」(「未収録シャーロック・ホームズ集成」三百十七頁〜三百二十二頁所収)〔アーサー・コナン・ドイル自身が選んだ自作ベスト十二選を、読者に当ててもらおうとするイベント〕の前説として書かれたもので、このコンペティションに関する記述が二段落分削除されている。

⇓14

2 リンボ
〔地獄と天国の間にある、地獄の辺土〕 ⇩14

3 フィールディング
〔ヘンリー・フィールディングのこと。一七〇七～五四。英国の小説家で、判事でもあった〕 ⇩14

4 リチャードスン
〔サミュエル・リチャードスンのこと。一六八九～一七六一。英国近代小説の祖とされる〕 ⇩14

5 スコット
〔ウォルター・スコットのこと。一七七一～一八三二。スコットランドの詩人・小説家〕 ⇩14

6 ディケンズ
〔チャールズ・ディケンズのこと。一八一二～七〇。下層社会の哀愁などを描いた英国の小説家〕 ⇩14

7　サッカレー

〔ウィリアム・メイクピース・サッカレーのこと。一八一一～六三。前項のディケンズと並ぶ写実主義の代表的作家〕

⇩14

《マザリンの宝石》注

初出は「ストランド・マガジン」誌第六十二巻（一九二二年十月号）二八八～二九八頁で、A・ギルバートによる三点の挿絵付きだった。米国における初出は、ニューヨークの「ハースト・インターナショナル・マガジン」誌第四十巻（一九二二年十一月号）六～八、六十四～六十五頁で、フレデリック・ドア・スティールによる四点の挿絵付きだった。

8 ビリー

巨匠チャールズ・チャップリン（一八八九～一九七七）は、一九〇三年七月二十三日から〇六年三月六日までの間、ウィリアム・ジレット（米国の舞台俳優。ホームズを演じ、一世を風靡した。一八五三～一九三七）の芝居『シャーロック・ホームズ』でビリー役を務めた。

↓21

9 君もまったく変わらない。ホームズもそうだといいのだがこれは《最後の挨拶》の最後の部分の、「変化してやまない現代にあって、いつでも、どっしりとして変わらないのは君だけさ」というホームズの科白《せりふ》と、対をなしている。 ↓21

10 **カントルミア卿**

カントルミア卿が王家の交友範囲に属する人物の一人であることは明らかである。こうした人物として、アーサー・コナン・ドイルの脳裏にあったのは、二代目エシャー子爵だったレジナルド・ベイリオル・ブレット（一八五二～一九三〇）であったものと思われる。一九〇二年にアーサー・コナン・ドイル自身がナイトの位を授かった際に、こうしたのらくら者の例を見たことがあったのかもしれない。 ↓23

11 **「前にも一回、似たようなものを使ったことがあったが」**

《空き家の冒険》（『シャーロック・ホームズの帰還』所収）に関する言及である。 ↓25

12 **ネグレット・シルヴィアス伯爵**（Count Negretto Sylvius）

“negretto”（イタリア語（黒の意））、“silva”（ラテン語で、森の意）から直訳すると「小さな黒い森の住人」、即ち「ブラックウッド伯爵（Count Black Wood）」の意である。おそらくこれは「ブラックウッズ・マガジン」誌をからかった、アーサー・コナン・ドイルの個人的な冗談だったと思われる。一八八〇年代、彼はこの雑誌に自分の作品を掲載してもらおうと、原稿を送っていたが「生理学者の妻」（一八九〇年二月号）を唯一の例外として、すべて却下されていた。しかもこの作品も、採用が決まったにもかかわらず一年も放っておかれ、作者が原稿の引き上げを要求してから初めて掲載されたのだった。《マザリンの宝石》の原型は、「王冠のダイヤモンド——シャーロック・ホームズとの一夜」と題する一幕物の芝居だった。この芝居では、シルヴィアス伯爵の役どころを演じているのは、セバスチャン・モラン大佐である。この『王冠のダイヤモンド——シャーロック・ホームズとの一夜』は、一九二一年五月二日ブリストルのヒッポドローム劇場で初演され、その後十八ヶ月にわたって英国各地で巡業公演された。

↓29

13　王冠の宝石（Crown Jewel）

この宝石が王の位を象徴する宝石の一つを指す意図があったことは確実である。おそらくマザリンの宝石は、フランス革命によって亡命した旧フランス王家か貴族から寄贈を受けたか購入するかして、英国の王位を象徴する宝石となったのだろう。

↓30

14　マザリンの宝石

おそらく宝石の名前は、イタリア生まれの政治家で、ルイ十四世の幼少時には政治の実権を握っていたジュール・マザラン枢機卿（一六〇二〜六一）に因んだものであろう。

15　サム・マートン　↓30

この間抜けな犯罪者でもあるプロ・ボクサーの名前は、トーマス・デイ（一七四八〜八九）の有名な子供のための教訓話である「サンドフォードとマートン」（三巻本。一七八三、八七、八九年）を仄めかすために、あえて作者が選んだ名前であるように思われる。この本はその時代に書かれた幾つかのパロディと共に、頻繁に引用されていた。　↓30

16　カマツカ（gudgeon）

"gudgeon"とは、簡単に捕まえることのできる、鯉に似た淡水魚である。スコットランドでは、伝統的に間抜けの象徴として使われている。　↓30

17　ミノリーズ

シティ・オブ・ロンドンにある通り。この名前は一二九三年に創立されたソロレス・ミノレス女子修道院（フランシスコ会派の修道女、もしくは聖クララ会の修道女によって運営されていた）に由来する。　↓31

18　ストラウベンジーの仕事場

架空の存在である。サー・カシミール・カートライト・ヴァン・ストラウベンジー少将（一八六七～一九五六）は、一九一七年から一八年にかけて、英国砲兵隊の監察長官を務めていた。 ⇩31

19 **待合室**
これまで言及されることのなかった、ベイカー街二二一Bの間取りに関する記述である。 ⇩32

20 **犯罪捜査部**（CID）のヨール
ヨールはアイルランドのコーク港の最東端、ブラックウォーター河口にあり、アーサー・コナン・ドイルの母方の親類であるフォーリー家の人々が住んでいたウォーターフォード西部近くの地名である。 ⇩33

21 **タヴェルニエイ**（Tavernnier）という、フランスの有名な人形造りの名人
架空の存在である。"Tavernnier"とは「パブの主人」或いは「宿屋の亭主」の意である。 ⇩35

22 **リヴィエラ**

リヴィエラはアルプスと地中海の間、フランスからイタリアにかけて延びる海岸地帯で、富裕階級に属する人々のためのあか抜けた保養地である。↓42

23　豪華列車（train-de-luxe）
贅沢な作りの一等車のみで編成された列車のことを指す。↓42

24　クレディ・リヨネ銀行
フランスの主要銀行のひとつである。↓42

25　ホワイトホール
トラファルガー広場とウェストミンスターを結ぶ大通りで、数多くの官公庁が軒を連ねている。王権を象徴する宝石類は、通常であればロンドン塔に収蔵されているはずである。↓42

26　コミッショネア
コミッショネア組合（一八五九年創立）に所属する者で、制服を着ており、退役軍人達で構成されている。政府の建物の外廻りの警備に当たったり、伝達士や使い走り、客人の案内役を務めたりする仕事をこなす。↓43

27 口を割っています (has peached) ↓43

〝peached〟とは「知らせる、密告する (informed)」の意である。

28 重罪も見逃しましょう (I'll compound a felony) ↓43

ここでホームズがとろうとしている行動は、「重罪を不起訴にする (compound a felony)」行為というより、むしろ「重罪犯隠匿 (miaprison of felony)」に近い。

29 ホフマンの舟歌 (the Hoffmann Barcarolle) ↓46

フランスの作曲家ジャック・オッフェンバック（一八一九～八〇）の歌劇『ホフマン物語』（一八八一年）中の「舟歌」（〝Barcarolle〟、ただしここではヴェネツィアのゴンドラの歌である）。

30 ばらした (has split) ↓47

〝split〟は「知らせる、密告する (informed)」の意。

31 おれは縛り首になったって (If I swing for it) ↓47

〝swing〟は「絞首刑になる (hang)」の意。

32　あいつをぶちのめしてやりますぜ（I'll do him down a thick'un）
"I'll do him down a thick'un"とは、大体「あいつをしたたかに殴りつけてやる（I'll give him a good thrashing）」という意味である。 ↓47

33　油断のならない（leary）
"leery"と綴る場合もある。 ↓49

34　マダム・タッソー
ロンドンのマリルボーン通りにある有名な蠟人形館である。この蠟人形館は一八〇二年、マリー・グロシュルツ・タッソー夫人（一七六〇〜一八五〇）によって創建された。一八八四年に現在地に移転するまで、ベイカー街にあった。 ↓49

35　十万ポンド（a hundred thousand quid）
"quid"とは、ポンドの意。単数も複数も同一型である。 ↓49

36　あいつなんかよりもずっと手ごわい相手（better men than he）
この部分は、ラドヤード・キプリング〔一八六五〜一九三六、詩人・作家〕の詩「ガン

ガ・ディン」の最後の一節からとっている。 ⇩50

37 アムステルダム
オランダ最大の都市である。とりわけ、ダイヤモンド取引市場として名高い。 ⇩50

38 ライム街（Lime Street）
レドンホール街の南に位置する街であり、この名前は石灰製造業者（lime-burners）に由来する。 ⇩51

39 わたしの寝室には第二のドアがあって、それがあのカーテンの裏に出られる
ベイカー街二二一Bの間取りに関する、驚くべき描写の一つである。 ⇩53

40 この最新の蓄音機（gramophones）
"gramophone"は"phonograph"と異なり、録音には蠟管ではなく円盤を用いる。ガイ・ワラックは（一九四七年の「シャーロック・ホームズと音楽」の中で）ヴァイオリン独奏によるホフマンの舟歌の演奏は考えにくいとしている。しかしホームズ自身が、ヴァイオリンを弾いて録音したものを使ったのかもしれない。 ⇩54

41 ヴィクトリア朝中期によく見受けられた、てかてかと光る、真っ黒な頬ひげ一八六〇年代に流行した、もみ上げ部分から伸ばした頬髯のスタイル。アーサー・コナン・ドイルの作品である「コロスコ号の悲劇」に登場するコクレーン大佐が髪を染めていたように、おそらくカントルミア卿は頬髯を染めていたのであろう。

↓55

《トール橋》注

初出は「ストランド・マガジン」誌六十三巻（一九二二年二／三月号）九十五〜一〇四頁／二一一〜二一七頁で、A・ギルバートによる三点の挿絵付きだった。米国における初出は、ニューヨークの「ハースト・インターナショナル・マガジン」誌第四十一巻（一九二二年二／三月号）六〜七、六十九頁／十四〜十五、六十〜六十二頁で、G・パトリック・ネルソンによる三点の挿絵付きだった。〔ここでは原書の通りに訳出したが、「ストランド・マガジン」誌の復刻版に当たってみると、A・ギルバートは一九二二年二月号に四点、三月号に三点、都合七枚の挿絵を描いている。米国版については、復刻版等に当たることはできなかったが、参考文献によれば、同様に合計七枚の挿絵が描かれているという〕

42 チャリング・クロス

トラファルガー・スクエア、ホワイトホールの北端、そしてストランドの西の部分に囲まれた、ロンドンの一区画である。

⇩63

43　コックス銀行の大金庫
第二次世界大戦のロンドン大空襲時の爆撃ですっかり破壊されてしまった。

⇩63

44　元インド軍所属
厳密に言うとワトスンは、インド陸軍に所属していたことは一度もなかった。彼が所属していた連隊は英国陸軍の常備軍に属していて、単にインドへの派遣命令を受けただけなのである。

⇩63

45　忽然と消えてしまったジェイムズ・フィリモア氏の事件
おそらく、ベンジャミン・バサースト（一七八四年生まれ）の実話を踏まえたものだろう。彼はリボルノの英国公使館で書記官を務めていたが、一八〇九年、英国へ帰国する途上ウィーンで四輪馬車の周りを歩いているのを目撃されたのを最後に失踪したのだった。

⇩63

46　カッター「アリシア号」の一件
カッターは、一本マストの小型帆船〔または、大型の手こぎボート〕を指す。一八七二年、アゾレス諸島とポルトガルの間の海流の速い海域で、原因未詳のまま無人で漂流しているのを発見されたブリガンティーン型二檣《にしよう》帆船マリー・セレスト号の事件を参照のこと。またこの事件を題材にした、アーサー・コナン・ドイルの初期の作品である「J・ハバカック・ジェフスンの遺書」（一八八四年）（邦訳は新潮文庫『ドイル傑作集2：海洋奇談編』所収）も参照されたい。

↓63

47 イザドラ・ペルサノの事件

「イザドラ」という彼のファースト・ネームは、女性の名前である。このことから、彼には服装倒錯があったのではないか、と推測する研究家もある。

↓64

48 未解決の事件（unfathomed cases）

"unfathomed"という言葉は、おそらくトーマス・グレイ（英国の詩人。一七一六〜七一）の「墓畔の哀歌」の一節を踏まえたものであろう。

↓64

49 三人称でしか物語れない事件もあるのだ

シャーロック・ホームズ物語の全短編中、（ホームズ自身が語り手を務めている二つの物語を除くと）ワトスンが語り手を務めていないのは二作品（《最後の挨拶》と《マザリンの宝石》）のみである。《緋色の習作》と《恐怖の谷》では、第三者によるフラッシュバックの手法が用いられている。

↓64

50　「ファミリー・ヘラルド」誌

一八四二年創刊の、当時よく知られていた女性雑誌。一九四〇年に廃刊となった。この雑誌はロマンチックなメロドラマ小説が売り物で、P・G・ウッドハウスは『もしも自分があなたなら』（一九三一年）でこの雑誌を風刺している。

↓65

51　西部のどこやらの州の上院議員（senator for some Western state）

この"for"は、米語本来の語法であれば"from"を使うべきところを、英語の語法を使った表現である。

↓66

52　金鉱王としてのほうが有名だね

金鉱王の選挙区たりえるだけの金の産出があったのは、カリフォルニア州のみである。カリフォルニア州の上院議員中、鉱山の所有者であり、また投機によって巨万の富を築いた人物として最も著名な人物にジョージ・ハースト（一八二〇〜九一）の名前を挙げることができよう。しかし、新聞王として知られた息子のウィリアム・ランドルフ・ハースト（一八六三〜一九五一）のほうが、公私にわたって彼よりも有名である。そしてこの物語に登場するJ・ニール・ギブスンの人物像は、この息子を彷彿とさせる色彩が非常に濃いようである。

↓66

53 ハンプシア
アーサー・コナン・ドイルが愛してやまなかった英国南部の州。 ⇩66

54 検死陪審
検死官の主要業務は、ある人間の死因が事故によるものか、それとも不審な点があるかを調査する場を仕切ることにある。検死裁判の陪審員は十二名である。 ⇩66

55 ウィンチェスター
古い大聖堂のある、ハンプシァ州の市。 ⇩66

56 巡回裁判所
イングランド及びウェールズのすべての州で、時に応じて開かれる法廷である。一人の判事が裁判を運営し、重罪犯として告発された者に対し、陪審員達と共に審理を進めていく。 ⇩66

57 クラリッジ・ホテル
〔ロンドンに現存する有名ホテルのひとつ。《最後の挨拶》でも、ホームズが家政婦のマ

ーサにこのホテルに来るよう指示している」 ⇩67

58　ダンバー
彼女の名前は、スコットランドの詩人ウィリアム・ダンバー（一四六〇頃〜一五三〇）を連想させる。 ⇩67

59　二つの審判の陪審員たち
即ち、検死裁判と警察裁判の陪審である。 ⇩70

60　トール池（Thor Mere）
“mere”とは「湖（lake）」もしくは「貯水池（pool）」を指し、その水が濁っている場合に用いられる。 ⇩71

61　アブラハム・リンカーン
アメリカ合衆国の第十六代大統領（一八〇九年生まれ、一八六五年暗殺）で、南北戦争中は終始連邦側に立った。彼は南北戦争中に顎鬚をたくわえたが、これは、顎鬚をはやしたほうが人間味が出るという、ある少女の勧めに従ったものだった。 ⇩74

62 マナオス市
ブラジル北部の主要都市である。 ⇩83

63 アマゾン河
南アメリカを流れる大河で、アーサー・コナン・ドイルの『失われた世界』（一九一二年）で鮮やかに描写されている。 ⇩84

64 必要な許可（permits）
ウィンチェスターの刑務所に収監されているグレイス・ダンバーと面会する際に必要な許可証のこと。 ⇩89

65 キジの養殖場（pheasant preserves）
〝pheasant preserves〟とは、狩猟目的のためにキジなどの猟鳥を繁殖させている公有地の一部を指す。 ⇩92

66 ……捜査の手がかりに突き当たったというわけだ」
ここまでが、「ストランド・マガジン」誌における前半部分として掲載された。 ⇩100

67　新進気鋭の法廷弁護士（rising barrister）
"barrister"とは、上級裁判所において自分の依頼人の主張を代弁する資格を持つ法律家を指す。ギブスンが上級法廷弁護士（勅選法廷弁護士"Queen's Counsel"）に、弁護の依頼をしなかったのは驚くべきこと（或いは驚くべきことではないのかもしれないが）である。〔英国では、法廷で弁護活動をする法廷弁護士（barrister）と、遺言状の作成等を担当する事務弁護士（solicitor）に分かれている。《ノーウッドの建築士》（『シャーロック・ホームズの帰還』所収）に登場するジョン・ヘクター・マクファーレンは事務弁護士である〕　↓100

68　黒みがかった髪（brunette）
"brunette"（男性形はbrunet）とは、白人種のうちで、髪が黒みがかっており、しばしば肌も色黒で、瞳も黒または褐色の人をいう。　↓101

69　安全装置（safety-catch）
小さな留め金で、これを掛けることで銃の暴発を防ぐことができる。　↓112

70　二輪馬車（trap）
"trap"とは、屋根のない二輪馬車を指す。　↓113

《這う男》注

初出は「ストランド・マガジン」誌第六十三巻（一九二三年三月号）二一一～二二四頁で、ハワード・K・エルコックによる五点の挿絵付きだった。米国における初出は、ニューヨークの「ハースト・インターナショナル・マガジン」誌第四十三巻（一九二三年三月号）八～十三頁、一一六頁、一一八頁、一二〇頁で、フレデリック・ドア・スティールによる六点の挿絵付きだった。

71 ベイカー街に着いて

《マザリンの宝石》では、ワトスンは客人としてベイカー街を訪れているのであるが、自分が既にベイカー街でホームズと生活を共にしていないことを公式に言明したのは、この場面が初めてだった。そして彼がこの後、ベイカー街へ戻ることはついになかったのである。ワトスンがなぜベイカー街から去ることになったかの理由については、《白面の兵士》での彼の妻に関する言及以外には、我々に知る術《すべ》がない。⇩124

72 小論文（monograph）
"monograph"とは、ある特定の主題について書かれた論文もしくは文書を指す。 ⇩125

73 もつれたかせ糸（a tangled skein）
"a tangled skein"は、アーサー・コナン・ドイルが《緋色の習作》の原題として最初に考案した題名だった。 ⇩126

74 ウルフハウンドのロイ
ウルフハウンドは、かつて狼狩りに使われた大型犬。ロイというのは、一九〇五年当時のアーサー・コナン・ドイルの飼い犬の名前だった。 ⇩126

75 ケンフォード大学の著名な生理学者（famous Camford physiologist）
この架空の大学名は、ケンブリッジ（Cambridge）とオックスフォード（Oxford）を組み合わせて作られたものである。"physiologist"とは生きている肉体の諸作用を研究する科学のことである。 ⇩127

76 比較解剖学

当時のケンブリッジ大学にはこうした講座は存在していなかったが、オックスフォード大学にはあった。 ↓130

77 E・C
東中央区(East Central)を示している(ロンドンの郵便区の一つ)。 ↓133

78 カニューレ
身体の腔に差し入れる管。 ↓133

79 病理学者
疾患または異常を科学的に研究する人を指す。検死を行なう資格を有する人を指す場合もある。 ↓136

80 精神科の医者(alienist)
心の病を診断し、治療に当たる専門医を指す。〔精神科医(psychiatrist)という語は当時まだ存在しなかった〕 ↓137

81 ジャック

これより前に、ベネットの名前はトレヴァであると読者には紹介されている。　↓140

82　八月二十五日

他の版では「二十六日」となっている。しかし何かの薬を服用して、九日おきに発作が起きるというのであれば、ここは「二十五日」としなければならない。　↓145

83　……意味不明なことをわめき散らした

この一節は、プレスベリィ教授が常軌を逸していることを示すものとして述べられたものである。しかし読者にとっては、『失われた世界』でのチャレンジャー教授とエドワード・ダン・マローンとの初対面でのありさまを彷彿とさせる場面でもある。チャレンジャー教授の見た目と「その特徴の幾つか」については、ウィリアム・ラザフォード（一八三九～九九）をモデルにしたとされている。　↓148

84　スラヴ系（Slavonic）

東ヨーロッパのスラヴ語圏の語派の一つである。　↓153

85　コマーシャル・ロード

ロンドンのイースト・エンドにある通りで、ドック（ロンドンの東側、アイル・オブ・

ドックを中心とする一帯〕からは距離をおいている。 ↓155

86 ボヘミア人（Bohemian）
プラハを中心とする中央ヨーロッパのボヘミア地方出身者の意である。〔ボヘミアンには「世間の習慣などに拘束されることなく、自由奔放な生活を送る人」の意がある〕 ↓155

87 ヴィンテージ・ワイン（famous vintage）
ポート・ワインを指す。 ↓155

88 このすてきな町
《スリー・クォーターの失踪》（『シャーロック・ホームズの帰還』所収）では、ケンブリッジは「この無愛想な町」と評されている。 ↓157

89 ニューファウンドランド犬
ふさふさした毛で覆われた大型犬で、しばしば狩猟犬としても用いられた。 ↓163

90 オーストリアの切手が貼られ、プラハの郵便局の消印が押された
この事件が起きたと考えられる時代、プラハはオーストリア＝ハンガリー帝国の領域内

にあった。

91　類人猿（Anthropoid）
尻尾のない、人間に似た猿類・類人猿を指す。 ⇩166

92　血清
血液が凝固する際に分離して得られる液状の物質。 ⇩167

93　ラングール
インド原産の、中型の木登り猿。 ⇩167

94　不老長寿の薬（the elixir of life）
〝the elixir of life〟とは、生命を無限に伸ばす効能があると思われる薬をいう。 ⇩167

95　このあわれな人の世は、なんとひどい下水溜めとなってしまうことだろう ⇩167
一九二三年の四月から五月にかけて米国を旅行した際に、アーサー・コナン・ドイルは幾人かの取材記者に対して、自分はもうホームズ譚の筆は執らない、自分が傾倒している心霊主義は大変に重大なことであって、小説の執筆に充てる時間はないと述べている。

《這う男》の終結部分に存在する哀愁は、ある意味で告別の辞の一部を形づくることを意図したものだったのかもしれない。 ↓169

96 体臭で嗅ぎわけたのでしょう

専門家の見解では、猿の血清を用いた治療法のせいで、人間が猿のような行動をとったり、猿のような体臭を放ったりすることはないという。 ↓169

《サセックスの吸血鬼》注

初出は「ストランド・マガジン」誌第六十七巻（一九二四年一月号）三〜十三頁で、ハワード・K・エルコックによる四点の挿絵付きだった。米国における初出は、ニューヨークの「ハースト・インターナショナル・マガジン」誌第四十五巻（一九二四年一月号）三十〜三十六頁で、W・T・ベンダによる四点の挿絵付きだった。

97　オールド・ジュアリ

ロンドンのシティにある通りで、チープサイドの北側に位置する。名前は、この地にユダヤ人達の教会堂があったことに由来する。ユダヤ人達は、一二九一年にこの地から追われた。

↓173

98　ミンシング・レイン

この名前は、ミンチェース即ち聖ヘレン修道院の修道女達の住んでいた家に由来する。

⇩173

99 担当 E・J・C

即ち、この商会の社員の一人、おそらくは共同経営者がこの手紙を書いたのだろう。

⇩174

100 スマトラの大ネズミ

おそらくは、スマトラ島に棲息するタケネズミの一種であるリゾニス・スマトレンシス（Rhizonys sumatrensis）のことであろう。

⇩174

101 グリム童話

ヤコブ（一七八五〜一八六三）とウィルヘルム（一七八六〜一八五九）のグリム兄弟は、十九世紀の初頭に力を合わせてお伽話集を出版した。

⇩174

102 グロリア・スコット号の航海（Voyage of the Gloria Scott）

《グロリア・スコット号》の物語は、『シャーロック・ホームズの思い出』に収められている。

⇩175

103　ヒーラ
〔アメリカドクトカゲ。アメリカ南西部の砂漠地帯にすむ有毒のトカゲ〕 ↓175

104　クサリヘビ
〔毒ヘビ。ハブ、マムシ、ガラガラヘビなどを指す。転じて「意地の悪い人、腹黒い人」の意となることもある〕 ↓175

105　ハマースミスの怪人ヴィガー（Vigor）
他の百科事典に当たってみても未詳。おそらくは、見世物で怪力ぶりを見せてお金を稼いでいた人物かと思われる。 ↓175

106　ハンガリーにおける吸血鬼
ブラム・ストーカー（一八四七～一九一二）の有名な小説『ドラキュラ』（一八九七年）及び、ジョセフ・シェリダン・レ・ファニュ（一八一四～七三）の作品で、女吸血鬼が登場する『カーミラ』（一八七一年）を参照されたい。 ↓176

107　トランシルヴァニア
ルーマニア北部（かつてのハンガリー領内）の、一部が山岳地帯にかかる地域。 ↓176

108 ぼくたちの探偵局（This agency） ⇓176

この表現は《サセックスの吸血鬼》に二回登場するが、他の作品ではどこにも登場しない。英国版では“Agency”と大文字になっているが、これは誤りである。

109 ホーシャム ⇓177

サセックス州北部の町。

110 ワトスンは、わたしがリッチモンド・クラブで……ブラックヒース・クラブでラグビー選手をされていた ⇓182

ワトスンが選手をしていたブラックヒースとは、アマチュアのラグビー・クラブだった。リッチモンドは、ロンドン郊外のテムズ河の程近くにある別のアマチュア・ラグビー・クラブである。ブラックヒースはロンドン東部、リッチモンドはロンドン西部に位置する。

111 電報を打ってくれたまえ（Take a wire down） ⇓182

“wire”とは電報のことを指す。

112 オールド・ディア・パーク
リッチモンドにある。

↓183

113 チューダー様式の堂々たる煙突がそびえたち
一四八五年から一六〇三年の間に建てられた家屋敷のデザイン上の特色である。

↓190

114 チーズと人間の判じ絵の紋章
判じ絵紋は、名前の一部をもじって表現した絵を、彫り込んだり型抜きしたり、或いは描いたもの。エドワード七世時代の雑誌で流行した。

↓190

115 自由農民（yeoman farmer）
自分の土地を所有する農民を指す。政治や大衆文学の世界では過度に理想化されている。

↓190

116 脊髄に障害があるのは明らかであった
しかし、これより前に「一目散に駆け出した」という記述がある。脊髄の負傷というものは下半身の完全な麻痺を引き起こすものであると思われるのだが。

↓199

117 子どもの傷口から血を吸って毒を抜いたとされる女王があった
ここでホームズが言及しているのは、英国王妃であった（一二七二〜九〇）カスティル
のエレノア（一二四五？〜九〇）のことである。彼女は一二七二年、夫であるエドワード
一世が受けた腕の傷から口で毒を吸い出したと言われている。しかしこの逸話は史実に基
づいていない伝説であり、何よりもまずこの逸話の起源はスペインであるという。 ⇩206

118 クラーレ
南アメリカ産の麻痺作用のある毒薬で、クラーレの根または"Strychnos toxifera"の樹皮
から抽出される。 ⇩206

119 一年ほど海で過ごさせては、というのがわたしの処方箋です
おそらくは、ジャッキーを「一人前の男に仕立てる」ためにであろう。 ⇩208

《三人ガリデブ》注

初出は「ストランド・マガジン」誌第六十九巻（一九二五年一月号）三〜十四頁で、ハワード・K・エルコックによる五枚の挿絵付きだった。米国における初出は、ニューヨークの「コリアーズ・ウィークリー・マガジン」誌第七十四巻（一九二四年十月二十五日号）五〜七、三十六〜三十七頁で、ジョン・リチャード・フラナガンによる三点の挿絵付きだった。

120 ナイトの爵位を授与しよう
日付が「一九〇二年六月末」とあるところから、このナイトの位の提示はアーサー・コナン・ドイル自身の場合と同様、ソールズベリィ卿が首相を辞職した際の記念叙勲か、エドワード七世即位の記念叙勲の時であったと推測できよう。 ⇩213

121 電話帳

電話は『シャーロック・ホームズの事件簿』所収の物語まで、ベイカー街二二一Bの部屋には登場しない。しかしロンドンに最初に電話が引かれたのは、一八七六年のことだった。また《四つのサイン》では、アセルニー・ジョウンズが警察電話を使っている。アーサー・コナン・ドイルの個人用の便箋に電話番号が表記されるのは、クロウボロウへ引っ越した一九〇八年のことである。

122 カンザス州ムアヴィル ⇩214

カンザス州にムアヴィルという地名が存在しないことは確かなようである。しかし、アラバマ州とインディアナ州に存在する。

123 法廷弁護士（Counsellor at Law） ⇩215

米国の“Counsellor at Law”は、英国の法廷弁護士（barrister）に相当する。

124 アメリカなまりがあったものの、話し方に変わったところはなかった ⇩215

しかし彼は、何回か米語的表現（もしくは準米語的表現）を用いている。以下の注を参照のこと。

125 まぬけなこと（fool trick） ⇩215

米語表現。"fool trick"とは、了解事項の違反をいう。 ↓217

126 それなら話は別だ（that puts it different）
米語表現。"that puts it different"とは、物事を違った観点から見ることをいう。 ↓218

127 アリグザーンダー・ハミルトン・ガリデブ
アリグザーンダー・ハミルトン（一七五五～一八〇四）は、アメリカ合衆国の初代財務長官で、一七八九年から九五年にかけて、米国の国としての経済政策の基盤を固めた。架空の名前にしては、この名前は当時の教養ある英国人にとって、いくばくかの真実性を感じさせるものがあっただろう。 ↓219

128 小麦相場（wheat pit）
米語表現。小麦やその他の穀物が取引される市場のことをいう。 ↓219

129 フォート・ドッジ
この地名は、アーカンソー河から三〇〇マイル以上離れたアイオワ州のフォート・ドッジと、《三人ガリデブ》中の記述と符合するカンザス州のドッジ・シティを合成したものである。 ↓219

130 アーカンソー河
コロラド州からカンザス州を経て、アーカンソー州を流れる大河。 ↓219

131 トピーカ
カンザス州の州都であり、州の東に位置する。 ↓219

132 思いどおりに運べば（if things pan out as I planned them）
米語表現。"pan out"とは、物事がうまくいく（work out）の意である。 ↓220

133 私事広告欄（agony columns）
新聞に掲載される、個人的な伝言や広告を指す。普通は私事に関する内容である。 ↓221

134 ライサンダー・スターー博士
《技師の親指》（『シャーロック・ホームズの冒険』所収）には、ライサンダー・スターク大佐が登場する。 ↓221

135 それは気もちのよい、春の夕刻であった

しかし物語の冒頭では、この事件が起きたのは六月末のことだったと記されている。 ↓224

136 タイバーン・ツリー
一七五九年まで公開処刑が行なわれていた絞首台を指し、エッジウエア通りとオックスフォード街の交わる地点にあった（現在はここにマーブル・アーチがある）。 ↓224

137 ジョージ王朝
ジョージ一世からジョージ四世までの治世で、一七一四年から一八三〇年である。 ↓224

138 シラクサ
シチリア島の東岸に存在したギリシャの植民都市。紀元前八世紀から前三世紀にかけて栄えた。 ↓226

139 アレキサンドリア
古代アレクサンドリアは、エジプトのナイル河による三角州地帯に位置した巨大港湾都市である。紀元前三三二年、アリグザーンダー大王によって建設された。 ↓226

140 サザビーやクリスティーズ
いずれも、ロンドンにある競売で有名な店。 ↓227

141 ハンス・スローン
サー・ハンス・スローン（一六六〇～一七五三）は博物学者にして医者であり、収集家にして慈善家だった。そして、大英博物館の創立者でもあった。 ↓228

142 電話でわたしと会う約束をしたことを彼に話しましたか？
「これは実に奇妙である。というのは、ホームズがネイサン・ガリデブ氏に電話をかけた際に、彼はガリデブ氏に『あのアメリカ人弁護士にはおっしゃらないように』と助言し、それから二人でガリデブ氏の許《もと》を訪れているのである。それでいながら、ガリデブ氏の家に着くと『電話でわたしと会う約束をしたことを彼に話しましたか？』と尋ね、肯定的な返答を貰っているのに、特に驚いた様子も示していないのである。或いはホームズは、この奇妙な収集家が絶望的な抜け作で、とても自分の指示どおりにすることができそうもないという結論に達していたのだろうか」（デイキン『注解シャーロック・ホームズ』）。 ↓229

143 条播機（drills）

“drill” とは、畑に畝《うね》を作りながら、その畝に種を蒔いていく機械を指す。　↓230

144　砕土機（harrows）

“harrow” とは、畑の土を掘り起こして平らにならし、新しい作物の種が蒔けるようにするための道具を指す。　↓232

145　四輪荷馬車（buckboards）

“buckboard” とは、十九世紀の米国で普通に使われ、特に田舎で人気のあったタイプの四輪馬車を指す。　↓232

146　掘り抜き井戸（Artesian Wells）

“Artesian well” とは飲み水用の井戸を指す。　↓232

147　アストン

バーミンガムの郊外に広がる広大な地域の名前である。　↓232

148　バーミンガム

《株式仲買店員》（『シャーロック・ホームズの思い出』所収）でお人好しの株式仲買店員が

向かわされた場所でもある。 ↓232

149 調べておきました (I have figured out)

米語表現。"figure out"は「計算する、算定する (work out)」の意である。 ↓233

150 アン女王朝

アン女王の治世は一七〇二年から一四年であった。 ↓235

151 ニューゲイト・カレンダー

ロンドンのニューゲイト監獄に収監された名だたる犯罪者達の氏名を一覧表にし、彼らの犯罪を生々しく描写した出版物。一七七三年に創刊された。 ↓237

152 ヤード (Yard)

スコットランド・ヤードのことで、一八九〇年までロンドン首都圏警察が使っていた建物があった場所の名前に由来する。 ↓237

153 レストレイド

『シャーロック・ホームズの事件簿』所収の物語では、レストレイドは重要な役割を演じ

ていない。　↓237

154　犯罪者写真台帳《ポートレイト・ギャラリー》（Rogues’ Portrait Gallery）
“Rogues’ Portrait Gallery”は、スコットランド・ヤードが保管している犯罪者の写真のコレクションの名前として広く知られている。　↓237

155　ロジャー・プレスコット（Rodger Prescott）
「ストランド・マガジン」誌の初出時には、プレスコットの名前は「プレスベリィ（Presbury）」となっていた。これは《這う男》に登場する教授の名前であり、重複していることが判明してから変更されたのは確実である。　↓238

156　だます（played me for a sucker）
米語表現。“play me for a sucker”とは、自分を馬鹿にする、或いは騙して犠牲者に仕立てるの意である。　↓242

157　おかしなまぬけ（crazy boob）
米語表現。“crazy boob”には、馬鹿野郎の意が含まれている。　↓246

158
わたしの罪は何ですかい？（Where do you get me?）
米語表現。“Where do you get me?”は「いったい私が、何の罪を犯したというんだ？（What offence do you charge me with?）」の意である。
↓246

159
ブリクストン
テムズ河より南に位置する、ロンドンの一地区である。
↓247

《高名な依頼人》注

初出は「ストランド・マガジン」誌第六十九巻（一九二五年二、三月号）一〇〇～一〇八頁、二五九～二六六頁で、ハワード・K・エルコックによる四点の挿絵付きだった。米国における初出は、ニューヨークの「コリアーズ・ウィークリー・マガジン」誌第七十四巻（一九二四年十一月八日号）五～七頁、三〇、三二、三四頁で、ジョン・リチャード・フラナガンによる四点の挿絵付きであった。〔ここでは原書通りに訳出したが、「ストランド・マガジン」掲載時の体裁をそのまま復刻した本 "The Sherlock Holmes 2nd Illustrated Omunibus"（John Murray/Jonathan Cape）を参照すると、実際には同誌一九二五年二月号には五点、三月号には三点の計八点の挿絵（作者は原書の記述通り、ハワード・K・エルコック）が描かれている。また資料によれば、米国版でもフラナガンがこの物語のために描いた挿絵は、八点とされている〕

中国の陶磁器に関する注釈は、エディンバラ大学東アジア研究所のボニー・S・マクドゥーガル教授のコメントを基にした。その部分には全て彼女のイニシャルである「BSM」を付し、同教授のコメントをそのまま引用した箇所は引用符で囲んだ。

160 トルコ式浴場

蒸し風呂の一種で、いろいろな処方がある。最初に一般的になったのは、中東においてであった。 ⇩252

161 ノーザンバランド・アヴェニュー

ヴィクトリア・エンバンクメントとトラファルガー・スクェアを繋ぐ華やかな通りで、ウェストミンスターに位置する。 ⇩252

162 カールトン・クラブ

保守党系の政治クラブとしては筆頭に挙げられるクラブである。 ⇩253

163 サー・ジョージ・ルイス

サー・ジョージ・ルイス（一八三三～一九一一）は、ルイス・アンド・ルイス弁護士事務所に属し、当時もっとも名高い、そしておそらくはもっとも用意周到な事務弁護士だった。 ⇩254

164　クイーン・アン……ベイカー街
ベイカー街、クイーン・アン街のいずれも、ロンドンのウェスト・エンドの中心部にある街である。ホームズの居は、ベイカー街二二一B（架空の住所である）の二階だった。クイーン・アン街は、医者の多い一画である。

↓255

165　サー・ジェイムズ・デマリー大佐（Sir James Damery）
サー・ヘンリー・ポンソンビー少将（一八二五〜九五）は、ヴィクトリア女王の私的秘書（"Damery"は「貴婦人（dame）の仕事」の意）にしてアイルランドの貴族（ベスボロウ伯爵）だった。この人物が歴史上においてデマリー大佐の前任者に当たることは、まず疑いのないところであろう。デマリー大佐は宮廷に属する実在の人物を戯画化した人物である可能性もある。

↓255

166　ネクタイ《クラヴァット》（cravat）
ネッククロスのことをいう。

↓255

167　スパッツ（spats）
くるぶしを巻き、足の甲を靴の上から覆うゲートルの一種である。

↓255

168 ヨーロッパに、これ以上危険な人間はいない
グラッドストーン、ディズレーリ、そしてヴィクトリア女王の三人の間柄は、ホームズ、グルーナー男爵、そしてヴァイオレット・ド・メルヴィルの三人の間柄といくらか似たところがある。また、グルーナー男爵にはいくつかの点でディズレーリを彷彿とさせる部分がある。

↓255

169 モリアーティ教授
最も有名なホームズの敵役である。《最後の事件》(『シャーロック・ホームズの思い出』所収)、《空き家の冒険》(『シャーロック・ホームズの帰還』所収)、《恐怖の谷》を参照のこと。

↓256

170 セバスチャン・モラン大佐
《空き家の冒険》参照のこと。モラン大佐は、ロナルド・アデア殺害の廉《かど》で懲役刑に服していたのだろう。

↓256

171 デマリー大佐は、……キッドの革手袋をはめた両手を上げた
サー・ジェイムズが手袋をはめたままだったというのは、実に奇妙なことである。

↓256

172 プラハの事件
プラハは当時オーストリア帝国内の都市であり、現在はチェコ共和国の首都である。

⇩256

173 シュプリューゲン峠
スイスとイタリアの国境地帯、アルプス山脈の高地にある。

⇩256

174 カイバル峠の戦い
カイバル峠は、パキスタン（ホームズの活躍した時代は、まだインドであったが）からアフガニスタンに通じる山岳路にある。

⇩259

175 キングストン
正式には王立自治都市キングストン・オン・テムズで、ロンドン郊外南西部に位置する。

⇩262

176 ハーリンガムでポロをしていた
かつてこの地には、ポロ・クラブのグラウンドがあった。テムズ河岸に位置し、ロンド

ン西部のフルハムにほど近い。〔ペルシャに起源をもつ、騎乗で争う球技〕 ↓263

177 チャーリー・ピースはヴァイオリンの名手だった

チャーリー・ピースは、十九世紀の有名な犯罪者だった。一八三二年に生まれ、殺人罪により七九年に処刑された。彼は「現代のパガニーニ」として、弦を一本しか張っていないヴァイオリンを持って舞台に現われた。 ↓263

178 ウェインライトはたいした芸術家だった

トーマス・グリフィス・ウェインライト（一七九四～一八三七）は、芸術家にして毒殺者であった。 ↓263

179 シンウェル・ジョンスン

おそらくこの人物は、ワトスンが《フランシス・カーファクス姫の失踪》（『シャーロック・ホームズ最後の挨拶』所収）で言及している、「小さいながらも効率のよい私設組織」の一員であろう。 ↓264

180 パークハースト

イングランド南岸に位置するワイト島の刑務所を指す。 ↓264

181 シンプスン
ストランドにある有名なレストラン。
↓265

182 ストランド
ロンドンのシティとウェスト・エンドを結ぶ、昔からの大通り。
↓265

183 モンマルトル地区
パリの北部、芸術家達が集う一画。
↓269

184 ならず者たち《アパッチ》(Apaches)
"apache"は、街の暴漢、ごろつき、の意。
↓269

185 大きなかさぶたやしみのある (scorbutic)
"scorbutic"とは、できものやかさぶたで顔が醜くなった状態を指す。
↓271

186 証拠品 (brand)
"brand"とは"torch"〔たいまつ、炎、の意〕のことを指す。
↓271

187　ひどい皮膚病のような（leprous）
"leprous"〔「ハンセン病に感染した」の意〕は当時、皮膚病すべてについて用いられた表現だった。 ↓271

188　あたしは何だってやりますよ（I'm yours to the rattle）
"yours to the rattle"とは「死ぬまで貴方のもの（yours till death）」の意である。"death-rattle"は、人が死ぬ際に喉が鳴ることをいう。 ↓272

189　あいつが持っている一冊の本
おそらくは、サー・ロジャー・ケースメント（一八六四〜一九一六）のものとされた「黒い手帳」が着想の源となっているものと思われる。 ↓274

190　チャリング・クロス駅
一八六四年に完成した、サウス・イースタン鉄道のロンドンにおける二つの終着駅の一つ。 ↓282

191　わたしはしばらくの間……

この作品は「ストランド・マガジン」誌に二回にわたって連載されたが、最初の連載分は、この一行前、「殺人者／シャーロック・ホームズを／襲撃す」の新聞の客寄せ文字で終わっている。 ⇩283

192 カフェ・ロワイヤル
一八六五年創業で、特に芸術家や著述家達の間で人気が高かった。 ⇩284

193 チャリング・クロス病院
かつてはストランドの北側、チャリング・クロス駅の近くにあった。モーティマー博士（《バスカヴィル家の犬》）は、かつてこの病院の職員だった。 ⇩285

194 辻馬車《ハンサム》
ハンサム馬車は、一頭引きの二輪馬車のことを指す。J・A・ハンサム（一八〇三～八二）の名前をとってこう呼ばれた。 ⇩285

195 ブルーム型馬車
四輪の馬車で、大法官も務めた（一八三〇～三四年）ヘンリー・ブルーム卿（一七七八～一八六八）にちなんで名付けられた。 ⇩285

196　モルヒネ
モルヒネは阿片から分離・抽出される薬で、鎮痛剤として用いられる。
↓285

197　圧縮包帯（compress）
止血等のために力が加えられるようになっている外科用のガーゼを指す。
↓285

198　棒術の名手（single-stick expert）
“single-stick”とは、長さ三フィートほどの重い木製の棒で、手に持つほうの端には手を保護するための握り手が付いている。

↓286

199　タバコが入ったスリッパ
ホームズは、タバコをペルシア・スリッパの爪先にしまっておくのが常だった。
↓287

200　丹毒
炎症性の皮膚の病気で、通常は顔面に出る。
↓288

201　キューナード社の船（Cunard boat）

キュナード汽船（Cunard line）は、一八三八年にサミュエル・キュナードが設立した船会社である。 ⇩288

202 ルリタニア号
架空の大西洋航路の定期船で、名前はアンソニー・ホープの小説『ゼンダ城の虜』（一八九四年）に登場する架空の中央ヨーロッパの国名からとったものである。 ⇩288

203 ロンドン図書館
主要な図書館の一つであり、登録者は広く一般書から専門書に至るまで本を借り出すことができる。 ⇩289

204 偉大な芸術家であり装飾家である人々の刻印（hall-marks of the great artist-decorators）
陶工であれば、刻印を打つことはしなかったはずである。個々の陶工が自分の名前を刻印する習慣はなかったのである。 ⇩289

205 洪武（Hung-wu）の紋様、永楽（Yung-lo）の美、唐英（Tang-ying）の銘文、宋（Sung）や元（Yuan）といった初期の時代
洪武、永楽、宋、元といった名前は正しく〔洪武は明の太祖の元号・皇帝の称、永楽は

明の成祖・皇帝の称〕、また話題として相応しい皇帝や王朝名が上げられている。"Tang-ying"は、より正しくは"T'ang Yung"である。（ＢＳＭ） ↓289

206 卵殻磁器 (egg-shell pottery)

中国の明の時代（一三六八～一六四四）に作り出され完成の域に達したが、一般的には清の時代（一六四四～一九一二）のものとされている。 ↓290

207 ヒル・バートン

歴史家ジョン・ヒル・バートン（一八〇九～八一）に由来するものである。エディンバラでの少年時代、アーサー・コナン・ドイルは彼の家族と親しかった。 ↓290

208 大好況時代

一八八五年、南アフリカで巨大な金の鉱脈が発見されると、この地のトランスヴァール州に突如として実業家達や鉱山師達が押し寄せたのだった。 ↓292

209 フラシ天を着た従僕 (plush-clad footman)

"plush"は、柔軟な、ベルベットのような綿で出来た布地を指す。"footman"は、来客の応対や食卓での給仕を恭しく行なう使用人を言う。 ↓292

210　小さな茶色の瓶
グルーナー男爵が持っていた小瓶が、唐の時代あるいは七世紀のものである可能性はあるだろう。しかし、「深い色の釉薬《うわぐすり》」といった表現は唐の時代の磁器（或いは陶器）の描写としては似つかわしくない。（BSM）　↓293

211　聖武天皇についてどのような……正倉院とその天皇との関係は？
「グルーナー男爵の質問は、よく考え抜かれたものである。中国の陶器に関する本を一冊だけしか読んでいない詐欺師がこうした質問に対して答えられる可能性は極めて低いだろう」奈良時代後期、特に聖武天皇の御世は、芸術および建築が花開いた時代として知られている。正倉院は、大仏開眼の際のものや、聖武天皇の私物を収めた倉庫である。（BSM）　↓297

212　北魏王朝と、陶芸の歴史におけるその地位は？
北魏は三八六年、中央アジアにいた鮮卑族が建国した国である。中国北部を支配したが、五三五年に分裂し、五五七年までにいずれも滅んだ。北魏時代の陶磁器は平凡である。国が二分してから後の時代には、陶磁器の原型ともいうべきものが存在していたが、真の意味での陶磁器への展開はまだ見られなかった。ここでのグルーナー男爵の質問もまた、よ

く選び抜かれた質問であって、ワトスンが答えられなかったのも驚くべきことではない。（BSM） ⇩297

213 塩酸モルヒネを与えた

ワトスンは陶磁器について議論するだけのはずだったのに、モルヒネ（加えて油や脱脂綿）を持っていたのだろうか。おそらく、彼は「医師ヒル・バートン」にいっそうの真実性を持たせるべく診察鞄を持っていったのだろう。 ⇩302

214 罪の代償だね

「罪から来る報酬は死です」（新約聖書『ローマ人への手紙』第六章第二十三節〔日本聖書刊行会「新約聖書」新改訳版による〕） ⇩303

215 わたしも帰らなければならない時刻だった

これは、患者の許《もと》へ、ということであろうか（それゆえ診察鞄を持っていたのだろうか）？ ⇩305

216 花形帽章《コケイド》をつけた馭者（cockaded coachman）

“cockaded”とは、馭者が被る、バラ飾りか羽毛で装飾された制帽を指す。 ⇩305

217　馬車の横についている紋章

ブルーム型馬車の戸の側板の外側に描かれた紋章、の意。

↓305

《三破風館》注

初出は「ストランド・マガジン」誌第七十二巻（一九二六年十月号）三一九～三二八頁で、ハワード・K・エルコックによる四点の挿絵付きだった。米国における初出は、「リバティ・マガジン」誌第三巻（一九二六年九月十八日号）九～十四頁で、フレデリック・ドア・スティールによる六点の挿絵付きだった。〔原書では、「ストランド・マガジン」の初出が「一九二〇年」となっているが、これは誤りであるので訂正した〕

218 三破風館（Three Gables）
「破風（gable）」とは、屋根の棟の一番端と建物の外壁の最上部が三角形を成しているものを指す。 ↓309

219 アフリカ系の人物（negro）
当時としてはそれで普通だったのだが、ごく最近出版された版を除いては“negro”の

「n」が大文字になっていない。一九六五年に至るまで、大文字の「N」を使うことは人種上の平等を宣言するものだった。

220 「どっちの旦那がホームズさんだい？（Which of you gentleman is Masser Holmes?）」……「いいかい、ホームズの旦那よ、（See here, Masser Holmes）……わかったか？ え、ホームズの旦那（Got that, Masser Holmes）

「ストランド・マガジン」誌の初出時には、二番目ならびに三番目の"Masser"が、"Mr."となっている。このため、作品中の他の部分と表記が不統一になっている。

221 ホルボーン・バー
おそらく架空の場所であろう。

222 バーミンガムのブル・リング
バーミンガムの中心部にある大きな空き地。

223 スペンサー・ジョン
もしスペンサー・ジョンが一味の親分であるなら、彼は、後期メロヴィング朝のフランス国王のように実権からは隔たっていたに違いないだろう。バーニーとスーザンのストッ

↓309
↓310
↓311
↓311

クデイル夫婦がイザドウラ・クラインに依頼されて引き受けた仕事について、彼が何も聞かされていないのは明らかである。 ⇩313

224 ハロウ・ウィールド (Harrow Weald)

ハロウの北部郊外に位置する。"weald"は、広々とした野原、もしくは広々とした森林地帯を指す。 ⇩314

225 外交官 (Attaché)

"attaché"とは、海外の大使館で外交業務に携わる職員をいう。 ⇩315

226 パレゴリック (Paregoric)

阿片、安息香酸、カンフォール、琥珀油をアルコールに溶かし込んだもので、鎮静剤として用いられる。 ⇩321

227 ラファエロ

ラファエロ・サンツィオ (一四八三〜一五二〇)。ルネサンス期のイタリアの画家である。 ⇩323

228 シェイクスピアのファースト・フォリオ判
ファースト・フォリオ（一六二三年刊）は、シェイクスピアの戯曲を集めた最古の全集としてその名が知られている〔フォリオとは、当時の全紙（印刷用の規格寸法に裁断されていない原紙）を二つ折りにして四頁としたもの。この大きさの書物をフォリオ判（フォリオ本）と言い、書物としてはいちばん大きい〕。 ↓323

229 クラウン・ダービーのティーセット
上等の英国製陶磁器のティーセットを指す。 ↓323

230 一切合財（lock, stock, and barrel）
"lock, stock, and barrel" とは「すべて（altogether）」の意。 ↓323

231 競売人・不動産鑑定士
手数料を取って依頼人の資産を鑑定し、その資産の競売を行なう専門業者を言う。 ↓325

232 「ミラノ」、「ルッツェルン」
ミラノはイタリア北部の主要都市、ルッツェルンはスイスの人気のある観光地の中心都市である。 ↓325

233 ラングデイル・パイク（Langdale Pike）

ラングデイル・パイクス（Langdale Pikes）は、かつてのウェスト・モーランド州にある二つの丘の名前で、ワーズワースが住んでいたグラスミア村を見下ろしている。 ↓328

234 頼りにならなかったね（proved a broken reed）

「おまえは、あの傷んだ葦《あし》の杖（the staff of this broken reed）、エジプトに拠り頼んでいるが、これはそれに寄りかかる者の手を刺し通すだけだ」（旧約聖書『イザヤ書』第三十六章第六節） ↓329

235 クロロフォルム

クロロフォルム（$CHCl_3$）は、特有の匂いを発する無色の液体である。この薬品が開発されたのはエディンバラ大学医学部で、一八四七年以降お産の際の痛みを和らげるのがその目的だった。 ↓330

236 フールスキャップ判

〔紙の大きさのことで、通例、約四十三×三十四センチ〕 ↓332

237　マディラ、それともリヴィエラ海岸地方
〔マディラは、モロッコ西岸沖の大西洋上にあるポルトガル領の諸島、あるいはその主島。リヴィエラは、イタリア北西部、地中海沿岸の世界的な保養地。ここでは定冠詞〝the〟がついているので、リヴィエラ海岸地方を指す。フランスのカンヌからイタリア北西部あたりまでの風光明媚な地帯〕 ↓335

238　グロウヴナ・スクェア
ロンドンのウェスト・エンドにあり、オックスフォード街の南に位置する。 ↓335

239　偉大な征服者（conquistadore）
〝conquistadore〟とは、中南米を征服したスペイン人達を指す〔ここではとくに、十六世紀に現在のメキシコ、ペルーを征服したスペインの征服者を言う〕。 ↓336

240　ペルナンブコ
ブラジル最東端の港湾都市で、現在はレシフェという名前で知られている。 ↓336

241　ローモンド公爵（Duke of Lomond）
架空の称号である。ローモンド湖はスコットランド最大の湖。 ↓337

242 アラビアン・ナイト
『千夜一夜物語』としても知られ、東洋の民話集成として名高い。 ↓338

243 わたしはどうもあなたの知性を買いかぶっていた（I have overrated your intelligence）
「ストランド・マガジン」誌の初出時ならびにこれまでの版では"overrated"が"underrated"となっていた〔この場合は「私はあなたの知力を過小評価していました」の意になる〕。 ↓339

244 灰になった（calcined）
"calcined"とは、「黒焦げになった（charred）」、「焼失した（consumed by fire）」の意である。 ↓341

《白面の兵士》注

初出は「ストランド・マガジン」誌第七十二巻（一九二六年十一月号）四二〇～四三四頁で、ハワード・K・エルコックによる五点の挿絵付きだった。米国における初出は、ニューヨークの「リバティ・マガジン」誌第三巻（一九二六年十月十六日号）十二～十四、十七、十九、二十一頁で、フレデリック・ドア・スティールによる五点の挿絵付きだった。

《白面の兵士》が「ストランド・マガジン」に掲載された際、最初の頁には本文の中に、丸で囲まれた「シャーロック・ホームズ自身が語る、最初の冒険譚」との宣伝文句が掲載されている。

245　ボーア戦争

一八九九年から一九〇二年にかけて南アフリカで起きた戦争で、英国軍とボーア軍（南アフリカに渡ったオランダ人の子孫）が戦った。この戦争の間、アーサー・コナン・ドイル

自身も英国軍の軍務に服し、その歴史書（『大ボーア戦争』一九〇〇年）を書いた。 ⇩350

246 結婚していて
ワトスンの後妻を指すと思われる。 ⇩350

247 帝国騎馬義勇兵（Imperial Yeomanry）
「帝国騎兵隊（Imperial Cavalry）」と呼ばれた騎兵部隊で、南アフリカでは志願兵部隊として戦争に参加した。ボーア戦争中の一九〇一年、名称がこのように変更された。 ⇩351

248 クリミア戦争でヴィクトリア十字勲章（the Crimean VC）を受けたあのエムズワース
〝VC〟とは、ヴィクトリア十字勲章（Victorian Cross）の略号である。この勲章はクリミア戦争（一八五四〜五六年）における、勇敢な行為を讃えるためにヴィクトリア女王が制定したものである。エムズワースという名前は（その人物像、ということではなく）おそらく、P・G・ウッドハウスの「ちょっと新しきもの」（一九一五年）に登場するエムズワース卿に着想を得たものであろう。 ⇩353

249 ダイヤモンド・ヒル

トランスヴァールのボーア共和国の首都から東に二十マイルのところに位置する山稜である。　↓354

250 サウサンプトン
イングランド南岸にある港町で、南アフリカから帰って来た軍隊が主に上陸した、いわば中継点的存在だった。　↓354

251 ベッドフォード
イングランド中部地方の南部に位置する市《いち》の立つ町である。　↓355

252 二輪馬車（trap）
"trap"は、小型軽量の無蓋二輪馬車のこと。　↓356

253 半分木でできたエリザベス朝様式の基礎
タックスバリー・オールド・ホールの建物の最も古い部分はエリザベス一世の御世（一五五八〜一六〇三年）に遡る、というのである。　↓356

254 年配の執事（butler）のラルフ

"butler"とは家政を司る筆頭の使用人で、他の使用人達を監督する責任を有し、何よりもワインの貯蔵庫を管理する責任がある。 ⇩356

255 もち上げるのにちょっと時間がかかりました (I was some before I could throw it up)「ストランド・マガジン」誌の初出時には、この部分は"it was some little time before I could open it"となっていた。その後の版では、いずれも現在の形に改訂されている。 ⇩365

256 猟場の番人 (gamekeeper)
"gamekeeper"は、狩猟用の鳥類を飼育するための一定の地所を管理し、密猟者の侵入を防ぐために雇われていた。英国文学史上もっとも有名な猟場番は、D・H・ローレンスの「チャタレイ夫人の恋人」(一九二八年)に登場するメローズである。 ⇩367

257 ワトスンが「アビ学校事件」として記録したグレイミンスター公爵が深く関わった事件
事件の日付は異なるが、おそらくはプライオリ・スクールとホウルダネス公爵を指すものと思われる(『シャーロック・ホームズの帰還』所収の《プライオリ学校》参照)。或いはこの事件の第二幕を指しているのかもしれない。というのは、《プライオリ学校》における

ワトスンの記述からすると、彼がベイカー街に住んでいるのは確実だからである。 ⇩373

258 トルコ皇帝

一九〇三年当時のトルコ皇帝は、アブドゥル・ハミド二世（またの名を「呪われしアブドゥル」、一八四二〜一九一八）だった。 ⇩373

259 ユーストン駅

クリストファー・モーリーが指摘しているように、ユーストン駅からではベッドフォードシァに出かけることはできない。 ⇩373

260 ロバーツ卿

フレデリック・ロバーツ陸軍元帥のこと。 ⇩385

261 単なる常識を系統だてた（systematized common sense）だけの私の捜査術

この《白面の兵士》のボーナスともいうべきものは、ホームズが執筆する積りだった畢生の大作『探偵術の全て』に代わってホームズが自らの方法を三語で要約してみせた、この「常識の体系化（systematized common sense）」という言葉である。 ⇩385

262 「ランセット」や「ブリティッシュ・メディカル・ジャーナル」
いずれの雑誌も医学系の出版物で、今日でも刊行されている。アーサー・コナン・ドイルは一八八〇年代初頭、この二つの雑誌に寄稿していた。

⇩387

263 皮膚科医（dermatologist）
"dermatologist"とは、皮膚病の治療を専門とする医者を指す。
⇩388

264 魚鱗癬
〔皮膚病の一種〕
⇩389

《ライオンのたてがみ》注

初出は「ストランド・マガジン」誌第七十二巻（一九二六年十二月号）五三九〜五五〇頁で、ハワード・K・エルコックによる三点の挿絵付きだった。米国における初出は、「リバティー・マガジン」誌第三巻（一九二六年十一月二十七日号）十八、二十一、二十三、二十五〜二十六、二十九、三十一頁で、フレデリック・ドア・スティールによる七点の挿絵付きだった。

265 ああ、もしワトスンが……書き留めていかなければならないのだ　原稿によれば、この部分は以下の一節と差し替えられたものである。

いずれにせよワトスンが、この事件を彼の記録に加えることを拒絶する、ということも充分あり得る。というのは、忠実なる彼は、わたしが成功を収めることを常に力説してやまないのである。わたし自身、何か個人的な誇りを抱いてライオンのたてがみ事件を振り返ることができるとは考えはしないのだが、それでもなお極めて珍しい事件であったがために、この事件はわたしのコレクションの中でもとても高い位置を占めているのである。 ↓393

266 丘陵《ダウンズ》（the Downs）
サウス・ダウンズ（South Downs）かサセックス・ダウンズ（Sussex Downs）のことであろう。イングランド南部の沿岸部には、木の生えていない白亜の岸壁が延々と延びている。 ↓393

267 訓練施設（coaching establishment）
“coaching establishment”とは、学校に近いが、通常は学校よりも小規模で、生徒達が公《おおやけ》の資格試験や大学の入学試験のために集中的に勉強する場である。 ↓394

268 数人の教師（several masters）
原稿の段階で、「三人の教師（three masters）」から訂正されている。 ↓394

269 ボート選手の代表にもなった有名な男（well-known rowing Blue）
“Blue”とは、オックスフォードやケンブリッジで、何かのスポーツにおいて大学代表選

手となった学生のことを指す。　⇩394

270　私自身も泳ぎを得意としていた (I am a swimmer myself)
原稿では最初"I am a long distance swimmer myself"となっていたが、"long distance"が削除されている。　⇩395

271　注意しようとして (with an eager air of warning)
この部分は、原稿の段階で加筆されている。　⇩396

272　彼の唇からしぼり出された (which burst in a shriek from his lips)
この部分は、原稿の段階で加筆されている。　⇩396

273　どう考えても、私にはそうとしか聞こえなかった。そして、…… (and yet I could twist the sound into no other sense. Then he...)
原稿では、この二つの文の間に以下の一文があったが、削除されている。「これは居合わせた私の友人も同様であった。(Such also was the impression upon my companion.)」　⇩396

274　空に向けて両腕を突き出したかと思うと、 (threw his arms into the air)

原稿では、この後「恐ろしい叫び声をあげて(gave a terrible shriek)」と続いていたが、削除されている。 ⇩396

275 バーバリーのオーバーコート
防水外套の一つ。 ⇩396

276 無理数や円錐曲線
数学の世界では、無理数とは不尽根数、或いは有理数で表わすことのできない平方数(例えば2の平方根といったような)を指す。円錐曲線とは、直円錐が平面で切り分けられた時に現出する曲線のこと。 ⇩397

277 ……何をしましょうか」
この後は、原稿では以下のようになっていた。

「最寄りの警察はどこですかね?」

「フルワースのドーブ入江にありますが」

「ではすぐに行ってもらえませんかね」 ⇩398

278　彼は何も言わずに、全速力で駆け去った（Without a word he made off at top speed）
"Without a word he made"は、原稿の"He hurried"を改めたものである。
↓398

279　……死体の脇に残った。
原稿では以下の文章が続いていた。

サウスコーストに夏を過ごしに来ていた著名な博物学者モードハウス博士が、彼と一緒だった。朝でも昼でも、そして夜であっても、博士の日除け帽と捕虫網は丘陵地帯や海岸線ですっかりお馴染みとなっていた。彼が自分の専門分野では当代きっての人気を誇る作家であることは、私が付け加えるまでもないだろう。この危機的状況下にあってより大事なことは、彼が快活で明るい気質の人物で、厄介事を抱えた人間にとっては同僚としてこれ以上の人間はいないということだった。

↓398

280　ほかには誰もその小道を降りて海岸まで行った者はいなかったようだ（No one else had gone down to the beach by this track）
この部分の"had"は、原稿の段階で"appeared to have"を訂正したもの。また、"by this track"は、原稿の段階で後から書き加えられたものである。

↓398

281 タオルが置かれている（there lay his towel）“lay”は、原稿の段階で“was”を訂正したものである。⇩399

282 たたんであり（folded）原稿は最初“folded up”となっていたが、“up”は削除されている。⇩399

283 彼は水にはまったく入っていなかったように見えた（it would seem that after all he had never entered the water）“would seem”は、原稿の段階で“seemed”を訂正したもの。また、“entered”は、原稿の段階で“bathed”〔水浴びをする、の意〕を訂正したものである。⇩399

284 タオルの状態からすると……泳がなかったことになる。（the towel indicated that he had not actually done so）“indicated”は、原稿の段階で“might indicate”を訂正したもの。さらに、原稿ではこの後、以下のように続いていたが、削除されている。

こうして物語を書き進めていくと、ワトスンが備えている文学的手腕が実はわたしには欠けているのだ、ということをさらけ出していることに読者もお気づきであろう。⇩399

285 つまり、……ということだ（as strange a one as had ever confronted me）　↓399
この部分は、後から原稿に書き加えられたものである。

286 裸足の足跡（the naked footsteps）　↓399
"naked"は、後から原稿に書き加えられたものである。

287 そして突然、……ひっかけた（Then he had suddenly huddled...）　↓399
"suddenly"は、後から原稿に書き加えられたものである。

288 少なくとも……ひまさえもなかったのか（or at any rate without drying himself）　↓399
この部分は、後から原稿に書き加えられたものである。

289 力しか残らない（and was left with only strength）　↓400
"was"は、後から原稿に書き加えられたものである。

290 低い太陽の光が……どこにもなかった
この部分は、原稿では初め以下のように書かれていた。「誰かがそこから出てこなかっ

た、と断言できるようなものはなかったから、ほら穴は全部調査してみる必要がありそうだった」 ⇩400

291 それでは、……どうだろうか (Then, again, there were those distant figures on the beach)
"again"は、後から原稿に書き加えられたものである。 ⇩400

292 釣りの船が……浮かんでいた (two or three fishing boats were at no great distance)
"were"は、当初原稿では"lay"となっていた。 ⇩400

293 調査する道 (roads for inquiry)
原稿では最初、"roads"の後におそらくは"to see"もしくは"to use"と書かれていたが、削除されている〔"to see"であれば「捜査のために検討すべき道」、"to use"であれば「捜査のために吟味すべき道」くらいの意になる〕。 ⇩400

294 はっきりしたゴール (obvious goal)
"obvious"は、当初原稿では"serious"〔重要な、くらいの意〕となっていた。 ⇩400

295 スタックハーストも……その中にいた (Stackhurst was, of course, still there)

“was, of course,”は、最初原稿では“and Dr Mordhouse were”〔「むろんスタックハーストとモードハウス博士もまだそこにいたし」の意になる〕となっていたのを書き改めたものである。博士の名前は最初モードハースト（Mordhurst）とされていて、その後モードハウスと訂正されている箇所が、ここのほかにも何ヶ所かある。 ↓400

296 引っぱっていった（drew me）
“drew”は、当初原稿では“took”〔連れていった、の意〕となっていた。 ↓401

297 ルーイス
東サセックス州の州都で、オウセ河に臨む。 ↓401

298 何も動かしてはならないこと（also to allow nothing to be removed）
“also”は、当初原稿では“and”となっていた。 ↓401

299 できる限り新しい足跡をつけないこと（and as few fresh footmarks as possible to be made）
“fresh”は、後から原稿に書き加えられたもの。また、“made”は、当初原稿では“left”となっていた。 ↓401

300 大きなナイフ（large knife）
当初原稿では“large pocket knife”となっていたが、原稿の推敲過程で“pocket”は削除された。

⇩401

301 私は崖の下の……依頼して（having first arranged that the base of the cliffs should be thoroughly searched）
この部分は、明らかに原稿の推敲過程で書き加えられたものである。

⇩401

302 ゲイブルズ校に移され（removed to the Gables）
原稿では“to”の後に“a mortuary”〔死体安置所、の意〕とあったが、これがすぐに削除されたのは明らかである。

⇩401

303 私が思っていたとおり……机の中を調べると（As I expected, nothing had been found in the small caves below the criff, but he examined the papers in McPherson's desk）
“As I expected”は、次に続く言葉が書き加えられた後に、更に原稿に加筆されたものであるのは明らかである。続く“nothing..., but he”の一節は、原稿では当初“He”となっていた。また、その後の“in”は最初“upon”だったが〔この場合、マクファーソンの机の上に、の意になるので〕、上記の訂正に合わせて“in”に訂正されている。

⇩402

304 警察が見つかった手紙を持っていったので（The police have the letters）
“the letters”は、当初原稿では“them”となっていた。
↓402

305 「そうは言っても、……思えませんがね」（'But hardly at a bathing-pool which all of you were in the habit of using.'）
“you”は、当初原稿では“us”となっていた。この科白《せりふ》は最初、スタックハーストの科白だった。

↓402

306 私は言ってみた（I remarked）
後から原稿に書き加えられたものであり、この前で引用符が閉じられている。物語の流れからすると、泳ぎに来る者達が全裸で水に入っていたのは明らかである。

↓402

307 「学校の生徒たちが……偶然ですし」（'It is mere chance,' said he, 'the several of the students were not with McPherson.'）
“It is mere chance,' said he, 'the several of the”は後から書き加えられたもので、スタックハーストの科白であるとわかる場所に挿入されている。ただし、最初は“the”ではなく“my”となっていた。
↓402

308 代数の論証説明（some algebratic demonstration）
“algebratic”は、後から原稿に書き加えられたものである。 ⇩402

309 この間、……おっしゃっていましたよね（I seem to remember your telling once about a quarrel over the ill-usage of a dog）
“seem to”は、後から原稿に書き加えられたもの。また、“a dog”は、当初原稿では“his dog”となっていた。 ⇩403

310 注目の的ですよ（draw attention）
“draw”は、当初原稿では“attract”となっていた。 ⇩403

311 貸しボート（bathing-cots）
“bathing-cots”とは、海水浴を楽しむ人々用の小さなボートを指す。 ⇩403

312 フルワースに行って（walk into Fulworth）
“into Fulworth”は、当初原稿では“in”と書かれ、続けて“to Fulworth”と後から書き加えられたものである。 ⇩404

313　この気の毒な男が……いためつけた（this poor man did not ill-use himself）　↓404
"man did not ill-use" は当初、原稿では "chap did not mistreat" となっていた〔この気の毒なやつが自分自身を虐待した、の意〕。

314　鞭（a sourge）　↓404
当初原稿には、"sourge" の前に "wire" の語があったが、原稿の推敲過程で削除されている。

315　湾（bay）　↓404
原稿では当初 "cove"〔入江、の意〕と書かれていたが、すぐに "bay" に書き直されている。

316　高台（rising ground）　↓404
"rising" は、当初原稿に "raising" と書かれていたが、すぐに書き直されている。

317　私たちを横目でちらりと見て（gave us a sideways glance）
当初原稿では、"sideways" の前に "rather malevolent" と書かれていた〔「われわれをちら

りと、いくぶん敵意のこもった横目で見て」くらいの意となる〕が、原稿の推敲過程で削除されている。 ⇩405

318 通り過ぎようとした（would have passed）
原稿では当初“stopped”と書かれていたが、すぐに“passed”に書き直されている。 ⇩405

319 ゲイブルズ校になんとかとどまっているよりどころだった（who made The Gables habitable）
“habitable”は、原稿では当初“tolerable”〔我慢できる、の意〕と書かれていたが、推敲過程で書き直されている。 ⇩406

320 怒りに満ちた目で（with angry eyes）
原稿では当初“with clenched fists”〔固く拳を握りしめて、の意〕と書かれていたが、推敲過程で書き直されている。 ⇩406

321 強く（forcibly）
後から原稿に書き加えられたものである。 ⇩406

322 目を見開き緊張して（wide-eyed and intense）
後から原稿に書き加えられたものである。 ↓407

323 フィッツロイ（Fitzroy）
当初原稿では、「マクファーソンさん（Mr McPherson）」となっていた。 ↓407

324 落ち着いて注意しながら（with a composed concentration）
当初原稿では "concentration" が "intensity"〔熱心に、の意〕となっていた。 ↓408

325 フィッツロイ（Fitzroy's）
当初原稿では "his" となっていた。 ↓409

326 わたしたちも話せなかったのよ（which prevented us from telling you）
当初原稿では "us from" が "our" となっていた。 ↓409

327 何でも（anything）
当初原稿では "any question" となっていた。 ↓411

328 言葉どおりに協力的だった（She was as good as her word）
当初原稿では"She did so"となっていた。 ↓411

329 認めた（, but she admitted）
当初原稿では"Yes she must admit"となっていた。 ↓411

330 フィッツロイ
当初原稿では「マクファーソンさん」となっていた。 ↓412

331 一週間が経った（A week passed）
当初原稿では"A week had passed"となっていたが、原稿の推敲過程で"had"は削除されている。 ↓412

332 彼の部屋も（of his room）
後から原稿に書き加えられたものである。 ↓412

333 発見（conclusions）

当初原稿では“result”〔結論、の意〕となっていたが、のちに原稿に手を入れた際に訂正された。 ↓412

334　そして、それからあの犬の事件が発生したのだ。

この一節は後から原稿に書き加えられたものと思われる。加筆されたのが前の文章に続けてすぐだったのか、あるいはいくらか時間を経てからのものだったのかは、この部分の書かれている箇所は充分に余白があるので、判断することは困難である。 ↓412

335　主人に忠実である……犬の特質（the beautiful, faithful nature of dogs）

“faithful”は、後から原稿に書き加えられたものである。 ↓413

336　忠実な……エアデイル・テリア

エアデイル・テリアは毛むくじゃらの犬で、最初にこの品種が作られたヨークシァ州の地方名をとって名付けられた。《ライオンのたてがみ》の執筆当時、アーサー・コナン・ドイルはエアデイル・テリアを飼っていたから、自分の飼い犬が着想の源になったのは明らかである。 ↓414

337　床につく気にもなれなかった（I could not be at rest）

当初原稿では"my mind would not be at rest"〔寝る気にならなかったろう、くらいの意〕と書かれていた。 ⇩416

338 ……ひどく気にかけているようであった。

この後の次の一文が、原稿の段階で削除されている。「しかしながら、時期尚早の逮捕は致命的であることは、わたしにはよくわかっていた。」 ⇩417

339 考えてごらんなさい (bear in mind)

当初原稿では、"bear in mind"〔心にとめておいて頂きたい、くらいの意〕が"consider"〔お考え頂きたい、くらいの意〕となっていた。 ⇩417

340 あのひどい傷を負わせた道具 (the instrument with which these injuries were inflicted)

当初原稿では"the instrument — the scourge — or whatever inflicted the weals"〔「みみずばれを負わせた鞭か、あるいは何かほかのもの」くらいの意〕となっていた。 ⇩417

341 「なにか鞭……

原稿では、これより前の七行が推敲の過程で削除されている。詳細は以下のとおりである。

「これに関して先生から、何か聞かれたのですか」と警部は妙な顔をして尋ねた。

「何か新しいものでも出てきたんですか(?)」

「こんな危害を加えたものがただの鞭であるはずがないというのが、先生のお考えでした。先生は拡大鏡を使って、怪我の箇所を入念に調べられていました」

「それで何か?」

この部分は、いったん書かれてからすぐ、あるいは休憩を挟んで再び執筆にとりかかった際に削除されたものと思われる。

342 医者 (the doctor) ↓418
原稿では"the Doctor"となっていた。

343 内出血 ↓418
血管の壁に穴が開いてそこから出血しているさまをいう。

344 おそらく、……違うかもしれない。 ↓418
モードハウス博士が登場する版では、この部分は次のようになっていた。「わたしにもわかった、と確言することはできないのです。しかしそれでも、非常に重要なことですが……」この一節が、モードハウス博士を登場させないことにした時に次のように改められたのだろう。「おそらくぼくの考えが当たっているでしょう。まず当たっているだろうと思います。じきに考えがまとまるでしょう」そして更に原稿の段階で手が加えられ、現在の「いますぐに、さらにお話しできるはずですよ」という形に落ち着いたのである。ここでは、原稿へのこれ以上の加筆訂正は行なわれていない。

↓419

345 それはなかなか独創的な思いつきですね。(A most ingenious comparison.)

この部分は、当初原稿では以下のようになっていた。

とても素晴らしい御提案(suggestion)ですね。しかしおっしゃられたように、そのお考えはあまりまじめに考えてみるわけにはいかないようです。あるいは、小さな金属片がついた針金で出来た鞭、というのはどうですか。もっともそんな鞭のことは、どんな本でも読んだことはないのですがね。

↓419

346 小さくて硬い結び目をつけた九尾ネコ鞭

結びこぶの付いた先が九つに分かれた、あるいは九本の紐が付いたと表現するのが相応しい鞭をいう(かつては陸軍や海軍の懲罰用に使われていた。また二十世紀になっても、裁判で

重罪を宣告するための道具として使われていた)。 ↓419

347 それともまったく違った原因なのかもしれませんよ、バードルさん。
原稿では当初、次のように書かれていた。「そうです、そうです。でもどうやって事を進めますか。逮捕をするためならば、彼の持ち物を調べてみるというのも一つの方法でしょうね」 ↓419

348 逮捕するには (for an arrest)
後から原稿に書き加えられたものである。 ↓419

349 ……だったのは確かです」
元々の原稿では、ここから先は切り離されてしまっている。 ↓419

350 スタックハースト (Stackhurst)
原稿ではスタックハーストではなく、「博物学者のモードハウス博士 (the naturalist Dr Mordhouse)」となっていた。博士はいつも日除け帽を被っていた、とされていたのであるから、ここで帽子を被っていなかったというのは注目に値する。 ↓421

351 頼む、お願いだ（For God's sake!）
後から原稿に書き加えられたものである。

352 大丈夫とほっとした時、スタックハーストが……どうしたというのでしょう」
原稿では当初、以下のように書かれていた。

大丈夫だ、ということが確認できると、私は博士の方に向き直った。

「どうしたのでしょう」

モードハウス博士の登場する展開を改めた最初の段階では、スタックハーストの科白は
ただ「どうしたというのでしょう（What is it?）」を単純に繰り返すだけだった。

353 彼に（over him）
単行本では"about him"となっている。おそらくはマードックが裸だった事実を緩和す
るためのものであろう。

354 ……勝ち誇って叫んだ。
「どこで彼を見つけました?」からここまでは、現在では失われたモードハウス博士が先

⇓421 ⇓423 ⇓424

頭に立って一行と潟に向かう場面の描写と差し替えるために書かれたものであることは明らかである。 ⇩425

355 サイアネア

一部の専門家の示唆するところによると、このクラゲはサイアネア・カピラータではなく、カツオノエボシであるという。 ⇩425

356 「これの仕業でした。……止めてしまいましょう」

原稿では当初、以下のようになっていた。

「それも終わりだぞ！」と博物学者は叫んだ。

「手伝って下さらんかな、ホームズさん。決着をつけましょう」 ⇩425

357 「ここに一冊の本が……光を与えてくれたものです

原稿では当初、以下のようになっていた。「説明をする必要はなかった。というのは、モードハウス博士がチョコレート色の本を手にして、やって来たのである」。 ⇩426

358 ……苦痛をともなうものです。

これに続く以下の一文が原稿から削除されている。

この本を置いていきますから、詳細についてはご自分でお読みください。（この科白は明らかにホームズに向けられたものである。モードハウス博士は、ホームズに対して大勝利を収めている。また、モードハウス博士が登場する版では、この場面に警部がまだ残っていたかどうかはっきりと断言することは不可能である） ⇩427

359 自分自身の体験（his own encounter）

当初原稿では“encounter”の前に“fearful”〔恐ろしい、の意〕という一語があったが、削除されている。 ⇩427

360 警部さん（Inspector）

当初原稿では「ホームズさん（Mr Holmes）」になっていた。 ⇩428

361 高ぶっていた（at concert pitch）

“concert pitch”とは、楽器の調子を演奏会用に高めた状態をいう〔転じて、神経や緊張状態が異常に張りつめた状態をいう〕。 ⇩430

362 警部さん、私はいつも……（Inspector, I often ventured...）

当初原稿には"Inspector"と"I"の間に、「あなたはもう少しでぼくのワーテルローを目の当たりにするところでしたよ（you have nearly met me at my Waterloo）」という科白があった。そしてこの科白は「あなたはもう少しで、ぼくのワーテルローになったかもしれない事件を目の当たりにするところでしたよ（you have nearly met me at what might have become my Waterloo）」に変えられたが、最終的には削除されている。 ⇩430

363 このサイアネア・カピラータには……スコットランド・ヤードの仇をとられるところでしたよ

この最後のホームズの科白は、従来余分なものと考えられていたようである。 ⇩431

《隠居絵具屋》注

初出は「ストランド・マガジン」誌第七十三巻（一九二七年一月号）三～十二頁で、フランク・ワイルズによる五点の挿絵入りだった。米国における初出は、ニューヨークの「リバティ・マガジン」誌第三巻（一九二六年十二月十八日号）七～十一頁で、フレデリック・ドア・スティールによる四点の挿絵と地図が付いていた。

364 ルイシャム

かつては中流階級の人々が住んでいた、ロンドン南東の近郊地域である。 ↓436

365 二年もしないうちに

この物語に描かれている事件は一八九八年に起きたことになる。 ↓437

366 コプト人長老

コプト人は、エジプトに住んでいて独自のキリスト教の信仰を持つ。彼らの教会は長老もしくは大主教が司る。

↓438

367　ベイカー街に戻って……

この部分はおそらく、読者に対してワトスンが事件における自らの役割を直接語りかけることをしなかった最初の例であろう。

↓438

368　ヘイマーケット劇場

この劇場は一七二〇年に創建された。ヘイマーケットという通りの名前の由来は、エリザベス一世の御世に、この地に干し草（hay）や藁の市場があったことによる。

↓442

369　学校時代の出席番号

全寮制の学校では、生徒達は識別用の番号が各人に与えられ、在学中はずっと同じ番号が使われる。

↓443

370　ロンドン・ブリッジ駅

当時はロンドン・ブライトン・アンド・サウス・コースト鉄道の、ロンドンにおける終着駅だった。

↓445

371 フリーメイスンのネクタイピン
フリーメイスンの紋章をかたどったタイ・ピンを指す。フリーメイスンは、専門職の人間や実業家達が多数加わっている、半秘密結社の形態をとる友愛組織である。 ↓445

372 電話
『シャーロック・ホームズの事件簿』所収の物語で電話に言及のある作品は《三人ガリデブ》と《高名な依頼人》の二作品である。 ↓447

373 カリーナが今夜アルバート・ホールで歌うのだよ
ホームズが言及している場所からすると、オペラの上演ではなく、歌手のリサイタルだったろう。それゆえ、レドモンドが（『シャーロック・ホームズ——源の研究』で）示唆している喜歌劇『カリーナ』のほうではなく、同じく彼が候補としているヴェネズエラの少女ピアニスト、マリア・テレサ・カレーナ（一八五三〜一九一七）であろう。彼女は一八七二年から八九年の間、ソプラノ歌手としても予想外の成功をおさめた。 ↓447

374 リトル・パーリントン
〔後出の〕モスマー同様、架空の村の名前である。 ↓449

375　フリントン
エセックス州の海岸沿いの町。アーサー・コナン・ドイルは一九一三年八月、この地に滞在したことがあった。 ↓449

376　聖職者名簿《クロックフォード》
「クロックフォード聖職者名簿」のこと。一八五八年以降、定期的に刊行されており、英国の教会の聖職者の名前をアルファベット順に並べている。 ↓449

377　リヴァプール・ストリート駅
グレート・イースタン鉄道のロンドンにおける終着駅だった。 ↓449

378　電報局に行ってみたが
ワトスンは本能的に、電話よりも電報を選んだのだった。 ↓453

379　白い丸薬
おそらくは青酸カリであろう（アンバリーは絵具屋だったから、何らかの入手経路があったと思われる）。 ↓455

380 すべてを適切に、秩序正しく行ないなさい
「ただ、すべてのことを適切に、秩序をもって行ないなさい」（新約聖書『コリント人への手紙第二』第十四章第四〇節）。

⇩455

381 ブロードムア精神病院
バークシァ州にある、精神病犯罪者を収容する精神病院を指す。

⇩458

382 石膏のバラの飾り（plastered rose）
薔薇の花の形に仕上げた石膏製の装飾のことであろう。

⇩461

383 死体から消えない鉛筆が出てきたら（If you find an indelible pencil on the body）
「死体から（on the body）」という言葉が「リバティ・マガジン」誌掲載時に省かれていたが、その後の米国版の単行本では残っている。

⇩465

《覆面の下宿人》注

初出は「ストランド・マガジン」誌第七十三巻（一九二七年二月号）一〇九〜一一六頁で、フランク・ワイルズによる三点の挿絵付きだった。米国における初出はニューヨークの「リバティー・マガジン」誌第三巻（一九二七年一月二十二日号）七〜十頁で、フレデリック・ドア・スティールによる四点の挿絵付きだった。

384 調教された鵜
「鵜」は極東において、飼い主のために魚を獲るよう調教されている。
↓472

385 ある日の午前中（One forenoon）
"forenoon" はスコットランドの方言で "morning" の意である。
↓472

386 サウス・ブリクストン

ブリクストンは、ロンドンのテムズ河南の地区名である。
↓
472

387　ブリキ缶（tin）
この当時、牛乳は瓶入りで配達されてはいなかった。牛乳配達人は牛乳を詰めた大きな牛乳缶を荷馬車に積み、そこから小さな缶やブリキの容器に小出しにしていたのである。
↓
474

388　アッバス・パルヴァ
バークシァ州にあるというこの村の名は、架空のものである。エジプト副王だったアッバス二世の名前を女性風にしてけなした、底意地の悪い冗談である（アッバス二世は、アーサー・コナン・ドイルがエジプトを訪れた一八九六年、英国との間にいざこざを起こした）。
↓
476

389　ウームウェルや、……サンガー
ジョージ・ウームウェル（一七七八～一八五〇）は、「ウームウェル巡回動物園」の主だった。「ロード」・ジョージ・サンガー（一八二五～一九一一）とその兄ジョン（一八一六～一八八九）は、十九世紀のサーカス興行者として名を知られていた。ジョージ・サンガーは、フィンチリーで従業員に射殺された。
↓
477

390 サハラ・キング
サハラ砂漠は北アフリカの広大な砂漠である。この名前はアッバス・パルヴァの名前とともに思いつかれたものであろう。 ↓480

391 レオナルド
彼の発明の才、そしてラテン語の“vinco”（我支配せり）からも、彼の名前はルネサンス期の芸術家にして大学者、そして発明家のレオナルド・ダ・ヴィンチ（一四五二〜一五一九）に由来するものと思われる。 ↓481

392 ほろ馬車（van）
“caravan”〔ほろ馬車、荷馬車の意〕に同じ。 ↓481

393 アラハバード
インド北東部の都市で、アグラ・アウド連合州の州都でもある。 ↓481

394 モンラシエ（Montrachet）
フランスのバーガンティ地方産のワイン（二つの「t」の字は発音しない）。 ↓484

395　大天使ガブリエル
聖書では、ガブリエルは神の直々の意向を実行する七人の大天使の一人である。新約聖書の『ルカの福音書』によると、処女マリアにイエスの懐妊を予告したのは大天使ガブリエルだった。 ⇩489

396　亜鉛のバケツ（zinc pail）
亜鉛（zinc）は錆に強いことから、当時、手桶や浴槽といったものの原料として広く使われていた。 ⇩490

397　マーゲイト
ケント州北部沿岸地帯に位置する海岸沿いの保養地である。 ⇩494

398　毒薬を示す赤いラベルが付いていた（There was a red poison label）
英国版では〝There was〟の後に〝on it〟の二語が挿入されている（米国版にはない）。 ⇩495

399　青酸

即ち、シアン化水素酸で猛毒である。無色で、アーモンドのような特徴的な匂いを放つ。

↓495

《ショスコム荘》注

初出は「ストランド・マガジン」誌第七十三巻（一九二七年四月号）三一七〜三二七頁で、フランク・ワイルズによる五点の挿絵付きだった。米国における初出はニューヨークの「リバティ・マガジン」誌第三巻（一九二七年三月五日号）三十九、四十一〜四十二、五十一、五十二頁で、フレデリック・ドア・スティールによる七点の挿絵付きだった。

最後に公《おおやけ》になったこのシャーロック・ホームズ物語ほど、作品の題名を巡ってごたごたした物語はない。《隠居絵具屋》が（「ストランド・マガジン」一九二七年一月号に）掲載された際の末尾の予告では、作品名は「ブラック・スパニエルの冒険（The Adventure of Black Spaniel）」とされている（「ストランド・マガジン」の復刻版で確認してみると、《隠居絵具屋》の最後の頁の末尾に「このシリーズの次の作品は『覆面の下宿人（The Adventure of the veiled Lodger）』と『ブラック・スパニエルの冒険（The Adventure of Black Spaniel）』です。」との宣伝文句が掲げられている」。そして次の月に掲載された《覆面の下宿人》の末尾の予告では、題名は「ショスコム荘（The Adventure of Shoscombe Old Place)」となっている（これは実際に作品が掲載される二ヶ月前のことであるが、「ストランド・マガジン」編集部が既に原稿を入手していたのは間違いない）。原稿を見ると、題名は《ショスコム・アベイの冒険（The Adventure of Shoscombe Abbey)》となっていたという。おそらく「ストランド・マガジン」の編集部が、これでは《アビ農園（The Adventure of the Abbey Grange)》（『シャーロック・ホームズの帰還』所収）とあまりに近いので、読者が再録か旧作の転用ではないかと疑念を抱く可能性を考慮に入れて現行の題名に改めた、と考えられる。

400 これはニカワだね ↓499
しかし、ニカワであるかどうかの明確な識別は化学的検証でのみ可能である。

401 視野 ↓499
ここで言う視野とは、顕微鏡のレンズを通して見える範囲を指す。

402 うろこ状の上皮細胞 ↓499
ふけのかけらを指す。

403 セント・パンクラス
セント・パンクラス駅のことだろう。この駅はミッドランド鉄道のロンドンにおける終着駅で、ゴシック様式で建てられた巨大な駅で、一八六八年に開業した。 ↓499

404 顕微鏡
《ショスコム荘》以前の物語で、ベイカー街に顕微鏡が登場するものはない。 ↓500

405 傷痍年金のほぼ半分はつぎこんでいるからね
「最近、ぼくは競馬に大いに凝っていてね」くらいの意。ホームズ譚の他の箇所で、ワトスンが博打に手を出している場面はない。《白銀号事件》（『シャーロック・ホームズの思い出』所収）でも、事件とは関係ないが、馬に関する知識を持ち、実際に馬に賭けたのはワトスンではなくホームズだったのである。 ↓501

406 『競馬案内（Handy Guide to the Turf）』
ウィリアム・ラフ（一八〇一～五六）はスポーツ記者で、一八四二年から五四年にかけて、毎年『競馬案内』を出版した。 ↓501

407 昔、夏をそこで過ごしたことがあるからねおそらくは軍隊に在籍していた頃であろう。もっとも《緋色の習作》によれば、彼は軍隊生活の大半をインドで過ごしたようではあるが。或いは、医学生だったころ夏休み期間に代診を勧めたのかもしれない（作者アーサー・コナン・ドイルが経験したように）。 ⇩501

408 ニューマーケット・ヒース
有名な競馬場の名前である。サフォーク州ニューマーケットの町の近くにある。 ⇩501

409 カーゾン街の有名な金融業者
街の名は、ハウ伯爵ことジョージ・オーガスタス・カーゾンに由来する。ウェストミンスターにある街で、西の端でパーク・レインと、東の端でハーフ・ムーン街と繋がっている。この街に居を構えているということから、この金貸しは明らかに紳士気どりの俗物である。 ⇩501

410 摂政時代
ジョージ三世が精神を病んだため、一八一〇年から二〇年までの間、当時の皇太子、のちのジョージ四世が摂政宮として英国を治めた時代を指す。 ⇩501

411 ハーリ街

ベイカー街と並行して南北に延びる通りで、当時も現在も内科医や外科医の当世風の診療所が軒を連ねている。 ⇩504

412 ダービー

一七八〇年にこのレースを創設した第十二代ダービー伯爵に因んで名づけられた。英国の競走馬にとって最も大事な、年に一回の平地でのレースである。サリー州のエプソン競馬場が舞台となる。 ⇩504

413 予想屋 (touts)

"touts"とは、レースに出場する競走馬に関する情報を得ようとする、あるいは探り出そうとする人々を言う。 ⇩505

414 クレンドール

架空の地名である。 ⇩506

415 浮腫

体腔に体液がたまった状態をいう。 ⇩506

416　大腿骨の上部関節顆（upper condyle）
人間の大腿骨には、下方の部分（膝の部分）にのみ関節顆（もしくは隆起部）がある。ワトスンは単に、大腿骨の上の端（骨頭）を意味するつもりでこう言ったのかもしれない。

↓514

417　世話をする（tend）
「ストランド・マガジン」誌の初出では“tend”となっているが、英国版の単行本では“attend”になっている。

↓514

418　「要求あり次第、停まります」という小さな駅（little 'halt-on-demand' station）
事前に車掌に申し出てあった場合にのみ停車する鉄道駅を指す。

↓516

419　ジョサイア
シャーロック・ホームズ物語に数多く登場するジョサイアという名前を持つ登場人物のうち、最後の一人である。この名前の持ち主は、聖典中もっとも多い。この名前の起源であるユダヤの王ヨシヤは、「エルサレムで三十一年間、王であった」（旧約聖書『列王紀第二』第二十二章〜第二十三章、『歴代志第二』第三十四章〜三十五章）。そして「主の目にかな

うことを行なった」。 ⇩516

420 ハシボソガラス
鳥は街頭の掃除役をする鳥で、他の生き物の死体を食べて生きている。〔ハシボソガラスはカラスの一種で、ハシブトガラスより小型でくちばしが細く短い。人家の付近で普通に見られる〕 ⇩519

421 ウグイ (dace)
“dace”は小さな淡水魚の一種。 ⇩520

422 擬似餌 (spoon-bait)
“spoon-bait”とは、スプーン状の形をした金属製の擬似餌で、水の中でくるくる回転する。 ⇩520

423 グリフィン (griffins)
神話の世界の怪物で、身体と足と爪はライオン、頭と翼は鷲である。 ⇩521

424 バローシュ型馬車 (barouche)

“barouche”とは、馭者用と客用と二つの座席を備えている四輪馬車。 ↓521

425 穹窿
穹窿とは建築用語で、アーチが直角に交わる部分に出来る曲線もしくは稜線を指す。 ↓524

426 サクソン
サクソン人は元々は北方ゲルマン民族の一つで、五世紀から六世紀にかけてブリテン島を征服した。 ↓525

427 ユーゴウ（Hugo）やオド（Odo）
こうした名前は、ウィリアム征服王の指揮下、十一世紀にイングランドに侵攻したノルマン人に多く見られる。 ↓526

428 金てこ（jemmy）
“jemmy”とは、小さなバールのことである。 ↓526

429 准男爵（The Baronet）

"Baronet"は世襲される貴族の位である。一六〇三年にジェイムズ一世がこの位を創設した。 ⇩527

430
石の棺
墓でもある。宗教に関わる伝説や、彫刻の装飾が施されている。 ⇩527

431
ダーク・ホース
持ち主と調教師のみがその実力を知っている馬を指す。 ⇩530

432
われわれの埴生の宿へ戻ることにしよう
シャーロック・ホームズの最後の言葉は、古いテーマを最後に高らかに主張するものであった。即ち、見栄を張ることのない慎しい中産階級の生産性と、その対極をなす見栄っ張りの貴族階級の非生産性の対立である。サクソン人の時代、そしてノルマン人の時代から連綿と続く貴族の領地であったショスコムの地では、貴族階級の先祖の遺骨を掘り起こし、利害関係のためにそれを焼却するということが行なわれていた。これに対してベイカー街二二一Bでは、常に自分達に対して嘘をつかない姿勢が一貫しているのである。 ⇩533

433
約束されている（promises to end）

「ストランド・マガジン」誌の初出時には、この部分は"ended"となっていた。

↓534

解説

『シャーロック・ホームズ最後の挨拶』所収の同じ題名の短編小説（「最後の挨拶」）。書名、作品名とも原題は"His Last Bow"」が、シャーロック・ホームズの最後の物語になるはずだったことを疑う者は、まずいないだろう。ホームズの「ワトスン、東風《こち》が吹き出したよ」という言葉の真の意味を、ワトスンはいかにも彼らしく誤って解釈する。ワトスンの言葉を受けてホームズは、「変化してやまない現代にあって、いつでも、どっしりとして変わらないのは君だけさ」と、二つの意味が込められた賛辞を送る。シャーロック・ホームズ譚を締め括るに当たって、これに優る工夫はあり得なかっただろう。しかしそれでも、ホームズ譚はなおも書き続けられた。『あらし』はシェイクスピアの最後の戯曲であると見なされる場合がしばしばあるが、その後もシェイクスピアは戯曲を書き続けたようである。シェイクスピアの場合と同様に、コナン・ドイルもまた文章を生業《なりわい》にする人々の間では普通に見られる、「引退を売り物にした名残りの舞台」のある一例を示したともいえよう。

あれほど際立った大団円を書いていながら、コナン・ドイルが再びホームズ譚を執筆した理由は何だったのだろう。そこには経済的な要因が存在していた。ただしそれは、必ずしも自己本位的なものではなかったのである。様々な大義のため、とりわけ心霊学に関する活動のために、彼はお金を必要としていた。しかし後に、『シャーロック・ホームズの事件簿』として纏められる物語を執筆する刺激になったのは、一九二一年から二三年にかけてストール社が制作した、シャーロック・ホームズ譚を基にした映画だったようである。ストール社制作の映画の第一シリーズは、モーリス・エルヴィ（一八八七～一九六七）が監督し、「シャーロック・ホームズの冒険」と銘打って、短編の中から適当に選択された十五編の物語を映画化したもので構成されていた。このシリーズの後、エルヴィは長編映画「バスカヴィル家の犬」を監督した。エルヴィがハリウッドへ移籍すると、ジョージ・リドウェルが第二・第三シリーズの監督を務めた。第二シリーズ（一九二二年）は「続・シャーロック・ホームズの冒険」と銘打たれて、短編の中から適宜選ばれた十四編の物語を映画化したもので構成されていた。第三シリーズは、今度は「シャーロック・ホームズの最後の冒険」と銘打たれて、やはり短編の中から選ばれた十五編の物語の映画だった。一九二三年の暮、エルヴィが米国から帰国し、ストール社として最後のホームズ映画を制作した。これはホームズ譚の別の長編（《四つのサイン》）を映画にしたものだった。

ドイルはストール社制作の映画に、大いに感激した。彼は次のように記している——「ホームズは肉体を持った実在の人物であるとの印象が人々の間で確たるものになったのには、彼の芝居が頻繁に上演されたことが与《あずか》って力があったのかもしれない」。しかし、全てのホームズ崇拝家達が、この見解に従うわけではないだろう。ホームズの芝居や映画、或いはテレビ・シリーズに納得しない読者の一部は、活字の世界のホームズにこそ圧倒的な存在感を見出しているのである（活字の世界においては、仲介役としてのワトスンは重要な要素である）。しかし皮肉なことに、ドイル自身が映画産業にいわば身売りしたことは、疑問の余地がなかった。ストール社制作の一連の映画は、概ね原作に忠実に作られていた。ドイルは映画シリーズの制作に協力し、ホームズに扮したエイル・ノーウッド（一八六一〜一九四八）の演技に、強い印象を受けた。『わが思い出と冒険』（邦訳は新潮文庫）で、彼は次のように述べている――「ノーウッドは魅惑的としか言いようのない、類い稀なる資質を持っていた。だから彼が何もしていない時でさえ、観客はどうしても彼に見入らざるを得ないのだ」。ノーウッドはドイル自身が描いていたホームズ像にぴたりと合致していた。「彼の思索に耽る目は観る者の期待をかき立てる。また彼は、変装という点で傑出した能力を誇っていた」。ノーウッドの役者としての穏やかな、落ち着いたスタイルは観客にも感銘を与えた。

ストール社制作の映画と、それより以前に制作された映画との違いは、ストール社の映画は舞台が一九二〇年代になっていたことである。これはドイルを悩ませていた。「ストール社の映画にひとつだけ注文をつけるとすると、この映画ではヴィクトリア時代に生きたホームズが、夢想だにしなかった電話や自動車、或いはその他の贅沢品が出てくることである」。しかしドイルは疑問を投げかけたものの、プロデューサーの決定は後期の作品に影響を与えることになった。そこでは電話や自動車が登場し、初めのほうに作られた作品と比較して、ほんのごく僅かであるが映画はより現代的なものとなっていた。ドイルがこうした時代の産物を取り込んで物語を執筆するという誘惑に抵抗を示したのは明らかだった。

ノーウッドの演技が刺激となって、シャーロック・ホームズの舞台劇である『王冠のダイヤモンド』が執筆された。舞台劇の執筆を依頼したのは、おそらくオズワルド・ストールであると思われる。一九二一年五月ブリストルで初演され、その後ロンドンでも上演された。舞台と映画が刺激となって、世間のホームズに対する興味が復活した。「ストランド・マガジン」誌の編集者は新たなホームズ譚を求めた。一九二一年九月、舞台劇を書き直した物語が"The Adventure of the Mazarin Stone"(マザリンの宝石の冒険)として、「ストランド・マガジン」に掲載された。物語執筆のための良い着想がない、とドイルがこぼしたので、同誌の編集長グリーンハウ・スミスは、以下のような話題を提供した。それは、あるドイツ人が、拳銃に石を紐で結びつけ、橋の端から石を垂らして引きがねを引いた。すると凶器は水の中に消えた、というものだった。ドイルは"The Adventure of the Second Chips"(第二の欠け傷の冒険)という題名で物語を書き始めたが、これではストーリーがあまりに見え透いてしまうため、"The Problem of Rushmore Bridge"(ラシュモア橋の問題)と変更され、最終的には"The Problem of Thor Bridge"(トール橋の問題)となった。この作品の後、四編が不定期的に掲載され、最後に六編の連載で締め括られたのである。『シャーロック・ホームズの事件簿』所収の物語は、これらに先だって書かれた物語に比べて不出来である、とするのが広く一般的な見解である。『シャーロック・ホームズの事件簿』を批判したジョン・ゴア（一八八五～一九八三）に対して、ドイルは一九二六年十一月に以下のように書き送っている――「……これらの作品が印象に残らないというのは、我々が歳をとるに連れて無感動で平凡な人間になっていく、ということと全く無関係なのでしょうか。（中略）私は若々しく新鮮な気持ちで、ホームズ物語を読み返してみました。どれもこの試験に充分耐え得るものでした」。ドイルは『シャーロック・ホームズの事件簿』所収の物語のうち、少なくとも《高名な依頼人》と《ライオンのたてがみ》を高く評価していた。しかし多くの批評家達は、『シャーロック・ホームズの事件簿』は紙屑籠に過ぎず、小説としての冴えは輝きを失っているとした。

『シャーロック・ホームズの事件簿』以前に書かれたほとんどの物語では、ベイカー街のこぢんまりとした部屋の中で、物語の最後で事件の全てが余すところなく明らかになり、寛いだ印象で物語が締め括られる。エドマンド・ウィルソンは、物語をいきいきとしたものにしているもう一つの特質についても言及している。それは「無責任な喜劇」とも言うべき、ちょうど父親が子供に聞かせてやる下らない長話のようなもので、ホームズ譚全体に漂っているものである。ある意味で、ホームズの性格描写はどうしようもないほど喜劇的である。

「親指はなくすし、五十ギニーの報酬はもらえない。いったい何を得たと言えるでしょう?」

「経験ですよ」と、ホームズは笑いながら言った。(《技師の親指》、『シャーロック・ホームズの冒険』所収)

もっとまじめな場面として《青いガーネット》に登場する、犯罪者ライダーのことを思い起こす向きもあろう。この物語はクリスマスのごちそう気分に満ち溢れているが、お涙頂戴物に堕するところを、ホームズの存在によって物語が引き締められている。

ライダーは、突然、両手で顔を覆うと、発作的に泣きだした。

長い沈黙が続いた。聞こえるのは、ライダーの吐く荒い息と、シャーロック・ホームズの指先が、テーブルの縁を叩く音だけだった。やがて、ホームズは立ち上がり、ドアをさっと開いた。

「出て行きなさい!」と、彼は言った。

「は、はい! ああ、ありがとうございます!」

「何も言わないでいい。出て行くがいい!」

そして、それ以上、何も言う必要はなかった。階段を駆け降りる音、玄関のドアがばたんと閉まる音がして、一目散に走り去っていく足音が、通りから聞こえた。

シモーヌ・ヴェイユが評しているように、現実の世界にあって善良であることは、素晴らしくまた美しいことであるが、小説の世界にあってはどちらかと言えば退屈で、真実味に欠けるものである。この観点からするとシャーロック・ホームズは、サミュエル・ピクウィックやアリョーシャ・カラマーゾフと共に、例外的な存在なのは確かである。『シャーロック・ホームズの事件簿』の前書きで、ドイルはホームズを「ロマンスというおとぎの国の住人」であるとした。しかし『シャーロック・ホームズの事件簿』の世界で、欠落している要素はまさしくおとぎ話的な特質なのである。『シャーロック・ホームズの事件簿』の世界は冷酷なリアリズムで描かれており、これは聖典では稀なことなのである。ここでの物語には、ぞっとする残虐な行為のギャラリーが浮かび上がってくる。

同時に、執事や使用人たちが数人、玄関ホールの方から部屋に走ってきた。そのうちの一人が、わたしが怪我人の横にひざまずき、あの恐ろしい顔をランプの光の方へ向けた時に気を失ったのを記憶している。濃硫酸液が顔のあらゆる場所を浸食し、耳やあごからしたたりおちていた。目の片方はすでに白くなり、どんよりとしていた。もう片方は赤く、はれあがっていた。わたしがほんの数分前にほめたたえた顔は、今や、画家が水を含んだ、汚い海綿で、美しい絵の上をこすった後のようであった。輪郭がくずれ、変色し、人間とは思えない、恐ろしいものとなった。（《高名な依頼人》）

ここでの恐怖は、この醜い顔が他者に与えた効果によって、更に強調されている（「そのうちの一人が……気を失ったのを記憶している」）。

これに似た例に、「一度など、うちの牛乳屋は、上の階の窓からのぞいている彼女の顔をちらっと見て、ブリキ缶を取り落とし、前庭を牛乳だらけにしてしまいました」（《覆面の下宿人》）という描写がある。しかしこの上質の作品が特に優れているのは、めちゃめちゃにされた顔についての描写は皆無で、読者はただ「ぞっとするほどすさまじい廃墟から、生き生きした、美しい茶色の瞳が悲しそうに見つめているだけ」という記述に当たるだけである、という点である。

《白面の兵士》では、恐怖は風景を描写する一節にも潜み、その迫真性はこの物語の聖典性に対して疑問を持つ見解を弱体化させるに違いない。「アフリカの太陽がカーテンのかかってない大きな窓からさしこんでいたので、家具も飾りもないがらんとした、白塗りの共同寝室の細部まではっきりとわかった」。確かに読者も同じ、日の光に照らされた部屋の中にいる。しかし次の瞬間、場面は異常なものへと急転を見せる。

ぼくの前では、巨大な球根のような頭をした小柄で小人のような男が、オランダ語で興奮したようにまくし立てていた。気味悪い二本の手を振りながら何かしゃべっているのだが、それがまたぼくには茶色の海綿のように見えた。その男の後ろでは、何人かがこの情景をおもしろそうに見物していた。でも、ぼくは彼らを見た時にぞっとしたよ。一人として普通の人間ではなかった。誰もかれもがどこか曲がっていたり、膨らんでいたり、おかしな格好にねじまがっていたりしていた。こんな変わった奇怪な一団が笑った時はまさに身の毛がよだったね。

他のホームズ譚にも、《悪魔の足》〔『シャーロック・ホームズ最後の挨拶』所収〕のように中身の濃い「大人向け」の物語はある。しかし《悪魔の足》の事件でホームズとワトスンが垣間見た内なる狂気の世界は、ごく短いものだった。すぐに二人ともこの世界から脱出している。しかし《白面の兵士》の物語の主人公が陥った恐怖の世界は、それが永遠に続く（と主人公が考えている）ことで、よりその恐ろしさを増しているのである。『シャーロック・ホームズの事件簿』の物語で印象に残るものに、ホームズが出し抜けに披露する洞察力がある。これは、《サセックスの吸血鬼》に登場するジャッキーの性格に対して発揮されたものである。ホームズはロバート・ファーガスンに対して、次のように述べている――「あなたが赤ん坊をあやしている時の彼のようすをじっと見ていました。ちょうどよろい戸が暗い背景になったので、彼の顔が窓ガラスにはっきりと映っていたのです。人の顔に、あれほどの嫉妬、あれほどの残酷な憎悪が表われているのを、わたしは目にしたことはありませんでした」。また別の身の毛もよだつような情景は、《トール橋》のグレイス・ダンバーが語ることを余儀なくされている――「彼女（ギブスン夫人）から逃れた時、彼女はそれでもなお、わたくしに罵声を浴びせながら、橋のたもとに立ちつくしておられました」。《這う男》のプレスベリィ教授の娘も、物語中で同様の激しい衝撃を受けている。

「気が違ったように鳴きさけぶ犬の声を耳にしながら、月の光で明るくなっている四角の窓に視線を合わせておりました。すると、父の顔がこちらを覗き込んでいるのが見えるのです。わたしはぎょっとしました。ホームズ様、驚きと恐ろしさのあまりに死んでしまいそうでした。窓ガラスに実際に、顔が押しつけられ、窓を上に引き上げようとでもするように、片手をぐいと上げたように見えました。もしも、事実窓が開けられでもしていたら、わたしはきっと気が違ってしまったでしょう」

また別の物語では精神的ストレスが、実際の肉体的苦痛と釣り合っている場面も描かれている。

細いワイヤーの鞭でひどく叩かれたかのように、彼の背中は何本もの濃い赤い線で覆われていた。長く痛ましいみみずばれが肩先から肋骨まで曲線を描いている。このような傷を与える道具は、きっと何かしなやかなものに違いない。苦しみに身もだえしている時に、下唇を噛んだのか、頬に血が流れていた。彼の引きつり、歪んだ顔に、苦痛のすさまじさが現われていた。《ライオンのたてがみ》

容貌の醜悪さは邪悪さと結びついている場合もある。ホームズが彼の罪を承知していることを明かした時、隠居した絵具屋は「のどからしぼり出したような悲鳴をあげて飛び上がった。骨ばった手で空中をかきむしった。口を開けていたので、その瞬間、彼は何かとてつもなく恐ろしい怪鳥のように見えた」。邪悪な世界は、死者達にまで及んでいる。《ショスコム荘》でワトスンは、以下のように記している――「ランタンの光の中にわたしが見たのは、頭から足の先までシーツに包まれた死体であった。恐ろしい、魔女のような、鼻とあごだけの顔が一方の端から突き出ていて、変色して、崩れかけたその顔から、ぼんやりとよどんだような目が見つめていた」。

ドイルはいかにして、後期の作品にこうした色合いを付けるようになったのだろうか。彼自身の内面の問題を除くと、その大部分は第一次世界大戦によるトラウマに帰することができるだろう。この戦争でドイルは、彼の世代に属する多くの男性がそうであったように、息子を失っている。ウィルフレッド・オーウェン〔英国の詩人。第一次世界大戦で戦死。一八九三〜一九一八〕やその他の者達は、老人達の冷淡さを非難しているが、我々はアブサロムを失ったダビデ王の嘆きを忘れてはならないのである。子供に先立たれた無数の父親達の脳裏には、必ずやダビデ王の嘆きの声が響いていたはずである。「ああ、私がおまえに代わって死ねばよかったのに。アブシャロム。わが子よ、わが子よ」〔出典は、旧約聖書『サムエル記2』第十八章第三十三節の後半部分。引用は日本聖書刊行会刊『旧約聖書』新改訳による〕第一次世界大戦後の無惨な、幻滅を感じる世界には、ベイカー街のかつての居心地の良さが存在する場所がなかったのである。

『シャーロック・ホームズの事件簿』の一風変わった特色は、そのいくぶんかはこうした考察を加えることで説明されるかもしれない。しかしそれでも、マーチン・デイキンが（『シャーロック・ホームズ詳注』で）指摘している、いわゆる「『シャーロック・ホームズの事件簿』の問題」に直面することなしに、議論を先に進めることはできない。あからさまに言ってしまうと、『シャーロック・ホームズの事件簿』所収の物語の幾つかは、作品の質が劣るというだけではなく、本当のドイルの作品ではないとまで言われているのである。この「問題」は、『シャーロック・ホームズの事件簿』所収の作品を、他の作品と一線を画すものとしている。作者たるもの、常に最良の状態にあるわけではない。また、初期に書かれた幾つかの作品の出来が相対的には良くないことを否定しない者はほとんどいないだろう。しかしだからといって、出来栄えの芳しくない初期の幾つかの作品が、偽物であると明言するような冒険に本気で挑む者もまずいないだろう。しかしこれに反して『シャーロック・ホームズの事件簿』には、代作という事態もあったかもしれない、とする考えを醸し出す状況が存在するのである。我々はドイルが作品の構想や着想を、他人に求めていたことを知っている（彼はよい着想を得るために、コンペティションすら示唆しているのである）。幾つかの基《もと》になる物語が彼の許に届けられ、彼はそれを改作した可能性がある、とするのは間違ってはいないようである。

統計学の立場に立った分析、即ちプラトンの対話篇、シェイクスピアの戯曲、或いは聖ペテロの書簡に対して加えられたような分析が、ホームズ譚に対しても行なわれた場合、その結果について我々は驚かされるかもしれない。こうした分析がなくても（こうした分析が、論議の基になることを忘れてはならない）、これらの作品が全てコナン・ドイルのペンから生まれたのだと証言する『シャーロック・ホームズの事件簿』の細心なる読者が存在する、と信じるのは困難である。多くの読者の目に疑わしい人物として映るのは、ホームズを滑稽な人物（ミュージック・ホールにでも登場するような）に仕立てようと、固く決心している改竄者（一人ではなかったかもしれない）の存在である。《マザリンの宝石》（ホームズがネグレット・シルヴィアス伯爵とサム・マートンをからかう様子）や、《三破風館》での黒人ボクサーのスティーヴ・ディクシーや、裏切りを働いた料理女のスーザンとのやり取り、が例として挙げられる。比較の対照を求める向きは、上記に挙げた下品なやり取りと、ホームズ流のユーモアが存分に発揮された《恐怖の谷》の一場面とを比べていただきたい。

「ねえ、ワトスン、事件の解決が紛失したダンベルにかかっていることが君にはわかっていない、などと言わないでほしいね。そう、まあ、がっかりすることはない。ここだけの話だけれど、マック警部も、あの地元の有能な警察官も、このことが大事だということに気がついていないようだ。ダンベルが片方しかない、ワトスン。ひとつのダンベルでトレーニングしているスポーツマンなんていないだろう。片側だけが発達した姿を思い浮かべてみたまえ――背中がまがってしまうよ。ぞっとするね、ワトスン、ぞっとするね」

改竄者がひけらかす滑稽さとは異なって、この場面でのユーモアは事件と無関係ではなく、謎の核に向けられたものであることを記しておくべきであろう。

多くの読者が気づいているように、もう一つの疑わしい点として、俗語や野卑な言葉遣いの存在がある。ホームズの特徴的な話し方は、そのいかめしさにある。時として横柄とも思えるときがあることは、誰しもが認めなければならぬ点である。しかしその一方で彼は、ロバート・ファーガスンに話した時のように、見事なほど簡潔で直截な話し方もできるのである。「あなたの奥様は実に立派な、本当に愛情の深い女性です。それなのに、つらい目にあっておいでです」(《サセックスの吸血鬼》)。本物のホームズには、野卑なところなどかけらもないのである。《隠居絵具屋》での「詩はやめにしてくれたまえ、ワトスン(Cut out the poetry, Watson)」や「それは、うぬぼれからです! (Pure swank!)」といった科白《せりふ》や、《三破風館》での「公爵の母君(His grace's ma)」といった言い方を聞くと、我々はこれはペテン師ではないかと疑念を抱いてしまう(《プライオリ学校》のような、上流階級の人々と接した他の物語で、ホームズがこうした話し方をしたとはとても考えられない)。更に深刻なのは、ホームズの態度に、不愉快なものが付け加えられている点である。政治的公正さに対する、時代錯誤的な疑問を持ち出すまでもないが、紳士たる者(ホームズは紛れもなく紳士であった)が、第三者を皮膚の色によってあざけることなど、到底認め難いのである(《三破風館》参照のこと)。この他に、初期の物語に存在していたモチーフがより不出来な形で繰り返されている点が挙げられる。高名な依頼人の正体を巡ってのホームズとデマリー大佐とのやり取りには、《第二の汚点》でのベリンジャー卿とホームズとのやり取りが力なく響いているようにも思われる。また、《サセックスの吸血鬼》で描かれているスパニエル犬に毒を試すやり方は、《白銀号事件》でストレイカーが羊の腱を切ってみた事例を模倣者が焼き直して使ったかのように思われる。最後にこれは実証するのが難しいのであるが、書かれたもののある部分に通俗文学的な特質が紛れ込んでいる、という点が挙げられる。ドイル自身は、ホームズ譚をそれほど重要なものとは考えていないと公言しているが、ホームズ譚は外観を装うことはしていないけれども、無数の模倣者の大半とは異なり、文学たり得ているのである。しかし例えば《隠居絵具屋》のように、本物のホームズ的要素を含んではいるものの、常に巨匠の筆致に接しているとは感じられないのである。この作品や他の作品には文体やその精神の点で、ある種のがさつさを感じるものがある。しかしこのことは、『シャーロック・ホームズの事件簿』所収の全ての物語の評判を貶めるものではない。《高名な依頼人》には、ドイルがこれまで書いてきた作品と同等の強さがある。《サセックスの吸血鬼》は、巨匠の傑作選に採られたとしても少しも見劣りするものではない。そして《覆面の下宿人》の終幕部分では、それまでの静かな淡々とした語りが瞬時のうちに荘厳さを帯びるのである。

結びとして、その発表順に『シャーロック・ホームズの事件簿』所収の作品を論評していこう。

《マザリンの宝石》は、演劇の世界が物語に与えた不適切な影響の一例、として有用であり得よう。この作品は一般的に、聖典の作品中もっとも不出来な作品の一つに数えられている。ホームズは実に遺憾なことに、釣り合いの取れていない敵役と共に、バラエティ・ショーに登場する米国人のような現われ方をする。ヴァイオリンを使った策略が成功したのは、ひとえにホームズが並み外れて幸運であったのと、悪党連中の子供じみた愚劣さによるものである。カントルミア卿に対して仕掛けられたトリックは、悪くはない。しかしながら、この匿名の作者が実はワトスンであった、とする充分にあり得る仮定に立ってこの物語を見た場合、ワトスンが登場している場面は登場しない場面に比べて、遥かに出来が良いということはここで述べておく必要があるだろう。

《トール橋》は、その正統性の点では、何ら疑問の余地はない。登場人物の性格描写、とりわけニール・ギブスンの性格描写は、充分に納得がいくものであり、プロットの取り扱いも優れている。謎の解明の着想は、ドイツの犯罪学者ハンス・グロス（一八四七〜一九一五）の『犯罪学大全（System der Kriminalstik）』（一八九一年）をジョン・アダムとJ・カリヤー・アダムが翻訳・編集した、『犯罪調査（Criminal Investigation）』（一九〇七年）から得たものである。あらましは以下のとおりである。自分が殺されたように偽装して保険会社の目を欺こうとしたあるドイツ人が、自殺する際にピストルに紐で石を結びつけ、自殺を試みた。自分で自分を撃った後、凶器のピストルは石の重みに引っ張られて、自殺の現場となった橋下の水中に没したのだった。「ある調査官が全くの偶然から、死体が倒れていたちょうど正反対の辺りの朽ちた木製の欄干に、小さいが確かに新しい傷を見つけた。それは、何か固くて角ばったものが欄干の上のほうに激しくぶつかって出来たもののようだった」。まだこれは殺人事件と信じられていたが（そのために彼は浮浪者を一人逮捕していた）、調査官は橋の下を浚ってみた。すると、まだ石が紐で結ばれたままになっていたピストルが発見され、自殺であったことが証明されたのだった。グリーンハウ・スミスはコナン・ドイルにこの話をしている。おそらくはグロスの研究に関する記事が、「ストランド・マガジン」に掲載された時に、グロスの研究に関心を抱いたのであろう（ヴァルデマー・ケンプファート「犯罪調査の最新手法――グロスの体系」、「ストランド・マガジン」一九一四年九月号掲載、並びにグリーンハウ・スミス「コナン・ドイルの手紙」、同誌一九三〇年十月号掲載）。《トール橋》には二つの特徴がある。その一つは、情熱的なラテン・アメリカ系の女性（《サセックスの吸血鬼》のファーガスン夫人も参照のこと）という、ワトスン的（もしくはドイル的）な紋切り型の描写である。そしてもう一つは、金鉱王に対する手厳しい道徳上の譴責である。これはホームズの人物像からは逸脱するものである、と異論が唱えられてきたものではあるが、もっと初期の物語においても冷静な分析家ホームズという人物像は、いくらか割り引いて考える必要があることを、我々は学んできたはずである。《花婿失踪事件》で、礼儀をわきまえぬ悪党のウィンディバンクを、ホームズがどのように処したかを参照されたい。《トール橋》のもう一つの明確な特徴は、この物語でのホームズが強力な敵対者と渡り合っている、と感じさせる点にある。もっとも、この敵対者は打ち負かされて、まあ我慢のできる依頼人になるのであるが。「このわたしが嘘をついているというのか」というギブスンに、ホームズはこう答えている――「そうです。わたしは極力気配りをして、表現したつもりです。しかし、あなたがその表現にこだわるなら、当方もあえて否定はしません」。

《這う男》は仮に正統的な作品であるとしても、熱心に読み耽るというわけにはいかない。「この作品は、不幸にしてブリキの文書箱にしまわれずに残っていた事件の一つで、そのまま手をつけられぬほうがよかったものと言えるだろう。ワトスンは時として不機嫌であり、不器用であり、そして忘れっぽくなっている。この退屈な話が示しているのはせいぜい、散々いじりまわされた形跡だけである」。しかし《這う男》は最高の出来栄えを示している作品、とは言えないかもしれないが、興味深い点が全くないということではない。訪問者達に示した、プレスベリィ教授の喧嘩腰の態度は、あの驚くべきチャレンジャー教授を、微かに思わせるものがある。また教授の行動は、スティーブンソンの『ジキル博士とハイド氏』（一八八六年）に着想を得たものである。《這う男》は更に、一九二〇年代前半の類人猿の分泌腺に関するヴォロノフの実験を巡る大騒ぎを反映している点で、また別の時代的興味をかき立てるものとなっている。これはホームズに、以下のように論評するきっかけを与えたのだった。「自然というのは、人間がこれを乗り越えようとすれば、逆に自然の道から転落してしまうものなのです」。同時に、ホームズに次のような悲観論を語らせてもいるのである。「いわば、不適者生存の法則だね」。これは、ヴィクトリア時代の楽観的な進化論を否定するものでもある。C・L・ルイス〔クライヴ・ステイプルズ・ルイス。英国の文学者・作家、一八九八〜一九六三〕の論評は、《這う男》への論評としてもそのまま転用が可能である。ルイスは、類人猿の分泌腺を使った実験に不同意であるとの見解を明らかにしていた。彼の話相手は、彼の態度に対して異議を唱えた。「おいおい、ルイスよ、君だっていつかは年寄りになるんだぜ」ルイスはこれに答えてこう語った。「若いエテ公になるんだったら、年寄りになるほうがましだね」。《這う男》が本物のドイルの手になる作品であることは、プレスベリィ教授の振る舞いに対するワトスンの、あまりにもワトスン的な説明でも充分に証明されていると言えるだろう。「腰痛だろう、おそらく」

《サセックスの吸血鬼》は、『シャーロック・ホームズの事件簿』所収の短編のうちでも、屈指の出来を誇る作品である。この作品が本物のドイルの作品であることを疑うだけの、もっともな理由など存在しない。若かりし頃のワトスンに関する情報は、彼の一代記にとって価値あるものである。ホームズがいわゆる吸血鬼伝説を却下するのは、彼の性格からすると理にかなっている。この作品が一九二〇年代に書かれたものだとすると、これは当時すでに心霊学を信奉していた作者ドイルの、驚くべきほどの度量の広さを示していると言えるだろう。というのは、ホームズは超自然の存在をぴしりと否定しているのである。作品の主題は例外的に、題名にかすかに示されている。題名における「サセックス」と「吸血鬼」という言葉は、対照的な組み合わせを為している。この物語は、解釈という点からすると、精神分析のたとえ話として読むことも可能である。ファーガスンは次のように語っている――「わたしはどうしても、彼女が口のまわりを血に染めて立ち上がったあの姿を忘れられません」。ホームズはこの情景には、別の「読み方」が存在することを示してみせる。《サセックスの吸血鬼》の物語中、最高の姿を示しているホームズがここにいる。超然とした医師にして、親切で慈悲深い存在である。物語自体の内容が濃いにもかかわらず（或いは濃い故に）、ホームズの知的に超然とした姿勢はくっきりと鮮やかである――「これは知的な推理が試される問題でしたが、いったん、最初に立てた知的推理がひとつずつ、多数の、互いに関連のなかった個々のできごとにより、証明されていけば、主観的な事象が客観的な事象に変わります。その時、わたしたちは自信をもって、目標にたどり着いたと言えるのです」。「ファーガスンはひそめた眉に、大きな手をやった」のも無理からぬところであった。

《三人ガリデブ》は、紛れもなくドイルの手になる作品である。この物語に描かれている最後にして最良の、ホームズとワトスンの真実の全貌（ジェイムズ・ジョイスの小説で使われる言葉を、ここに当てはめると）を失うことに甘んじていられる、ホームズ譚の愛好家はいないだろう。それはワトスンが、「殺し屋エヴァンズ」に撃たれた時に訪れたのである。

「けがはないか、ワトスン？　お願いだから大丈夫だと言ってくれ！」

あの冷たい顔の裏に、深い誠実と愛があることを知ることができたのだから、怪我の一つ、いやさらに多くの怪我をする価値だってあるというものだ。澄んだ、厳しい瞳が一瞬うるみ、堅く閉じた唇が震えていた。偉大な頭脳の、偉大な心をわたしは一度だけ垣間見た。ささやかだが、一心に努めてきたわたしの年月は、この真情の啓示の瞬間に最高点に達したのだった。

この場面は、《高名な依頼人》でグルーナー男爵を打ち破ったこと以上に、ホームズの生涯において本当に至高の瞬間であったと思われる。この最後の場面を除くと、《三人ガリデブ》はいわば変化に富んだ、気持ちの良い嬉遊曲である。ワトスン自身、その区分立てに迷っている。「それは喜劇だったかもしれないし、悲劇だったかもしれない。一人の男には分別を失うことを要求し、わたしには血を流すことを要求し、そしてもう一人の男には法の裁きを受けることを要求するものだった。それでも喜劇と言える要素は確かにあった」。いずれにせよ、その区分立てが何であれ、物語の語り口の点で《三人ガリデブ》は傑作である。物語のプロットには、ドイルお気に入りの「囮」の主題が繰り返されている。

《高名な依頼人》は、この物語を愛好する読者がいるとは想像し難いが、それでも『シャーロック・ホームズの事件簿』所収の物語の中では最も力のこもった作品である。物語の登場人物、そして事件そのものも決定的に魅力を欠いているが、この物語で唯一インパクトがあるのは、「わが友の経歴の中で最高の時代だった」というワトスンの記述である。ここでのワトスンは、大袈裟である。例えば《海軍条約文書事件》や《第二の汚点》、《ブルース－パーティントン設計図》といった物語で描かれている、ホームズの国家に対する貢献はどうなのだろうか。これは、王族や貴族に対するホームズの一般的な態度にも疑問を投げかけるものである。ヴィクトリア女王に対するホームズの尊敬と敬愛の念は、ラッフルズが女王に対して抱いている尊敬と敬愛の念と比較して、ひけをとるものではない。愛国的なVRの文字が、部屋の一面の壁に弾痕で描かれているほどであるし、後にブルース－パーティントン設計図を取り戻した功績に対して、女王はホームズにエメラルドのタイ・ピンを賜っていると伝えられている。しかし外国の王族に対するホームズの態度に恭しさが欠けているのは紛れもないところである。《ボヘミアの醜聞》における、アイリーン・アドラーについての、ボヘミア王とホームズの会話を思い起こしてみよう。

国王：「彼女が、余と身分が違っていたことは、かえすがえすも残念である」
ホームズ（冷ややかに）：「わたくしが観察いたしましたところ、確かにあの女性と陛下とでは、お似つかわしくなさそうでございます」

国産の貴族に対するホームズの態度にも、恭しさというものは見られない。《花嫁失踪事件》でロバート・セント・サイモン卿はホームズに対して、横柄にも次のように語っている。「あなたはこのような事件を、幾つかすでに手がけておられるだろうが、わたしのような階級からのものはないだろう」

ホームズ：「まあ、その点については、下降気味ですね」
ロバート卿：「何とおっしゃられたかな？」
ホームズ：「この種の事件での最近の依頼人は、国王陛下でした」

ホウルダネス公爵に対する、公爵自身の屋敷内における手厳しい道徳的譴責が、社会的なタブーによって抑制されることはない（《プライオリ学校》を参照されたい）。またもっと軽い調子で、ホームズは恩着せがましいカントルミア卿に悪ふざけをしてからかってもいる（《マザリンの宝石》を参照のこと）。こうした事例は、民主主義気質の人にとっては賞賛すべきものである。逆に褒められない事例は、《バスカヴィル家の犬》での「ローマ法王のことで頭が一杯でした」とホームズが発言した一例のみである。これは単に、有名人の名前を挙げて友人のように言いふらしただけのことだろう。

しかしこれらの事象は、《高名な依頼人》の核心部分からすると、些細なことでしかない。《高名な依頼人》の核心部分、というのはホームズが依頼人に対してへつらっているように見える点である。これが特に問題になるのは、この依頼人がエドワード七世をモデルにしている、ということによる。ホームズ譚にも、またホームズ譚以外の作品においても、英国皇太子当時でも、また即位して国王エドワード七世になってからでも、ドイルのこの御仁に対する態度は批評的でなかったとはとても言えなかったのである。《緑柱石の宝冠》では、彼は（おそらくは）賭け事の借金を清算するためにか、或いは強請《ゆす》られたことに対する口止め料のためにか、値段のつけられない国宝を質種《しちぐさ》に入れるという、魅力的とは言えない人物として描かれている。また多くの人々が、ボヘミア国王とは実は彼のことだったと考えてもいる。この仮説が正しいとすると、この人物と高名な依頼人には共通部分がある。それは変装に関する一風変わった概念である。ボヘミア王はけばけばしい衣裳に身を包み、R・L・スティーブンソンの『新アラビアン・ナイト』の登場人物のように、マスクまで身に付けるという念の入れようである。一方エドワード七世のほうは、自らの正体を隠したままにしておくことにやきもきしていながら、自らの紋章が扉に付いている馬車を走らせている。物語の最後に至るまで、《高名な依頼人》における依頼人の正体は未詳のままである。マーチン・デイキンが指摘しているように、ドイルは（ホームズではなくても）国王の若い女性に対する関心が決して常に父親的立場からのものではなかったことを知っていたのかもしれない。エドワード七世の性格にドイルが不満を抱いていたために、彼は物語の中でホームズにナイトの位を辞退させたのだろうか。しかしその一方で、ドイル自身はエドワード七世からナイトの位を授けられている。現実と物語の世界の境界線上にあるこの問題は、依然として霧の中である。

こうしたことを別にしても、《高名な依頼人》には言うべきことが数多くある。ベイカー街の居心地の良さは過去のものとなった。我々がいるのは、明らかにエドワーディアン時代の醸し出す空気の中である。それは新たな世界が僅かに姿を現わした、けばけばしく俗悪な時代の空気である。ドイルは《高名な依頼人》の出来に満足していた。プロットの出来は上々というわけではなかったが「上流階級の人が作品の中で、充分に活動している」と述べている。この自作に対する批評の最後の部分は、いささか困惑を覚えるものである。これはキッドの手袋をしたデマリー大佐を指したものだろうか。それともエドワード七世を指したものなのだろうか（しかし我々が目撃したのは、国王の馬車のみである）。これがグルーナー男爵のことを指しているわけはない……しかしこれまで述べてきたことにもかかわらず、ドイルがジョン・ゴア宛ての手紙の中で述べている、彼自身の判断に同意する者は多いはずである。「もし自薦六編を選び出すとしたら、私は《高名な依頼人》を必ずや加えることでしょう」。グルーナー男爵は、悪漢の中でも実在性と知謀に富むという点では屈指の存在である。キティー・ウィンターとミス・ド・メルヴィルは、他の物語に登場する女性達よりもよく描かれており、また迫真性の点でも優っている。また彼女達は違った方法で、ホームズとフロイトの合意点を強化していると言えるだろう。「女心は男にとってはついに解けざる謎だからね」。

《三破風館》は、偽作であると考えることで満足を覚える読者も多いだろう。この物語でホームズが見せる黒人に対する人種差別的な愚弄は、《黄色い顔》でグラント・マンローが見せた（ホームズとワトスンも賛成した）気高い反人種差別的な立場と不愉快なほどの対照を見せている。メイドのスーザンをからかっている場面のような（「パレゴリックはよくきくよ」）、ホームズをつまらないコメディアンに貶めようとするかのごとき、いらいらさせられる表現が随所に見られる。《三破風館》のもう一つの欠陥は、イザドウラ・クラインに対する過度にひょうきんで手ぬるいホームズの態度である。イザドウラ・クラインは老婦人を虐待する目的で、後に自らの罪に対する陳謝の証として、五〇〇〇ポンドの小切手を切りはしたものの、「ならず者を雇って」すらいる。そして最後に、《三破風館》の物語には現実性が致命的に欠けている。イザドウラ・クラインほどの冷静さを備えた人物であれば、自分はダグラス・メイバリーの「奇妙な小説」に描かれているような人間ではないと、ローモンド公爵未亡人を説得することは造作もなかったはずである。《三破風館》で描かれている世界は、きわめて不快なものである。《高名な依頼人》で我々が聖典の世界において初めて引き合わされた無頼漢と殴り合いの世界の発展したものが、《三破風館》の世界である。そして、俗っぽい表現と月並みな語法が頻出している。文体の分析が、この作品を疑作としてくれることを望みたい。

《白面の兵士》の正統性についても、疑問とされてきている。多くの人が問題にしているところからすると、さらなる探査が必要であろう。この物語ではホームズ自身が語り手を務めているが、冗長さといやに凝った文体に、読者はすぐに読み続ける意欲をそがれる結果になる。他の物語でのホームズ自身の語りでは、これほど直截さを欠くようなことはない。《最後の事件》や《空き家の冒険》でのホームズの語りは、物語に活気を与える貢献をしている。《グロリア・スコット号》や《マスグレーヴ家の儀式》では、ホームズの語りが物語の本質の大きな構成要素を為している。表向きはホームズ自身が執筆したということになっているもう一つの物語である《ライオンのたてがみ》には、やはり初期の作品に見られたような、ぴりっとしたところも活力もない。しかし《白面の兵士》ほどの弱々しさに悩んでいる様子は見られない。この二つの物語を読んだ読者は、ホームズが他にもっと面白い物語を綴ることができなかったのはなぜか、疑念を抱くはずである。最後に、デイキンが指摘しているように、物語の大団円はおよそ信じられないものである。ワトスンがその最良の出来を示している作品で、読者を喜ばせようとしてこうしたハッピー・エンドを考案することはない（《白面の兵士》と対照的な作品としては、《踊る人形》や《ギリシャ語通訳》を一読されたい）。これは恐るべき告発である。しかし中には、それでもなお《白面の兵士》に、退屈な作品との烙印を押すことに躊躇《ためら》いを覚える者もあるだろう。あの恐ろしい、蒼白な顔をした人物が、巨大な建物の影の中で人目を避けつつさすらう姿は、物語の謎に対する関心以上に痛々しさを感じさせる。タックスバリー・オールド・ホールは、「屋敷はかなり広大な庭園のある、大きいだけの、とりとめのないものでした。（中略）中は羽目板張りで、タペストリーや半分ぼやけたような古い絵がかかっていて、幻影とミステリの家とでもいいましょうか」と描写されている。これは漠然と、衰えゆく英国を象徴する、まとまりのない寓意を内包しているものである。この物語の背景となっている南アフリカでの戦争は、大英帝国の衰退の徴候を示すものでもあった。ゴドフリー・エムズワース青年の幽霊のような姿を描くに際し、ドイルは心の内に、一九一四年から一八年の戦争のために亡くなったキングスリー・コナン・ドイルの思い出を抱いていたのではないか、とするいささか興味のある推測が存在している。物語に漂う詩情は、ある程度までは作品の欠点を贖っているのである。《白面の兵士》のその他の忘れ難い特質としては、ハンセン病病院の有様を描いている（もっと古い記憶によるものである）ことである。この記述は、自分自身がじかに経験したことに基づいている（一九〇〇年にドイルは、ケープタウンの沖に浮かんでいた、ハンセン病患者の島を訪れた経験があった）。

《ライオンのたてがみ》に対して、ドイル自身は高い評価を与えていた。彼は「この作品は、第一級の位置に置かれて然るべきである」と述べている。もっとも「判断を下すのは世間一般の人々であるが」と付け加えている。しかし「ストランド・マガジン」（一九二七年三月号）では、《ライオンのたてがみ》は「ホームズ自身の記述となっているのが、足枷になっている」と述べている。これは、この作品が全作品中もっとも読者に訴える力が弱いとする読者がなぜ存在するのか、その理由の一つであるかもしれない。ホームズ自身の記述とされている他の作品である《白面の兵士》と同様に、真のホームズとは相容れない語り口が、至るところでこの作品の価値を落としている。またこれも《白面の兵士》と同様に、ワトスンの不在によってどれだけのものが失われたかを我々に気づかせる結果となっている。即ち散文的な真面目さと対照を為す、どきどきするような記述によって生じる緊張状態、謎、そしてさらに読者の興味を一層かき立てるものが欠けている。更に、記述が平易に書かれているのは賞賛すべきことであるのだが、時としてそれがどうしようもないほどの単調さにまで陥ってしまっている。サセックスの海岸の見事な描写を除くと、ワトスンの記述の特色である色鮮やかな記述――例えば《最後の事件》のような――に匹敵するものはほとんどない。

《ライオンのたてがみ》が内包しているもっと根源的な作品としての弱点は、同じ傾向を持つ作品、即ち《まだらの紐》（『シャーロック・ホームズの冒険』所収）と比較することで、より一層あらわになる。《まだらの紐》の場合でも、悪魔の使いと化するのは毒を持った生き物である。しかし《まだらの紐》が非常に面白く、また読者の心をぐっと摑んで離さないのは、自然に存在する事象の裏に人間の邪悪さが潜んでいるからである。《まだらの紐》の最後で、ロイロットの邪悪さを打ち破るのは科学的知識ではなく、洞察力と直感力の輝きなのである。《ライオンのたてがみ》の物語の「形式主義」は、断片的に残存している初期段階の話の流れに、よりいっそう顕著である。そこでは事件の謎を解明するのはホームズですらなく、有名な博物学者が物語の最後に披露する「茶色い背表紙の本」なのである（《白面の兵士》におけるサー・ジェイムズ・ソーンダズが、似たような、いわば急場凌ぎ的解決策をもたらす者として描かれていることを連想させる）。《ライオンのたてがみ》のいちばん出来の良いところでは、ホームズの語り口はワトスンの語り口とほとんど区別できなくなってきている。物語の語り手は、科学的専門家であることをやめて、ほとんど小説家に近い存在となっている。読者が《ライオンのたてがみ》について、一番よく記憶にとどめているのは、獅子の鬣《たてがみ》ことサイアネア・カピラータの所業ではなく、物語に登場するしっかりした、信用を置くに足る人々であり、特に若い女性と容疑者のイアン・マードックである。ここではワトスンの筆致を感じることも可能であり、《ライオンのたてがみ》の作品としての正統性を疑うべき確たる理由は特に存在しない。

《隠居絵具屋》は、正統性がかなり疑わしい作品である。物語の幕開けの部分は、疑いもなくホームズであるかのようである。ここでは悲劇をじっと見つめる雰囲気が漂い、哲学的憂愁へとホームズをつき動かしている。これは《ボスコム谷の惨劇》（『シャーロック・ホームズの冒険』所収）や《ボール箱》（『シャーロック・ホームズの思い出』所収）で、ブラウナーの痛ましい告白を聞いた時と同じである。その他の点では、この物語は出来栄えの良い部分もあるが、どちらかといえば取りとめがなく、最後で話のつじつまを合わせることに失敗している。物語に登場するバーカーの正確な立場はいったい何であるのか頭を悩ませる批評家もいないではないが、そのことはさほど大きな問題ではないと思われる。ホームズ独特の言い回しが時々欠落しているのは、背景に再び改竄者がうろついている証であろう。《隠居絵具屋》が失望させられる物語である主たる要因は、ジョサイア・アンバリーその人にある。いかにしてホームズがアンバリーの犯罪を暴いていくかという物語自体はわくわくさせられて然るべきなのだが、「裁判実録」シリーズに収めるにはいささかありふれ過ぎている部分がある。もし最後の場面でアンバリーが自分の本当の正体について語っていれば、彼の性格とも合致し、物語の締まりのない締め括りも、ブラウナーの告白同様たいへん効果的なものになっただろう。しかし《隠居絵具屋》を、聖典から除外すべき理由は存在しないのである。

《覆面の下宿人》は、全く異なったレベルにある作品である。この物語の中心となる人物（ロンダ夫人）は魅力的であり、また読者の強い同情を呼び起こす。物語は驚くほど変化に富んだ色調を展開する。「後期ヴィクトリア朝の犯罪……だけでなく、社会や官界のスキャンダル」を暴露することに繋がり得るホームズの書類を入手し葬り去ろうとした試みに対する、嬉しくなるようなワトスンの厳粛な警告で物語の幕が上がる。これは、ホームズの果たす役割に、マルクス主義の立場の批評家達が好んで用いる「自家撞着」が常に存在していることを改めて惹起させるものである。事件をあまりに鮮やかに解明し、真相をあからさまにしていくその一方で、ホームズは秘密の保護者であり、隠匿者でもある。姓名不明のホームズの敵対者に対して、ワトスンは厳粛な容赦のなさで、断固として立ちはだかるのである。「しかしながら、最近これらの書類を手に入れ、破棄してしまおうとする試みがあったが、これについてはわたしは強く非難するものである。この不法行為の出どころはわかっている。もし繰り返されることがあれば、政治家、灯台、そして調教された鵜《う》に関する事件の全容を公にすることについて、わたしはホームズの許可を得ている。こう言えば、何のことかわかる人間が、読者の中に一人はいるはずである」

しかしこの好調な滑り出しの後、真面目を装っていながら実は滑稽な記述は影を潜め、その代わりに読者は探偵小説としても興味をそそられ、充分に現実的でありながら、しかし《隠居絵具屋》のような不気味さのない物語が展開する。文章の筆致は軽快で、ホームズは目立っていない。サーカスの団員達の描写は生き生きとしている（ドイルはおそらく、《恐怖の谷》連載の第一回が掲載された「ストランド・マガジン」（一九一四年九月号）に載っていた子供のためのサーカスの話を、自分の子供達と一緒に読むような気持ちで読んでいたのは明らかである。付録を参照のこと）。物語は最後の部分、ホームズが覆面の下宿人と最後に会話をする場面で、一気に見事な盛り上がりを見せる。恐ろしい傷を負ったが故に、彼女は自殺するつもりであることを仄めかす。ホームズは立派な戒めの言葉で、彼女の考えに反対する。「忍耐心のない世間にとって、苦しみに耐えている実例はそれ自体が、このうえなく貴重な教訓となります」。ヒューマニズムの続く限りは、慰めの言葉としてこれほど慈悲心に溢れた言葉はないだろう。しかし、女性の答えはホームズをもってしても、「同情と抗議を込めて片手を上げ」るほかに何も言葉が見つからなかったのである。

彼女はヴェールを上げ、光の中に進み出た。

「あなたなら耐えられますか？」彼女は言った。

読者は——おそらくはコナン・ドイル自身も——テニスンの詩の一節を思い起こすだろう。

ああ、空しき、そして果敢なき人生よ！
汝の慰めと祝福の声に
答えの、そして救いの望みとは何者なるや
死後の世界に、死後の世界に（Behind the veil, behind the veil）

《ショスコム荘》における最大の弱点は、この作品が（ドイルにとって）退屈な作品である、と言い得ることだろう。前景には不倫や博打に耽《すさ》る荒んだ生活を過ごす人々があり、また背景にはぼろぼろになった遺体と、古代イングランドがある。サー・ロバート・ノーバートンは、印象の薄い悪党にしか過ぎない。最後のホームズ譚で、『シャーロック・ホームズの事件簿』所収の物語でしばしば用いられている盛り上がりに欠ける主題が使われているのは残念なことである。その主題とは、衰退する英国である（物語の主題的要素が示唆しているのが、この主題なのである)。我々が尊敬し崇拝してきたホームズは、ヴィクトリア時代のホームズであり、時代と調和の取れていた人物だった。しかし、『シャーロック・ホームズの事件簿』に登場するホームズは、そうではないのである。

本文について

本文はジョン・マレイ社から出版された、『シャーロック・ホームズの事件簿（The Case-Book of Sherlock Holmes）』（一九二七年）を底本にしている。この単行本での本文と、「ストランド・マガジン」誌第六十二、六十三、六十五、六十七、六十九、七十二、七十三巻の各巻に掲載された初出時の本文とを校合している。作品の配列順は、ジョン・マレイ版での序列よりも、「ストランド・マガジン」への発表順を優先し、こちらに従った。年代学的にはジョン・マレイ版と同時に、米国で最初の単行本としてニューヨークのジョージ・H・ドーラン社から『The Case Book of Sherlock Holmes』（原文ママ）が出版されている。こちらのほうは、大きく表現が異なる箇所について照合している。《ライオンのたてがみ》の本文は、『ライオンのたてがみの冒険――シャーロック・ホームズ物語のファクシミリ復刻版、コリン・デクスターによる前書き、並びにリチャード・ランセリン・グリーンによる後書き付き』と校合している。また原稿段階での大きな相違については注釈部分で触れた。また削除部分のうち判読可能な部分、推測の可能な部分とそうでない部分

について も触れている。我々は心から、このファクシミリ版の版元にして原稿の保管者であるウェストミンスター・ライブラリーと、協力者であるロンドン・シャーロック・ホームズ協会に深い感謝の念を捧げる。また専門家の立場と個人の立場から、シャーロック・ホームズ・コレクションが保管されているマリルバン図書館のキャサリン・クック女史にも深い感謝の念を捧げる。

付録《覆面の下宿人》の起源

美しい調教手と恐ろしいライオン、そして賢い道化者――子供のためのお話
作・絵：ウォルター・エマヌエル（一八六九～一九一五）

昔あるところに、ザザという名の美しい猛獣使いと、ファイド、エミリー、ライオン、クルーガー、ジェーン、シーザー、そしてロウという名前の恐ろしいライオン達と、リトル・スマイラクスという道化者がおりました。皆、サーカスのメンバーでした。

ある晩、ザザは具合が良くありませんでした。彼女はひどい頭痛に悩まされていたのです。彼女はサーカスの団長のところへ行って言いました。「私、具合が悪いんです。でも、ライオン達の檻に入らなければ駄目ですか？」団長は厳しい人でした。「行かなきゃ駄目だ。お客さんをがっかりさせるわけにはいかんのだ」

そこでザザは、ライオンの檻に入りました。でもその晩は、彼女はライオン達に言うことを聞かせる元気がありませんでした。ライオン達はちっとも言うことを聞かず、そしてシーザーとロウがザザに飛びかかり、彼女を倒してしまいました。

「おい、みんな来るんだ」とシーザーは他のライオン達に言いました。「もうザザはやっつけたぞ」

サーカスのお客さんは皆、きゃあっと悲鳴をあげました。

「真っ赤に焼けた、火搔き棒を持ってくるんだ」と団長は叫びました。けれども火搔き棒は見つかりません。

「ああ、どうしよう、どうしよう」とリトル・スマイラクスは叫びました。というのは、彼はザザを愛していたのです。それから彼は、にっこりと笑い顔になりました。何か考えついたようです。彼は急いで走っていって、自分が使っているにせ物の真っ赤に焼けた火搔き棒を手にしました。そしてそれを持ってライオン達の檻へと走っていきました。恐ろしいライオン達は彼を見て叫びました。「おい、見てみろ、真っ赤に焼けた火搔き棒だ！」そして一目散に檻のもう一方の端へとふっ飛んでいきました。

こうしてザザは助かり、神父様が呼ばれてザザとリトル・スマイラクスは結婚しました。二人の間には、たくさんの道化の男の子と女の子が生まれました。そして恐ろしいライオン達は、と言いますと、罰としてそれから一週間ずっと、晩のご飯のプディングはおあずけになりました。

――「ストランド・マガジン」誌一九一四年九月号掲載

全集への前書き

アーサー・コナン・ドイルは、「ストランド・マガジン」誌の彼の担当だったハーバート・グリーンハウ・スミス（一八五五～一九三五）に、以下のように述べている――「物語は私の頭の中に、有機体のように浮かんできます。物語のいわば生命とでも呼ぶべきものが消えてしまうと、もう書き直しなどはできないのです」。*

コナン・ドイルのこの言葉は、シャーロック・ホームズの物語――長編、短編を問わず――を執筆する際の、自分のやり方について語ったものだと言っていいだろう。彼の現存する原稿（今日、全物語のほぼ半分の原稿が伝わっている）を見ても、このことはおおむね裏付けられている。コナン・ドイルのシャーロック・ホームズの物語の原稿には、手直しの跡が極めて少ない。ただし、スケッチや下書きはまた別である。コナン・ドイルは、作家としての晩年には、作家活動を始めた頃のようにスケッチや下書きに縛られることはなかった。今日まで伝わるメモの断片では、アッパー・ベイカー街二二一Bに、オーモンド・サッカーとシェリンフォード・ホームズが住んでいたことになっている。しかしこうした分析が可能な証拠物件は、今日ほとんど残っていない。

コナン・ドイルと、彼の創造した最も有名な人物との関係は、巷間言われているような、〝シャーロック・ホームズを憎んでいた男〟といった――そこには寛容といったものは存在しない――馬鹿げたものではなかった。確かに、多少自由主義的傾向の強すぎる清教徒マイカ・クラークは、コナン・ドイルとしてはシャーロック・ホームズよりも、親しみの持てる登場人物だったかもしれない。しかし、この人物の名を題名にした一冊――『マイカ・クラーク』(一八八九年刊)――を除いて、彼を主人公とした小説の続編を書くことはできなかった。これに対して、「シャーロック」(コナン・ドイルは、執筆以外のときには自分が創り出したこの人物を、不遜にもこう呼んでいた) のほうは、初登場ののち実に五十九回も物語の主役を務め得たのである (これはコナン・ドイルが「英国国民の忍耐と誠実さの顕著な一例」と呼んでいるものである)。一八九三年に、コナン・ドイルは文学的誠実さの問題として、ホームズをライヘンバッハの滝に落したように思われる。「ホームズ物語の作者」として片づけられてしまうつもりはなかったのである。しかし、読者からの新しいホームズ物語を求める叫びは、ホームズ物語に無視することのできない、経済的価値を持たせるに至った。そのような状況下でも、コナン・ドイルはなにがしかの喜びを感じることなしに――実際にはひそかな誇りを感じることなしに――新作のホームズ物語を執筆することはなかったのである。

今日まで伝わるシャーロック・ホームズ物語の原稿の大半は個人の所有になるものであ

り、また英国に残っているものもほとんどない。当全集を編纂するに際し、我々は《瀕死の探偵》と《ライオンのたてがみ》のファクシミリ版を作成した。この二つの作品の直筆原稿を検討してみると、コナン・ドイルは句読点を使うことが少なかったことがわかる。また、《瀕死の探偵》(『シャーロック・ホームズ最後の挨拶』所収)は、原稿に当初書かれたものがそのままの形で活字になっていることも確認できる。しかし《ライオンのたてがみ》のほうは、現存する原稿に大幅に手を入れたあとが残されている。原稿に残された削除部分は、この物語を書き進めていく過程で、話の筋が大きく変えられ、物語中のホームズの役回りも一変していることを明らかにしている。

コナン・ドイルは、ホームズ物語の本文について、厳密な校閲を施すことをあまりしなかった。そのため、ホームズ物語の本文におけるコナン・ドイルの最終的な意向がどのようなものであったか、決定するのは時として困難な場合がある。しかし、《最後の挨拶》が校正刷りの段階で――戦争宣伝に肩入れすることを意図した作品として――徹底的に修正を加えられたのは明らかである。この修正は(このことを指摘するのは初めてだが)雑誌に掲載された本文に対して、であって単行本に収められた際には削られている。しかしこうした検証が可能な作品は、他には存在しない。

一般的には、米国版の本文は英国版に比べて、雑誌に掲載時の本文との相違が少ない。本文の差異は多くの場合、単に編集部員達の意図の相違によるものでしかないのかもしれない。コナン・ドイル自身が執筆後にある程度の読み直しをしたのは――特に、いわゆる生還後の物語については——疑いのないところである。しかし全体としては、彼は本文の統一ということに関してほとんど無関心だった。編集者との手紙のやり取りのなかでも校正に言及することはほとんどなく、改訂版の出版には不承知の意向を示し、更には編集者が原稿に手を加えるのに異論を唱えることは（あったとしても）極く稀だった。例えば、「ストランド・マガジン」掲載時の本文に好んで用いられていた"Halloa"は、コナン・ドイルの語法にはなかった単語である。この場合は、コナン・ドイル自身の元々の表記を復元した。その一方で、「ストランド・マガジン」掲載時の本文からは、あからさまに罰当りな言葉（ほとんどは間投詞である）は終始一貫して削除されていた。しかし、自筆原稿に当たることができない場合は、コナン・ドイルが書きつけた元々の表現——「ストランド・マガジン」掲載時の本文よりもきつかったはずである——の復元は、通常不可能であった（いずれにせよ、この間の事情は以下のようなことだったのかもしれない。即ち、コナン・ドイルは徹底したプロの作家であったから、編集の側で表現等に手を加えることがある、ということは百も承知で眼をつぶっていたのだ）。

この全集では、明らかな誤り——といっても、ほとんどないが——については全て訂正しており、全てその旨記してある（コナン・ドイルは医業に携わったことのある人間だったから、その筆跡は——「o」の字が「a」に誤読されることはありえようが——模範的と言えるほど読みやすい）。個別の物語の順序について触れると、《花婿失踪事件》（『シャーロック・ホームズの冒険』所収）が、《赤毛組合》に先立って書き上げられたのは、物語自体の記述からも明らかである。そして発表もこの順番に沿ってなされるはずだった。しかし、物語自体の面白さは《赤毛組合》のほうが優っていた。また、ストランド・マガジン自体も創刊からまだ日も浅く、ホームズ物語の連載をできるだけ早く確たる存在にしたいとする意向があったのかもしれない（この時点では、ホームズ物語の連載も、ストランド・マガジンそのものも、未来に関してまだ未知数だった）。また残されている手紙から、《孤独な自転車乗り》（『シャーロック・ホームズの帰還』所収）は、《踊る人形》よりも先に書き上げられていたことがわかっている（ただし、《孤独な自転車乗り》の最初の段は、後から書き足されている）。即ち、この二つの物語は順序を入れ替えて、発表されたのである。上記の二例と同様に、『シャーロック・ホームズ最後の挨拶』と『シャーロック・ホームズの事件簿』が、単行本として出版された際も、物語は発表された順とは異なる順序で――わかっている範囲では、概《おお》ね執筆された順に沿って――並べられている。この全集で、全ての物語を執筆された順に従って並べ直したのは、四十年以上もの間書き続けられてきたシャーロック・ホームズの物語が小説としてどのように展開してきたのか、読者にも追体験ができるように、との意向の表われである。

こうした方針の唯一の例外は、《最後の挨拶》である。第四短編集自体の名前にもなっているこの物語は、執筆も発表も《恐怖の谷》――雑誌の掲載順によれば、『シャーロック・ホームズ最後の挨拶』に収められている《最後の挨拶》以外の短編の後に発表されている――より後であった。しかし短編集の表題にもなっている《最後の挨拶》を、杓子定規に『シャーロック・ホームズの事件簿』の冒頭に持ってくるのは、あまりに形式主義であり、また『シャーロック・ホームズ最後の挨拶』の巻がひどく薄っぺらなものになってしまう。読者はこの全集では、『シャーロック・ホームズ最後の挨拶』から《ボール箱》が、『シャーロック・ホームズの思い出』中の本来の位置（《白銀号事件》と《黄色い顔》の間）に戻されていることにお気づきであろう。《ボール箱》を本来の順序に戻すということは、《入院患者》に移されていた《ボール箱》の導入部分も本来の箇所に戻す、ということでもある。そして、《入院患者》の導入部分も本来の形に復元された。当全集の本文は、各単行本の初版本と雑誌掲載時の本文、そして可能な場合にはコナン・ドイルの自筆原稿と照らし合わせて決定された。ただ前述の《ボール箱》と《入院患者》の二編については、「ストランド・マガジン」掲載時のものに従った。これは、後者の冒頭部分を復元する必要があったのと、ホームズ物語がその名声を初めてかちえ、かつ決定的なものにした「ストランド・マガジン」掲載時の味わいを、読者に伝えようとの意図からである。

本文の確定にあたっては、できうる限りは作者コナン・ドイルの意向――文書に残されたもので、その正当性の裏付けが取れるものや、妥当性のある論理的推論から考えられるもの――に沿うことを目指した。

最後にお願いを一つ。もしあなたが、シャーロック・ホームズ物語を読むのは初めてだというのなら、まず――前書きや注はひとまずおいて――本文に進んでいただきたい。我々の前書きは、物語の紹介ではない。それはワトスン博士の役割であり、彼以上にこの役割をこなせる人物はいないのだから。そして、全物語を読み終えて物語の世界の虜になったのなら、どうか我々の元に戻って来ていただきたい。

総監修者　オーウェン・ダドリー・エドワーズ（エディンバラ大学）

＊――日付なしの手紙。「A・C・D：アーサー・コナン・ドイル協会会誌」第三巻十九～二十頁、キャメロン・ハリヤー「作者より編集者へ」からの引用。コナン・ドイルが言及しているのは、『シャーロック・ホームズ最後の挨拶』所収の《赤い輪》のことと思われる。

参考文献抄

1　A・コナン・ドイルの作品

（a）小説

"A Study in Scarlet" Ward, Lock, & Co., 1888〔『緋色の習作』〕
"The Mystery of Cloomber" Ward & Downey, 1888〔『クルンバーの謎』〕
"Micah Clarke" Longmans, Green, & Co., 1889〔「マイカ・クラーク」〕
"The Captain of the Pole-Star and Other Tales" Longmans, Green, & Co., 1890〔「北極星号の船長・その他の物語」[☆1]〕
"The Sign of the Four" Spencer Blackett, 1890〔『四つのサイン』〕
"The Firm of Girdlestone" Chatto & Windus, 1890〔「ガードルストーン商会」〕
"The White Company" Smith, Elder, & Co., 1891〔『白衣の騎士団』〕
"The Adventures of Sherlock Holmes" George Newnes, 1892〔『シャーロック・ホームズの

冒険』〕
"The Great shadow" Arrowsmith, 1892〔『ナポレオンの影』〕
"The Refugees" Longmans, Green, & Co., 1893〔『亡命者達』〕
"The Memoirs of Sherlock Holmes" George Newnes, 1893〔『シャーロック・ホームズの思い出』〕
"Round the Red Lamp" Nethuen, & Co., 1894〔『赤き燈火を繞りて[☆2]』〕
"The Stark Munro Letters" Longmans, Green, & Co., 1895〔『スターク・マンロオの手紙[☆3]』〕
"The Exploits of Brigadier Gerard" George Newnes, 1896〔『勇将ジェラールの回想』〕
"Rodney Stone" Smith, Elder, & Co., 1896〔『ロドニー・ストーン[☆4]』〕
"Uncle Bernac" Smith, Elder, & Co., 1897〔『伯父ベルナック[☆5]』〕
"The Tragedy of the Korosko" Smith, Elder, & Co., 1898〔『コロスコ号の悲劇』〕
"A Duet With an Occational Chorus" Grant Richards, 1899〔『愛の二重奏[☆5]』〕
"The Green Flag and Other Stories of War and Sport" Smith, Elder, & Co., 1900〔『緑の旗、その他の戦いとスポーツの物語[☆6]』〕
"The Hound of the Baskervilles" George Newnes, 1902〔『バスカヴィル家の犬』〕
"Adventures of Gerard" George Newnes, 1903〔『勇将ジェラールの冒険』〕
"The Return of Sherlock Holmes" George Newnes, 1905〔『シャーロック・ホームズの帰還』〕

"Sir Nigel" Smith, Elder, & Co., 1906〔『ナイジェル卿の冒険』〕
"Round the Fire" Smith, Elder, & Co., 1908〔『爐邊物語[☆7]』〕
"The Last Galley" Smith, Elder, & Co., 1911〔『最後の戦艦[☆8]』〕
"The Lost World" Hodder & Stoughton, 1912〔『失われた世界』〕
"The Poison Belt" Hodder & Stoughton, 1913〔『毒ガス帯』〕
"The Valley of Fear" Smith, Elder, & Co., 1915〔『恐怖の谷』〕
"His Last Bow" John Murray, 1917〔『シャーロック・ホームズ最後の挨拶』〕
"Danger! and Other Stories" John Murray, 1918〔「危険！　その他の物語[☆9]」〕
"The Land of the Mist" Hutchinson & Co., 1926〔『霧の国』〕
"The Case-Book of Sherlock Holmes" John Murray, 1927〔『シャーロック・ホームズの事件簿』〕
"The Maracott Deep and Other Stories" John Murray, 1929〔「マラコット深海、その他の物語[☆10]」〕
"The Complete Sherock Holmes Short Stories" John Murray, 1928〔「シャーロック・ホームズ短編小説全集[☆11]」〕
"The Conan Doyle Stories" John Murray, 1929〔「コナン・ドイル作品集」〕
"The Complete Sherlock Holmes Long Stories" John Murray, 1929〔「シャーロック・ホームズ長編小説全集[☆11]」〕

（b）ノン・フィクション

"The Great Boer War" Smith, Elder, & Co., 1900〔「大ボーア戦争」〕

"The Story of George Edalji" T. Harrison Roberrts, 1907〔「ジョージ・エダルジの物語」〕

"Through the Magic Door" Smith, Elder, & Co., 1907〔『シャーロック・ホームズの読書談議』大修館書店刊〕

"The Crime of the Congo" Hutchinson & Co., 1909〔「コンゴの犯罪」〕

"The Case of Oscar Slater" Hodder & Stoughton, 1912〔『オスカー・スレイター事件[☆12]』〕

"The German War" Hodder & Stoughton, 1914〔「ドイツとの戦争」〕

"The British Campaign in France and Flanders" Hodder & Stoughton, 1916-20〔「フランス及びフランドル地方における英国軍の軍事行動」〕

"The Poems of Arthur Conan Doyle" John Murray, 1922〔「アーサー・コナン・ドイル詩集」〕

"Memories and Adventures" Hodder & Stoughton, 1924; revised ed., 1930〔『わが思い出と冒険』新潮文庫〕

"The History of Spilitualism" Cassell & Co., 1926〔「心霊学の歴史」〕

2　雑録

Graham Greene による前書き付きの Richard Lancelyn Green and John Michael Gibson "A

Bibliography of A. Conan Doyle" Soho Bibliographies 23 : Oxford, 1983〔『A・コナン・ドイル書誌』〕は、書誌に関して、規範的にして不可欠な情報源であり、いかなる本と比べても座右の書として第一に指を屈すべき一冊である。このリチャード・ランセリン・グリーンとギブスンはやはり共著で、"The Unknown Conan Doyle : Uncollected Stories"〔『コナン・ドイル未紹介作品集』中央公論社刊〕(従来、単行本に収録されたことが絶えてなかった作品を収集した作品集)、"Essays on Photography"〔「写真に就いてのエッセイ」〕(学生時代、そして若き医師として駆け出しの時代に、コナン・ドイルが写真に熱中していたという、ほとんど知られていなかった事実を示す文書を纏めたもの)を一九八二年に出している。また一九八六年には、"Letters to the Press"〔「出版社への手紙」〕を出している。更にグリーンは、単独で以下に挙げる三冊の本を出している。まず(1)"The Uncollected Sherlock Holmes"1983〔「未収録シャーロック・ホームズ集成」〕は、ホームジアーナに関する文章を集めた印象的な本である。コナン・ドイルが自ら創造した人物に就いて書いたもの(物語を除いた)の大半、そしてJoseph Bell, J. M. Barrie, and Beverley Nicholsの手になるホームジアーナに関連のある文章が収められている。次に(2)"The Further Adventures of Sherlock Holmes" 1985〔「続・シャーロック・ホームズの冒険」〕は、様々な作者による十一編のホームズ外典を集めた本で、各編に文献学的前書きが付いている。そして(3)"Sherlock Holmes Letters"1986〔「シャーロック・ホームズ書簡集」〕は、一般の人々のホームズ並びにホームジアーナに対する、注目に値する書簡を集めたもので、書名が示唆するものを大きく凌駕する価値のある本である。最後に⑷〝Letters to Sherlock Holmes〟1984〔「シャーロック・ホームズへの手紙」〕は、ホームズ物語の持っている力を、極めて明白に示している本である。

今日、コナン・ドイルの作品は大半が簡単に入手できるものの、幾つかの欠落も存在する。彼のごく初期に書かれた作品の幾つかは（最初に掲載された雑誌を別にすると）、入手の難しい海賊版でしか読むことができない。こうした作品の中には、重要な意味を持った作品も含まれている。こうした作品の例として、〝The Gully of Bluemansdyke〟1881〔「ブルーマンズダイクの渓谷」〕や、その続編である〝My Friend the Murderer〟1882〔「我が友、殺人者」〕といった作品がある。この二つの作品は、殺人者を密告した人物を主題にした物語である（同じ主題を扱ってはいるが出来が芳しいとは到底いえない《入院患者》〔『シャーロック・ホームズの思い出』所収〕とは、主題の取り扱いが大きく異なっている）。またこの二編の作品名は、最初〝Mysteries and Adventures〟1889〔「謎と冒険」〕と題して出版された、海賊版の短編集の題名に用いられている。この時期に書かれた作品で単行本に収録された作品は、作者自身の厳しい吟味を通過したものだけだった。例えば、〝The Surgeon of Gaster Fell〟〔「ガスタ山の医師」訳注☆9参照〕が〝Danger! and Other Stories〟〔「危険！　その他の物語」〕に収められたのは、この物語が雑誌に発表されてから（一八九〇年）、何十年も後のことだった。また幾つかの短編に関しては、単行本には収められたものの、短編選集である〝The Conan Doyle Stories〟〔「コナン・ドイル作品集」〕には収録されなかったものもある。この短編選集に収録されなかったのが実に惜しまれる作品としては、'John Barrington Cowles' 1884〔「ジョン・バリントン・カウルズ」訳注☆1参照〕（のちに "Edinburgh Stories of Arthur Conan Doyle" 1981〔「アーサー・コナン・ドイルのエディンバラ時代の作品」〕に収録されている）、'A Foreign Office Romance' 1894〔「外務省でのロマンス」〕、'The Club-Footed Grocer' 1898〔「内反足の雑貨商」〕、'A Shadow Before' 1898〔「眼前の影」〕、'Danger!' 1914〔「危険！」訳注☆9参照〕がある。これらの作品のうち三編は、第一次世界大戦の後、という時代の趨勢の犠牲になったものと思われる。というのは、これらの三編は戦争の勃発という事態を、あまりに楽観的に扱っていたように思われるからである。「ジョン・バリントン・カウルズ」については、子供向けの作品であるとして削除されたものかもしれない。しかしコナン・ドイルが、ホームズですら欺かれたかもしれないような、「内反足の雑貨商」ほど出来の良い作品を選ばなかったのは、なぜなのだろうか。

コナン・ドイルが最晩年に作品の整理をしたことで、この時期に書かれた作品はもっと広く世に知られるだけの価値がある作品もあるにもかかわらず、広く知られないままになってしまった。"The Maracott Deep and Other Stories"〔「マラコット深海、その他の物語」〕が刊行されたのは、"The Conan Doyle Stories" が出版されてほんのひと月ほど後、同じ一九二九年のことだった。この短編集に収められた 'The Maracott Deep'〔「マラコット深海」〕自体は、短めのペイパーバック小説として後に再刊された。そして、二つのチャレンジャー教授を主人公とする短編小説、'The Disintegration Machine'〔「分解機」訳注

☆10参照〕と'When the World Screamed'〔「地球の悲鳴」訳注☆10参照〕は、ジョン・マレイ社から出版された"The Professor Challenger Stories"1952〔『チャレンジャー教授作品集』〕に収録された。しかし残りの'The Story of Spedegue's Dropper'〔「スペデイグのドロッパアの話」〕は、大半のコナン・ドイルの読者の視界から消え去ってしまった。これらの三つの作品は、作者が七十歳という年齢にあって、尚も作家としての力の衰えを見せていないことを示している。

一九八〇年、イリノイ州ブルーミントンのGaslight Publications社は、"The Mystery of Cloomber"〔『クルンバーの謎』〕、"The Firm of Girdlestone"〔『ガードルストーン商会』〕、"The Doings of Raffles Haw"1892〔『ラッフルズ・ホー行状記』〕、"Beyond the City"1893〔『都市を越えて』〕、"The Parasite"1894〔『寄生虫』[☆13]〕("Edinburgh Stories of Arthur Conan Doyle"〔『アーサー・コナン・ドイルのエディンバラ時代の作品』〕にも収められている)、"The Stark Munro Letters"〔『スターク・マンロオの手紙』〕、"The Tragedy of the Korosko"〔『コロスコ号の悲劇』〕、そして"A Duet With an Occational Chorus"〔『愛の二重奏』〕を復刊した。コナン・ドイルのたいへん魅力的ではあるが、印象主義的色彩の濃い回想録である"Memories and Adventures"〔『わが思い出と冒険』〕は、改訂版(一九三〇年)のほうが読者に広く知られている。"Through the Magic Door"〔『シャーロック・ホームズの読書談議』〕は、コナン・ドイルの文学的な嗜好を知るうえで、最良の手引書の地位を保ち続けている。もっとも、心霊学に関する彼の著作物中、文学的には重要な自伝的要素を含んでいるものも幾つか存在している。
“ACD：The Journal of the Arthur Conan Doyle Society” ed. Christopher Roden, David Stuart Davies［to 1991］, and Barbara Roden［from 1992］〔「ACD：アーサー・コナン・ドイル協会会誌」〕は、情報紙“The Parish Magazine”と共に、コナン・ドイルに関する伝記的・批評的素材の役に立つ情報源である。シャーロッキアーナという、極めて大きな人々の集まりの研究の最良の成果は、フォーダム大学出版部の刊行する“The Baker Street Journal”誌、或いは“Sherlock Holmes Journal”誌に結実している。また Ronald Burt De Waal“The World bibliography of Sherlock Holmes and Dr Watson”1974〔「シャーロック・ホームズとワトスン博士の世界書誌」〕――同じドゥ・ワールの“The International Sherlock Holmes”1980〔「インターナショナル・シャーロックホームズ」〕も参照のこと――は、研究成果が項目ごとに列挙されている。更に William S. Baring-Gould“The Annotated Sherlock Holmes”2 vols., 1968〔『詳注版シャーロック・ホームズ』ちくま文庫〕は、こうした研究成果が要約された形で盛り込まれている。この本の成果は、当オックスフォード版シャーロック・ホームズ全集の編集者達にとって、計り知れないほどの価値を有するものだった。ジャック・トレイシーによる“The Encyclopaedia Sherlockiana”1979〔『シャーロック・ホームズ大百科事典』河出書房新社刊〕は、関連したデータを纏める際に非常に有益な本だった。Christopher Redmond“In Bed with Sherlock Holmes”1984〔「シャーロック・ホームズとの同衾」〕は、その刺激的な題名に臆することなく頁を開いた読者にとっては、極めて得るところの大きい本である。古典的な「シャーロッキアーナ」の成果としては、Ronald A. Knox 'Studies in the Literature of Sherlock Holmes' 〔「『ホームズ物語』についての文学的研究[☆14]」〕がある。これは最初 'The Blue Book' 誌〔一九一二年七月号〕に掲載され、のちに "Essays in Satire" 1928 〔「風刺随筆」〕に再録された。

コナン・ドイルを真面目に研究する者は、「シャーロッキアーナ」に関する文献に対して、こうした山をなす文献の存在自体がコナン・ドイルの業績の性質と広がりを示す何にもまして強力な証明であったとしても、遺憾の意を抱かずにはいられぬものと考えられる。しかし籾殻の中にも、いくばくかの小麦が存在するのは疑いのないところである。その頂点に位置するのは、Dorothy L. Sayers "Unpopular Opinions" 1946 〔「少数意見」〕である。これに続くものとして、以下に列挙するものが挙げられるだろう。即ち、T. S. Blakeney "Sherlock Holmes : Fact or Fiction" 1932 〔「シャーロック・ホームズ、事実かフィクションか」〕、H. W. Bell "Sherlock Holmes and Dr Watson" 1932 〔「シャーロック・ホームズとワトスン博士」〕、Vincent Starertt "The Private Life of Sherlock Holmes" 1934 〔『シャーロック・ホームズの私生活』河出文庫〕、Gavin Brend "My Dear Holmes" 1951 〔「親愛なるホームズ」〕、S. C. Roberts "Holmes and Watson"、同じロバーツの手になる "Sherlock Holmes : Selected Stories" Oxford : The World Classics, 1951 〔「シャーロック・ホームズ選集」〕の前書き[☆15]、James E. Holroyd "Baker Street Byways" 1959 〔「ベイカー街の横丁」〕、Ian McQueen "Sherlock Holmes Deducted" 1974 〔「シャーロック・ホームズを探索する」〕、そして Trevor

H. Hall "Sherlock Holmes and his Creator" 1978〔『シャーロック・ホームズとその創造者』〕である。この他に、紛れもなく欠かすことのできない本に、D. Martin Dakin "A Sherlock Holmes Commentary" 1972〔『シャーロック・ホームズ評釈』〕がある。当全集の各巻の編集担当者は、皆この本に負うところ大である。
　Michael Pointer "The Puplic Life of Shelock Holmes" 1975〔『シャーロック・ホームズの公的生活』〕は、ラジオや舞台、そして映画用に脚色されたシャーロック・ホームズに関して、非常に貴重な情報が盛り込まれている。内容的にこの本と相互補完の立場にあるのが、Chris Steinbrunner and Norman Michaels "The Films of Sherlock Holmes" 1978〔『シャーロック・ホームズの映画』〕、David Stuart Davies "Holmes of the Movies" 1976〔『ホームズの映画』〕がある。一方、Philip Weller with Christopher Roden "The Life and Times of Sherlock Holmes" 1992〔『シャーロック・ホームズの生涯とその時代』〕は、コナン・ドイルの生涯とホームズの登場する事件に就いての、膨大な量に及ぶ有益な情報を簡潔に纏め、更に楽しい挿絵や写真が収められている。更に具体的なホームズ研究の所産は、Charles Hall "The Sherlock Holmes Collection" 1987〔『シャーロック・ホームズ・コレクション』〕で扱われている。過去を振り返るという観点で有益な本としては、Allen Eyles "Sherlock Holmes : A Centenary Celebration" 1986〔『シャーロック・ホームズ生誕１００年記念』講談社刊〕が、見事な回答を呈示している。他にこの分野を扱っている本としては、Peter Haining "The Sherlock Holmes Scrapbook" 1973〔『シャーロック・ホームズ・スクラップブック[☆16]』〕、Charles Viney “Sherlock Holmes in London” 1989〔『シャーロック・ホームズの見たロンドン』河出文庫〕が、共に役に立つ本である。

多くのホームジアーナのアンソロジーの中で、“Baker Street Reader” ed. P. A. Shreffler, 1984〔『ベイカー街読本』〕は、例外的に有益な本である。また、D. A. Redmond “Sherlock Holmes : A Study in Source” 1982〔『シャーロック・ホームズ：源泉の研究』〕も、同様に必要不可欠である。Michael Hardwick “The Complete Guide to Sherlock Holmes” 1986〔『シャーロック・ホームズ完全ガイド』〕は、信頼性と楽しさを兼ね備えている。また、Michael Harrison “In the Footsteps of Sherlock Holmes” 1958〔『シャーロック・ホームズの足跡』〕も、時には有益な本である。

　より普遍的な推理小説研究の本として、その歴史を扱った典型的なものに、Julian Symons “Bloody Murder” 1972, 1985, 1992〔『血まみれの殺人』〕がある。Howard Haycraft “Murder for Pleasure” 1942〔『娯楽としての殺人』国書刊行会刊〕は、必要不可欠な文献ではあるが、満足度において遥かに劣る。同じへイクラフトの、推理小説に関する批評を集めた “The Art of the Mystery Story” 1946〔『推理小説の芸術[☆17]』〕は、歴史的な論評を多数収めている点で、より価値が高い。R. F. Stewart “…And Always A Detective” 1980〔『そしていつも探偵が……』〕と Colin Watson “Snobbery Violence” 1971〔『俗物的暴力』〕も、時として有益である。裏づけを取らずに書かれたとんでもない間違いが幾らかあるものの、Dorothy L. Sayers が “Great Short Stories of Detection, Mystery, and Horror” First Series, 1928

〔「探偵・ミステリー・恐怖短編小説傑作選」第一巻〕の序文として書いた先駆者的な批評[18]は必読の一文である。これに対する反論として執筆された Raymond Chandler 'The Simple Art of Murder' 1944〔「単純な殺人芸術[19]」〕は、先に挙げたヘイクラフトの「推理小説の芸術」に再録されている。さらに、セイヤーズの批評に先だって執筆されたために知る人は少ないものの、セイヤーズと同等の先駆者としての立場を主張し得る批評として、E. M. Wrong の "Crime and Detection" First Series, Oxford : The World's Classics, 1926〔「犯罪と推理」第一シリーズ〕の序文が挙げられる。また、"Victorian Tales of Mystery and Detection : An Oxford Anthology" ed. Michael Cox, 1992〔「ヴィクトリア時代の謎と推理の物語」〕も参照されたい。

コナン・ドイルの生涯に対する研究文献のうち、最も傑出した出来栄えであるのは、Jon L. Lellenberg の調査の産物である "The Quest for Sir Arthur Conan Doyle" 1987〔「サー・アーサー・コナン・ドイルを求めて」〕である。この本の前書きは Dame Jean Doyle が書いている〔アーサー・コナン・ドイルの血縁者が彼に就いて書いたものとしては、ずば抜けた出来である〕。最も早い時期に、コナン・ドイルの伝記を執筆した四人―― the Revd John Lamond (1931), Hesketh Pearson (1943), John Dickson Carr (1949), and Pierre Nordon (1964)[20] ――は皆、コナン・ドイルの血縁者達に残された文書類を参照できたが、訴訟沙汰の結果、彼らに続く研究家達は血縁者達に残された文書類に当たることができなくなった。これに対して上記の四人の手になる伝記は、いずれも値打ちのある文書的素材を内包しているが、その中ではノルドンの手になる伝記が事実関係の証拠の扱いに最も優れている（一九六六年に刊行された英語版よりもフランス語版のほうが、事実関係の証拠に関しては遥かに豊富である）。その他の伝記は、ラモンドの手になるものは入手可能だった素材をほとんど使っていないように見受けられ、ピアスンの手になるものはコナン・ドイルに対して礼を失していると同時に、日付けについて杜撰である。カーの手になるものは、素材に対する小説的脚色が強い。カーとノルドンは、コナン・ドイルの残した文書類を閲覧する際に、公明正大さからは程遠いエイドリアン・コナン・ドイルの編集上の意向に沿うことを余儀なくされた。それでもノルドンの手になる伝記は、最良の出来を示している。コナン・ドイルの略伝として最も優れているのは、Julian Symons "Conan Doyle" 1979〔『コナン・ドイル』創元推理文庫〕である（ホームズ譚連載当時の、後期ヴィクトリア時代の社会的環境については、シモンズの "The Blackheath Poisonings"〔「ブラックヒースの毒殺」〕、"The Detling Secret"〔「デトリングの秘密」〕といった著作に、たっぷりと書き込まれている）。"Critical Essays on Sir Arthur Conan doyle" ed. Harold Orel, 1992〔「サー・アーサー・コナン・ドイル批評随筆集成」〕は、優れた出来であると同時に、変化に富んだ批評を集めた一冊である。一方、Robin Winks "The Historian as Detective" 1969〔「探偵としての歴史家」〕には、ホームズ譚の分析にも応用可能な識見や具体的な例が豊富に盛り込まれている。同じウィンクスの "Detective Fiction : A Collection of Critical Essays" 1980〔「推理小説：批評随筆集成」〕は、批評的な立場で書かれた得るところの大きい書誌であり、賞賛に値するハンドブックである。有名なEdmund Wilson 'Mr Holmes, they were the footprints of a gigantic Hound' 1944〔「ホームズさん、巨大なハウンド犬の足跡だったのです」〕は、彼の“Classics and Commercials : a Literary Chronicles of the forties” 1950〔「古典と商業主義：四十年代の文芸年代記」〕で読むことができよう。

アーサー・コナン・ドイルの生涯の、ある特定の時期のみを対象とした伝記的著作として、Owen Dudley Edwards “The Quest for Sherlock Holmes : A Biographical Study of Arthur Conan Doyle” 1982〔「シャーロック・ホームズを求めて：アーサー・コナン・ドイルの伝記的研究」〕、Geoffrey Stavert “A Study in Southsea : The Unrevaled Life of Dr Arthur Conan Doyle” 1987〔「サウスシーの研究：アーサー・コナン・ドイル医師の秘められた生涯」〕の二冊がある。前者はコナン・ドイルの生涯のうち一八八二年までを、また後者は一八八二年から九〇年という、彼の生涯でも重要な意味を持つ時代をそれぞれ対象としている。Alvin E. Robin and Jack D. Key “Medical Casebook of Arthur Conan Doyle” 1984〔「アーサー・コナン・ドイル医師の医学的症例集」〕には、コナン・ドイルの医者としての経歴と著作物との密接な関係に就いて、余すところのない研究成果が盛り込まれている。Peter Costello “The Real Life World of Sherlock Holmes : The True Crimes Investigated by Arthur Conan Doyle” 1991〔「シャーロック・ホームズの真実の世界：アーサー・コナン・ドイルによる実際の犯罪調査」〕には異議を唱えるべき部分があまりに多いが、コナン・ドイルの生涯で彼の身に降りかかった出来事、それがたとえ時として彼の生涯からすると脱線であったり、全くお門違いのものであったとしても、そうした出来事を思い起こさせるという点では有益な本である。Christopher Redmond "Welcome to America, Mr Sherlock Holmes" 1987〔「アメリカへようこそ、シャーロック・ホームズさん」〕は、コナン・ドイルの一八九四年の北米旅行に就いて徹底的に調べあげた一冊である。ベアリング-グールド〔前掲書参照〕を除くと、ホームズ譚全九巻に注釈を付けようとする真面目な試みの例は、Longman社の文学の伝統シリーズに収録されたものがあるのみである（一九七九〜八〇年）。この全集の編集者達も、このロングマンの注釈版に負うところは大きい。その各巻に付けられた前書きのうち、H. R. F. Keatingが『シャーロック・ホームズの冒険』と『バスカヴィル家の犬』を一巻に纏めた巻（"The Best of Sherlock Holmes" というあやふやな題名が与えられている。一九九二年）に執筆した前書きは、特に言及しておく価値があるだろう。

【訳注】以上、参考文献抄中で、アーサー・コナン・ドイルの作品ならびに言及されている研究書や論文等については、邦訳が存在するものは『　』、未訳のものは「　」でタイトルを示した。短編集のうち、所収の短編が訳されている場合は注を施した。なお、新潮文庫の『ドイル傑作集』に就いては、現行の三巻編成ではなく、初出時の八巻編成のものを採用した。構成は以下のとおりである。

1——ミステリー編　2——海洋奇談編　3——ボクシング編　4——冒険編

5――恐怖編　6――海賊編　7――クルンバの悲劇　8――失われた世界

☆1――所収の短編のうち、「ポールスター号船長」「ジェ・ハバカク・ジェフスンの遺書」「あの小さな箱」は『ドイル傑作集2――海洋奇談編』（新潮文庫）に、「アーケーンジェルから来た男」は『ドイル傑作集4――冒険編』（同前）に、「ジョン・バリントン・カウルズ」「トトの指輪」は『ドイル傑作選2』（翔泳社刊）に、それぞれ邦訳が収められている。

☆2――所収の短編のうち、「サノクス令夫人」は『ドイル傑作集5――恐怖編』（新潮文庫刊）に、「競売ナンバー二四九」「ロスアミゴスの大失策」は『ドイル傑作選2』（翔泳社刊）に、それぞれ邦訳が収められている。なお、戦前に出版された改造社版『ドイル全集』第四巻に邦訳あり。また『コナン・ドイルのドクトル夜話』（創土社）は全十五編中、九編の部分訳。

☆3――改造社版『ドイル全集』第二巻に邦訳あり。

☆4――改造社版『ドイル全集』第四巻に邦訳あり。

☆5――改造社版『ドイル全集』第八巻に邦訳あり。

☆6――所収の短編のうち、「シャーキィ船長」「シャーキィ船長との勝負」「シャーキィはどのように殺されたか」「『いだてんのサル』号」は『ドイル傑作集6――海賊編』（新潮文庫）に、「新しい地下墓地」は『ドイル傑作集5――恐怖編』（同前）に、「ヒラリ・ジョイス中尉の初陣」は『ドイル傑作集4――冒険編』(同前)に、「狐の王」「クロックスリーの王者」は『ドイル傑作選1』(翔泳社刊)に、それぞれ邦訳が収められている。
☆7――所収の短編のうち、「消えた臨急」「甲虫採集家」「時計だらけの男」「漆器の箱」「膚黒医師」「ユダヤの胸牌」は『ドイル傑作集1――ミステリー編』(新潮文庫)に、「ジェランドの航海」は『ドイル傑作集2――海洋奇談編』(同前)に、「開かずの部屋」は『ドイル傑作集4――冒険編』(同前)に、「革の漏斗」「ブラジル猫」は『ドイル傑作集5――恐怖編』(同前)に、「火遊び」は『ドイル傑作選2』(翔泳社刊)に、それぞれ邦訳が収められている。なお、改造社版『ドイル全集』第八巻に全十七編中、十一編の邦訳あり。
☆8――所収の短編のうち、「深き淵より」は『ドイル傑作選1』(翔泳社刊)に、「ヴェールの向こう」は『ドイル傑作選2』(同前)に、「ブラウン・ペリコード発動機」は『ドイル傑作集4――冒険編』(新潮文庫)に、それぞれ邦訳が収められている。なお、改造社版『ドイル全集』第八巻に邦訳あり。
☆9――所収の短編のうち、「ガスタ山の医師」「借り物の情景」は『ドイル傑作集4――冒険編』(新潮文庫)に、「大空の恐怖」は『ドイル傑作集5――恐怖編』(同前)に、「バリモア公の失脚」は『ドイル傑作集3――ボクシング編』(同前)に、「危険!」「いかにしてそれは起こったか」は『ドイル傑作選1』(翔泳社刊)に、それぞれ邦訳が収められている。なお、改造社版『ドイル全集』第四巻に邦訳あり。ただし、「その三人」

は同全集第七巻に収められている。

☆10――所収の短編のうち、「地球の悲鳴」「分解機」は『毒ガス帯』（創元推理文庫）に邦訳が収められている。なお、改造社版『ドイル全集』第五巻には「スペディグのドロッパア」も含めて邦訳されている。

☆11――英国における定本的存在であるジョン・マレイ版とは、この二冊を指す。

☆12――ウィリアム・ラムヘンド編『目撃者』㊦（旺文社文庫）に邦訳あり。

☆13――邦訳は『筋肉男のハロウィーン』（文春文庫）所収。

☆14――邦訳は『シャーロック・ホームズ17の愉しみ』（河出文庫）所収。

☆15――邦訳は『シャーロック・ホームズを読む』（講談社刊）所収。

☆16――一部が、深町真理子訳で「ミステリ・マガジン」一九七五年十月号から七六年十月号（七五年十二月号は休載）にかけて掲載。

☆17――一部が『推理小説の美学』『推理小説の詩学』（いずれも鈴木幸夫編訳、研究社刊）として邦訳されている。

☆18――邦訳は「犯罪オムニバス」の題名で、前掲『推理小説の美学』所収。

☆19――邦訳は前掲の『推理小説の美学』所収。

☆20――このうち、J・D・カーの邦訳は『コナン・ドイル』（早川書房刊）、ヘスキス・ピアソンの伝記は『コナン・ドイル　シャーロック・ホームズの代理人』（平凡社刊）。

「注・解説」訳者のあとがき——オックスフォード版全集の背景と意義

『シャーロック・ホームズの事件簿』はこの文庫版全集の最終配本になるので、これまで触れてこられなかった幾つかの点について、メモ風にまとめてみた。読者諸氏の何かの御参考になれば幸いである。

原書について

この全集は、一九九三年にオックスフォード大学出版局からハード・カバーで出版された全集が基になっているが、翌九四年には、同出版局の「ワールド・クラシックス」シリーズに収められたペイパー・バック版が刊行された。その際、「注釈」並びに「イントロダクション」(当全集ではそれぞれ「注」「解説」としている)には一部加筆・訂正が行なわれているので、この部分についてはペイパー・バック版を底本とした。

各巻ごとの「注・解説」担当者について、ごく簡単に触れておく。

まず総監修者でもあり、第1巻『緋色の習作』、第7巻『恐怖の谷』、第8巻『シャーロック・ホームズ最後の挨拶』を担当したオーウェン・ダドリー・エドワーズは、エディンバラ大学の歴史学の助教授。著書にエディンバラ時代のアーサー・コナン・ドイルの生涯について書かれた"The Quest of Sherlock Holmes : A Bibliographical Study of Arthur Conan Doyle"（一九八二年）がある。

次いで第3巻『シャーロック・ホームズの冒険』、第6巻『シャーロック・ホームズの帰還』を担当したリチャード・ランセリン・グリーンは、英国屈指のシャーロッキアンで、そのコレクションは英国随一と言われている。惜しくも二〇〇四年に亡くなり、コレクションはポーツマス市に寄贈された。現在はその一部がポーツマスの図書館並びに博物館で公開されている。編書に、かつて邦訳も出た『コナン・ドイル未紹介作品集』（ジョン・マイケル・ギブスンとの共編）、アーサー・コナン・ドイルの書誌の労作"Bibliography of A. Conan Doyle"（一九八三年、同じくギブスンとの共著）がある。

第2巻『四つのサイン』、第4巻『シャーロック・ホームズの思い出』の担当者であるクリストファー・ローデンは、アーサー・コナン・ドイル・ソサエティの主宰者で、同時にキャラバッシュ・プレスという出版社も運営し、各種の研究書を出版している。

第5巻『バスカヴィル家の犬』、第9巻『シャーロック・ホームズの事件簿』の担当者W・W（ウィリアム・ウォーレス）・ロブスンは既に故人であるが、生前はエディンバラ大学の英文学の名誉教授で、英文学史やD・H・ロレンスに関する著作がある。オックスフォード版全集は当初、この人を総監修者に当てる予定であったが、この二巻を仕上げたところで亡くなったため、代わりにエドワーズを立てたと聞いている。

特色

まず挙げなければならない点は、シャーロック・ホームズ譚を一般の文学作品と同一レベルで扱っている点であろう。最も端的な例は、本文へのアプローチである。シャーロック・ホームズ譚の愛好家達（一般にはシャーロッキアン、或いはホームジアンと呼ばれている。と他人事《ひとごと》のように述べている私自身、シャーロッキアンであるのだが）は、ホームズ譚を『聖典』と呼んだりしてはいるが、本文そのものに関してはこれまで大きな関心を向けてこなかったように思われる。初めて全六十編に注釈を施したことで名高いベアリング゠グールドの『詳注版シャーロック・ホームズ全集』（邦訳はちくま文庫）にしても、シャーロッキアン的見地から膨大な量の注釈やテーマごとの解説が為されているものの、本文そのものについての記述はさほど多くない。

一方このオックスフォード版では、コナン・ドイルの自筆原稿（原稿が現存する幾つかの作品について）、英国・米国それぞれの雑誌の初出時、及び初版本との綿密な校合を行ない、オックスフォード原典版と呼ぶにふさわしい本文を産み出している。本文の実際の差異については各巻の注釈部分に譲るが、一例として、コナン・ドイルの自筆原稿段階では間投詞として使われていた“God”に対する取り扱いについて触れておこう。“God”は言うまでもなく「神」を意味しているが、間投詞として感嘆・祈願・呪いの表現としても用いられる。コナン・ドイルの自筆原稿段階では、時々“God”を使った表現が登場している。しかし当時の『ストランド・マガジン』誌の編集部は、こうした表現を雑誌の紙面に載せるのは相応しくない、と考えていたようである。そこで例えば「なんということだ」くらいの意味である“Good God”は“Great Heavens”に、同様の意味合いで使われている“God knows what!”は“Heaven knows what!”に、それぞれ書き換えられていることが、注釈の中で言及されている。

こうした『ストランド・マガジン』誌編集部による訂正、また雑誌発表時（英国で発表されたものと、米国で発表されたものとが異なっている例も紹介されている）と単行本収録時の相違、そして米国版と英国版との相違（従来知られていた以上に、細部にわたる相違が指摘されている）についてなど、これ迄知り得なかった物語の言わば舞台裏の事情について得るところが大きかった。

次に触れるべき点は、膨大な資料を駆使して論考を組み立てている点であろう。とりわけ、随所に当時の「ストランド・マガジン」の編集長との間で交わされた書簡を引用しつつ、第3巻『シャーロック・ホームズの冒険』以降の各巻で連載時の舞台裏を明らかにしていく過程は、圧巻と言えるのではあるまいか。

こうした文学作品に対する論考、という立場で展開された産物が、いわゆるシャーロッキアーナとは一線を画した広い視野を確保しているのはある意味で当然であろう。しかもそれが同時に脱構築、構造主義、記号論等の、学問としての文学の世界ではお馴染みではあっても、世の読者には耳慣れぬ言葉を使うことなく展開されている点も、少なくともそうした世界に縁無き衆生の一人でしかない私にとっては、大変にありがたかった。

我々シャーロッキアンの考察には、作品について論じる場合でも、或いは作品を通じて作者コナン・ドイルを論じる場合でも、コナン・ドイル自身の他の作品、もしくは別の作者による作品との比較が充分ではないと思われる場合が見受けられる。例えば、いわゆる『帰還』以降の作品には、病める妻と若くて才気煥発な新たな恋人の狭間で悩むドイルの姿がある、とする考察がある。或いはドイル自身の母親と、少なくとも当初は下宿人のはずであった、ブライアン・ウォーラーとの望ましくない関係が、ホームズ物語に色濃く反映している、とする考察もある。こうした考察に対して、私自身は判断を下すに足るだけの材料を、何も持ち合わせていない。

しかしこの全集第6巻の解説で、展開されている以下のような論考を踏まえると、様々なことが見えてくるのではないだろうか。即ち、颯爽と『ストランド・マガジン』誌に登場した『シャーロック・ホームズの冒険』や『シャーロック・ホームズの思い出』所収の物語の初出時とは異なり、「復活」後のホームズには大勢の競合する相手がいたこと（ソーンダイク博士に代表される、いわゆる「シャーロック・ホームズのライヴァル達」の存在）。そして作者は、こうした競合相手の存在を意識せざるを得なかったという指摘。さらに、同時にこの時期の作者は、プロットを産み出すために四苦八苦し、時には義理の弟E・W・ホーナング（ルパンの英国版ともいうべき、ラッフルズ譚の作者）や、《バスカヴィル家の犬》の執筆に際し、協力関係にあった（少なくとも構想を練る初期段階にあっては）F・ロビンソンと共同してプロットを練りあげたことに関する検証が加えられている。

むろん、いかなる論考を組み立てようと、それは各人の自由裁量である。しかしこの全集の「注・解説」における論考やデータは、我々に従来知られていた以上のものを提供してくれている。シャーロッキアンとしては、改めてもう一度、ホームズの「データが揃わないのに推理をするのは、大きな間違いだ。事実に合う理論を組み立てないで、知らないうちに、理論に合わせて事実をねじ曲げてしまいがちだ」という言葉を（自戒の念も込めて）噛み締めてみる必要がありそうだ、というのが全九巻の「注釈」と「イントロダクション」を訳出した、シャーロッキアンとしての私の偽らざる感想である。

*

最後に、謝辞を捧げて本稿を結ぶこととしたい。

まず一ホームズ愛好家でしかない私に、かかる機会をご提供いただいた、個人全訳という偉業を延原謙氏、大久保康雄氏、そして（翻訳と言うには異論を唱える向きもあろうが、児童書では唯一の存在である）山中峯太郎氏の三氏に続いて成し遂げられた、小林司さん・

東山あかねさんには感謝の言葉をいくら並べても足らない。「注釈」「イントロダクション」の訳出に際しては、日本シャーロック・ホームズ・クラブ会員である佐々木章子さん、大和久史恵さんに、絶大なる御協力を賜った。また、記述内容の詳細については、同じく会員の中西裕さん、田中喜芳さん、北原尚彦さん、元会員の石井貴志さんに多大なる御協力を頂戴した。北原さんには「参考文献抄」訳出時に、邦訳名の確認についても御助力を賜った。厚く御礼申し上げたい。また河出書房新社編集部の歴代の担当者である内藤憲吾さん、福島紀幸さん、揆木敏男さんにも、厚く御礼申し上げたい。七年間に及ぶ訳出期間に御助力を賜りながら、お名前を挙げるのを失念してしまった方がおられるかもしれない。あらかじめ御寛容の程をお願い申し上げたい。最後に私事で恐縮であるが、元来怠け者に出来上がっている私を端から叱咤激励し、ともかくもこの日を迎えることを可能にした我が妻・和子、そして訳出に着手した時には未だ生を享けていなかった娘・仁美にも、感謝の意を捧げたい。これからはもっと家庭的なお父さんを目指します。

二〇〇二年四月

高田寛

文庫版への追記

右の様な後書きを書いてから、はや十年以上の歳月が流れた。今回文庫化が実現する事となり、東山さんの「文庫化によせて」にある様に、解説並びに注釈について、簡素化を図る事とした。どうか諒とされたい。文庫化の作業については、河出書房新社編集部の揖木敏男さん、竹花進さんに一方ならぬお世話になった。この場を借りて、厚く御礼申し上げたい。

＊

最後に、「訳者あとがき」での参考書に加えて、主として最近刊行された一般研究書やパロディ・パスティッシュをいくつか紹介しておきたい（発行年順）。

1　コナン・ドイルの作品（邦訳のあるもの）

『失われた世界』龍口直太郎訳、創元SF文庫、三一九頁、一九七〇年
『毒ガス帯』同訳、創元SF文庫、二一四頁、一九七一年
『霧の国』同訳、創元SF文庫、三五二頁、一九七一年
＊この三冊はシャーロック・ホームズと共に、コナン・ドイルが創造した小説上の人気キャラクターの一人である、チャレンジャー教授を主人公とした作品。
『マラコット深海』大西尹明訳、創元SF文庫、一八三頁、一九六三年
『勇将ジェラールの回想』上野景福訳、創元推理文庫、三〇〇頁、一九七一年
『勇将ジェラールの冒険』上野景福訳、創元推理文庫、二八七頁、一九七二年
＊この二冊は、コナン・ドイルが創造した、もう一人の小説上の人気キャラクターであるジェラール准将を主人公とした作品集。
『ドイル傑作集I　ミステリー編』延原謙訳、新潮文庫、二五二頁、一九五七年
収録作品……「消えた臨急」・「甲虫採集家」・「時計だらけの男」・「漆器の箱」・「膚黒医師」・「ユダヤの胸牌」・「悪夢の部屋」・「五十年後」
『ドイル傑作集II　海洋奇談編』延原謙訳、新潮文庫、二三一頁、一九五八年
収録作品……「縞のある衣類箱」・「ポールスター号船長」・「たる工場の怪」・「ジェランドの航海」・「ジェ・ハバカク・ジェフスンの遺書」・「あの四角い小箱」

『ドイル傑作集Ⅲ　恐怖編』延原謙訳、新潮文庫、一七五頁、一九六〇年
収録作品……「大空の恐怖」・「革の漏斗」・「新しい地下墓地」・「サノクス令夫人」・「青の洞窟の怪」・「ブラジル猫」

『まだらの紐　ドイル傑作集1』北原尚彦／西崎憲編、創元推理文庫、三四八頁、二〇〇四年
収録作品……「王冠のダイヤモンド」・「まだらの紐」・「競技場バザー」・「ワトスンの推理法修業」・「消えた臨時列車」・「時計だらけの男」・「田園の恐怖」・「ジェレミー伯父の家」・「シャーロック・ホームズのプロット」・「シャーロック・ホームズの真相」

『北極星号の船長　ドイル傑作集2』北原尚彦／西崎憲編、創元推理文庫、三五〇頁、二〇〇四年
収録作品……「大空の恐怖」・「北極星号の船長」・「樽工場の怪」・「青の洞窟の恐怖」・「革の漏斗」・「銀の斧」・「ヴェールの向こう」・「深き淵より」・「いかにしてそれは起こったか」・「火あそび」・「ジョン・バリントン・カウルズ」・「寄生体」

『クルンバーの謎　ドイル傑作集3』北原尚彦／西崎憲編、創元推理文庫、三三三頁、二〇〇四年
収録作品……「競売ナンバー二四九」・「トトの指輪」・「血の石の秘儀」・「茶色い

手」・「クルンバーの謎」
『陸の海賊　ドイル傑作集4』北原尚彦／西崎憲編、創元推理文庫、三七二頁、二〇〇八年
収録作品……「クロックスリーの王者」・「バリモア公の失脚」・「ブローカスの暴れん坊」・「ファルコンブリッジ公――リングの伝説」・「狐の王」・「スペティグの魔球」・「准将の結婚」・「シャーキー船長行状記：セント・キット島提督、本国へ帰還す／シャーキー対スティーブン・クラドック／コプリー・ハンクス、シャーキー船長を葬る」・「陸の海賊――事多き一刻」
『ラッフルズ・ホーの奇蹟　ドイル傑作集5』北原尚彦／西崎憲編、創元推理文庫、三三二頁、二〇一一年
収録作品……「ラッフルズ・ホーの奇蹟」・「体外遊離実験」・「ロスアミゴスの大失策」・「ブラウン・ペリコード発動機」・「昇降機」・「シニョール・ランベルトの引退」・「新発見の地下墓地」・「危険！」

2

コナン・ドイルの伝記ならびに関連書籍
ジョン・ディクスン・カー著、大久保康雄訳『コナン・ドイル』ハヤカワポケットミステリ、四九四頁、一九九三年

ダニエル・スタシャワー著、日暮雅通訳『コナン・ドイル伝』東洋書林、五六八頁、二〇一〇年
ヘスキス・ピアソン著、植村昌夫訳『コナン・ドイル　シャーロック・ホームズの代理人』平凡社、三二〇頁、二〇一二年
＊　それぞれの伝記は、最初にピアスン（一九四三年）、ディクスン・カー（一九四九年）、スタシャワー（一九九九年）の順に執筆されている。
ダニエル・スタシャワー／ジョン・レレンバーグ／チャールズ・フォーリー編、日暮雅通訳『コナン・ドイル書簡集』東洋書林、七三七頁、二〇一二年
＊　コナン・ドイルの生涯に多大な影響を与えた、とされる彼の母親との間の往復書簡集。

3

時代背景・その他の周辺書
E・J・ワグナー著、日暮雅通訳『シャーロック・ホームズの科学捜査を読む――ヴィクトリア時代の法科学百科』河出書房新社、二八六頁、二〇〇九年
アレックス・ワーナー／トニー・ウィリアムズ著、松尾恭子訳『写真で見るヴィクトリア朝ロンドンの都市と生活』原書房、三二八頁、二〇一三年
関矢悦子『シャーロック・ホームズと見るヴィクトリア朝英国の食卓と生活』原書房、二八七頁、二〇一四年

比較的最近出版されたものを中心にご紹介した。尚、パロディ・パスティシュの類は、近年刊行される数量が多いので、割愛させて頂いた。河出文庫にも収録されているので、ご興味のある方は御一読頂ければ、と思う。

二〇一四年八月

高田寛

訳者あとがき

『シャーロック・ホームズの事件簿』は、ドイルの晩年、一九二一年一〇月から一九二七年四月（ドイル、六二歳から六八歳）にかけて「ストランド・マガジン」に発表された一二の短編を集めたものであり、ホームズ物語の単行本九冊の中では最後に発行されている。このうちの五編までもが復讐に関係しているのは、ドイルの心理を研究するには重要な手がかりである。

これ以前の八冊の中では、短編『最後の挨拶』が第三者によって執筆された形を取った以外にはすべてワトスンの筆によったのであった。

しかし、この本では、《マザリンの宝石》が第三者の執筆によっているほか、《白面の兵士》と《ライオンのたてがみ》がホームズ自身が記述していることが特異である。この理由について、新潮文庫版の訳者である延原謙さんは、その「解説」の中で次のように記している。「これは目先をかえるという読者へのサーヴィスから試みられたことなのだろうと思う。これは読者に飽きられるのを恐れたのであり、かく目先をかえてみたのなども、その現われの一つではないかと思う」

これを、ドイル一人の筆によると考えれば、たしかにそういう可能性もあろうが、これを、仮想空間におけるワトスンとホームズとの競作だと仮定すれば、どちらの筆力が勝っているかなど、本の読み方や、空想の楽しみ方も違ってくる。

《隠居絵具屋》(一九二七年一月発表)と《覆面の下宿人》(一九二七年二月発表)とは、共にドイルの家庭の実情を暴露する内容を持っている。ドイルの母が亡くなってから六年目の作品であるから、母の死とともに昔の記憶がよみがえり、母に対する遠慮も不要になったので、ドイルがこれらの作品を書く気になったのかもしれない。

《隠居絵具屋》は、隠退した絵具屋であるジョサイア・アンバリーの妻が若い医師と浮気をした物語であり、ジョサイアが怒って二人を殺す。他方、ドイルの父は絵具屋でこそなかったけれども、日曜画家であったから絵具に関係がある。その妻、つまりドイルの母メアリ(一八三八~一九二一)は一五歳年下の医師ブライアン・チャールズ・ウォーラー(一八五三~一九三二)と恋仲になり、一九八二年から一九一四年まで三七年間もウォーラーの故郷であるメイスンギル村で一緒に暮らした(カトリックが離婚を許さなかったのと、性問題に厳しいヴィクトリア朝にあっては、同棲が許されなかったので、厳密に言えば、メアリはウォーラーの隣の家に住んだ)。ドイルの父は怒って二人を殺そうと思っても、自分が精神病院に入院(一八七九~一八九三年)させられていてはどうにもならない。ドイルが、父に代わって敵討ちをしたというべきか。

《覆面の下宿人》は、サーカスの女芸人ロンダが密かな婚外恋愛の相手と組んで酒乱の夫を謀殺する話である。殺人の際に、血の匂いに狂ったライオンによって顔を壊されたロンダは、その後一生の間、顔を見られないように覆面を着けて暮らす。ドイルの父もアルコール依存症があり、母メアリは恐らくウォーラーの手を借りて夫を精神病院へ入院させ、彼は一七年間の入院生活を送ったまま一八九三年にそこで亡くなる。メアリはメイスンギル村で、覆面こそ着けなかったが、日陰者のようなひっそりとした生活を三七年間も続けたのであった。つまり、以上の三つの短編が、ドイル家の実情のメタファーであることは、火を見るよりも明らかである。

《這う男》（一九二三年三月発表）では、遥かに若い女性と結婚する男が描かれていて、メアリが一五歳も年下の男と恋仲になったことを、性を逆にして風刺している。

この巻に収録された一二の短編については、推理小説や冒険小説としてのおもしろさというよりは、むしろ、シャーロッキアンの視点から見た場合の面白い話題がたくさん織りこまれている。

《高名な依頼人》では、「カイバル峠で有名なド・メルヴィル」という会話が出てくるが、この峠は二〇〇一年九月の米国における同時多発テロ事件でクローズアップされたアフガニスタンとパキスタンとの国境にあり、最近ではすっかり有名になってしまった。

この物語の中に、「聖武天皇と奈良の正倉院との関係」という日本人でも正しく答えられないような問題が出てくるのは、ドイルが幼い頃に預けられたバートン家の同年代の息子から日本について詳しい知識を得ていたからである。バートンは、衛生工学の教授として東京帝国大学（現・東京大学）に招かれたお雇い外国人の一人として長年にわたって日本に住み、東京市の上下水道の建設にかかわったのであった。シンプスンというのは、「シンプスン・イン・ストランド」というレストランを指しており、チャリング・クロス駅の東五〇メートルほどのところにあるサヴォイ・ホテルのすぐ前にある、ロンドンでも屈指のレストランである。こうしたことは、注釈に記されているが、なぜそれがここに現われたのかについては、読者が想像をめぐらすほかない。

ドイルがバートン家に預けられたのは、父親が酒乱だったためにドイルに悪影響を与えるのを心配した母メアリが、同じエディンバラ市内にある知人バートンの家にドイルを四歳の時から預かってもらったのであった。その後、ドイルはエディンバラ大学の医学部に入るまで、学校の寄宿舎などを転々として実家に戻ることはなく、両親の愛情に飢えたまま成人になった。そんな事実を知ると、ひずんだ愛情を扱った《高名な依頼人》の裏側が見えてくるような気もする。ここでワトスンがグルーナー男爵に見せるエッグ・シェル（卵殻）磁器の小皿は、その名のとおり卵の殻のように薄くて透き通るほどの品である。これが、すぐに壊れそうな、もろい愛情のメタファーとして使われている。

《高名な依頼人》、《トール橋》、《三破風館》、《這う男》に現れる愛情がそれぞれひずんでいるのも、ドイルの愛情に飢えた幼年時代の反映かもしれない。《三人ガリデブ》、《マザリンの宝石》、《這う男》がいずれも、どことなく、まのぬけている人物を扱っていて、《赤毛組合》ふうのコメディー様のおもむきを呈しているのは、ドイルのホームズものとしては珍しい。

本書が全集の最終巻であるから、日本におけるホームズ物語の受け取られ方の変遷を眺めておこう。一八九四年に、最初の邦訳『乞食道楽』（原作「唇の捩れた男」の発表は一八九一年）が登場してから一〇七年経つうちに、日本の読者の読み方もずいぶん変わった。たとえば、シャーロッキアンという呼び名一つとっても、内容が違ってしまった。二〇年ほど前までは、「シャーロック・ホームズの実在を信じる人」をシャーロッキアンと呼ぶならわしだった。しかし、一九七七年に私どもの提唱により「日本シャーロック・ホームズ・クラブ」ができてからは、「ホームズを愛して、研究する仲間」をシャーロッキアンと称するようになった。

昔のシャーロッキアンは、ホームズ物語の中から間違いを探したり、「助手のワトスン医師が何回結婚したか」というふうな細かい点を詮索して、わざと学術研究であるかのごとくに見せかけて、ペダンティックな傾向を楽しんでいた。事件がおきた日の実際の天候記録を調べて、「文中の嵐の記載は間違っている、当日は快晴だった」と主張したりして、ファナティックだとひんしゅくをかっていたらしい。

現在では、このような傾向は影をひそめ、もっと多面的にホームズ物語を楽しむようになった。ホームズ演劇を演じる、ホームズ時代の英国の歌を歌ったり合奏をする、当時のレシピで料理やクッキーをつくる、ホームズのマンガを描く、パロディーを書く、ホームズの無意識を探る、ドールズハウス（模型の部屋）をつくる、イラストから服飾を調べるなど、楽しみ方はさまざまだ。

本全集の「訳者あとがき」に連載してきたように、著者ドイルについての研究から、『ホームズ物語』は単なる推理小説ではなくて、実はドイルの悲しい家庭についての告白録であるということが明らかになったのも、最近の研究の成果の一つである。

さらに、最近の読者の大多数が、ホームズの活躍した当時の時代背景、つまりヴィクトリア朝に深い関心を抱くようになったのも、一九七七年の日本シャーロック・ホームズ・クラブ（二〇〇二年現在の会員数は約千人）創立以後の特色である。

原典からの翻訳も、人間関係や時代背景を正しく反映した新訳を詳しい注釈付きでシャーロッキアン自身が出し始めたし、初版のイラスト六〇〇点の他に関連建物などのカラー写真を入れた「CD—ROM版ホームズ全集」（新潮社）まで出た。また、延原謙訳による新潮文庫だけでも七〇〇万部も売れているそうだから、クラブに属さないシャーロッキアンもかなり多いに違いない。

過去に行われた『シャーロック・ホームズ物語』に対する評論は、推理小説評論であり、トリックが良くできているとか、プロットがうまく書けているとかいったものが大部分であった。それらによると、初期に書かれた『シャーロック・ホームズの冒険』と『シャーロック・ホームズの思い出』に出来のよい作品が集まっており、後期には駄作が多いというのがおおかたの一致した意見である。

しかし、なぜそうなのかについては、理由がはっきり示されない印象批評なので納得が行かないし、ドイル以降に出てきたアガサ・クリスティやハードボイルドの作家たちによる新しい推理小説に比べると、小説の技術という点では、『ホームズ物語』はすでに歴史的意義しかないようにも見える。しかしながら、それにもかかわらず、いまなお広く読みつがれているのは厳然たる事実であり、その謎は解かれていない。

けれども、最近一〇年ほどの間に欧米の推理評論の傾向が変わってきた。フランスの精神分析学者ジャック・ラカンが『エクリ』でエドガー・アラン・ポオの『失われた手紙』を七四ページ（邦訳）にわたって扱い、これを受けてフランス哲学の旗手ジャック・デリダも「真実の配達人」（「現代思想」一九八二年二月臨時増刊『デリダ読本』収録）で『失われた手紙』について九五ページも解説し、さらには、ムラーとリチャードスンの編集による“The Purloined poe; Lacan, Derrida, and Psychoanalytic Reading”（『失われたポオ――ラカン、デリダ、および精神分析的読書』）（Johns Hopkins Univ. Press、一九八八年、未訳）という三九四ページもある単行本まで現れた。

真実を見ることの出来ない王と警察、真実を隠したことを見ている王妃と大臣、真実がさらされていると見る大臣とデュパン。この三つのまなざしの交錯という相互主観性によって、三つの主体が、三つの注視に時間的順序をあたえており、そこでは三つの意味が語られている、というのがラカンによる『エクリ』の内容の要点である。「意味するもの」と「意味されるもの」をめぐってのデリダの反論と、女性性と真実との絆がその究極的な記号内容（シニフィエ）だという指摘は甚だ興味深いものがあり、大岡昇平も「盗まれた手紙」と題してかつて「群像」にそれを紹介したことがあった（一九八八年一月号三〇六―三一〇頁）。しかし、ここではこれ以上たちいらないことにする。その後、ウンベルト・エーコを初めとする記号論学者までもが『ホームズ物語』に注目するようになり、S・ナイトによる社会学的なホームズ論（一九八〇年）や、W・W・ストウによる解釈学による評論（一九八三年）なども現れて、この謎に挑戦する傾向がきわだってきた。

日本でも、この二〇年ほどの間に、シービオク夫妻による『シャーロック・ホームズの記号論――C・S・パースとホームズの比較研究』（岩波書店、一九八一年）や、アッカード『シャーロック・ホームズが誤診する――医学・推理・神話』（東京図書、一九八九年）、エーコとシービオク編『三人の記号――デュパン、ホームズ、パース』（東京図書、一九九〇年）、モレッティー『ドラキュラ・ホームズ・ジョイス――文学と社会』（新評論、一九九二年）などの高度なホームズ論集が出た。

要するに、推理小説についての見方が最近になってすっかり変わってしまい、新しい波に洗われつつあるのだが、これから述べようとする内容に似た批評は、国の内外を問わず、まだ皆無であることがわかれば十分である。

これまで、個々の作品について批評されたことはあるが、六〇編全体を通じての批評はサミュエル・ローゼンバーグの“Naked is the Best Disguise”（一九七四年、邦訳題名『シャーロック・ホームズの死と復活』河出書房新社、一九八二年）以外には見当たらない。その後に出版された富山太佳夫『シャーロック・ホームズの世紀末』（青土社、一九九四年）も物語全体を扱ってはいるが、これは文学批評というよりは、むしろ時代背景に重点がおかれている。上述のローゼンバーグの本の要点は、作品群の中に現れる「コナン・ドイル症候群」の発見であった。そのあらましを述べれば、まず手紙とか看板とか文字に関係がある記述が出て来ると、次にセックスに関係する表現が現れ、その後に必ず殺人を連想させる記述が続く、という三つ一組のパターンが各所に頻出するというものである。「性の連想をしたあと、ドイルは自らを罰するために自分を殺す代わりとして作品の主人公を殺したのではないか」というのがローゼンバーグの推定であった。しかし、彼の説はそこまでであり、彼による推定には何の根拠もなかった。

この「コナン・ドイル症候群」がなぜ現れるのかについては、私どもの発見に基づいて『シャーロック・ホームズの醜聞』（晶文社、一九九九年）に詳しく述べた。「コナン・ドイル症候群」は、ドイルの母親がウォーラーとの婚外恋愛に陥ったことによるドイルのトラウマを反映したものに違いない。

最後に、最近の新しい傾向についての評論のリストを掲げておこう。

1　パスクァーレ・アッカード著、高山宏訳『シャーロック・ホームズが誤診する――医学・推理・神話』東京図書、二六七頁、一九八九年
2　ウンベルト・エーコ／トーマス・A・シービオク編、小池滋監訳『三人の記号――デュパン、ホームズ、パース』東京図書、三四三頁、一九九〇年
3　小林司／東山あかね『シャーロック・ホームズの深層心理』晶文社、二〇六頁、一九八五年
4　小林司／東山あかね『シャーロック・ホームズの醜聞』晶文社、二五三頁、一九九九年
5　T・A・シービオク／J・ユミカー＝シービオク著、富山太佳夫訳『シャーロック・ホームズの記号論――C・S・パースとホームズの比較研究』(岩波現代選書)岩波書店、一七〇頁、一九八一年
6　ジャン＝イヴ・タディエ著、西永良成／山本伸一／朝倉史博訳『二十世紀の文学批評』大修館書店、四八〇頁、一九九三年
7　富山太佳夫『シャーロック・ホームズの世紀末』青土社、四九四頁、一九九三年
8　東山あかね「アベ農園の脱構築」、小林司／東山あかね編『解読シャーロック・ホームズ』東京図書、二〇四頁、一九八七年
9　フランコ・モレッティー著、植松みどり他訳『ドラキュラ・ホームズ・ジョイス――文学と社会』新評論、四二八頁、一九九二年

10　S・ローゼンバーグ著、小林司／柳沢礼子訳『シャーロック・ホームズの死と復活——ヨーロッパ文学のなかのコナン・ドイル』河出書房新社、三〇〇頁、一九八二年

なお、本書に収録されている《白面の兵士》は、現代から見れば不適切な内容であるが、当時の医学知識に基づいて書かれており、全集から抜くわけにもいかないので、やむを得ずそのまま訳出した。ご了承いただきたい。

また、この巻が最終回配本になるので、これから「ホームズ物語」全般を読みこみたいという読者の研究のための参考書をいくつか紹介しておく（発行年順）。

1　ローゼンバーグ著、小林司／柳沢礼子訳『シャーロック・ホームズの死と復活』河出書房新社、三〇〇頁、一九八二年。——コナン・ドイル症候群についての研究書。文学好きの方に。

2　ベアリング゠グールド著、小林司／東山あかね訳『シャーロック・ホームズ——ガス燈に浮かぶその生涯』河出文庫、四五〇頁、一九八八年。——架空のホームズ伝。

3　スタリット著、小林司／東山あかね訳『シャーロック・ホームズの私生活』河出文庫、三二〇頁、一九九二年。——ホームズに関するエッセイ集、古典的名著。

4 小林司／東山あかね『図説シャーロック・ホームズ』河出書房新社、一三四頁、一九九七年。——総合的で、図が豊富。入門書として最適。

5 ベアリング゠グールド解説と注、小池滋監訳『シャーロック・ホームズ全集』筑摩書房（ちくま文庫）、全十巻、計六四三八頁、一九九七〜一九九八年。第十一巻の別巻は北原尚彦編著による「シャーロック・ホームズ事典」四五九頁。——文学としてよりは、シャーロッキアンとしての詳細な解説がついている。

6 小林司／東山あかね『シャーロック・ホームズの醜聞』晶文社、二五三頁、一九九九年。——ホームズ物語の深層心理に関する研究書。

7 小林司／東山あかね『名探偵読本1 シャーロック・ホームズ』西武タイム、二五二頁、一九八六年（絶版。小林司／東山あかね『優雅に楽しむ新シャーロック・ホームズ読本』フットワーク出版、三五六頁、二〇〇〇年にその大部分を再録）。——多岐にわたる研究のオムニバス。文献リストが充実。これから研究してみたい人にお勧め。

8 小林司／東山あかね編『シャーロック・ホームズ大事典』東京堂出版、一〇七九頁、二〇〇一年。——ホームズに関する世界最大の事典。日本シャーロック・ホームズ・クラブ会員一三六名の共同執筆による。

9 水野雅士『シャーロッキアンへの道——登山口から五合目まで』青弓社、四〇二頁、二〇〇一年。——ホームズ物語に関する小百科事典。各項目に詳しい文献紹介がついているのが特色。「ガス灯」、「紅茶」などキーワードを研究したい人に最適のガイドブック。

10　小林司／東山あかね『シャーロック・ホームズの推理博物館』河出文庫、三一五頁、二〇〇一年。――多分野にわたるホームズに関する論集。「朝日ジャーナル」に十三回連載したもの。

11　ラドフォード著、小林司／東山あかね／熊谷彰訳『シャーロック・ホームズ事件と心理の謎』講談社、三三三頁、二〇〇一年。――シャーロッキアン心理学者による、ホームズ物語についての心理学的考察。

本全集を刊行するにあたり、非常にお世話になった河出書房新社編集部の歴代の担当者である内藤憲吾さん、福島紀幸さん、挨木敏男さん、難解な解説と注の翻訳を担当された高田寛さん、さまざまなご教示をいただいた日本シャーロック・ホームズ・クラブの会員の皆様に、厚くお礼申し上げたい。

二〇〇二年

小林司／東山あかね

文庫版によせて

このたび念願の「オックスフォード大学出版社版の注・解説付 シャーロック・ホームズ全集」の文庫化が実現し非常に嬉しく思います。今回は中・高生の方々にも気軽に親しんでいただきたいと考えて、注釈部分は簡略化して、さらに解説につきまして若干短くまとめたものを再録することにしました。これを機会にさらにシャーロック・ホームズを深く読み込んでみたいと思われる読者の方には、親本となります全集の注釈をご参照いただくことをおすすめします。

文庫化にあたりまして、注釈部分を切り離して本文と並行して読めるようにページだてを工夫していただいてあります。河出書房新社編集部の拵木敏男さんと竹花進さんには大変お世話になり感謝しております。

また、この巻が文庫の最終巻となりますので訳者あとがきにあります、これから「ホームズ物語」全般を読みこなしたいという読者のための参考書（二〇〇二年以降刊行のもの）を追加であげておきます。書誌研究家・新井清司さん作成による文献リストを紙面の関係で一部割愛して使わせていただきました。また、注・解説訳者の高田寛さんからもジャンル別にていねいな文献紹介（七二七〜七三二頁）があります。一部重複していますが、あわせてご参照下さい。＊印は小林・東山による著作。

1　ジャック・トレイシー著、日暮雅通訳『シャーロック・ホームズ大百科事典』河出書房新社、四七三頁、二〇〇二年
2　松下了平『シャーロック・ホームズの鉄道学』JTB、一九一頁、二〇〇四年
3　水野雅士『シャーロッキアンの放浪三昧』青弓社、二三八頁、二〇〇八年
4　森瀬繚／クロノスケープ編『シャーロック・ホームズ・イレギュラーズ〜未公表事件カタログ〜』エンターブレイン、二一五頁、二〇〇八年
5　E・J・ワグナー著、日暮雅通訳『シャーロック・ホームズの科学捜査を読む　ヴィクトリア時代の法科学百科』河出書房新社、二八六頁、二〇〇九年
＊6　小林司／東山あかね『シャーロック・ホームズの謎を解く』宝島SUGOI文庫、二三九頁、二〇〇九年
7　ダニエル・スタシャワー著、日暮雅通訳『コナン・ドイル伝』東洋書林、五六八頁、二〇一〇年
8　中西裕『ホームズ翻訳への道——延原謙評伝』日本古書通信社、三八八頁、二〇一

〇年
9 ディック・ライリー／パム・マカリスター編、日暮雅通監訳『ミステリ・ハンドブック シャーロック・ホームズ』原書房、三七〇頁、二〇一〇年
10 太田隆『シャーロック・ホームズの経済学』青弓社、二一八頁、二〇一一年
11 ピエール・バイヤール、平岡敦訳『シャーロック・ホームズの誤謬「バスカヴィル家の犬」再考』東京創元社、二三一頁、二〇一一年
12 ダニエル・スタシャワー／ジョン・レレンバーグ／チャールズ・フォーリー編、日暮雅通訳『コナン・ドイル書簡集』東洋書林、七三七頁、二〇一二年
*13 小林司／東山あかね『図説シャーロック・ホームズ』河出書房新社、一四三頁、二〇〇五年
*14 小林司／東山あかね『裏読みシャーロック・ホームズ ドイルの暗号』原書房、二四三頁、二〇一二年
15 日本シャーロック・ホームズ・クラブ監修／執筆『名探偵シャーロック・ホームズ事典』くもん出版、二五三頁、二〇一二年
16 日暮雅通『シャーロッキアン翻訳家 最初の挨拶』原書房、三〇三頁、二〇一三年
17 マリア・コニコヴァ、日暮雅通訳『シャーロック・ホームズの思考術』早川書房、三九八頁、二〇一四年
18 北原尚彦監修『シャーロック・ホームズ完全解読』宝島SUGOI文庫、二三八頁、

二〇一四年
19　関矢悦子『シャーロック・ホームズと見るヴィクトリア朝英国の食卓と生活』原書房、二八七頁、二〇一四年
20　『ユリイカ二〇一四年八月臨時増刊号　総特集シャーロック・ホームズ　コナン・ドイルから「SHERLOCK」へ』青土社、二六一頁、二〇一四年

二〇一四年八月

東山　あかね

＊非営利の趣味の団体の日本シャーロック・ホームズ・クラブに入会を希望されるかたは返信用の封筒と八二円切手を二枚同封のうえ会則をご請求下さい。
一七八－〇〇六二　東京都練馬区大泉町二－五五－八
日本シャーロック・ホームズ・クラブ　KB係
またホームページ　http://holmesjapan.jp からも入会申込書がダウンロードできます。

The Case-Book of Sherlock Holmes
Introduction and Notes
© W. W. Robson 1993
The Case-Book of Sherlock Holmes, First Edition was originally published in English in 1993.
This is an abridged edition of the Japanese translation first published in 2014, by arrangement with Oxford University Press.

シャーロック・ホームズ全集《ぜんしゅう》⑨
シャーロック・ホームズの事《じ》件簿《けんぼ》

二〇一四年一〇月二〇日　初版発行
二〇二五年　七　月三〇日　2刷発行

著　者　アーサー・コナン・ドイル
注・解説　W・W・ロブスン
訳　者　小林《こばやし》司《つかさ》／東山《ひがしやま》あかね
発行者　小野寺優
発行所　株式会社河出書房新社
〒一六二－八五四四
東京都新宿区東五軒町二－一三
電話〇三－三四〇四－八六一一（編集）
〇三－三四〇四－一二〇一（営業）
https://www.kawade.co.jp/

ロゴ・表紙デザイン　粟津潔
本文フォーマット　佐々木暁
印刷・製本　大日本印刷株式会社

落丁本・乱丁本はおとりかえいたします。

本書のコピー、スキャン、デジタル化等の無断複製は著作権法上での例外を除き禁じられています。本書を代行業者等の第三者に依頼してスキャンやデジタル化することは、いかなる場合も著作権法違反となります。

Printed in Japan ISBN978-4-309-46619-4

河出文庫

シャーロック・ホームズ全集

全9巻

アーサー・コナン・ドイル

小林司／東山あかね 訳

〔注・解説〕高田寛 訳

◆日本を代表するシャーロッキアン、
小林司・東山あかねによる全訳
不朽の名作「ホームズ物語」全作品
◆史上、最も精緻で権威ある
オックスフォード大学版の
〈注・解説〉をダイジェスト版で読みやすく
◆「ホームズ物語」初版本イラスト
すべてを完全復刻掲載

①緋色の習作 46611-8
名探偵・ホームズとワトスンが初めて出会う、記念碑的作品

②四つのサイン 46612-5
現場に残されたサインをめぐり、追跡劇が幕をあける

③シャーロック・ホームズの冒険 46613-2
この12の事件でホームズは世界一有名な探偵となった

④シャーロック・ホームズの思い出 46614-9
宿敵モリアーティ教授との対決を描く《最後の事件》ほか

⑤バスカヴィル家の犬 46615-6
魔犬伝説に呪われた家の奇怪な事件、圧倒的人気の長編

⑥シャーロック・ホームズの帰還 46616-3
死んだはずのホームズが“帰還”する、円熟の第3短編集

⑦恐怖の谷 46617-0
謎解きと歴史が交差する、ホームズ物語最後の長編

⑧シャーロック・ホームズ最後の挨拶 46618-7
引退後のホームズを描く《最後の挨拶》を含む第4短編集

⑨シャーロック・ホームズの事件簿 46619-4
40年にわたる「ホームズ物語」がついに幕を閉じる最終巻

書名の後の数字はISBNコードです。頭に「978-4-309」を付け、お近くの書店にてご注文下さい。